王建平 著

凡人逸事

——我的系列

中国纺织出版社

图书在版编目（CIP）数据

凡人逸事：我的系列／王建平著 . --北京：中国
纺织出版社，2020.1
　　ISBN 978-7-5180-5776-4

　　Ⅰ．①凡⋯　Ⅱ．①王⋯　Ⅲ．①回忆录—作品集—中国
—当代　Ⅳ．①I251

　　中国版本图书馆 CIP 数据核字（2018）第 278767 号

策划编辑：孔会云　　特约编辑：胡金杰　　责任校对：楼旭红
责任印制：何　建

中国纺织出版社出版发行
地址：北京市朝阳区百子湾东里 A407 号楼　邮政编码：100124
销售电话：010—67004422　传真：010—87155801
http：//www.c-textilep.com
中国纺织出版社天猫旗舰店
官方微博 http：//weibo.com/2119887771
北京市密东印刷有限公司印刷　各地新华书店经销
2020 年 1 月第 1 版第 1 次印刷
开本：787×1092　1/16　印张：23.25
字数：500 千字　定价：128.00 元

前　　言

　　用文字把自己这大半辈子的零零碎碎记录下来实在是有点心血来潮。

　　做了几十年的科研，有关科技方面的著述细细数来也有近三百万字，但写一本关于自己的书，却是从来不敢有的奢望，因为这需要的不仅仅是勇气。

　　临近退休，家人、同事和朋友们都怂恿我说，你有那么多故事，何不写出来和大家一起分享，相信大家一定会喜欢的。我信以为真，头脑一热，潜意识里埋藏了很久的那个愿望迅速占满大脑皮层上的所有沟槽，遂在电脑硬盘上专门做了一个文件夹，抽空便陆陆续续地把头脑中的记忆碎片拼凑起来。未曾想，一发不可收拾。短短两年多的时间，就积累了50多万字，几乎把自己60年来的人生全部重走了一遍，心里很是兴奋。

　　我虽然出生在那个火红的年代，但尚在娘胎时家里就背上了沉重的政治"包袱"，并一直伴随我们全家二十多年，但父母自尊和乐观的精神让我从小立志要活出自己精彩的人生。如今，当我面带微笑回首那段艰难的日子，就像轻轻掸去身上的尘土，让它湮灭在历史的岁月中。但不可否认，那段时期的经历对我性格的养成起了决定性的作用。忍耐、坚持、乐观、向上，使我此后几十年的人生能够走出迷茫，充满正能量。庆幸我们这代人赶上了改革开放的好时光。1977年恢复高考，我有幸成为不到5%的幸运儿中的一分子，人生的轨迹由此改变。时间如梭，四十余年过去，弹指一挥间，忙忙碌碌中还未好好感受人生，就到了花甲之年，不免感慨万分。几十年来，对父母、家人、师长、社会、领导、同事、组织和朋友我心怀感恩，用心回报。勤奋、努力、争先、奉献成为我几十年职业生涯的不二选择，并乐在其中。性刚、骨傲、肠热、心慈成为我做人的准则，并享在其中。这一个甲子最让我感怀的是，不管我身在何处，总能得到那么多人的关爱和帮助。现如今，几十年的努力可以让我以从容的心态笑看过去与未来。努力比结果更重要！

　　小时候妈妈一直叮嘱我：男小囡，琴棋书画都要会一点。我不敢有违母命，学习和工作之余乐此不疲地学沪剧、篆刻、灯谜、吉他、太极，给枯燥的学习和科研生活平添了许多乐趣，生活的色彩由此而鲜亮起来。甚至那个听起来有点小资的"情操"似乎也被"陶冶"得有些高尚了。把这方面的一些感悟也放入书中，是想让读者眼中的我变得更加"立体"，层次感更加丰富，不再只是一个只会工作不会玩乐、既刻板又乏味的所谓专家。

　　我不想把这本以第一人称的零碎记忆拼凑起来的文字简单做成一本回忆录，而是试图用自己成长过程中的点点滴滴和日常生活中的琐碎记忆折射出伴随自己成长的那个时代的变迁，从历史、文化、地理和艺术等多个侧面勾勒出那个时代的完整画面和一个普通人在成长和拼搏过程中的酸甜苦辣。顺便也给年轻人讲一点上海近代的历史掌故，给后人留点史料。

　　为了让原本只会科技类著述的人写出来的书稿看上去有点儿文采，特意取名"凡人逸事"，但"凡人"是真，"逸事"也不假。书中所有的记载除了亲身经历都有据可查，所有出现的人物都是真姓实名。若有冒犯，恳请谅之为盼。交稿前，原本还想请名人为本书作序，后来一想，既然是"凡人逸事"，何必还要请名人来为自己拉大旗作虎皮呢，自己的事情自己最清楚，万一名人作的序是"隔靴搔痒"，反倒不好收场。

　　感谢我多年的好友、上海著名文人、"书法家中的作家"和"作家中的书法家"管继平先生为本书题写书名，感谢王建强先生为本书提供封面设计，感谢中国纺织出版社的同仁对本书的出版所给予的支持和帮助！

王建平

2018 年 10 月 18 日

目　　录

我的祖籍地——闸北太保堂

　　最早看到"闸北太保堂"这几个字，是小时候锁在家里那个小抽屉里的那本户口簿上"祖籍"一栏的记载。爸爸告诉我，闸北太保堂就是现在的闸北公园。因此，记忆中我们家的祖籍就是上海的闸北公园。转眼几十年过去了，我也从来没想过要去"深挖"一下里面的故事。

　　"闸北太保堂"这个地名重新在我的脑海里激活是在1991年。我的原工作单位上海市纺织科学研究院给我们同在一个单位供职的夫妻俩分配了一套位于闸北区共和新路1869弄的一室一厅的住房，而这个位置恰恰就在闸北公园的北侧，兜了一大圈，又回到了离我的祖籍如此近的地方，心里不禁啧啧称奇。但那时工作太忙，母亲刚刚过世，和父亲又不住在一块儿，所以，曾经一闪而过的好奇心又很快湮灭了。转眼又是二十多年过去了，我也早已搬离了共和新路，但随着年龄的增长，对"闸北太保堂"的好奇心开始与日俱增、欲罢不能。遗憾的是祖辈和父辈大多都已不在了，一些远房的亲戚也早已失去了联系，"闸北太保堂"在我的心中似乎成了一个解不开的谜。

　　记忆中，小时候我们家住在静安区常德路633弄恒德里144号。那是一条新式里弄的石库门房子弄堂，144号据说是我太公（曾祖父）早年当引水员时积攒了一些钱用几十两黄金买下来的。据我小姑讲，最早底楼住着我曾祖父和我祖父一家，二楼前楼和三楼住着我二叔公（我祖父的二弟）一家，而二层亭子间则住着我三叔公（我祖父的三弟）一家。后来三叔公做生意赚了钱，搬到对面的124号去了，我祖父用一根金条把二层亭子间买了下来。后来我们一家五口就住在这个亭子间，面积大概也就十来平方米。大约1962年，我们一家五口搬离了恒德里，到黄浦区宁海东路58号3楼的一间亭子间居住。一直到1987年，我结婚，临时借住在我大学同学位于泰安路120弄7号的别墅里，1991年，这栋别墅要出售，恰好单位给我分房子，当年10月我们一家三口搬到了共和新路居住，回到了我心中熟记的祖籍地。

　　虽然现在信息技术已经相当发达，网络几乎无所不能，但要查有关"闸北太保堂"的信息却也相当困难。几经周折，终于，1989年由钱以平等编撰、百家出版社出版的《上海市闸北区地名志》，给我带来了一丝希望。据该书记载，太保堂原为一庙堂，位于原宝山县宝兴乡太保堂村 1 号，建于 1874 年，湮灭于 1957 年。太保堂村原址在今大宁路和广延路交会处的东南角，即现在上海大学延长校区的篮球场位置，距我曾经住过的共和新路 1869 弄 3 号的直线距离不过 200 米。该村占地约 0.7 公顷，有居民 16 户，平房 30 多间，因庙堂得名。关于太保堂的来历，书上是这样记载的：清末，周边的原杨家宅、象仪港等 8 个自然村的农民集资在此建一村庙，名太保堂。庙旁农民定居，渐成村落。新中国成立后，庙拆毁。1983 年后，因筑路和建楼房，原农户全部拆迁，太保堂村也不复存在。

不知道我家祖上是什么时候离开太保堂村的。我祖父大约在 1964 年就去世了（好像时年 64 岁），但那时候我还很小，记忆中并没留下什么深刻的印象，所以也没有机会听祖父说过他之前的事。据小姑讲，我太公叫王金林，出生在闸北太保堂，1961 年在恒德里去世时 84 岁（估计是讲虚岁）。由此推测，太公应该是生于 1877～1878 年，那时太保堂才建成 3~4 年时间，显然，太公应该是太保堂村的第一批村民。但时运不济，太公 7 岁时父母就去世了，后来由做引水员的哥哥照顾，成年后也做了引水员，从吴淞口将各种外国商船引入黄浦江。太公依靠自己的努力，赚钱、结婚、生子，共有 3 个儿子、2 个女儿，并将子女抚养成人。

据小姑讲，1937 年淞沪抗战之前，太公一家住在虹口区提篮桥附近桃源里（惠民路 73 弄），整个一幢房子都是太公买下来的。据史料记载，那是一个建于 1921 年的旧式里弄，二层砖木结构，整个小区有 64 幢房子，总建筑面积 5416 平方米，小区的北出口是霍山路 66 弄。桃源里不仅面积大，人也多，包括一些日本侨民。"八一三"事变后，淞沪抗战爆发，日本人对宝山、闸北狂轰滥炸，殃及虹口，桃源里大片房子被炸，民众开始逃难。好在此时太公已经用积攒的钱买下了常德路恒德里 144 号整幢楼，准备让三个儿子及家人居住。先是二叔公全家搬入，住在二楼和三楼，太公住一楼，三叔公一家住二层亭子间，祖父一家则是先逃难至朋友家暂住，后来太公找到了祖父，祖父全家才搬到恒德里 144 号，和太公同住在底楼。那年，我父亲 10 岁。1943 年，在原桃源里被炸毁的地块上，又新建了 91 幢新式里弄的二层砖木结构住宅，总建筑面积扩大到 8100 平方米，取名为贤邻别墅，正弄口在霍山路 66 弄，而原来的惠民路 73 弄桃源里的牌子至今还保留着，也算是一种纪念。

显然，太公离开闸北太保堂之后并非直接去了常德路的恒德里，而是先在虹口区的提篮桥一带生活过一段时间，但是什么时候离开的太保堂不知道，甚至不清楚祖父出生在哪里。我祖母是真如人，叫黄凤珍。据小姑讲，她小时候还经常陪我祖母去闸北太保堂走亲戚，由此推算，祖父母结婚时应该也在太保堂，我祖父应该也是出生在太保堂。按祖父和父辈的年龄推断，祖父母结婚应该是 1924 年前后，那太公带领一大家子离开太保堂也应该是在之后了。事实上，虹口桃源里的房子也是 1921 年才建成的。

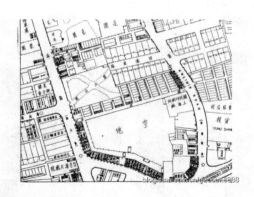

图中空地上方整齐划一的 64 幢住房就是当年的桃源里

另外，三叔公在恒德里 144 号没住多久，因为做生意发了财，全家单独搬到对面的 124 号住了，后来又搬到南京西路平安电影院后面的洋房了。1949 年后，据说因私藏枪支被管制，全家又搬到他岳母家隔壁居住，而这个地方正是闸北区柳营河畔和田路与民和路交界的地方，离我们的祖籍地太保堂不过 2 华里的距离。由此推测，三叔公结婚时也应该还没离开闸北太保堂。由此可以猜想，不仅太公是在太保堂结婚、生子，而且祖父王虹明和两个叔公也都出生在太保堂，并在那儿结婚，至于是否在那儿有了下一代，就不得而知了。再由此推测，太公带着三个儿子及一大家子离开闸北太保堂应该是在 1927~1928 年，而据小姑讲，我父亲出生时（1928 年）已在虹口。显然，太公带全家搬到恒德里前在虹口应该生活了近十年。

据小姑讲，1952 年我父母结婚时，家里住不下，在徐汇的大木桥附近借了房子，并在那生下了大哥，后又搬到父亲曾经度过了十年童年时光的虹口霍山路附近租住，并在那生下了二哥，后来好像又搬到卢湾和徐汇交界的日晖港附近居住。1956 年，大爷叔一家因其所在的汽修厂整体内迁西安而离开上海，空出了二楼亭子间，父母带我两个哥哥又回到恒德里居住，1958 年，我出生在恒德里，没过几年，全家又搬到了黄浦区宁海东路。

多年过去了，只是不知 1983 年当太保堂村被全部拆除时，原村民中是否还有我的远房亲戚，也不知道他们及他们的后代现在去了哪里。

再往上追溯，发现当年建太保堂的都是来自周边的杨家宅、象仪港等 8 个自然村的村民。不查不要紧，一查吓一跳！据史料记载，杨家宅原址位于广延路西、共和新路东及大宁路以南，占地 1 公顷，居民约 50 户，近 200 人，平房 60 间，农田 7 公顷。杨家宅形成于清代，因姓得名。20 世纪 50 年代居民动迁，部分土地作为解放军探照灯部队的驻地。1957 年，先是在南边的农田上建了 6 幢三层楼房，称师范新村。以后二十多年陆续增建住宅，扩大为后来的上工新村。1976 年，在上工新村的西面又建成共和新路 2103 弄，再后于 1978 年 5 月，在共和新路 1857 弄至 1873 弄建成"沪住 M-1 型"六层住宅 7 幢，建筑面积 1.36 万平方米。我 1991 年搬入的就是其中一幢，而这个房子的

小时候曾住过的常德路 633 弄恒德里 144 号的老房子

所在地就是以前的杨家宅，莫非我的邻居中有不少还与我同宗？抑或我们的祖上曾经是一个村的村民！

回头再看象仪港，原址位于闸北公园西侧和北侧，现共和新路 1725 弄和 1700 弄及延长路至平型关路一带，占地约 30 公顷。象仪港由同名河浜象仪港得名。象仪港东起虹口俞泾港，东端由现平型关路流入柳营河，西端到童家浜。19 世纪初，沿浜数百米内仅几户草舍人家，以后农民建房、种菜，形成散居村落，并以河浜名习称其住地。至新中国成立时已有 90 户，400 多人，但房屋仍以草屋为主，砖瓦结构甚少。1958 年，共和新路向北延伸，将象仪港拦腰截断，共和新路东面的称东象仪港，西面的称西象仪港。1978~1983 年，因新辟延长路、建延长新村和一些新里弄，象仪港被全部拆除，遂湮灭。

这样一来，脉络便清楚了。闸北太保堂其实也并非我真正的祖籍地，因为那个太保堂村也是因为 1874 年由周边的杨家宅、象仪港等 8 个自然村的村民自己集资建的一个名为太保堂的庙堂以后才逐渐形成村落的，太保堂的第一批村民应该也是来自于周边的村落。从我家户口本上的祖籍地记载以及祖辈的年龄来分析，他们应该都是出生在太保堂村的，并在 1928 年前后离开了太保堂到虹口居住。至于我太公，应该出生在太保堂村，但他的父母则显然是从周边迁入的。但我查阅了相关资料，发现太保堂周边的村落大多是以村民的姓氏为名的，如杨家宅、董家宅、陆家宅、唐家宅、田堵宅、童家浜、姚家湾、唐家沙、张家宅、倪家浜、谈家弄、谈家宅、周家弄、陈家宅等等，就是没有王家宅或王家弄什么的。由此推测，王氏这个姓的家族在太保堂周边可能只是个小姓，且很有可能我太公的父辈原来是象仪港的村民。据资料记载，1913 年 3 月 20 日，宋教仁在上海遇刺，于 6 月 26 日葬于闸北象仪港。后来在此辟地百余亩，其中用于墓园 43

亩，宋墓在园中央，以红砖筑成长方形，高约 2 米，四周植树，称宋公园，此后几经改建，成了后来的闸北公园。显然，闸北公园这块地之前就是属于象仪港村的，而我祖辈和父辈一直都说我们的祖籍地就是在现在的闸北公园，也可以大致判断我的祖上应该就是这个地方的早期原住民，很有可能就是象仪港的村民，但后来参与了集资建造太保堂并迁移至太保堂村（其实也就是跨过象仪港河往北过去数百米而已），否则也不会在我家户口簿上祖籍一栏出现"闸北太保堂"的记载。

太保堂及周边原属农村，公元 907~933 年，五代吴越王钱镠在此开浚钱溪（即现在的走马塘），1297 年（元大德元年）建彭王庙。古老的自然村有顾家宅、庙头、张三桥和北杨湖，均为明代前形成。境内河流众多，南北向的干河有芦（俞）泾港、彭越浦，东西向的干河有走马塘、蚂蚁浜、管港、曹江港、七千浜、象仪港、童家浜等。清代至民国初期，自然村发展到 60 多个，彭浦镇（庙头）是中心，曾为彭浦乡、彭浦区的驻地，有乡间道通新闸、江湾、大场、真如等地。新中国成立初期，这里属北郊区，1958 年被划入闸北区，但仍有大片农业区归宝山县管理，原太保堂村属宝山县宝兴乡管辖，因此我的祖上应该算是上海市宝山县人。至于后来这块地又划归闸北，2015 年 11 月 4 日，闸北、静安又撤二建一，成立新"静安区"，理论上讲我又成了"新静安人"，我的祖辈当年大概也不会想到他们离开祖籍地近 90 年后，他们的出生地和后来的长期居住地居然会被"统一"了，也算是佳话。

我的"报童"生涯

看了这个标题，您是否会以为我是报童出身？其实我没有卖过报，而是在著名的上海市报童小学度过了6年半的童年时光。虽然不是报童，但"啦啦啦、啦啦啦，我是卖报的小行家……"的卖报歌却在我心中留下了难以磨灭的印象，因为那是我们当年的校歌。现在每每听到有人唱起这首歌，儿时的"报童"生涯就会清晰地浮现在我眼前，点点滴滴，仿佛就在昨天。

陈鹤琴与报童小学

报童小学是一所具有光荣传统的学校。1938年4月，我国著名教育家陈鹤琴先生在抗日民族统一战线的号召鼓舞下，创办了报童学校，成为共产党在群众中进行抗日救亡宣传、发展进步力量的阵地。1948年，中共地下党又派了五名同志担任学校教师，并以好朋友团、报童近卫军的形式，组织报童参加革命斗争，迎接上海解放。

陈鹤琴，中国近现代教育家。1892年3月5日出生，浙江省上虞人。6岁丧父，8岁入私塾，15岁由姐夫资助入杭州蕙兰中学。1911年2月入上海圣约翰大学，同年秋转入北京清华学堂。1914年8月毕业，同年考取公费留学美国，与陶行知同行，就读于约翰斯·霍普金斯大学、哥伦比亚大学，获哥伦比亚大学师范学院教育学硕士学位，1919年8月回国，任南京高等师范学校教授。

陈鹤琴先生

1923年，陈鹤琴任东南大学教授兼教务主任，创办南京鼓楼幼稚园。1927年，兼任陶行知创办的晓庄试验乡村师范学校第二院（幼稚师范院）院长，与陶行知合力创办樱花村幼稚园，开辟乡村幼稚教育基地。1928~1939年，任上海公共租界工部局华人教育处处长，创办多所小学、幼稚园和中学。1939年，任中华儿童教育社主席，1940年，创办江西省立幼稚师范学校，并任校长。

抗战开始后，陈鹤琴投身于进步文化运动和抗日救亡工作，任上海市难民教育委员会及国防救济会难民教育股主任。1937 年底，陈鹤琴在上海发起成立了儿童保育会，担任理事长，创办救济会中学、儿童保育院、报童学校。儿童保育会的工作之一是为难童办学。而在众多难童学校中，报童学校算是最有特色的。1938 年儿童节，学校正式开班。此后，儿童保育会借用了许多中小学教师，陆续办起 10 所报童学校和 2 所报贩学校，共有学生 500 多人。抗战胜利后，陈鹤琴任上海市教育局督导处主

陈鹤琴与幼稚园小朋友

任督学，创立了上海市立幼稚师范学校。1946 年，和陶行知一道成立生活教育社筹办社会大学，并先后担任中国共产党创办的上海省吾中学、华模中学和报童小学校长、校董事会董事长。1949 年 8 月，任中央大学师范学院院长，9 月，出席全国政治协商会议第一届全体会议。

新中国成立后，陈鹤琴先后任中央人民政府政务院文教委员会委员、华东军政委员会文教委员、文字改革委员会委员。1951 年，加入九三学社。先后当选为全国和江苏省政协第一至第五届委员、副主席。1979 年后任江苏省人大常委会副主任、中国教育学会名誉会长、全国幼儿教育研究会名誉理事长、南京师范学院院长等职。1982 年 12月 30 日，陈鹤琴在南京病逝，享年 91 岁。

初入"报童"

我是在 1965 年 9 月 1 日新学年开学第一天报到进入报童小学读书的。那时小学入学是按居住区划块安排就近入学。那年我们所在居委会对口的学校有 2 个，一个是黄浦区第一中心小学，另一个就是报童学校，我被安排到报童小学报名入学。报名那天，老师问了我几个简单的问题，随即被编入一年级（1）班，那年报童小学共招生 5 个班。

当年报童小学的正门在一条不知名的小路——黄浦区松厦路上（现在变成了松下路），南端接金陵东路，北端接宁海东路，全长不过 150 米，校门左手边是金陵东路地段医院，隔松厦路对面是黄浦公安分局，背后则是山东南路。报童小学在松厦路上占了3 个门面，在山东南路上也有部分校舍，东西楼之间在弄堂里有个过街楼连接。

这张不知摄于何时的照片背景中的报童小学正门及边上窗户上的木条挡板与我当年入学时完全一样，甚至感觉前排居中的那位戴眼镜的老师很像我们的教导主任，可惜名字我不记得了。而后排居中的那位高个子女教师很像我一年级的班主任陈翠华，一位和蔼可亲、和我妈妈长得有点像的女教师。但我不能确认这张照片摄于何时，看上去有点

像20世纪50年代拍摄的，所以也不能确认这张照片中是否有和我同时在报童小学的老师。

上海市黄浦区报童小学教职员工合影

我入报童小学时是9虚岁（7周岁多），长得比较高。入学第一天在校门口排队，看升国旗，同学们由高到低排列，我排第二个。第一个是班里个子最高的男生，叫舒培勇，和我住在同一条弄堂里。看着迎面升起的五星红旗，在家长们的围观下，不知不觉就这样开始了我的"报童"生涯。从1965年入校到1972年春离开，6年半的时间，我们班只有藤胜荣同学转学离开，有一个叫徐常德的同学转学进来。半个世纪过去了，当年我们全班四十几个同学中我还记得的名字有：王惠玲、陆稚萍、陆志强、姚明新（姚世傑）、许增、徐常德、吴傑、舒培勇、江培君、王嘉倡、贺英琼、巫建萍、俞国庆、陈曙耀、张小忠、张亚明、房祖华、蔡银根、周雅芳、韩菊芳、魏雷鸣、严国平、缪佩君、花象春、吴慧珠、孟建鹤、胡建平、俞仲奇、谢福林、戴伟琪、严靖茵、许碧珍、董玉琴、郭大伟、姜永彪、张超翰、范培珍、黄惠春、陈春发等，其他有少数几个人还记得，但名字已经想不起来了。

开学没几天，班主任陈老师就指定我担任班长，负责每天早上入校前全班同学的集合点名和排队看升旗仪式，以及每节课前喊"全体起立！"向老师致敬。未曾想，从此开始了我的"干部生涯"，不管是学校的班干部还是单位里的党、政、工、团领导，从未间断。

那时小学的课程很轻松。一般上午上课，下午就在家里，很少有全天上课的，作业也不多。记得一年级的语文课，第一课就只识了7个字"首都、北京、天安门"，课本上配有天安门及天安门广场上的华表图案。到一年级下半学期，我们都加入了少先队，戴上了红领巾，我是肩扛两条红杠杠的中队主席，张小忠是中队旗手，陈曙耀是中队委员。我们那届戴红领巾的仪式是在南京西路的仙乐书场进行的。仪式结束后还看了一场上海木偶剧团演出的木偶戏，这也是我第一次看木偶戏。

没多久，我被吸收进学校的文艺表演队。虽然之前啥都没学过，带队老师还是认为我比较适合舞蹈表演。那时候大概每周有两个下午要排练，每当新节目出来，校长总会亲自到场审核，每次校长出场，派头都很大，我们都站着，辅导老师在前面放好一把靠背椅子，然后去请校长，待校长坐定，我们就开始彩排，只有校长点头了，节目才算过。

校长叫余淑文，那时年纪不大，40岁不到，但一脸傲气。那时候演出频率很高，都是晚上，演出并非为学校的庆祝活动，而是为设在老上海都知道的外滩老东风饭店（现上海外滩华尔道夫酒店）里的海员俱乐部里玩乐的老外表演。有一个舞蹈我还记得，好像是园丁育苗的故事。我们三个男孩扮演园丁，拿个纸做的洒水壶，各自围着一个蹲在地上扮演小树苗的小女孩，一边跟着音乐节奏跳，一边转啊转的，很萌的样子。

那段在海员俱乐部演出的经历在我脑子里留下的印象只有两个，一是老洋房里打蜡地板所散发出的那种特有的香味，二是在昏暗的灯光下酒吧里的那种情调。因为这些当时在外面是看不到的。

当年经常去表演的老东风饭店

报童的老师们

一年级时的班主任陈翠华到二年级就不带我们了。离开之前，她还特意邀请我们几个班干部去她家坐坐，她家在广东路、上江西路与四川路之间的一幢大楼里，好像是顶楼。后来她就离开了，不知是调走了还是退休了。那么多年过去了，不知她现在是否还安在，我还挺想念她的，因为她不但和我妈长得很像，而且对我真的像妈妈一样。

从二年级下到四年级，我们班一直在换班主任，大多是临时的，只有一个教音乐的柳老师时间稍微长一点。到四年级下，新来的一个女老师做我们的班主任，应该是刚从学校毕业的，教我们语文，叫陈慧芬，梳着两根小辫，下巴上有一颗很明显的痣。刚来时还不大敢直眼看我们学生，上课时眼睛老是看着一边。而班上的几个同学则倚"老"卖"老"，专门跟她捣蛋，当然，我这个班长也没少挨她批，对我大有"恨铁不成钢"之意。后来她结婚生子，并送我们离开报童小学。

给我留下深刻印象的老师还有一个，那就是李成老师，教算术的。之所以印象深刻，是因为他和我们的辅导老师蔡翠英谈恋爱，并结婚了。那时候蔡老师和我们这帮"小鬼"走得很近。不知是一种怎样的情感，我们都把年轻、活泼、漂亮的蔡老师当成了自己的"私有财产"，或者按现在的说法叫"偶像"。一旦知道有一个男人居然在追我们心中的"偶像"，抵触的情绪油然而生。所以，我们经常会在他们两个在办公室约会时有意无意地探一下头，甚至找个什么借口直接走进去"搅局"。当然，我们这些小把戏他们是早就看出来了。李成老师也不气恼，反而拼命跟我们套近乎。不久，我们都被"招安"了，反而成了他们约会时的"哨兵"。他们结婚那天，我们自然是轮不上去喝喜酒的，但我们每人都拿到了两袋喜糖，这可是特殊的待遇啊，蜜月过后，他们还特意邀请我们几个去了淮海路茂名路的家。

好学生、好小囡

整个小学，乃至后来的中学期间，最让我"窝火"的是我的同桌都是"捣蛋鬼"，从来不得安宁。因为我是班长，又是老师心目中的好学生，所以按惯例，我的同桌都是所谓的"差生"。我的职责不仅是要自己读好书，而且还要管好同桌，带他一起进步。在报童小学六年半的时间，我们班最大的"捣蛋鬼"、绰号"八角老头"的俞仲奇一直在我身边。好在我没有被他"拖下水"，一直保持了好的成绩，而且还和他成了好朋友。这期间，他妈妈也没少为他操心，对我那么多年对她儿子的"不离不弃"一直心存感激。上中学后，俞仲奇又和我同一个班级，"熊孩子"的本性未有任何改观。一直到中学毕业分配了工作，也还是到处惹是生非，也没少吃苦头。现在几十年过去了，据说他去了日本后又回来了，生意做得还挺大，很有出息，非常惦记我们这帮老同学。真是世事难料啊！

在报童小学的六年半时间，我一直努力做个好学生。也许是父母带给我的基因比较好，也许是自己后天的努力，总之我的学习成绩从来没有让父母和老师担忧过，且总能在年级里名列前茅，常常能获得老师的称赞。每次家长会，妈妈总是满怀期许地去，满怀喜悦地回。因为儿子总是老师口中的学生楷模，所以在满教室的家长中，妈妈总是最舒心的那个，只是不好太"喜形于色"罢了。学校每次评先进，总有我的份。那时，各种先进的名头老是跟着形势的发展在不断变化，我最"伟大"的一次，是被评为黄浦区"活学活用毛泽东思想积极分子"。据说当年整个黄浦区上万的中小学生中获得这个称号的只有2个，其他都是机关和企事业单位的成年人。

小时候家里的经济条件很困难，每当新学期开学，3元的学杂费往往也无法一次付清，妈妈总是让我跟班主任说声对不起，请求分期付款。我身上穿的衣服大多是妈妈自己买布，请弄堂口的裁缝阿姨帮忙裁好，然后自己手工缝制的，也有一些是用旧衣服改制的。至于时间长了有破损，打个补丁什么的，是再平常不过了。有一次我在校门口墙面上的黑板前出黑板报，背后走过两位任课老师，看我穿着背上打了很大一块补丁的军装和屁股上覆着"两张"大"唱片"的裤子（所谓"唱片"，是对用缝纫机缝出层层圆形轨迹的补丁的戏称），感叹地说，"哎！侬看迭呃小囡还真是勿容易，身上穿的衣服虽然都是补丁，却还是弄得清清爽爽、整整齐齐的，伊拉姆妈真是教育得好啊！"其实那时候，在普通的工薪阶层家里，"新三年、旧三年、缝缝补补又三年"是普遍现象，只是由于精神面貌的不同，自己把自己当人了，就会穿出个人样来，如果自己不把自己当人看，那么再怎样也穿不出人样来，而无关乎衣服的旧与新，甚至是打了补丁的。说实在的，我从心底里庆幸自己有一个勤劳、能干的妈妈！她纳出来的鞋底、做出来的鞋子，无论是圆口鞋、松紧鞋、蚌壳棉鞋还是缚带棉鞋，整个弄堂都刮目相看。甚至弄堂口的小皮匠都有点心生嫉妒。因为每次妈妈做好新鞋，总要拿去请他帮忙打个鞋掌，别人的啧啧称赞不免让他感觉脸上有些挂不住。妈妈给我们做的衬衣、长裤，也都有模有样。甚至一些旧衣服时间长了褪色了，她还会去小百货店买来小包装的染料，拿个脸盆搁在煤气灶上，一边加热，一边往脸盆里倒水，加入染料，然后把旧衣服放进去染色，再加盐固色。看看差不多了，再在冷水里反复搓洗，晾干后看上去好像又是一件新衣服。我家的床单很耐脏，不用经常洗，因为每次洗床单，妈妈总会在最末道进行浆洗，浆过的床单不仅挺括，而且耐脏。当然，平时妈妈总会在床边铺一块床沿，一般不允许我们随便坐，有客人来了，如果凳子不够坐，坐在床沿也不会把床单弄脏。家里一尘不染，潜移默化地养成了我的"洁癖"，虽然不是很"严重"，却也能让我穿着旧的甚至是打着补丁的衣服而不招人嫌。

不过，"好小囡"也有"出糗"的时候。有段时间我和住在后弄堂一个姓俞的同学走得特别近，放学后经常一起玩。记得有一个礼拜，连着两天下午放学后，他硬拉着我去延安东路的两家点心店吃点心。那时家里穷，我口袋里自然也不会有一分钱。但凡路过点心店，除了立马深呼吸，免费享受一下美"味"之外，哪敢进去，俞同学说没钱不要紧，他请客，那时候我们还都只是小学四年级，印象中他父母都是工厂里坐办公室的，收入高，家里经济条件很好，所以我也没多想，就跟他去了。头天去的是宝裕里弄堂口东面的老广东点心店。这家点心店的芝麻糊和小馄饨远近闻名，还有就是在一个大锅里翻腾着的糯米汤团，也是回头客们必点的。那天我们每人点了一碗芝麻糊和三个大汤团，两人加起来才五毛钱，我们是打着饱嗝出了老广东的门。回到家里，我像做过贼一样，不敢正视妈妈的眼睛，怕她知道我随便吃人家的东西会骂我。晚上吃饭，尽管已经饱了不想吃，但怕妈妈看出破绽，只能硬着头皮像往常一样，把一大碗籼米饭送下了肚。那天晚上，我第一次知道，饿肚子固然难受，但吃得太撑其实也是很不好受。第二天下午，俞同学又拖着我去延安东路浙江南路口的那家点心店，我虽然有点犹豫，但腿却不自觉地跟着他走了。那家点心店的生煎和咖喱牛肉线粉汤常常会让路过的人们迈不动步子，哪怕倾其所有，也要进去饱一下口福。我们也和别人一样，每人一碗咖喱牛肉线粉汤，外加3两生煎，满满一盘12只，每人6角7分钱。现在回想起来，那个美味啊，实在是打耳光也不肯放的。那天回家，我跟我妈说肚子有点胀，可能是积食了，晚饭不想多吃，我妈忙着家务，顺手给了我两片消食片让我吃下，也没多管我，晚上我睡了个安稳觉。但没多久，这事就"东窗事发"了！那天是星期六，一早上课铃刚响过，俞同学的妈妈就出现在教室门口，要找正在给我们上语文课的班主任。十分钟后，班主任陈老师进来，把我们俩一起叫出去，随后他妈妈在走廊里对我一顿训斥，说话甚是难听，句句像在打我的脸。后来我终于听清楚了，原来是俞同学偷偷从她妈妈挂在衣架上的上衣口袋里拿走了2元钱，被他妈妈发现后，他"坦白"是和我一起吃点心用掉了。而他妈妈则认定，我是班长，一定是我诱使他干的，所以就吵上门来跟我"算账"了。那天我是第一次真心"怨恨"地板上的缝为什么那么小，让我无地自容。班主任站在边上插不上嘴，看着我的眼神里也满是"怨恨"。结果，还是隔壁同年级3班的王老师出来把他妈妈劝走了。陈老师回头进教室继续上课，而我那一整天的课几乎连一个字都没听进去，就像灵魂出窍似的。这种羞辱，我大概是一辈子都会记得的。

学雷锋

在报童小学的六年半时间，"学习雷锋好榜样"一直是我们的行为规范。那时每逢下雨积水，我总是会脱下布鞋和袜子蹚水上学或放学回家，因为那时买不起橡胶雨鞋，又不舍得把布鞋弄湿。这还不算，如果放学恰逢下雨，我还会主动背一个同样没有雨鞋的同学回家。一个小学生背着一个同龄的同学看上去有些滑稽，确实也很累，但对我来说却是常态，心里觉得这是在学雷锋，做好事。有好几次在背同学回家的路上遇到妈妈来送油布伞，妈妈看了好生心疼，但都不会说我，而是默默地帮我们打着伞，直到送同学到家。赤脚走在宁海东路这条弹咯路，脚底下的痛我至今记忆犹新。有段时间学校上课不正常，虽然依然每天安排值日生打扫教室，但经常有同学溜号，我也经常下课后不急着回家，而是等人去楼空后，一个人默默地把教室打扫得干干净净，甚至还会去"牛棚"里借拖把，把教室拖干净。记得有一次，我发现教室里的玻璃窗有点脏，放学后就取来一些旧报纸，爬上沿街的窗户就开始使劲地擦。突然，楼下马路上传来急切的叫声："建平，侬勿动！勿动啊！"原来，是我妈看到别的同学都放学了，而我却迟迟没有回家，想来学校喊我回家吃饭，未曾想却在马路上看到我爬在学校沿街二楼的窗户上，着实把她惊出了一身冷汗。那天回家她真真切切地把我打了一顿，并"警告"我以后不得再有如此危险的举动。其实，在这之前我还有一件事没敢告诉她。那天，教室里黑板前日光灯的拉线开关的拉线断了，而且是断在开关盒里。放学后，我把几个课桌和椅子叠起来，爬上去，旋开开关的胶木盖子，想把那根断了的拉线重新穿进去打个结，未曾想，手指碰到了带电的铜片，电流瞬间把我的手指弹开，人也从上面掉了下来。那时我根本不懂电，也从没想过开关里还会有电，人还会被"麻"到。我再也不敢穿那根拉线了，只得重新爬上去，小心翼翼地将开关盖子旋上，谁也没告诉，悄悄地溜回了家。后来在中学里学到电工知识时才知道"火线进开关、地线进灯头"是做电工的基本常识，也庆幸那天因为是站在木制的课桌椅上，绝缘良好，我才没出大事，只是手指被电了一下而已。想想这个无知而无畏的"学雷锋"事件，确实还是有点风险的。

劳动课与忆苦思甜

那时，小学生每周都有两节劳动课，一二年级的时候是在教室里做卫生球，即用卫生棉花做成空心的棉花球，用作医院消毒用的酒精棉花球。每次做棉花球，教室里总是很热闹，大家都觉得很好玩，特别是几个调皮的学生，总是有意不把手洗干净，捻出来的棉花球总是黑黑的，免不了要被老师训几句，做出来的棉花球自然也不能用了。后来，做棉花球的活没有了，改成了整理猪鬃。这个活很简单却不好干，每次劳动，要求大家把长短不一的猪鬃按长短弄整齐，供制作毛刷用。这些猪鬃不仅拿在手上感觉油腻腻的，而且有一股浓烈的猪圈里的气味。为了不影响教室里的空气，这个劳动课安排在一个专门的工场里进行。每次进门，总让人感觉像是进了猪圈，气味令人作呕。但大家都不敢说，怕老师批评我们不能吃苦耐劳，只能忍着。每次干完活，总要用肥皂把手反复清洗，但总还会留下一点气味，到了晚上还散不去。

后来，学校里来了"工宣队"，专门负责监督学校的日常工作，我们的劳动课就取消了，改为"忆苦思甜"。每周会到外面请一些新中国成立前的穷苦人来给我们忆苦思甜，忆旧社会的苦，讲新社会的甜，还时不时要吃"忆苦饭"来体验旧社会的生活。记得第一次吃"忆苦饭"，学校老师特意到外面搞来一个大废油桶，请人帮忙用泥灰搪成一个大炉子，配上一个大铁锅和几个大蒸笼。按规定，这个"忆苦饭"应该是用野菜和糠做成的。但那个时候到哪里去找野菜和糠啊，没办法，只得用麸皮和青菜掺上少量面粉，做成冒牌的菜糠团子，放在大蒸笼里蒸，那个香啊！不过，当真正把这个菜团子咬在嘴里的时候，大部分同学都咽不下去了，虽然很香，但喂猪用的麸皮这么粗实在是难以下咽！

报童小学的"工宣队"来自于上港四区。当年上港四区的码头位于新开河到大达码头的黄浦江边，那时还没有集装箱，上港四区主要从事散货船的装卸作业。上港四区派驻报童小学的"工宣队"员共有两个，领头的姓徐，一位和蔼的老工人，看到学生，经常会摸摸我们的头，关照我们别在走廊里乱跑，小心摔跟头。但另一位戴眼镜的"工宣队"员却很严肃、一脸忧国忧民的样子，经常会找一些老师谈话，看到我们学生则是很不屑的样子，大家都不喜欢他。

那次，徐师傅带学校老师和我们班干部去上港四区参加劳动，直接就上了码头。那天的劳动是从一艘日本货船往码头上卸化肥。没有吊车，就两块长长的跳板，每个人自己通过跳板去货舱里，背两包化肥，再从跳板上下来，将化肥堆放在码头上。好在这化肥的比重都很轻，我们小学生背两包都没问题，只是这跳板还是和新中国成立前没啥两样，晃得我们两腿直打颤。也就是这次劳动，我才知道，其实这化肥虽然也是肥料，但一点都不臭，还和绵白糖一样细细的，雪白雪白的，撒在地上远远看上去像铺了层雪花。

那天中午，我们就在上港四区的食堂吃客饭，每人三两饭，一块大肉加菜底，一毛两分钱，当然，饭钱不用我们出，算是上港四区请客了。不久，徐师傅退休了，我们几个小朋友有点依依不舍，一直送他回到他在外滩十六铺过去一点的老太平弄的棚户区老房子里。如今近五十年过去了，如果徐师傅还在的话，应该也是百岁老人了。

后来，我又去过一次上港四区的食堂，那是六一前夕，我们学校新发展了一批低年级的少先队员，借上港四区的大食堂作会场举行仪式。那天，我凑巧被安排为我们弄堂里的海滨戴红领巾。等他下台后，我正在等下一个上来，突然发现面前的地板上有一大摊水。后来才弄明白，原来是海滨上台时太紧张了，在我帮他戴红领巾时，实在憋不住撒了一大泡尿，我真不知道他那天是怎么回去的。

拉练

在我的"报童"生涯中，还有一件大事让我至今记忆犹新，那就是"拉练"。估计现在的年轻人不会知道"拉练"是什么意思，更不会知道"拉练"对一个小学生来说意味着什么。

1969年3月，珍宝岛自卫反击战爆发，全国上下掀起了一股备战热潮。各机关、企事业单位、学校和里弄居委会到处都在进行防空教育，熟悉各种防空警报的声音，学校的体育课也在反复练习卧倒姿势，每家每户的玻璃窗都用纸条贴成了"米"字形，以防万一轰炸时震碎玻璃伤人。接着，各单位开始组织工人、机关干部和学生参加半军事化的徒步野外拉练。

到了1971年，拉练的要求也被布置到了小学。记得那是1971年3月，春节刚过，还是春寒料峭的季节，我们这些小学六年级学生就像大人一样打起背包，跟着老师出门拉练去了。那时学生拉练的标配包括：一条被子、一根长度正好的打包带和一根背包带、一张正好可以包在被子外面的军绿色塑料布、两双鞋、一个军用水壶、一顶草帽、几件简单的换洗衣裤、一个军用挎包、一条红领巾、一个搪瓷饭碗和一双筷子、一个搪瓷口杯、一条毛巾及其他如牙刷、牙膏等一些零零碎碎的东西，包括一个小小的针线包。

按照规定的行进路线，我们这次拉练共计11天，从市区的学校出发，分别经过原上海县（现闵行区）的曹行和闵行、原奉贤县（现奉贤区）的肖塘和亭林、原金山县（现金山区）的金山卫和漕泾、原奉贤县的金汇、原上海县的杜行（现闵行区）和原南汇县（现浦东新区）的周浦，再回到上海市区，全程约200公里，每天徒步行军约20~25公里，中间只有2~3天休整。每到一个宿营地，都是在村里农民腾出来的房子里打地铺。大家打开背包后，先用那张包在被子外的塑料布铺在泥地的稻草上，然后把被子折成两半铺在上面，一半做褥子，一半作被子。随后拿毛巾到井边或河边简单洗洗脸，就拿着饭碗去先头部队临时设置的厨房（那时候通常叫炊事班）去打饭吃。一般吃完饭还要席地围坐在一起学习毛主席语录，然后可以借用农民家的脸盆或木盆去炊事班打热水洗洗就睡了。虽说那时大家还都是小孩子，但一天走下来早就累得不行了，根本没有现在小孩子在一起那种打打闹闹的欢乐劲，倒头便睡，因为第二天一早又要起来打包赶路了。通常，二十来个人睡在一个屋子里，晚上醒来时除了满屋子的脚臭味，就是几个小胖子发出的呼噜声。摸黑去搁在屋子角落里的粪桶撒尿，也常常把地上弄得一塌糊涂。

那时候由于物质匮乏，每天的伙食都很一般，还得自己交粮票和伙食费，中午在路上一般都是每人发两个淡馒头，就着自己背的水壶里的白开水就算对付过去了。行军途中很少休息，给自己鼓劲的唯一办法是集体喊口号或唱歌。特别是遇到别的拉练队伍时，大家更是会把口号喊得震天响。如果对方是成年人，那我们还会很自豪地享受着对方投过来的钦佩和赞许的目光，里面的潜台词是："哎！这么小的小孩子也真不容易啊！"那时候为了避免每天行军脚上打泡，我们都被要求在袜子底或鞋内涂一层肥皂，可我不习惯这样做，结果开始几天脚上天天起泡，晚上睡觉前咬咬牙把它们挑破，第二天照样赶路。最可恨的是我的这双平脚板，不善走路，每天走到下午就扛不住了，没办法只能坚持，因为是班长，得领头，不可以拖在后面。那时候对意志力的培养，现在真的是没法比！不过，那时候我们最羡慕的是当先头部队的同学和老师，他们的任务是每天做完早餐后（就是煮一大锅粥和蒸几笼馒头）赶紧洗洗涮涮、收拾家当，然后踏几辆装满家什的三轮黄鱼车赶往下一个宿营地，为我们准备晚餐和第二天的干粮。因为不用像我们一样徒步行军，而且我们想当然地觉得他们可以想吃多少就吃多少（那时候口粮是定量供应，大家都觉得不够吃），真是羡慕他们。当我们这帮之前从来没有离开过家的小学生最后一天从最后一个宿营地周浦直接走回学校时，看到等在校门口迎接的家长，我们都哭了。想想原本在家啥都不做的，现在这样外出拉练吃了那么多苦，心中像有天大的委屈似的。但事后想想这不也是我们童年的欢乐时光么？只是和现在的方式不一样，我们得到的似乎更多。

我们的拉练

怀念在报童的日子

1972年2月，怀着对中学生活的无限憧憬，我离开了生活和学习了6年半的报童小学，被分配到上海市金陵中学，开始4年的中学生活。

离开报童小学后，心里还一直留恋着报童小学的点点滴滴。很遗憾，在我们离开后不久，整个报童小学就搬到了延安东路289号的原宁海东路小学，在宝裕里弄口，每天早上所有的学生都要在弄堂里和马路上排队升国旗、做广播体操。宝裕里弄堂口有个阅报栏，那是我每天必定要去的，看完整个4版报纸，要花近一个小时。阅报时，经常会遇到我在报童小学的老师，他们也还一直惦记着我，特别是之前被批斗的张荷英老师，那时她的头发已经花白了，但还在当班主任，见面时我们总是感叹良多。她也总是不忘叮嘱我要好好地，还总是问我父母好，她说为我父母能培育出我这样的好小囡而感到高兴。

后来，宝裕里的整个地块被拆了，成了一块很大的公共绿地，报童小学也再次搬迁去了山西南路的原山西南路小学，但报童小学的牌子被延续了下来，山西南路小学则被撤销了。近半个世纪过去了，我也再没有回过我的母校报童小学，也不知那时的老师现在是否还都安在，我特别想念我的第一任班主任陈翠华老师，也很惦念张荷英老师以及我的最后一任班主任陈慧芬老师，当然还有余淑文校长和王贯一老先生。结束"报童生涯"已经46年了，当年的老同学除了个别到同一所中学继续是同学之外，基本上也都没有联系，不知现在大家是否都好，甚是挂念！

报童小学70周年校庆老教师合影

我的"金陵"记忆

　　1972年的春节较晚，年刚过完就开学了。怀着忐忑和憧憬的心情，第一次走进了上海市金陵中学的大门。

　　金陵中学位于上海外滩的黄金地段——中山东二路金陵东路口，当时的门牌号为金陵东路2号。学校的建筑布局呈东西走向，东边靠外滩的一栋楼称为东楼，另有一栋西楼与之相对，中间隔了一个大操场。操场四角各有一棵大法国梧桐，据说枝叶夏天可以把整个操场遮得严严实实，煞是好看。在西楼的北侧，还有一排二层的红砖建筑，像是仓库。

外滩边的老法国领事馆（清代老照片）

当年领馆路旁的法国领事馆

面向外滩的原法国领事馆大门

　　还未进金陵中学之前我们就知道，金陵中学的校舍原为建于19世纪下半叶的老法国领事馆。按相关资料记载，1847年11月，敏体尼（Charles de Montigny，1805～1868年）承担了在上海设立法国领事馆的任务，这位新领事刚到上海，就把法国领事馆设在上海老城和英租界之间的一座天主教会的房子里作为临时馆舍，并不在金陵中学的原址。金陵东路 2 号这块地占地 5 亩，最早被法国商人雷米买下，直到 1863 年（同治二年），法国外交部才正式同意建造新的法国领事馆，并拨款八万五千两银子，其中四万五千两用来购买雷米的地皮。领馆 1867 年完工，主楼一幢四楼，副楼一幢二层，中间还有天桥连接。但仅仅十几

原法国领事馆背部面向西侧操场的一侧

年时间，领馆主楼倾斜，不能再用，只得拆除重建，1895 年竣工。新的大楼只有二层，早期法国外廊式建筑风格，帕拉迪奥式屋顶，石材贴面，呈现对称、庄重的风格，这就是我们进入金陵中学时所看到的校舍。金陵东路在清末民初因建有法国领事馆而被叫作领馆路，后又叫公馆马路、法大马路（法租界的主干道），1943 年改名金陵路，1946 年更名为金陵东路。1949 年，法国领事馆撤销，后由金陵中学使用。

金陵中学是一所在原黄浦区颇有声望的公办完全中学。1956 年由上海市北郊中学分校（1952 年由 1906 年建校的原沪江大学附中与 1897 年建校的晏摩氏女中合并而成）与上海市建工初级中学合并而成，建校时间最早可追溯到 1897 年。

那时候小学毕业进入中学是不用考试的，按户籍划分，原来黄浦区金陵东路街道盛泽居委会和山东南路居委会所辖范围内的应届小学毕业生大部分都被分配进了金陵中学，而这些学生原来的小学则分属黄浦区第一中心小学、报童小学和金陵东路民办第一小学。

报到那天一早，操场上全是新生，挤在布告栏前看自己编在哪个班级。我在中（一）年级 4 班一栏找到了自己的名字。然后去找教室，西楼进门左侧第一个教室就是 4 班的。黑板上已经将全班新生的名字按座位写好，大家对号入座。发现有几个小学同学也和我在同一个班，但大部分都是新同学。

4 班的班主任是一位男老师，叫孙以毅。三四十岁，头发梳得很整齐，穿一件深色呢短大衣，围一条现在仍然很时髦的羊毛格子围巾，脚上的皮鞋擦得锃亮，一看就是大户人家出身，隐约透出一股威严。基本安排好后，孙老师宣布临时班委成员名单，我再一次被指定为临时班长，开启了我中学四年"快乐并烦恼"的班干部生涯。

开学没多久，整个年级又开始进入"拉练"模式。由于一年前刚参加过小学组织的"拉练"，所以小孩子那种紧张、兴奋的感觉早已淡化，准备工作也变得比较简单，甚至有些"行头"都是之前留下的。大家比较关注的是这次"拉练"是新同学间相互熟悉的好机会，但对我来说，却是又一次"噩梦"。因为我天生是平脚板，不善走长

路，路走多了，脚底就会像抽筋和肌肉撕裂样疼痛。不巧的是，这次"拉练"恰逢连绵阴雨，而且时间也延长到了20天，整个"拉练"过程对我来说变得异常痛苦。我这个班长虽然是临时的，但也不能落后啊，只得咬紧牙关扛着。回来后，在新的正式班委选举中，我也由临时班长变成了正式班长。现在回头想想，那时候的小孩子也不容易，荣誉感比什么都重要。现在的孩子估计吃不了这个苦。

1972年，学校的课程设置也逐渐恢复，数学、语文、外语、政治成了主课，而物理则被改为工业基础知识（工基），生物被改为农业基础知识（农基），课堂上弥漫着浓厚的学习氛围。期中和期末考试也恢复了，阶段测验也成了家常便饭。但是，因为我们这批学生在小学里打下的基础并不扎实，特别是一些还未进入状态的学生，要在很短的时间内适应有一定强度的正常课堂教学秩序和要求，还真的是有点困难。第一学期结束，全年级近600名学生，4门主课，有2门及以上不及格的几乎占了50%，3门及以上不及格的居然也有三分之一。对此，学校做出一个重大决定，将期末考试3门及以上不及格的同学从所有的班里分离出来，单独组成4个班，命名为"跃进班"，其余的学生则另外重新组成8个普通班。"跃进班"和普通班采用相同的教材，但教学要求有所降低，教学进度也有所放慢。同时，给"跃进班"配置强有力的老师，主要抓班风班规和思想教育。

采取这种做法，现在回头想想，当时的校领导还是要有一定勇气的。从积极角度看，针对不同的学生"因材施教"，实施个性化的帮教措施，让每个学生都有存在感和成就感，是先进教学理念的体现。

重新分班后，新的中（一）1班到中（一）4班成了"跃进班"，我则被插到了7班，新的班主任是戎佩老师，教政治。副班主任是周泰惠老师，数学名师，是当时整个黄浦区的中学数学教研组组长。而孙以毅老师则因能力强被留在4班继续担任班主任。

一年级下学期开学，学习强度进一步增加，一些高年资的老师纷纷组织一些兴趣小组活动来满足部分"吃不饱"学生的需求。比如周泰惠老师，在教数学课的同时，还把我们几个数学成绩相对较好、而且对数学表现出极大兴趣的同学组织起来，成立了一个小小的数学兴趣小组。记得我们班除了我，还有梅鸣华、陈建、邵建民、俞宝荣等几个同学参加。使用的教材是苏联出版的《趣味数学》，扉页的第一题我至今还记得，题目是：在什么时候天上飞的3只小鸟可以形成一个平面？答案其实很简单：任何时候！但我们中还是有不少同学瞪着眼睛答不上来。记得那时刚刚开始学习平面几何，大家对各种证明题表现出极大的兴趣，往往会为了解题而废寝忘食、争吵不休。一旦一道难题被解出，都会兴奋好一阵子。不过，这样的热情没有维持多长时间，大家就被越来越多的功课压得有点喘不过气来，兴趣小组大概持续了一个学期就自然解散了。不过，那本《趣味数学》却一直伴随了我四年的中学时期。一年级第二学期临近结束，学校组织了一次全校数学竞赛，我只得了年级第五名，很让周老师失望。不过也是在这个学期，我因各方面表现都不错，被评为校"三好学生"。

1973 年元旦参加学校数学竞赛的奖状

1972 年下半学期"三好学生"奖状

作为主课老师，我们的语文课老师不是满腹经纶的 5 班班主任孙铭嘉先生，而是那时年龄不过 30 出头、长着一张娃娃脸、非常可爱的刘文珠老师。刘老师平时的穿着打扮比较时髦，虽然和现在不能比，但她每天来学校总会精心修饰自己。平时无论是和老师还是和学生交谈，说到开心处，总会喜形于色，就差提起裙摆转圈了，她的笑声也非常有感染力。每次上语文课，教室里总是回荡着刘老师那抑扬顿挫、奶声奶气中又透出一种嗲劲的声音，因此，同学们私底下总是叫她"刘娃娃"。她知道了也不气恼，看上去完全像一个没心没肺的"开心果"，但一旦真的有同学把她惹火了，接下来的"狂风暴雨"也会让你重新认识她是谁的。

另一位让我至今无法忘怀的是俄语老师周蝶美。那时候学外语，学什么语种学生是没有选择权的。记得进中学之前，我们在小学好像也学过一些英语，但老师不是学外语出身，没有音标，就教我们用汉字在英文单词下面标注读音，反正是中国人不明白，外国人也听不懂。折腾了一阵子，也没留下什么印象，不过，26 个英文字母算是学会了，不然进了中学，解代数或几何题就没办法了。进了金陵中学，我们有 4 个班被安排学俄语，周碟美老师给人的感觉非常优雅，讲起话来轻声细语，烫过的头发让人觉得有些洋气，和她教外语的身份非常匹配。因为之前没有什么基础（大家都一样），所以我学习俄语非常认真。无论是小测验还是期中、期末考试，我的考卷上永远是 100 分，因而深得周老师喜爱。但有一年的期末考试，我却把周老师气得够呛，不为别的，而是因为作弊，确切地讲是帮别人作弊。记得那次考试，我坐在最后一排，大概只用了一半时间，就把整张卷子做完了。这时，我右手边有一张卷子被悄悄递了过来，是坐在我右边的一个和我住一条弄堂的女同学递过来的，看着她充满期待的眼神，我也没有多想，拿过来就在上面还是空白的地方做了起来，并很快又递了回去，自认为神不知鬼不觉的，但还是被隔了一条走廊坐在前一排的一个女同学看见了，等监考老师一不留神，她也把卷子塞了过来，这次，我拒绝了，因为考试差不多要结束了，我不想再惹麻烦。很快，这事被老师知道了。下午，周老师把我叫去她的办公室，狠狠地批评了一顿。看着她说话时嘴都在发抖的样子，我感到太对不起周老师了。最后，周老师撂下一句狠话："虽然这次你的卷面成绩仍是 100 分，但我会给你 0 分，让你好好吸取教训！"第二天，班主任找我谈话，除了批评，还让我再次去向周老师道歉。我很认真地再次去向周老师赔不是，周老师接受了，并且把 100 分还给了我。这么多年过去了，但这件事仍在我的记忆中无法抹去，并深深自责。遗憾的是，学了几年的俄语，以后再也没有用过，现在连 33 个字母都已背不全了。前些年去俄罗斯旅游，除了简单的问候或感谢的词语，其他的都已不会说了，甚是可惜。

那时候，学校号召学生要德、智、体全面发展。所谓"三好"就是思想好、学习好、身体好。一句话，光学习好还不行，还得全面发展。为此，学校组织了各种各样的兴趣学习小组、篮球、排球、击剑、体操、射击等多个运动队以及文艺宣传小分队，鼓励学生们课余时间积极参加各类活动。

面对那么多的选项，我参加了由体育教研组曹一新老师组织的作为军事体育项目的无线电收发报训练班。小时候经常会在收音机的短波频道里听到无线电发报的音频信号，感觉非常神秘和好奇。每周两个下午，我们都会准时出现在一个专用的教室里，每个人的桌上放有一副耳机和一个电键。第一次上课，我头一次听说无线电代码中的 1、2、3、4、5、6、7、8、9、0 居然应该被念成幺、二、三、四、五、六、拐、八、狗、洞。刚开始训练时，曹老师先告诉我们什么是短码，什么是长码，它们的使用场合以及它们所对应的音频信号。然后让我们戴上耳机听他以很缓慢的速度试着发出连续的短码信号，我们用铅笔在抄报纸上将这些电码转换成数字记录下来。头几次训练，同学们抄录下来的电码错误率很高，但经过一段时间的训练，大家抄录的速度和准确率就有了大幅度的提高。接下来的训练就是发报了，即自己使用电键将一组组编码转换成音频信号发出去。大约半年，通过自己练习、一对一练习和集体的高强度练习，我们中的一部分同学已经达到了 3 级运动员的水平，即每分钟可以准确发出

80 个短码数字以及抄录 120 个短码数字，我也有幸位列其中。直到现在，我还能把长、短码的 0~9 倒背如流，包括一些勤务信号，例如，告诉对方我要开始发报，请对方做好准备："…—…—…——…—"；如果发报过程中有个字符发错了，需要更正，可以发："··———··"，提醒对方从这一组电码的头一个数字开始重新抄报；发报结束，也要告知对方，应该发："··—·—·"。相对而言，长码信号的持续时间较长，收发比较容易，但短码就完全不一样了，收发时脑子的反应必须非常快，特别是在按正常速度抄报时，必须学会"压码"技巧，即在听一组信号的最后一个字符时才开始抄录第一个，否则将永远赶不上对方发报的速度。参加无线电收发报的训练，可以大大提高人的反应能力和速度。虽然作为军事体育的一个项目受众面比较小，但对参加训练的人来说，收效是非常明显的。

学完无线电收发报，我又迷上了航模。辅导老师还是曹一新，但这次不是专门的兴趣小组，只有 7 班的我、陈建和 5 班的洪深 3 个人。那时候学校的东楼除了底楼是体育教研组和校领导办公室之外，楼上是不开放的图书馆和教具仓库。曹老师带我们到三层一个积满灰尘的仓库，给我们看了之前学校航模小组同学的作品，包括实木的战斗机模型、线操纵的单缸发动机飞机模型、曾得过奖的竞速艇模型和各种舰船模型等。其中有个一米多长的比赛用帆船模型，甲板是用很精致的细木条拼成的，船底部还镶了很大一块铅块用于保持船体的平衡。我们大开眼界，一下子就产生了浓厚的兴趣。说干就干，我们在仓库里清理出一小块空地，中间放了一个很大的工作台，制作航模用的大部分工具都是以前留下来的，甚至还有之前没有用完的桐木片等。曹老师说："你们想学航模制作，必须先从基本功开始学，什么是基本功呢？就是手工制作实木飞机和舰船模型。"

第一个实木的战斗机模型我们做得很辛苦。专用的斜口刀拿在手上就是不听使唤，手劲也不够大，三个人手上都被削开过很大的口子，用纱布一扎继续干。找图纸、磨刀、选原料、手工切削、各种零件黏结、打磨、抛光、配有机玻璃的驾驶舱盖、上漆、涂装、制作基座等，大约花了十天，我们的第一架实木战斗机模型就成型了。曹老师夸我们干得不错，我们也兴奋了好几天。接下来我们就直接向制作线操纵模型飞机进军了！大概花了一个月时间，我们把制作龙骨和结构支架用的桐木条和桐木片、作机身和机翼蒙皮用的棉花纸等基本材料都配齐了，曹老师还专门向学校申请经费，让我们去南京路仙乐书场对面的翼风航模商店买回一台航模飞机专用的小型单缸双冲程燃油发动机。做这架线操纵飞机模型是个大工程，费脑不说，还是个体力活。单靠手工削出一个合格的双叶螺旋桨就花了我们好长时间，而调试这台发动机也是专业性很强的活，单是燃油的调配和搞定火花塞就让我们没了脾气。记得那段时间整天就是用量筒在捣鼓航空汽油、甲醇、蓖麻子油等。同时，将发动机固定在工作台的边缘，装上螺旋桨，用手指反复试着快速扳动螺旋桨来启动发动机，这个活是会经常吃苦头的，有时发动机突然启动，手指来不及退出，被螺旋桨打到时那个痛啊！不断试、不断被打，我们右手的食指几乎天天肿得像胡萝卜，都无法弯曲写字，回去妈妈看了都心痛，但没办法，还得坚持！前后大约半年时间，这架飞机基本做成了。然后我们花了三天时间给飞机上蒙皮，胶水、棉花纸、赛璐珞涂层、红外干燥灯，弄得日夜颠倒，但当用手指轻轻弹着已经成型紧绷的蒙皮而发出清脆的响声时，我们的心都醉了。

　　中学二年级，正是长知识、长身体的时候，浑身有使不完的劲。每天的功课对我来说压力并不大，总想在课余时间再学点什么。那时候，我们学校有两个书法奇才，一个是低我们一个年级的徐亮，他的外公就是当时大名鼎鼎的书法大家任政先生。徐亮从小跟外公习字，到中学一年级已是一把好手；另一个是我们同年级5班的沈恩时，他的老师同样也是任政。据说沈恩时的妈妈和任政在邮电局是同事，沈恩时也是从小就跟任政学书法的。那次学校请任老先生来开书法讲座，我听得入神，于是心中又突然有了成为一个书法家的梦。记得那个讲座结束后，我回家搞了一本柳公权的字帖，就着家里现有的毛笔和砚台，找了点毛边纸，比画了大概一个月光景，却毫无进步，心里的那股劲不觉就泄了一半，得！楷书难学，我就改学隶书吧，恰好我大哥有一本《纪念白求恩》的隶书字帖，我拿来就开始照着习起隶书来。一段时间以后，自己看看居然有点像样了，心中暗暗得意。正好学校组织全校书法竞赛，我就有点蠢蠢欲动，扛不住同学怂恿，居然不知天高地厚地报名了。比赛那天，是命题创作，大家都在一个教室里，每人一张大楷纸，笔墨自备，按当场宣布的内容，各自发挥。我选了隶书，但写什么内容已经忘了。写完后交卷，看到别人写的字，当场就没了想法，也没敢久留，悄悄地就溜回了家，晚上也没和父母提起这事，只当没有发生过。发榜那天，很多人都围着东楼底楼走廊墙上的宣传栏看贴出来的获奖作品，我都没敢靠近，后来趁人少的时候，装作是路过，眼睛往宣传栏一瞥，发现我居然得了第四名！虽然是两件作品并列第四名，但心中也不禁一阵狂喜，走路的步子似乎一下子轻快了很多。不过，脸上的笑容还未来得及收

起来，前面的几幅1~3名的作品一下子就把我镇住了。差距实在太大，我的美梦瞬间被击得粉碎。那天老师给我发奖状，我都不好意思接。此后，我再也没有参加过任何书法比赛，连习字都是偷偷摸摸的，不敢示人，后来索性作罢，改学篆刻了。难怪临近中学毕业，我的班主任徐能平老师还对我说："王建平，侬样样来赛，就是两只字有点拿勿出手。"个中的分量只有我自己心里有数。

参加学校组织的书法竞赛所获奖状

1973 年 7 月，因在整个学年的 10 门功课考试中取得全优的成绩（据说那次全年级只有我和 8 班的陈良两人获得全优），我再次被评为学校的"三好学生"，心里自然很是高兴！

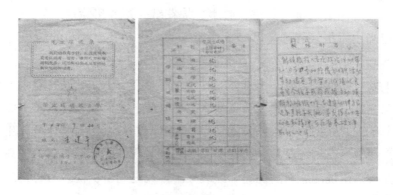

1973 学年的学习成绩单

1973 年的下半学期被拆成了三段，先是上了一个多月的课，然后去当时的青浦县白鹤公社叶泾大队学农劳动，然后再返回学校上课，直到 1974 年寒假的来临。我们学生对下乡学农很有新鲜感，况且还可以不上课，学习压力自然轻了不少。下乡前，人在教室，但心已经飞出去了。下乡回来，人在教室，但心一时也收不回来。所以，这个学期应该是我们在金陵中学四年学习生涯中最轻松的一个学期，我还拿了一张"学农积极分子"的奖状。

1973 年上半学年的"三好学生"奖状

1974 年上半学期结束前一个月，我们提前结束了课堂教学，被安排去当时驻校"工宣队"的对口单位——上海丰华圆珠笔厂进行学工劳动，大概一个月时间。我去的是丰华圆珠笔厂的成都路车间，在华司小组单独操作微型车床，加工铜华司，翻早中班。那时候去劳动，有车贴和餐贴，虽然加起来一天不到 3 毛钱，但还是很开心的。上下班为了省钱，还特意不坐公交车，来回都是步行。午饭或晚饭，有

"学工劳动积极分子"奖状

时看食堂的菜比较贵（其实也就1角钱左右），还会用车间的保温桶里的酸梅汤饮料泡饭吃，省下菜钱买自己想要的东西。第一次学工劳动结束，师傅对我的评价不错，我被评为"学工劳动积极分子"。

1974学年结束，我的整体成绩有所下降，6门功课考试，我只取得了5门优1门良的成绩，心中有点懊恼。但也没办法，其中的电子技术我实在是不喜欢，成绩自然就不理想。

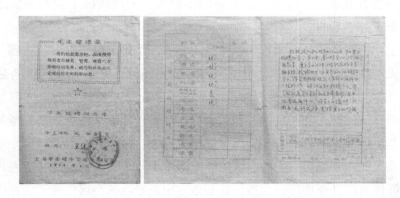

1974学年的成绩单

1974年下半学期，学校的课堂教学基本正常，但课程压力似乎有所下降。各种课外活动的热闹程度已经和两年前不能比了，剩下的只有篮球、排球、击剑和体操等几个特色运动队和文艺小分队还在正常活动。我从小对球类运动不在行，也没什么兴趣。虽然小学低年级时也跳过舞蹈，但到了中学后就没什么艺术细胞。不过，每当看到文艺宣传小分队里的吕光耀、刘建飞、王柯、刘坚等几个男生整天可以和那么多漂亮女生在一起排练的时候，心里总会有些嫉妒，想想自己怎么就不会拉个手风琴、二胡什么的呢！

学校的课外活动没有了，每天上半天课，下课后的大部分时间都是在家里或同学家，有时也在外面闲逛。那时候整天和我在一起的有同班的陈建、姚国安和5班的洪深，大部分时间都会在我家集中，然后一起玩或一起出去。特别是陈建，中学几年几乎每天和我形影不离，不是他来我家，就是我去他家，以至我们弄堂里都说他们几个也是我妈妈的儿子。陈建嗓子特别好，喜欢唱歌，他家所住的盛泽路80弄2号楼上楼下都被他"震撼"过。另外，他还喜欢跟电台学英语，经常拿着一本英语课本，念给我妈听，我妈听得心里很是喜欢。姚国安家里规矩比较严，每次来，都是很规矩的样子，次数也相对比较少。洪深则是人小鬼大，客气得像典型的"老江湖"，人还在楼下后门口，就开始叫"建平姆妈"了，而且可以一路叫上来，整个楼上都知道是洪深来了。我妈也说"迭只小滑头客气得来挡也挡勿牢"，不过背后还一直跟我说"洪深迭呃小囡老懂规矩呃！"

那时候既没网络，也没手机，连电视机都没有。我们最喜欢的就是去弄堂里2号的邵建民家打康乐球，但得看人家脸色，玩的人多了或人家不乐意了，我们就只能讪讪地离开。有时候因技不如人，还要被奚落一番，当时就想为什么我们家就没有这套康乐球呢？看电影当然也是我们的最爱。但那时一是各家影院放的片子基本都是一样的，二是可以放的片子也就那么几部，《地道战》《地雷战》《小兵张嘎》和八个样板戏什么的，翻来倒去整天在炒冷饭，通常一部片子我们都看过好几遍，不像现在有那么多选择。当然，还有个问题看电影是要付钱，除非真的很想看，一般情况下掏钱买票还得掂量掂量，虽然只要5分1毛的。

到马路上闲逛是我们最多的选择，一是不要钱，二是可以想去哪就去哪。那时候马路上人和车没现在那么多，安全没问题。当时东到外滩，北到苏州河，西到新城隍庙（连云路），南到金陵东路都是我们涉足的范围，哪儿有一条什么弄堂，哪儿有一家什么店，我们都一清二楚。甚至我都敢和我大哥比赛看谁能够从南京东路外滩开始一直到西藏路的中百一店，把路边的每一家店准确地说出来，包括开在弄堂口的小烟纸店。比如，南京东路上的和平饭店、上海电报局、上海手工业局、美罗商店、上海民族乐器商店、上海东海体育用品商店等。当然，这些地方中最好玩的当属外滩了，在江边可以无所事事地看上老半天。那时候的外滩，岸边码头林立，江边停满了各种拖轮、巡逻艇、驳船、货船和分别用于海上和长江的客轮。要找一个没有码头可以直接看到黄浦江面的地方还真不容易。那时候没有高架，所以也没有后来的"外滩第一湾"，到金陵中学东楼二楼的室外走廊看黄浦江是个不错的选择。但由于东楼除了底楼有几个办公室和教室在用，上面都是空的，屋里满是灰尘，大家都不敢上去，因为我们那时航模制作就在东楼三层阁，所以我们不怕，可以独上东楼，欣赏黄浦江美景。

金陵中学地处外滩黄金地段，斜对面靠近延安东路口的黄浦江边就是延安东路轮渡站和著名的上海外滩气象信号台。这个信号台是上海外滩的标志性建筑之一，全国重点保护建筑。1884年，法国天主教会创建的徐家汇天文台，在"洋泾浜"外滩（即后来的延安东路外滩）设立气象信号台，最初的信号台是直竖地上的一根长木杆，根据天文台传来的气象信息，悬挂不同的信号标志，以警示往来的船只。1907年，木杆被拆除，重建圆柱形的气象信号塔，信号塔统高49.8米，塔身高36.8米，是由西班牙著名建筑设计师阿塔努布设计的。这个信号台新中国成立后

已经成为保护建筑的外滩气象信号台

也在继续使用，并于 1952 年成立外滩气象台，直到 1957 年才正式停止气象站的功能，而改由港务监督部门负责悬挂风暴预警信号。此后，随着电话等多种现代通讯方式的普及，这个信号塔的作用逐渐弱化，相关建筑也归上海水上公安局派出所使用。在 1993 年外滩改造工程中，为了保护这个建筑物，将它向东整体移位 20 米，并进行了保护性修缮。修缮后塔基的裙房，一楼成了外滩档案陈列馆，二楼为怀旧的阿塔努布酒吧，三楼为观光平台。

1975 年 5 月底，我们再次提前结束课堂教学，被安排去参加学工劳动。这次我们班被安排到地处杨浦区平凉路兰州路桥边的上海汽车电机厂第四车间跟班劳动。我分到了冲床小组，专门冲压汽车电机用的矽钢片或组件。这是我第一次近距离体验工厂大型设备并加入紧张而又繁忙的生产第一线的工作现场，心里既紧张又兴奋。不过很快，我的兴奋就被紧张代替了。我发现，在这个小组工作的工人，几乎所有人都有一个或几个手指是缺损的，一打听，原来都是在工作中被冲床"吃掉"的！小组里的师傅们对我很是爱护，不让我直接上冲床操作，而是先让我打下手。一个星期后，看我对环境和操作比较熟悉了，才让我上冲床，并在边上随时关注着。还好，一直到学工劳动结束，我的十个手指还是完整的。这次劳动，车间里是翻三班的，我们也一样翻，很新鲜。特别是夜班，晚上 10 点半接班，早上 6 点半下班，日夜完全颠倒，心里满是一种产业工人的自豪感，而且上中班或夜班还有几毛钱的津贴。那时候上班，因为路途比较远，每天要乘十多站 25 路电车，车从东新桥起点站开出时就已经很挤了。那时候高峰时段坐公交车的上班一族大多都有月票，我们这帮小鬼就在比试谁有本事逃票：一是将旧的车票沾在嘴唇上大老远地展示给售票员看，意思是"俺这边买过啦！"；二是等乘过了好几站再买票，反正车上人多，又很挤，售票员也搞不清楚是从哪站上来的，但票面价格下来，原来要 1 角 6 分，现在只要 7 分钱，省了 9 分；还有的就是索性不买，全程装糊涂，让人感觉是老"月票"似的。等到站了，逃也似的下车，万事大吉，但也有失手的时候。一次中途遇上查票，同班一个同学拿出一张旧车票想蒙混过关，不料被一眼识破，只能硬挺着，说是买过了，最终红着脸补票了事。还有一次，我也没买票，被查到了，突然回头问挤在边上的陈建，"啊？你没买？我还以为你买了呢！"直接把陈建停在了"杠头"上。不过，从此以后，再也不敢逃票了。现在回头想想这些陈年糗事，自己都会感到好笑，也不敢说给自己儿子听，怕他认为当年我是"熊孩子"。

学工劳动结束，我们的学年成绩也出来了。六门功课，我再次取得了全优成绩，是全年级唯一的。我们那时的成绩单挺有意思的，除了记录各门功课的成绩，还有一个"群众附言"或"三结合小组意见"之类的内容，其实就是一段班主任老师对学生整个学年各项表现的评价。由于学生比较多，老师忙不过来，所以一般都由班干部代拟，班主任看过如果没有问题，就找几个字写得比较好的学生帮忙抄上去。每次写这个内容的时候，班里大部分同学的评语都是我草拟的，因为我是班长，而我自己的自然是不能自己写了，则由班里其他班干部来写。每次帮我写，他们都要反复斟酌，怕有什么不妥。但凡这个时候，我总是会装作很大度地对他们说："写！尽管放开写！没问题！"可心里却在想："哎呀妈呀，千万别给我乱写哦！不然我咋回去向我父母交代啊！"好在每次考试分数都名列前茅，他们怎么乱写大概也不会出格到什么地方去。再加上大家平时关系还挺好的，面子还是会给的，无非就是多给几个"希望"什么的。不过，每次看着这些同学们手抄的评语，心里总会有一丝自卑，怎么人家的字就写得那么好呢！而且我们班字写得好的大多是女生。方逸薇的字硬朗大气，吴军的行书就像硬笔书法的帖子，曹燕敏的字圆润流畅，赵秋霞的字老到隽秀，总让人看了爱不释手。而我的铁杆兄弟陈建也是写得一手好字，和他的个头完全对不上号，让我很是佩服。

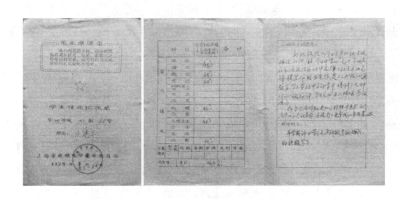

1975 学年的成绩单

1975 年下半学期，是我们在金陵中学的最后一个学期了。大部分的课已经上完，那时候也没有高考，心里已经没有了功课的压力，好不自在。只是对即将到来的毕业分配有点忐忑不安，不知接下来自己会被分配到哪里去，每个人都在纠结和梦想中默默地等待。金秋十月，我们再次来到青浦白鹤参加学农劳动，还是在叶泾五队，两年过去了，眼前的一切都没变，但我们的心境已经完全不一样

1975 年秋"学农劳动积极分子"奖状

了。没了兴奋，只剩期待。干农活当然要比两年前老练得多，和村民们的交流沟通也没有任何障碍，甚至都各自建立了很多私人关系，有空都会分散到村民家里去坐坐，同学

间的恶作剧也几乎消失。村民们都说，这些孩子长大了。很快，学农结束了。那天回上海，中午时到了学校，印象中是周慧娟帮忙借了一辆黄鱼车，我把住在我们家附近的十几位同学的行李背包统统装上车，打算帮他们一一送回家。一时心急，骑上黄鱼车就往校门外冲。校门口接着金陵东路，有一个向下的坡度，等我踩着黄鱼车冲出校门的一刹那，突然看见有一个和我们差不多大的男孩手里抱着一个小孩出现在我的正前方，立马拉刹车，但是已经来不及了，这一大一小两个被我撞倒了。等我下车一看，那个小的被抛在了一边，正在哇哇大哭，那个大的，嘴里都是血，看上去像是门牙被磕掉了，我的脑子里一片空白。正不知所措时，我们的副班主任王宝昌老师冲了出来，立马帮忙扶起那两个孩子。却不料，那个大男孩吓坏了，满脸惊恐地起身抱起那个小孩子，飞也似地往外滩方向逃走了。等我们反应过来再去追的时候，他们已经不见了。40多年过去了，至今我对这事还是深感内疚。虽然我已经不记得他们长得什么样了，但从他们的穿着来看，应该像是现在所谓的农民工的子女。不知他们后来怎么样了，虽然想想应该不会有大碍，但这应该由我承担的责任我却无从承担，甚至他们的伤痛我也无法给予起码的安慰，看来这辈子也无缘再向他们说声对不起了，只能默默地为他们祈祷，愿他们一切安好，平平安安！并请求他们能原谅我的鲁莽。1975年底，共青团组织活动恢复，我也成了一名光荣的共青团员。

1976年春节过后，我们已经完全进入了待分配的状态，课也不上了。学校成立了毕业分配工作领导小组，每个班都有一个工作小组，我作为学生代表参与其中。毕业分配工作还未正式展开，我们就先送走了两批参军的。第一批是消防兵，第二批是海军。那时候能够当兵是很大的荣耀，我首先被学校推荐报名飞行员，结果第一轮第一环节就被淘汰了。医生说开什么玩笑，近视眼还要报名当飞行员。那是我第一次见到有八个方向的C字视力表，感觉很新鲜，结果我们学校没有合格的。后来的消防兵和海军，我也报了名，但都被淘汰了，平脚板，不能参军。我的好朋友、8班的班长朱剑青去了东海舰队，在护卫舰上当水兵。我们后来一直通信保持联系，直到他退伍。退伍后他分配去了上海益民食品一厂，我们的联系也逐渐少了，最后断了。据说，他后来去了澳大利亚，不知现在过得怎么样，想必一切安好。另外还有一位是6班的殷德平，也去当了水兵，在部队入了党，回来后在66路公交车队当支部书记，干得不错，只是后来断了联系，不知现在怎样了。

那时候的毕业分配，政策性很强，但透明度不高。虽然我也算是个学生代表，但只能参与对班里每个同学家庭情况的摸底和排队，至于有哪些单位和名额，都是由校领导掌握的。按那时的政策，是家里老大或上面的兄姐没有出去务农的，应该分配去上海市郊农场；上面的兄姐全都是务农的，可以直接分配去工厂工作。像我这样上面一个哥哥在江西农村，一个哥哥在工厂，属于"活络档"，主要的去向是读技校。

那时候还有不少保密单位的名额，进去的学生都要进行家庭背景的政治审查。陈建和姚国安都通过了政审，一个分配到了机电二局（后来的航天局）下属的保密单位上海新新机器厂技校，一个去了上海电报局技校。而我则被分配到了当时大家都有点惧怕的化工局，最后去了橡胶公司下属的上海轮胎二厂（正泰橡胶厂）技工学校机修专业学习。说不上好坏，人生为事业而奋斗其实是在踏上社会之后才真正开始的。

离开金陵中学后，除了两次校庆，基本没回去过。一则以前的老师大多陆续退休了，二则原来精美的老校舍也在20世纪80年代后期拆除了，靠外滩沿街面的东楼的位置新建了光明金融大厦，剩下的地皮建了一幢13层的大楼作为金陵中学的新校舍，门牌号也从金陵东路2号变成了4号。1992年，原上海市第六中学的高中部并入金陵中学，我们记忆中的老金陵中学已经不复存在。

金陵中学75届全体团干部合影

毕业40年后当年的团干部们再聚首

我们的学农劳动

2007 年 9 月,我刚从市区搬到青浦居住,就迫不及待地想到"白鹤"去看看。30 多年了,当年站在青安公路的大盈桥上,一眼望去就能看到墙上有我亲手书写"农业学大寨"五个红色大字的蘑菇房如今是否依然还在?当年村中的那个池塘今天是否依然是农妇们淘米、洗菜、洗衣、唠家常的聚集地?当年机帆船整天"突突"响个不停的大盈港现在还是那么繁忙吗?村东头河滩上是否还是像当年一样种着萝卜、山芋,可以任孩子们扒拉而不被发现呢?

我的中学时代,值得记忆的事情不多,但两次"学农劳动"却给我留下了深刻的印象。按当时的规定,中学四年分别安排两次"学农劳动"和两次"学工劳动"似乎是"标配",我们金陵中学对口安排的学农地点就是当时上海市青浦县(现青浦区)白鹤公社。

记得我们第一次学农是 1973 年金秋十月,时值三秋,晚稻已经熟透,地里一片金黄。大卡车拉着我们整个年级 12 个班,500 多人,打着背包,浩浩荡荡地开赴青浦白鹤。领头的卡车上,金陵中学的校旗迎风飘扬,同学们唱着歌,意气风发,兴奋之情溢于言表。我们中二(7)班被分配在白鹤公社叶泾大队第五生产队。

叶泾五队是由东西两个自然村组成的生产小队,地处大盈港河西岸,离白鹤镇约 4 里。全队人不多,约 20 多户人家,都是本地人,淳朴善良。我们班所有的男生被安排在一个大库房住宿。这个库房被隔成了两间,一间我们住,另一间专门用来种蘑菇。在我们住的那个大间里,用十几个竹塌搭成一长排通铺,20 多个人把各自的被褥铺在上面,相当拥挤。靠里的墙角放着一个农村常见的粪桶,新的,没有盖,晚上撒尿用的。房梁挂着一个 60 瓦的白炽灯泡,每人的旅行袋、脸盆、牙刷等都搁在竹塌下面,除了一根横贯的电线用来挂毛巾,房间里再无其他东西。

金秋十月是一年中气候最好的时候,秋高气爽,站在田边远远望去,天空一片蔚蓝,地里一片金黄,成熟的稻穗随风摇曳,散发出阵阵清香。从小在城市里长大的少男少女们兴奋地在田埂上跑来跑去,时不时一个趔趄,摔倒在田里,一骨碌爬起来继续疯跑,直到弄得满身泥才想起这一身的脏衣服要自己洗了。

那时候学农不像现在,要货真价实地干。到白鹤的第二天,我们就被安排下地割稻，从来没干过，只好看着几个村民怎么干，然后依样画葫芦，结果没割几下，我的镰刀尖就与左脚背来了个"亲密接触"，还好，出血不多，但袜子破了，令人心疼不已，后来几天就索性赤脚下地干活了（我脚上的疤至今还在）。第一天上午，全班同学的战果还不如村里教我们的两个村民，却居然还是个个腰酸背痛，小腿肚直打战，腰都无法直起来，个个苦不堪言。中午吃饭，有的饿极了狼吞虎咽，有的则累得饭都不想吃。一些村民围着我们看热闹，我们羞得立马想在地上挖一个洞钻进去。

下午出工前，生产队长叫了几个村民帮我们把镰刀又全部磨了一遍，用起来似乎顺手了很多。下午的业绩看上去比上午好，但仔细看一下留下的稻茬，像狗啃似的，高高低低，不成样子。横置在田里的稻把也排得乱七八糟，惨不忍睹。就这样，连续割了四五天，村里的稻田算是全部割完了，当然，我们全班的战果只是很少一部分，但每个人割稻的样子看上去却有点像模像样了，我们自己心里都欣喜不已。

稻割完了，接下来的农活是要把割下来已经在地里晒了几天的稻把挑回村里的空地上进行脱粒和翻晒。第一次挑担，才知道好的扁担并不是像我以前知道的是用竹子做的，而是用木头做的。一担稻的分量并不重，也就八九十斤，但头一回挑担，肩膀和腰都不硬，只能驼着背，而且走路也是歪歪斜斜的。走在田埂上一脚高一脚低的，常常一脚踩空，人和担子就都摔到一旁的地里去了，引得周围的人哄堂大笑。晚上脱粒，通常是在场上挂一个100瓦的大灯泡，一干就是一个通宵。由于有电动脱粒机，所以活还算比较容易，我们都抢着干。但村民们总是担心我们脱不干净反而浪费了粮食，都不太愿意让我们干。与此同时，村里的男劳力们开始抓紧时间翻耕稻田，并在地里开好深沟，为播种冬小麦作准备。那时村里没有大型拖拉机，只有两台小型手扶拖拉机，再加上十几头水牛一起上，这个活我们自然是插不上手的，分配给我们的任务是在翻耕过的地里撒猪塯。

现在的学生估计大部分都不知道啥叫猪塯，所谓的猪塯就是将稻草与猪圈里清出的猪粪和伴着排泄物的淤泥混合后堆在一起沤肥，发酵后形成的农家肥，需要靠人工将其拉扯着分散洒在农田里作为冬小麦的肥料。这个活没啥技术含量，就自然交由我们这帮来农村"接受贫下中农再教育"的学生完成。虽然下乡前已有思想准备，也听说过学农的学生人人都要过撒猪塯这一关，但真的要将手伸到一堆堆已经被挑到地里的猪塯里，然后再将它们扯开，均匀地撒到地里去，对我们这帮城里来的中学生来说还是一个重大的心理考验。

记得那天全班同学分散站在地里的一堆堆猪塯旁，你看着我、我看着你，没人敢第一个下手。没办法，我是班长，得带着个头啊，那天我赤着脚，裤腿挽得老高，穿着一件打补丁的旧军装，袖子也同样挽得高高的。屏住气，双手迅速插入眼前的那堆猪塯，用力一扯，顺势抓起两大把黑黑的、散发着一股特殊气味的猪塯，远远地往已经翻耕过的地里撒去。我一动手，大家也就跟着干了起来。好在那时候的学生没有现在的那么娇惯，平时在家里帮着父母干家务的也不在少数，所以虽然一时有点不习惯，却也没有太多的怨言，只是有几个爱干净的女同学穿着套鞋、长袖长裤、一副袖套，再加一副纱手套，但干了不多久，手套就被扔了，因为戴着手套，这活实在是没法干。

那天晚饭前，同学们在河边用从家里带来肥皂将手反复洗了又洗，但猪塥所散发出的那股特殊味道实在难以洗干净。没办法，吃着碗里的饭，但直冲鼻子的却是端碗和拿筷的手上散发出来的猪塥味道，如果不是因为实在是饿了，估计那天很多人的晚饭是真的难以下咽！

那时候去学农，大家都会带一些干粮。一是都是十五六岁，在长身体的时候，饭量特别大，怕吃不饱；二是那个年代副食品供应很少，都得凭票，肚子里的"油水"不多，营养也有些跟不上。所以，大多数同学都会带一些自己家里准备的炒麦粉，带其他零食的可能性几乎没有，这不仅因为那时大多数东西都要凭票供应，而且家里有钱的同学也不多，能带点炒麦粉已经算是很好的了。炒麦粉正常的吃法应该是取几勺搁在碗里，然后倒入适量的开水，边搅边让其涨开，然后再吃。但有些同学图省事，常常直接舀一勺就往嘴里塞，靠有限的口水将口中这些吸水性极强的干炒麦粉混合着咽下去。这时候如果边上有人，常常会恶作剧地有意引他说话或发笑，甚至挠他痒痒，结果是尚未湿润的干粉被吸入气管引起咳嗽不止，边上的人则幸灾乐祸、哄堂大笑。所以，大多数同学要吃炒麦粉时都会躲着别人，像做贼似的，偷偷地闷上一口，然后用手把嘴一抹，像啥事都没发生似的，闭着嘴躲一边去忙着使劲将嘴里的干粉弄湿咽下去。当然，躲着别人还有个原因就是怕很多人在一起时会一哄而上，你一勺、我一口转眼就没了。

那时候，我们还都只是花样年华的少男少女，难得离开父母出来独立生活。哭鼻子的、想家的、打打闹闹的、恶作剧的无奇不有。一进我们住的那个房间，最典型的特征不是那口粪桶所带来的异味，因为我们有规定每天都必须倒了洗干净，而是房间里的脚臭味。为了惩罚这些不洗袜子的同学，有时半夜会有人从床底取出他们的臭袜子放到他们枕边，直到把他们熏醒。更有甚者，有天早上起来，几乎有一半的同学刷牙时挤出的牙膏都变成了泥浆，怎么回事？副班主任王宝昌老师决心要调查清楚，结果发现，有人半夜起来将这些同学的牙膏管底部扳开，挤掉其中的牙膏，灌入预先备好的泥浆，然后又把牙膏管底部重新折好，不仔细看根本看不出来。不过，这个"案子"没多久就"破"了，是我们班著名的捣蛋鬼"勇扁头"干的，当然免不了被老师一顿批评，但大家都觉得这个创意不错，有机会可以到别的地方再尝试一下，好玩嘛。

那次下乡，妈妈也给我准备了一点炒麦粉，但没多带，主要是家里每个月的粮食定量本来就不够吃。每次开饭，炊事班里和我住一条弄堂的女同学总会有意无意地往我的饭盒里多打一点饭，甚至有时会在我的饭盒底下多搁一块肉或一个蛋。晚上，班主任徐能平老师还会时不时地召集我们几个班干部去伙房开会，边开会，边弄几个山芋切成块，放在大锅里煮成山芋汤让我们喝。坐在伙房的稻草堆上，灶膛里跳跃的余火映得大家满面红光，喝着这碗散发着妈妈一样温暖的山芋汤，心里充满了感激之情，令我至今难以忘怀。

等稻割完了，地翻完了，沟也开好了，麦种也撒到地里去了，大忙的"三秋"算是基本过去了。天气已进入深秋，清晨地里的绿叶和屋顶的瓦片上已经开始结霜了，小河里的雾气也一天比一天浓了，但我们的学农劳动还没结束。晒谷、搓草绳、整修农具，每天只有少量轻松的农活，而更多的时间我们则可以沐浴着深秋的阳光，在河边散步，看看四周没人，趴下身子在河边坡地上拔几个萝卜或是挖几个山芋，在河里洗一洗，坐在河边一边吃一边偷着乐。每当夕阳西下，家家户户都升起袅袅炊烟的时候，是我们感觉最最幸福的时刻。每个人都拿着自己的饭盒或大搪瓷碗，坐在门口的稻草堆上三三两两地侃大山，或在门前的场上你追我打地嬉闹，都在等着开饭。那幅定格在金红色的夕阳下的唯美画面，犹如一幅精美的油画，至今仍深深地烙在我的脑海中挥之不去。

要离开的前几天，生产队要我们帮忙在住的这间库房外墙上刷一幅标语，这个任务自然得由我上了。写什么呢？用尺大致量了一下整幅墙的宽度和高度，心里立马有了底，"就写农业学大寨吧！"我说，生产队长二话没说就同意了。回头取来一桶红色的油漆和一把猪鬃油漆刷子，我挽起袖子就上了，但我真把这活的难度低估了！虽然之前一直喜欢写美术字，班里的黑板报也经常是我包干，但要用一把油漆刷子在墙上刷出五个比我人还高的大字却是"丑媳妇上轿——头一遭"啊！

我找了支铅笔，借助一把卷尺，大致估了一下位置，然后在墙上用双钩法约莫勾勒出"农业学大寨"五个大字的外形，字体采用我喜欢且稍微拿得出手的隶书，然后就用刷子蘸着红漆开始刷起来。边上的村民和同学看着我那架势，眼里流露出来的满是钦佩。但是，还没等我刷完一个大字，手就已经开始不听使唤了。毛糙的墙面、黏稠的油漆，加上极不顺手的刷子，虎口的肌肉没多久就开始抽搐着握不住那把刷子了，手臂也有点抬不起来。没办法，只得收工第二天再干。就这样，刷这五个大字总共用了我三天的时间，好在刷出来的效果还不错，只是由于墙面尺寸的限制，五个字都有点偏瘦，这与隶书常见的偏偏平的风格有点对不上。但生米已经煮成熟饭，也顾不上那么多了。

回家的日子到了，虽然早已没有了刚来那阵子的期待和兴奋，同学们还是有点依依不舍的感觉。学农的生活虽然清苦，但整天可以不用端坐在课堂里，而是在散发着泥土清香的田野里极目远眺，憧憬未来，这样的生活还真有点让我们乐不思蜀。临走前，去几家已经熟识的村民家辞行，还约村东一家新结识的小伙伴有机会去上海玩。挥挥手，几百人浩浩荡荡地"班师回朝"了，由于表现突出，我还被评为当年的"学农劳动积极分子"。

由叶泾大队和金陵中学联合给我颁发的奖状

从"可以大有作为"的"农村广阔的天地"回到狭窄的课堂，同学们的心都难以一下子收回来，心不在焉地在课堂里"混"了一个多月，就放寒假了，心里惦记的还是"白鹤"的田埂和小河，只是没有后来红遍大江南北的那个村里的"小芳"。

临近春节，几个小伙伴蠢蠢欲动，想结伴重回"白鹤"去看看，结果，最终成行的只有三人，姚国安、我以及我们班的一个丫头片子贺英琼。我们口袋里都没钱，商量了一下，决定骑车去。他们两个家里都有自行车，我没有，想办法借了一辆28英寸的重磅车，选了个大晴天就出发了。那时候没有百度，我们既不知道路途有多远，也不知道该怎么走，只是凭着印象，想取道安亭，然后再折去白鹤。早上从人民广场出发，跟随23路电车一路到曹家渡，随后过武宁路桥，穿过曹杨新村，过真如，进入曹安公路。从来没有骑过那么长的路，一过江桥我们就有点扛不住了，在路边找了一块干净的地方，取出自带的面包和水补充能量。休息了好长一段时间，我们又上路了。那时曹安公路很窄，路上卡车居多，尘土飞扬。我们三人中，我和国安骑的是28英寸的大车，贺英琼骑的是26英寸的轻便车，轻便车不仅骑不快，而且不适合骑长路。一路过封浜、经黄渡，歪歪斜斜、走走歇歇，等过了安亭再到白鹤，天色已近黄昏。人已极度疲惫，屁股也疼得几乎不能坐。一打听，哇！上海到白鹤有近百里，我们都不知道是咋整过来的。

晚上去村里几家熟识的村民家串门，他们都非常热情，不但用香喷喷的新米饭招待，还特意割肉做了几个荤菜，然后是嗑着瓜子聊到半夜。

第二天一早，天还没亮，我们就起身去了白鹤镇上，想赶个早去肉店买一些上海要凭票供应的蹄髈、板油和猪肝。我们如愿以偿，只是他们那里的蹄髈是和猪蹄子连在一起卖的，叫脚统。从镇上回到村里，我们又每人向村民买了50斤新米，吃过早饭，载着"战利品"就开始返程了。

经过前一天的折腾，我们的返程路骑得格外艰难。浑身酸痛，加上屁股上的皮都磨破了，书包架上还驮着50斤新米、脚统、板油、猪肝及十几斤上海很难买到的青菜，还没进市区天就黑了。有好几次，公路对面驶来的大卡车的大光灯一开，贺英琼总会条件反射地两手一撒，"噌"地从车上跳下来，人没事，但车上驮的东西则散落一地，重新装车，扎紧，继续赶路。直到晚上八点多，我们才到家。家里人已经急得不行，但那时也没手机，只能干着急。那天到家，人都累得快趴下了，但看着一堆"战利品"，心中还是很有成就感的。

没过几天，春节到了，我约的村里的小伙伴也来我家做客了，也是骑的自行车，但人家就没有我们的狼狈相。妈妈把我请来的小伙伴也当大客人一样招待，特意用家里的肉票去买了大排。一碗葱烤大排我们都没舍得动，妈妈几乎都夹给客人吃了。只是他吃完排骨习惯将骨头扔在地上，甚至将痰也吐在地上，还要用脚去拖一下，着实让妈妈晚上花了不少工夫才将家里地上的油迹和污迹洗刷干净。

转眼两年过去了，到了1975年的秋天，已经是我们在金陵中学的最后一个学期了。按规矩，又是安排学农劳动的时节。我们班仍然是在白鹤公社叶泾五队，住的还是那间库房，干的还是那些农活，但心境和前一次大不一样了。一是没有了之前的新鲜感，田里的那些把式也有点熟门熟路了，村里的人也已很熟了；二是学农劳动结束就要等分配了，面对未卜的前途，每个人心里都有些忐忑。

这次下乡之前，我们班来了一个新的副班主任，是一位性格开朗的中年男老师，好像叫万荣曹，教电工的，这次由他负责我们的伙食。未曾想，万老师在这方面非常在行，而且每天都要安排人到镇上去买新鲜的食材，我也因此学会了摇橹，经常早上摇着一条两吨的水泥船，沿着大盈港河去白鹤镇买菜。摇橹可是个技术活，一时半会还真的很难驾驭。好在我脑子还行，很快就把这技术活学得有模有样了，还经常和几个同学把那条两吨的水泥船偷偷摇出去玩。到了远离村庄的河边，还会偷偷爬上岸，在河边的地里拔些萝卜、山芋，在河里洗洗就生吃了，那种紧张和兴奋，以及坐在船头望着宁静的河面遐想的情形，现在还是历历在目，难以忘怀。

当年摇的这种两吨水泥船

船夫在摇橹

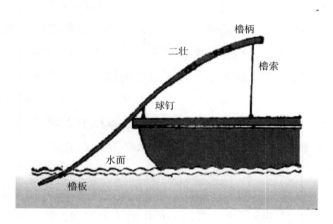

船橹示意图

学农进行到一半，万老师突发奇想，说是买肉不合算，还不如自己买一头猪杀了，一半自己留着慢慢吃，另一半可以卖给别的班级，大家都占点便宜。说干就干，那天万老师请了村里的一位屠夫帮忙，先和我们一起摇船去镇上买了一头一百六十多斤的猪，拉回村里后，就在我们伙房门前的场上，摆了一条很宽的矮板凳，搞了一口大缸，先灌了大半缸开水，然后在缸上方的屋檐上挂了一个辘轳和一条麻绳。动刀前，屠夫只是很简单地将猪的前后蹄分别用草绳扎了，然后一使劲将猪提起来横搁在宽宽的板凳上，左手摸了摸猪的喉管，右手刹那间就把双刃刀就从猪的喉部斜捅了进去。那头猪既未吼，也未挣扎，只听到喉管里呼噜噜几下，就安安静静地过去了。那天，全班同学和大部分村民都来看热闹。当刀从猪的喉部退出，鲜血一下子喷涌而出，班里不少女同学都"哇哇"地惊叫着背过身逃也似的跑开了，留下的男同学则嘘声一片，但谁也不敢往前半步。一户村民用一个木桶盛了大半桶冒着热气表面满是泡沫的猪血提走了。屠夫将屋檐上挂着的那根绳的一端拴在猪的后蹄上，另一端用力一拉，猪被倒吊了起来，旁边的人一起帮忙，猪又被放到盛有开水的缸里。少顷，猪又被重新吊起，烫过以后，猪毛很容易就被刮掉了。等全身的毛被刮干净之后，水缸被移开。屠夫先是用刀在猪的腹部顺手一滑，立马开膛，一肚子的下水霍地就涌了出来。再加上几刀，下方一个木桶转眼就被猪下水装得满满的。随后，屠夫手中的刀又沿着猪的脖子很漂亮地划了个圆弧，猪头也在顷刻之间滑入屠夫的怀中。用别人递过去的几根草绳拴好猪头和整副下水，然后在板凳上将整头猪开成 2 爿。所有任务完成，屠夫就开开心心地回家去了，报酬就是猪头和猪下水，别无他求。

现在回头想想，其实 20 世纪 70 年代城里人的生活远不如乡下人悠闲和富足。在白鹤，每天清晨，镇上老街的茶馆和酒馆天不亮就要开门迎客了。当地的习惯是，家里的男主人清早一般天不亮就要到镇上的茶馆或酒馆和街坊、朋友们喝一口小酒，而且都是烧酒，然后是一碗盖浇面或传统的早点，如白粥、烧麦、油条、烧饼、麻球、生煎、豆花等，边吃边聊，家里、村里乃至镇里大大小小的事都可以一大早在酒馆里搞定。天亮了，男人们吃饱喝足，陆续回家，有的还不忘顺便在镇上割点肉带回去开开荤。家里锄头、铁搭或镰刀、扁担等需要补充的，也不忘捎带回去。因此，白鹤老街上每天最热闹的就是清晨 5 点到 8 点。过了这个时段，街上一片冷清。那时候城里人吃粮有定量，如果家里男人多，每月的定量往往不够吃。到了白鹤才发现，农村居然可以一天吃 5 顿饭：早饭（通常是干饭，不是上海城里人常见的泡饭）、午饭和晚饭，外加上午 10 点和下午 3 点两顿点心，三秋时节的点心通常是山芋，这对我们城里人来讲真是奢侈。

杀猪那天，全班像过年似的大开吃戒。晚饭是大灶的猪油菜饭，外加红烧大排、大肉任选甚至可以多选，只要吃得下。男同学都像饿死鬼投胎，放开肚子拼命吃。属于我们班的那半爿猪，当天就被消灭了近三分之一，剩下的被腌了咸肉。而另半爿则被学农营部买去了，据说那里也是欢呼声一片。杀了头猪，让我们全班兴奋了好几天。没几天，学校组织部分家长来青浦"探班"，我们班用大灶的咸肉猪油菜饭招待，把这些家长代表们乐得直呼好吃，同学们自然也是洋洋自得，好像那头猪就是我们自己杀的一样。家长走后，我们的学农营地又重新归于平静。

那天午后，全班同学外出去听报告，我一个人留守值班。那天的太阳很好，我拿了个小板凳坐在门口补我的旧军装。右肩部位挑担时磨破了，找了块旧布，正想缝上。突然，天上飘来一块硕大的乌云，随着一阵狂风，豆瓣大的零星雨点落了下来。我一看场上拉起的绳索上同学们晒着那么多的衣服，赶紧扔下针线，来回奔跑着将这些衣物收到房间里。等我气喘吁吁地把所有衣物都收到房间后，那天同样留守的我们的班主任徐能平老师也赶了过来，当时她看到后什么也没说就离开了。但是，在回上海后的家长会上，徐老师反复提到这件事情："迭额小囡真呃勿容易，从伊小呃细节，就可以看出伊呃家教勿简单，迭呃小囡以后一定会有出息呃！"直把去参加家长会的妈妈讲得都有点不好意思了，我相信当时她的心里一定乐开了花。徐能平老师接任我们班主任后，了解到我们家的情况后一直给予我很多关爱。曾有两次，她傍晚时分没打招呼就来我家，在漆黑的楼道里摸黑爬上三楼，不为别的，就是把自己家里节省下来的粮票送来给妈妈应急。那时我家三兄弟加父母五口人，口粮总是不够，徐老师一直记在心里。每次来，一出手就是五十斤粮票，但她总是连我家门都不进，让我妈来不及说声谢谢就匆匆离去。我至今难以忘怀。现在想想，什么叫师德？什么叫教书育人？看看那个时代的老师，就什么都不用解释了。

两次学农劳动转眼都过去四十多年了，但我还是念念不忘那片给我留下深刻印记的土地。2013 年 12 月 22 日，我终于旧地重游，了却了我多年来的心愿。那天，云兰陪我一起骑车，从我们现在居住的青浦城区出发，沿着外青松公路一路向北，十三公里多的路程，很快就到了。老青安公路上的大盈港桥已经废弃不用了，但尚未拆除，在其东侧则是一座新建的大桥。原来从大盈港桥下沿河可以直接走进白鹤镇老街，但现在路被堵住了。拐个弯，从边上的一条弄堂进去，才可走进原来的老街。但是很遗憾，原来繁华的老街如今已经完全变了，两旁的老屋已被一些新房子替代，原来以商业为主的老街已经没有任何商业气氛，早年我摇船到镇上买菜的那个靠泊码头也不见了，但街中段的那座古桥还在，一些石板路还是以前留下来的，只是修缮的痕迹太过明显。

第二次"学农积极分子"奖状

白鹤老街上的古桥，属保护文物

明显。原来的白鹤老街已经不复存在，现在已经成了再普通不过的一条民居巷子而已。

再折回到老大盈港桥，往西望去，原来清晰可见的我亲手书写的"农业学大寨"五个大字的蘑菇房已经不见踪影。沿大盈港河一路寻去，原来河边的稻田都已成了沙石码头和堆场，河边的路已经不通了。从砂石场边上折过去，前方多了一条新修的公路，跨过公路，进入一个村子，村口有一块很大的出售草莓的广告牌。在我印象中，这里应该就是之前的叶泾五队所在地。

村边有一大片种草莓的暖棚，正在犹豫间，从暖棚里出来一位农妇，问我们是不是来买草莓的，我赶紧说不是，我是来找原来的叶泾五队的，听了我的话，她似乎有点意外，说这里就是以前的叶泾五队，但早就改名了。看看我们一身骑车的专用行头，知道不是本地的，就问我是怎么知道叶泾五队的，云兰赶紧插话说："他四十年前在这里学农劳动，对这里一直念念不忘，现在想来看看，不知找对了没有？""对的！对的！你是金陵中学的！"那位农妇显得非常高兴，马上转身喊来了正在附近的几位村民，并且告诉我说："我还记得你们的那对阿大、阿二！"四十年过去了，她居然还记得我们同年级的那对双胞胎兄弟吴鑑中和吴鑑庭。和这几位村民开心地交谈着，似乎这四十年我从来没有离开过，心中不禁感慨万分！村民带我们去了原来打通铺的库房的位置，只是原来的库房（蘑菇房）已经被一栋两层小楼取代了，但村中的那个村妇们洗洗刷刷的小池塘还在。村民们告诉我，现在整个叶泾大队已不存在了，几经整合之后，这里已经属于王泾村（相当于以前的大队），目前这个自然村仍叫叶泾，现在村里的主要经济作物是草莓，只留有少量土地还种些水稻什么的，满足自己的口粮需求。还有，村里现在都是一些老年人居住，年轻人一般都在镇上或区里的企事业单位工作，并在镇里或青浦城里买房居住，逢年过节才会回乡下来，毕竟在城里方便。村民们都说，现在的生活比以前好多了，吃穿不愁，还有退休金和医保，家里的经济条件不比城里差，所以老年人都不愿意跟着子女去城里或镇上生活。

我们原来住的库房位置现在新建了两层别墅

此次白鹤之行让我感慨万千，四十年过去了，真的是弹指一挥间，人生能有几个四十年啊？时光真的是一把刀，不仅在我们的脸上刻出岁月的印痕，更在我们的内心深处留下深深的印记。感恩过去，珍惜现在，展望未来，过好生命中的每一天，才能不辜负父母、家人、师长、朋友，不辜负生命！

那次，中学里的几个同学聚会，贺英琼提起，说是当年在白鹤学农劳动时我还救过她一命。她这么一说，我才想起来，那天清晨，雾还没散尽，在炊事班劳动的她提了个

村里的小池塘仍在

叶泾五队的小伙伴现在成了老伙伴

大竹淘箩,里面装了二十多斤米去河边淘米,不料想把那个大淘箩提起来时因分量太重,加上水桥头的石板都是湿的,没站稳,结果脚一滑,整个人就掉到河里去了。那时我正好要去水桥头边洗东西,见她滑入河中,没有多想,立马冲了过去,一把抓住她的袖套,然后使劲把她拖了上来,还好,有惊无险,我只是把鞋和裤腿弄湿了。如果当时边上没人的话,可能就麻烦了,因为那条河的水不浅,是村里通向大盈港的主要河道。想想我的记性还不错,怎么会把这么重要的一件事给忘了呢。好在被我救起来的贺英琼还记着,让我的记忆中又多了一个亮点。

那年 "双抢"

　　十六岁的那年夏天，放暑假之前我就和妈妈说，暑假想去宜兴乡下小姨家玩。妈妈爽快地答应了，我心里很是兴奋。在我印象中，上一次去乡下还是我三四岁的时候，全国闹饥荒，外婆去世了，爸爸带我去金坛奔丧。外婆躺在一块门板上，穿着一身已经洗得褪色的土布褂子，脸上盖着一张黄表纸，一双小脚特别醒目，其他的就没有任何印象了。

　　我们这代人的上一辈，有不少是那时的"新上海人"，祖籍以江浙一带居多。就像我那时居住的弄堂里，宁波人在数量上占了绝对优势。我们住的那个门牌号，楼上楼下一共六家，四家是宁波人，一家湖北人，只有我家祖籍是上海人。每年一到寒暑假，弄堂里的小伙伴们总有不少各自去自己祖籍乡下的亲戚家度假，特别开心。而我的祖籍地在上海闸北太保堂，就是现在上海大学延长校区篮球场的位置，早就不是乡下了，自然也无法去那儿玩。不过，妈妈的祖籍不是上海，是江苏金坛五叶乡。外公过世得早，妈妈唯一的哥哥也在二十多岁时就去世了，所以妈妈很早就来到上海，与仍在乡下已经出嫁的几个姐姐偶有联系，其中与小姨的联系最为密切，两家人常有书信往来。

　　那时，城里人和乡下亲戚之间走动得比较少，主要还是因为穷，虽然有固定工资，但开销大，如果家里子女多且父母不是"双职工"，寅吃卯粮就是常态。而大家又很讲究礼数，去乡下走亲戚不带点东西是断然出不了门的。所以，除非必要，偶尔写个信、问个安什么的，就算是没断了这门亲戚关系。而乡下的亲戚也绝对不会随意就往城里的亲戚家跑，不为别的，就看那时城里人蜗居的那点儿地方，还不如乡下的猪圈大，没地方住啊！那时不仅没钱，宾馆也没有。很少几个对外开放的招待所，还必须有单位的证明才能去住，但往往都是人满为患，不像现在可以通过网络预订。

　　其实，这次我提出去宜兴乡下还有一个很大的理由，就是小姨唯一的儿子，我的表哥才力要结婚了。我去也算是代表我们家去道喜，顺便过暑假，疯玩一把，可谓一举两得，难怪妈妈答应得那么爽快！

　　先写了封信去乡下，表哥很快给我回了一封热情洋溢的信，热烈欢迎我去乡下过暑假。那时候，表哥是村里唯一的高中毕业生，高中毕业正好是 1966 年，没能上大学，只能在村里的小学当老师，是远近闻名的"秀才"。那时，农村如果谁家在城里有亲戚，脸上很有光彩。所以，听说我要去，小姨一家自然开心得很。

那天，我半夜起来去西藏中路青年会大厦底下的火车票预售处排队买票。那时火车运营能力不够，火车票非常紧张，特别是每年的春节。但春节的火车票大多还可以在单位集体预订，可暑假却没有。各火车票预售处也只预售明后两天的票，当天票必须到北京东路预售处或老北站现场买，但大多也买不到，最多是一张无座的站票。因此，那时候要买火车票可是一件天大的事。

我们家离西藏中路的火车票预售处不远，走过去也就十多分钟。那天我到那里时不到夜里两点，但排队的人已经沿宁海东路排到了云南路口，足足三四百人，没办法，只能排着。到了清晨六点，沿西藏中路、宁海东路、云南中路一带已是人山人海。八点，车票准时开售，我随着人群往前涌，尽全力挤在人堆里，免得被人挤出去。大约两个小时后，浑身就湿透了，但已经进入被铁栏栅拦着的蛇形通道，每十个人为一批，分批进入售票厅。结果，我不但买到了后天的票，而且还有座，可能是沪宁线的车次比较多的缘故吧。我买了到常州的快车，票价6元。

那天下午，妈妈带我一起去南京东路的时装公司帮表哥买了一套藏青色的涤卡中山装，大概20多元。还买了几斤需要凭粮票供应的点心、一双宽紧布鞋、3斤什锦糖果，再加上其他一些七七八八的东西，总共花了50多元，再加上买火车票的钱和妈妈给我备用的几块钱，大约相当于我爸一个月的工资了。看着妈妈从钱包里取钱时那种迟疑的神态，我心里突然有一种犯罪的感觉。想想父母当这个家还真的不容易，去乡下走亲戚也绝对不是一次可以说走就走的旅行。

这是我第一次一个人出远门。虽说现在看来上海去宜兴实在算不得什么远行，但对那时的我来说，不仅要坐火车，还要坐汽车，还真够远的。天目路上的老北站是一如既往地拥挤，我提着妈妈帮我整理好的旅行袋，背着书包，笨拙地被人推着往前走。一过检票口，很多人飞也似的扑向站台边停着的绿皮火车，门口拥不上，就从车窗直接翻进去，不为别的，就为抢占行李架的位置，因为那时出门大多都是大包小包，尤其是从上海这个大城市去外地。车上大量无座的乘客和他们的行李将车厢堵得水泄不通，厕所也被占领了。但大家都相安无事，因为相比较而言，能上车就已经很不容易了，其他的，忍一忍也就过去了。

从上海到常州，不到200公里的距离，快车也需要大约3个小时，等我到常州时已近中午。出车站，向路旁的行人打听常州西门汽车站的方位，迈开步子就往那个方向赶，等我满头大汗地买好车票奔向检票口的时候，发往湟里镇的班车还有5分钟就要开车了。和火车一样，去湟里镇的长途汽车也是挤得前胸贴后背。车子很破旧，当然也没有空调，车厢里混杂着汗臭味，虽然车窗大开，但吹进来的除了热风，还有的就是尘土。

拉着扶手颠簸了一个多小时候，湟里镇到了。破旧的汽车站外站着很多人，大概都是来接人的。在混乱的人群中，我一眼就认出了来接我的表哥才力，虽然我只是在照片中见过他。并不是因为我有多好的眼力，而是因为在那一群人中，只有他一个人穿着一件洗得干干净净的白衬衫，一副书生模样，而且他的眼睛和妈妈太像了。同样，在一车人中，可能我的长相和举止也有点"另类"，才力表哥也一下子认出了我，在车下一边喊着"建平、建平"，一边向我挥手。

已是下午一点多了，还没吃午饭，表哥接过我的旅行袋先带我在镇上一家点心店买了两个包子充饥，然后带我沿着田间小路去往十几里之外的宜兴县新建乡竹舍村。七月，正是江南一带出梅后进入大伏的天气，午后的烈日在头顶上暴晒，在田埂上跌跌撞撞地走着，额头的汗水不时沿着眼睑流到眼睛里，辣辣的，只好用手不停地擦，身上的衣服也早已再次被汗水浸透。但望着四周已经成熟、遍地金黄的稻浪，在空无一人的田野里，真有一种放飞心情的感觉，惬意极了！

村里的人早就知道小姨家要来一位上海客人，客堂里早就挤满了一屋子的人，当表哥带我刚跨进门槛，我一眼就认出了小姨。没等我开口，小姨已经手里托着一把浸过井水的毛巾往我头上、脸上抹了起来，那种清凉的感觉瞬时让我舒服了不少。从未见过面的姨夫躲在一边不说话，小姨一把把他拖过来，说："死老头子！外甥来了也不说话！"我赶紧见过姨夫，问了声"姨夫好！"他"嘿嘿"笑了两声，又躲到一边去了。小姨说姨夫是个闷罐子，只管干活，不爱说话。不过，我看姨夫比小姨大不少，平时应该是比较娇惯小姨的。除了小姨和姨夫，还有三个表姐：友娣、友青和瑶娣，我也都一一见过。屋子里其他一些沾亲带故的或有一官半职的村民，小姨也带我一一问候，满屋的人这才散去。等我再回头和小姨说话时，才突然发现她左手手腕处上着石膏，一问才知道，是不久前摔了一跤，手腕骨折了。小姨早年在上海纱厂做女工，快人快语，精干麻利，虽然辛苦，但收入不低，后来由于战争，纱厂的活越来越不好干，她便回到乡下嫁了人。所以，小姨可以说一口上海话，平时说到一些上海的趣闻，村里人总是很惊讶也很羡慕。

晚上我和小姨一家人坐在一起吃饭。除了自己家里种的落苏、豇豆，因为来了客人，还切了点肉片炒夜开花。不过，那块挂在客堂间房梁上的肉显然已经不怎么新鲜了。我推说不喜欢吃肉，就没吃。边吃饭，他们边讨论下一周即将开始的"双抢"。刚开始，我还有点懵，虽然我大哥在江西农村，每年都要"双抢"，我也知道，但我却没有亲身经历过，自然不会在意。但现在听着听着，我突然意识到"双抢"对他们来说好像是一年中的一件大事。原来，那时为了增加粮食产量，南方的农村一般都实行一年三熟制，即一年种两季稻、一熟麦。每年的七月中旬是早稻的成熟季节，必须在一周之内收割完毕，然后马不停蹄地将地重新翻整好，立即进入二季稻的插秧。如果晚了，不仅可能影响二季稻的产量，甚至还会绝收。这抢收抢种，总共农时才二十天左右，不能耽搁，所以叫"双抢"。

我突然发现自己来得有些不是时候，人家即将投入农忙时节，我这不是添乱吗？我插嘴说，我是不是也可以和他们一起干，他们都笑了，意思是你一个上海小囡，能和我们一起干这么重的农活？小姨说，明天和后天，让表哥先带我去走几家亲戚，后面他们就顾不上我了。他们在地里忙，我能插得上手也好，插不上手也罢，都随我，只是怕这段时间会照顾不周，让我千万别在意。我一边答应着，心里一边想着，这回我也试试这农活城里人是不是也可以干得了。晚上临睡前，我把妈妈特意为表哥买的涤卡中山装和其他东西拿出来给小姨，小姨有点不开心地跟我说，表哥这门婚事吹了，女方是镇上的，好像有点什么事，这婚事也就黄了。她说她本来就对这门亲事不满意，现在黄了，也不见得是坏事，表哥在一边没说什么，只是笑笑。

第二天一早，表哥就带我上路去北湖头大姨家，要走 20 多里路。好在是清早，太阳才刚冒头，有些微风，走路感觉还比较爽。大概走了十里地，面前是一条大河，我正想着该怎么过时，表哥已经一个口哨招来了一条摆渡的水泥船。待我上船坐稳，表哥一脚就把船顶了出去。我正纳闷表哥这是在玩什么把戏，只见他已经躲到一边把衣裤脱了，裸身走入河里，双手把衣裤举在头顶上，双脚踩着水就往对岸游去。艄公看他自己游过去了，就用竹篙点了一下，将船掉了个头，往对岸撑去。等船到了对岸，表哥已经穿好衣裤在岸边等着了，拿出 5 分钱给了艄公，算是我的摆渡钱。我心里想如果我会游泳，这 5 分钱的摆渡费也能省下来。

大姨家有点破旧，大姨夫早就去世了，大姨也已年近七十。我带了在南京东路三阳南货店买的印糕给她，她很开心。大姨有个儿子叫田金，早已成家，但大姨仍一个人生活。那天田金知道我要去，特意过来陪我和才力，也去村里的小店割了点肉，下河摸了几个河蚌配上老豆腐，做了几个菜，陪大姨一起吃。不过，肉也是臭的。想想也是，那时农村不可能天天有人杀猪，难得去街上买点肉，肯定得吃上好几天，加上时值盛夏，又没有冰箱，只能将肉挂在梁上通风处，几天下来就会有臭味了。那天晚上，我们在大姨家留宿，但实在太热，蚊帐里根本钻不进去，田金带我和才力一起在村边一条大河的桥上坐了好半天，边乘凉边闲聊，到 12 点多实在困了，才回屋钻进蚊帐迷迷糊糊睡去了。

第二天一大早，我和才力在大姨家喝了点白粥就又出发了，这次是去二姨家。我听妈妈说，在姐妹几个中，她和二姨最像。不仅长得像，平时的脾气、声音和习性也像，只是我从未见过，不知会像到什么程度。二姨家就在湟里镇，从大姨家的北湖头走过去也得几十里地。到二姨家已是中午，才力早就托人带信，说是上海的外甥要去看她，二姨一早就在灶头旁忙开了。等我们到时，她已经把茶泡好了在门口等我们。刚一见二姨，还真把我吓了一跳，真的和妈妈长得一模一样！只见她身上穿着一件已经洗得有些发白的灰色大襟土布罩衫，花白的头发梳得一丝不乱，大襟衫收腰的盘扣上塞着一条手绢，下身是一条深色的缎子宽腿裤，一双浅口布鞋是新的，显得非常端庄、慈祥。二姨家在镇上的僻静处，窗外临河，家里收拾得一尘不染，灶台上也是干干净净，看上去应该是一个不算富足但安排得井井有条的人家。我二姨夫也已过世了，家里就二姨一个人。那天二姨看到我去，非常开心，吃饭时不时地往我碗里夹菜，慈祥的眼睛一直深情地望着我，我至今记忆犹新。那天我们没有在二姨家住，吃完午饭歇了一会儿就开始往竹舍赶了。离开时，我取出两条洗衣皂（乡下叫洋碱）给她，她很开心。那时，肥皂供应紧张，上海是要凭票定量供应的，农村基本买不到。那时苏南农村洗衣服，都是直接用石碱（纯碱，碳酸钠）粉抹在衣领或其他油腻处，再用手搓洗。后来学了化学才知道，这其实就是脂肪酸（油脂）与碱的皂化反应，可以把油污变成水溶性的阴离子而被水洗掉。只是直接用石碱，对手的伤害很大，肥皂通过表面活性将油污溶解，要柔和得多。回到竹舍已是傍晚时分，家家户户都已经开始冒出炊烟，忙着做晚饭了。

在外走了两天，实在是累了。第二天一觉醒来，已是日上三竿。小姨家早已是大门敞开，空无一人。我在明堂（天井，宜兴人叫明堂）里梳洗完毕，到客堂一看，桌上的竹编罩子里给我留着白粥和毛豆、咸菜，吃完饭，洗过碗筷后，我就出门漫无目标地去找人了。

村子不大，出了村子，眼前就是连片的稻田。远处，红旗迎风招展，稻田里人影不断蠕动，那是在开镰收割啦。我抑制不住兴奋，撒开腿就往那里跑。走近一看，在地里割稻的基本上都是女的。表姐友娣是生产队的妇女队长，手臂上套着红袖标，正带领二十几个妇女突击队队员挥镰收割。只听得"唰唰"的割稻声，成片成熟的水稻像波浪似倒向一边，一排排，非常整齐。看我来了，友娣顾不上和我多说话，只是问早饭吃了没，就说让我自己随便玩，热了就回家去，在太阳下会把皮晒脱的。我自恃以前在上海郊区参加过"三秋"学农劳动，也割过稻，心里痒痒的，就想下去"露一手"。这时，地里的女人们开始寻我这个上海来的小阿弟的开心，七嘴八舌地起哄着叫我下地和她们一起割。我脑子一热，顾不上脚上穿着的新布鞋就下地了。二表姐友青看我真的下了地，赶紧到田头选了把刚磨好的镰刀递给我，我就跟在她的左后侧割了起来。由于之前在"三秋"时干过，虽然留下的稻茬像狗啃过似的高低不齐，但我割稻的把式看上去也绝对不是一个"新人"。周围那些原本想看我笑话的姐姐妹妹、阿姨婶婶们，开始纷纷流露出惊奇的眼神，各种惊叹、赞赏、钦佩的语言开始不绝于耳，总的意思就是说，这个上海小囡真不简单，居然会干农活！很快，我就和她们打成一片，稻田里有说有笑，干活也轻松了很多。可没过半个小时，我的腰就直不起来了，脚上的新布鞋也已看不出原来的样子，不仅沾满了泥巴，而且沉得无法跟脚，穿在脚上成了负担。她们看我一个上海来的白面书生累成这样，顿生怜爱之心，都叫我上去歇着别干了。我手撑着腰，佝偻着上了田埂。抱起一个水壶，也不管是谁家的，仰起脖子就灌下了一肚子的水。让她们料想不到的是，我歇了一会又站起身，顺手把汗衫和长裤脱了，脚上的布鞋也踢了，身上只剩一条平角短裤，光膀赤脚，拿着镰刀就又下去了。这回，她们的眼神中就只剩钦佩了。

临近中午，小姨找来了。原来，她一早出去放牛，等牛吃饱喝足后交给其他男村民去干活后，回家一看我不在，想我大概是在房前屋后转悠，估计我很快就会回去，但左等右等就不见我回去，就急了，一路找来。一看我在地里和大家一起割稻，十分惊讶。周围的人都开始向她称赞，说你这个外甥太能干了，把小姨开心得合不拢嘴。午饭后，小姨说什么也不让我再下地了。我也就趁势给自己找个台阶下，洗过澡，再到屋后的水桥边把鞋子洗干净，然后到客堂和小姨唠家常。小姨告诉我，因为她手腕骨折，没法干重活，生产队照顾她，让她负责放队里的两头牛，每天还是拿最高的 1.5 个工（15 个工分）。不过，放牛要起得早，才能确保清晨就让牛吃饱喝足，不能耽误后面的正事。不过，这几天地里的稻还没割完，不能灌水翻地，牛的活还不多，放牛不用那么早，时间也可以宽裕一些。我立马跟了一句："那我明天也跟你去学着放牛。"小姨笑着说放牛也不简单哦！

第二天早上四点我就醒了，有心事，想着要早起跟小姨去放牛，睡不着。五点起床，家里其他人也起来了。吃过早饭后，我跟着小姨，戴着草帽，没穿长裤，赤脚，碎石把脚底硌得生痛。我只得弓着脚，快步走在田埂上。牛舍在村的东头，小姨从栏里牵出两头大水牛，牛头上两个大大的盘角在身边晃来晃去的，有点吓人。小姨告诉我，人牵着牛走的时候，人可以走在前面，也可以跟在后面。但为了安全起见，走在后面更好些。要让牛往前走，只要松开牵着它鼻子的那根绳子并喝一声"喔！"即可。走到岔路口，如果想要牛拐弯，必须先将牵牛绳甩到要拐的方向一边，然后喝一声"匹！"牛就会自己拐弯。最邪门儿的是让牛停下来，居然是喊一声"Stop！"我真没弄清楚这牛是从国外进口的还是小时候学过英语的。不过，我小姨显然并不知道这"Stop"是什么意思。只是因为从小别人就是这样教的，至于是什么意思、怎么来的，她也不知道。

清新的空气里夹杂着泥土的芬芳，小草上的露珠晶莹剔透，像一颗颗珍珠在初升的太阳下闪耀，不时滴在赤裸的脚背上，透着一股沁心的凉爽。我们一前一后赶着两头牛去了村南边的那个大池塘。那里不仅有水，可以让牛喝水、洗澡，而且岸边的草也挂满了露珠，长得非常茂盛，足够牛吃饱。半路上，小姨问我想不想骑牛，我当然想，不过，平时看别人骑牛不觉得可怕，但一旦自己要骑上去，感觉就完全不同了，先是要骑上去就非常困难，牛背很宽，腰也粗，想爬上去又没有可抓手的地方，我试了几次都没成功。只好找了块路边的石头，让牛停好了，踩在石头上好不容易才爬上了牛背。结果上去后才发现牛背太宽了，两条腿必须趴得很开才能算是骑在牛背上了。牛一开步，两边侧面的腰背部都在动，坐在上面根本没法坐稳，必须不断靠自己的腰部力量进行调整，否则很容易被摔下来。小姨还告诉我，牛饿的时候，腰背上有一块地方是凹下去的，只要这块地方饱满了，就说明牛吃饱了。

就这样，才两天的功夫，放这两头牛的任务就开始由我独自承担了。我让小姨在家歇着，我来代她挣这每天的 1.5 个工。在这宁静的夏天，映衬着河边的翠绿和稻田的金黄，盘腿坐在牛背上，如果手上能有一支短笛，脑子里便会浮现出浓浓的诗情画意，那首脍炙人口《牧童短笛》就会像行云流水般从远处飘来，让人陶醉。但实际上，坐在牛背上不仅不舒服，还常常会遭到牛虻的围攻。牛虻叮咬是非常痛的，而且躲也躲不掉，之前我虽然读过爱尔兰女作家艾捷尔·丽莲·伏尼契的小说《牛虻》，但从来不知道牛虻为何物。现在才知道那些老是围着牛嗡嗡转的就是牛虻，而我原来还以为这些牛虻就是大号的苍蝇，因为外形看上去很像。平时，牛在吃草时，尾巴会晃来晃去，其实是在驱赶牛虻，防止叮咬。牛虻专门叮咬牛，那么厚的皮都可以穿进去，叮人便不用说了，痛！最惊险的一次是我坐在牛背上，看它安静地吃草，可这牛忽就往池塘里去了，等我拼命喊 "Stop" 想到要阻止它时已经来不及了。天实在太热，水牛要去水里凉快，但它却不知道我不会游泳。万一它在水里玩得欢，我没坐稳，从背上甩到水里，我就完蛋了！眼看着它一步步往水里走去，我只能拼命想办法坐稳，也不好意思喊救命，其实喊了也没人听见。等它慢慢地将整个身子都泡到水里的时候，我身上唯一的平角裤也全湿了。我在心里默默地祈祷着：牛呀，你可千万别再往下沉了，再下去的话我可就没命啦！可牛像是在和我开玩笑，慢慢在水里游着，牛背只露出一小块在水面上，我的屁股和双腿便一会儿浸到水里，一会儿又浮到水面上，心也是忽上忽下的，紧张极了！好在这牛念我对它还不错的份上，看看玩笑开得差不多了，就缓缓地上了岸。没等它站稳，我就立即从牛背上跳下来，怕它再跟我开一次玩笑。从此后，我再也没有上过牛背！

稻割下后在地里晒了几天，该挑到场上去等待脱粒了。那天我放完牛吃好早饭才八点多，心里痒痒的就想下地去。我向小姨要了一根木扁担，上面串好一捆绳子，往肩上一扛，就出门了。地里专门有人把一排排散放着的稻把汇拢起来扎成很大一捆，我自恃以前挑过稻，蹲下身子把扁担头往里一插，就想站起来，结果用力太猛，扁担两头的两捆稻，一头沉了下去，一头翘了起来，扁担也从肩膀上滑了出去，周围的人哄的一声笑了起来。友娣一把将我扶稳，让我慢慢再来。我又重新蹲下身子，慢慢起身，这担稻总算稳稳地在我肩上被挑了起来。那时我很瘦，1.8 米的个子，才 120 多斤，这担 100 多斤的稻在我肩上显得非常沉重。看大家甩开膀子挑着担子往田埂上走，我却是顾得了肩上顾不了脚下，好不容易从泥泞的地里上了田埂，却是弯着腰，东倒西歪地两手扳着扁担无法走稳。友青姐很细心，在田边给我做示范，说挑担要借助腰部的力量，腰必须挺直，背不能驼着，而且在往前走的时候还要借助惯性，要小步快走，速度和节奏不能乱，也不能停。如果担子在右肩，则右手可以搭在扁担上，而左手则应该扯着捆稻的绳子，保持平稳。走的时候有意让担子微微上下颤动，可以减轻肩上的压力，同时，为了使劲，可以和着步子喊号子。我学着她教的要领，走了大概一里地，基本有点感觉了。我就让友青姐别等我了，自己慢慢琢磨、慢慢体会。那天从地头到场上，一边在村子北面，一边在村子南面，单趟约二里地，中间还要穿过村子。我赤膊赤脚，只穿了一条平脚短裤，不仅脚下的碎石把脚底硌得生疼，火辣的太阳也把我晒得浑身通红，肩上的皮不久就被扁担磨破了。不过，我没退却，小姨预先和我说过，要学会这些农活，这个苦头是必须吃的。那天我挑着担子从村子里来回穿过，很多在家的老人都看着我说，这个上海小囝不容易，能吃苦。晚上，和表哥表姐一起收工回到家，毛巾擦在脸上和身上，疼得不得了。脚底下很多地方都被硌破了，而且很难洗干净，友青姐心疼地帮我揉了好长时间。

我到竹舍十天后，地里的稻都收割完了。我也脱胎换骨从城里的书生变成了农村孩子。身上的皮肤先是被晒得通红，然后是起泡，过几天就开始蜕皮，蜕皮后身上就是一片棕黑色了。除了穿短裤的部位里面是白的，连手心和脚底都是黑的。

双抢的早上、晚上都是干活的最佳时间段。晚饭后，生产队安排拔秧，这是女人的活，男的都在连夜用牛或手扶拖拉机翻地。我也拿着个秧凳跟着几个姐姐去拔秧。拔秧是个技术活，并不好干。我看着她们两只手用食指、中指和无名指形成一个钳夹的态势，飞快地在秧苗中穿插，一把把秧就被她们拔了下来，然后用草扎好，抛在边上的一小块水田里，免得秧苗的根部脱水干掉。因为秧田是湿软的，所以她们拔秧时坐着的凳子没有腿。两边各一块木板，中间有柱子撑着，一个平面撑在泥地里，不会陷下去，为了便于移动，秧凳做得很小。

那天正跟表姐们学拔秧，偶然间抬头一望，眼前的景象瞬间使我惊呆了！一个美丽的暗红色的、很大很圆的太阳出现在我眼前，就像初升的太阳，下面还没离开地面，可是现在已是晚上，哪来的太阳啊？看我发呆，友娣姐还没弄明白发生了什么。听我一问，大家都笑了，"这是亮月（宜兴人把月亮叫作亮月）啊！"这是我有生以来第一次知道，这月亮刚升起来时也可以是红色的，而且还那么大，看上去离我那么近、那么漂亮。这个新发现，让我足足兴奋了好几天。

第二天，插秧开始了。一大早，趁着太阳还没升起，我就跟着表哥表姐们起来去挑秧。扁担两头各挂着一个藤编的扁平秧蓝，到了地里，有人帮着把秧苗装上，然后起身，才突然发现腰根本直不起来。一问才知道，这一担沾满泥巴的秧苗如果装得满一点，可以足足有160斤。这我咋挑得动啊？看我不行，旁边有人帮我取出来几捆秧苗，我又试了试，可以站起来了，但显然比一担稻沉多了。好在挑担的技巧我已经学得比较到位了，今天无非是沉一点，活还是可以干的。就这样，一上午我挑着这130多斤的秧担，走了20多趟，足足40多里地，当然回程是空担，很轻松。那天下午，我"溜号"了，体力消耗太大，肩上又磨出了血，碰不得，很疼！不过，第二天一早，我又跟着去挑秧了，只是换了个肩，从右肩换到了左肩，有点不习惯，但勉强还能应付。心想，一个大男人，这点小伤算得了什么，千万不能让人看笑话！

挑了两天秧，大部分都挑得差不多了，我就赤着脚下到水田里和队员们一起插秧去了。插秧这活看似简单，但却是一个技术活。每次分几株苗，插多深，都是有讲究的。

要插到位、插整齐了绝非易事，弄不好没成活还得补秧。而且插秧时要一直弯着腰，很快就会酸痛得直不起来。友娣看我秧插得有些凌乱，不整齐，怕今后会影响田间管理和产量，而且也跟不上她们的速度，就让我到水田一些不规则的边角落去插，插得不整齐也不要紧，可以随便插，她们把这种插法叫作插"满天星"。时近中午，骄阳似火，我一个人头顶着草帽，赤着膊，弯腰在水田的旮旯边插秧。除了几个手指带着秧苗入水的瞬间有一点"啾、啾"的声音，周边很是安静。眼睛盯着水面，每插入一株秧苗，总有一圈圈水波向四周散去，煞是好看。很快，我就"魂不附体"了，手在机械地插秧，而脑子里却已经是另外一种景象：我躺在水面上，浑身放松，周边没有一个人、没有任何声音，我仰望碧蓝碧蓝的天空，阳光似乎也不那么刺眼了。眼前不时有蜻蜓飞过，整个人就像在世外桃源一般。不过，片刻的遐想很快就被小腿上的刺痒感打断了，定睛一看，两条小腿上密密麻麻叮了十几条蚂蟥，都已经吸血吸得滚圆了。叮破皮肤的那头，血在往外流，两条腿看上去鲜血淋淋的，很可怕。不过，我一点也不怕。以前听妈妈说过，这蚂蟥叮人时千万不能用手去拔，一拔的话，它的吸盘会断在人体皮肤里面。只要在它叮着的皮肤上方轻轻拍几下，它就会自己掉下去。我如法炮制，果然见效，然后撩起田里的水，把小腿上的血迹洗干净，就像啥事都没发生过一样。赶走蚂蟥，抬头望去，前面插秧的人早已是个个汗流浃背，草帽下的汗水顺着额头流到眼里、嘴里，却也无法分出手来擦一把。看着他们将手里的秧快速地插进泥巴里，弓腰有序地往后退，一株株秧苗很快就将白茫茫一片的水田装扮得郁郁葱葱，心里是满满的成就感！

前后不到二十天，整个"双抢"结束了。收下的稻也已脱粒翻晒完成，其中大部分装袋交了公粮。那天晚上，队里在小姨家门前的场上开了个会，附近几家搬出了几张八仙桌，拉了几个灯。我是第一次看到大队支部书记，是一个个子不高，很敦实的小伙子，站在桌前做了简单的总结。那时候生产队的队员们都很老实和淳朴，听领导讲话就像听"圣旨"一样的，满脸的认真和虔诚，偶尔会有人提出一些问题。书记的讲话还挺有水平的，而且很实在。后来友青告诉我，这位书记姓吴，叫瑞金，正在追我大表姐友娣，而友娣则是附近乡里有名的大美人，郎才女貌，天生一对。后来，瑞金还真的成了我的表姐夫，和我很谈得来，这当然是后话了。

等书记讲完，会的正题自然也就结束了。未料想大家很快就把话题转到了我身上，不为别的，就是建议队里也给我记工分。因为这二十多天的"双抢"，我也没日没夜地和大家一起干，大家觉得一个上海来的中学生能有这样吃苦耐劳的精神很是不易，特别是能和"乡下人"打成一片，让他们很感动。其实在我眼中，从来就没有什么"乡下人""城里人"之分。说实在的，上海作为一个江河口滩涂沉积形成的城市，所有的市民都是移民或移民的后代，祖上也都是乡下人。不过，大家的提议却让瑞金犯了难。要是同意大家的意见吧，不仅没有先例，不好操作，而且还有讨好我表姐的嫌疑。不同意吧，似乎也有点不合适。眼看我帮着干了那么多活，确实有点过意不去。还有，万一得罪了我表姐，这后来的事情就不好说了。眼看着瑞金有点尴尬，还是我自己出来帮他解了围。我再三感谢队里的乡亲，让我有机会在暑假锻炼自己，也学到了很多课本上学不到的知识，我非常开心，至于工分，我坚决不要。最后，大家达成共识，我帮小姨放牛，仍按每天1.5个工算（那时队里干一天活记工分最高也就是1.5个工），记在我小姨名下，其他的就不计了，算是我自愿参加学农劳动。

记工分的事情解决了，大家还没散会回家的意思，都怂恿我给大家讲故事。原来，在这20多天里，我一边跟大家学农活，一边讲上海的趣闻乐事，也会讲一些当时很流行的"鬼"故事。现在农忙结束，大家都放松下来，反正明天也不用赶早，所以就想再听听我"吹牛"。看大家意犹未尽，我也兴奋起来。按他们的规矩，爬到八仙桌上盘腿坐定，开始讲故事。从那天开始，一直到我离开竹舍，我天天晚上被大家请到场上，坐在八仙桌上给大伙讲故事。从"一双绣花鞋"讲到"绿色的尸体"，再讲到"恐怖的脚步声""彭加木案件"等，把大家的"胃口"吊足，场场爆满。我讲的时候，几十个人团团围着，不开灯，怕引飞虫。黑暗中，有帮着扇扇的、有帮忙递茶水的、有剥好花生往我手上塞的、也有不时用井水绞好毛巾给我擦脸的，就差有人给我递烟了。我是听讲的人越多越兴奋，这种"条件反射"一直延续到现在。现在我出去讲课，不怕人多只怕人少。一见到会场里人头攒动，我的肾上腺素立马就会高速分泌，人也变得亢奋。讲课的思路也非常清晰，而且可以妙语连珠，场上的气氛控制得很有分寸。现在想想，这个基本功还是当年在竹舍讲鬼故事时打下的，是不是有些滑稽？

"双抢"结束了，我也不用再早起了。早上醒来，先去屋后撒泡尿，然后继续钻进帐子，闭着眼睛胡思乱想。一直到八点多才起床。这时，瑶娣总是背着个大篮子出去割草，家里养了几只羊，要给它们准备吃的。姨夫大多时间在猪圈里忙，或是到河边去捞水葫芦，回来切碎入锅，加点麸皮煮熟给猪吃。友娣和友青则去做一些田间管理，除草什么的，要不就是忙着队里的一些事。正是青春年华，自然还会关起门来想想自己的心事。才力除了帮家里干点农活，还是一副先生模样，有空就在家里陪我说话，有时他会去村里的小学值班，有时还会去帮学生补习功课。

吃完早饭我会跟着小姨去自留地里摘些豇豆、落苏什么的，也会采些扁豆、毛豆、夜开花、辣椒。回到家，陪小姨一边拣菜一边说话，很是悠闲。菜拣完后，拿个淘箩舀几罐米，去屋后的河边淘米，隔着河，和住在河对面的老支书永鹤叔叔和婶婶说说话。那时我还不会烧菜，所以小姨做饭时，我只能坐在灶后烧火。刚开始时还不会，经常把自己熏得一把眼泪一把鼻涕。午后，我会小憩片刻，拿个小凳，一个人到屋后的水桥边去钓虾。钓虾没人教我，是我自己琢磨出来的。那时候河水很清，我在水桥边玩，可以看到不少河虾爬在水桥石板下的木桩上，不停地用头部的大钳和脚夹住一些青苔和浮游生物往嘴里送，神情甚是专注。我专门找了一些大头针，把针尖弯成钩，然后用镰刀随便在泥土上挖一刀，翻出的泥块里总可以找到不少正在扭动的蚯蚓。取一条蚯蚓串在弯好的大头针上，上面系一根棉线，然后小心地将大头针下到水里，将串有蚯蚓的大头针尖部慢慢靠近虾的口部。这些笨虾会情不自禁抓住套着蚯蚓的大头针尖部往嘴里送。这时，说时迟那时快，扬手一抽，虾就被钓住了，然后就被活蹦乱跳地提出水面。用这种方法，我一下午通常可以钓到半斤多，有时甚至一斤，而且虾的个头还不小，做上海人传统的油爆虾，绝对是美味！

那天下午，才力从街上回来，买了一块老豆腐，进门就拖着我下河去摸河蚌，说是要煮蚌肉豆腐汤吃。我不会游泳，不敢下水。才力拿了个长柄的木桶放到水里，木桶浮在水面上既可以当救生圈，也可以装摸上来的河蚌。才力告诉我，河水不深，不会没过脖子，下水没问题。在大家的怂恿下，我抖抖索索地下河了。河底不太干净，碎石碎砖不少，我双手紧紧抓住那个木桶，从河边往中间走。到了河心我才发现，这河确实不深，站直了最深也就到我脖子。才力叫我用脚在河底摸索，踩到河蚌样的东西，就一个猛子翻下去，把它捞上来。可我不敢闷头下去，一旦脚摸到了，就往水浅的地方移，然后到弯腰伸手够得着时，才用手把它捞上来。很快，捞起来的河蚌就装满了木桶，满载而归。晚上，满满一锅河蚌肉炖老豆腐被全家人"消灭"得一干二净。从那以后，我下午除了钓虾以外，又多了一种玩法，就是摸河蚌，甚至可以抓着那个木桶在河里游上几个来回，很是惬意。

那天一早，小姨就在客堂里忙起来。我一问，才知道小姨听说我喜欢吃馄饨，准备给我包野荠菜馄饨。在宜兴农村，包馄饨不是件小事。因为没有现成的馄饨皮卖，所以得自己做馄饨皮。南方人平时难得做面食，这样一折腾就需要大半天时间，再加上还要去地里挑野荠菜，很费功夫。等馄饨皮和馅都搞定了，小姨和几个表姐就开始包馄饨了。我在边上看，心里就纳闷，馄饨还有这样的包法？原来，她们包馄饨，只是简单地将馅用皮儿卷起来，再两边一折粘起来，根本不是馄饨该有的样子。我没吱声，悄悄地去洗了手，然后也坐下来，开始和她们一起包馄饨。她们问我："你也会包馄饨啊？"当看到我包的馄饨，都惊呆了。"哇！这是正宗饭店里包的馄饨样子，你怎么会包的？"我并不觉得有什么稀奇，平时在家我们就是这样包的。不一会，周边邻居都来了，一屋子的人围着看我包馄饨，并动手跟我学起来。那天的野荠菜馄饨没有肉，但放了些香豆干，吃起来很香。在村里人的眼中，我身上的"光环"更亮了。大家都在传，上海来的建平包的馄饨跟大饭店里的包的馄饨一模一样！

暑假就要结束了，友娣和友青执意要给我做我喜欢吃的糯米团子。平时，只有过年家家户户才会做糯米团子。因为是大热天，不敢多做，但那天还是蒸了两笼。有青团和白色的，馅有芝麻、花生和菜肉的，我都非常喜欢。每天早上，小姨都会在我的粥里放上两个糯米团子。知道我和妈妈都喜欢乡下的炒米，小姨还特地炒了一大袋炒米准备让我带回家。宜兴的砂锅也是家喻户晓的，而且每家每户都有。烧红烧肉、炖蹄髈、笃腌笃鲜，都少不了宜兴的砂锅。但是，砂锅很容易坏，一不小心烧干或汤噗出来了，砂锅就会裂开，无法继续使用了。以至于那时走街串巷的补碗匠还会补砂锅，足见那时砂锅的珍贵。所以，我来乡下之前，上海的邻居都嘱咐我"回来勿要忘记带两只宜兴砂锅回来哦"。一天，才力约了买砂锅的朋友送砂锅来，等我进门一看，乖乖吓死人，才力居然帮我买了十三只砂锅！我怎么带回去啊？才力笑笑，说让我挑回去。那天晚上，才力问我在上海甲鱼稀奇吗？我说甲鱼在上海是有名的滋补品，一般人家吃不起的，只有有钱人才会经常吃。他说我帮你弄点甲鱼回去。我说我们家从来不吃甲鱼。他没理我，晚上带我到屋后的河边，教我钓甲鱼。我见过甲鱼，但从来没有见过钓甲鱼。才力从口袋里掏出一包缝衣针大约十几枚，用一根长尼龙绳将十几枚缝衣针隔一定距离用线挂在上面。然后到屋里取来一只碗，里面是已经切成筷子粗、约4厘米长的新鲜猪肝条。才力将每枚缝衣针都串上一条猪肝条，然后将长尼龙绳跨过河的两岸，沉入河底，两端在河边系好，就带我回屋了。他告诉我，等着明天一早收线。

第二天我早早就醒了，睡不着，心里惦记着河里的猪肝和甲鱼。才力不急，慢悠悠吃完饭，才带我到河边。先去对岸把绳子解了，然后回来，把绳子从河边慢慢地拉过来。很快，第一只甲鱼冒头了，乖乖地跟着这根绳子往岸上爬，而绳上挂着的缝衣针看来已经下肚，吐不出来了，所以只能被绳子牵着走。等整根绳子全部上来后，我们脚下的甲鱼已经爬成堆，仔细一数，大大小小共十三只。才力告诉我，甲鱼最喜欢吃猪肝，它把猪肝连同缝衣针一起吞下去以后，这根缝衣针是无法退出来的，卡在喉咙里，所以也就无法逃脱了。我从来未曾想过，钓甲鱼居然如此简单。

二十几天里，才力还带我去田里捉过几次黄鳝。也很简单，找一根铅丝，将头磨尖，弯成一个小钩，然后在田埂侧面寻找一些像一块钱硬币大小的洞口，用头上有弯钩的铁丝小心探进去，如果洞里有黄鳝，手上会有感觉，然后慢慢用铅丝引黄鳝，等感觉铅丝头上的弯钩被咬住时，要毫不迟疑地迅速抽回手，黄鳝就会被甩出来抛在身后。抓住几条后，在河边杀了，再用一把稻草灰往黄鳝身上一抹，黏液很容易就被洗干净了，红烧、炖豆腐都很香。

离开的日子到了。因为要赶当天的长途汽车和火车，天不亮就启程了，还是才力送我，早上四点我们就起床了，前一天晚上村里很多人都来跟我道别，男的女的、老的少的，一直到很晚才睡觉。小姨早早起来煮了粥，放了两个菜团子在里面，另外蒸了三个甜的用布包好，让我路上当午饭。农村的夜路不太好走，但凡看到地面发亮的，千万不能走，那是水面的反光。才力挑着担子走在前面，我跟在后面，到了湟里镇，天才蒙蒙亮。赶紧到汽车站排队买票，六点就发车了。还是像那天来接我时一样，才力在车下拼命挥手，依依不舍，我竭力控制着自己，才没让眼泪流出来。一路顺利，到了常州我自己挑着担子一路小跑赶到火车站，买了当天去上海的火车票。只是在检票时，铁路工作人员犹豫了老半天，看我挑着一副担子，十三只宜兴砂锅（他还没看到每只砂锅里还坐着一只甲鱼）、一个行李袋和一大袋炒米，不知应该作为行李托运呢、还是允许带上车。

后来看后面堵着的人越来越多了，才挥挥手让我进去了。到上海已是晚上七点多，我这副担子显然是上不了公交车的，只得从天目路的老北站一路挑着走到宁海东路的家，足足有七八里地，但因为是回家，并没觉得累。

妈妈对我的变化显然没有料到。出去时一个白面书生，回来时活脱脱一个小农夫。又黑又瘦，说话居然带着一些她年轻时的乡音。更令她哭笑不得的是，我居然还挑着一副担子，十三只砂锅再加两个大的袋子，满满当当的，弄堂里乘凉的人也对突然出现的我这种架势脸上满是惊讶。从妈妈的眼神里读出的是满满的爱怜和不舍。第二天，那十三只砂锅家里留了两只，其他的都送了人。那十三只甲鱼，一半已经热得半死不活了，连夜杀了，都送人了。而那袋承载着妈妈童年回忆的炒米，被妈妈当宝贝一样用两只大火油桶装好，没舍得送人。我赶紧给才力哥写信，报了平安。

这个暑假是我那么多暑假中最完美的一个。这样的一段经历不仅让长期在城市里生活的我学到了很多在城市中学不到的东西，锻炼了体魄，磨炼了意志，更让我通过亲历农村的艰苦生活加深了对国情、民情的了解，学会了对生活中的艰辛和苦涩要有敬畏、隐忍、坚强和担当，我也由此变得更加脚踏实地、更接地气。自那以后，我成了宜兴新建竹舍村的常客，村里的老老少少都和我成了朋友，他们也从不把我当外人，甚至我一到乡下脑子里就会自动切换，从一口上海话变成宜兴话。如今四十多年过去了，村里也早已是物是人非。当年的老人们都过世了，年轻人也都到镇上或宜兴城里买房置业，本地人都去了工厂上班，土地都转包给了安徽等地来的农民耕种。我小姨前年以 92 岁高龄过世，才力也早已退休，在宜兴城里买了房，住到宜兴去了。当年的竹舍大队党支部书记，我后来的大表姐夫瑞金也不幸于去年去世。他去世前我专程去看他，说起当年我在竹舍村的情形，大家都是唏嘘不已。

时光如梭。现如今，江南农村早就不再种双季稻了。饮食结构的调整和粮食产量的逐年提高，口感更好的单季稻粳米已经代替了口感不佳的双季稻籼米，成为江南一带的主粮，再加上农业机械化的程度越来越高，当年的"双抢"早已不复存在，村里的年轻人甚至都已经不知道当年还有"双抢"这档子的事，"双抢"已经成为我们这个年龄以上的那代农民的记忆。但对我来说，这种记忆已经融化成一种渗入血液与骨头的记忆，镌刻在我的灵魂深处，刻骨铭心、永生难忘。

我在"正泰"的日子

　　1976年的4月，高考还未恢复，我从上海市金陵中学毕业，被分配到上海市化工局下属的上海轮胎二厂技工学校设备维修班继续学习。按照那时的政策，我家兄弟三人，一个哥哥在江西农村，一个哥哥在上海肉类食品厂工作，属于"一工一农""活络档"，我应该被分配到技工学校，既不能直接考大学，也无缘直接进工厂当工人，但可以不用去农村或农场务农。

　　上海轮胎二厂的前身是上海正泰橡胶厂，始建于1927年，是我国民族橡胶工业创办最早的企业之一。1935年4月4日，"回力"作为运动鞋品牌被正泰橡胶厂注册，1947年，第一条"回力"轮胎面世，正泰橡胶厂由此兴旺起来。随着其产品由名闻遐迩的"回力"球鞋进而到"回力"牌汽车轮胎，正泰橡胶厂逐渐成为中国民族橡胶工业的中坚。到1966年，上海正泰橡胶厂已经发展成为汽车轮胎生产的大型骨干企业，1982年6月，正泰厂成功试产出第一批轿车子午线轮胎，1989年3月，通过国家一级企业的考评并在上海闵行投资5300万美元建设子午线轿车轮胎生产基地。20世纪60年代后期，上海正泰橡胶厂改名为上海轮胎二厂，另一家橡胶企业大中华橡胶厂改名为上海轮胎一厂，70年代末，先后又恢复原名。2001年4月，法国米其林集团与上海正泰橡胶厂的母公司上海轮胎橡胶集团合资组建上海米其林回力轮胎股份公司，已经恢复原名的正泰橡胶厂就不复存在了。

　　轮胎二厂技校的前身是建于1962年的正泰橡胶厂技校。我去报到那天是周末，当时轮胎二厂在杨浦区长阳路447号，轮胎二厂技校则在虹口区大连路飞虹路口的转角处。学校大门开在大连路上，有水泥围墙，沿飞虹路是涂着黑漆的老式竹篱笆。学校东侧是一幢3层的水泥建筑，每层有两间教室，西侧是一幢两层的连廊式建筑，已经非常老旧，是校领导和老师们的办公室。两幢楼之间是一个比标准篮球场稍微大一点的操场。学校总体看上去非常简陋。

　　进校门后，我觉得奇怪，今天是新生报到，却看不到一个人影，难道是我搞错了日期？但看看手上的通知，没错呀，没人招呼，我按通知上的地点，上了教学楼2楼的201教室。教室门开着，我是第一个到的，黑板上写着"欢迎新生"，前面几排的课桌椅被围成了一个小型座谈会的样子。我坐在边上忐忑不安地等着。

一会儿，来了一个小女生，戴副眼镜，个子小小的，但不怯场，先自我介绍姓居，我顺口应了一句"哦，小居"，但随后突然意识到有些不礼貌（上海话"小居"与"小鬼"读音相同，称别人"小鬼"在上海话中有点儿居高临下的意思），两个人都忍不住笑了起来。好在随后又来了几个新同学，场面也没有太尴尬。最后进来的是新班主任，一位高个子的青年，自我介绍叫赵力群，是轮胎二厂的团委副书记，兼技校的政治老师和我们的班主任。赵老师告诉我们，今天学校根据学生档案材料，选了几个作为新班级的班干部提前报到，并介绍了相关情况。我被指定担任班长，而且在下周的开学典礼上要代表全年级新生在大会上发言。就这样，我在继小学、中学连续当了11年的班长后，又开始了新一轮的两年班长任期。新的班委成员包括翟兰香、邓云娟、孙士勇、王学勇、居薇敏和戎金英，翟兰香后来是班里的团支部书记。

那年，轮胎二厂技校一共招了三个班，一班、二班是橡胶轮胎制造工艺班，我们三班是设备维修班，主要是学车、钳、刨之类的金工活。那天参加完在厂里大礼堂举行的开学典礼后，我们就被带到厂里的各个车间参观。事实上，那天还没进厂门之前，刚从25路电车上下来，一股刺鼻的橡胶味就扑面而来，进了厂区味道更浓，感觉呼吸都困难。参观配料间、炼胶车间、帘子布车间、成型车间、硫化车间，很多同学都捂着口鼻，大部分同学脸上呈现出痛苦的表情。但我是班长，得忍着，捂口鼻显然不合适，只能尽可能憋着气。班主任看在眼里，也不说什么，等都回到约两站路之外的学校教室，才对我们说，我们班的情况还算好的，今后的实习在机修车间和动力车间，不像一班和二班是工艺班，实习都在配料间、炼胶车间、成型车间、硫化车间，赵老师说，时间长了，大家就习惯了。

开学后，我们并没有马上进入学习状态，而是被拉到了崇明前进农场28连进行为期1个月的学农劳动。每天一早整个年级三个班级出操，由我领操，扯着嗓子吼"一二一"，一段时间下来，这分列式还真的被我弄得蛮像样的，就此也算是在整个年级的同学和老师眼中树立了一个还算不错的形象。我们是四月下乡，正是南方双季稻的早稻播种时节，虽然我之前曾在乡下参加过"双抢"，但对崇明的水稻秧苗移栽方式还是颇感新鲜。原来，崇明的水稻秧苗移栽时，并不是靠手工拔秧的，而是用一把平头的锹将秧苗连同底部的泥土一起铲起来，就像草皮的移栽一样，然后卷起来，挑到水田边。在插秧时，用手将秧板上适量的秧苗连同底部的泥土一起扳下来，插入水田的泥土中。很快，早稻的插秧完成了，在接下来的日子我们基本没什么农活可干，很多时间都是在寝室里组织政治学习。没事的时候，同学们三三两两地去田埂上瞎逛，顺便摘几颗生的嫩蚕豆丢在嘴里，微甜，但不敢多吃，怕中毒。

学农中有一天半夜，我们几个班干部在睡梦中被叫了起来，原来是有几个同学偷偷抽烟被老师发现了。在训诫这些同学的过程中，发生了冲突，老师动手抽了一个同学一耳光，学校"工宣队"出面把老师拉走狠狠地批评了一顿，同时要我们几个班干部分头做一些同学的工作，事情很快就平息了。一个月后，我们按计划回学校正式开学了。

那时候的技工学校，实际上就是半工半读的性质，两周在学校上课，两周在车间上班，由指定的师傅带教实习。设备维修班的课程包括机械制图、机电数学、工程力学、橡胶机械、电工技术、政治思想和体育等。教工程技术课程的老师都是厂里有丰富实践经验的工程技术人员，教政治的是班主任赵力群，教体育的则是技校毕业留校的一位姓俞的小伙子，兼任学校的团总支书记，人很憨厚，也不善言辞，但却处处刻意表现出政治上正确、理论上深厚、行动上积极、领导上有力、处事上成熟、生活上简朴的形象，无奈实在是火候未到，总让人感觉像是在表演，学生们经常会起哄、嘲弄他，其他老师也只是作壁上观，只要学生们不太出格，一般不会出面干预。当然，学生们也不会太过分，因为大家都感觉俞老师其实人不坏，只是那种做派让人感觉有些滑稽，大家开开玩笑罢了。

我非常喜欢设备维修班设置的课程，学习也很认真，只是所花的功夫远不如在中学的时候多，但我的学习成绩却很难会掉到别人后面去，所有的任课老师都会把我作为典型、标杆，课堂上总会听到"你看人家王建平……"。每次考试过后公布分数和分析试卷，从来没有出过意外，我总是排在第一。以至于老师们都很好奇："也没见你比别人花更多的工夫呀！"我也是同感。也有个别老师，因为我经常因外出开会而缺课，很想在某次考试中"教训"我一下，但结果总是事与愿违，缺的课再多，也不会影响我的最终成绩。现在想来，也许就是因为我喜欢这些课，所以才学得很好。

自认为我在中学的时候几何学得很好，所以在技校学机械制图时，不仅对立体物件的观察清晰到位，而且对透视原理也掌握得非常娴熟，线条的运用也恰到好处，老师非常喜欢，说："如果你去学素描的话，应该也会成为一把好手的。"学机电数学，也给我带来了很多新东西。中学时，我们没学过解析几何，三角函数学得也不多。但在技校学的机电数学中，这两部分内容是最主要的。虽然有些难度，但学起来却非常开心，因为所有的原理和计算公式都可以在生产实践中找到应用实例。到现在为止我还记得阿基米德螺线、渐开线等专用术语。事实上，因为学了机电数学，对我后来的高考也有很大帮助，填补了一大块知识空白。工程力学是我最喜欢的课程，由于是学设备维修专业，工程力学课占的分量较重，用的是上海交大的教材，但我对力的矢量分析，从未感觉困难，再复杂的力学分布分析基本都不会难倒我。以至于临近毕业时，学校还想将我留下来担任工程力学的老师。好在我后来参加高考并离开了，没有干上这个我并不喜欢的职业。至于电工技术，中学的工业基础课已打了一些基础，所以学起来并不困难，只是在弱电的基础上增加了一些强电知识，对设备维修中的故障诊断也非常有用。

不过，在技校的两年中，我花时间最多的却是政治理论学习。虽是环境使然，但更主要的是兴趣所在。1976年到1978年我在技校的两年中，作为一个有理想但政治上尚处于十分幼稚状态的青年，心里充满着对政治理论和历史知识学习的渴望。

那时候，班主任赵力群和厂里几个年龄相仿的青年都很热衷于马列原著的研读和对政治历史方面的研究。以团委的名义组织了理论学习小组，业余时间经常一起学习探讨，显得相当活跃。我在赵老师的影响下，也参加了这个理论学习小组，开始跟着读一些马列原著，如《共产党宣言》《哥达纲领批判》《反杜林论》《社会主义从空想到科学的发展》《国家与革命》《共青团的任务》等，并经常在南京西路黄陂路口的上海图书馆借阅一些历史和政治书籍。如果有零钱，还会经常去上海旧书店淘一些政治历史类的书籍或小册子，埋头阅读，记了不少的读书笔记。甚至还组织班里的理论学习小组，编撰了一本30万字的学习材料，作为化工局系统的学习材料。

赵老师由于担任厂里的团委副书记要经常外出开会，他的政治课就经常由我来代课。记得当时我花了好几个课时，专门讲《共产党宣言》的历史背景。那时候刚开始学着给同学们上课，心理还是很紧张的，主要是对讲课的内容不熟，属于现学现卖。为了把课讲好，我花了大量时间查阅资料和备课，把要讲的内容写在硬面抄上，甚至连讲课时为了调节气氛需要插入的一些噱头或连接词都预先写好。刚开始讲的时候，我会一边看着这本硬面抄，一边讲，还会做一些板书，以减少照章宣科的尴尬。后来讲得熟练了，心理障碍也少了，再加上我这个班长还是挺有威信的，同学们也都很支持，我的政治课也就变得习以为常了，不过，预先的备课我还是一如既往地认真。这段经历为培养我日后的表达和演讲能力奠定了坚实的基础。

1977年，我代表理论学习小组到当时的上海文化广场为上海近3000名工会干部做了两个小时的"关于《共产党宣言》的历史背景"的辅导报告，那年，我刚19周岁。后来，我写的一篇小杂文《"角刺"小议》也由人推荐，先在厂里的宣传栏刊登，后来又在上海市委的机关报《解放日报》刊登。在这篇杂文里，我因首次引用"浩然巾下之嘴脸"的典故而颇感得意。只是现在这篇文章不仅原稿没有留存，连当时发表的报纸也没保存，日期也忘了。

那个时候学了点理论，虽然还只是皮毛，却很想卖弄，与人分享。除了经常在下课或下班后组织班里的理论学习小组学习和讨论外，在我家里还经常聚集了一批中学时的同学"贩卖"我的学习成果，小伙伴们都乐此不疲。经常聚集在我家的有陈建、沈松龄、姚国安、洪深、方逸薇和贺英琼等。其中陈建、沈松龄、姚国安和我一样，都是技校学生，而沈松龄已经做了团干部。1976年12月26日，赵老师不知从哪儿弄来一张在上海市青年宫（即上海大世界）影剧场举行的《论十大关系》辅导报告的入场券，让我去听，整整一上午，我不但认真听讲，而且几乎把辅导报告的所有内容都记录了下来。回来后，依样画葫芦，在好多场合把报告中论述的如何处理好重工业和轻工业、农业的关系，沿海工业和内地工业的关系，经济建设和国防建设的关系，国家、生产单位和生产者个人的关系，中央和地方的关系，汉族与少数民族的关系，党员和非党员的关系，是非关系以及中国和外国的关系等内容反复宣讲了多次，心中很是得意。可是赵老师却提醒我，要脚踏实地，学习不能浅尝辄止，顿时让我清醒不少，至今记忆犹新，从此不敢怠慢，并心存感激。

班主任赵老师是沪上名校市东中学的66届高中生，比我们大10岁，虽未能上大学，但古今中外、文史哲样样精通。语言表达能力极强，且写得一手好字，又是沪剧票友，打篮球必是中锋，是厂里公认的才子。去他家里，给我印象最深的是满书柜的线装古籍。那时候他还未结婚，班里的几个女同学对他很是崇拜，但他总是把这些女生当成小丫头片子，还经常把她们批评得眼泪一把、鼻涕一把。赵老师是第一次当班主任和技校的政治老师，但看得出，他很喜欢和我们在一起。

由于技校的学习生活并不紧张，我不仅在政治理论学习上花了大量时间，而且还跟着赵老师参加了厂里业余沪剧社的活动，学唱沪剧、学走台步、学化妆，还经常排演节目，乐此不疲。1976年10月后，有一段时间，工厂、学校和机关事业单位会经常组织各种锣鼓队、彩旗队、葵花队等上街游行。其中比较有名的是上海锅炉厂锣鼓队，但凡有上海锅炉厂的锣鼓队经过，马路两边定是人头攒动。那时候一些大厂通常都有锣鼓队，几十人，一辆大卡车，车身外面改装成龙身或其他装饰图样，队员们一般都身穿统一的运动服，很整齐地坐在车厢里，手上拿着各自的锣鼓家什，敲打出欢快的鼓点和节奏。卡车前部或后面通常放一个很大的克罗米架子，上面放搁一个五尺大鼓，二到四个人手持缚着红绸的棒槌一起敲，很是震撼。车头顶上还会站两个人，各自手里挥舞一对很大很沉的铜镲，伴着鼓点挥舞和击打，整个身体也同时舞动，看上去红绸飞舞，金光闪耀，眼花缭乱。我们厂锣鼓队的几个主要骨干都是团里的干部，我也挤进了厂里的锣鼓队，凭借个子高的优势，专司打鼓和花式铜镲，每次出去，总能吸引路边的行人，有一次在延安东路游行时路过我家弄堂口，我正挥舞着铜镲，看到很多邻居和以前的同学也在路边观看，顿时热血沸腾，异常兴奋，舞动的幅度大到自己都难以站稳。

我们班同学大部分来自杨浦区东面的定海路、平凉路、内江路、白洋淀、民主二村、爱国二村一带以及虹口区著名的虹镇老街，当时上海人称为"下只角"。苏北方言是大部分同学家里的日常用语，调皮捣蛋的不在少数。一到夏天，光头很流行。要知道，那时候剃光头通常是"山上下来的"，技校生剃光头，显然与学校的氛围格格不入，但由于处在特定的成长环境，正处于青春叛逆期的少男少女们，做出一些标新立异的事情也不足为奇。我们仅有的几个从当时的黄浦区、虹口区等所谓的"上只角"来的同学开始非常不习惯这样的氛围，但时间久了，大家发现，其实这些从所谓的"下只角"来的同学都非常淳朴可爱。因为性格直爽，很好打交道，更容易成为朋友。虽然有个别同学的行为举止不符合"乖小囡"的标准，但本质并不坏。记得那年暑假，赵老师特意带我一起去家访，前后大约花了两周时间，家访了近80%同学家，各种各样的环境、各种各样的家庭、各种各样的父母、各种各样的个性，在我头脑中留下了难以磨灭的印象。这次看似不经意的安排，对我深入社会、了解民情、感受各种错综复杂的矛盾、体验社会各阶层的冷暖发挥了巨大的作用，对我的价值观、世界观的形成起到了很大作用，我从心底里感谢赵老师的良苦用心。

四十多年过去了，正泰橡胶厂早已不复存在，当年的轮胎二厂技校也早已销号，但我们这些技校的同学不仅保持着联络，而且还会经常见面，同学之间的情谊并未随着时间的推移而淡漠。当年几个出名的捣蛋鬼，现在也成了认真做事、有出息、能承担重担的顶梁柱，令人刮目相看。唯一遗憾的是，当年关系很好的同班同学中居然没有一对牵手的，虽然当年曾经有很多故事和暗恋。更可惜的是，一位叫刘金华的漂亮女同学居然因病早早去世了。

那时我们班大部分同学被分配在厂里的机修车间实习，工种包括模具、钳工、车工、铣刨工、木工等，只有少数几个被分到了动力车间，其中居薇敏、金芬芳两个女同学去了电气间学电工，张文鸣、王阿华两个男生去了管子间学管子工，我则去了保养小组学机修钳工。

动力车间负责厂里的电、蒸汽和压缩空气三大动力的供应和保障，包括两台足足有五层楼那么高的 20 吨燃煤（后来改成燃油）锅炉，高压配电，数十台 20 立方米的空气压缩机和两台大型氨压缩制冷机组。动力保养小组负责除了变压、配电及输送设备之外的所有动力设备的维修和保养工作。动力保养组一共有五名正式员工，组长姓吴，当时的上海业余工业大学（现在的上海第二工业大学）毕业，党员，带一个徒弟，叫张培椿，比我大几岁，专门负责锅炉的日常维修和保养。张培椿业余习画，但画的画与专业画家无异，当时厂里所有的大型宣传海报、宣传栏、黑板报等美工和画作全部出自他手。我离开厂后，听说张培椿在 20 世纪 80 年代初去了美国深造，后来又回国开了广告公司，主要是平面设计和广告。我师傅叫陈士金，家住当时浦东沈家弄路，有一个女徒弟，叫高月菁，和我同年，是按政策中学毕业直接分配到厂里当工人的。组里另外还有一位老工人，姓林，虽然是辅助工，但工作年限已经很长，也是老党员，非常勤恳的一位老先进，江阴人，长期住厂里的单身宿舍。除了这五人之外，我是技校的实习生，另外还有两位分别来自云南昆明橡胶厂和海南橡胶厂的实习工人。师傅带着我们主要负责空压机、冷冻机的维修保养工作。我们小组的休息和准备间在大炉间的底下，窗外是煤场（后来是油罐），楼上是两台 20 吨锅炉，里面是自己搞的一个更衣室和淋浴室，很温馨实惠，但却处在高危地带。

我师傅与组长吴师傅可能之前有过什么不愉快，一直是"钉头"碰"铁头"。虽然每天上班大家总要按规矩坐在一起开班前会，但大部分情况下除了组长照本宣科，一般都没什么交流。很多时候一言不合，摔门就走人，我们都觉得有点尴尬。不过，每次吵架，吴师傅因为是组长和党员，总是让着我师傅，我师傅每次好像都占点上风，但一转身，火气立马就消了，见人都很客气，让我着实有点摸不着头脑。当然，那时我们还小，还是实习生，也不会去劝架，只能旁观。每周五下午的政治学习，照例是组长读报纸或上面发下来的文件，大家傻坐着不吱声，我师傅则不停地抽烟，难得老林师傅说了几句话想调节气氛，但基本没起什么效果。平时，两组人马基本都不会同时待在小组的休息室里，都泡在车间，哪怕活干完了，也在车间里找个地方休息、聊天。等差不多到下班时间了才回来，洗澡、更衣、下班回家。刚开始时我非常不习惯，但时间长了，渐渐适应了。

动力车间的维修保养活绝对都是技术活，每天早上的班前会，我们还未进车间，老林师傅就会一一跟我师傅说今天哪台车不行了，哪台车有问题。开始我还以为他因为住在厂里宿舍，每天三顿饭都在厂里的食堂解决，早上吃过早饭，他就已经到车间了，可能已经有人告诉他哪儿出了问题。但后来才知道，每天早上他总会先去车间里兜一圈，仔细一听，就已清楚哪里有问题，等我们开完班前会，就可以带上相应的工具直奔问题设备而去。我觉得非常神奇，急切地希望自己也能有老林师傅这一手。

记得第一次进空压机车间，几十台20立方米的空压机同时运转，整个车间的地皮连同厂房似乎都在一起振动，机器轰鸣的噪声将耳膜挤压得生痛，别人讲话一点都听不清楚。要在这样的嘈杂环境下仅凭耳朵就能快速判断哪台机器出了问题，实在是太不可思议了。随着在车间里待的时间的增加，我也可以毫不费力地区分不同设备所发出的振动声音。如果哪台机器停止运转，我也可以闭着眼睛报出来。等到跟着师傅几乎将所有的空压机都拆装维修过之后，我真的可以做到一走进车间，就能听出所有的机器是否都在正常运转。如果发现哪台运转有异常，只要掏出随身携带的长脚旋凿，将木柄贴在耳朵上，将前端的金属扁口支在怀疑有问题的部位的外壳上仔细一听，就能确认里面究竟是阀片破了，还是轴承有问题，或是气缸里的活塞环断了。后来我大学毕业到上海市纺织科学研究院，每当检查我自己装配的反应釜运转是否正常而使用这个绝活时，总能听到周围那些工程师们啧啧的感叹声，心里很是得意。

机修保养是个技术活，但也经常面临危险。记得一次大氨压缩冷冻机运转不正常，需要停机把活塞连杆上的铜婆司拆下来检查。老林师傅早已把气缸里的氨压回到了储液罐里，现场也搁起了1米多高的工作跳板。由于这台氨压缩机气缸盖上的螺帽很大，用最大号扳手还得加上一根长的套筒才能扳动。我对师傅说我上，师傅刚说了声小心点，我已经上去了。那时我年轻，1米8的个头，力气也很大，很快就把6个螺帽都松了，随后用旋凿在缸盖的边缘轻轻一撬，意外突然发生了，气缸里居然还有少量液氨残留，随着气缸盖一松动，高浓度的氨气在压力下瞬间喷涌而出，我根本来不及转身，立马就窒息了，幸好倒下去的时候下面人很多，被好几双手同时托住了。人们七手八脚地把我送到厂里的医务室，医生一看我没有任何反应，立即把我抬上厂里的救护车直奔新华医院，一路颠簸，加上有新鲜空气，等到了新华医院，我已经清醒了。抢救室的医生一看我没有外伤，人也已经清醒，问了几句话，就说没事，可以回去了，大家虚惊了一场，只是不敢想象如果当时是我一个人在结果会怎么样。还有一次，有一台大水泵坏了，要换电动机。这台电动机很大，至少有数百公斤，换上新的电动机，正在调试垫片的厚度，我师傅按着的撬棒突然打滑，电动机就把云南来实习的小伙子的右手食指压住了，也许是压下去的瞬间引起剧烈的疼痛，他猛地把手一抽，结果他右手食指的头一节连同手套留在了电动机下。虽然送医院急救，但那节手指最终还是没能接上，因为已压碎了。现在想起这件事，我心里还会一阵阵地抽紧，后怕不已。

大概是1978年春节前，我们已临近毕业，我也已参加了在1977年12月举行的高考，正在等待命运的选择。那天临近下班，突然被告知动力车间两台20吨锅炉中的一台出了问题，必须立即停炉抢修。平时这两台锅炉是轮番作业的，现在虽然可以用另一台顶上去，但由于没有了备份，存在全厂停产的风险，所以必须立即抢修。由于问题严重，厂长和党委书记都来了，成立了抢修现场指挥部，动力车间保养小组全都要上，那架势就好像一场战争马上就要来临，我们心里都有一种莫名的亢奋。当天晚上，还没来得及等整个炉膛冷透，我们就穿着浸湿的棉衣钻进炉膛，敲掉故障部位的耐火砖，截下有裂缝的蒸发管，然后重新排管，重新砌好耐火墙。这个过程说得简单，但实际却整整消耗了我们三天三夜的时间。大家轮番上阵，三昼夜的时间里没有合过眼。那时正值严冬，进炉膛前将所穿棉衣用水浇透，冷得直打战，进了炉膛，仍然还在辐射着高温的耐火墙瞬间又把我们变成一个个蒸汽球，棉衣上的水很快就蒸发了，人就像是在一个高温烘箱里干活，待不了一刻钟，就得出来喘气，然后再把棉衣弄湿，再进去，就像一会儿在水里，一会儿在火里。到后来，炉膛冷了，我们也筋疲力尽了。第四天半夜，抢修任务顺利完成，吃了点东西后大家都去洗澡、休息，我却实在是扛不住了，在大炉后背部的一个回风口边上，裹着棉衣坐在地上靠着炉墙睡着了。这时当班的司炉工开始用单根油枪喷小火烘炉子了，然后逐步提高炉温进行试车，而我在这温暖的环境中越睡越沉。到了早上，大家突然发现我不见了，急得到处找我，等大家最后找到我时，我坐着的地方温度已经达60℃了。这是大炉间工人平时洗衣服后烘干的地方，而我居然在那儿沉睡到大家找到我时还没醒过来。估计是经过这些天的冷热不断交替，我调节体温的中枢神经系统已经麻木了。只是不知如果继续这样睡下去的话，人是不是会被烤干。这段经历我至今记忆犹新。

在技校两年，我们先后有过两任副班主任。开始是一个很秀气的大男孩，叫金钟顺，是比我们高两届的技校毕业生，白白净净的，说话举止都像大家闺秀，很聪明。由于只比我们大两岁，和我们在一起时还有些腼腆，特别是看到女同学，都会脸红，但他人很好。后来，厂里把他调去技术科，不久又推荐他去上海化工"七·二一"工人大学脱产学习两年。巧的是，一年多以后我们在上海化学工业专科学校（简称上海化专）又相遇了。原来，上海化学工业专科学校在60年代后期被关闭，后来成为上海化工局下属的上海化工"七·二一"工人大学。1978年初，上海化专恢复建制，我作为恢复高考后的第一批学生进入上海化专就学，而此时他们尚未毕业，我们就又成了同校不同名的校友，我们是全日制大学生，他们则是业余大学的学生，管理方式自然也不一样。

金老师离开后，接任的副班主任叫万正林，68届华东化工学院的女大学生，平时喜欢穿一件军装，因为68届大学生毕业后没有直接分配工作，而是去了部队，后来才陆续分配工作，她到了轮胎二厂，仍有很深的部队情结。来的时候刚生完孩子，待人处事风格与赵力群老师完全不同，在我们身上花的时间不比赵老师少，要求也比较严格，特别是对我也不甚满意。虽然知道我是品学兼优的好学生，但可能觉得我有些过于老成，而且跟着赵老师参与过多的社会活动，也有些娇气，所以经常会提醒我。那时我还不太能够接受，甚至觉得她是故意在找我茬。但后来就想明白了，她真的是为我好，希望我在刚踏入社会的关键节点上能够更加稳健地走好每一步。我们毕业后她当了技校的校长，学校也从原来的大连路校舍搬迁到了原来的辽阳中学的校舍。记得那是我离开技校去化专读书的两年后，技校补发新的毕业证书，我去领，她见到我非常意外，但也很开心，觉得我已经上了大学，还回来领技校的毕业证书，是对学校和老师的尊重。她问我的第一句话是："你现在还需要这份毕业证书啊？"我说当然。

1977年夏天，拿过多次校级"三好学生"奖状后，我第一次成为上海市级"三好学生"，参加了在上海万体馆举行的表彰大会。我清楚地记得，坐在我身边同被评为"上海市三好学生"的是目前已在国内外鼎鼎有名的男高音歌唱家魏松。那时他是上海音乐学院的工农兵大学生，那时他是不留胡须的。遗憾的是，上海市三好学生的奖状却被我遗失了。

作为曾经的"正泰"人，有两位传奇人物不得不在这篇记录"正泰"的文章中提及。一个是正泰原来的老板杨少振，另一个是曾经在正泰厂机修车间劳动，后来成为上海市外经贸委主任的沈被章。

我进轮胎二厂不久，就听说当年正泰橡胶厂的老板杨少振还在，并且还在炼胶车间劳动。杨少振，江苏江阴人，高小毕业后来沪，进正泰昌华

杨少振先生

洋杂货庄当学徒，后升职员，主要负责采购工作；1933年，掌正泰信记橡胶厂原材料采购，后升营业部主任；1937年正泰拓展为股份有限公司，杨少振入股任协理；抗日战争爆发，正泰大连路厂房被炸毁，正泰工场迁往租界；太平洋战争爆发后，正泰厂利用废旧橡胶制品，自制"再生胶"，生产用胶少、产值高的产品，使工厂获得较快发展。抗日战争胜利后，杨少振扩建厂房，购买机器设备，改进经营管理，在全市广设销售网点，并先后在无锡、杭州、汉口、南昌等地开设营业所。1948年，上海全运会期间，他向运动员赠送"回力"新型篮球鞋，并租用飞机在运动场内散发有奖传单，使"回力"享誉全国。1948年底，正泰已拥有5家分厂、12个发行所、

3 个门市部、2 座仓库，并能生产轮胎。临近上海解放，他决定不迁厂、不外跑，并敦促在台北的分公司送回 500 余两黄金和大量美钞。上海解放后，又派人去香港运回机械、原料和资金。1954 年 2 月，正泰被批准公私合营，杨少振任私方副经理。1978 年十一届三中全会后，担任上海市第六届政协委员，中国民主建国会（简称民建）第四、第五届中央委员。退休后仍担任正泰厂经营顾问。1979 年无息垫款 3 万元创办民联橡胶制品厂，任管理委员会主任。1980 年又筹办步云胶鞋厂，任董事长，提出"解决就业，发展花色品种，丰富市场，推出口创汇"的经营方针。首批云裳彩色女靴投入市场，供不应求，当年即获上海花色胶鞋评比一等奖，之后又陆续推出数十个新品种。1984 年又筹建正云橡胶厂，1986 年组成步云橡胶联营公司，自任总经理。之后该公司引进国外先进制鞋设备，建立橡塑研究所，高价购买防溅女靴设计专利，争做外销产品。1989 年杨少振获全国"老有所为精英奖"。

沈被章，浙江慈溪人，1929 年生，1950 年毕业于上海交通大学机械系，在正泰橡胶厂的 30 年中，长期从事机械设备技术工作，完成多项设备的改造革新。将糊浆机改装成浸浆机，提高汽油利用率；设计出轮胎自动成型棒，减轻劳动强度，提高成型质量。1956 年被评为上海市先进工作者。我进轮胎二厂时，他在机修车间下放劳动，但仍积极工作，解决了不

时任美国中国商会会长的沈被章（中）

少设备上的技术问题。1979 年后，主要负责"钢丝缓冲子午线轿车轮胎"引进项目中设备的安装调试工作，经常亲临现场，发现问题及时设法解决，保证了产品的顺利投产。在引进项目与德方的多次会谈过程中，技术上严格把关，为谈判的成功起到了重要的作用。1981 年被评为上海市劳动模范，曾当选为杨浦区第七届和上海市第八届人大代表及中国共产党第十三次全国代表大会代表。1986 年，"子午线轿车轮胎采用先进标准"获上海市科技进步二等奖。20 世纪 80 年代初，调离正泰橡胶厂，主要从事对外经济贸易和国际交流方面的领导工作，先后任上海投资信托贸易公司副董事长、总经理，上海市外经贸委（上海市外国投资工作委员会）主任和上海市国际（美洲）集团公司董事长、总裁，上海轮胎橡胶（集团）股份有限公司董事等职。

1993 年 4 月，在离开上海轮胎二厂 15 年之后，一次偶然的机会，我又回到了地处上海市长阳路 447 号已恢复原名的上海正泰橡胶厂。那是受上海市科技进步奖评审委员会的聘请，担任化工组的评审专家，来上海正泰橡胶厂参加化工口申报项目的评审，而分配给我的任务恰恰就是由上海正泰橡胶厂申报的项目"新型子午线轿车轮胎"，由我

担任主审专家。巧的是，负责接待我们的正泰厂总师办的周洁梅正是当年我们厂的团委书记。中间休息的时候，我还见到了当年毕业后留在正泰厂动力车间电气间的老同学金芬芳。多年后与老友和老同学重逢，自然是开心不已。但大部分当年的老同学或老同事都已不在正泰厂了，自然又是一阵唏嘘。不出意料，经过两天的评审，最终由我主审的"新型子午线轿车轮胎"因其特殊的"回力"英文字母花纹设计而带来的优良排水和安全性能获得了当年上海市科技进步一等奖，也是这一年化工组评出的唯一一个上海市科技进步一等奖。作为曾经的"正泰"人，我自然为正泰厂感到高兴。

我的恩师赵力群，在送走我们这届学生后也不再担任技校的老师了。后来听说做了厂办秘书，又在厂里的企管办干了几年。之后很多年未有他的音讯，只是听几位技校的同学说他去了当时的化工局财贸中专当老师，教财会。后来，又有同学告诉我说是赵老师在上海电视台主讲《财务管理》《经济活动分析》等课程，前后有好几年，并在上市公司上海三爱富股份有限公司任董事和财务总监。我不知道他中间是否也像当时的很多人一样到什么学校拿过什么文凭还是自学成才。转眼几十年过去了，一次偶然的机会，我看到一份复旦大学招收 EMBA 的广告，其任课老师

赵力群教授

中出现了赵力群的名字，这才想起去网上查一查，结果发现赵老师现在名气大了。网上是这样介绍的：赵力群，博士生导师、华东理工大学 MBA 教育指导委员会委员，长期从事统计、会计、财务等学科的研究，已出版著作有《统计分析》《基础统计》等十余部，是上海统计学会常务理事、上海市管理科学学会理事、国家经贸委工商管理培训《公司理财》上海学科组副组长、上海财务会计管理中心讲师，并作为主讲、兼职或客座教授为华东理工大学研究生院、东亚学院、上海经济管理学院、上海国际金融学院等 MBA 专业和大中型企业领导工商管理培训讲授《公司理财》等课程。在我离开技校 36年后，我和赵老师及部分当年的技校同学终于重逢了，我也终于有机会向当年的恩师当面汇报这些年来的工作和学习成果。

在轮胎二厂技校的两年间，正是我世界观形成的重要时期。与现在这个年龄段的学生不同，那个时候我们所处的政治和社会环境非常复杂，经济和技术的发展也与现在存在很大差异。以半工半读为特征的技校生活，让我们一只脚还停留在学校的同时，另一只脚已经开始踏入社会，我们所接触到的和所想象的已经开始发生激烈碰撞和逐渐融合，我为自己能在这个重要的节点进入既具有深厚历史渊源，又充满文化积淀的大型现代化企业接受教育和锻炼而感到庆幸，更为能遇到赵力群这样的恩师而感到幸运和自豪。可以毫不夸张地说，在我的人生旅途中，赵老师是我不可多得的导师和领路人之一，我的心里充满感恩和感激。

36年后的师生重逢

　　1978年4月初，离我们在技校正式毕业还有两周，我要去上海化专报到了。离开的时候没有太多的不舍，觉得过去两年的轰轰烈烈似乎还未结束，我还会再回来。一周后，我又回来和大家一起拍了毕业照，至今保留着。我离开时，最不舍的还是师傅陈士金。大约半年后我去看他时，他提出请我给他的一双儿女补习功课，我答应了。那时每周只有一天休息，我每周六下午从学校回来，晚上就去师傅家帮他们补课。那时浦东还没有开发开放。我从延安东路摆渡过黄浦江，他儿子遇春总会骑着一辆28英寸的重磅自行车在陆家嘴渡口等我，然后驮着我沿花园石桥路、烂泥渡路、浦东南路、沈家弄路的乡间小路去他家，周边是漆黑一片的农田。每次补完课，师母总会做一大碗水潽蛋给我当点心。可惜实在是基础太差，我两年的努力没有明显的成效。那时高考的录取率很低，最终他儿子进了由当时的黄浦区饮食公司专门为一些大饭店培养高级厨师举办的培训班，学成后在南京路的燕云楼成了大厨，后自己去德国闯荡，八年后回来，在浦东的多家高级饭店和酒楼做行政总厨，很有出息。遇春的妹妹建华后来考入上海助剂厂的技校，毕业后留在厂里当工人。他们家后来也随着浦东的开发开放搬去了杨浦大桥脚下德平路的新居。我二十多年前去看过他们，师傅很要面子，让遇春亲自下厨，做了一大桌佳肴招待我们全家，师母也是看着我们乐得合不拢嘴。如今二十多年过去了，不知现在他们怎么样了，很是挂念。

当时在技校的毕业照

我的高考

    77级和78级的大学生是一个传说，但凡我们这个年纪或者更大一点的，说起1977年恢复的高考，都会有这样的感叹。

    2016年4月15日，在毕业离校整整35年之后，原上海化工高等专科学校77级的77位同学中，有34位从世界各地首次重新聚集在当年的母校——现在的上海应用技术大学，与当时的老师和现在的校领导重温当年学习的艰辛、共叙当年的师生情、喜看学校的快速发展、感慨岁月的飞逝。当年意气风发的青年，如今大多已是两鬓斑白，已经或者即将退休。而当年正值壮年的老师们，脸上却少有岁月的痕迹，怎么看都和当年差不多，只是多了慈祥和从容。

当年的师生35年后重逢

    1977年8月4~8日，科学和教育工作座谈会在北京饭店召开，有三十多位老中青科学工作者和教育工作者与会，此外还有教育部、中科院和国务院政治研究室的负责同志。这次会议在中国教育史上是一次具有历史转折意义的会议。

    8月6日，会议讨论的重点转移到了高等学校招生的问题上。当时参加会议的武汉大学副教授查全性（后武汉大学教授、中国科学院院士）在发言时首先提出应该恢复高等学校的招生考试，分管教育的领导赞同这个建议，但表示当年可能来不及了。教授学者们都主张立即恢复高考，如果时间来不及可推迟当年的招生时间。这些意见得到领导的支持。

这次座谈会后，教育部8月13日召开了当年的第二次全国高校招生工作会议。

10月12日，国务院批转了《关于1977年高等学校招生工作的意见》，文件规定了高等学校新的招生政策，即废除推荐制度，恢复文化考试，实行德、智、体全面考核，择优录取。

听到恢复高考的消息时，是我在轮胎二厂技校学习的最后一个学期。大概是1977年11月初，具体的可操作文件和细则下达到了各基层单位，每个单位都按要求建立了高招办，报考报名工作也同步展开。轮胎二厂的高招办设在与团委同一个办公室办公的宣传科，宣传科长老陶成了厂里的高招办主任。因为平时经常往团委跑，所以和老陶很熟，那几天我也和厂里很多青年一样，天天挤在他的办公桌边，问有关高考的事情。

相对而言，恢复高考这个消息对我们这些20世纪50~60年代长大的年轻人来说并没有太大的震撼。一是高考取消时我们还小，心中并没有那种高中毕业不能参加高考的切肤之痛；二是凭出身、论表现推荐上大学的方式我们已习以为常；三是我们作为技校生毕业后可以稳扎稳打地进工厂当工人，已是非常幸运；四是上了大学，毕业后还得再经历一次分配，也有分到外地去的可能。当然，还有一点，就是那时我的政审可能会遇到问题，再加上大哥还在江西农村，二哥在厂里也刚满师，家里的经济十分拮据。眼看着我马上技校毕业就可以参加工作了，如果再去读书，又会增加家里的负担。因此，我既没有希望通过高考改变命运的强烈愿望，也没有希望通过上大学为自己今后谋得一份好职业的内生动力和意识。虽然潜意识里对大学充满了憧憬，但实际对高考和大学的概念非常模糊。既不知道是否可以参加考试，也不知道是否能考上，更没有想过考上后会怎样。但技校的老师们都怂恿我去试一试。

那天下班，我在团委办公室和老陶说我想试试参加高考。老陶有点为难，对我说："小王，我早就想过了，我非常看好你，希望你能去参加高考。但我仔细研究了具体的规定，你现在作为技校在校生是不能参加这次高考的。"我有点意外，但并不觉得太失落，只是觉得有些遗憾。老陶说："这样吧，你先报名，至于学历，你不要说是技校在校生，说是上一年级技校肄业的，我再去争取。"

由于厂里报考的人太多，按上面的要求，厂里先组织了一次筛选考试，300多人参加，最后根据成绩，最终有74人允许正式填写报名表，我也位列其中。那天在技校，全厂74名报考人员集中统一填写高考报名表。表格除了基本信息之外，就是直接填写高考志愿。说实在的，报名本身就很匆忙，对学校、专业、专业具体是做什么的都是茫然无知。那时信息来源不多，很少有人会对外地院校感兴趣，我拿着表，一时觉得无从下手，因为还没参加考试，根本不知道填什么学校什么专业好。允许填三个志愿，最后我填了两个，一个是复旦大学数学系，因为我小叔在复旦教书，平时经常听他讲复旦，而且我自认为数学学得不错；另一个是上海机械学院（即现在的上海理工大学），因为我那时在技校学的是设备维修，挺喜欢的，想着学成之后回到厂里继续干机修也不错。这年高考是大学和中专一起考，但我没有填写中专志愿。

报名表交上去没几天，准考证发下来了，但没有我的。老陶告诉我，因为我不符合报考条件，上面未批准，不过他还在争取。转眼到了 11 月底，离正式开考仅剩两周不到的时间，我有点绝望了。那天下午，老陶突然到车间里来找我，说我的准考证下来了。我一阵狂喜，但很快就冷静下来，心中开始忐忑不安，因为到现在为止，我还没有像其他人一样进行过复习，也不知究竟会考些什么，只是从准考证上知道正式考试是12 月 11 日和 12 日，考试科目有数学、理化、政治和语文，共四门，满分 400 分。其中理化部分物理占 70%，化学占 30%，留给我的复习时间只有十多天了。拿到准考证，除了厂里的几个人知道，我没有告诉任何人，包括家人。因为对能不能考上完全没有信心，所以就预先打了个埋伏，万一考不上，也不会丢脸。

我的高考准考证

对于高考，十天的复习自然是远远不够的。政治我基本上没有做任何准备，因为在技校的两年，我在政治理论和时事政治的学习研究方面花了大量时间，心里有谱。语文无非就是写文章，自我感觉不错，只是对古汉语一窍不通，要重新学起也不可能，只能随它去了。数学，我在技校有机电数学课，成绩不错，特别是解析几何和三角函数，我很熟，所以只是找了一些题目做做，也就算是复习过了。物理，我在中学里学的电路、电磁学还记忆犹新，加上在技校里学的力学，大致可以凑合。但对于化学，由于之前从来没有学过，特别是有机化学，更是两眼一抹黑，什么都不知道，所以不得不做了放弃的准备，虽然化学有 30 分。

考试那天是周日，天气很好。虽然已是 12 月，但阳光明媚，不太冷。我一早出门，提前一小时到了指定的考场——杨浦区惠民中学。学校大门口挂着大红横幅，上面写的具体内容已经记不清了，好像是"欢迎考生""接受祖国的挑选"之类的。进了考场，每人一个课桌，左上角贴有考生的姓名和准考证号。考前 15 分钟，监考老师开始核对准考证（那时候还没有身份证），考前 5 分钟开始分发试卷，但不能答题。因为还是技校在校生，我对考场的气氛和环境并不陌生。相对于已经多年未进考场的往届生，我也显得更加淡定。当然，还有一个重要原因，就是不管是考上还是考不上似乎对我不会有什么接受不了的影响，继续做工人，也挺不错的。不过，现在回头想想就不是那么回事了。

第一场考数学，题目不算多，但涵盖范围广，甚至已经有了求极值的（我在中学没学过）。具体的题目我当然记不得了，唯一还有印象的是有道代数题把我卡住了，做了老半天，还是没有结果，最后不得不放弃。不过求极值的那道题，因为在技校里学过一阶导数，所以很容易就做出来了。至于其他题目，总的感觉还可以。中午我去了只隔了两条马路的厂里，吃过中饭，和正在轮班的技校同学坐在厂里堆放在露天的轮胎堆上晒太阳，聊天，完全没有下午还要考政治的紧张感。等我突然想起该起身时，已经是下午1点10分了，离下午的考试开始还有20分钟。赶紧一路小跑，等我赶到教室，监考老师已经核对完准考证。免不了被老师批评了几句。下午的政治试卷我很快就做完了。没有耐心等到规定的时间，就早早交卷了。第二天上午考理化，物理题中的杠杆原理我是熟门熟路，最令我高兴的是有一道有关韦斯顿电桥的题，我在技校的课程里刚刚学过，捡了个大便宜。剩下的30分化学题，我是不得不缴械投降，绞尽脑汁，只写出了乙醇的分子式，其他的好像都是留白。最后一场是考语文，一些零碎的题目我不记得了，但作文题我还能清晰地记得，题目是《在抓纲治国的日子里》。

虽然参加考试之前因各种原因对恢复高考这件事也没想太多，事实上我从决定参加高考到正式考试也就二十多天的时间，也来不及去关注太多的事情。但考试以后，却对这次高考开始关注起来，加上一些数字的陆续公开，突然感觉这次高考居然是如此不同寻常，意义重大。

据悉，当1977年10月决定恢复高考时，考虑到中断了十一年高考，加上1977年应届高中毕业生（76届），以及允许1978毕业的高中生中的优秀者提前报考，预计13个年级的考生可能达到2000多万人，原定全国计划招生20万人，录取率是1%。后来不少省市采取了地区初试，按计划录取数的2~5倍进行筛选，再参加正式高考，加上全国超过半数的青年根据自己的文化基础选择报考中专，1977年最后实际参加高考的人数达到570万，但占可以参考人数的比重不到30%。

考完试，我仍然是轮胎二厂技校的在校生，继续着我半工半读的生活，但在内心深处却微微有了一些变化。开始对大学生活有了憧憬，期待被录取。不久，考试阅卷工作完成，跨过基本门槛的考生被通知参加录取前的体检。但按当年的规定，考试分数是不公布的，也没有现在所谓的录取分数线，一切都在内部掌控之中。所有的考生都被告知，只有获得体检资格，且体检合格后，才有可能被录取。我们全厂74个考生，最终被通知参加体检的只有6个，我有幸位列其中。到1978年1月中旬，体检工作完成，但体检结果也是保密的。从媒体上得知，各所大学的正式录取工作随即开始，录取通知书将在 2 月中旬开始陆续发出。这时,我的憧憬开始转变为焦虑,就怕幸运会擦肩而过。

在焦虑中度过 1978 年的春节,我仍然守口如瓶,既没有告诉家人,也没有在同学和朋友圈里透漏,心里默默祈祷幸运之神的降临。2 月下旬,厂里参加体检的 6 个考生有 4 个收到了大学录取通知书,记得其中有一个是上海交大,一个是武汉水运学院,另外 2 个不记得了,但 4 个人中没有我。直到所有高校的录取通知都发完了,我还是没有收到任何通知。虽然有思想准备,但结果真的来了,还是不太好接受。

过了半个月,大概是看我的情绪平复得差不多了,老陶有天中午把我单独叫到办公室,很惋惜地告诉我,其实我的材料早就被退回来了,因为政审没通过,录取资格也被取消了,让我不要再等消息了,争取明年再考。听到这个消息,我的内心非常崩溃。中学毕业分配,我就被这个阴影笼罩。进技校的两年,我几乎在所有人眼中是品学兼优的好学生,在发展学生党员时,却被忽略。高考前几个月,市里为宝钢项目上马从全市一些有规模的企业技校中选送一批学生去参加日语培训,我也没资格。那时人人都可以参加的"上海民兵",我也是被拒之门外。现在好不容易可以参加高考,最终却还是因为政审不合格而被取消资格。虽然已经明确要求高考录取工作要修改政审标准,重在考生的个人表现,但我的身份却并未有任何改变。我没有流一滴眼泪,非常冷静地对老陶说:"谢谢你对我的信任和帮助,我父亲的事看来一时半会也不会有什么改变,至于明年是不是再参加考试,明年再说吧。你的心意我领了!"

那天回家,父亲告诉我,他们厂里又来了新的工作组,他可能又要被隔离审查了。家里我要多帮忙担当一点。看着父亲噙着眼泪的双眼,我没有多说,只是嗯了一声说我会的。我竭力控制着不让眼泪流出来。从那天起,我真的长大了,知道了自己身上应有的担当。

转眼到了 3 月底,我们应该技校毕业了,大家都在关心会被分配到哪里。究竟是留在轮胎二厂还是会被分配到橡胶公司甚至是化工局范围的其他企业。师傅告诉我,我见习的动力车间已经提出申请,要把我留下来,班主任赵老师也私下问我希望去哪里。妈妈觉得师傅待我不错,轮胎二厂也是大厂,希望我留在厂里。

一个星期天,我在家看书,爸爸一早出去了,妈妈在忙着洗衣服。上午 10 点左右,突然来了传呼电话,说是让我赶紧去厂里,我的大学录取通知来了。我有点不相信自己的耳朵,赶紧向邻居借了一辆自行车就往厂里赶,一路疾行,直奔厂里。到了宣传科,老陶早就等在那里。看我进门,他急不可待地拿出一个牛皮纸信封塞在我手里。我定睛一看,信封上上海市高等学校招生委员会的鲜红大字很是醒目。我颤抖着双手小心打开,一张粉红色的高等学校录取通知书呈现在眼前。待我再仔细一看,却有点糊涂了。我被录取的学校是上海化学工业专科学校,一个我根本不知道的学校。不是大学,也不是学院,难道是中专?可是我没有报考过中专呀!看我一脸疑惑,老陶慢慢道出了事情的原委。原来，我因政审不合格被取消录取资格后，老陶并未死心，还是关注着后续的各种消息。后来听说上海将恢复六所高等专科学校（大专）的招生，其中有一所就是上海化学工业专科学校，而这所学校的上级主管单位就是上海市化工局，也是我们上海轮胎二厂的上级主管单位。听到这个消息，他就多次去化工局的教卫办沟通，把我的情况反复向局里说明，并再三保证我是个品学兼优的好苗子。后来，批复正式下达，上海化学工业专科学校的建制和招生资格恢复，并纳入 1977 年高考的扩大招生计划。就这样，我终于有机会踩着首次恢复高考的尾巴，进入了大学校门。

那天听到我被化专录取的消息，一些技校的老师和厂里的工程师都赶来祝贺，听老陶介绍了其中的曲折经历后，都纷纷给我打气，说上海化专不错，建校头十年就培养了很多人才，我们轮胎二厂就有不少出自上海化专的工程师，包括我们技校橡胶机械专业课的老师，当时的化工局局长付卫国也是上海化专的高才生。他们还告诉我，上海化专虽然是大专，但毕业分配时不用去外地，都是本市分配工作，学制也比本科少一年，而工资只比本科毕业生少 4 元（那时本科毕业工资是 58 元，专科毕业工资是 54 元）。他们把这形象地比喻为"54 元＋上海"。

拿着录取通知回到家，父母已经知道我被大学录取了，邻居们也从传呼电话中知道我考上大学了。但由于之前我从未告诉过他们，父亲问我考大学为什么不告诉他，我说家里经济条件不好，原本想今年技校毕业参加工作应该可以为家里减轻负担，但有机会考大学，我也想试一试，如果没考上最好，我就可以挑一点家里的担子，但未曾想居然考上了。父亲立马打断我说："你怎么可以这样想，你考上大学是我们家的光荣，哪怕家里再穷，砸锅卖铁也要供你上大学。"其实我知道父亲也有大学情节。当年祖父开了几家车行，家里也算是比较富裕。先是大伯上了大学，读的是震旦大学法学院。但轮到父亲时，祖父的生意遇到了困难，不得已，父亲 16 岁就去了英商美灵顿印刷厂当学徒，18 岁就满师成了师傅，帮助祖父一起挑起家里的担子。后来，家里的经济条件重新开始好转，大姑、小叔、小姑都先后进了铁道学院、复旦大学、上海师范学院读书，但父亲的大学梦却破灭了。现在看到儿子可以上大学，他自然感慨万千。妈妈没有多说，只是悄悄告诉我考大学的事她早知道啦。我问妈妈怎么知道的。她说我藏在抽屉里的准考证她早就看到了，只是没说，不想让我有压力。听了父母的话，我的眼泪在眼眶里直打转，但我什么都没有多说，只是在心里默默地说："爸爸妈妈放心，儿子会有出息的！"

拿到上海化专的录取通知后，又发生了一些令人意想不到的事情。先是有区高招办的人打来电话，问我愿不愿意去上海师范学院（现在的上海师范大学），说是扩大招生，因为我对做老师不感兴趣就没答应。再后来，考虑到还是有很多考生未被录取，上海的四所著名本科院校复旦大学、交通大学、同济大学和上海师范大学（现在的华东师范大学）再次扩大招收走读生，但显然和我没关系了。

据统计，1977 年全国实际参加高考的 570 万考生，首批录取了 21.5 万人之后，又扩招了本科生 2.3 万人，专科生 4 万人，扩招比例达到计划数的 29.3%，最终录取了 27.8 万人，总录取率为 4.9%。后来据上海市高校招生委员会公布的信息，1977 年上海参加高考的总人数约 20 万，由于当年的高考是大学和中专一起考，最终录取人数约为 1 万，其中中专录取约 2000 人，大学和大专录取约 8000 人，大学的录取率（占参考人数的百分比）仅为 4% 左右。可以毫不夸张地说，哪怕那年由于名额限制而只能到中专读书的考生，放在今天，至少也可以上重点大学。那年我大哥也在江西报名参加了高考，但最终名落孙山，未能如愿。他是 69 届初中毕业，初中三年基本没学什么知识，17 岁就被分配到江西农村了。

现在再回头想想四十多年前的这场高考，由于备考时间很短，考生原有基础便显得格外重要。考上大学的除了智力因素以外，更多的是非智力因素在起作用。过去，科举时代有"读书种子"之说，而 77 级大学生中也有不少属于"读书种子"，在"读书无用论"盛行的年代里仍然能坚持读书。有人事后研究统计，当年 77 级和 78 级被录取的考生中，出自知识分子或干部家庭及家境殷实的占 25% 左右，这在一定程度上说明了在书籍匮乏、社会普遍不重视教育的年代，家庭的影响起到了较大作用。

相对于现在年龄非常整齐的大学生，77 级的大学生年龄跨度非常大。最大的 30 多岁，最小的才 15 岁。有的已为人父母，有的则不知恋爱为何物。有的可以带薪上学，有的则需自筹生活费（那时读大学是免费的）。77 级是一个多数人经历过各种磨炼具有底层生存经历的群体，是一个历经艰辛终于得到机会改变命运的幸运群体，是一个经历了激烈的高考竞争后脱颖而出的群体，是一个大浪淘沙后特色鲜明的群体。在饱经沧桑之后，这个群体普遍个性坚定沉着，能吃苦。在社会上历练形成的坚毅个性和练达人情，也成为日后发展的重要基础。

我们的大学生活

报到

1978 年 4 月 8 日，星期六，我背着一个按部队行军式样打好的背包（以前拉练和学农时养成的习惯），手提一个装着搪瓷脸盆、竹壳热水瓶、洗漱用品、一双回力牌篮球鞋和其他一些零杂碎的网兜，坐 42 路到徐家汇，再换 43 路去漕宝路 120 号上海化学工业专科学校报到。进了学校大门，按指示标牌往左，到学校的大礼堂门厅报到。

如今的学校大门仍和当年一样

报到手续很简单，主要就是转户口和粮油关系。那时读大学要把户口迁到学校去，凭定量和票证供应的粮油关系也一起转过去。报到大厅里放着一块很大的宣传板，上面是热情洋溢的欢迎词，"培养高级化工人才"和"工程师的摇篮"之类的词语，很是让人兴奋。报到的新生看上去不多，一问才知道，当年化专恢复招生，只招了 2 个班级，总共 78 人，都是化工系的。一个是无机

当年报到的大礼堂门厅

化工 7721 班，一个是化工分析 7722 班。估计是专业需要，7721 班是清一色的男生，后来我们一直称之为"老头班"，因为班里不仅都是男生，而且老三届的学生居多，入学时大多都已年近三十。我们 7722 班是男女生都有，但年龄上下相差悬殊，大的是 66 届高中，小的则是应届生，年龄相差十多岁，班长郑谷音则是带着儿子一起来报到的。让人感觉很新奇。

报到完毕领了饭卡和寝室的钥匙，沿着大礼堂南侧的道路往东，迎面是一条长长的挂满紫藤花的长廊，沁人的花香扑面而来。路的南面是学校图书馆，右侧有荷花池和绿化带，满目翠绿，树影后面有几幢女生宿舍。长廊的尽头就是男生宿舍，20 世纪 50 年代的红砖房，很漂亮。我的寝室在二楼，朝南，窗外是学校的大运动场，门正对着北面的楼梯口。

当年的紫藤架如今还在

寝室里放着四个木制上下铺双人床，中间是一张很大的长方桌，整个房间挤得满满的。两个靠窗的下铺已经有人了，东侧靠窗的上铺有两个胖乎乎的小伙正在忙着挂蚊帐。一问才知道，这是哥儿俩，弟弟张铭基，74 届中学毕业，比我大一岁，原来在农场工作，是我的新同学，另一个是他哥哥，也是和我们一起参加高考的，之前已被上海海运学院录取。看到西面靠窗的上铺没人，我就把背包和行李往上一搁，准备铺床。这时，一个看上去和我们差不多年纪的女生推门进来，自我介绍说是我们的辅导员（班主任），叫何荣妹。我们都立马停下手中的活向她问好。她大致问了一些我们的情况，好与她先前看到的资料对上号。话说到一半，她回头看到我放在床上的脸盆里有一双回力牌高帮篮球鞋，就问我是不是会打篮球，我刚说不会。她却没容我多说，就说那你做我们班的体育委员吧。其实，我从小对传统的体育不感兴趣，中学里感兴趣的项目也是军事体育，如无线电收发报、航模和射击，主要是靠脑力，不是体力。我不仅不会打篮球、排球，也没踢过足球，甚至连乒乓球、羽毛球等小球都没打过。至于那双篮球鞋，只是当时比较流行，小青年都喜欢穿，且是我原来所在的生产回力牌轮胎的轮胎二厂（正泰橡胶厂）的同门"兄弟"——上海胶鞋六厂（现在的回力胶鞋厂）的内部处理品，我是托关系淘便宜货买来的。

晚上，全寝室的人都到齐了，共六人。我的下铺是苏维雪，静安区七一中学 73 届毕业，后去奉贤五四农场，考入化专前在五四农场制药厂工作；张铭基的下铺是叶晓坚，和我一样 75 届中学毕业，住五角场那边，之前好像是在一家工厂工作；殷云兴在我隔壁下铺，76 届应届生，从松江佘山农村考入化专，应该是我们班年龄最小的；小殷对面的下铺是王泽人，也是76届应届生，去崇明落户了半年就考入了大学，应该没吃过什么苦。我们六人中，苏维雪出自知识分子家庭，他父亲那时是上海自动化仪表一厂的副总工程师，他母亲是静安区中心医院的医生，他姐姐当年考进了复旦中文系，他哥哥考进了同济大学建筑系。三姐弟同时金榜题名，甚是难得。张铭基的家境似乎也不错，哥哥也和他同时考进大学，他家住在虹口区吴淞路桥边上的石库门弄堂里，据说那时已

当年寝室里的同学
后排左起：我、苏维雪、殷云兴、王泽人
前排左起：叶晓坚、张铭基

经小有名气的成方圆是他家亲戚。大学寝室没有其他设施，除了剩下的两个上铺大家堆一些东西，房间里还有一个竹制的书架和一个木制的脸盆架以及几把木椅子。那天晚上学校10点统一熄灯后，大家还是很兴奋，睡不着，隔着蚊帐聊到12点后才各自陆续睡去。

校园

第二天是星期天，大家刚报到都没回家（事实上，要回家也不太方便，还得花车费）。一早，田径场上就有人锻炼了。推开窗户，伴着初升的太阳，空气中弥漫着一股田野的草木清香，让人情不自禁地深吸一口气。运动场上跑步的、打球的、玩单双杠的、早自习的、散步的，杂乱中又有一种有序的美。早餐后，我们就开始和隔壁寝室的新同学串门，然后结伴去校园里转转。

万滔、张铭基、蔡华民和我在学校主教学楼前

上海化专的北侧沿漕宝路，马路对门是上海冶金工业专科学校。西侧为桂林路，与海上名园桂林公园隔路相望。学校的南侧是沿曲曲弯弯的漕河泾河的康健路，漕河泾河的对面是康健公园。学校东侧的围墙外面是整片农田，一直延伸到习勤路（现在

围墙外已开通了柳州路），再往东就是当时的上海市少年犯管教所（现在已建成华夏宾馆和光大会展中心）。少管所对面是上海自动化仪表一厂、上海地毯厂和上海玉石雕刻厂等当时上海著名的企业。据说，整个上海化专的占地面积为 11.3 万平方米。

校门看上去别具一格，四个汉阙组成的一大二小三个便门，具有鲜明的中国传统建筑特色。汉阙是汉代的一种纪念性建筑，有石质"汉书"之称，是我国古代建筑的"活化石"。正对学校大门的是主教学楼，红墙黑瓦坡顶，均是传统的中国元素，气派漂亮。大楼前是一个中心花坛，花坛中央的旗杆上，五星红旗正迎风飘扬。从大楼正门进入，磨光石子的地面和楼梯简洁亮堂。学校的办公楼也是一幢特色明显的两层小楼，"书卷气"十足。

学校共有两幢教学大楼，四幢实验大楼，一座图书馆，一幢办公楼，五幢学生宿舍和标准的足球和田径场地等设施。之前从没进过大学校园，看到学校里到处是绿色、散发着芳香的鲜花、被绿荫和鲜花映衬的一幢幢红砖黑瓦的教学楼、办公楼、实验楼、图书馆等，心里很是高兴，对即将开始的大学生活，心里充满了期待。

主教学楼与中心花坛

学校地处当时还算是上海市郊的上海县（现徐汇区）境内，漕宝路是从漕溪路直通七宝的一条郊县公路，路上车辆很多，两旁绿树成荫，但尘土飞扬，也没有人行道。门口经过的公交线路只有 3 条，一条是 43 路公共汽车，从徐家汇到上海师范学院（现上海师范大学），另一条是到七宝的 92 路公交车，第三条是当时中山西路上的西区汽车站到松江的淞沪线长途汽车。学校

主教学楼简洁的楼梯

北面，除了上海冶专的后面刚刚新建了田林新村之外，再往西七宝方向，基本都是农田。如果沿学校南面的漕河泾河往东，约步行 15 分钟，即可到达漕河泾镇老街。

"书卷气"十足的学校办公楼

隐藏在绿荫后面的实验大楼

上海化学工业专科学校的前世今生

上海化学工业专科学校是一所培养化工高级工艺型、应用型人才的三年制高等专科学校，创建于1959年，初名上海化学工业半工半读专科学校，校长由当时的化工局局长梅洛兼任，校部设在上海市化学工业局内，共设无机、合成橡胶、抗生素、塑料和石油炼制五个系，招收高中毕业生和少量在职职工155人，在天原化工厂、上海合成橡胶研究所、上海第三制药厂、上海化工厂和上海炼油厂分散办学。1960年7月，学校更名为上海化学工业专科学校。1961年，学校迁入上海市漕宝路120号与创办于1958年的上海市化学工业学校共处一个校址。漕宝路120号原是上海市工会联合会干部学校（原名上海市总工会干部学校）旧址，1958年划归上海市化学工业学校，占地165亩。

1962 年上海医药工业专科学校并入上海化专，校长由上海化工局局长余昕兼任，卢世鲁任副校长。1963 年，上海化专又恢复校名为上海化学工业半工半读专科学校，学制改为四年。1965 年，建立刚一年的在同一校址的上海市农业化工学校并入上海市化学工业学校，但仍保留名称。1971 年 5 月，上海市化学工业学校和上海市农业化工学校并入上海化专，并更名为上海化学工业专科学校。所以，历史上上海化学工业专科学校曾有"化三校"之称（同时处在同一校址）。1974 年，根据当时的教育体制，上海化专校名一度改为上海市化工"七·二一"工人大学，开始招收工农兵学员，主要招收对象为上海和全国化工系统选送的在职工人和干部，同时也承担当时的化工部委托举办的各类培训教学任务。1978 年，学校恢复上海化学工业专科学校校名，并经国务院批复同意追加参与 1977 年高考的招生录取工作。时任校长薛永辉是一位德高望重的老革命，抗日战争时期曾任太湖游击队司令，副校长仍是卢世鲁，早年毕业于大厦大学的著名教育和无机化工专家。1992 年 4 月，经原国家教委批准，上海化学工业专科学校改名为上海化工高等专科学校。2000 年 9 月，学校与上海冶金高等专科学校、上海轻工业高等专科学校和原轻工部上海香料研究所合并，组建成上海应用技术学院，上海化专的建制随之撤销。2016 年 3 月，教育部正式批复同意上海应用技术学院更名为上海应用技术大学。

两耳不闻窗外事、一心只读圣贤书

入学暨开学典礼在阶梯教室举行。只有两个班级的新生，共 78 人，占整个阶梯教室的不到一半。那天的开学典礼请来了化专的校友、当时的上海市化工局局长付卫国来做报告，谈他的求学经历和工作中的奋斗历程，很受鼓舞。随后，教务处长提了很多要求，其中有一条就是大学生在校期间不准谈恋爱。现在大家可能会觉得不可思议了。可在那时，这个规定可是不得越雷池半步，一旦发现，将被开除学籍。好在 7721 班是单一的"光头"班，没有女生，也就没有什么"诱惑"，自然可以省事不少。至于是否在校外谈恋爱，反正大多也是年近 30 的大龄青年了，学校也管不着，只要不在校期间结婚就行。我们班男女生年龄倒挂的比较多，在校三年，也没什么花边新闻，只是最终毕业后不久有一对走到了一起，至于是什么时候开始的，也无人知晓了。

我们虽然是工科院校，但化工分析专业的课程设置却偏理科。其中高等数学上了足足三个学期，无机化学、普通物理、有机化学、物理化学、分析化学、有机分析和仪器分析都是两个学期，此外还有线性代数（选修）、电子技术、电工、概率论（选修）、工业分析、结构化学、化工污染物分析（选修）、化工文献检索（选修）等课程。当然，政治课必然是主课，包括政治、政治经济学和中共党史等课程。体育课也伴随了我们整整四个学期，也是作为主课需要考试的，而不是考查。

作为恢复高考进入高校学习的第一届学生，面临的最大问题是教材的严重匮乏。

1966~1976 年，高考被取消，虽然 70 年代开始恢复招收工农兵学员，但大学的教学大纲基本都简化了。现在不但恢复了高考，而且从决定恢复高考到学生入学只有不到半年的时间，重新编印符合大学本专科教学大纲规范要求的教材自然是来不及了。我们的高等数学教材临时使用 60 年代后期清华大学编写的供工农兵学员使用的教材，但内容远远不能涵盖我们的教学大纲要求，老师的讲课也只能按自己备课的内容讲，教材就成了摆设，大家都纷纷到图书馆去借 50~60 年代编写的大学教材来参考。好在这届新生人数不多，图书馆的藏书才没被借空。高等数学课从求极值开始，循序渐进，然后是微积分，再后来是偏微分方程。为了学好高等数学，班里几乎人手一本同济大学樊映川教授编写的《高等数学习题集》，尽管里面的习题多达 2000 多道，但班里的同学几乎全都做过一遍，很多还不止一遍。大家如饥似渴的学习态度让老师们赞叹不已。兴许是大学的第一门主课，我对高等数学充满了好奇与兴趣。特别令我有所感悟的是，要学好高等数学，具有良好的解析几何基础是关键。三个学期的高等数学课，两次大考我都是满分，最后一个学期只得了 92 分，主要是对偏微分方程的理解不到位。

无机化学也是第一学期的两门主课之一，更是后面所有化学课程的基础。但前几节课下来，大家就明显感觉跟不上。事实上，我们这批被招进化专的学生，几乎没有一个在报名时填过化学专业志愿。也许是偏见，大家在未接触过化学专业之前总是担心化学专业危险，如易燃易爆、中毒、影响健康等。再加上大部分同学在中学几乎就没有学过化学，连基本的化学方程式配平都不会，而老三届的同学也早已把十多年前学的忘掉了。现在我们不仅要重新培养兴趣，缺乏必要的基础知识也是一个大问题。无机化学老师刘尚仪是个热心人，她果断决定，先把大学的无机化学课停一停，用一个月的时间，给我们突击补中学的化学基础。这一招很管用，一个月后再重新开始学习大学的无机化学课程时，我们学习的进度反而大大加快了。同学们的悟性和努力加上老师的耐心和高水平的讲解，很快大家就喜欢上了这个精彩的化学世界。课程结束，我考了 98 分，刘老师给了我一个"优"。

第二个学期开始，除政治外，普通物理和有机化学成了我们的主课。物理课是两个班一起上的大课，老师是带着明显苏州口音的汪先生。他讲课不仅通俗易懂，而且妙语连珠。一门应该是有一定难度的课，在他讲来，简直就是在说苏州评话，我们听课也像是在听书。听了整整两个学期的"长篇"，考试我居然轻轻松松考了 90 分，也算是既对得起先生，也对得起自己。然而，有机化学课就完全不是这样了。

86 岁高龄的刘尚仪教授

有机化学老师叫徐松圻，那时也就 30 多岁的样子，带着一个尚年幼的女儿住在学校的宿舍里。徐先生是名校高才生，1965 年毕业后分配到化专，所以，给我们上课是他第一次正儿八经地上大学的有机化学课。可能是有点害羞，徐先生上课时眼睛不朝学生们看，要么看窗外，要么看天花板。上课的大多数时间是他在黑板上奋笔疾书，我们在下面拼命地抬头、低头，忙着做笔记。不能开半点小差，否则断然是跟不上的。通过一个学期的无机化学课，我们在化学专业基础方面算是刚刚"脱贫"，

徐松圻教授

现在一下子又来了有机化学的"密集型轰炸"，大家的心又开始悬了起来。两个星期后，徐先生来了个"突然袭击"，临时通知要进行阶段测验。那几天我正跟着我班的"文艺青年"周敏排练学校话剧社的一个短剧，没把这个临时安排的测验当回事，结果我只得了 79 分，被徐先生狠狠地批了一顿，心里才开始紧张起来。不得已，去图书馆借了一本沈阳药学院主编的药学专业用《有机化学》。同时，趁周末回家，去福州路的上海（旧）书店淘了一本由苏企泂教授等主编、人民教育出版社出版的《有机化学》，认真地学起来。事在人为，从刚开始的死记硬背，到后来可以随便就说出"兴斯堡反应""贝克曼重排"等，有机化学对我来说不再是一道难以逾越的障碍，甚至学得有点兴致盎然。同学们之间经常会相互考问一些反应，觉得挺有趣。课程结束大考，我考了 92 分，没达到我原来定的 95 分以上的目标，有点小遗憾。

二年级下学期，我们开始学习专业课程，首当其冲的是分析化学。分析化学老师是分析化学教研室主任沈宝棣，一个满头白发、慈祥和蔼的老太太，听说之前在复旦教书。沈宝棣先生早年在嘉兴秀州中学校长、爱国教育家顾惠人在赣州创办的联合中学读书，与后来大名鼎鼎的诺贝尔奖获得者李政道是同学。1943 年 7 月，他们所在的赣州联中高三年级 52 名同学都以优秀成绩毕业。经江西全省高中生会考，沈宝棣等三人以优异的成绩被保送内迁贵州的浙江大学，而李政道则自行考入浙江大学，两人继续作同学。沈先生的讲课偏重基础，教材是武汉大学编著的《分析化学》，但内容偏重无机分析，很厚的一本，基础理论占了很大篇幅，读起来有点难。但沈先生讲课深入浅出，大大化解了我们学习中的困难，实在是令人钦佩。沈先生有句名言，"读书要由薄到厚，由厚到薄。"寓意知识的积累要从博览群书开始，然后取其精华，消化吸收，再不断加深和积累，乃成大家。沈先生的助手姓陈，我们叫他小陈先生，实际上已是人到中年，却仍是单身，专门负责带我们分析化学实验。小陈先生十分严格，从烧杯的清洗到分析天平的使用，都有严格的标准化程序和要求，容不得半点马虎。虽然当时觉得有点吹毛

求疵，但后来到了工作岗位才真切地感受到这样严格的基础训练是必不可少的，这种严谨的作风至今对我的日常生活、学习和工作仍有较大的影响。分析化学实验的考试每人发一瓶约 200 毫升的无色透明溶液，要求每组学生（两个人）在两个小时内仅用化学方法鉴别出里面含有哪些无机离子（包括阳离子和阴离子）。这可是一次货真价实的考试，而且每个人的样品都不一样。好在平时的基础打得比较扎实，运用系统分析法，我和同组搭档王意徕只用了半小时，就给出了圆满的结果，小陈先生脸上也露出了难得的笑容。两个学期的分析化学课，第一次期末考试我考了 92 分，第二次有进步，考了 95 分，达到了我心里内定的基本目标。

不过，物理化学这门课我却是高开低走。物理化学的难度众所周知。第一学期的期末大考我却出乎意料地考了 96 分，可第二学期却只考了 89 分。按我们当时这批学生高标准、严要求的说法，90 分才算及格，89 分显然就算是不及格了，让我简直有点无地自容。好在我三年级第一学期的有机分析开局良好，大考考了 95 分，并且一直保持到"终场"，先生给的总评是"优"。

和现在的大学课程安排不同，我们那时没有实行学分制，大家都是跟着学校的教学计划走，而且开始安排的课程少，越到后面课程越多。好在我们那时不像现在的学生，到了最后一个学年基本上都不上课了，那时是国家分配工作，最后一个学期还有很多课，学业负担一点都不轻。除了还有几门主课没有结束，我自己又选了几门选修课，加上最后一个学期还要开始毕业环节的做课题和写论文，忙得很，几门课的成绩也是有喜有忧。结构化学和仪器分析都只得了"良"，线性代数（选修课）只得了 74 分，中共党史 95 分，工业化学也得了"优"，概率论（选修课）居然得了 95 分，化工污染物分析也得了"优"。最令我搞不清楚的是，那时连正常的外语课我都没学好，却又去赶时髦地选修了一门科技日语。一个学期下来，除了会念 50 个假名，其他的还是糊里糊涂。而上课的老师也是自学成才，原来是搞化工设备的，因为工作需要翻译了一段时间资料，勉强能够把日语资料看个八九不离十了，就来给我们上日语课。但上课时用的都是中文，而我居然在期末考试时还得了 94 分。现在再问我日语，除了"活得过去活，活不过去死"，其他的都不会了。当然，要念几个假名还是可以的。

最具戏剧性的是体育，因为属于主课，成绩很重要。按照当时的要求，凡是能够达到国家体育锻炼标准的，体育课就可以拿"优"。体育课考试的内容和标准包括：100 米短跑，15 秒算达标，我正好过；1500 米长跑，要求是 5 分 45 秒，我是 5 分 40 秒；引体向上要求 8 次，我手臂力量大，15 次，超额完成；5 公斤铅球，要求 4 米，我也没问题；排球，要求发球和垫球各 15 个，我勉强过关；篮球要求 3 分钟来回运球、三步上篮共 6 个，我算是混过去了；体操规定动作直腿后弓翻，我做得非常标准；跳远和三级跳远具体要求忘了，但也完全达标；最让我不安的是游泳，按要求，必须是游满 100 米算合格。但对我这个旱鸭子来说，哪怕是 10 米也不行啊，那时每个大学都有 25 米×

15 米的标准游泳池，一边是浅水，一边是深水（1.8 米），考试时，我从跳台一侧的深水区出发，心一横，眼一闭，头一闷，腿一蹬，嗖的一声就窜出去了。等速度慢下来时，我人已经到了浅水区，然后，脚在池底一蹬一蹬的，两只手装模作样地在水上划，很快就到了浅水一侧的岸边，然后转身，如法炮制，到了泳池中间快踩不到池底时，再用力一蹬，手也不划，很快就触壁了。重复一遍，总共 4 个来回，100 米的任务就算是完成了。体育课杨秀蓉老师坐在救生员的高台上监考，当然可以把我的伎俩看得一清二楚，但念我也算是体育课代表，就放我过去了。只是后来跟我说，看你原来体育各项都不行，但态度还算认真，一项项居然还都过来，也不容易。结果，我的体育课总成绩是"优"。后来参加了工作，我学会了游泳，不为别的，万一今后遇到个什么情况，也是一项保命的技能，其他的项目则通通扔了。

体育老师杨秀蓉

还有一门重要的课是外语。第一次上课，打扮和长相都颇为洋气的外语老师区杰云给每人发了两大张英文卷子，进行摸底测试。由于我中学里学的是俄语，面对这两张英语卷子，我就像"张飞穿针眼"，只能大眼瞪小眼了。翻翻手上同时发下来的几张油印教材，里面正好有一句英译中的句子，我如获至宝，立马依样画葫芦把它抄在了卷子上面的空白处："I have never studied English"，其他的全部留白，就交了上去。两个班的摸底测试结果正如区先生预先估计的一样，三分之一的同学之前仅学过俄语，英语没有任何基础。剩下的三分之二，水平差异也悬殊。其中有几位同学的英语水平已经可以达到免修的程度，而更多的则是一些皮毛。外语教研室决定采取几条腿同步走的办法。一是将英语课分成快慢班，二是增开俄语课，以满足一部分愿意继续学俄语同学的意愿。区先生自告奋勇，同时教英语和俄语（她在外语学院读书时选的第二外语是俄语）。但这样一来，区先生就忙不过来了，原本一次课要变成三次（英语快慢班和俄语）。但她说，看到你们愿意学，我非常愿意教，累一点也开心。我和"老头班"的十几位同学选了俄语课，同时也去听英语慢班，两个语种一起上。那时没有现成的外语教材，每次上课老师总会发几张油印的材料作为教材。学校也没有语音教室，我们自己也没有其他训练条件（如收录机和 walkman 等）。几个对英语特别有兴趣的同学则天天晚上围着一个收音机听 VOA（美国之音）的英语广播，回头再把听写下来的内容做成油印材料反复自习。好在那时还没有四六级考试的要求，前后两年的

80 岁高龄的区先生

外语课很快就结束了。我虽然外语的总评成绩是"良"，但实际上英语、俄语都没学好，乃至毕业后分到科研单位，查阅资料时，连 be、is、are、am、was、were、being、been 之间是什么关系都没弄清楚，对我后来的学习、工作乃至事业都产生了很多负面影响，实在是追悔莫及。而我主打的俄语，也因为几十年没有实际使用过，现在连 33 个字母都背不全了，前几年去俄罗斯，只有几句简单对话能应付一下。现在想想，如果那时把外语学好了，后来的改革开放中真的可以占不少优势，现在再想学，一是没时间，二是没精力，三是没动力，也只得作罢了。

那时候，我们称老师为先生。一是与中学的区别，二是对老师以先生相称似乎自己也显得比较儒雅。

学霸成群

77 级高考时，全国有 2000 多万人有资格参加考试，实际参加高考的人数是 570 万，最终录取的考生仅有 27.8 万人。按现在的算法，中学毕业后进入高校的毛入学率只有 1.39%，按实际参加考试的考生比重算，录取率仅 4.9%，上海当年的录取率仅为 4% 左右。因此，当年能被录取上大学的，按现在的说法应该都是学霸级人物。那年上海化专只招了两个班级，当年名牌高中的学霸们主要集中在无机 7721 班，我们班的高中毕业生不多，主要是 73 届、74 届、75 届和 76 届中学毕业生，也不分初中、高中，中学都是 4 年。

我们 7722 班的头号学霸当数王意徕了。王意徕 69 届初中毕业，和我大哥同年，毕业后去了黑龙江农村，后来回到上海，在上海明胶厂当工人。他每天的作息非常有规律，早上先去操场跑步，然后去食堂吃早餐，上课的时候看上去很轻松，也不怎么提问题。下午没课时就到图书馆去，四点左右到篮球场活动。晚饭后，大家都爱在寝室里串

门聊天，但他到六点半必定去教室或图书馆自习，九点多回寝室，从不熬夜。每次考试，也不见他用功，但考试成绩从来不出意外。时间久了，一些考试后喜欢对答案的同学总是在交卷后第一时间围着他，以他的答案为标准来判断自己考得如何。王意徕父母都是从美国留学回来的高级知识分子，天分加上家教和熏陶，他的智力和悟性都要超过常人。学校的这些课程对他来讲没有什么难度。他在大学二年级就开始在学校的《化工译丛》杂志上发表长篇译作了，他的英语也早就达到可以免修的水平了。按现在的说法，王意徕绝对是我的偶像！

王泽人也是7722班的一名学霸。1976年中学毕业，看上去瘦瘦弱弱的，戴一副眼镜，善于思考，喜欢问问题。王泽人读书非常用功，没课时基本不会在寝室里停留，晚饭后也不会和我们闲聊，不是去图书馆就是去教室自习，晚上不到熄灯时间不会回来。甚至回到寝室，有时还会拿个凳子坐在走廊上借着昏暗的灯光看一会儿书，每次考试他的成绩也总是名列前茅，而且他总能很精准地估算出自己的考试成绩，很少出意外。

蔡华民的家在东新桥，离我家大概300米。我们在周末或假期会经常串门，我和他是好朋友。蔡华民和我们相比，绝对是个"书呆子"。不仅"两耳不闻窗外事，一心只读圣贤书，"而且对日常生活也是能马虎则马虎。他寝室的床铺，三年大学生活几乎没有整理过，但读书他绝对是一块料！他喜欢电子技术，水平不在老师之下。在我的印象中，他不是每门课成绩都名列前茅，但他对知识的钻研，特别是对自己喜欢的东西的执着，在班里绝对找不到第二个。蔡华民是脾气好，同学们和他开玩笑，他也从来不发火，大家都乐意和他交往。

蔡华民和我在寝室

丁伟靖是给我印象比较深刻的女学霸之一。她是75届中学毕业生，和我同龄，从上海五四农场考入上海化专。她的声音特别醇厚，之前在五四农场做广播员，是当时同在五四农场的蔡华民心中的"女神"。丁伟靖是一个很安静的女孩子，待人接物温文尔雅，平时的言语举止总给人一种大家闺秀的感觉。她和班里的同学交往不多，教室、图书馆、食堂或者寝室，她大多是独来独往。她的高等数学可以连续两次得满分，着实让我钦佩不已。三年里，她的大部分科目考试成绩在班里都是名列前茅，她的英语成绩也很好，只是大家都觉得和"女神"有点距离感。

曹聪，如果单看成绩，在班里应该算不上是学霸，但他的脑瓜子绝对和他的名字对得上。曹聪读书很轻松，从来不会为功课发愁。自己喜欢的，很快就能融会贯通，自己不喜欢的，得过且过就行，不会花太多时间，他把学习的主动权掌握在自己手中。曹聪是典型的跳跃性思维，讲着一个问题，他会突然冒出另一个问题，常常会让人措手不及。在他眼里，没有什么不可能。那时就已经表现出他是一个不可多得的创新型人才。后来他去美国哥伦比亚大学读社会学的博士学位，现在是诺丁汉大学的教授，国际著名的创新问题专家。

矫杨也算是班里的学霸。表面上和别的女生没什么两样，但心底里却是个要强的人。她没有一般女孩的胭脂气，也不会家长里短地浪费时间。她读书，没有弄懂绝不睡觉，看似有点较真，其实本就是学生应该有的刻苦钻研精神。她处事待人爱憎分明，绝对是个善良的人。其他的女学霸当然还有蒋宜捷、徐惠珠、胡茵等。

那时候我们读书，由于身处学霸当中，自然不敢有半点懈怠，每天至少有三分之二的时间在教室或图书馆度过的。星期天我也常常会去南京路黄陂路口的上海图书馆学习一整天。那时没有什么电教设备，上课记笔记、下课整理笔记，我们觉得根本没有开小差的时间。每次课程结束，我们都会把所有的笔记装订成册，颇有成就感。那时候不像现在，外面的世界，有太多诱惑。我们都非常单纯，生活也很清苦。夏天一件老头衫，一双塑料凉鞋，自带一把蒲扇去教室上课。冬天几乎每个人都带着一副袖套，以防止外衣袖子的肘部被磨破。大家都只想把书读好，把成绩搞上去。同学相互之间嘴上不说，或者有时还要装得一副无所谓的样子，但暗地里都在使劲，都想取得一个好成绩，唯恐落在别人后面，甚至很多同学都将 90 分作为自己考试的及格线。当然，争强好胜的心理是一方面，另一方面，从那么多人中"杀出一条血路"，最终挤过"独木桥"有机会坐在大学的教室里，遽然之间，我们都变成了令人羡慕的"时代骄子"，深知机会来之不易。拼命想在有限的时间里尽可能多地学习新的知识。再加上我们本身就喜欢读书，所以，那时废寝忘食、埋头苦读的现象在我们这些学生中是普遍现象，也是当年一道亮丽的风景线。

我学习也有自己的习惯和模式。每次上课，确保当场听懂是基本要求，课后一定要把所记的笔记再全部过一遍，结合教科书和参考书，把所有问题都弄清楚，才会开始做作业，而且很快就能完成。晚自习通常是预习下一课的内容，为第二天课堂上能听懂奠定基础。每逢考试，我不会去做大量的习题，而是先把笔记全部过一遍，然后再把所有做过的习题过一遍，有问题的话，再看教材或参考书。然后我会和同寝室的张铭基、苏维雪一起搞"记者招待会"，他们问，我答。他们的疑问解决了，我也把知识点又梳理了一遍。如果天气好的话，这个"记者招待会"通常在学校旁的桂林公园里举行。身处江南园林，背着手，满眼亭台楼阁、小桥流水，在长廊里一边踱步，一边在脑子里梳理各种定理、定义、概念、公式，甚是惬意，考试的压力也就在不知不觉中被化解了。

在校三年，我们 77 级两个班级的每次期中和期末考试，不仅平均成绩很高，而且成绩之间并无太大差距，优良等级的占主导地位。不过，我们 7722 班的学霸和 7721 班的学霸还是有些不同的。在 7721 班，除了 74 届、75 届和 76 届各有一位学霸之外，绝大部分都是 1966 年前的老高中生，底子好，生活阅历丰富，学习起来就相对容易。而我们 7722 班，绝大部分是在 1966~1976 年期间度过小学和中学的，学到的知识非常有限，与大学课程的衔接存在很大缺口。所以，我们 7722 班的学霸主要是凭借自己个人的悟性和勤奋，实属不易。

清苦并快乐着的校园生活

那时候上大学，如果入学前是企事业单位在职职工，不仅可以不用交学费，还可以带薪上学。如果不是，学费当然也不用交，但生活费等就需要自己负担。上海化专 77 级的大部分同学是带薪上学的，而我因为相差几周没能享受这个政策。我接到入学通知书时，正是我技校毕业等待分配工作的时间，我到上海化专报到后一周，技校的分配工作就结束了，技校的同学们都成了在职职工，而我则不是。

小时候我家的经济状况非常不好。一家五口，仅靠父亲一个人工作养家糊口，生活过得捉襟见肘。我上大学时，大哥在江西农村，母亲在里弄生产组工作，二哥工厂刚满师。原本指望我技校毕业后参加工作可以为家里分担一点经济负担，但又要离家读三年书，经济压力陡然上升。好在那时有助学金，根据我家的实际情况，我被批准享受一等助学金，每月 17 元。这 17 元中有 12 元直接换成学校的就餐卡，用于在学校吃饭，剩下的 5 元发现金。这 5 元的使用是这么分配的：2 元左右买一袋麦乳精，1 元用作每月回 2 次家的车费，剩下的 2 元主要是买参考书。当然新书是买不起的，主要是到上海书店买旧书，从 1 毛钱到 1 块钱不等可以买一本旧书。当然，还有每次回家要去公共浴室洗澡的几毛钱。妈妈心疼我，经常塞几块钱给我，让我每周回家，不要为了节省车钱而不回家，我都婉拒了，因为我知道妈妈当家更不容易，但我答应争取每周回家。我之前在技校的两年，每月从津贴中累积省下了几十块钱，可以拿出来补贴。

学校食堂的伙食很差，每天就那么几个菜，没有选择，大家也习以为常。不过，当知道哪天食堂的菜谱有大家喜欢的荤菜时，学生都会想方设法让老师早点下课，以便赶早去食堂排队，可以吃到自己喜欢吃的菜。我们最开心的事情是周末同寝室的同学回家会把饭卡留下来，不回家的同学就可以一个人吃几份菜。

每天晚饭后大家总喜欢在寝室里聊天，那是一天中最放松的。但也经常会聊得忘了时间，耽误了晚自习，最终还得自己想办法把时间补回来。故但凡我们聊得起劲的时候，总会有同学来提醒"差不多啦"然后各自散去，乖乖地拿起书本各自找地方自习去了。

有一段时间，开始流行四喇叭收录机和以邓丽君为代表的港台流行歌曲。班里的胡缘犀从家里带来了一个从日本进口的四喇叭收录机，一下子把寝室的男生都迷住了。晚饭后的闲聊变成了音乐欣赏，每每欲罢不能。有的同学为了抵御诱惑，吃完晚饭就赶紧离开寝室去晚自习，免得一旦听了几曲就迈不开腿了。一天晚上，班里的十几个男生突

胡缘樨和我在校园里

苏维雪、张铭基和我在寝室吃早餐

发奇想，想跟胡缘樨学跳迪斯科。大家把寝室的大桌子搬到走廊上，然后十几个人围成一个圈，后面人的双手搭在前面人的肩上，随着收录机里传出的节奏强烈的迪斯科音乐一边一左一右扭动胯部，一边往前绕圈子，兴奋不已。未料，也就十几分钟的时间，门外传来急促的敲门声。打开一看，是住在楼下的体育老师杨秀蓉。她二话没说，拖着我们几个下楼，到她的房间一看，我们都傻眼了！那时寝室是木地板，屋顶都是泥满的，我们这十几个人一折腾，把杨老师房顶上的泥满都震落了，蚊帐也倒了，屋里一片狼藉。大家连连向杨老师赔不是，好在杨老师很随和，平时对同学们不错，所以也没和我们计较，只是第二天一早到学校后勤部门报修了。

那时候，我们每天朝六晚十。早上六点起床去锻炼，杨老师会上来挨个敲门，逼着大家起来，没法赖床。早锻炼结束，去食堂吃早餐。每天老样子，一碗用头天剩下的米饭熬的稀饭，很稀，因为是籼米，所以一点都不稠，外加一个馒头，一点酱菜，基本没什么营养，吃饱就行。上午八点到十二点课排得很满。中午吃饭时间很紧张，因为要排队，吃完饭基本没有时间休息。下午通常有两节课，三点半下课后大家都会去操场活动，篮球、排球、足球、羽毛球等，但这些运动我都不喜欢，也不会。早上我通常会去操场跑步，下午下课后会先抓紧时间把当天的作业完成，晚饭后和同学聊一会儿天，六点半前去图书馆或教室预习第二天的课程内容，十点前回寝室，十点学校统一熄灯后上床休息。作息很有规律，但生活也很清苦。有时晚上睡觉时会饿，但那时没有超市、小卖部，学校的食堂也没有夜宵。有时实在熬不住了，特别是冬天，我们会溜出去到漕宝路桂林路西北角上的一家小点心店去吃一碗4分钱的阳春面。

除了体育活动，学校的主要娱乐活动是每周放两场电影。那时是高校的"标配"，票价也很便宜，基本都是老电影。至于新电影，我们一般是去漕河泾镇上的影剧院看。那时候漕河泾镇的老街还在，弯弯曲曲的石板路我至今记忆犹新。记得那次电影《望乡》热映，所有正常时间的排片都满座。不得已，晚上我们在学校大门关闭后，几个同学结伴翻墙去漕河泾镇影剧院看半夜场。电影放映中恰逢下暴雨，水漫进剧场，剧场的座位是木制的长条椅，我们就爬上去坐在椅背的木条上继续看，影片中阿崎婆的遭遇和日本著名影星栗原小卷扮演的记者给我留下深刻的印象。

大二时，我大哥从江西回到了上海，家里的经济状况有所好转，我享受的助学金标准也从原来的每月 17 元降为每月 13 元，到大三时降为每月 9 元。我不想向家里要钱，那年暑假，偷偷申请暑期学校仅有的几个勤工俭学名额。因为我申请了助学金，所以被批准了。但我对妈妈说，学校实验室暑期需要帮忙做实验，妈妈信以为真，嘱咐我要小心点。结果，刚参加劳动没几天，一天在打扫游泳池更衣室时，我穿着拖鞋，脚上被一块碎玻璃割了一个口子，鲜血直流，周围的人都吓坏了，急忙把我送到市第八医院。创口清理完毕，医生说可能需要缝三针，但考虑到受伤时脚上很脏，且学校医务室自己进行了简单的处理，怕会继发性感染，所以只是象征性地缝了一针，用纱布包扎了一下。脚受伤了，活自然是不能干了，但也不敢回家，怕被妈妈骂，也怕妈妈心疼。因为没有正常缝合，这个伤口足足两个星期才长好。这期间，一起留在学校的殷云兴给了我很多照顾。因为脚不能着地，去食堂买饭、打开水都不方便，殷云兴全包了。我整天窝在宿舍，除了几本书可以看，实在是无聊透顶。那时不仅没有电脑，也没有网络，更没有智能手机。加上天气酷热，寝室里也没有电扇，更没有空调，每天听着窗外的蝉鸣，日子甚是难过。两周后，伤口长好了，我谢过殷云兴，迫不及待地回家了。学校把我那段养伤的日子算作工伤，津贴照发，让我很是过意不去。

有一段时间，我的下铺苏维雪迷上了摄影和照相冲印，我们全寝室的人都跟着忙起来。他先用家里的照相机帮大家拍照，然后去照相馆把底片洗好，再教我们怎么印照片。连续几天，我们把寝室的窗户用纸糊上，再用布遮好。房间里另外装了一个红色灯泡，用两个脸盆分别配好显影液和定影液，大家开始向苏维雪学习印照片。刚开始外宿舍的同学不知道我们在搞什么鬼，神秘兮兮的，经常来敲门，我

殷云兴、张铭基和我在学校大礼堂旁

们又不能开门。几天时间，我们印了几百张照片，很有成就感。这篇文章中的老照片就是那次我们自己印出来的。

那时，学校的住宿条件远不如现在。一个寝室四张木制上下铺床，房间塞得满满的，没有卫生间。一条长长的走廊，两头各有一个盥洗区域。南边是盥洗区，北边是厕所。洗衣服当然要自己动手，最难办的是洗澡。学校虽有一个很大的公共浴室，但冬天不供应热水，夏天虽然用冷水可以凑合，但浴室里蚊子成群，根本进不去，所以我们都在寝室旁的盥洗区自行解决，穿条平脚短裤，用脸盆将水从头上浇下去，或者直接往水龙头上套上一根橡胶管往身上浇。冬天每到周末回家，第一件事就是去附近的澡堂洗

澡。花一毛钱，先在大池子里泡一刻钟，直到热得有点晕乎了才上来。然后，找周边人大家互助，把身上抹干，再把毛巾绞得很干，绕在手掌和手腕上，倒着汗毛方向在身上搓，然后抹上肥皂，用"莲蓬头"一冲，浑身舒畅！

周末回家，也是难得很！学校门口只有43路公共汽车可以到徐家汇，另一头的终点站是上海师范学院（现上海师范大学）。每周六下午，车一开出就已经被师范学院的学生挤满了，到我们这一站，上海化专和对面的上海冶

1981 年初王意徕、蔡华民和我在校园里

金专科学校的学生就像打仗一样往上挤。一连等几辆车都挤不上的情况经常发生。周日晚上回校，徐家汇的43路起点站也是人山人涌，三所高校的几千名学生大多都在晚上八点左右汇集到这里。如果遇上换季，再带个棉被什么的，更是挤得不可开交。

在上海化专三年，我兼任我们班三年的业余理发师。之前在技校时，班里的男同学都轮着互相理发。到了化专，我自告奋勇，义务为大家理发。后来，我们班的孙力也加入了，我们两人成了班里的业余理发师，甚至还有女同学请我们帮忙剪头发的。最忙的一次是拍毕业照时，我们两个把全班男生的头发都打理了一遍，不少人还专门用吹风机吹风定型，那时没有发胶，有的同学就用发蜡帮助定型，结果是非常稚气的脸庞配了一个老气的发型，显得有点滑稽。

毕业设计和毕业论文

转眼到了最后一个学期。按教学计划，应该是进入毕业设计环节和准备毕业论文了。之前，我曾两次去上海试剂一厂实习，一次是一年级下半学期，去硫酸铜车间跟班劳动，前后两个星期，和工人一起翻班，除了解硫酸铜的工业化精制（重结晶）工艺之外，没有进行任何专业的实习。其实，那时还没学习分析化学专业课，这个实习只是让大家去体验一下化工厂的生活而已。第二次去实习是二年级下学期，我去的是厂里的中心试验室，主要是做厂里的主打产品之一——季戊四醇的分析，感觉不错。每天一早和工人们一起上班，到实验室换好白大褂，然后和实验室的师傅去车间采样，回来后进行分析，一般到下午三点左右就没事了。我总是抢着把所有的烧杯、烧瓶、移液管、冷凝器都洗干净，五点左右就下班了。试剂一厂的正门在长风公园边上，但我们上下班都走苏州河边的后门，出厂门就是一个很小的苏州河摆渡口，对面是万航渡路。只有一艘摆渡船，是用电带动的，一根钢丝横跨两岸，上面挂着一圈圈的电线，连着下面的摆渡船。那段苏州河也就二三十米宽，摆渡一次只要一分钱。这次实习还有另外两件事给我

留下了深刻的印象：一是季戊四醇的那种特殊的气味，从完全受不了到习以为常。二是试剂一厂的豆沙馅面包真的很好吃。

到了毕业设计环节，学校让我们两到三个同学自由组合，学校会预先与一些科研单位或企业联系，争取到一些可供学生进行毕业设计的课题和实习机会，提供给学生选择，也鼓励学生自己提出有挑战性的课题供学校审核。对我们分析化学专业的学生来说，毕业设计并非去设计一座厂房或一台设备，也不是去设计一套化学反应装置或工艺过程。我们毕业设计的主要方向是研究制定一些新的分析测试方法并进行验证试验，然后根据这个研究结果撰写毕业论文。我们班很多同学都希望有机会找个好点的单位进行毕业设计，因为如果做得好，很有可能被这个单位留下来。这样一举两得，既完成了毕业论文，又落实了工作单位。

一直和我搭档做实验的王意徕问我是否愿意继续和他一起做毕业设计，并讲了他的想法。原来，他和蔡华民一起构思，想自己研制一台自动库仑滴定仪，填补国内空白。虽然我们学的是分析化学专业，但他们两人喜欢电子技术，而且颇有研究。他们把自己的想法与仪器分析教研组的组长马召生进行了沟通。但一开始马召生老师似乎不太看好，因为这个研究涉及电化学、电子技术、分析化学、机械制造等专业领域，觉得难度较高。王意徕先是潜心设计出一套电路图，蔡华明从实际制作的角度分析认为可行，这让马老师觉得可以尝试一下。他不仅同意了这个项目，而且还帮忙去学校争取经费。

对于王意徕的邀请，我当然愿意，一是我们俩已经搭档一起做了近三年的实验，配合默契；二是王意徕和蔡华民都是我们班的学霸，跟学霸在一起只有益处没有坏处；三是这个项目中我也有不少可以发挥作用的地方，很希望能有机会和他们一起去接受新的挑战。三人一拍即合，我们这个课题组就这样成立了。我们三人的分工是：王意徕负责整体和电路设计，蔡华民负责线路板的设计和电子元器件的购买、安装和调试，我负责电极的制作、化学实验验证方案设计和实验、仪器机械结构部分的设计、面板设计和制作、总体安装。因为我的专业课学得扎实，做实验没问题，而且上化专前我干的是机修钳工，机械方面的活，我在行。

我们三个人借了学校化学实验大楼三楼一个不用的男厕所，用木板搭了一个很大的工作台，除了晚上回各自的寝室睡觉，每天早上一睁眼就往那儿跑，一日三餐也大都在里面解决。自己用电炉做饭，免得去食堂排队耽误时间。也就是在这时候我才第一次知道了什么叫与非门、什么叫晶振、什么是放大电路、什么是广东的腊饭，王意徕家祖籍广东，经常会从家里带一些腊肠来教我做腊饭，其实就是做饭时在里面插几根腊肠而已，做出来的饭很香、很油。

课题刚开始的时候感觉非常不顺利，按原有的设计做出来的裸板，总是调试不出来。只能反复改，反复试。每改一次，都会花很多时间，特别是电路板的制作。我们用一个电炉，上面放一个脸盆，用三氯化铁溶液腐蚀电路板，房间里总是弥漫着一股难闻的味道，手上也因为一直接触三氯化铁溶液而染上一块块棕色。大概一个月后，研制有了突破，裸机的各项性能测试过关，我们三个高兴得手舞足蹈。接下来开始正式制作首台样机，电路设计和线路板的制作都很正规，我

当年我们三人研制的自动库伦滴定仪

研制的电极也非常稳定，可以正式用于验证试验了，试验方案也已确定。此外，样机的外形尺寸、面板的设计也已完成，我也可以开始进行机械结构、外壳和面板的制作了。到了第三个月，样机基本成型，我开始加紧做大量的验证试验，样品虽多，但很顺利。最后的阶段，我天天晚上加班在那块黑色面板上刻字。由于是有机玻璃材质，韧性很足，也没专用刀具，非常难刻，要非常小心，不能有任何失误。一旦有瑕疵，就要重来。前后大概十个晚上，我才完成了这块面板的手工制作，三个月的时间，终于大功告成，样机不仅能够自动完成整个库伦滴定的过程，而且精度很高，重现性也很好。我们三个人根据这个课题所撰写的论文，答辩成绩都是优秀，我们也因此结下了更深厚的情谊。

毕业后第二年，我在上海市纺织科学研究院工作，一次偶然的机会，去上海展览馆（原中苏友好大厦）参观一个科技展，在上海化专的展台上居然看到我们研制的那台自动库伦滴定仪用一块大红丝绒布衬托着放在上面。下面的说明是：国内首台自动库伦滴定仪。

毕业季

虽然一直盼望着毕业的那一天，这一天真的到来了，心里却万般不舍。那时候大学毕业，都是统一分配工作，但被分配到哪里，大家心里都会有点忐忑。

1981年春节后，我们基本就没课了，大家都在等待毕业分配，大部分人都回家等通知，毕业照也已拍好。从学校学生处传出消息，说是学校准备从我们这届学生中留一些来充实教师队伍，班里有一些同学对此充满期待，但我却并不喜欢当老师。因为我觉得老师周而复始地讲一门课比较枯燥。我喜欢新东西，因此更向往做一名工程师或成为某一领域的专家。当时有这样的想法，在很大程度上是因为对老师的职业缺乏足够的了解，同时也反映出一个青年学生对美好未来的期待和向往。

7722 班的毕业照（摄于 1980 年 11 月）

毕业时的聚餐（蔡华民、王泽人、我和王意徕）

我是 4 月 8 日在家收到学校寄来的通知，要求我在 4 月 15 日去学校领取毕业分配的通知。那天去学校学生处领通知，没见到几个同学，估计是学校把我们领通知的时间错开了。我急不可耐地打开通知一看，让我到上海市纺织工业局干部处报到，没说具体哪个单位。我顾不上多问，也没问还有谁和我一起被分配到上海纺织工业局，就匆匆地直奔上海市纺织工业局而去。这一离开，就是 35 年没有再次踏入漕宝路 120 号上海化专的校门。35 年后再次重返时，上海化专已经不复存在，成为上海应用技术大学徐汇校区。

匆匆赶到地处外滩中山东一路 24 号的上海市纺织工业局干部处，已近中午 12 点，在那里遇到了同班同学吴文强。负责接收大学毕业生的负责人说，我们班一共有 5 个同学被分配到上海市纺织工业局，其中张铭基去上海第二十漂染厂，万滔去上海

新风印染厂，吴文强去上海第五印染厂，范瑛和我被分配到上海纺织科学研究院（简称纺研院）。我顾不上吃午饭，拿着干部处开的介绍信就乘 27 路电车到位于杨浦区兰州路 545 号的上海市纺研院报到。赶到纺研院时，组织科的陈科长对我如此着急来报到颇感意外，收下我的介绍信后，告诉我已经安排我去理化分析研究室工作。这是一个成立不久的研究室，由当时的纺织工业部投资配备了很多当时最新的大型分析仪器设备，成为当时全国纺织行业设备最完备的分析测试技术研究中心。而且，纺研院正在建造一幢专门的理化分析大楼，竣工后就会成为理化分析研究室的科研大楼。他还告诉我，我是纺研院专门打报告申请，并派当时理化分析研究室的支部书记张御俊亲自去上海化专争取来的。听他这么一说，我瞬间感觉身上热血沸腾，无比兴奋和激动。不过，陈科长没有让我的激动持续下去，他说今天研究室的领导都不在，让我先回去，愿意的话明天可以来上班，也可以下周再来上班，并说我 15 号就来报到了，按规定可以拿全月工资，如果是 16 号报到，就只能算半个月了。没想到，因为我的着急，还可以多领半个月工资。

那时候联系不方便，班里的同学大多都不知道其他同学被分配到了哪儿。几个月后，大家才陆续打听到相互的去向，并留下联系方式，制作了通讯录。由于专业的适用性广，我们7722班40位同学的去向比较分散，其中留校5人，去研究单位16人，去化工企业或非化工企业试验室的14人，只有少数几位没能从事专业对口的工作。

王意徕、王泽人、蔡华民、丁伟靖、矫杨5人被留在了学校。王意徕和蔡华民去了新建的中心测试室，其他三位在分析化学教研组，但没多久这5人都离开了。王意徕考取了华东师范大学的研究生，没毕业就去了美国普渡大学——他父母的母校，后获博士学位。王泽人和丁伟靖考取了上海第一医学院的研究生，毕业后，王泽人去了美国，丁伟靖去了加拿大，都取得了博士学位。蔡华民考取了华东化工学院（现华东理工大学）的研究生，后来也举家去了美国，并获博士学位。矫杨后来随丈夫去了加拿大，经营一家牙科诊所。

班长郑谷音分配到上海石化总厂环保所工作；副班长安建国去了上海日用化学研究所，后考取了中国科学院上海药物研究所的研究生，毕业后又去美国攻读博士学位。而与安建国同去日用化学研究所的胡茵后来去了联合利华公司，担任法务部经理。

曹聪分配到上海玩具研究所，没多久考取上海科技情报研究所的研究生，出版了著作，他是我们班级第一个出书的，后来去了美国哥伦比亚大学，获社会学博士学位，现在是英国诺丁汉大学教授，全球著名的创新问题专家。

黄秀莲先是在上海涂料研究所工作，后来去美国读书，博士毕业后在美国海军部的一个研究机构工作。

周敏和盛泳芳都被分配到上海市化工职业病防治所。后来周敏去了美国，获博士学位，盛泳芳随丈夫也去了美国，现在是美国洛杉矶一个基层政府福利机构的公务员。令人扼腕的是，周敏去年在美国因病英年早逝，让我们全班同学悲痛不已。

吴佳蔚和徐静灏分配到上海市无机化工研究所，后来吴佳蔚去了上海市化工局，徐静灏去了百事公司。

赵虹和高毅力都分配去了上海石油化工研究院，但很快赵虹就离开去了上海进出口商品检验局，高毅力去了拜耳公司做销售。

邵培敏分配到上海儿童食品厂。没多久，因为一个引进项目，被厂里派到荷兰学习了半年，是我们班最早出国的。后来他离职去了美国。

孙力分配去了上海市粮食科学研究所测试中心，听说后来去了英国，班里的同学都和他失去了联系。

苏维雪毕业后先是分配到了上海天厨味精厂，后又去了上海工业微生物研究所，现在美国。

徐惠珠毕业后分配在新华医院儿科研究所，后来也去美国读书，获博士学位。

李天艺先是分配在上海延安油脂化工厂，后来听说去了北京，现在加拿大。

吴新忠一直在上海新华树脂厂从事技术工作，直到工厂外迁买断工龄，现已退休。

毕业前夕分别和邵培敏、吴新忠在校门口合影留念

钱献和分配去了上海洗衣机总厂，后来自己下海做起了食品添加剂进口生意。周春晨分配到一家集体性质的上海江南洗衣机厂。

胡缘櫸分配到上海地毯厂，后去了澳大利亚。郑伟民分配到上海东方化工厂，后去了巴斯夫公司上海办事处，是我们班最早去外资企业的，后来也去了澳大利亚。班里去澳大利亚的还有张铭基。

张耀先去了上海染化十五厂，后又去了上海农药厂。现在惠普公司做仪器维修售后服务，已是业内的资深人士。

陶薇和蒋宜捷都去了上海有机氟材料研究所，后来陶薇考上了公务员，先后在上海市妇联和上海市科委工作。

万滔先是在上海新风印染厂化验室工作，后来去了上海国际拍卖有限公司。叶晓坚在上海乳胶厂工作了一段时间后也去了美国。孙筱林先是分配在上海橡胶制品十厂，后来去了上海试剂二厂工作。

我们班年龄最小的殷云兴分配在松江泗泾的上海长江化工厂，后来去了海欣集团。

唐雅芳去了上海赛璐珞厂，后来自己跳槽去了一家消防装备公司，虽然专业不对口，但一直干得不错。

林秀贞毕业去了上海试剂一厂做技校老师。毕业后一直没见过的朱潜当时去了上海染料化工七厂。

范瑛和我一起分配到上海市纺织科学研究院，后来我奉调去上海市合成纤维研究所任所长，后又跳槽到了天祥集团（Intertek）任职。范瑛一直在原单位直到退休。

后记

相对其他同龄人而言，77 级、78 级大学生无疑是时代的幸运儿。考上大学，在当时是非常令人羡慕的事，"大学生"三个字似乎是罩在头上的光环，他们的工作和发展机遇特别好，作为与众不同的群体，起点普遍比其他同龄人高，后来发展也较快。77级、78级大学生是一个经历了激烈的高考竞争后脱颖而出的群体，他们中的大多数在大学毕业踏入工作岗位的十年、二十年后，都迅速成为各行各业的领军人物和中坚力量，他们的命运与经历颇有几分传奇的色彩。三十多年后，当年的77级、78级大学生都已进入或即将进入退休的年龄，但77级、78级大学生在中国改革开放历史上留下了深刻的印记，他们的作为和影响力，相信一定会被人们长久地铭记。

上海纺织科学研究院，
给我的梦想插上翅膀

有幸成为一名科研人员

1981年4月，我从上海化学工业专科学校毕业，拿着毕业分配通知，到上海纺织科学研究院报到，有幸成为一名当时令很多人羡慕的科研人员，从此开始了我的科研生涯。

我所学的化工分析专业按学校的课程设置和培养目标，适应性比较广。既可以在生产企业的化验室从事日常的产品质量检验工作，也可以在专业实验室为相关的科研工作提供配套服务，更可以就分析技术本身进行科研攻关。那时候大学毕业分配，比较注重专业对口、学以致用，憧憬着能够在科研或生产第一线贡献自己的聪明才智，但对是否能进入科研单位从事科研工作却不敢有太多的奢望。心想如果能到不错的化工厂或制药厂，在化验室捣鼓捣鼓烧瓶、烧杯、滴定管、试剂什么的就非常不错啦，但我们这届学生毕业时赶上了好时光。当时社会各界人才奇缺，我们成了"稀缺资源"。结果，我们班40个毕业生，除了5个同学留校，几乎一半同学直接进了各级各类科研院所，去企业的反而是少数。当然，还有个别同学硬被一些专业并不对口的企业挖去了，心里虽然不太乐意，但又必须服从分配。

临毕业前，我回上大学前所在的上海轮胎二厂看望师傅，恰巧遇到当时技校管财务的谈老师，她说："听说你在化专读书成绩不错。"我问："你怎么知道的？"她说："我当然知道。"我在轮胎二厂技校读书时谈老师就非常关注我，对我有些偏爱。因此，她这样说我也没太在意，也没问为什么。

到纺研院报到的第二天，研究室的支部书记张御俊告诉我，当时纺研院申请了两个化专分析专业毕业生名额，且都要男的。她代表纺研院专程去我们学校要人时，学校推荐了几个学生，她看中了我，但学校坚持不给两个男的，结果是我和班里的女同学范瑛同被分到了纺研院。

过了没几天，我又接到谈老师的电话，问我："你去纺研院报到了没？"我说："已经报到了。"我回问:"我还没来得及告诉你,你怎么知道的?"她神秘兮兮地说:"我先生是你们学校的。"我想她先生是我们学校的,知道我被分配到那儿也很正常,所以就没继续问下去。后来,技校的班主任赵老师告诉我,谈老师的先生是当时上海化专的党委副书记,姓段。我才突然想起来,在做毕业设计时,有一次几位校领导来实验室看望,其中有一位领导突然问我:"你叫王建平?"我说:"是。"他也没再说什么。事后我还有点纳闷,这位领导怎么会知道我的名字呢?后来辅导员告诉我,他是我们学校的段书记。

那段时间在家等待分配,妈妈其实比我还着急,但一点都不露声色,她是不想给我添乱,只是不经意地说:"如果你以后每天能穿着白大褂上班就好了。"没想到我真的成了一名穿着白大褂整天在实验室忙碌的科研人员。

现在想想,当年从化专毕业分配到上海市纺织科学研究院,究竟是因为我学习成绩好,还是因为被纺研院的张书记看上了,抑或是谈老师的先生段书记暗中帮忙,都不得而知。也许是命中注定,我成了一名曾在梦中无数次憧憬的科研人员。几十年过去了,在纺研院的日日夜夜至今仍然历历在目。纺研院,这是个给我的理想插上翅膀的地方,无论我后来去了哪里,但在我的心里,我从来都不曾离开过。

第一次跨进上海市纺织科学研究院的大门

被分配到上海市纺织科学研究院之前,我对它一无所知。事实上,纺研院的位置在上海汽车电器厂四车间的斜对面,我在金陵中学时曾在上海汽车电器厂四车间进行为期两个月的学工劳动。那时我每天从纺研院的围墙外路过,却从来不曾意识到里面居然是在业内颇具盛名的研究院,更没想到我还会在这所研究院度过人生中最美好的14年,并从这里开始我以技术为核心的职业生涯。

据资料记载,上海市纺织科学研究院创建于1956年,比我大两岁。最初名为纺织工业部纺织科学研究院上海分院,1959年更名为上海市纺织科学研究院,隶属于上海市纺织工业局,主要承担全国性的纺织领域科研开发任务。我进纺研院时已是80年代初,上海纺研院已有400多名工程技术人员,加上非技术干部编制的员工,人员总规模达到近千人。技术研发能力已经涵盖棉、毛、丝、麻和化学纤维的纺织、染整及针织、非织造和纤维材料等专业领域。设有纺纱、织造、毛、麻、丝绸、染整、针织、非织造布、工业用品、电气自动化、纤维材料、情报和理化分析等12个研究室和1个环保研究组。同时另设有纺纱实验工场、机械制造工厂和为军工配套的新材料车间。纺研院的主要科研领域包括:纺织工艺基础理论、纺织新技术、新产品、新工艺和新设备、非织造布和工业用品、传统纺织染整工艺技术和装备、纤维材料理化性能、纺织助剂、测试技术和测试仪器、标准化、纺织及化学材料的理化性能分析、环境保护、节能技术、科技情报和技术经济研究等。纺研院不仅拥有当时在国内除了华东纺织工学院（现东华大学）之外最大的纺织专业图书馆，还编辑出版《印染》《上海纺织科技》《纺织文摘》等国内外公开发行的专业期刊，是当时国内规模最大、专业设置最齐全的纺织领域综合性应用技术研发机构之一，与纺织工业部纺织科学研究院同被并称为全国纺织科学研究的"两个拳头"，在国际上享有一定的声誉。

我进纺研院时，院长是我国纺织科技界的泰斗、著名棉纺织专家、我国梳棉技术研究的开拓者、新农式纺纱机的主要研制者之一陈受之先生。陈受之1912年7月29日生于江苏六合，幼年丧父，家境贫寒。1928年初中毕业后，到上海申新第二棉纺织厂当练习生，后考入无锡申新纺织专科职员养成所，1930年毕业，并继续在上海申新第二纺织厂担任技术员。1938年申新二厂创办职员训练班，陈受之兼任梳棉专业教师。1939年上海纺织界倡议创建新友企业公司，设计制造新农式纺纱机，陈受之为主要研制者之一。1941年，陈受之受天津北洋纱厂之聘，赴津担任运转主任一年。1943年他应邀从天津回到上海，担任上海新友铁工厂排装工厂厂长。1945年，陈受之进入上海内外棉一厂（后改名为中纺一厂），担任该厂纺部工程师。1949年9月，陈受之受命担任上海国棉一厂代厂长，同年11月被正式任命为该厂副厂长兼总工程师。1951年，华东局和上海市正式选定上海国棉一厂为棉纺织典型实验工厂，他组织领导全厂职工率先推行高速高产，成绩显著。自1954年起，陈受之连续当选为上海市第一至第五届人民代表，1958年加入中国共产党，是中华人民共和国成立后上海纺织界入党较早的知名专家。1960年，陈受之被任命为上海市纺织科学研究院院长兼上海市纺织工业局总工程师、科研处处长。当时纺研院的党委书记是一位山东籍的南下干部叫刘曰平。

听前辈们说，1956年上海市纺织科学研究院的前身纺织工业部纺织科学研究院上海分院建院时，并不在现今的杨浦区平凉路兰州路，而是在上海西部近北新泾的天山支路上（后上海第九化纤厂的厂址）。1960年，地处兰州路545号的原属永安百货的郭氏兄弟开办的永安纺织股份公司属下的永安五厂撤并，已改名的上海市纺织科学研究院迁入此地，至今已有58年。事实上，这里最早是20世纪20年代初上海潮商开设的纬通纱厂。1933年，永安纺织公司购下纬通纱厂，改成永安五厂。虽然近一个世纪过去了，当年的纬通纱厂（后来的永安五厂）的厂房现仍在安全使用。我到纺研院时，这幢沿平凉路的旧厂房，底楼分别是纺纱实验工场、非织造布研究室及非织造布车间和纤维材料研究室，二楼是图书馆及纺纱、织造、毛麻、丝绸、染整、针织等研究室和实验室，三楼的平房是情报研究室。

第一次正式"拜师学艺"

我和范瑛被分配到当时组建时间并不长的理化分析研究室工作，专业对口，但研究装备条件大大出乎我的意料。

报到那天，刚进纺研院的大门，首先映入眼帘的是大门左侧一幢已经结构封顶的 7 层大楼。组织科的老陈告诉我，这是在纺织工业部和市纺织工业局的支持下专门建造的理化分析大楼，我所去的理化分析研究室很快就要搬到这幢新的大楼里了。

第二天，上班铃刚响，理化分析研究室的支部书记张御俊就到组织科来领我们去室里。理化分析研究室在纺研院南侧的一幢奶黄色小洋楼里，底楼是院里的托儿所，南面是集体宿舍，东面的一幢小楼里是电气自动化研究室，西侧则是机械制造工厂和工业用纺织品研究室及 701 中试车间。理化分析研究室主任袁光龙，50 多岁的年纪，瘦瘦高高的，带着一副赛璐珞框架眼镜，灰色中山装的左上侧口袋别着一支钢笔，典型的知识分子模样。袁主任在他狭小的办公室里热情地迎接我们，言语之中称我们"王建平同志、范瑛同志"，着实让我们感觉有些不习惯，而张书记则在旁边讲述着去化专把我们招来有多么困难。

袁主任告诉我们，理化分析研究室是从 1975 年开始筹建的，当时纺织工业部争取到一笔引进国外先进仪器设备的专项资金，在各方的努力下，决定在上海市纺织科学研究院建立一个现代化的理化分析研究中心，并用这笔资金引进了一批当时非常先进的分析测试仪器，包括日本日立公司的具有自动梯度淋洗功能的高效液相色谱仪和 30 万倍的扫描电子显微镜，日本岛津公司的全自动薄层层析扫描仪，日本理光的 X 射线衍射分析仪，美国 PE 公司的热分析仪、红外分光光度计、气相色谱仪和全自动元素分析仪。此外，还有一台日立全自动氨基酸分析仪和一台毛细管电泳分析仪被分配到了毛麻研究室，专门用于羊毛的理化性能研究。一台测色配色仪分配到染整研究室，用于自动测色配色研究。这么多的大型分析测试仪器别说之前没见到过，有些甚至听都没听说过。理化分析研究室一共 20 多位技术人员，但大部分都是从院里其他研究室调过来的，当中仅有部分人员具有与化学相关的专业背景，但没有一个是分析化学专业毕业的。所以，室里和院里对我们两个具有分析专业背景的大学生寄予厚望，希望我们能够尽快融入这个团体，发挥专业优势。听了袁主任的介绍，心里很是亢奋，虽然只是初出茅庐，但却已是雄心勃勃，想着在这么好的条件下，一定可以干出一番大的事业。

午饭前，我们被带去见各自的带教老师，那时都称师傅。范瑛的师傅是液相色谱组的组长袁德馨，一位 40 岁出头的工程师，华东纺织工学院染整专业毕业，个子不高，戴一副眼镜，很和善，笑起来会习惯性地把头往右一扭，腰一闪，一只手捂住嘴巴，我们马上对他产生好感，也放松了很多。

我的师傅是理化分析研究室的副主任兼未知物剖析组组长张济邦，那天他恰好出去开会，我没能见到他。好在剖析组和液相色谱组在同一个大房间，进门右侧用夹板分割了一间约 15 平方米的小房间，里面放置着那台日立高效液相色谱仪，外加一套办公桌椅、一个柜子和一些放置仪器配件的干燥缸，袁德馨平时就在里面工作和办公。外面的大间，有一个大通风橱，沿墙边有两排木制的实验台，靠东窗边是 3 个办公桌呈倒 π 型排列，其中一个是我师傅张济邦的，一个是毕业于华东纺织工学院毛纺专业的杨慧雯工程师的，还有一个是毕业于纺织工业局 31 棉中专的王丽珠助理工程师的。

中午袁师傅带我们去食堂吃午饭，我发现纺研院的整个院落里基本上都是一些旧房子。沿平凉路的原永安五厂的厂房虽然是纺研院的主体建筑，但也已有 60 余年的历史。食堂则是由一个砖木结构、人字形屋顶的大厂房改建的，平时还兼做大礼堂，与我想象中的科研院所还是有点差距的。相比之下，理化分析研究室算得上是个"洋气十足"的特区了。

两天后，我师傅来了。一位瘦瘦的老先生，年近 60 岁，个子不算矮，带一副稻草黄色赛璐珞边框眼镜，也是灰色的中山装，背稍微有点驼，头上的灰色夏布帽看上去有点突兀，典型的老知识分子模样。之前已经听说，师傅张济邦早年毕业于上海著名的综合性私立大学——大同大学，是纺研院里化学领域的顶尖专家之一。师傅第一次见我，开口一句"王建平同志"，令我措手不及，一时语塞，好不容易挤出一句"张师傅侬好！"便没了下文。师傅看我尴尬，也没在意，大致问了我学校和专业学习的一些情况，便从抽屉了取出了几份在信纸上手工复写并装订成册的资料，让我先看看，并把隔壁房间叫朱维芳的做薄层层析的女技术员叫来，说是今后让我和她搭档一起干活，有问题可以随时问他，日常的小事则找朱维芳帮忙解决。

有了搭档，事情就好办多了。我先是知道了朱维芳是华东纺织工学院（现东华大学）染整专业的毕业生，69 届初中毕业，和我大哥同龄。她还告诉我，我们研究室总共 28 人，按仪器分组，一般每组 1~3 人，但实际干活时也不是分得很清晰，几个不负责仪器分析的，都算在剖析组，所以剖析组是最大的一个组，也是事情比较多和比较杂的一个组。

当年理化分析研究室的同事们

第一次去院图书馆

到纺研院一个月，对周围的环境慢慢熟悉了，每天看资料、和朱维芳一起做实验，每天很早到办公室擦桌子、打开水，晚上下班后清洗白天用过的实验用玻璃器皿、独自一人在办公室看书、看资料，整天忙得不亦乐乎，感觉有点进入状态了。

那天，慕名第一次去纺研院的图书馆，进门是一个很大的阅览室，桌子很大，都是靠背椅子，条件不错。阅览室的四周放着几个书架，上面都是一些最新的专业期刊，一个锁着的玻璃书橱里放着不少各种语种的词典。阅览室的里面另有一扇门，里面是书库。书库门口的右侧有一个围起来的高高的柜台，里面有几张办公桌，几位图书馆的管理人员正在里面忙碌着。书都放在书库里，无论是在阅览室现场阅览还是外借，都得自己到书库里的书架上自己去找。书库门口的左侧还有一长排放置图书目录检索卡的盒柜，如果不知道书库里是否有想找的书或者不知道在哪个书架上，可以先在这里查找书目和在书库里的位置，非常方便。

第一次来图书馆，主要是为了熟悉一下，也没想好要看什么书，感觉就像平时到书店一样，我跟着别人径直进了书库。令我没想到的是，我刚走进书库，背后突然传来一声呵斥："喂！你是谁？怎么直接就跑进书库去了？"我猛一回头，只见门口高高的柜台后站起一个矮个子中年男人，正朝着我大喊。我一下子有点丈二和尚摸不着头脑，看到图书馆里所有的人都朝我看，我突然有一种干了坏事被人当场逮住的感觉，脸唰地就红了。我胆战心惊地转过身，弱弱地说："我来看书啊！""你是谁？哪来的？"他接着大声问。我突然明白了，因为我是新来的，他不认识我，以为是外人擅闯图书馆。这样一想，我就心定了，轻声说："我是理化分析研究室新来的。"可能院里都知道理化分析研究室新来了两个大学生，只是没见过。他听我这么一说，突然来了个 180 度大转弯，轻声问我："你是王建平？"瞧！人家不仅知道理化分析研究室来了两个新人，还知道名字呢，看来我们这两个新人在院里还是挺受关注的。他接着说："不好意思，我不认识你。图书馆有规定，进书库必须登记。"说着，推过一本登记簿让我登记。然后笑笑对我说："欢迎你常来！"就这样，我认识了纺研院赫赫有名的图书馆负责人胡荣华，他工作认真、手脚麻利、快人快语、细心周到、热心助人，对图书馆藏书烂熟于心，但对陌生人有点不苟言笑、把那么大一个图书馆管理得井井有条，还是一个乒乓好手，院里上上下下都对他尊重有加。从此，我成了图书馆的常客，与老胡也渐渐成了熟人，偶尔进书库忘了登记，也可以"长驱直入"而不再被呵斥。当然，每次去图书馆，我都会先和他打个招呼，他也不忘回一声："小王，来啦？"

纺研院的图书馆真的很大，书库里足足有数十个图书馆专用的高大书架，包括木制的和铁制的，藏书不计其数。走进书库，扑面而来的是一股陈旧的霉味与新书的油墨味混杂在一起的味道。为了避免阳光直射，书库里没有窗户，书架走道上的日光灯也是需要时开，离开时就关，因而整个书库显得十分昏暗。对我来说，进了书库，就像刘姥姥进了大观园。纺研院图书馆的藏书不仅专业门类广泛，而且语种也十分齐全，除了中文之外，英文、德文、法文、日文都有，也有葡萄牙语、西班牙语等。还有各种专著、教科书、译著、工具书、期刊和报纸。最让我兴奋的是纺研院藏有全套的美国《化学文摘》（Chemical Abstracts，简称CA），CA是当时全球最权威也是世界各国从事化学专业的科技人员使用频率最高的检索工具。那时在上海要查阅CA，要么到上海图书馆，要么到上海科技情报所，而且都是不对社会公众开放的，需要单位开具介绍信才能去查阅。而在纺织行业，除了纺研院，就只有华东纺织工学院图书馆有了，但查阅起来也不太方便。现在纺研院图书馆的CA对我来说就是完全开放的，使用起来实在是太方便了。

我成了院图书馆的常客，自然也和常去图书馆的其他部门的同事熟识起来。我发现，图书馆不仅是结识新朋友的好地方，而且在这里还可以和不同部门、不同专业的同事相互交流，向他们讨教问题。这当中，图书馆最年轻的管理员谭豪清成了为我穿针引线的最佳"媒介"。

和小谭熟识了以后才知道，其实他才是1977年后经过高考入学毕业分配到纺研院的第一个大学毕业生。他是复旦大学图书馆系77级学生，学制两年，所以比我早一年分配到纺研院图书馆，百分之百的专业对口。小谭人很热情，个子不高，瘦瘦的，不用多说，只要片言只语，他很快知道你想要什么书。转眼就能找到隐藏在"书海"中的书。虽然他的师傅胡荣华甚是严厉，但小谭仍深得他的器重。院里的工程技

当年纺研院团委（右一为谭豪清）

术人员也都很喜欢小谭，勤快、热情、反应快、待人接物十分到位是大家对他的共同评价，很是难得。几年后，我和小谭不仅成了好友，而且都兼了院团委的工作，他是组织部长，我是宣传部长。后来我兼职主持院团委工作，他也是我的左膀右臂。我离开纺研院前兼任院工会主席，隔了一任后，他也担任了院工会主席。现在几十年过去了，当年的小伙伴们基本上都已离开了纺研院，唯有小谭还在坚守。只是当年的小谭已经成了老谭，当年的图书管理员现在成了纺研院的党委书记。压力渐大、责任渐重，头发渐白，且日渐稀疏。

第一次当专业培训讲师

大概是到纺研院两个月后，一次跟室里的几个工程师一起去地处乌鲁木齐北路的上海市纺织工程学会听一个技术讲座。我们室毕业于华东纺织工学院棉纺专业、当时在做X射线衍射分析的黄景星工程师坐在我旁边，问我："你是哪个学校毕业的？"我觉得有点奇怪，我们来了两个多月了，室里都知道我们是从哪个学校毕业的，他怎么突然会问这个问题呢？心里虽这么想，但我还是回答："上海化专"。他看上去有点不屑地对我说："大专啊！我们院里大学本科毕业的就有一大堆呢！"突然听到这样的话，我有点惊愕，但又不知如何回答，心里很是沮丧。晚上回到家，妈妈看我不开心，问我有什么事情，我把白天的事情和妈妈说了。妈妈听后只说了一句话："只要干一行爱一行，什么事情都是可以做好的！"

第二天回到院里，室主任袁光龙突然把我叫去，说是想请我为室里的所有技术人员举办一个仪器分析技术的系列讲座。袁主任说，虽然室里现在有很多先进的分析测试仪器和设备，也有一批技术人员在分头从事相关的分析测试工作，但大多都是半路出家，缺乏相应的专业背景和基础知识，希望我能从分析化学专业的角度给研究室的所有技术人员做一次系列化的分析化学基础知识和仪器分析的基本原理及其应用的培训，内容和时间长度可以根据需要定，安排在每周五下午的业务学习时间。提出这样的要求，我颇感意外。看我有点畏难，袁主任鼓励我说："不用怕，室领导会支持你的，要有自信，有困难尽管说。"袁主任让我先制订计划，如果合适就开始准备，争取尽早开讲。想到头一天刚被同事打了一记闷棍，今天却被领导如此信任和鼓励，凭着潜意识中那股不服输的劲头，我决定早点开讲。

没花多大的功夫，我的计划出炉了，内容涉及无机分析基本原理、四大滴定（酸碱、络合、沉淀、氧化还原）的理论和实践、有机分析重要反应、原子发射光谱和原子吸收光谱的原理与应用、紫外分光光度计的原理和应用、红外光谱法的原理和应用、质谱法原理和质谱图的解析、核磁共振波谱分析的原理及应用、色谱分析原理和应用等，前后共10讲，每次3小时。我的计划让袁主任有点意外，似乎超出了他的想象。说实在，对于原先学电力拖动专业出身的他，一下子面对这么多分析化学专业方面的内容，要他在短时间内理解并作出准确的判断，还真是有点难度。而此时的我却甚感得意，感觉在领导面前大大地露了一手。未料袁主任并未马上给出他的意见，而是把我递交的计划锁进了抽屉，我心里不觉有点忐忑不安。

一周后，袁主任再次找到我，针对我的计划问了我两个问题：一是对自己讲这么多的内容是否有把握，二是对自己的表达能力是否有信心。经他这么一问，再加上一个星期的冷处理，我的脑子已经清醒了很多。我如实向袁主任报告：对这些讲课内容，基础理论部分比较有把握，化学分析实验也没问题，但对现代化的分析仪器，有关构造原理及应用，我了解的并不多，毕竟其中的大部分我之前都没见过，学校里也没有，没人教过，更不要说如何应用了。不过我向袁主任保证，这些短板，我会通过查阅大量资料并消化吸收来弥补，从而保证讲课内容的完整性。至于讲课技巧和表达能力，我心里是有底的，毕竟之前在技校时就练过，只是现在讲的内容不同而已。不过，我没说，不想先在领导面前透底，而是想让他们在实际听我的讲课中去体验。

为了弥补自己的短板，我把大量的时间花在了图书馆里，每天在办公室忙到很晚，备课的资料迅速积累起来。我找出保存完好的大学读书时的笔记以及教科书和参考书，开始重新反刍之前学过的内容。对以前没有接触过的知识，则反复查找资料，消化吸收，然后变成自己的语言，落到纸上，形成课件。那时候没有电脑，我们室里也没有光学投影仪，所以不用准备 PPT，所有的备课内容都写在纸上。大约一个月，我前面几讲的内容都准备得差不多了。我向袁主任提出可以开讲了，后面几讲的内容，我打算边讲课边备课，而且可以根据大家的反映和需求进行适当调整。袁主任同意了我的建议，由我主讲的分析专业培训课程就这样正式登场了。

从此，每逢周五下午，研究室的所有同事都会自带凳子聚集到剖析组的办公室兼实验室，铺开笔记本，听我讲课。因为房间太小，一下子挤进二十几个人，常常把走廊都挤满了。而我也只能拿块小黑板，搁在实验台上，自己侧身在水斗边上，一边讲一边回身做板书。就这样，我从氧瓶燃烧法、无机元素系统分析、水的电离与 pH、络合常数、氧化还原中的电子转移、比尔定律、植物学家米哈伊尔·茨维特在 1906 年做的植物色素分离实验（色谱原理）、分子跃迁、紫外吸收、分子振动与红外光谱等，一直讲到质谱分析中的分子离子与碎片离子、各种电离源和核磁共振分析中的质子自旋、磁极距、化学位移、化学弛豫等，一共讲了十个星期，每次近 3 个小时，大家一致反映是收获颇丰。

事实上，刚开始讲的时候，很多非化学专业背景的工程师反映听得有点吃力，我讲得有点快，特别是一些基本概念，我熟，但听的人未必熟。我随之对讲课内容和方式进行了调整，随着课程的深入和举一反三，教学双方都开始渐入佳境，特别是在查阅了大量资料以后，引入了诸多实例，最后的效果远远超出了袁主任当初的设想。现在回头想想，当时的讲课对我来说不仅进一步夯实了自己的专业基础，锻炼了我的逻辑思维和表达能力，更重要的是给了我一次展示自己的绝好机会，为我融入这个团队，更快地进入科研工作的主战场扫清了不少障碍。

第一次参与部级科研项目的研究

师傅张济邦一直很忙，我到纺研院近 4 个月，还没机会和他好好说说话。一般都是在每天刚上班时，他会在办公室露个面，有时把小朱和我叫在一起，布置几个实验，主要是做一些柱层析或薄层层析的实验，然后他就不见了。我后来得知，他那段时间正在和染整研究室的科研人员一起参与一个重大攻关项目，任务很重，时间也很紧。

但让我没想到的是，不久，院里来了一纸调令，师傅被正式调任染整研究室的副主任，我眨眼就成了没有师傅的"孤儿"。而此时，我仍是处在见习期的一名技术员。临走前，师傅找我谈话，还是他的老习惯，眼睛不直视我，眯着眼看我的头顶上方，非常谦逊，一口一个"王建平同志"。他告诉我，我们这个组所从事的未知物剖析研究工作是大有作为的，需要各种知识和经验的积累和综合运用，希望我能够从基础做起，注意扩大知识面，积累经验。他还告诉我，由于专业原因，他离开后，室里暂时无法为我安排其他的带教师傅，希望我能予以理解并自己好好努力。最后还不忘鼓励我："你的课讲得很好，我不在，相信你行的！"我不知说什么好，心里不免有些失落，更有些担忧，特别是为不能跟一位业内资深的老专家长久地学习而感到深深的遗憾。

不久，组里的杨慧雯工程师和我说，她正在向当时的纺织部科技司申请一个有关国产和毛油的科研项目，想邀请热分析组的组长梅基邦工程师和我一起参加，问我是否愿意，我二话没说，当即表示同意。那时候上级每年下达的科研计划项目并不多，能有这么好的机会承担部级项目，怎么会拒绝呢？况且，梅基邦是厦门大学化学专业高才生，杨慧雯则是华东纺织工学院毕业的资深毛纺专家，这种跨专业的组合，对我来说，绝对是学习的好机会。

杨师傅告诉我，在毛纺工艺中，原本很脏的原毛经过除草、洗涤、去油脂后，在进一步开松、梳理之前，必须上油，即所谓的和毛油。由于羊毛纤维的表面是有鳞片的，洗后洁净的表面如果没有一层油剂保护的话，经由钢丝车开松梳理时，会由于与钢丝的摩擦而产生毛粒，甚至损伤羊毛。同样，经梳理做成毛条后，如果纤维表面没有油剂的润滑和抱合作用，纺纱时的牵伸也会存在麻烦，造成条干不匀甚至断头。由于当时国内各毛纺厂采用的大多都是第一代的矿物油加乳化剂再加抗静电剂等复配而成的乳化油，稳定性差，且不耐高温，容易油水分离，润滑和抱合作用均不理想。现在发达国家已经研发出不用乳化，且耐高温，稳定性好，使用时只要用水稀释就能形成真溶液的和毛油，不仅使用方便，而且可以明显减少纤维的损伤，大幅度提升纱线的品质。我们立项进行研究的主要目的和任务，就是要在对进口优质和毛油样品进行剖析和应用试验的基础上研制开发新一代的优质国产和毛油，意义重大。

为了验证进口优质和毛油的实际使用性能和深入了解毛纺工艺对和毛油的性能要求，杨师傅通过上海第十八毛纺厂获得了20千克德国进口的和毛油，并且在上海第一毛纺厂的大力支持下，专题组的三个成员去上海一毛进行了三个星期的现场跟班试验。那是我到纺研院后第一次下厂跟班做试验，很是兴奋。地处上海静安区余姚路的上海一毛是一家粗纺厂，原毛进厂后的第一道处理工序是碳化。所谓碳化，就是利用动物蛋白质纤维耐酸不耐碱的特性，将原毛经浓硫酸浸渍后烘干，原毛中混杂的大量牧草和植物碎屑被脱水、碳化后或成碎末或被溶解，进而被洗去，而毛纤维本身并未受到损伤，然后经调节 pH，再清洗，使洗后的毛纤维呈中性。

碳化车间里又湿又脏，酸雾弥漫，浓硫酸的液槽都是敞开的，一不小心就有可能将浓硫酸沾到身上。所以，穿的工作服都是全毛的，很厚的呢绒，当然也有穿尼龙工作服的，因为尼龙也耐酸，但容易被渗透。虽然和毛油应用试验与碳化工序本身并无直接的关联，但由于粗纺厂的碳化工序非常重要，所以我也自告奋勇去上海一毛的碳化车间跟了一周的班，获益匪浅。

碳化洗净后的散毛手捏上去感觉有点干和糙，接下来就是上和毛油了，上油的方法有点特别。在一个空旷的房间里，房顶上方有一个呈 S 状的可旋转方形管子（俗称 S头），洗净的原毛通过气流被送入 S 头，然后随着旋转的 S 头从两边开口的管口飘洒出来，而此时，S 头中心部位的一个喷头将配制好的和毛油呈雾状喷洒出来，油和散毛纤维在空中接触，然后逐渐堆积在地上，放置一段时间后，喷洒上去的和毛油扩散后会均匀地附着在纤维表面，接下来就可以进行梳理了。

从和毛到粗梳、从成条到粗纺、从粗纱到细纱，我们每道工序都紧追不舍，现场观察生产情况，记录各种原始数据。为了准确计量，我们不厌其烦地收集车肚毛、墙板毛。每天早、中、晚三班三个人轮班倒，特别是中班和夜班，对平时做惯常日班的科研人员来说，还真的有点不习惯，但我们都没有半点疏漏，当班工人都对我们的敬业精神大加赞赏。

三个星期的现场试验很快就结束了。汇总的实验数据表明，德国进口和毛油的各项使用性能确实要大大优于当时还在普遍使用的以矿物油加土耳其红油（磺化蓖麻子油，俗称太古油）为主要成分的国产和毛油的实际使用效果。我们决定，以德国进口的和毛油为赶超对象，全面启动国产优质和毛油的研发工作。

第一次独立承担未知物剖析任务

不久，纺织部科技司书面批复同意立项，项目开始正式进入实施阶段，而进口和毛油的剖析任务自然而然就落到了我的肩上。

虽然之前师傅张济邦并未让我具体承担过未知物的剖析任务，但他让我仔细研读的那些资料和布置我和小朱一起做的实验，却已经让我在纺织助剂，特别是表面活性剂的剖析思路方面有了不少领悟，对表面活性剂的离子类型鉴别、通过柱层析的样品分离制备和分析技术、薄层层析操作技术、浊点分析等相关基础技能的训练也已基本到位，接下来就应该是在干中学、学中干了。

我面对的是一小瓶德国进口的和毛油样品，透明的浅稻草黄色油状液体。经初步检测，其含固量为 92%，可与水任意混溶成真溶液。经离子类型鉴别为非离子型，红外光谱分析显示其主体为聚氧乙烯醚类化合物，浊点 28℃，基本无味。根据初步的试验结果，我设计了一套采用柱层析技术进行前期样品分离制备的方案，并开始着手准备实验中的各项细节，这是整个剖析工作成败的关键。

虽然对柱层析的原理非常了解，但之前在学校里却并没有做过，只有理论，没有实践。对梯度淋洗中溶剂的选用和配比的设计也是一无所知，甚至连装柱中的一些技术细节也是毫无经验。幸好，到纺研院头几个月跟着小朱进行的基础训练，让我避免了在首次独立承担未知物剖析任务时面临的尴尬。

我选用德国 Merck 公司的层析用硅胶，200~300 目。按一般的规程，先在 105℃ 下活化 2 小时，冷却后用氯仿浸泡，湿法装柱，装填高度大约 50 厘米，人工敲击振动脱泡，另外自己在煤气灯上手工制作了几根极细超长的玻璃移液管，用于定量进样。柱层析的实验操作十分繁杂，每次都要重新装柱，还要将近百个小烧杯清洗、2 次烘干、2 次称重，最后画出流出图，计算回收率。每做一次，至少花费 2 天时间。

刚开始做的时候并不顺利，主要是回收率一直上不去，反复查找和分析原因，总不得其解。另外一个问题，就是从流出图看，分离效果不理想。有的出峰间隔太长，有的则拖尾严重。第二个问题相对比较好解决，通过调整淋洗液中非极性的氯仿和极性甲醇之间的配比和不同配比淋洗液的用量，经数十次的试验，终于得到圆满解决，只是花了比较多的时间。而解决第一个问题则让我费尽周折，最终却是得来全不费工夫。那天下班后我独自一个人在办公室发呆，想着柱层析的分析原理，突然想到回收率不高是不是因为层析硅胶的吸附效率过高造成的。第二天一早，院图书馆还没开门我就在门口等着了。老胡打开水回来一看我这么早就等着了，二话没说就开门让我进去了。整整一上午，我在书架上爬上爬下，终于在一本英文期刊里找到了一篇文章，里面有一段话简要地谈到了这个问题，作者的思路和我完全一样。由于聚氧乙烯类非离子表面活性剂易和层析用硅胶表面的羟基形成氢键，如果硅胶活化程度过高的话，会造成洗脱困难，降低回收率。这个发现让我无比兴奋。当天下午，我就迫不及待地投入了新一轮的实验。这次，我直接将 Merck 硅胶取来装柱，跳过了师傅给我的资料中规定的高温活化这个环节，而且将硅胶的目数也换成 200 目。实验一直持续到半夜，我急切地接着烘干、称量、制作流出图、计算回收率。我成功了！不仅画出的流出图非常漂亮，而且回收率也达到了 98% 以上，大大超出了我最初方案设计的要求。

等一切忙停当，已是第二天凌晨 3 点，马路上早就没了公交车。想想晚上加班也没来得及给妈妈打个电话（那时候还没手机，家里也没电话，需要靠里弄里的传呼电话），她一定在家里不放心，但此时我也回不去，肚子里也是空空如也，不停地咕咕叫，只得拿几个椅子拼起来，和衣躺下，等待天明。第二天一早，我给妈妈报了平安，然后去食堂吃早饭。食堂里的师傅有点纳闷，这个小青年平时不在院里吃早餐的，今天怎么这么早啊？回到实验室，时间还早，我把办公室兼实验室打扫了一遍，桌子都抹干净，把6个热水瓶的水也打满了，然后卷起袖子，开始清洗昨天做完实验后留下的一大堆烧杯和层析柱。等大家陆续上班了，我洗的烧杯也已烘干了，新的一天实验又开始了。

前期样品分离制备的成功，为后续的各组分定性定量奠定了坚实的基础。我选用红外光谱和核磁共振分析技术对呈正态分布的柱层析流出组分逐个进行化合物类别和结构分析，确认我所剖析的这个德国进口的和毛油是由环氧丙烷和环氧乙烷缩合而成的聚醚类非离子型表面活性剂。由于缩合反应过程中的反应速率存在微小差异，最终产物因相对分子质量的不同而呈现正态分布。其结构类别相同，但缩合的摩尔数不同。对此，我最终采用元素分析技术结合核磁共振图谱上的积分曲线，对整个化合物的摩尔比进行了测定，从而为后续的验证合成试验提供依据。当然，这个定性和定量分析的过程也并不比前面的分离分析简单，只是我对其中所采用的技术比较熟悉罢了。

现在回头看看，在我的职业生涯中，科研开发和技术管理是主线，而未知物剖析则始终是我最重要的技术专长。和毛油的剖析对我的职业生涯来说有点儿像正餐前的开胃菜，至今让我记忆犹新。那么多年从事材料的分析测试，我的体会是：未知物剖析的精髓就在于创新和发散性的思维、宽广的知识面、丰富的经验积累和多种分析测试技术的综合运用能力。正如师傅张济邦所言，未知物剖析是很有干头的。

让我至今感慨不已的，也就是从那段时期起我开始养成了一个习惯：每天中午在食堂，我总会多买一个包子、面包或油饼什么的带回实验室，下午4点半下班，等大家都走了，我先是将大家白天做实验用过的所有玻璃器皿都清洗干净，放入烘箱烘干，确保不会有任何水渍，以便大家第二天可以继续使用。干完这一切，一般天已经黑了。我吃完中午买的点心，就坐在自己的办公桌前，为了节约，我不会把整个实验室的灯打开，而只是打开办公桌上一盏小台灯，开始研读各种图书或资料，并认真做好笔记。有时候看到一个关键点，还会立马起身去通风橱前做一些小实验。直到晚上9点半，门卫师傅来巡查且要锁大门了，我才会恋恋不舍地离开实验室，坐公交车回家，而妈妈则再晚也会等我回家，然后端出已经重新热过的饭菜，看着我狼吞虎咽地吃下去，慈祥的脸上总是露出满足的神情。就这样，除了出差或有事，我一坚持就是6年，几乎每个工作日的晚上，我这个实验室的灯总是院里最后一个关的，直到我结婚成家。我不知道我的人生会有多少个6年，但在这6年中，足足给自己留出了5000~6000个小时花在了阅读大量的书籍和资料上。现如今，虽然已经无法记起在那段时间里究竟读了多少书、做了多少笔记，但我能肯定的是，这6年为我的科研和技术生涯以及我如今自认为比较宽广的知识面的积累奠定了坚实的基础。只是不知现在的年轻人是否还愿意有这样的付出和坚守。

第一次做有机合成研究

作为赶超目标的进口样品的剖析研究圆满完成，让我们专题组的人都松了一口气。

但由于在国内市场上找不到相同的产品，国产化的目标遇到了瓶颈，最好的办法是自己搞合成。但现实情况是，聚氧乙烯类非离子表面活性剂的合成，不仅没有相关的设备，而且整个研究院之前都没人做过此类合成研究，缺资料、缺设备、缺经验、缺人才。我去福州路淘书，有一本郑开耕编著的《聚氧乙烯型非离子洗涤剂》的小册子引起了我的注意。花了三角一分钱把书买回家，反复研读，对聚氧乙烯非离子表面活性剂的结构、性能、合成和应用有了初步概念。又去院图书馆翻阅了大量参考资料，对聚氧乙烯非离子表面活性剂的合成工艺有了大致了解。还托熟人带我们参观了专门生产此类产品的上海助剂厂，我心里算是有点谱了。我向组里的两位师傅提出，我们是否可以自己搞合成，其实，这也是他们正在考虑的，但由于大家都没搞过，正有点犹豫，听我这一说，大家决定试试。

面临的首要问题是没有专用的 2~5 升小型高压反应釜。一问市场价，立马把我们吓住了，科研经费有限，不可能买。由于上大学前我在上海轮胎二厂搞过设备维修，有点机械设备方面的基础和经验。我画了一张想要的高压反应釜的草图，杨师傅拿去院里的制造工厂，询问是否可以帮忙量身定制，结果对方一听是需要耐至少 10 千克高压的反应釜，说是特种设备，立马推脱不行，特品研究室一位与杨师傅熟识的工程师说可以帮我们试试。不到一周时间，他就用合适尺寸的无缝不锈钢管找协作单位采用冷拔工艺做了一个反应釜体，他自己又配了一个法兰和反应釜盖，要我们在这个釜体毛坯的基础上提出进一步的配置要求，再由他来后续跟进。这就有点像我们拿到了一间"毛坯房"，需要进一步精装修设计，然后由他来施工，做成一个完整的高压反应釜。

凭着有点机械和设备的基础，加上在技校里学过机械制图，我自告奋勇承担了反应釜具体配置的设计和制图任务。低速锚式搅拌器、内置竖式盘管冷却系统、真空充氮三向控制阀、热电偶式温度计、液—液反应加料管及控制阀、外置式变速装置、进料窥视孔、外敷式电加热及控温系统、环氧乙烷储罐和计量系统、氮气源等一一罗列清楚，并反复斟酌。由于釜体本身很小，要将那么多的附属装置合理配置非常困难。好在我有经验，加上与特品室工程师的密切配合，反应釜的"装修"工作还算顺利，但最后在三个环节遇到了难题。一是搅拌器连杆与釜盖之间的密封问题。因为反应时反应釜内会有几千克的压力，旋转的搅拌器连杆与静态的釜盖之间如何保持密封至关重要。我们先是用普通的黄油配根，一试不行；转而采用硅橡胶密封圈，但压松了会漏气，压紧了密封圈很快就坏了；最后，我们将聚四氟乙烯棒料用车床车了 V 型密封圈，几个叠在一起，问题终于解决了。第二个难题是进料窥视孔的设计和材料的选用。也是多次反复试验，最终确定采用外径 20 毫米，壁厚达 8 毫米的耐压石英管，外加套管，两端用自制硅橡胶垫圈平面加压密封，问题也算解决了。最后一个难题是环氧乙烷加料的计量。因为市面上没有现成的适合于这么小的非标反应釜的自动加料计量装置，最初我们土法上马，采用直接将 10 升的大环氧乙烷储液钢瓶放在磅秤上，然后通过一根耐压橡胶软管直接将环氧乙烷原料压进反应釜，通过磅秤减量计量的办法控制环氧乙烷的加入量。但由于磅秤的灵敏度不够，计量不够准确。后来我们换了一个思路，单独加工一个小的耐压储液罐。做合成反应前，从大储液钢瓶里将按摩尔数算好用量的环氧乙烷定量灌到这个小的储液罐中，反应时向小储罐内加压氮气，通过加料控制阀，将环氧乙烷压到反应釜中，加完了，反应也就结束了。采用这个办法，定量加料的问题也得到了圆满解决。

由于环氧乙烷是一种易燃易爆的有机化合物，沸点 $10.8℃$，闪点仅为 $-29℃$，在 $3\%\sim100\%$ 的范围内与空气混合一旦遇到明火都有可能发生爆炸，而环氧乙烷本身还是一种致癌物质，加上环氧乙烷的缩合反应还是一种放热反应，反应时反应釜内的压力需控制在 $2\sim3$ 千克/平方厘米。因此，一旦有任何闪失，造成环氧乙烷泄漏，后果将不堪设想。为此，我们专门选了位置比较偏的毛麻研究室的化学实验室作为合成反应的小试车间。

第一次做合成试验，我们选用化学纯的 $C_9\sim C_{11}$ 的脂肪醇做起始原料，KOH 做催化剂，环氧乙烷加成 EO 数设计为 5.5。其中环氧乙烷原料还是通过托关系从上海助剂厂买来的，装了 2 个 10 升的钢瓶。考虑到这个合成试验比较危险，加上整个反应釜的设计制造和整个合成反应工艺流程的设计都是以我为主，我已经在心里无数次演绎过整个合成反应的过程，并将各种可能的突发情况及应对措施也想得比较周全。所以，我自告奋勇提出由我承担首次合成反应的操控工作，课题组和室领导都没有任何异议。

那天一早，我来到实验室，出门之前，我没和妈妈说今天要做这么重要的实验，怕她担心。我把各种应该做好的准备又重新审核了一遍，其实，这样的检查之前已经做了很多遍。上班铃一响，我就开始卸下反应釜加料口上的控制阀，按之前算好的量，向反应釜里加入脂肪醇原料，然后按 2% 的比例，加入固体 KOH 颗粒，重新装上进料控制阀，用扳手旋紧，开启电动搅拌器，按下了可控硅加热控制器的开关，开始对原料进行加热和羟基与 K^+ 的置换反应。约 20 分钟，温度计显示釜内温度已经达到 $120℃$，我手动停止加热，开启真空泵，打开三向阀，去除釜内原料中含有的少量水分和低沸点化合物，然后充入氮气，反复 3 次，确保釜内不再残留水分和小分子化合物，且空间氮气饱和。此时，釜内温度 $120℃$，压力接近大气压，最紧张的环氧乙烷加成反应开始了。我小心开启环氧乙烷加料阀门，钢瓶中的环氧乙烷被迅速压入反应釜。由于采用的是液—液反应工艺，放热的加成反应非常迅速，釜内温度迅速上升，压力也随之迅速上升。我立即小心开启冷却水阀门，冷却水尾管迅速喷出一股炙热的蒸汽，嘶嘶作响，釜内温度下降。这时，整个反应进入最关键的时段，我既要保持持续的加料和反应速度，又要严格把控釜内的极端温度不得超过 $180℃$，压力控制在 3 千克/平方厘米以下，两只手分别控制着环氧乙烷进料阀和冷却水的流速，确保釜内的温度和压力达到动态平衡，高度紧张。大约 20 分钟后，在边上看着的杨师傅突然说"好了！好了！"原来，放置环氧乙烷钢瓶的磅秤上原来因按减量法设置好砝码后高高翘起的秤杆开始慢慢下降了，说明钢瓶内被消耗的环氧乙烷的量已经接近设计的终点。少顷，我果断关闭环氧乙烷进料阀，反应结束了，最危险的阶段也过去了。实验室的气氛开始活跃起来，从反应开始就大气不敢出一口的大家可以开始正常呼吸了。但我的工作还没结束。随着反应的结束，釜内的温度和压力开始下降，为了确保反应完全，我将搅拌器继续维持运转了 10 分钟，然后开大冷却水的流量，当釜内温度下降至 70℃，压力只比大气压高一点的时候，我开启了反应釜下方的出料口，在残余压力的作用下，冒着热气有点浑浊的合成产物哗哗地流入了一个大烧杯中。我用配制好的醋酸溶液对合成产物进行酸碱度调节，当达到中性时，整个液体突然变成透明的，呈略深的稻草黄色。

就这样，在此后的半年时间里，这样的合成试验做了近百次。作为疏水基的起始原料，从脂肪醇到脂肪酸，再到聚环氧丙烷、再到脂肪胺，环氧乙烷的缩合数也在 5~15 之间反复调整；加料钢瓶也从大的直接加料改进成小储液罐定量加料；我们的合成试验就在这样反复摸索和实践中变得得心应手。中间也因为我的疏漏而发生过一次意外。记得那是一次和往常一样的合成试验，但不知什么原因，加料开始后，反应釜内的压力迅速窜上去后却始终下不来，而温度却没有上升，按迹象分析，应该是反应没有进行或进行得过于缓慢。我突然想起来，在加入起始原料时，忘了加催化剂就直接开始了后续的操作。幸好我们是土法上马，人工操作，才不至于酿成大祸，但也给我们提了个醒。在这期间，院染整研究室也开始着手做类似的合成试验和新型助剂的开发，并从外面引进了一位在这方面有丰富实践经验的工程师金学文。金工的到来，使染整室的聚氧乙烯产品开发一下子就从很高的起点出发。20 升的标准化反应釜，配上各种管道和 300 升的大环氧乙烷钢瓶，一看就是非常规范的。相比之下，我们这套非标的小型合成设备就显得有些"土"，而且各种管线的布局看上去杂乱无章。那天，我在院图书馆主动和金工搭讪，当他听说我们也在做环氧乙烷缩合反应时显得有些惊讶，立即让我带他去看我们的设备和场地。在做合成反应的实验室，我向金工详细介绍了我们从查资料、自制反应釜到进行合成试验，再到调整设计多种不同配方的过程，他的反应有点复杂。一是对我们的设备显然有些不屑，二是对我们直接采用液—液反应的工艺非常惊讶。他告诉我，他做了那么多年的环氧乙烷缩合反应，还从来没敢尝试液—液反应，而是一直采取比较保守和安全的气—液反应，即在加入环氧乙烷时，以滴加的方式，先让环氧乙烷在起始原料的液面上汽化，然后再在两相间进行缩合反应。这样的缩合反应工艺虽然速度慢很多，但比较安全，反应釜内的温度、压力比较容易控制。而如果直接采用液—液反应的话，反应釜内的温度和压力很难驾驭，发生爆炸事故的可能性很大。听他这么一讲，我当时就有点腿软，想想真有点后怕。事实上，在我当初设计反应釜的结构和缩合反应工艺时，我压根就不知道还有气—液反应，也不知道这两种工艺之间还有这么大的差别。竟然一开始就选择了更加危险的工艺，并且已经"玩"得如此得心应手。老金连说三声"想勿到"，对我如此"初生牛犊不怕虎"的精神表示"钦佩"，但还是再三提醒我，这样继续下去会有问题的。老金的忠告自然让我警觉起来，但我们的合成试验已近尾声，再去对这台小试设备进行改造似乎已无必要，但危险说来就来了。

那天也是很早，我们计划做一个新的配方，环氧乙烷的加成数比平时略微高一点。由于已经有一段时间没有做合成试验了，开始前我又重新把整个反应釜的工况检查了一遍，有些该紧的连接件和紧固件，又用扳手紧了一下，看看一切都准备妥当，我按正常程序又开始了平常操作得心应手的环氧乙烷加成反应。一切顺利，反应很快就要结束了，我操作着反应釜，周边的人都已经开始收拾，就等我最后关上加料阀门，实验就结束了。但就在此时，忽然一声很轻但很清脆的声音发出，我们最担心的事情还是发生了，加料窥视孔组件中壁厚8mm的耐压石英管竟然碎裂了，刹那间，处于压力下的液态环氧乙烷从裂缝中喷涌而出，我的脸上、身上到处都是，而且有部分从裂缝中喷出的细流直扑釜体外包有电热丝的保温层，空气中也迅速弥漫着气化的环氧乙烷。之前我们就知道，环氧乙烷不仅是一种已知的致癌物质，而且易燃。当其在空气中的浓度达到3%~100%时，就处于爆炸极限。现在这样的情况，只要有一点明火，发生爆炸将是不可避免的了，周边的人都不由自主地迅速往门外躲去，我也一下子懵了，但我没敢离开，因为我清楚地知道，一旦任其发展下去，发生爆炸将是必然的。我迅速冷静下来，仔细一想，由于已是反应后期，此时反应釜外的电加热已处于自动关闭状态，电热丝虽仍会有一定温度，但已无明火，应该不会立即引爆，而实验室并无其他正在进行的实验，只要我迅速关闭环氧乙烷储液罐阀门，避免环氧乙烷进一步溢出，并立即切断可控硅自动调温装置的电源开关，防止电加热自动重新启动，爆炸是有可能避免的。我来不及多想，转身扑向环氧乙烷储液罐，迅速关闭了上面的阀门，同时按下可控硅控温装置按钮。所有这一切，都是在几秒钟之内完成的。然后，我迅速打开实验室的窗户，将室内积聚的环氧乙烷气体散发出去。那天外面下着雨，风很大，实验室里很快就恢复了正常，寂静得连一根针掉在地上都能听见。一场几乎就要发生的爆炸事故终于避免了。当我到外面走廊上告诉大家危险已经过去时，已经是浑身无力。

从那以后，虽然又重新去上海玻璃厂配了一根新的石英管，但由于课题研究已近尾声，用于应用试验的合成产物已经定型且数量也已经足够，无须再做更多的合成试验，所以一直到课题结束，这个反应釜再也没有使用过。直到10年后我因为另外一个课题的验证试验需要，又在整修后开了几次，但很快就被院里叫停了。那天我一个人在理化大楼5楼朝北的一间储物间里操作这个反应釜，院里负责人事和安全保卫的人保处处长潘彭年路过门口，看见我在操作反应釜，就问："这个反应釜是你们自己做的？"我不无得意地说："是的！都是自己弄的。"原本还想炫耀一下的，未料老潘一脸严肃地对我说："这种非标的高压釜，是谁允许你们这样自作主张使用的？经过专家鉴定验收过吗？"我如实回答："没有。"老潘手一挥，不容置疑地说："马上停下，没有进一步的结论之前先封存起来！"就这样，这台凝结着我们心血的反应釜再次被打入了"冷宫"，一直到我调离纺研院，也没有"再出江湖"，也不知它后来命运如何，想必应该是当成废弃物处理掉了。

第一次成为部级科研项目的专题组长

很快，一年的见习期满了，通俗的说法就是"学徒满师了"。按当时的政策，大专毕业一年见习期满后，应该先晋升技术员，两年后再申请晋升助理工程师，但表现突出的可以破格。在院里组织的对我和范瑛两人的见习期满考核评议会上，室里的工程师和同事们，包括室领导都给了我们很高的评价。院里人事处报经院长批准，让我们一步到位，直接晋升了助理工程师。

1982年3月，院里新建的理化大楼竣工。理化分析研究室和染整研究室、纤维材料研究室都搬入了新大楼，特种纺织品研究室、织造研究室的部分实验室也搭车搬了进去，外加隶属情报室的技术档案室和电气自动化研究室的部分人员也占了整个3楼，我们剖析组的实验室被安排在了2楼，实验室也宽敞了很多。

搬家刚到位，室里就对原有的组织架构进行了调整，刚工作了一年的我被任命为剖析组的大组长，这对室里包括我自己在内的大部分人来说都有点意外。但研究室的支部书记张御俊却在全室大会上不容置疑地说："这是我们经过深思熟虑后做出的决定，也请示过院领导，大家要配合，特别是要支持年轻人做好工作！"

当时上海纺研院作为中国纺织行业科研开发领域的领跑者，老前辈、老专家和能工巧匠很多，让我这个初出茅庐的新人担任这么重要的角色，很多人都质疑，包括我自己。那时，各行各业论资排辈的观念还很严重，在学校和科研院所里更是如此。我一个没有任何管理经验的助理工程师，居然要负责十来个工程师（那时候还没有高级工程师这样的职称）和助理工程师的日常管理，一看就会感觉别扭。虽然那时还没有经济指标的考核要求，但对科研项目管理的要求却是很高的，而且还有带教任务。在我的职业生涯中，这是第一次让我确确实实感到了压力，主要是在人员的协调和管理方面的压力，自信心严重不足，甚至心里有点埋怨领导是在"拔苗助长"。

整个剖析组的日常工作还是那些，每个人手头上也都有自己工作，似乎按部就班也不会有太大问题，但实际上却远不如想象中那么简单。之前，我作为一个新人，室里的同事都是我的师傅，我向任何人求教，大家都会非常乐意回答，也希望有机会能与我合作承担研究课题，同事之间的关系也很融洽。但现在角色转变了，关系的转换让组里的老同志们多少感觉有些尴尬。我非常清楚，在他们眼中，我从一个新人变成了一个"领导"，但我的资历并不足以使他们在心底里对我信任。虽然在旁人眼里，这其实是几乎所有新人在角色转换过程中都会遇到的情形，不足为奇，但对于身处其中的新人们来讲，却是一道必须跨越的坎。面对这道坎，有不少人给我支着，可用的工具似乎也不少，但最后我选择父母给的：努力学习、保持谦虚、勤奋工作、不计得失、不耻下问、谨言慎行。我父母特意跟我强调："其实，按你现在的学识和资历，还没资格说'不耻下问'，只是你现在形式上已经是领导，对待下属，应该做到'不耻下问'。"

心态调整好了，手上的"工具"也有了，我开始心无旁骛地全身心地投入工作。尊重老同志，对每一位同事以诚相待，凡事多学、多想、多问，该承担的责任绝不回避和推脱，半年后，我的工作氛围已经大为不同。但如何尽快全方位地提升自己的学识水平、技术能力和积累更多的工作经验，成了我更为迫切地需要解决的问题，因为只有这样，才能从根本上确保我能胜任自己的工作，并赢得大家的尊重，而不仅仅是面上能过得去就行。那时在我们院，新人的"成人"标志有两个，一是是否独立或牵头承担过部、市级的重大科研项目，二是是否独立承担过带教老师的职责，即有没有带过徒弟。不久，机会来了。

1982年，纺研院连续招录了两届恢复高考后入学并毕业的本科生以及部分专科毕业生，人数达数十个，几乎每个研究室都有新人进来。新人们的到来，给整个纺研院带来了活力。每天看到很多新的面孔随着上班的人流走进纺研院的大门，中午在食堂里又能见到他们充满青春气息的笑脸，晚上下班后实验室还亮着灯的也多了起来，心里很是开心。

一天，人事处处长老潘来找我，说是纺研院准备召集所有新来的毕业生开个会，主题是引导大家如何尽快实现从学生到科研人员的角色转换，特别是如何处理好人与人、个人与工作、个人的发展需求与机会、公与私、工作时间和业余时间等各方面的关系，努力在各自新的工作岗位上锻炼成才。老潘说，院领导想请我作为一个"过来人"，从自己的切身经历，谈谈我是如何从一个学生快速转换成一个科研领域的"新兵"的，让大家看看可以从我的经历和身上学到点什么。听到这个，我的心里有种受宠若惊的感觉，却又怕讲得不到位辜负了领导的期望。

在理化大楼的301会议室，我对着几十个新来的大学生侃侃而谈，得意时，把自己在做课题研究中的很多细节都作为例子举了出来。老潘坐在后面看我扯远了，拼命朝我眨眼睛，无奈我一"得意"，根本没有看见他在给我使眼神。后来是自己都感觉有点"豁边"了，才回到正题，最后以"机会是给有准备的人的"结束了我的发言。事后老潘也没有责怪我，只是说："还好，讲得还是蛮吸引人的，看上去大家还蛮爱听的。"

后来，纺研院里又从我的母校招录了两个分析专业的毕业生，一男一女。男的叫钱忠尧，女的叫王佩珍。室里安排小钱跟着刚从镇江农机学院转来的老钱学习，而王佩珍则成了我的徒弟，我在毕业后还不到两年就成了"师傅"，人事处长老潘告诉我，这在纺研院是很少见的。

转眼到了1983年春，涂层织物的开发和应用成了全国纺织行业的热点。为了配合涂层织物产品的开发和推广应用，纺织部科技司标准处在当时的国家标准局的支持下，立项对涂层织物的性能要求和测试方法标准进行系列化研究，当时的纺织部纺织科学研究院、上海市纺织科学研究院和上海市纺织标准计量监督所共同参与了这个重大的部级标准化攻关项目，而我也领到了一项《涂层织物耐沾污性测试方法》国家行业标准的研究起草任务，第一次成了真正意义上独立承担省部级科研项目的专题组长，兴奋之情溢于言表。就这样，在纺研院里，新人"成人"的两个基本要求我算是都满足了。

第一次涉足标准化研究

之前，理化分析研究室基本上没做过标准化研究工作，但纤维材料研究室却有专门的团队专业从事标准的制（修）订及与标准配套的测试仪器的研制工作。在涂层织物系列标准化研究中，我们两个研究室一共承担了大约七八个项目，平时相互不太走动的两个研究室的人员开始相互熟悉起来，我也经常去向纤维材料研究室的专家请教，学习和了解标准化研究工作中的许多技术要点，并以此指导我承担的《涂层织物耐沾污性测试方法标准》的研究。

纤维材料研究室的科研人员

和做其他的课题研究一样，我先是花大量的时间去图书馆查找国内外的资料，但收效不大，主要原因还在于涂层织物本身还是个新生事物，现有的资料并不多，而标准化研究则更是相对滞后。

那时，我国的标准化工作已经开始强调要与国际接轨，特别是要尽可能地直接或参照采用国际（ISO）或国外先进标准。而国外先进标准主要是指美国、英国、德国、法国或日本等国的标准，如 ASTM、AATCC、BS、DIN、NF 和 JIS 等。那时候还没有欧盟，也没有现在已经可以在全球发挥巨大影响力的欧盟标准（EN）。因为国内尚属空白，加上有与国际接轨的要求，我将资料查询的重点放在国际标准和国外先进标准，但最终只查到英国有一整套专门针对涂层织物的系列标准。事后才知道，当初纺织部制订立项计划时，就是希望依据这套英国标准，研究制订我国自己的标准。

所谓涂层织物的耐沾污性，是指涂层织物在使用的过程中，抵抗被污物沾污的能力。但问题是污染物应该包括哪些，事实上，如果要考虑各种可能性的话，污物的选择范围实在是太大了，要做到面面俱到显然是不可能的，也没有必要。从涂层织物实际的使用情况看，其最主要的沾污途径应该是其在使用过程中因与污物接触和摩擦后因污物的转移而被沾污。考虑到标准化的要求，我们所选用的测试方法中必须将污染源和摩擦条件标准化才能确保测试方法具有良好的重现性和可比性。

根据英国标准给出的方法原理和技术条件，涂层织物耐沾污性的测试采用马丁代尔耐磨仪，在移动的摩擦头上套一种标准污布，对试样进行摩擦，经过一定次数的摩擦后，对试样上沿李莎茹轨迹留下的沾污痕迹，用标准灰色样卡进行评级，以评级结果表示样品的耐沾污性。这样的方法简单明了，无须专用设备，操作也非常简便，且与涂层织物的实际使用情况也非常吻合，只是沾污的过程经过了加速，且沾污的条件也被标准化了。但是这块标准污布是如何制备的，选用什么基布材料，污物的配方是什么，在标准中都未予以详述，只是告知需要的话可以向英国国家标准局订购。20世纪80年代初，中国还实行严格的外汇管制措施，要向国外订购东西，不管是贵还是便宜，不管是多还是少，申请用汇的手续都非常复杂，过程也很长。为了避免麻烦，我打算自己研制。

当时听说上海染料研究所正在进行一项洗涤剂产品的去污性测试方法标准的研究制订工作。为了考察洗涤剂的去污性能，染料所的科研人员自主研制了一种标准污布，测试时用洗涤剂洗涤，看标准污布上污物被洗去的程度，以此评价洗涤剂的去污性能。虽然这种方法与耐沾污性的概念正好相反，但因涉及标准污布的制备，引起了我的兴趣。我上门请教，染料所的标准起草人陈静华工程师热情地接待了我，并将相关情况做了详细的介绍。据介绍，他们配置标准污物时，主要的成分是炭黑和动植物油脂，再添加少量其他助剂。

回到纺研院实验室，我按这个思路来制作标准污布，虽经反复试验，但结果一直不理想。主要是制成的污布上的污物在与试样摩擦时非常容易脱落并转移到试样上，用专业术语来说就是标准污布的色牢度太差，使各种试样被沾污的程度普遍偏高，无法有效区分不同种类样品耐沾污性能的高低。虽多次调整标准污布上污物的浓度，仍不能有效解决问题，研究进入了瓶颈。

我向纺研院提出请求，希望能从英国进口少量标准污布用于分析参考和比较试验。院领导很快同意了，并让院里的科研条件处落实。但等拿到进口的标准污布时，时间已经过去了大半年。而此时距我应该完成整个项目研究计划的时限已经不多了。

进口的标准污布的包装像一卷绷带，基布是很疏松的机织物结构，本色，经红外光谱分析，纤维材料为醋酸纤维，织物上似用印花方式印有灰色的污物，色泽很浅。按英国标准规定的技术条件，采用这种标准污布在马丁代尔耐磨仪上对不同的涂层织物进行耐沾污性测定，可以非常有效地区分不同涂层织物样品的耐沾污性能。但是，我们对英国的标准污布的剖析却没有成功，底布的分析没有问题，但上面的污物组分却因污物的量非常少而无法进行。没办法，最终不得不确定直接采用英国的进口标准污布作为制订的标准规定使用的辅料。但对不同类型涂层织物的试验条件则在原有标准的基础上根据大量的验证试验结果进行了适当的调整。

项目研究进入最后阶段，标准的编制说明写得也比较顺利，把应该说明的问题都仔仔细细地表述得非常清楚，但在写标准文本的时候却遇到了难题。因为之前从来没有写过标准，对标准的格式、规范性用语、单位量纲等几乎都很陌生，结果第一稿像一篇论文，给纤维材料研究室做标准的专家们一看，立马被退回来，并提了大量修改意见，只得重新再写。我找了几份相近的标准，依样画葫芦，一段一段地推敲、斟酌，反复试写，反复修改，并对照自己最初的稿子悟出一个道理：标准的编写不仅表达要规范，更要简洁，不能使用白话，不能有无关紧要和模棱两可的表述，切忌啰唆。大概修改了十几稿，纤维材料研究室的专家基本算是通过了。然后，根据规定程序，将标准文本和编制说明的征求意见稿发送给全国三十多家科研机构、高校和企业的专家，广泛征求意见。一个月后，反馈意见陆续寄回来，汇总一看，大部分的反馈反映良好，少量的修改意见也是无关痛痒，调整和修改没有太大的难度。

审稿的日子很快就要到了，专题组的人忙着打印、修改和装订标准文本和编制说明的送审稿。那时还没有电脑和打印机，所有的文印工作都是先由专职打字员用手工打字机将文稿打在蜡纸上，然后进行校对。如果只有个别错误，可以在蜡纸上直接使用修改液进行修改并补打。如果错误比较多或成段的错误，则需重新打字，非常麻烦。蜡纸打好后，再进行油印，印好后再进行人工装订。

1985年夏天，标准的审稿会安排在山东威海进行。我们一行从上海坐火车先到济南，然后再坐一辆会务组安排的公交车到威海，车上基本都是上海去的，虽然许多人我都不认识，但他们都是"老标准"，相互之间很快就熟识了，车上甚是热闹。

第二天，标准审稿会正式开始。这次审稿会大约要审十来个标准，时间安排两天。纺织部纺织标准化归口单位——纺织部纺织工业标准化研究所的主要领导都来了，他们同时也是全国纺织品标准化技术委员会的领导和秘书处成员。刘增禄，纺织工业标准化研究所的所长，业内著名的标准化专家，标准化领域的老前辈，一位两鬓斑白、看上去有点威严、但实际上却很慈祥的老人，看到我居然能叫出我的名字，不仅让我受宠若惊，更是让第一次参加这样的标准审稿会的我心情放松了不少。

我负责起草的《涂层织物　耐沾污性的测定》被安排在第一个接受审查。审稿刚一开始，我的心里就开始紧张，我原来没想到，审标准居然是一个字、一句话、一个标点符号这样逐字逐句地审。大家有时甚至为了一个字、一句话或一个标点符号而争论不休，着实让我吃惊不小。特别是纺织部标准所的王宝军，据说也是个新人，但他说得非常专业，直把我这个在标准化领域初出茅庐的门外汉弄得有点招架不住了。大约进行了两个小时，我的这个标准审稿勉强通过，但还需要做很多修改，主要是一些标准编写中需要注意的规范性内容，对标准中的技术性内容则没有任何意见。中午休会，刘所长把我叫到一边，先是安慰我不要气馁，说是在标准的审稿中这种激烈的场面是经常出现的，不足为奇，而且对标准的严格把关有好处。我拼命点头表示同意。随后，刘所长又说，我知道你之前从来没有搞过标准，现在开始涉足标准化领域，你有没有看过GB1.1？这一问，把我给问住了！我问：什么是GB1.1？这下又把他给愣住了，"你做标准居然还不知道GB1.1？怪不得在起草的标准中有那么多规范性方面的问题。"当时我尴尬得恨不得有个地缝钻进去。令人意想不到的是，刘所长拍拍我的肩膀说："不要紧，现在知道了问题的症结所在。你还有一个新下达计划的标准起草任务《涂层织物加速老化试验方法》，明年审稿，回去先把GB1.1认真仔细学习领会一下，明年审稿时再看结果。"我心里的感激无以言表，眼泪直在眼眶里打转。此后两天的会，我认真学习，在审最后几个标准时，居然还可以举一反三发言了，与会的专家们还投来了不少赞许和鼓励的目光。

从威海回来，我找到GB1.1《标准化工作导则　第1部分：标准的结构和编写规则》认真学习，才知道GB1.1就是编写标准的标准，但凡搞标准的人都应该熟练掌握GB1.1的基本要求。而我，已经莽莽撞撞地进了标准化研究领域，却居然不知道GB1.1为何物，岂不令人贻笑大方。

知耻而后勇。我花了大量时间仔细研读GB1.1，有不明白的地方就四处请教。大约半年的时间，我对GB1.1的熟悉程度几乎已经到了可以倒背如流的程度。这对我起草第二个标准来说，帮助自然很大，拿出来的东西也让人刮目相看。第二年夏天，在杭州召开年度标准审稿会，我起草的第二个标准《涂层织物　加速老化试验方法》送审。这个标准的审稿过程异常顺利，专家们都对标准的结构和编写规范给予了高度评价，标准所的刘所长还在会上把我作为典型进行表扬，赞誉之情让我汗颜。

如今，三十多年过去了，我也早已成了标准化领域的专家，先后牵头或参与制修订的国家标准、国家军用标准、行业标准、团体标准和企业标准不下数十个，主持或参与审定的标准更是不计其数。并先后担任了全国纺织品标准化技术委员会基础标准分会的副主任委员、全国染料标准化技术委员会印染助剂分会副主任委员、全国体育用品标准化技术委员会委员、全国皮革标准化技术委员会委员、中国纺织工业联合会团体标准化技术委员会专家咨询组成员、中国汽车维修行业技术和标准化委员会副主任委员、江苏省纺织工程学会标准化技术委员会专家组成员等，这在三十多年前是万万想不到的，回想第一次参与标准化研究的情形，往事历历在目。以刘增禄为代表的老一辈"标准人"对我们后辈的提携和关爱，将永远留存在我的心里，无法忘怀。

第一次登上全国性学术会议的讲坛

1985年，对我来说是一个丰收年。从威海参加标准审稿会回来，理化分析研究室和纤维材料研究室酝酿已久的合并获得了上级批准，且经纺织部科技司同意两个研究室合并后挂牌"纺织工业南方科技测试中心"，中心主任由原纤维材料室的主任沈志根担任，麦家俊和姚豫檩任副主任。

纺织工业南方科技测试中心的年轻人

10月，纺织部科技司打算在苏州召开全国纺织系统首届红外光谱分析技术学术研讨会，作为中国纺织行业红外光谱分析技术应用得比较早且成熟的上海市纺织科学研究院被指定为筹办单位。通知发出后，整个行业反应热烈，预定参会并将在会上做专题学术报告的业界专家云集。姚豫檩副主任鼓励我也写一篇文章争取到会上做报告，我一开始并未答应，心里实在是不敢。过了一个星期，姚主任又问我，我于是说可以试试。

讲什么呢？那段时期，随着国外大量不断升级换代的红外光谱仪引进中国，国内的红外光谱分析技术得到了迅猛发展，一些大专院校、科研院所甚至大型企业，红外光谱仪的普及率迅速提升，也涌现出了一批在红外光谱分析技术领域的知名专家学者。在这样一个高端的学术会议上我能讲些什么呢？再讲红外光谱的基本原理，肯定会让人感觉是"小儿科"；讲红外光谱分析仪器的最新发展，我又一窍不通。想想这些年在专业从事未知物剖析过程中积累了不少案例和经验，特别是红外光谱分析技术在未知物剖析中的应用，也积累了不少心得。而且在向姚主任和红外光谱分析组的魏妙根师傅学习的过程中，通过他们手把手教，我已经能够非常熟练地将不同形态的样品制备成能够满足红外光谱分析要求的试样，并获得理想的红外光谱图。记得有一阵子，我雄心勃勃地想自己建一套各类助剂的标准红外光谱谱图，目标是收集1000个样本。我四处托关系、找熟人、想办法，不仅要将样品收集到，还要弄清楚其学名、商品名、成分、化学结构和物理性能等相关信息。那时，我大学好友郑伟民在东方化工厂技术科工作，那是一家专门生产各类助剂的化工厂，我几次三番地上门找他帮忙，请他提供他们厂生产的助剂样品和相关信息。未料，我这个贸然的举动却给伟民带来了很大的麻烦。他们厂有人向领导反映郑伟民私自泄露工厂秘密。厂领导闻讯非常重视，虽然伟民再三解释，但领导并不相信。不久，伟民辞职去了德国巴斯夫公司上海办事处，成为我们班第一个去外资企业工作的同学。那时，改革开放刚刚开始，上海所有的外资机构都在延安东路四川路口的联谊大厦办公。伟民邀我去他办公室看看，一进大楼，就有一种与我所熟悉的环境完全不同的感觉，我就像刘姥姥进了大观园，手脚都不知道该往哪儿放了。我虽然不知道也不好意思问伟民离开东方化工厂是不是因为我的鲁莽举动，但至少现在他在巴斯夫公司的工作环境看起来比在东方化工厂好得多，我心里也就释然了。当然，我要建各种助剂红外光谱标准谱库的计划也就此搁浅了。现在面对领导的鼓励，我选择接受挑战。

我申报的论文《红外光谱分析技术在表面活性剂剖析中的应用》很快获得了学术研讨会组委会的审查并通过，同意我在大会上作学术演讲。这次会议在苏州丝绸研究所举行，地址是苏州市公园路 1 号，参会的人很多，三天会期，气氛热烈。也许是演讲的内容大多来自于我平时日常工作的积累，虽然是第一次在这种大型学术会议上演讲，我并没有怯场，而且越讲越兴奋。会间休息时，一位儒雅的长者走过来对我说："你讲得真好！"经自我介绍，我才得知，他就是当时在业界非常有名的纺织助剂及分析技术专家、天津纺织工学院（现天津工业大学）纺织化学系主任解如皋教授。解教授看似很随意地问了我一些情况，包括哪个学校、什么专业毕业的，现在从事什么工作，家里有几个兄弟姐妹，很是亲切。最后，解教授问我，是否愿意报考他的研究生。这个问题让我有点措手不及。一是我从来没想过要考研究生，二是那时候报考研究生要求本科及以上学历才能报考。解教授告诉我，如果他点名，包括学历在内的一些要求是可以破格的，关键是我本人是否愿意。由于这个问题来得有点意外，我没有当场答应解教授，但承诺他我会认真考虑的。

从苏州回来，我把解教授的邀请告诉了父母，他们都很欣喜，鼓励我抓紧准备，尽早报考解教授的研究生。但这次我却犹豫了。一是我刚工作没几年，家里经济状况尚未好转，我再去读几年书，肯定会再一次增加家里负担；二是父母年龄大了，身体也不好，平时心理上对我的依赖也很大，天津离上海不近，万一家里有什么急事，我很难照应。事实上，也就是那年夏天，大学好友蔡华民已经帮我在美申请了几所大学的硕士研究生入学资格，并且已经拿到了罗德岛大学的硕士研究生入学通知。但我还是放弃了，因为那段时间妈妈心脏不舒服，住进了医院，我的脑子里只有六个字"父母在，不远行"。

解教授对我放弃报考他的研究生很是惋惜，但表示充分理解。家里人也为我感到惋惜，我倒是感觉如释重负，后面的人生也许因此而改写了。

如今三十多年过去了，我在国内多个专业领域被冠以著名专家的虚名，在各种学术或专业会议做演讲已经成了家常便饭。虽然其中部分是因公司的业务需要为客户做服务或推广，但更多的则是接受各方邀请就某个专题进行演讲，分享我的知识、思想、经验和见解，内容涉及产业宏观经济分析、技术性贸易壁垒、检测技术及其标准化、消费品质量与生态安全、管理科学等多个领域。我常自嘲是跨界杂家。事实上，正因为是跨界，不同专业的交叉更容易碰撞出新的思想火花，反而更受欢迎。这是我当年在苏州第一次登上全国性专业学术会议讲坛时没有想到过的。

第一次公开发表论文

在科研机构里，评价一个科研人员的业绩和能力无非就是看承担了多少课题，是什么级别的课题，带过多少学生，发表过多少论文，出过几本书，拿过多少科技成果奖，等等。我到研究院工作也有四五年了，虽然已经开始独立承担部级科研项目，但我的名字却还从未出现在任何专业学术期刊上，而我的同班同学范瑛的名字却早就跟在她师傅袁德馨后面，上过专业期刊的版面了，我心里不免有些着急。

事实上，那时候要发表一篇论文也绝非易事。一是专业学术类期刊数量不多，版面非常有限，出版周期很长。二是那时学术类期刊对稿件的审核要求很高，不被录用的概率也非常高。那时我正好和上海新风印染厂有个合作项目，专门针对各种涂料印花黏合剂进行剖析和性能的分析比较，有些成果，于是我就将首篇科技论文的题目拟为"涂料印花黏合剂的剖析方法"，文章的大致框架也基本在我的脑子中形成了。

为了写好文章，我将已经做过的工作进行了一次认真的梳理，按黏合剂组分的化学结构类别和剖析手段的不同整理出思路，大约用了两周时间，一篇八千多字的论文就完成了，还附有几十张图谱。那时候没有电脑，所有的稿件都必须按规定用钢笔写在标准的方格纸上，所附的图谱也必须用黑色墨水笔描绘在制图纸上，并黏贴在稿件上，每页稿纸上也就只能写三百多字，整篇八千多字的论文，数十张稿纸叠起来看上去甚是"壮观"，心里颇有成就感。

稿子写好了，但不知该投哪本杂志。那时研究院有《印染》《上海纺织科技》《纺织文摘》等国内外公开发行的专业期刊，在业内很权威，但我与这些杂志编辑部的编辑们从无交集，故也不知道投给哪份杂志合适，遂向图书馆的小谭求助。未料他轻松地对我说："没问题，拿给我吧，我帮你交给编辑部。"因为杂志编辑部和图书馆同属研究院的科技情报研究室，所以小谭和编辑部的编辑们很熟，没想到自己找对了人，很是开心。

没过几天，小谭打电话说稿子投给了《印染》杂志，主编王秀玲老师对文章的主题和内容很感兴趣，交由编辑部一位叫沈安京的编辑具体处理，沈编辑看了稿子后说是要找我聊聊。我心里一阵狂喜，但又立即感觉有点忐忑，不知编辑要找我聊什么，怀着忐忑不安的心情，我找到了在平凉路老厂房大楼屋顶上后来搭建的平房里的情报室，《印染》编辑部位于中间那间房子里。

我先是在门口小心翼翼地问了一声哪位是沈编辑，屋里的人都抬起头来，几个面熟的先开口向我打招呼，坐在中间靠右侧的一位胖胖的、年纪不大、但看上去非常老成的男士从桌上一大堆稿件中抬起头来，推了推鼻梁上的赛璐珞眼镜架，招呼我说："我是！我是！"我赶紧走过去，他请我在办公桌的侧面坐下。随后，从桌上的一堆稿件中翻出我的那份手稿，我眼睛一瞥，发现上面已经用红墨水笔画了很多杠杠和圈，边上也写了不少字，心里不禁一阵紧张。沈编辑先是和我核实了论文中的一些技术问题，表明文章的内容很实用，编辑部打算录用。但随后话锋一转，有点调侃但又不乏善意地对我说，文章有点像小脚女人的裹脚布，又长又臭，完全不符合科技论文的要求，没有用准确、精练的语言来表述技术性很强的内容，而是使用了大量口语化的表述，不仅啰唆，而且看上去不像一篇论文，反倒像是在卖弄嘴皮子，用一些复杂的词句，来讲一个并不复杂的故事。让我重新写，听他这一说，我的脸马上红了。坐在边上的几位看我有点尴尬，赶紧帮我解围。《纺织文摘》的主编高德权说："小王，你大概是第一次给专业期刊投稿吧？"我赶紧说是。他接着说："不要紧，刚开始有这样的问题是很正常的，以后多写写就好了。"沈安京赶紧说："和你开玩笑的，别在意，不过建议把这篇文章重新修改一下，特别是篇幅要大幅压缩，最好不要超过四千字。"

我一边感谢一边逃也似的起身离开。回到实验室再从头到尾将整篇文章"咀嚼"了好几遍，想想沈安京的话还真是有道理。当时写的时候只想着把事情说得清楚一点，颠来倒去使用了大量口语化的词汇和句子，而且自以为写得越多、篇幅越长、论文的水平就越高。这八千字的原稿，现在看来至少可以减掉30%的"水分"。不到一周，经过"瘦身"的稿子再次放到了沈编辑的桌子上，这次的反馈完全是正面的，我心里的"大石头"总算是落地了。在经过相当长一段时间的等待后，1986年9月，经过沈编辑精心修改的我的第一篇科技论文"涂料印花黏合剂的剖析方法"终于在《印染》杂志第12卷第5期发表了，手稿变成了铅字印刷的版面，预示着我在专业发展的道路上又上了一个新台阶。

打那以后，我和沈安京开始变得熟识起来。沈安京整整大我十岁，会弹钢琴、拉手风琴，66届高中毕业，失去高考机会，被分配去市郊农场。但因文笔了得，加上内敛老成，深得领导赏识，很快成为农场有名的"笔杆子"，1977年恢复高考，沈安京没有赶上，后于1979年春进入刚设立的华东纺织工学院分院就读染整专业，1983年春毕业，因成绩优秀，被分配到纺研院。由于擅长文字工作，到纺研院情报室专职从事专业期刊的编辑工作，并且很快崭露头角，成为独当一面的资深编辑。

那段时间，还在兼任纺研院团委宣传部长的我正积极参与由纺织工业局团委牵头的组建上海纺织青年知识分子协会的筹备工作，我被指定担任秘书长。为了使即将到来的首次上海市纺织系统青年知识分子代表大会暨上海纺织青年知识分子协会成立大会更加出彩，我们拟出一份报纸，我想到了沈安京。当时他还有些顾虑，毕竟已经三十多岁，但看到我们二十多岁的年轻人热情高涨，他也被感染了，于是应邀担任了协会的副秘书长，协助我负责协会的文字宣传工作，首要任务便是出一份我们自己的报纸，定名为

《青年经纬》（经纬寓意纺织），由我负责组稿，沈安京负责编辑，协会的另一位副秘书长、当时还在上海纺织助剂厂做财务工作的书法好手管继平手书报头。清样出来后，情报室的张庭硕帮忙去《解放日报》社制作胶印用的 PS 版，然后用情报室自己的四色胶印机印刷了 2000 份套色的《青年经纬》（创刊号）在上海纺织系统广为散发，引起轰动。

如今几十年过去了，在当年因上海纺织青年知识分子协会而结缘的小伙伴中，还有两位成了我终身不可多得的最可信赖的挚友：一位是王伟华，协会的副理事长，时任上海针织厂的厂长，是当年上海纺织系统最年轻的厂长之一，思维敏捷、待人热情、无私助人、心怀感恩。还有一位叫马金花，协会的副秘书长，那时是上海纺织机电厂的团委书记，一个漂亮、文静而又大气的姑娘，待人诚

当年上海纺织青年知识分子协会领导班子成员

恳、做事从不张扬，深得同事、领导和朋友的信任。几十年来，我们脚踏实地，一路前行，相互鼓励，坚守信念，在各自的岗位和事业上都倾注了全部的热情，也获得了丰厚的回报。

从 1985 年到 1995 年，是我在专业研究领域上升较快的十年，成果不断，自然也会有很多成果和心得变成文字，其中大部分都是在《印染》杂志上发表的。随着时间的推移，我逐渐成为《印染》杂志作者队伍中的重要一员，而沈安京也从一个普通的编辑成长为《印染》杂志的主编，并担任了情报研究室的副主任。记得那次在桃江路的上海市教育会堂，《印染》杂志举行第一届专家委员会成立大会，我被聘请为《印染》杂志的专家委员会委员，我感慨万千，感恩《印染》杂志在我成长过程中的不离不弃、感恩沈安京等编辑在背后所作出的默默的奉献。

三十多年过去了，我公开发表的论文已经超过 120 篇，并先后应邀担任《印染》《纺织导报》《纺织标准与质量》《染整技术》《纺织检测与标准》等杂志的专家委员会或编辑委员会委员和副主任委员等。但每每想起我第一篇科技论文发表时的情形，心里总会浮现出沈安京和《印染》杂志。在老一辈专家的扶持和沈安京及其编辑部一班人的不懈努力下，《印染》杂志一直保持着昂扬向上的发展态势，不仅在全国纺织行业的所有专业媒体中独占鳌头，更是在全国数万种专业期刊中一直保持着"全国百强期刊"的殊荣。凭借《印染》杂志的权威性和影响力以及对青年科技人员的悉心扶持，不仅让我开阔了视野，结交了更多的朋友，也让我有了一个更大的舞台去展示和发现自己。

现在，只要我有文章，合适且非其他期刊的约稿，我第一个想到的，仍然是《印染》杂志，只要《印染》有兴趣，我绝不会再投第二家，因为《印染》是我的福地，而当年的沈安京编辑，后来的主编，再后来的上海市纺织科学研究院副院长，则是我的"伯乐"。如今，沈安京早已退休，但仍活跃在纺织学术领域，我们也保持着联络，《印染》和沈安京的知遇之恩我永远不会忘记。

第一次获得上海市科技进步奖

1991 年 10 月，上海市经委和科委计划组织一次全市性的针对 20 项重大科技项目的集中攻关，市里成立了重大项目办公室，并在西藏路上的上海市工人文化宫进行公开招标。在所列出的攻关项目中，有一项名为"涤纶仿毛纤维的理化性能研究"。作为刚刚担任纺织工业南方科技测试中心副主任的我，很想去竞标这个项目，但说实在的，底气并不足。一是研究的对象是涤纶仿毛纤维，而之前纺研院的研究领域并不包括合成纤维；二是该项研究涉及多个专业领域，学科的交叉给项目研究带来了很大难度，三是项目要求完成的日期已经不足两年。

我找到测试中心的几位专家讨论此事，大家觉得可以，但能达到怎样的成果说法不一。随后，我花了几天时间埋头在图书馆查找资料，资料的复印件和借来的图书堆满了我的办公桌。那段时期，化纤仿真是整个纺织产业链关注的热点，从早期的涤纶仿真丝到当时的化纤仿毛、仿麻，乃至以日本的"新合纤"为代表的仿真、超真差别化纤维，市场的开发热度炙手可热。我又去了当时投资 1 亿多元的全国第一家通过引进日本尤尼契克公司的成套设备开发高仿真毛条的上海第五化纤厂，了解差别化纤维开发中的新技术、新产品和新趋势。热情、干练的洪厂长接待了我，不仅带我参观了整个生产流程，还详细介绍了他们在新产品开发中所取得的进展，特别是在阳离子可染涤纶仿毛纤维开发中的经验，让我获益匪浅。与此同时，我对这位带着浓重的福建口音，看上去有点瘦弱，但却浑身充满干劲，在新技术、新产品开发上倾注巨大热情的女厂长也产生了由衷的钦佩。

事实上，提出进行"涤纶仿毛纤维理化性能研究"这个攻关课题的背景是当时大量的化纤仿真产品大部分只是做到了"形似"而无法同步做到"性似"，即在外观上基本可以达到与被模仿的纤维材料所制成的产品相似的效果，但其内在性能和实际使用性能却仍然与被模仿的纤维材料相去甚远。要解决这个问题，必须从仿真材料的内在理化性能研究入手，找到其与被仿材料之间的差异和原因，并寻求解决途径和办法。这是一项颇有技术难度的基础研究，且涉及多个学科和规模化的生产工艺技术，不仅有深度，更有广度，所以一直以来未能真正在技术上获得突破。至于为何将涤纶仿毛纤维作为研究对象，主要是因为其应用面广，且存在的问题比较多，若能率先突破，影响力和带动作用将会非常显著。

经过一番繁杂但缜密的梳理后，我对项目研究最终要达到的目标已经有了一个比较清晰的框架，对将要采取的技术路线和技术手段也理出了一条思路，对研究中可能遇到的难题有了一些基本的认识，但对是否能解决所有的问题尚无清晰的答案。为了弥补纺研院在合成纤维规模化生产工艺技术研究方面的短板，我诚恳地邀请第五化纤厂和洪厂长加入我们的研究团队，一起攻关，洪厂长欣然应允。"明知山有虎，偏向虎山行"，这是我们当年搞科研时常挂在嘴边的一句话。等我基本想明白后，马上就开始投标前紧张的资料准备和撰写工作。终于，在投标截止日期的前一天下午，我们的标书顺利地送到了市重大项目办公室。

经过三个月的等待，我们的投标成功了。专家给出的评价是：标书对该项目的目的意义有很深的理解，研究的技术路线清晰，技术手段完备，人员结构合理，预期目标明确，经费预算符合规范性要求，有很好的可预期性。但鉴于市场呕须，希望研究能在 1992 年年底前后完成，而此时已是 1992 年 3 月，留给我们的时间已不足 10 个月。

时间不等人，我们马上成立了由十多位科研人员组成的科研攻关小组，我任组长，同时请黄景星高级工程师和第五化纤厂的洪厂长担任副组长，研究工作全面展开。我们将涤纶仿毛纤维的理化性能研究作为核心，并将其与前道纤维生产工艺技术参数和后续的加工使用性能相关联，从而找到这三个环节之间的相关性，并最终反过来指导和调整生产工艺，实现涤纶仿毛纤维的后续加工和使用性能可控和可预期的目的。并且，基于这个研究成果，建立一套有针对性的质量管控体系，包括项目指标及配套的检测方法。

科研的过程非常烦琐和枯燥，特别是实验的结果与原先的预想并不一致的时候，往往会有崩溃的感觉。我们采集了近百种在不同工艺技术条件下纺制的涤纶仿毛纤维样品，其中包括常规涤纶和阳离子染料可染改性涤纶，分别对它们的纤度、上油（油剂种类和含油率）、卷曲、弹性（拉伸弹性回复和集合体压缩弹性）、强力与伸长、初始模量、热收缩（沸水、130℃、180℃）、分子结构（红外光谱、裂解色谱、核磁共振）、第三和第四单体含量（化学分析、元素分析）、热性能（DSC）、超分子结构（采用 X 衍射分析技术测定结晶度、晶粒大小、取向度）、染色性能、热稳定性、起毛起球等数十个项目和特性指标进行分析测试，所用的方法涉及物理、化学和仪器等技术手段。我协调组织多个实验室、不同专业的十多位科研人员齐头并进，协同攻关，实验室的全部测试分析工作前后持续了 9 个月，累积的数据近 10 万个。而这时，离项目要求完成的日期也仅剩一个月了。作为最繁重、最关键、最复杂、最重要的数据汇总分析和生产工艺—性能指标—加工和使用性能之间的相关性研究，自然由我来承担。

最后一个月，我完全埋头在数据和图谱堆里。那时刚开始有计算机，但大家还都不会用它进行数据处理，只是用于建立简单的数据库或进行文字录入，这个项目的近 10 万个数据汇总分析完全靠人工进行。每天一早，我就把自己关在实验室里，分析数据、制作图表、撰写研究报告，与我同在一个课题组的妻子则在完成她的日常工作之后帮

我在实验室整理数据

项目通过市重大项目办公室组织的专家技术鉴定

纺研院原副院长、现中国工程院院士孙晋良
在成果鉴定会上讲话

我在 286 计算机上进行数据和文字录入。常常是别人下班了，我们还在挑灯夜战，有时看看时间太晚了，回家又很远，就索性拿两块泡沫板往实验室地上一铺，就和衣睡下了。好在实验室有空调，测试中心的纺织品实验室也不缺可以拿来盖一盖的东西。记得在撰写研究报告的最后几天，一边是我在奋笔疾书，一边是妻子的双手在键盘上敲动。房间里很静，只有笔在纸上滑动的声音和手指敲击键盘的声音，那种景象、那种感觉，到现在想来，还是如此美妙。

前后整整 10 个月的时间，总算完成了任务，比原来预期的时间缩短了半年多，达到了提前完成任务的要求。十多位科研人员 300 多个日日夜夜的心血都凝结在了几十万字的研究报告和 8 个新制订的测试方法标准里。研究表明，与常规涤纶相比，阳离子染料可染改性涤纶（CDP 纤维）和常压沸染阳离子染料可染改性涤纶（ECDP 纤维）在适当的纺丝和热定型工艺条件下，可以形成特殊的超分子结构，其纤维性能可以达到非常接近真的羊毛的水平，仿毛效果良好。

经过紧张的准备，1993 年国庆节前，市重大项目办公室在纺研院召开"涤纶仿毛纤维理化性能研究"成果鉴定会。市科委、市经委、纺织工业局的相关领导和专家约 50 人参加了会议。经过一天的介绍、答辩、评审，研究成果顺利通过了专家技术鉴定，并获得了很高的评价。1994 年，

该项目成果荣获上海市科技进步三等奖，而我是这项成果的第一完成人。这是我第一次获得有相当含金量的省部级科技进步奖，心里非常高兴。不过，在评奖过程中也发生了一个小插曲。原本这个成果是被推荐为上海市科技进步二等奖的，但我在面对市科技进步奖评委的答辩时，未能很清晰地讲清楚有关涤纶晶区的折叠链问题，受到当时中国纺织大学顾丽霞教授的质疑，最终以一票之差与二等奖失之交臂。不过回头想想，我们这些非合成纤维专业背景的人确实在高分子材料的基础理论和实践方面缺乏扎实的基础，能做出这样的成果已属不易。而我这个分析专业出身、从未接触过高分子材料专业领域的"门外汉"在解释折叠链理论时一时语塞应该也是在情理之中。那年，因为这个项目，我获得了上海市重大科技攻关项目实施的先进个人荣誉称号。一年后，我调任上海市合成纤维研究所，任第一副所长，几年后又成了东华大学材料专业的在职研究生，有机会系统地学习了高分子材料和合成纤维的专业课程，弥补了专业基础上的缺陷，甚是宽慰。

上海市科技进步三等奖证书

市科技结合生产重点工业项目科技攻关先进个人证书

第一次跻身"专家"行列

　　几十年以后的今天，我在国内的相关领域也成了著名的专家。但这一切，都还得从1993年5月说起，我经推荐被上海市政府聘请为上海市科技进步奖评审委员会化工专业组的评审专家，这是我第一次正式以专家的身份走出纺研院，进入一个更大的舞台。这些都与纺研院情报室的陈文娟有关。

　　陈文娟是华东纺织工学院染整专业毕业，先被分配在纺研院染整研究室工作，后转入情报研究室，主要从事技术档案的管理工作。陈文娟在大学时就是比较受人瞩目的人物，她年轻、漂亮，待人热情、随和，还是学校排球队的主力队员。陈文娟做事很认真，也很到位，在纺研院深得领导赏识。1990年，由院领导推荐，陈文娟成为上海市科技进步奖评审委员会纺织专业组的兼职秘书，主要协调每年纺织系统上海市科技进步奖的组织申报和评奖工作，成绩显著。

我不记得是怎么和陈文娟认识的，应该是在我来纺研院的三四年以后吧。她所在的技术档案办公室在理化分析大楼的三楼，就在我的实验室上方，我经常会去她那儿查阅资料，每天上下班我们也都坐 25 路电车，时间长了，也就熟识了。

陈文娟因工作原因会经常接触业内的很多专家，她认为我的综合技术和学术能力早就达到了专家的水准，总想着找机会把我推出去。1993 年 5 月，本年度的上海市科技进步奖评审工作正式启动，化工专业组希望从纺织系统引进一位专家充实专家队伍，陈文娟在征得院领导同意的情况下，毫不犹豫地推荐了我。经评估审核，我被上海市政府正式聘请为上海市科技进步奖评审委员会化工专业组的评审专家。在这个专业组里，除了我只拥有工程师职称外，其他的专家都是正高级职称。

我在评奖会上发言

这年化工专业组的评审安排在上海正泰橡胶厂举行，而我当年正是作为正泰橡胶厂的技校学生参加高考而进入上海化专学习的，15 年之后以专家的身份重回橡胶厂，心里自然有一种自豪感。恰巧这次评审我主审的项目就是正泰橡胶厂申报的新型回力子午线轮胎。前来答辩的是我当时在正泰橡胶厂的总工程师，负责接待和辅助答辩的是当年的厂团委书记、后来的总工办主任周洁梅。故人相见，自然是十分高兴。当年正泰橡胶厂技校毕业后留在厂里的几位老同学闻讯也纷纷赶来叙旧。经过两天紧张的工作，我主审的正泰橡胶厂申报的"新型回力子午线轮胎"获得 1993 年度上海市科技进步一等奖。

项目评审现场

项目评审现场

事后，化工专业组的秘书打电话给陈文娟，对我在评审中的专业能力和工作态度给予高度评价，对她的推荐表示感谢。从那时起，我就每年持续在上海市科技进步奖评审委员会的化工专业组、国防军工专业组和纺织专业组之间"穿梭"，有时甚至一年要同时参加两个专业组的评审，成了这个"圈子"里年轻的"老专家"，这种辉煌和荣耀，直到我2001年辞去上海市合成纤维研究所所长职务为止。

如今，陈文娟早已退休，我们也已多年未见面了，想到我现在背负的诸多"虚名"，我总会想到陈文娟当年的奋力举荐。如果没有她当年的力荐，我的今天会是什么样呢？一个人在成长过程中，机遇实在是太重要了，当然更重要的是：机遇来了，能抓得住吗？

上海市科技进步奖纺织系统评奖组成员

第一次感受到学历的尴尬

在纺研院干了十年，一直都顺风顺水。见习期刚满，直接晋升助理工程师；1988年，纺研院在恢复高考后入学、毕业后进院的大学生中评聘首批工程师，我也位列其中；1991年，我被任命为纺织工业南方科技测试中心副主任，在院里也算是凤毛麟角。但随着纺研院大学生的人数逐年增多，且陆续开始有研究生进来，我心里的压力开始逐渐加大，当年刚进纺研院时的那种受宠的感觉迅速消退。倒不是说我对自己的能力缺乏信心，而是在那么多高学历的新人面前，自己的大专学历显得非常尴尬。说实在的，如果我只是个默默无闻的普通技术人员也就罢了，可我兼任主持工作的院团委副书记，算是青年科研人员中的"领军人物"，强烈的反差让我变得敏感起来。

那段时间，随着我国高等教育的扩招，人才紧缺的局面暂时得到了缓解。学历在职务、职称的晋升、公派出国深造、重点培养和进修、人才选拔等方面变得重要起来，甚至成为必要条件。为了顺应这种发展态势，当时有很多高校开办了"专升本"学历教育班，面向具有大专学历的在职人员，特别是当时的一大批业余或职工大学毕业的在企事业单位里"土生土长"的中层及以上管理人员。当时纺织工业局团委和局干部处出面与中国纺织大学商定，专门为上海纺织系统中部分只有大专学历的团干部举办一个"专升本"的学历班，并为此组织了两个半脱产的考前复习班。我去听了几次，但很快就退出了。一是我实在没时间上班时去听课，二是我心里也不愿意为了一个本科学历再去浪费2~3年的时间，第三，最重要的是我经过十年科研工作的磨炼，心里并不觉得我这个专科生和本科生乃至部分研究生之间除了学历之外有什么太大的差异。

1993年，我们1988年晋升的工程师可以申报高级工程师了，但前提是至少必须具有本科及以上学历。虽说有一些可以破格的额外条件，但都很苛刻。显然，大专学历成了我头上的"天花板"，我第一次深刻感受到了学历的尴尬。

1994年5月，在纺研院工会换届选举中，我以最高票再次当选工会委员。出乎意料的是，院党委有意让我出任院工会主席。院党委书记赵希立找我谈话，希望我接受院工会主席的任命，但一开始我拒绝了。虽然之前我已经兼任了多年测试中心的部门工会主席和院工会委员，但要当院工会主席，我还是没有任何思想准备。因为我从进纺研院的那天起就立志要成为一个技术专家，靠技术"安身立命"，从来就没有想过要去专职从事党群工作。所以，当八年前的1986年院党委要我出任专职院团委书记的时候，我就坚决拒绝了。最后双方妥协，我成了不脱产的院团委主持工作的兼职副书记，纺研院团委也第一次因为我的"非分"要求而不设专职的团委书记。现在要我担任院工会主席，我自然还是拒绝了。但现在由于学历的原因，我的高级技术职称不能评上，在纺研院的成长空间受限，如果担任院工会主席，不仅可以享受副院级待遇，职级也可以到正处级，这样是否也可以给我提供另一个成长的空间呢？但这样的犹豫没有持续多长时间，我当初的志向再一次牢牢占据上风，纺研院党委反复做我的思想工作，最后我再次提出不离开科研一线，仍然以兼职方式担任院工会主席的方案，但上级纺织工业局工会不同意。纺研院党委权衡再三，两边做工作，最后我兼职担任院工会副主席，主持工作。因为不是专职工会主席，所以不能享受任何职级待遇。对此我毫不介意。当然，由于工会工作不同于团委工作，具体事情很多，院工会有两名专职工作人员，主要负责工会的宣传和退管会等具体事务性工作。

1994年年底，按市里统一部署，纺研院再次启动高级职称的申报和评审工作。虽然此时我已经先后获得过三次上海市科技进步三等奖，其中一次是我领衔的项目，两次是我参与的项目，已经完全符合大专毕业申报高级工程师技术职称的破格条件，加上诸如项目、成果、论文等其他额外条件，应该是已经绰绰有余了，但我还是没有申报。不是不想报，而是怕去触动那根敏感的"神经"，就怕万一被挡回来，反而自讨没趣。结果，院人事处主管职称评审的副处长樊富丽主动来找我，问我为什么不申报，我很坦率地把自己的想法告诉了她，她笑着对我说，院里一直对我很关注，现在各种条件都满足了，院里一定会向高评委争取的，让我赶紧准备材料。1995 年初，职称评审的批复下来了，我在大专毕业的 14 年后获得了高级工程师的任职资格，并被纺研院正式聘任为高级工程师，为我在更广阔的舞台上继续从事科研事业奠定了更为坚实的基础，我的心里不仅感到高兴，更是感恩纺研院的领导和同事们的信任和厚爱，感恩一切帮助过我的同事和朋友，当然更要感谢我的家人为我做出的牺牲和支持。

1995 年夏天，出乎我的意料，组织上安排我到上海市合成纤维研究所任职，我离开了为之奉献了 14 个青春年华的纺研院。当年，我满怀憧憬和期待来到纺研院，现在，我满怀感恩离开，但我的心却从来不曾离开。6 年以后，即我大专毕业整整 20 年以后，我不仅偿还了学历上的"欠债"，获得了东华大学的工学硕士学位，还再次攀上了新的高峰，成为教授级高级工程师。展现在我面前的是一个更为宽广的舞台，任我去驰骋飞翔。但不管在哪里，我始终心系纺研院，一直在心底里把自己当成是纺研院的人。虽然如今的纺研院早已不再是当年的纺研院了，当年的同事没有离开的已是屈指可数，现在有时去纺研院，总是给我一种既熟悉又陌生的感觉，但每次心里总会有一种异样的激动，因为这里是给我的理想插上翅膀的地方！

上海市合成纤维研究所，
我像是一个匆匆过客

与中纺科技城擦肩而过

我在兼任上海市纺织科学研究院工会副主席之前，一直在院里基层从事科研工作，虽然有几年兼任院团委主持工作的副书记，经常会参加一些院党委的例会和院长办公会议，但对院里的事务关注不多。但自从主持院工会工作以后，列席院党委会和参加每周的院长办公会议就成了我的必修课，还经常参与一些纺研院的重要工作，和一些党政职能部门，如党办、院办、纪委和监察室、组织处、人事保卫处、宣传处、财务处、设备条件处、团委等沟通交流和横向协作也变得频繁起来，许多在基层时不甚明了的事在我面前忽然变得透明了，一下子还真的有点难以适应，就怕自己因缺乏经验而处置不当，会带来不必要的麻烦。那段时间，纺研院领导班子中的一些问题变得越来越突出，也有消息说上级党委要对纺研院领导班子进行调整。纺研院的许多正常工作多少受到了一些影响，而年轻人则更多地选择了离开。

1995年春节前，中国纺织总会（现中国纺织工业联合会）出资4.2亿元由政策法规司原司长周玉成牵头在上海青浦县城东侧投资建设国家级纺织高科技产业园区，命名为中纺科技城。投资和招商引资的总规模达数百亿元人民币，这在当时绝对是一个大项目。为此，中纺科技城筹建处在上海的各大主要媒体刊登整版广告，招募人才。其中，有一个高级职位是招商部副总经理，要求应聘者具有科研开发的技术背景和中级以上技术职称，我看了后有些心动。在纺研院已经干了近14年，虽然也算是风生水起，但似乎已经开始触摸到职业的"天花板"了，自我感觉空间有限，结合当时的实际情况，就想去试一试。我给中纺科技城筹建处发了一份简历，未料很快就收到了回复，约我面试，说实在的，我还根本没有做好思想准备。一是根本没有想好是否要真的要离开纺研院；二是对招商部究竟是做什么的也一无所知。我硬着头皮去了在中山北路曹杨路口的中纺科技城筹建处的临时办公处。面试我的有三位，其中主持面试的是中纺科技城招商部总经理钱以宏，和周玉成是老朋友，原来在以黏胶纤维生产为主的湖北化纤厂当厂长。另外两位显然是搞科研和项目出身的，一问才知道是中国纺织工业设计院的，是工程设计方面的专家。整个面试过程非常轻松，毕竟我从事了 14 年科研工作，而且是在国内纺织领域顶尖的科研院所。面试官们表示满意，还问了很多关于非织造布和化纤地毯方面的技术问题，我虽不是非常熟悉，但也还是有大致的了解。最后，钱以宏问我大概什么时候可以去中纺科技城上班。这下把我问住了，我不好意思说其实我还没打算好要来中纺科技城。于是找了两个理由，说自己暂时还去不了。一是正在申报高级技术职称，结果马上就会有了，不想半途而废。二是纺研院很快就要分房子，我的评分排得比较靠前，不想放弃这次机会。钱总听了后觉得有些为难，就问我大概需要等多长时间，我说大概半年吧，钱总随即请示了项目董事长周玉成，得到的回复是可以等，但最好现在就开始利用空余时间穿插着做一些事情。就这样，我成了中纺科技城项目开发初期的编外技术顾问。

钱总给我布置的第一个任务是按照之前中国纺织总会的思路，写一份在中纺科技城建设染料精细化再加工基地的可行性报告。我花了大约一个月的时间做了很多调研并完成了这份报告。这是我第一次做这么大型的可行性研究报告，也是第一次接触那么多我之前根本不知道的各种成本核算的要求和方法，对可行性报告的格式和基本要求也开始变得熟悉起来。为了这份报告，周玉成董事长指示专门召集国内数十位专家，集聚青浦宾馆，开了两天的审查论证会，结果是除了少量需要修改的地方，总体上给予高度评价。这份报告最后由周玉成亲自呈交给杜钰洲会长，据说反馈是"非常好"。其实我是很清楚为什么杜钰洲会长对这个项目如此关注。那时我国使用的绝大部分中高端染料都要依赖进口，但事实上，这些染料的品种我国大部分都能自己生产。只是由于在工艺和装备上的落后，使得我国的染料产品和国外的特别是欧洲发达国家的染料产品相比，质量上存在很大的差距。关键是我国在染料生产的后道工序中，精制加工不到位，产品含杂较多，精细程度不够。我国实际上是一个染料生产和出口大国，欧洲的许多著名染料厂商专门从我国大量进口染料产品，用很低的价格买我国的粗制品，然后再做一道精细化加工，贴上品牌，再以很高的价格销往我国。作为全球纺织产品生产和出口大国，杜钰洲会长现在提出这个课题，就是想尽快扭转这种被动局面，通过在中纺科技城的产业园区引进国外的先进技术和装备，做我们自己的染料精细化再加工。但让人感到非常遗憾的是，这个项目最后还是没有上马，原本要把中纺科技城建设成为高科技纺织产业示范园区的初衷也变成了后来的中国华源集团。

在投简历给中纺科技城筹备处的同时，我还向法国罗纳—普朗克公司在上海的办事处投了一份简历。当时他们正筹划在上海莘庄建一个纺织浆料亚太区研发中心，需要招募一名研发中心主任。我也是从报纸上看到这个招聘信息的，但之前对这个公司一无所知。后来查了资料才知道，罗纳—普朗克化工集团其实是法国最大的化工公司，成立于 1895 年，总部在巴黎，心里顿时有一种莫名的兴奋和期待。前面的几轮面试都很顺利，他们对我的工作经历和技术专长很感兴趣，到最后一轮就只剩下我一个人了。但最终因我的英语口语实在太"蹩脚"而功亏一篑。想想也是，之前学的是俄语，没有经过系统的英语训练，去一家著名外资公司竞聘高级职位，实在是有点自不量力。记得那天面试的有好几个法国人，为首的金发碧眼的中年法国人问了几个技术问题，我结结巴巴勉强回答了，他频频点头，但随后他们的一大堆问题，我是真的难以招架，双方的交流变成了"神游"。离开他们在徐家汇路电力大厦的办事处时，那个中年法国人送我到电梯口，脸上看上去满是遗憾，而我在走进电梯的一刹那却突然有一种解脱的感觉。

到上海市合成纤维研究所任职纯属偶然

纺研院的领导班子似乎真的要进行调整了。那天上海市纺织工业局的党委书记朱匡宇带着局干部处的处长陆凤珠和处里的干部来纺研院召集中层以上干部和全院的高级工程师开会，宣布将对院领导班子进行调整。随后，局干部处的人员给每位与会者发了一份调查表，要求与会的70多人对新一届纺研院主要领导提出建议人选。大约一个星期后，局干部处的陆凤珠处长直接把电话打到了我的实验室，让我下午抽空去局里一次，她要找我谈话。下午，我匆匆赶到地处外滩中山东一路24号的上海纺织工业局大楼，找到局干部处，陆处长已在等着我了。刚坐定，我还有点紧张，陆处长就开始说话了。她说，上周在纺研院做的调查，在被推荐的新一届纺研院主要领导人选中，我的得票最高，有超过70%的人推荐了我，但之前局干部处却对我一无所知。她想知道为什么会出现这样的情况。这个问题我自然没法回答。她接着又告诉我，局干部处在调查结果出来后颇感意外，马上着手调查我的情况，后来才从局团委和局工会得知，我曾兼任过纺研院的团委负责人，现在又在主持纺研院的工会工作。但我又很另类，无论是被推选为团委书记还是工会主席，都死活不愿离开科研岗位脱产任职，甚至把放在眼前的职级都放弃了，最后都是采用兼职的办法，名义上担任副职，但实际上主持工作而不设正职。陆处长有点不明白，问我为什么。我没有把这事跟她展开说，只是再三强调我对专职从事政工工作没有兴趣，而科研工作却是我的最爱。陆处长没有评价我的想法，只是又问了我的一些情况，就让我回去了。

但纺研院领导的换届似乎并不顺利。一晃几个月就过去了。那天陆处长又来电话把我叫去，问我是否愿意去企业当厂长。我有点意外，毫无思想准备。我说自己干了14年的科研工作，虽然先后主持过院团委和院工会的工作，现在还是研究室的副主任，完全没有企业管理的经验，甚至连财务报表都看不懂，做厂长可能有些勉为其难。陆处长告诉我，纺织工业局下属的上海化纤五厂是一家县团级单位，现任的黄厂长到龄了，需要人接任。陆处长说，之前局里已经考虑在纺研院的领导班子调整中让我担任副院长，主管科研工作。但现在书记、院长两位正职的人选不知什么时候能够确定，纺织工业局听说我之前承担的一个上海市科技攻关项目获得了上海市科技进步三等奖，是有关涤纶纤维理化性能研究的，因此，认为我应该是第五化纤厂厂长的合适人选。不过，听我说连财务报表都看不懂，陆处长有点犹豫了。

过了两个多月，1995年7月初，大约上午10点，纺研院党委书记赵希立来实验室找我，说是集团公司（原上海市纺织工业局此时已经改制为上海纺织控股集团公司）打算调我去上海市合成纤维研究所任所长，想先征求一下我的意见。事实上，虽然上海市合成纤维研究所（简称合纤所）和纺研院同是集团公司下属的科研机构，而且在规模上还要比纺研院大，但平时我们并无太多来往，我与合纤所的交往如果一定要说有的话，大概也就两次：一次是我应邀在上海市纺织工程学会做有关涤纶仿毛纤维理化性能的学术报告，合纤所来了很多人，而且在听课中有不少人表现出很是惊讶，给我留下了深刻的印象。二是我曾经写过一篇《黏胶变性剂SBF的剖析和合成》论文，投给设在合纤所的《合成纤维》杂志编辑部，结果被退稿，说是论文内容不是《合成纤维》涵盖的专业范围，结果这篇文章在《纺织学报》发了。除此之外，我和合纤所未曾有过其他瓜葛。赵希立书记说这事他也不是很清楚，是集团公司的干部处让他来和我谈的。他说如果我愿意，可以先去上海化纤公司了解一些情况，因为合纤所虽是处级单位，主要领导的任命归上海市纺织工业局管，但平时的日常工作则是由与其同级的上海化纤公司代管。

那天下午，我骑着自行车从杨浦区的兰州路平凉路一路骑到长宁区的新华路靠近凯旋路，化纤公司的办公室主任很客气地把我引到董事长办公室。进去一看，办公室甚是豪华，三位西装革履的领导已经在等着我了，让浑身上下已被汗水湿透的我有点手足无措，办公室主任看我尴尬，赶紧将我介绍给了董事长尹文淦、党委书记刘福根和总经理方俊。已近退休年龄的老尹甚是和蔼，拉着我的手让我在沙发上落座，三位领导各自拉了把椅子围拢过来，隔着茶几坐在我对面。那天我穿着一件老头汗衫，已经湿透，下面是一条皱巴巴的休闲短裤，没穿袜子，穿了一双旧皮凉鞋，这场景简直就像是大老板在与农民工对话。

尹文淦是那天的主谈。他告诉我，上海市合成纤维研究所刚刚进行了党委换届选举，所里存在的问题很多，有的还很尖锐，加上所里连年亏损，累计亏损额600多万元，日常的科研和经营活动也受到影响。因此，集团公司决定派出强有力的干部到合纤所，希望尽快改变局面。鉴于合纤所是在全国有一定影响力的大型科研机构，集团公司推荐有相当科研和管理工作经验的我来担任合纤所的所长，他们很放心，为了配合我的工作，还将从化纤公司内部调一位女同志到合纤所任党委书记。

听了这番介绍，我感觉情况似乎比我预料的更糟。但面对三位领导，我难以直接回绝，只是说回去考虑考虑。随后，刘福根书记问我还有什么问题。我一下子想不出来，只是说我现在正在等待纺研院分配住房，而且很快就轮到我了，现在到合纤所后这事不知怎么办。刘书记说局里会安排，让我不用操心。最后他还说如果到合纤所上班的话，交通问题所里也会解决的。

那晚，我失眠了。第二天，赵希立书记问我谈得怎么样，我把自己的担忧讲了。赵书记沉思了片刻说："情况确实比想象中的要糟，但从目前纺研院的情况来看，短时间内不会有明确的结果。现在集团公司已经铁定要用你，如果等到纺研院的班子调整到位，即便你当了副院长，也未必能在院里闯出一番新天地。因为纺研院都是熟人，虽然知道问题所在，但未必有魄力去解决，而且有些问题并不是短期内能解决的。但如果到合纤所，情况就不同，你在那里没有任何包袱，也不认识任何人，可以去干你想干的事，况且，艰苦的地方更能锻炼人！"赵希立书记的这番话和我一个晚上的思考结果非常接近。于是我决定去合纤所任职。

集团公司的调令很快就下来了，要求我在一周内办妥调离手续，到干部处报到。就这样，我非常偶然地离开了自己深爱的、并为之付出了 14 年美好青春年华的纺研院，来到一个我不熟悉的环境任职。1995 年 7 月 15 日，是我在纺研院的最后一天，但接到集团公司的通知，因为合纤所的书记配备尚未最后办妥，让我先在家里休息，等候通知。未料想，这一等就是一个月。我不知道出了什么问题，但又不便直接去问，只能在忐忑不安中等待。甚至想不应该答应去合纤所，否则现在还可以在纺研院的实验室里安安心心地做自己的科研。

8 月 13 日，集团公司的通知来了，让我 8 月 15 日正式到合纤所上任。按定好的程序，中午，我先是去了集团公司干部处报到，转接档案和组织关系，然后集团公司派车送我去化纤公司。那天，我穿得比较正式，上衣是一件新的黄色 T 恤衫，配一条米黄色的西裤，脚穿一双棕色皮鞋。大概下午 2 点，我和集团公司干部处的领导一起到了化纤公司，尹文淦董事长、刘福根书记和方俊总经理都在，说是合纤所新任的书记还在路上，让我们稍等。大约 15 分钟后，一位梳着齐耳短发，皮肤白皙，看上去精神十足、年龄比我稍大的女士进来。一阵寒暄后，刘福根书记介绍说，这位是张燕，原来是上海第十四化纤厂的党委书记兼厂长，这次调到合纤所与我搭档。随即，集团公司干部处的领导和刘书记分别代表集团公司和化纤公司正式宣布任命决定：张燕任上海市合成纤维研究所党委书记兼所长，王建平任上海市合成纤维研究所第一副所长、所党委委员。听完这个宣布，我当场就懵了，不是说好我任所长，再配备个书记吗？怎么现在是这种情况呢？我也不便当场问。

宣布完任命，领导们问还有什么问题，张燕说没有。在经历多年的挫折和磨难后，我的抗挫折能力已是无比强大。而且在这短短的半年多时间里，我从一个基层的普通科研人员，意外被局里的领导慧眼识中，并提到合纤所重用，对我来说已经是我的"造化"了。而且我心想既然不是正所长，面对合纤所目前错综复杂的局面，肩上的压力自然也会减轻不少。所以我不带任何情绪，非常干脆地回答"没有"。

下午3点，集团公司干部处的领导、化纤公司的"三巨头"和组织科的科长以及张燕和我，到达位于天山路350号的合纤所。合纤所所有的中层干部都已在会议室集中，进入会议室坐定，化纤公司的领导宣读了集团公司和化纤公司的任命决定，并做了简短的发言。随后，领导们离开，留下张燕和我继续和大家座谈。在我们俩做了自我介绍和表态后，合纤所当时在任的领导也一一进行了自我介绍。这时，我才知道，合纤所党委和领导班子中还有一位专职的党委副书记、四位副所长、一位工会主席、一位财务科长、一位纪委副书记和一位党委书记助理，再加上我们俩，合纤所新的班子成员将达11人。

原本以为这个会只是大家相互认识一下，未料想，等所有的中层干部都自我介绍完毕之后，几位所领导就开始讲问题。有的是目前急需解决的问题，有的则是长期积累下来的老问题。虽然对这些问题我们两个初来乍到的立马解决是不可能的。但对我们尽快了解情况还是很有帮助的。从反映的情况看，最棘手的问题是合纤所的财务状况。银行贷款到期要还本付息、中试车间的生产原料告急但无钱购买、大量的应收账款无法收回、资产负债率居高不下、员工工资的按期发放压力巨大、借新贷还旧贷也已跟不上资金缺口越滚越大的步伐。就在大家心情凝重、一筹莫展的时候，突然外面传来一声巨大的爆炸声，会议室都明显感觉到在晃动。主管生产安全的周副所长从椅子上跳起来，转身就推门奔了出去。

会议只得暂时中断，很快，周所长回来报告，是隔壁的天原化工厂发生了爆炸，两个工人在处理一个废弃的盐酸储罐时，动用明火引爆了罐内残留的氯化氢气体，不过，爆炸没有波及仅一墙之隔的合纤所的危险品仓库，只是有些碎砖散落在地，有几扇门被砸坏了。我当即请周所长安排人手对危险品仓库进行安全检查，消除隐患，确保绝对安全。大家各自回部门去检查安全。张燕和我则上到办公楼二楼，在所长办公室与原党委书记兼所长余荣华和党委专职副书记等几位领导班子成员谈工作交接。

合纤所办公楼其实是一座很有年头的老房子了，包括所长办公室在内，都已很破旧了。那么热的天，大家一起坐在房间里，闷热无比，办公室也没有空调。只有小会议室有一台很旧的窗式空调，主要是为接待客人来访时用的。现有的所长办公室放着三张办公桌，一张是余荣华的，一张是党委专职副书记的，还有一张是党委书记助理的。张燕决定在这个办公室办公，仍然是三人一间办公室。给我安排的是隔壁的副所长办公室，里面有四张老旧的办公桌，但现有的四个副所长都不在里面办公。管科研的许副所长常年在科研科的办公室，管设备和安全的周副所长则在设备科，管生产和供应的倪副所长在生产科有办公桌，而管后勤的张副所长则一直在食堂、医务室和后勤科转悠，难得有机会来副所长办公室。就这样，副所长办公室实际上就成了我一个人的办公室。

初识合纤所

合纤所确实大，别的不说，光是占地就达 73 亩，正门开在南面的天山路 350 号，后门则是苏州河边的长宁路，狭长的地形。东侧是著名的上海天原化工厂，西侧则是上海硬化油厂。

上海合纤所的前身是创建于 1958 年 3 月的上海合成纤维实验工厂，与我同龄。1964 年 10 月，改建为上海市合成纤维研究所，是中国第一根合成纤维——锦纶 6 的诞生地并初步实现工业化生产。中国工程院院士郁铭芳即是当年上海合成纤维实验工厂的筹建人之一和技术负责人，我国的第一根腈纶和锦纶 6 纤维就是在他的领导、组织和亲自参与下纺制出来的。由此，郁铭芳被称为中国合成纤维工业的奠基人和学科带头人。1964 年，在小试获得成功的基础上，国家科委给上海合纤所下达了年产 300 吨涤纶短纤中试项目的计划任务，时任合纤所副所长兼副总工程师的郁铭芳果断决定引进国际先进的螺杆挤压纺丝及后处理设备代替国内化纤厂当时普遍采用的炉栅纺丝技术。通过对进口设备的消化吸收和工艺技术条件上的摸索改进，实现了连续正常纺丝生产。螺杆纺丝技术的成功应用，标志着中国合成纤维熔融纺丝技术的升级换代，并成为后来国内熔融法纺丝的主流技术，对推动中国合成纤维工业的跨越式发展发挥了巨大的作用。

20 世纪 70 年代，上海合纤所又承担了国家计委、国家科委、国防科委和国防工办联合下达的碳纤维原丝和碳纤维的研发任务，由郁铭芳担任专题组长。高强度、高模量、耐高温的碳纤维以聚丙烯腈长丝为原料，经在空气中预氧化和在惰性气体中碳化反应而制成。工艺条件复杂，制造难度很大。郁铭芳领导科研人员在反复比较聚丙烯腈长丝不同溶剂纺丝的工艺路线后，确定采用以二甲基亚砜溶剂为主的工艺路线。同时，为了降低碳纤维原丝中非挥发性杂质的含量，保证碳纤维的强度，在聚合纺丝过程中采用了以挥发性酸洗后处理的工艺。实验证明，这些措施有利于提高碳纤维的质量。经数年攻关，终于通过了由纺织工业部组织的高强 I 型碳纤维中试鉴定，为中国发展高性能纤维，支援航空航天工业建设做出了贡献。这个项目组因此多次荣获国家有关部委的通报嘉奖。

此后，上海合纤所又在芳香族聚酰胺纤维（芳纶）的纺制和应用、纺粘法非织造布的工艺和应用研究等方面做了大量的工作。可以毫不夸张地说，上海合纤所在中国合成纤维工业的发展史上绝对具有举足轻重的地位。1980 年 11 月，郁铭芳正式担任上海合纤所所长兼总工程师，1987 年 1 月卸任所长，任总工程师，1990 年再次投身上海市重大工程项目"7 万吨聚酯切片"的建设工作，为从根本上改变上海纺织的化纤原料必须依靠外来供应的局面做出了重要贡献。

和纺研院不同，合纤所虽然是一家大型科研机构，但科研部门和人员却只占少数，中试规模的生产线及相关配套占了大头。所内的组织架构包括科研条线的八个研究室外加一个小型的网络丝加工车间，生产条线的一个规模较大的专门批量生产乙丙复合 ES 短纤的熔纺中试生产车间、一个专门生产纺粘法丙纶非织造布的生产车间和一个专门生产尼龙牙刷丝的棕丝生产车间，另外还有一个机修车间和一个动力车间，以及党办、所办、人事、财务、工会、纪委（监察室）、生产、供应、设备、保卫、后勤、团委等党政工团职能部门，是一个基于中试设备的生产型科研开发单位，机构设置完全遵循传统的体制内的做法。鼎盛时期，员工总数超过 1600 人。

花了几天时间，我们把合纤所的所有角落都走了一遍，并和现场的员工有一些交流，总的感觉是合纤所占地面积很大，但整体环境、设施和房屋都已十分陈旧，显得有些破落。几个研究室都是冷冷清清，生产条线的几个车间虽然还在正常开车，但因资金回笼严重滞后，"等米下锅"的场景几乎每天都在上演。而一些管理部门的"标配"则是一杯茶、一张报纸和一个烟灰缸，等待、观望的气氛浓郁。但在这背后我们可以明显感觉到，广大员工求变、求脱困的意愿十分强烈，对合纤所的新班子寄予厚望。

科研工作像一盘散沙

根据新班子分工，我主要负责所里的科研开发和设备及安全管理工作，分管科研的许副所长和分管设备与安全的周副所长协助我的工作。许副所长和周副所长都是年近退休的老同志，许副所长长期在科技情报研究室工作，是教授级高级工程师，在业内有一定的知名度。周副所长长期在科研和生产一线工作，拥有丰富的设备管理经验，且安全工作抓得比较紧，在其分管的条线里属于说话有分量的老同志。

我先是找许副所长了解所里科研条线的情况，许副所长很是配合，态度非常诚恳。按许副所长的介绍，合纤所的科研工作还是比较正常的，每年所里下达给科研条线的经济指标基本都能完成。目前所里的主要问题都在生产条线，而且所里总体上对科研没有给予重点倾斜，很多事情想做也做不了。从许副所长的话语里我可以明显感觉到很多的无奈以及无奈之下的安于现状和得过且过。

我大致评估了一下手头工作的轻重缓急，觉得设备和安全管理暂时不会有太大的问题，而且看上去周副所长的管理比较到位。我没有必要立马插手进去。对我来说，真实了解合纤所的科研工作现状应该是当务之急，也是今后工作的重中之重。因此，我决定，下沉到各个研究室去，实地了解和掌握第一手资料。我随即和八个研究室的主任约好时间，平均每个研究室花一两天时间，同时要求他们也做好相应的准备，并约一些老专家到时一起聊聊。

第一研究室是以融熔纺丝工艺技术开发和应用研究为主的部门，代表着合纤所的主体科研能力和发展走向，曾经非常辉煌过，而且人才济济，60 多人，年年科研成果迭出。但现在，好几间大的办公室，没见几个科研人员在上班，一片萧条的景象。一室主任、曾经的所党办主任、当年所里有名的"笔杆子"马光耀告诉我，前些年，上海周边的小化纤发展迅速，室里的不少科研骨干被外面的快速发展所吸引，有辞职经商的、有去联营厂的、有去民营企业的、有私自外出干私活的，更有将所里的成果私自拿到外面的。这不仅把一室搞乱了，给整个合纤所也带来了负面影响。为此，合纤所还处理过一些人，甚至有直接辞退的，其中不乏重量级人物。对此，尚留在一室的王显楼教授级高工表示了强烈的不满，认为这些都是当时的错误导向造成的，所领导应当承担主要责任。一室的曹惠春高工说，现在一室要项目没项目，要经费没经费，要人才没人才，整天无所事事，不知是否还有翻身的日子。

第二研究室曾经也是所里的主力，主要从事干湿法纺丝工艺技术开发和应用研究。但现在，二室也已经萎缩成了一个只有几个人的研究室。时任当时唯一在做的科研项目是和外面一家私人机构合作进行的牛奶纤维的研制。感觉这个项目也是一个非常典型的所里的科研人员利用工作时间和所里的设备在为外面的私营企业打工。

第三研究室是所里的测试中心，设备的配备和上海市纺织科学研究院的理化分析研究室有点类似，还多了一些高分子材料测试的专用设备，如当时很先进的动态黏弹谱等。但三室的科研人员也只有几个人，室主任张桂水看上去绝对是一个正统的知识分子，我与他之前在一次学术报告会上认识，由于所里没有什么科研项目，三室看上去也是冷冷清清，许多分析测试设备显然已经很久没有用过了，罩子上面积了很厚的灰尘。

第四研究室是科技情报研究室，同时还挂着全国合成纤维科技信息中心的牌子。室主任刘亮佳是一个非常诚恳、本分的人。四室的人也不多，工作尚算正常，主要是编辑出版两本国内外公开发行的期刊《合成纤维》和《化纤文摘》。至于为其他研究室的科研开发提供技术信息服务，已基本没有，因为没有什么课题和需求。

第五研究室是以纺丝高速卷绕头和电气控制成套设备为主要研究对象的研发部门。与其他研究室不同，五室不仅早就成立了直接面向市场的海威公司，承接外部委托的研制和批量制造加工业务，而且效益持续向好。室里的研发人员按专业和个人喜好分成不同的团队，对外承接合同，室里对他们的管理考核实行承包制，每个人都忙得不亦乐乎。室主任李邦明在向我介绍情况时有种掩饰不住的踌躇满志和春风得意。但一谈到规范管理的问题，如何正确处理管与放、经营与规范、个人和部门利益与所里的集体利益等的关系时，李主任流露出一种摇摆不定的心态。但毕竟是老党员，面对在经营中存在的突出问题，李主任还是有一种深深的责任感，并对海威公司在发展中出现的越来越多的不规范做法深感忧虑。而作为所里难得的经营人才，五室的副主任陈光达表示，会按所里的要求去努力规范日常的经营，确保不踩"红线"。五室还有一位年轻的科研副主任，叫冯国权，很正直，技术和能力也很强。

第六研究室也是一个"袖珍"研发部门，主要从事化纤油剂的研发和批量生产销售。主任是一个瘦高个青年人，叫李军，看上去不太善言辞。六室的日常工作无非就是有几个老客户会不定期地订购一些化纤油剂，然后他们几个买来原料，在一个不大的反应釜里进行复配，然后销售出去，也没有主动出击去做市场推广。基本没有去自主开发一些新的油剂品种，只是凭以前传下来的几个配方做些复配，谈不上创新。

第七研究室实际上是碳丝车间，有一条小规模的碳纤维预氧化生产线，主要是为上海纺研院等单位的航天和战略武器研发项目提供碳碳复合材料的原料，重要性不言而喻。但这条生产线已经非常陈旧，整个研究室已无持续创新能力，现有的产品质量也存在不少须需改进的地方。七室尚有两位"老人"坐镇，一位是室主任沈协人，另一个是前主任沃志坤。老沃瘦瘦的，一副老知识分子的模样，在技术上应该有"两把刷子"。我去合纤所之前，纺研院特品研究室的几位领导都反复和我提起老沃，说要充分发挥老沃的作用。而现任主任老沈，看上去就像一个普通的老工人，不修边幅，牙也掉了好几颗没有补上。两位"老人"各带了一个女徒弟，老沈带的是倪如青。老沃带的是谢雪琴。

第八研究室是最为"奇特"的一个研究室，它是仅为一台织机而设立的。据许副所长说，他想开发当时国内尚属空白的芳纶织物产品以满足国产防弹背心和防弹头盔研制的需要。当时虽然可以想办法搞到美国杜邦公司的芳纶，但由于芳纶的刚性很强，普通织机根本无法应付，钢筘非常容易磨损，必须使用专用的织机。经多方努力，终于与德国道尼尔公司达成协议，由他们提供一台适用于芳纶的织机，供我们进行芳纶织物的织造试验研究，但名义上是双方合作的科研项目。为此，在许副所长的要求下，所里专门设立了第八研究室，由高琼任研究室主任，外加一个小姑娘刘佩华，还有一位机修工。但由于芳纶的价格昂贵，且来源受控，加上对这种新型织机的性能了解不多，芳纶织物研发的进展并不快。据说每次开车最多织几厘米，就要进行调试。我在现场看到的是，织机未运转，织成的芳纶织物总共才一米多，且布面相当不整齐，几个人对下一步的工作也是一筹莫展。

在我看来，当时合纤所的科研能力在技术创新、专业协同、人才培养、服务产业等几个关键节点上都存在很大的问题。人和人之间、研究室和研究室之间、研究室和研究所之间一盘散沙，无法形成合力，发展前景堪忧。

抓住军工配套的"牛鼻子"

显然，要在短时间内将合纤所的面貌彻底改观是不可能的。存在的问题要抓，但更要通过发展来推动问题的解决。我和张燕及许副所长和周副所长商定，所里的安全工作，张燕作为法人代表，是第一责任人，但具体由我分管，承担相应责任。考虑到现阶段所里的工作重点，日常的安全管理工作将继续由周副所长负责，我的主要精力将更多地放在科研条线，力争尽快将所里的科研能力重新恢复。

当时，化纤产业已经开始向规模化方向发展，常规涤纶单套装置的生产能力必须达到年产 20 万吨的规模才能产生规模化效应。但合纤所在大型化纤生产装置和工艺的研发方面并无技术储备和人才优势，无法满足这一新的发展态势的要求。虽然上海合纤所曾经在中国合成纤维的发展史上有过辉煌的一页，但面对合成纤维行业产业化规模的快速提升，合纤所在设备和工程配套方面的能力已经远不如国内的几家后起之秀，如中国纺织科学研究院、大连合成纤维研究所等。没有金刚钻，自然揽不了瓷器活。而前些年社会上盛行的小化纤，如果不走差别化、多品种的转型之路，也会很快被淘汰，但这同样也要有创新能力和技术储备，合纤所也没有。

要让合纤所不被市场淘汰，首先得将科研力量重新有效地整合起来，同时还得有人往外跑，去争取各类纵向和横向的研发项目，其中科研科的引领、计划、协调和管理作用不可忽视。正好当时一个叫朱逸生的技术人员来找我谈他工作安排的事。原来朱逸生原是一室的高级工程师，也是恢复高考后首届 77 级华东纺织工学院化纤专业的毕业生，当年他们一个班共有十来个同学毕业一起被分配到合纤所工作，大部分在一室。前几年，朱逸生被安排去了嘉定的一家联营厂，担任副厂长。现在合纤所与这家联营厂的合作已经终止，他的工作也已基本交接完成，要求合纤所安排工作。和朱逸生谈话，感觉他的专业能力很强，参加工作也已有十多年了，思维缜密，且已经颇具市场意识，表达能力也很强，善于以退为进，具有较强的说服能力，应该是个可用之才。在征求了许副所长和下面几个研究室主任的意见后，所党委办公会议决定聘任朱逸生为科研科科长，协助我加强与相关部委的联络，争取上级的科研计划项目和强化所里科研条线的日常协调管理。

由于朱逸生是一室出来的，对一室的情况和能力非常了解，我就拉着朱逸生天天泡在一室，希望能在短时间内从一室找到一些能让科研条线"起死回生"的切入点。结果，有两个亮点被我们逐渐理了出来。一是与军工配套的高强涤纶丝项目。当时兵器部及其所属的北方工业公司正在竭力寻找能与红箭-8 导弹配套的高强涤纶丝的供应商，而合纤所之前有相应的技术基础和一套小型的生产装置。但因市场的需求不足和人员流失，加上设备年久失修，技术和设备早已闲置很长时间，按当时现有的水平和能力，根本无法满足红箭-8 导弹的军工配套任务。我们考虑，是否有可能把已经闲置的技术和设备重新整合起来，抓住这个难得的市场机遇，虽然分析后困难很多。第二个亮点是以一室高级工程师曹惠春为首的团队有信心在当时刚刚兴起的差别化功能性纤维的开发研究方面做一些尝试，这也正好切合了当时小化纤转型发展的需要，且市场前景看好。但要做这方面的开发，困难同样也很多。

在中国纺织总会科技司特品处的协调下，我们与北方工业公司负责红箭-8 导弹项目的张华处长取得了联系，约好了时间，我和朱逸生飞往北京，到北方公司。由于那时还是红箭-8的早期型号，采取有线制导的方式，导弹发射出去以后，有一条导线从导弹尾部的线团上不断脱出，并一直连着后面的制导设备。考虑到导弹在贴近地面的飞行过程中，很有可能会遇到地面的灌木丛，其伸出的枝丫很容易将导弹后面的那根导线扯断，从而使导弹失去制导能力，因此，这根导线必须辅以一根高强低伸的纤维束以起到保护作用。但随着红箭-8导弹订单量的快速增加，以前产量很低时所使用的一些替代用品已经完全无法满足发展的要求，亟须使用质量稳定的高强低伸纤维原料来全面提升产品质量，特别是大幅提升制导的可靠性。

我把所里的情况跟张华处长作了介绍，也把我们要恢复研制这种高强涤纶丝的各种困难向张处长作了交代。经过一个下午的讨论，商谈有了结果：由北方公司先期拿出数量可观的启动资金，用于合纤所的设备修复、原料采购和工艺研究，合纤所负责在3个月内拿出一定数量的能够完全满足红箭-8导弹需要的高强丝。这对我来说，既是一个机会，但更是一次冒险。一旦无法按时完成预定的任务，受影响的不仅是合纤所的声誉，更是涉及军工和外贸订单任务是否能按时完成的大事。

回到合纤所，大家听到这个消息都很兴奋。我马上成立了攻关小组，遇到的第一个问题是谁来做项目负责人。去北京之前朱逸生告诉我，之前这个项目的负责人叫孙美琪，是一室的老人，但已退休，现在没有其他人可以替代，必须把她找回来，才能在短时间内取得突破。我准备亲自上门去请孙美琪。朱逸生忙说孙美琪平时和所领导接触不多，我直接上门会把她吓着的，还是他自己去吧。朱逸生去了孙美琪家两次，孙美琪答应到所里来和我谈谈。结果，我们和孙美琪谈了一下午，她终于勉强答应试试。所里帮孙美琪配好人手，项目组就开始工作了。而我和朱逸生则去忙资金落实、设备修复中的协调、原料落实等事项。所里的机修车间、五室和电气间等也派专人参与攻关，各相关职能部门则被要求全力配合。

项目进行得异常艰辛，那套闲置的已经完全无法运转的设备从清扫蜘蛛网开始到能够正常开车足足花了两个月时间。那段时间，我们天天泡在现场，随时协调解决问题，晚上也常常会陪着加班的人员一起分析问题。好在我上大学之前也是机修钳工出身，还可以插得上手，现场的气氛让人感觉到以前的合纤所又回来了。看着所里的领导每天冲在第一线，孙美琪被感动了，整套设备刚能开出来，她就没日没夜的，朱逸生一直陪伴左右，因为他是学化纤工艺的，可以一起参与研究。而我因为不是学化纤的，自然帮不上什么忙，只能以鼓劲和做好协调工作为主。眼看着预定的时间越来越近，但每次开车要么设备有故障，要么纺出来的丝质量不符合要求，全所上下都变得非常紧张，所有人的眼睛都盯着孙美琪，但这时，她病了！我和朱逸生果断决定课题组所有成员一律停下来休息三天。三天后，所有人到岗，重新开车投料，结果未料想一次成功，纺出的高强涤纶长丝经三室测试，各项指标完全满足红箭-8导弹的各项使用性能要求，我心里的一块石头终于落地了。一直到规定交货日期的前一天，孙美琪终于拿出了合同要求全部数量的合格产品，北方公司的张华处长打来电话，再三表示祝贺和感谢。在这个项目的攻关过程中，中国纺织总会科技司特品处的处长朱名儒给予了很多帮助，多次亲临现场帮助解决实际困难。看朱民儒处长和课题组的成员非常融洽，原来当年他大学毕业被分配到纺织部工作后，第一年的见习就是在合纤所的一室，与朱逸生、孙美琪等在内的原一室科研人员都非常熟悉。

自此以后，虽然几经波折，但为红箭-8导弹配套的高强涤纶丝批量生产成了合纤所的一个拳头项目，每千克高强涤纶丝的售价高达200～300元人民币。更可喜的是，这个项目的成功为合纤所的军工配套产品开辟了更为广阔的前景，兵器部、航天部、北方公司、国防科工委、纺织总会特品处的军工配套任务都纷至沓来，在合纤所现有的科研能力"高不攀、低不就"的现实条件下，高强涤纶、碳纤维预氧丝、芳纶制品的军品配套研究为合纤所的科研发展方向另辟蹊径，为打军工配套"牌"指明了方向。

做军工配套项目的压力要远大于一般的民用项目，用"军中无戏言"来形容一点也不为过。每年全国纺织系统的101军品订货会议，我们的心里都很矛盾，既想多拿点项目，又怕不能按时完成任务反而成了"烫手的山芋"。有段时间涤纶高强丝的生产因设备和人员问题出现波动，而军品配套又有严格的时间表，那段时间我是吃不下，睡不着，好在大家都知道问题的严重性，齐心协力，最终还是克服了困难。但在这中间，北方公司和张华处长一直在资金上给予大力支持，我内心非常感激。

后来，随着我国航天事业的发展，承担相关任务的上海纺研院对合纤所提供的碳纤维预氧化丝的质量和产量提出了新的要求。但由于当时的腈纶基碳纤维预氧化丝生产线已经严重老化，再加上所用氮气的纯度不达标，要让产品质量再上一个新的台阶存在很大困难。

那天接到朱名儒的通知，去上海纺研院参加国防科工委召开的年度型号配套任务布置会，主持会议的是一位少将，我刚取出笔记本打开，就听他大声说："把本子收起来！"原来，根据相关保密规定，这种会议是不能记笔记的，所有的型号配套任务包括数量、质量要求和完成时间都得记在脑子里，回去要不折不扣地落实。会议重点讨论的就是碳纤维预氧化丝的质量提升问题，我感到压力很大。回到合纤所，我找了几位专家反复商讨，七室的老沃主动"请缨"，积极动脑筋想办法，趁生产间歇做了大量的工艺调整试验，并提出改变高纯氮气供气方式的建议。大家还专门去金山石化，要求为我们提供量身定制的聚丙烯腈原丝。三室的张桂水也积极配合，对每次工艺调整后的样品进行检测并给出建议。这样，在没有大动"筋骨"的情况下，产品的质量得到了稳步提高，为下游用户上海纺研院由中国工程院院士孙晋良领衔的课题组按时完成型号配套任务和持续研发新的型号产品提供了有力的支撑。每次新型号发射取得成功，合纤所也会受到相关部委的表彰。而此后几年，我也成了国防科工委、兵器部、航天部、北方公司和纺织总会特品处的常客，合纤所在军工配套方面逐渐开始崭露头角。

张燕、朱逸生和我与各研究室主任

　　合纤所的科研工作逐渐有了起色，我开始考虑合纤所科研工作长远的定位和发展走向。那段时间我不断找一些专家"聊天"，参加各种研讨会，查阅大量资料，走访业内有代表性的企业，最后的结论是：在已经进入规模化生产的民用合成纤维领域，合纤所无论是在技术储备、人才、经济实力和创新能力上均不具备明显的优势，特别是在工程配套和承担一揽子的"交钥匙工程"方面，远远不如中国纺织科学研究院和当时正在迅速崛起的大连合成纤维研究所。但在特种纤维研究领域，合纤所不仅早有涉足，而且已经取得过一些实验室的阶段性成果，甚至在国内同行中还处于领先地位。我带着朱逸生到航天部、兵器部、国防科工委、纺织总会、北方公司、总后军需研究所，了解国内对特种纤维的需求情况。当时我国特种行业对特种纤维（也叫高性能纤维）的需求主要集中在芳纶、碳纤维和高强高模聚乙烯纤维三大品种。但这些门类的纤维，我国还没有成熟的产品，不得不依赖进口，但其中的大部分，又是欧美发达国家禁止对中国出口的。受制于此，我国的很多技术装备、武器型号乃至航空、航天领域的产品开发都无法进行。虽然国家有关部门对高性能纤维的研发一直给予积极支持，但一直没有取得突破性的成果。考虑到合纤所在芳纶和碳纤维的研发方面都有过成功探索，我打算在这个领域走出一条新路。

　　我们先是请俄罗斯的芳纶专家到合纤所进行技术交流，同时了解到俄罗斯一家大型芳纶1313工厂停产，并正在准备寻找买家。巧的是，此时国内已经把氨纶做得风生水起的烟台氨纶厂的陈董事长慕名找上门来，希望与合纤所合作，在国产芳纶的开发上做第一个"吃螃蟹"的人。我带着管宝琼、沃志坤、朱逸生等几位专家一起去烟台氨纶厂进行了三天的技术交流，达成了初步合作意向，并把先期开发的目标定在了难度相对较低的芳纶1313（间位芳纶），而不是美国杜邦公司著名的凯夫勒芳纶1414（对位芳纶）。至于是引进俄罗斯的设备还是自己研发，下一步再具体研究。

　　陈董事长是上海人，做事雷厉风行，我们的谈话很是投机。虽然作为国内首家氨纶生产企业，发展和效益正如日中天，但他想谋求更大的发展空间和持续的发展后劲，就把目标放在了高性能特种纤维开发领域上，希望成为中国第一家芳纶生产和供应商，为打破国外的垄断而奋力一搏。在陈董事长的组织领导下，烟台氨纶厂组成了专门的班子，投入前期的准备工作。很快，在国家有关部委的支持下，烟台氨纶厂因为芳纶项目被推荐进入 IPO 评审，而且无须排队，直接进入评审名单。

一天下午，我在办公室接到一个来自北京的电话，对方称是国家证监委的，问我周末是否有空去北京参加一个评审会。那天是星期四，周日我已有安排，加上我与证监会也不熟悉，从来没有参加过证监会的会议，因此有点犹豫，就问对方是审什么项目，对方却说，不要问是什么项目，行就来，不行就算了。我的好奇心被激起来了，就说可以参加。对方告诉我开会的地点在北京海淀区中关村的一家宾馆，要求周五晚上到宾馆报到，周六和周日两天的会议，无须做准备，也不需要看什么资料，而且再三关照，不得向任何人透露此次行程安排，到北京后直接去宾馆报到，不得中途去别的地方。那天下班前，二室的管宝琼来找我，问我是否接到了国家证监委的电话，原来，他预先接到了征询电话，说是烟台氨纶厂的 IPO 项目要审核，因为管宝琼是国内著名的芳纶专家，所以想请他参加，同时也请他推荐一位专家一起参与，他就推荐了我。我这才知道事情的原委，也着实感叹 IPO 审查的组织工作如此严密。

周五晚上到宾馆报到后，打开发放的资料一看，果然有烟台氨纶厂的项目，募款数额为 8 亿元人民币，募款目的就是上芳纶 1313 的项目，而且我是这个项目的主审专家。这次评审还有另外 6 个项目，大多是特种材料的。两天的评审很是严谨和辛苦，其中有些项目的答辩和讨论比较激烈。参加评审的总共有 21 位专家，必须有三分之二的专家投票同意，项目才能通过。结果烟台氨纶厂的准备非常充分，答辩也非常完美，最后以全票获得通过。二十多年过去了，烟台氨纶在芳纶的开发中取得了实质性的进展，不仅于 2008 年 6 月在深圳成功上市，而且已经成为全球第二大芳纶 1313 的生产商。

人才是发展的重中之重

科研条线的"复苏"有了起色，但人才不足和后继无人成了突出问题。当时合纤所除了几位老专家，能够在关键时刻独当一面的中青年科研人员几乎没有。事实上，当时合纤所的科研条线青年科研人员在数量上严重不足，因为合纤所的经营状况每况愈下，已经有好几年没有吸收新人了。我一方面将这些老专家组成了一个高级专家委员会，同时开始筹划新的人才布局。不久，许副所长到龄退休，非织造布车间主任邹荣华被提任为合纤所总工程师，和倪副所长搭档主管生产条线的日常运作，汪兴华被调去生产科当科长。下岗在家的高级工程师郭伟刚被聘担任二室主任，七室的倪如青被调去四室做杂志编辑，谢雪琴则被调入科研科做项目管理。与此同时，我让人事科重新启动已经停止多年的招收大学毕业生的工作。我亲自和人事科长陆炳生一起去上海展览中心

"摆摊"，招兵买马。

那天，上海展览中心的大厅人山人海，在合纤所的摊位前排队送简历并接受初步面试的应届毕业生有六十多个。我们招聘的除了化纤专业的学生之外，还包括应用化学、IT、电子电气和机械等专业的学生。我除了想重振合纤所在化纤工艺与设备领域的研发能力之外，还想在化纤油剂的自主研发、信息的计算机处理、高分子材料的超分子结构研究和机电一体化等领域取得突破。那六十多个学生我一一仔细面谈，从专业背景到个人志向，从毕业论文的内容到自身修养等都涉及。这种双方平等的聊天方式吸引了一大批学生围观，有的听了就直接到后面排队。下午近五点要闭馆了，周围大部分摊位都已"收摊"，而我面前的队伍仍有十几位学生不愿离去，等待和我的直接沟通。那天，我们总共收了二十多位有初步意向的学生简历，并告诉他们会安排第二次面试。整整一天，我没来得及喝水，但面谈感觉收获不小。陆炳生负责收简历，并记录，也是忙得不亦乐乎。回到合纤所，他和别人说有两个惊讶：一是合纤所还从来没有所长亲自去面试学生的；二是新来的王所长的专业知识面居然如此广泛，而且非常有想法。

经过两轮面试，合纤所一共招录了九名应届毕业生，其中大部分是化纤专业的。其中有三位给学生我留下了深刻的印象。一位是上海纺织高等专科学校化纤专业毕业的学生，叫裘璐斌，虽说只是大专学历，但学校老师竭力推荐，小伙子果然不错，不但好学，而且积极肯干，动手能力很强，室里的反应非常好。另一位是福建泉州华侨大学应用化学专业的毕业生，叫陈骞，从看到他的简历那一刻起，我就喜欢上了这个尚未谋面的学生，一是他写得一手好字，二是半文半白的文笔，显示出与其他学生的不同，和他当面一谈，更是让我惊奇：一个出生和户籍都在江西宜春、读大学在福建的学生居然可以说一口流利的上海话。一问才知道，原来他父母都是当年从上海随工厂内迁去江西的，整个厂里绝大部分都是上海人，他从小生活的语言环境也是地道的上海话，所以他保留了很多上海人的"味道"。我把陈骞留在科研科，希望他快速成长。另外还有一个学生，叫方俊，是中国纺织大学化纤专业的毕业生，虽不善言辞，但表现不错。

之后，我又接到中国纺织大学材料学院院长陈彦模教授的电话，希望能介绍他的硕士研究生汪晓峰来合纤所工作。我求贤心切，马上约汪晓峰面谈。汪晓峰说话不紧不慢，看上去很成熟，并且是党员，陈教授介绍说他非常优秀。我马上拍板，并叫来人事科长当场办理录用手续。一周后，小汪正式报到，还带来了他的父亲老汪，时任浙江绍兴县人大常委会主任的汪传昌先生。老汪看上去和蔼可亲，再三表示希望儿子小汪能在我的带领下多学点东西，至于工作岗位和工资待遇都不是他们考虑的问题，哪里艰苦就把他放哪里去，关键只有一条，要有事干，不要闲着。我听了很是感动，感慨他们的好家教培养了一个优秀的儿子。我和朱逸生商量了一下，把小汪安排去了七室，有意让他跟老沃多学点东西。但碍于面子，名义上安排让他跟着当时的室主任沈协人学习，但同时也指定沃志坤和管宝琼为小汪的指导老师。我的想法是让汪晓峰今后能在特种纤维研究领域获得发展，并有意培养他管理和把控全局的能力，因为我非常看好他。新生力量的到来，让整个科研条线有了一种面貌一新的感觉。

在引进新鲜血液的同时，我还是对所里的老专家给予特别关注。除了成立高级专家委员会，还想方设法在很困难的情况下，突破政策障碍，给老专家一些定期的额外补贴，表示对他们的尊重和关爱。事实上，合纤所的这些老专家，大部分曾经是某个专业领域的领军人物，关键时刻可以以一当十。但现在合纤所衰落了，他们没有用武之地，心里的焦急绝对不会亚于所领导。因此，如何充分发挥这支高级专家队伍的作用，对重振合纤所当年的辉煌绝对是有决定性意义的。为了发挥好老专家的作用，我和朱逸生从不同的角度，"扮演"不同的角色，在组织动员老专家参与一些重大项目攻关的同时，积极做好思想工作，协调各方关系，甚至一些老专家之间因为专业上的不同看法也会产生一些矛盾，我们也会做好协调平衡工作。在尊重、使用、关心和支持的氛围下，这些老专家和我成了可以信赖的朋友，对我工作的开展给予很多帮助。为了加快青年人才的成长，我还在所里推行导师制，充分发挥老专家的作用，让每一位新来的大学毕业生都有一名指定的导师负责一对一的指导和帮助，对此，老人和新人都很欢迎！

正当我们"调兵遣将"准备大干一场的时候，四室主任刘亮佳突发脑梗不幸去世，让我深感痛惜。他发病前两周，还和我一起去北京参加一个国际化纤会议，他代我在会上用英语做了一个有关高性能纤维发展趋势的学术报告，反响热烈。那天晚上，我们在酒店客房促膝长谈。他喜欢喝酒，我们一边聊天一边品尝他特意带来的干白葡萄酒。对如何重振合纤所的雄风，他提出很多想法和有针对性的建议，让我受益匪浅。特别是他诚恳和低调的作风，更是让我非常敬佩。发病那天中午，他和四室的同事一起去食堂吃饭，突然觉得头痛欲裂，同事赶紧扶他去医务室，一量血压，高得惊人。刘亮佳平时就血压高，医务室的梅医生担心是脑溢血，就按高血压进行紧急处理，同时叫了救护车。我听到报告，没顾得上吃饭，立马赶去医务室。此时，刘亮佳已不能说话，救护车到后，他的血压仍然很高，怕路上出意外，接着给他输液进行降压处理，等情况稍微好转，救护车将他送去上海瑞金医院进行抢救。晚上，我赶到瑞金医院，主治医生告诉我，已确认是脑梗，非常危险。我急得六神无主，忽然想起大学同学王意徕的岳父唐孝君是著名的神经内科专家、上海市第一人民医院的院长。我马上给唐院长打电话，请求帮助。唐老让我先去问医院现在已经采取了哪些措施，同时他也给瑞金医院的领导和专家打电话，请他们全力抢救。第二天一早，刘亮佳的病情趋于稳定，我们才松了一口气。大约过了两个星期，刘亮佳已经从重症监护室转入了普通病房，一切似乎都在向好的方向发展。那天下午我去看他，虽然仍不能说话，但他的眼睛已经可以按提示进行转动，一个手指也可以按要求进行弯曲。我问他是否认识，认识的话转转眼睛、钩钩手指，他都能按要求做，我很开心，在病床边和他说了很多话。却不料两天后情况急转直下。那天是星期天，我发高烧，躺在床上起不来，夜里十一点多，在瑞金医院陪夜的邹总突然来电，说是刘亮佳不行了，医生正在抢救。我二话不说，起身穿好衣服就往外走，妻子担心我发高烧身体吃不消，我顾不上说话就直奔医院，等我赶到瑞金医院时，刘亮佳已经去世了。刘亮佳的妻子回家取来了之前准备好的衣物，我含着泪水和邹总一起小心地为刘亮佳擦身更衣，然后和医院的工作人员一起将刘亮佳送去太平间。那年，刘亮佳才49周岁，英年早逝，甚是可惜。不久，在四室前任老主任的推荐下，所里决定召回一直借调在化纤公司做外贸业务的金立国任四室主任。金立国工作认真，四室的工作有条不紊，且颇有成效。

努力弥补专业"短板"

1996年春节前，我到合纤所任职已有半年多时间，集团公司分管科研的杜双信副总裁带着集团公司干部处的几位领导特意来合纤所看望张燕和我，代表集团公司对我们到这个困难重重的科研单位努力扭转局面表示慰问。在听取了相关情况的汇报后，杜总裁问我们有什么要求希望集团公司里给予支持的。张燕说，她原来是第十四化纤厂的党委书记兼厂长，到合纤所来担任书记兼所长，职级变成了正处级，但每个月的实际收入却减少了，甚至还不如王所长。集团公司干部处的领导说，合纤所是按照事业单位的工资体系走的，学历、资历和职称是决定工资高低的主要因素。因张燕不是专业出身，且没有职称，虽然工龄比我长，但工资比我这个高级工程师低是很正常的。杜总裁插话说："你以前在化纤厂担任书记和厂长，每月会有补贴，到了合纤所自然是没有了。这件事我知道了，回去后会和干部处商量把你的工资提上去，你放心。"杜总裁回头来问我："小王，你有什么要求？"我说："我原来大学学的是分析化学专业，虽然之前在上海纺研院做的研究中会涉及一些纤维材料的研究，比如，由我牵头承担的上海市重点攻关项目'涤纶仿毛纤维的理化性能研究'曾经获得过上海市科技进步三等奖，但我没有接受过化纤专业的系统教育或培训。现在到合纤所已有一段时间，通过参与一些项目的攻关，也学到了不少东西，但从长远看，基础仍不扎实，希望有机会去中国纺织大学在职进修化纤专业的研究生课程。"我的话音未落，杜总裁马上接话说："这个我们求之不得，集团公司一直鼓励年轻的干部去多学习，但大部分年轻的厂长经理们都忙于工作，抽不出时间去学习。你现在有这个要求很好，我这里就能拍板答应你！"我听了非常高兴，但至于怎么去学习我也没仔细想过，也不知道中国纺织大学是否会接收，是否有业余时间可以利用等。只是杜总裁问了，我把自己心里想的全盘托出而已。

一周后，我去浙江普陀山参加一个全国化纤行业学术年会，会务组安排我们统一从金山坐船去。在船上，我遇到了中国纺织大学材料科学与工程学院的院长陈彦模教授。虽然之前我们只通过电话，并未见过面，但陈教授似乎对我并不陌生。一问才知道，他儿子在合纤所的五室工作，而且他们材料学院的大部分老师都和合纤所的科研人员熟识，反倒是我对合纤所的人可能还没他熟。他的助手和在职博士生朱美芳副教授向我介绍说，陈教授刚刚获得上海市十大科技精英的荣誉称号，我连忙表示祝贺。但陈教授扯开话题，问我是学什么专业的，之前在纺研院主要从事什么工作，我都一一作答。末了，我问陈教授，我想去中国纺织大学进修化纤专业的研究生课程，不知是否可以。陈教授马上说："可以啊！你想来吗？"我说我想，陈教授又说："那好啊！那你就来做我的研究生吧，但具体手续怎么办，你和学校的研究生院具体沟通一下。"

那时，我在纺研院的同事丁玉梅的先生施敏俊在中国纺织大学科研处工作，我托他先帮忙咨询在职研究生课程该怎么读，需要办哪些手续。很快便有了回音，说是让我直接去学校面谈。那天我去研究生院，一位女老师接待了我，说是陈彦模教授已和她打过招呼。她告诉我，像我这种情况要么通过每年的全国统一招生考试离开原单位成为全日制的研究生，要么通过单独的考试成为在职研究生，但专业有限制，主要是针对可以在周末或晚上集中上大课的专业，如管理类的，而我现在想读化纤专业的研究生课程，如果不读全日制的，仍然在职，则只有一条途径，就是在职人员以同等学力申请硕士学位。具体的做法是，先由个人申请，并经两位正高级专家推荐，报国务院学位办审批，经同意后可由学校安排全程参与该专业所需课程的学习，修满必需的学分后，再参加全国统一的在职人员以同等学力申请硕士学位的外语能力考试（相当于六级），通过后方可申请进入论文阶段，经答辩合格，可以授予硕士学位，但没有毕业证书，不计学历。

其实，进修化纤专业的研究生课程，对我来说主要是想真正地从一个外行转变成内行。作为主管合纤所科研开发工作的领导，如果对专业基础不了解，很难会有什么作为。至于学历、学位倒不是非常重要。事实上，我虽然只有大专学历，但经过多年的努力，我被任命为一家大型科研单位的领导，也已被破格晋升为高级工程师，这对我已是一种认可。就这样，在郁铭芳和孙晋良两位中国工程院院士的推荐下，经国务院学位办审批，我获得了去中国纺织大学进修化纤专业研究生课程，并以同等学力申请硕士学位的资格，指导老师就指定为材料科学与工程学院的院长陈彦模教授，我的入学时间定在1996年9月。但由于材料学院没有专门针对在职人员的课程安排，所以我必须像插班生一样全程参与该年度新入学的全日制研究生的课程学习，这对我是一个巨大的麻烦和考验。

整整两年的课程学习，我都不知道是怎么过来的。由于不是周末或晚上的课，我的上课时间和工作时间发生了直接冲突。全日制的研究生自然是每天有课，我也当然不可能每天放下工作去学校上课。刚开学那几天，我每天一早先去学校，那时学校仍在延安西路，离合纤所不远。我和每门课的任课老师打招呼，说明我的情况，希望老师能允许我缺课，但我保证和全日制的同学一样按时完成作业和参加考试，如果不能通过课程考试，包括平时作业应该达到的考核要求，由我自己承担责任。大部分任课老师都和我达成默契，并告诉我要看哪些参考书，只有数理统计和辩证唯物主义两门课的老师不置可否。我和所在的全日制班的班长王欣打好招呼，请她帮忙将我缺课时她的笔记复印一份给我参考，她对我这个大龄同学的要求欣然应允。辩证唯物主义是大课，王欣负责帮我签到，而数理统计是小课，我只能先硬着头皮每周两次去学校签到，但是最后数理统计课我还是没能坚持上下去。后半段几乎没在课堂上出现过，不过老师也没把我"除名"。刚开始上课，每次课间休息，我总是和他一起到教室对面的教师休息室"过烟瘾"，很快就和老师熟悉了。基础课的老师和专业课的老师不同，对行业的情况和人都不太熟，非常乐意与"业内人士"交朋友。后来，数理统计课的老师发话说我可以不出勤，只要最后考试能通过就行。但好不容易"争取"来的待遇，最后还是被我"浪费"了。数理统计期末考试，因为一个非常重要的出差任务，我不得不放弃考试，只得下一学年重新学习。辩证唯物主义课我一次都没去上过，结果考试时我的成绩通过了。第二学年，基本上都是专业课，任课老师大多认识我这个合纤所的领导，甚至平时都在一些学术会议、验收会、审定会、鉴定会见面。有时我们同被聘为评审专家，有时甚至是我被聘为专家专门审定他们的项目。自然，老师们都持非常宽容的态度，但我没有滥用这种宽容，总是挤出时间去听课，而且我的成绩在整个全日制班里（就我一个是编外的）始终名列前茅。

那两年，正是我在合纤所的工作渐入佳境的时期，工作忙到用废寝忘食来形容一点也不为过。但我仍必须将每天那么多的课程内容"消化"。那时儿子正上小学，妻子也很忙。我通常每天晚上要等家人都睡了，才将各种教材、参考书和王欣传真过来的笔记摊开，借助参考书，将老师白天在课堂上讲的内容自学消化吸收，再做作业，通常不到下半夜不会"收摊"，非常辛苦。特别是对一些基础课的内容，如数理统计、C 语言等，没听老师讲解，理解起来很困难，而且毕竟年龄大了，记忆力下降。但作为一个长期从事科研工作的高级工程技术人员，对专业课内容的理解要比全日制的学生容易得多，甚至有的内容就是自己以前深入研究过的，学起来得心应手。两年的十几门课程学习全部结束，申请学位要求达到 33 学分，我拿到 38 学分，全班综合成绩我排名第二。老师们都说，作为合纤所的领导，工作那么忙，年龄也不小了，在无法到校上课的情况下，能达到这样的成绩着实不易。

修满学分所付出的艰辛对我来说还只是"苦"，接下来必须通过的全国英语统考对我来说就是"难"了！因为之前学的是俄语，没有扎实的英语基础，要过相当于六级的英语统考，对我来说几乎是不可能的。但不通过又不行，因为英语统考不通过不能进入论文阶段，也不能进行论文答辩，最后也不能授予硕士学位。虽然当初申请读研究生课程的初衷是能有机会接受化纤专业的系统性教育和培训，所有的课程都读完了，这个目标已经达到了。但已经走到了这一步，不取得学位实在是心有不甘。1998 年 5 月，我拿着一本考试指南大概准备了一下就去参加英语统考了。结果不出所料，我的英语考试成绩没有通过。第二年再考，我吸取教训，预先报了培训班，10 次课，都是周日，从早上 8 点到晚上 6 点，整整 10 个小时的强化训练，我因工作关系，只参加了 8 次，感觉收获颇丰。考试成绩公布，我比合格线高了 6 分，心里自然非常开心。

全国英语统考通过了，我就有资格进入论文环节了。和导师陈彦模教授一商量，决定就以我正在合纤所参加的 AMF 系列抗菌纤维研发项目作为硕士学位论文内容，并聘请项目组长曹惠春高级工程师和三室的主任张桂水高级工程师作为我的校外企业指导老师，他们两位欣然应允。

努力争取成为内行

说起由曹惠春领衔的 AMF 系列抗菌纤维的开发，其实就是我心中重塑合纤所科研活力的计划中除了做实做强军工配套之外的第二个亮点工程——功能性纤维开发中的一部分。作为 64 届华东纺织工学院化纤专业的高才生，曹惠春在合纤所工作多年，对纤维差别化技术中功能性纤维的开发颇具创新意识。我在与他的多次沟通中能强烈地感受到他对功能性纤维的开发不仅有热情，而且在技术上很自信。但鉴于之前合纤所的客观条件和环境，他的想法一直无法付诸实施。

其实，在我还没到合纤所之前，我在上海纺研院时就对 20 世纪 80 年代末开始兴起的功能性纺织产品的开发有所了解，并参与过一部分研发工作。但当时的主要技术思路和手段都是以后整理的方式赋予纺织产品某种特殊功能，一段时间以后就逐渐意识到，单纯依靠后整理方式并不是开发功能性纺织产品的最佳途径，关键是以后整理方式获得的功能性产品的功能耐久性不尽如人意。湿法方式加载上去的功能性整理剂，很容易在洗涤过程中脱落。几次洗涤以后，原有的功能基本消失殆尽。由此人们想到，是否可以把具有某种功能的添加剂通过适当方式加载到纤维内部，这样添加剂就不容易被洗去了，理论上讲就可以获得具有持久功能性的纺织产品了。理论如此，要真正达到这个要求，技术上并非易事。

我对曹惠春的想法很感兴趣，多次讨论后，最后确定将国内市场上尚属空白的永久性抗菌纤维的开发作为主攻目标。在合纤所的支持下，由曹惠春领衔组成了专题攻关小组，我也是专题组的一员，这从某种程度上反映了在我的潜意识里一直把自己定位为一名科研人员。事实上，从我到合纤所任职的那一天起，我就立志要从化纤研发领域的外行变成内行，继续我的科研事业。在经历了涤纶仿毛纤维理化性能研究和通过抓军工配套项目初步"试水"化纤工艺开发研究之后，这是我第一次实质性地参与化学纤维领域的工艺技术研发，心中充满期待。

在曹惠春的带领下，项目组的工作进展顺利。在立项、资金、人员、设备、外协等方面，朱逸生也做了大量工作。由于经验丰富，曹惠春的研发方法更多的是选择一些市面上可获取且被认为是合适的抗菌剂产品直接拿来做纺丝实验，涉及的纤维材料包括涤纶、尼龙和丙纶。但在抗菌剂的筛选、抗菌原理研究、毒理分析、工艺的基础理论和产品的性能评价等方面主要采用事后评估分析的办法，从研究的科学性方面看略显不足。而这正好成了我硕士论文的关注焦点，也对整个研究工作起到了完善、补充的作用。曹惠春对此给予了高度评价和积极的支持，张桂水也提供了有益的帮助。

AMF 系列抗菌纤维的开发取得了成功，不仅被列入上海市高新技术转化项目，而且分别获得上海市新产品二等奖和上海市科技进步二等奖，我基于这个项目而递交的硕士论文，也获得了答辩评审组专家的一致好评，并被评为当年东华大学（中国纺织大学已改名为东华大学）的优秀硕士论文，2001 年 5 月被东华大学授予工学硕士学位。

在努力成为化纤研究领域内行的同时，我也不忘继续在纺织品生态安全领域的研究。从研究欧盟 76/769/EEC 指令到德国和奥地利两家纺织研究院最先提出的生态纺织品认证标准 OEKO-TEX Standard 100，从德国颁布的《食品和日用消费品》（第二修正案）到相应的检测技术及标准化，我也是抓紧点滴时间全身心投入。1996 年，我和国内著名染料专家陈荣圻教授合著的《禁用染料及其代用》一书面世，引起很大反响。1998 年，在中国纺织出版社的要求下，我们在第一版的基础上，结合法规、标准的最新进展和应对措施，修订出版了第二版，该书的第二版获得中国纺织工业联合会优秀图书二等奖和上海市科技进步二等奖。同期，我也发表了相关论文多篇，论文质量和发表频率国内领先。

金立国任四室主任之后，按惯例将由合纤所编辑出版、在国内外发行的专业期刊《合成纤维》和《化纤文摘》的主编由许副所长换成了我。金立国告诉我，我的职责就是在每次发稿时签个字即可，不会增加我的工作量，但我却不这样认为。一是既然作为主编，我就要对每期杂志的每篇文章承担相应的责任，不能只是签个字而不具体参与审核。二是既然作为主编，就要对杂志的办刊方向、指导思想、编辑原则和出版计划有自己的想法。我先是请金立国帮我报名参加上海市新闻出版局举办的主编资格证书培训班，获得了国家新闻出版局颁发的科技期刊主编资格证书。然后，每次老金送来的最终稿件让我签字时，我不会马上签，而是让他先把稿子留下，我会花几天时间把每篇稿子认真审读一遍，不清楚的地方，我会去请教合纤所的老专家。开始，四室的几位老编辑有点不理解，后来看了我修改的稿子，他们都很乐意让我把最后一道关。其实，通过再次审核稿子，我不仅可以学到很多东西，而且还可以把我的一些知识和想法反馈过去，达到相互学习、共同提高的目的，大家都很赞同。一段时间以后，我多次召集编辑部开会，要求把办刊质量进一步提升，特别是对稿件的来源，要变"等米下锅"为"找米下锅"。每年都必须有一个办刊的重点方向，每期都必须有一个主题。科技类期刊不能简单地只是一个交流平台，而应该是具有一定导向作用的信息交流平台。因此，我们提升稿件质量的有效途径是将有针对性的约稿代替自然投稿，而且每期都有著名专家亲自撰写的综述性文章作为导引。对之前大量来自高校的单纯为了学位或职称而质量一般的投稿大幅压缩录用比例，增加来自科研开发或生产一线的稿件刊发比重。当然，来自一线的稿件文字质量可能不如高校，这就需要编辑来承担更多的责任，做热心而辛苦的"伯乐"，从读者的需求来确定录用稿件的内容。我的想法很快获得大家赞同，编辑的工作热情有了大幅度提高，办刊质量随之提高。这期间，金立国做了大量细致和卓有成效的工作。

有段时间，张燕提出，合纤所的根本出路是彻底转型。说是要想办法创造条件，在合纤所的地皮上建造一幢中国化纤大厦，走"科工贸"一体化的道路。虽然我和科研条线的室主任及大部分老专家和科研骨干都一时想不明白，但既然领导有此想法，我们就抓紧实施。于是我赶时髦提出建一个"中国化纤科技信息网"。合纤所挂着"全国合成纤维科技信息中心"的牌子，但既没有发挥应有的作用，也没有充分用好这个资源，按当时的条件和状况，要在这两方面有所作为，基础并不具备，方向的把握和资金来源也是未知数。现在我提出为配合筹建中国化纤大厦的设想建设"中国化纤科技信息网"的建议很快在所办公会议上通过，所有的软硬件投入预算为 20 万元，这对当时的合纤所来说已是一笔不小的资金。为此，我亲任项目组长，人事科对计算机应用颇有研究的王国强任副组长，加上四室的全力支持，工作就开始了。按我的想法，这个信息网主要由两个系统组成，一个是化纤科技信息的数据库，另一个信息检索系统，且这个检索系统必须具备强大的模糊匹配功能。由于当时合纤所并无软件开发技术人员，我通过上海纺研院自动化研究室的前同事徐德祥介绍，与上海市岩土工程勘察研究院计算中心取得联系，委托他们协助我们进行全部的系统软件编程、硬件配套代理和系统的运行调试工作。而我们则集中精力进行系统功能的设计和数据库信息的关键词编写和录入及原始信息的导入工作，工作量十分巨大。由于长期从事科研工作，作为用户，对科技信息查询的需求、方式和想获得的预期效果都有切身的体会和期望的要求，所以由我这个对计算机应用一窍不通的外行来进行系统功能的设计反而起到了"歪打正着"的作用，与岩土工程勘察院的合作非常顺利。前后约半年时间，中国化纤科技信息网正式上线，这在当时是一个非常超前的信息技术研发成果和科技信息公共服务平台。

当时，我还从所里非常紧张的资金调度中，匀出非常小的一块，支持汪晓峰对当时在国际上刚刚崭露头角的 Lyocell 纤维进行一些基础性研究，我也花了较多时间对 Lyocell 纤维的制造原理、生产工艺、纤维性能、应用前景等进行深入研究，从"纸上谈兵"的角度，也发表了几篇文章，为两年后合纤所与东华大学联手上马国内第一条年产 100 吨 Lyocell 纤维试验生产线打下了一定的基础。

一场伤筋动骨的大火

正当全所上下努力拼搏，力争早日走上快速发展的道路的当口，一场突如其来的大火，使合纤所的前景瞬间变得暗淡起来。

至今我仍清楚地记得，那是 1997 年的 1 月 19 日，星期天，儿子八周岁生日，大约傍晚五点半，我刚倒好一杯黄酒，准备和妻子一起为儿子庆生。传呼机突然响了，取下一看："王所长，所里着火，快来！"我顾不上和妻儿打招呼，立马穿上外套出门，打车沿内环高架一路向西。坐在车内，就听到周边消防车的警笛声不断，都是往天山路方向去的。到合纤所一看，大门口已经停了不少消防车，里面一堆人站在合纤所的消防室门前，望着对面的熔纺车间，窗户里不断冒出滚滚黑烟，但并无明火。

我大致问了一下情况，得知最早的起火部位可能是 ES 纤维纺丝箱体下方的纺丝隔间，那是一个 10 多平方米的小隔间，可以保温和防风，是用木框配玻璃进行隔断的。我问现在为什么不出水灭火，一旁的总工程师邹荣华告诉我，由于担心纺丝箱体过热，遇冷水会爆裂，里面的导热油遇明火会发生爆炸而迟迟不敢出水。我知道纺丝箱体是个密闭的金属容器，里面装的是好几立方米的联苯导热油，且有压力，纺丝时导热油的温度很高，一旦遇见明火，纺丝箱体发生爆炸的可能性很大。但问题是如果不在刚开始时就迅速将明火扑灭，一旦周边堆着的聚乙烯和聚丙烯原料都被引燃，纺丝箱体的最终结果也是可想而知的。

我转身把情况告诉消防中队长建议趁现在火势不大，集中水枪从各个不同角度同时出水，将车间里纺丝箱体周围可能存在的明火灭掉。即便箱体裂了，导热油泄出，因为没有明火应该也不会发生爆燃，相对比较安全。就在消防队员拉着水枪向现场靠近时，从车间底楼的窗户看到带有绿色的明火，消防队员担心有毒，转而请求专业从事化学品应急救援的嵩山消防中队前来支援。

大约晚上七点，伴随着一声巨响，熔纺车间房顶上冒出一团很大的火球，人群一声惊呼：爆炸了！我心想，现在一个箱体完了，剩下另一个估计也坚持不了多久。果然，大约十分钟后，伴随着第二声巨响，我们都能明显地感觉到地面的震动。我长长地出了一口气，心想这下反而安全了，火不能再烧下去了！可是支援的消防队仍没到达。我顾不上细想，立马和邹总、所消防队长王兴根和合纤所的消防队员拉着两支水枪就进了车间。车间里到处都是浓烟，伸手不见五指。摸索着上到二楼，可以看到十米开外的地方就是燃烧的火焰，空气中弥漫着一股强烈的塑料燃烧的味道，炙热的空气令人窒息。我们匍匐在地上，用仅有的两支水枪将水柱射向明火。我没有穿消防服，只是头上戴了顶不知谁递给我的头盔，身上已经湿透，又冷又热。大约十分钟后，眼前的明火大部分被消灭了，邹总一个箭步窜了进去，他想去看看那两个箱体究竟怎样了。大约等了十分钟，仍不见邹总出来，我有点担心，就和王兴根猫着腰也进去了，但没找到邹总，估计他从后面的楼梯下去了。看着旁边还在继续燃烧的火焰，靠这两支水枪显然压不住，我们只得撤了出来。

这时市消防局的局长李铁山大校亲自带领消防人员赶到了，我到门口去迎接，李铁山大校迎面就问："你是谁？怕死吗？"我说："我是这儿负责的，刚从火场出来，你说我怕死吗？"他也不跟我啰唆，说："不怕死就带队，我们一起进去。"然后转身对门口的消防队员说："共产党员、共青团员，考验你们的时候到了，跟我上！"他振臂一挥，消防队员一拥而上，不到二十分钟，余火全被扑灭了，整个车间就像刚揭盖的蒸笼，被一片水汽笼罩着。

等我们从车间出来，送各处赶来的消防队离开后，才知道整个天山路都被封了。从市里和各区赶来的消防车、指挥车、通信车、救护车、照明车等共有49辆，出动消防战士200多人。只是后面赶来的嵩山化学救援中队没进现场就撤了。

等我回到办公室，合纤所的其他领导和已经赶来的集团公司及化纤公司主管安全工作的领导已经到了。我先问邹总那两个箱体的情况，他说那两个箱体没有爆炸。那两次爆响估计是箱体的防爆膜在高温高压下被顶破了，造成箱体内的联苯导热油冲出，遇到明火发生爆燃引起了。但因为现场太乱，温度很高，尚无法核实。我基本同意邹总的判断，并且暗暗感到庆幸。如果真的是箱体爆炸的话，估计整个车间都要炸塌的，后果会更严重。随后我从熔纺车间主任、值班长和当班工人的口中了解了整个事情的大概：当时是晚饭时间，当班的工人轮流去食堂吃晚饭，纺丝工段按规定留有一人值班。大约五点十分，值班工人发现纺丝隔间地上的回丝冒烟，并有小团明火，估计是喷丝板上的积炭掉落所引起的。其实纺丝隔间里就有灭火器，如果当班工人立即用灭火器灭火，这件事就可能只是一次事故苗子，但这个当班工人不仅没有立即灭火，而是离开岗位去食堂找值班长报告情况。到食堂没找到，原来值班长去门卫室取报纸了，这个当班工人又去门卫室找人。等一起赶回车间时，整个车间早已被浓烟笼罩，进不去了。值班长立马报警，门卫室也通知了所里的值班人员，后面的事情我后来都看到了。这么大的事故，自然引起了上海市领导的关注，要求随时汇报火灾事故的情况调查进展。

事故造成的损失相当严重。熔纺车间的ES纤维生产线基本被毁，两个箱体虽然没有爆炸，但已经变形，整修难度很大，车间经过火烧，加上被水全部淋透，需要全面整修。据估算，要把整个车间和ES生产线修复并恢复生产，至少需要半年时间，不仅停产损失巨大，光是修复费用也是一笔不小的开支，足以将整个合纤所拖垮。合纤所领导班子进行了多次讨论。有的主张ES生产线就此下马，原来的效益并不好，可以将订单转移到同样生产ES纤维的嘉兴联营厂，也有的主张上别的差别化纤维项目，以提高经济效益。由于事故的后续问责处理与实际造成的后果有关，也有人主张尽快按原样恢复，不要让生产线报废。

事故过后，区公安局的防火监督处对合纤所非常关注，我们向区公安局防火监督处保证，合纤所一定会采取一系列整改措施，避免此类事故再次发生。1997年3月，我在全所组织了一次大型火灾事故消防演练，邀请防火监督处的领导到场指导，还请了区公安局和集团公司的分管领导和区化学品救援队、应急办公室的领导到场观摩。为搞好这次演练并尽可能模拟实战效果，我不但亲任演练总指挥，还亲自编写了完整的演练脚本，整个演练非常成功，所里的员工为此戏称我为"王导"。

自那以后，所里的安全工作成了重中之重，与市、区、集团公司和化纤公司相关安全管理部门的关系也变得十分紧密，在安全工作方面合纤所也进入了先进行列，我有相当一部分的精力也转而放在了合纤所的安全防范工作上。我在合纤所前后过了六个春节，其中连续有五个春节的年夜饭是和所里的消防队员一起吃的。而且每次大年夜的零点烟花集中燃放过后，我总要等接到所消防队长王兴根报平安的电话后才会入睡。但再怎么小心，还是会有疏漏的地方。1997年6月1日，也是星期天，大概上午十点左右，传呼机响了："王所长，碳丝车间着火，速来！"第一把火才刚处理完，怎么又来了第二把？来不及细想，我立马赶去合纤所，碳丝车间就在合纤所大门口的科研大楼下面，进去一看，二室主任沈协人和科研条线的支部书记都在。一问才知道，是碳纤维预氧化生产线产生的火星进入排风管后引燃了科研大楼外墙上的大拔风管内壁积起来的油垢。天山消防中队来了一辆消防车，灭完火就走了，现场并无任何损失。消防车一出，就得上报一次火灾事故，我马上转身到离合纤所两站路外的天山消防队，我说是专程过来表示感谢的，因为出警及时，避免了一次重大事故。消防队的指导员反而安慰我说，这事对他们来说是举手之劳。他们不准备上报，因为没有造成重大后果。接着，指导员和我聊起希望和合纤所结对开展双拥工作，我们也非常乐意与他们结对，事情就这样定了下来。第二天是周一，合纤所由张燕带队一行十几人，再次来到天山消防队，正式签约，双方结成了双拥工作的对子。

1997年7月，年初被大火损毁的熔纺车间ES生产线经重建后再次投产，停产期间流失的客户也逐渐恢复，虽然火灾的损失降低到了最低程度。但合纤所的资产负债率进一步大幅上升，流动资金几乎全部要靠新增贷款来解决。事情过去几年后，当我离开合纤所时再回头看，可以毫不夸张地说，1997年1月19日的这场大火，使合纤所从此一蹶不振，再无重新出头的希望。

探索产学研合作的新路

一场大火把合纤所依靠自身力量重新"站起来"的希望基本浇灭了。我心里明白，如果没有一个大项目的支撑，合纤所要再次走出困境很难。化纤公司董事长郑伟康有意帮助我们，几次带队来询问合纤所是否有现成的科研成果可以给化纤公司下属的企业进行转化，开发一些新产品，但每次都失望而归，因为合纤所并无有效的成果积累，而且直接与化纤行业的规模化生产对接能力也很差。所以我直接对郑伟康董事长说："合纤所的家底你也知道，不要问我们有什么，最好告诉我你想要什么，我会组织力量来量身定制。"说实在的，对应用型的科研机构来说，根据市场需求进行量身定制的研发应该是正确的方向，但由于合纤所与市场严重脱节，对市场需求了解不够，加上经济状况捉襟见肘，自主开发能力相当薄弱，总是希望能有一些订单式的委托科研开发项目自动找上门来，所以总是走不出"先有鸡还是先有蛋"的"死循环"。无奈之下，我把眼光投向了中国纺织大学，希望能在产学研合作方面为合纤所走出一条新路。

中国纺织大学的领导对我们的意愿非常重视，校长邵世煌亲自出马，带着管科研的副校长胡学超和科研处的蔡处长主动登门来访，就双方在新型化学纤维材料的产业化开发方面进行合作的可能性进行了深入探讨。那时我已经开始了在中国纺织大学的硕士学位课程的学习，对材料科学与工程学院的情况非常了解。由于条件限制，中国纺织大学的新材料开发很多都只是停留在实验室开发阶段，迫切需要有一家具有相当基础的研发机构帮助他们将实验室的研究成果放大到中试水平，然后再去实现科研成果的产业化。由于中试环节并不能产生直接的经济效益，加上不少设备需要量身定制，大多数企业都不愿意承担也无力承担。更重要的是，中试环节的参与人员要将实验室成果转化成中试成果，还需要做大量的创造性工作，对人才和技术基础的要求也很高，一般的企业确实无力承担。中国纺织大学的眼光非常准，这个环节的工作确实非合纤所莫属。但问题是，合纤所的利益从何而来？虽然可以共享成果，但这不能解决眼前合纤所"等米下锅"的问题，而全部要靠中国纺织大学以科研经费来支撑中试阶段的研发显然也是不可能的。唯一的办法是向产业链延伸，找下游企业结成产学研一体化的利益共同体，这个"链条"才能打通。

我把想法向纺织控股集团公司的总裁李克让和化纤公司的郑伟康董事长直接做了汇报，希望上级能对这种合作模式给予支持，并在集团内部接上产学研一体化的最后一环。两位领导对此都表示积极支持，并希望尽快找到合作的切入点。

机会很快就来了。20 世纪 80 年代初，国际上诞生了一种全新的溶剂法纤维素纤维，1989 年，国际人造丝和合成纤维委员会将其正式命名为 Lyocell 纤维。与传统的再生纤维素纤维的生产工艺不同，Lyocell 纤维的生产只是采用基本无毒且几乎 97% 以上可以回收的 N-甲基吗啉氧化物（NMMO）作为溶剂，将符合要求的木浆粕直接溶解，经脱泡后以湿法纺丝，含低浓度 NMMO 的水溶液作为凝固浴，纯粹是物理过程，完全摒弃了对环境污染严重的传统再生纤维素纤维（黏胶纤维）的工艺过程。而且，纺出的纤维具有很高的湿模量，纤维性能远高于包括棉纤维在内的各种纤维素纤维，但仍可保持纤维素纤维的穿着舒适性，被誉为 21 世纪的绿色纤维。如果能将这种纤维取代传统的黏胶纤维，不仅在环境保护方面具有里程碑的意义，在新型纤维材料的开发方面也具有革命性意义。90 年代初，以 Tencel 作为商品名的 Lyocell 短纤维已经由英国 Acordis 公司在美国的亚拉巴马州实现了产业化生产，并进入中国市场，在中国的注册商标为"天丝"，成为市场的新宠。我之前已经在所里安排了一些有关 Lyocell 纤维的基础性研究，而中国纺织大学副校长胡学超教授团队则已经在实验室纺出了 Lyocell 纤维，亟须扩大到中试规模。李克让总裁、胡学超副校长和我一拍即合，决定由纺织控股集团出面申报立项和筹措资金，由中国纺织大学和代表纺织控股集团的合纤所共同组成年产 100 吨 Lyocell 纤维中试生产线项目攻关小组。由李克让总裁和胡学超副校长任项目总指挥，我任副总指挥，邹荣华总工程师任现场总负责人，这条年产 100 吨 Lyocell 纤维的中试生产线就将建在合纤所。

为了更好地优化工程设计方案，胡学超副校长提出去德国和瑞士两家研发机构进行考察，希望能够采用成熟的纺丝设备，减少工程中的设备研发环节，加快纤维纺丝工艺的研究进度。李克让总裁同意这个建议，并决定由胡学超副校长、我和中国纺织大学科研处的蔡处长和胡学超副校长的助手邵惠丽教授四人组成考察团出访德国和瑞士。这是我第一次出国，除了胡学超副校长，其他两位也是第一次去欧洲。所以胡学超副校长特意关照邵教授将行程安排得丰富一点儿，整个行程包括德国、法国和瑞士多个城市，共 15 天。邵教授预先约了一辆高顶的奔驰面包车，由一位在汉堡工作的上海人驾驶陪同，为我们的行程带来了不少便利。

我们到了法兰克福，先去位于法兰克福西南面、莱茵河左岸的路德维希港，访问全球著名的 BASF 公司总部，目的是了解 MNNO 的生产和供应情况。因为当时 MNNO 这种溶剂国内尚不能生产，必须依赖进口，而 BASF 公司正好有这种产品，且在价格上具有挑战性。BASF 公司热情接待了我们，中午时还邀请我们共进午餐。在他们的接待室，一位女秘书端来一大盘又粗又长的烤香肠，品种至少有五六种，另外还有一盘不同口味的三明治。虽然对德国的香肠已是久闻大名，但这还是我第一次品尝，味道真的是非常好。随后，我们拜访了位于波恩附近的一家研究所，他们对溶剂法纤维素材料的研究已经很有深度，但接待我们的教授似乎更热衷于溶剂法纤维素膜材料的研究，他介绍的采用 NMMO 溶解木浆粕的工艺条件对我们很有启发，双方进行了长时间的深入交流，研究所的领导纷纷表示希望与我们开展深度合作，胡教授也和他们初步确定了交换研究生的计划。据说这家机构后来成了上海纺织控股集团上马 1000 吨 Lyocell 纤维项目的合作伙伴。而我们在瑞士巴塞尔拜访的另一家机构则主要是在采用螺杆挤出技术同步解决木浆粕的溶解和纺丝两道工序方面取得了突破性的进展，并在基础理论研究方面有不少积累，这引起了我们的极大兴趣。但是通过两天的交流发现，这项技术今后若要用在大规模的生产上则存在很大局限性，主要是螺杆挤出的容量过小，而且一次性投入很大，难以承受。这家公司其实是一家不大的公司，也很想通过与我们的合作把他们的成果放大。但从实际情况看，这项成果短期内要在大规模产业化方面获得推广确实还有很长的路要走。但不管结果怎样，他们对我们的到访还是异常兴奋。

第一次出国，对我来说什么都是新鲜的。比如第一次知道在德国开车是不限速的、欧洲的机场下面大多是连着火车站的、在国外坐火车是不用预先检票的、人行道上的落叶不是天天扫的、有些街头的雕塑是会动的（人体雕塑）、巴黎的道路居然在很多地方是不划标志线的、餐馆里配餐的面包是不要钱的、法兰克福的红灯区是合法的、公交车是在路边自动售票的、教堂里是可以开音乐会的、大学是没有围墙的等。就像刘姥姥进了大观园，什么都想摸一摸、看一看，兴奋不已。那时候的出国考察不像现在这么容易，大部分人都是难得出一次国，甚至是第一次出国，工作之余会安排一些游览的行程。我们先到了法兰克福，然后沿路德维希港、波恩、科隆、波茨坦、柏林、亚琛，然后穿过比利时，到法国巴黎，再从巴黎坐火车到瑞士的巴塞尔、日内瓦和苏黎世。去了德国的洪堡大学和瑞士的苏黎世联邦理工大学，感受了这两所著名高校深厚的历史底蕴。我们去看了波茨坦公告的签署地，到德国国会大厦看标志性的圆顶，也瞻仰了离勃兰登堡不远的马克思、恩格斯塑像。日内瓦湖边的天鹅和湖中的喷泉让我印象深刻，日内瓦的联合国欧洲总部让我流连忘返，在苏黎世大街两边满眼都是世界名表的橱窗前大饱眼福。而最让我无法忘却的是在法国巴黎的圣心大教堂前遇见一个乞丐，他在伸出手向我要钱的同时问了一句："Japanese？"我回答："No！Chinese."未料他听到我的回答转身就走。我心里很是纳闷，难道他觉得日本人有钱，中国人没钱？还是中国人从来不给钱？实在是想不明白其中缘由。

考察回来，合纤所的准备工作就全面展开了。先是将已经空置多年的原湿法纺丝车间重新清理，准备用于100吨Lyocell中试线的建设。同时根据胡学超教授的要求，向南非订购了2吨试验用的木浆粕。与此同时，调集所里相关的机械、电气和工艺方面的设计人员，准备在中国纺织大学递交的一些必需的基本参数的基础上开始进行工程设计，但中国纺织大学却迟迟没有拿出我们需要的数据。无奈，我只得向李克让总裁求助。李克

原纺织工业部副部长许坤元
视察100吨Lyocell中试线现场

让总裁召集多方专家开了几次协调会才发现，学校的实验室成果还处于非常初级的阶段，小试成果还不稳定，根本无法提供进行中试生产线工程设计需要的基本数据。最终的协调结果是，中国纺织大学的团队全部到合纤所现场一线，配合工程技术人员进行工程设计，以加快推进项目进程。就这样，经过近一年的准备，年产100吨Lyocell纤维中试生产线进入了边设计、边施工、边调整、边安装的阶段。到2000年初，整条中试生产线已经基本成型，其中纺丝采用溶解釜溶解后直接加压将纺丝浆液挤出喷丝板的办法，最终是否可行，大家心里也没底。

刚试车那段时间，我们不分白天黑夜，天天连轴转，邹总及他带领的设计、加工和安装施工团队经常通宵工作，第二天还需要投入原本属于自己的日常工作，非常辛苦。中国纺织大学的老师晚上也在场记录各种数据，从不缺位。我只要不出差，晚上通宵试车的话，也会去现场，还常和他们一起拆装设备。这条中试线纺出第一束 Lyocell 纤维时已是半夜，我非常兴奋，立马打电话给李克让总裁向他报喜。

李克让总裁对这个项目非常重视，将其列为当时整个纺织控股集团的一号科研项目，要求各方给予鼎力支持。为了争取国家和市里的支持，他还邀请各方领导来中试线施工现场参观、指导、考察。

上海纺织产业转型

其实，当我们在为 Lyocell 这个项目埋头苦干的时候，整个上海纺织系统的产业转型已经进入了尾声。上海传统的纺织产业开始急剧萎缩，三分之二的纱锭被砸掉，大量的企业停产，上海化纤行业也被列入关并或转制行列。到 2000 年，原上海纺织系统号称 55 万产业大军只剩下数万人，其中不少还是为了进行善后而暂时留下的人员。上海纺织产业开始走向以科技为先导，以品牌营销和进出口贸易为支撑，以实业为依托，贯彻"科技与时尚"的理念，发展都市产业和现代服务业的道路。

原来那么大的产业基础不存在了，原属上海纺织控股集团的十多家科研开发机构也就没有了用武之地，至少在结构设置和功能上已经不能满足上海纺织行业转型后新发展思路的要求，兼并重组也是势在必行。为此，集团公司决定由总裁助理朱勇牵头，开始考虑将原来分散在各个行业的十多家研究所，除了部分没有必要保留的，其他的全部合并到上海市纺织科学研究院名下，包括合纤所，成为集团的技术中心，但规模要大幅度缩小。朱勇找到我和原上海棉纺印公司借调在集团公司的卢可盛组成筹备小组，开始考虑整合方案。

一边是整个上海纺织行业的十多家科研机构要进行整合，一边是合纤所正热火朝天地上 100 吨 Lyocell 纤维中试生产线项目，前面的路究竟怎么走，整个合纤所上下都在为此感到困惑。其实我很清楚，上海的化纤行业已经被列入淘汰行列，Lyocell 纤维项目不管成功与否都已与化纤公司没有任何关系。作为一个颇具代表性的产学研项目，集团公司倾注了最大的热情，其实也是在为上海纺织的产业转型升级进行探索，力争以高技术含量和高附加值的产业取代传统的产业。李克让总裁不仅为这个项目提供了启动资金，而且还去争取更高层次的立项，并且在上海市的支持下，专门成立了上海里奥纤维科技发展有限公司，由上海纺织控股集团出资控股，东华大学和合纤所以技术成果入股，项目完成后的中远期目标是形成大规模的 Lyocell 纤维生产能力。显然这也不是合纤所今后可以赖以生存的"靠山"，合纤所的路，还得自己走下去。而那段时间里，与我有关的很多事情也发生了很大变化。

1996 年 10 月，上海化纤公司新任董事长郑伟康来合纤所，问起我的住房情况，我如实相告：我们一家三口，住在共和新路一幢老公房的 6 楼，住房面积 14.1 平方米。郑伟康有点不相信，追问我为什么不早说。我告诉他，我到合纤所之前在上海纺研院时已经快要分到房子了，但因为集团公司把我调到合纤所，所以房子问题一直没有解决。虽然来的时候集团公司和化纤公司都说组织上会考虑的，但至今没有人提起，我也不好意思说。郑伟康说，这个事情他会出面解决的。不久，集团公司住宅办来电话，让我递交相关材料。很快，解决我住房问题的批复下来了，我可以分房的标准是不超过 100 平方米。但是，集团公司只是给指标、给房源，钱还得合纤所出。接到集团公司的批复，合纤所让我到纺研院申请点钱，况且我妻子还在纺研院工作。我硬着头皮与纺研院的领导说明情况，最后纺研院才答应给我 1 万元的支持。最后，没办法，在 99 平方米的三室一厅和 74.5 平方米的两室一厅的两种房型中，我选择了 74.5 平方米的两室一厅，同时将共和新路 14.1 平方米的房子交回合纤所用于后续的分配，只是想尽可能地为合纤所减轻负担。

1998 年底，上海浆粕厂厂长陈发明调来合纤所任书记，我被任命为所长和法人代表。正当我们想抓住最后一次机会，通过上 Lyocell 项目来扭转合纤所的颓势的时候，因前任违规担保，合纤所又要面对承担数百万元的连带责任，合纤所再次雪上加霜。

面对上海纺织行业转型的大背景和合纤所的现实情况，开始不断有人选择离开。除了几个正在关键项目和岗位上的骨干，我没有过多挽留，甚至为一些有好的去处的员工感到庆幸。前几年招进来的大学生，也有人提出辞职，象裴璐斌、方俊等，我也一一放行。但为了留住合纤所的科研骨干，我还是努力调整机制，提升科研活力，提高科研人员的积极性。比如为了鼓励曹惠春团队把以抗菌纤维开发为代表的功能性纤维开发做大，我们还突破原有的框架，专门成立项目公司，加大开发团队的自主权。但所有的努力，在当时的内外部环境下，所能发挥的效用已经非常微弱。

那段时间对我个人来说也是一段非常艰难的日子。1997 年 1 月的那场火灾，让合纤所的经营面临难以为继的局面。合纤所决定所有领导班子成员自降工资 50%，大家都无异议，我的月工资也从 2500 多元降为 1300 元，每月分两次发，一次 600 元，一次 700 元。那时候，我妻子患有严重的心脏病，最多的时候一年要住三次医院，当时纺研院要员工自己先行垫付医药费，报销至少要半年以后，儿子那时还小，读小学，而且那几年我还在资助两个安徽金寨的贫困学生，每个月总是入不敷出。幸好作为专家，经常会有一些鉴定会、报告会或审定会之类的邀请，所获专家费多少还可以弥补一些支出方面的短缺，否则日子该怎么过还真的不知道。这 1300 元的月工资一直到 2001 年我离开合纤所时也没有调整过。最让我唏嘘不已的是，那年自住公房可以转为自有住房，需要自付 4 万多元的房款，可我却拿不出来，而妻子那时还生病住在医院，我只能暗自流泪，心里说不出是什么滋味。

合纤所要合并到纺研院的风声越来越紧，朱勇还让我去纺研院看了好几次房子。可我心里却想着是否还有其他的选项可以让合纤所继续"活下去"。不久，好消息传来，天山路沿线要动迁了，合纤所也在动迁范围，全所上下为之振奋，觉得这又是一次重大的机遇摆在了我们面前。合纤所领导班子暂时忘却了要求我们搬去纺研院的设想，想拿出一套对合纤所有利的最佳搬迁方案。但最终，合纤所还是被并入纺研院，暂时保留合纤所的牌子。

到合纤所任职前后不到六年，从一声爆炸声开始，一直磕磕碰碰，步履走得如此艰难，不断看到希望，又不断破灭。虽然做了大量的工作，但仍然没有能够把合纤所从泥潭中拖出来。但这六年中，合纤所上下那股求生存、求发展、忍辱负重、勇于付出的正能量还是深深感动了我。那么多的老专家和科技人员乃至基层一线的普通员工，信任我、帮助我，不顾一切跟着我奋力拼搏，始终支撑着我不轻言放弃。事实上，这六年时间，在全所上下的共同努力下，合纤所还是取得了许多重大的进展和成就，合纤所在业内的影响力也得到了很大提升。对我个人而言，这六年让我经历磨炼、增长了学识、开阔了视野、积累了经验，获益匪浅。但从内心感受而言，我仍像是一个匆匆过客，为没有给合纤所创造出值得员工记忆的业绩而深感遗憾。这段经历给我的人生留下了一道深深的印记，让我终生难忘。

后记

2001 年 3 月，我正式辞去上海市合成纤维研究所所长职务，到国际著名的第三方检验检测认证机构——天祥集团（Intertek）任职，开始了我职业生涯中一段新的征程。离职之前，我带着朱逸生去北京与多年来给予上海合纤所大力支持的领导告别并表示感谢，他们都深感惋惜，不知是为我还是为合纤所。

在还没正式提出辞职之前，经我提议，合纤所党委决定任朱逸生为副所长兼科研科长，任命汪晓峰为所长助理。我还和人事科长陆炳生一起帮化纤公司解决了两个"历史遗留问题"，允许前所长余荣华和原一室被除名的那位高级工程师的档案挂回所里，并按事业单位待遇办理退休手续，也算是对他们曾经为合纤所做出的贡献有个交代。

我离开后不久，合纤所整建制并入上海市纺织科学研究院，但仍保留合纤所的牌子。陈发明兼任纺研院的副书记，倪所长兼任副院长，很快，合纤所所长由汪晓峰担任。朱逸生成为纺研院的技术总监，原合纤所的财务科长范善群成为纺研院的财务总监。合纤所被合并了，但集团公司还是给予原合纤所几位领导充分发挥聪明才智的机会，这与集团公司副总裁朱勇的努力是分不开的。

合纤所并入纺研院后，碳纤维预氧化丝生产线被完整保留，但纺粘法非织造布和

ES 纤维生产线被迁去地处军工路的原第五化纤厂旧址。原合纤所测试中心（三室）被并入纺研院纺织工业南方科技测试中心，四室和纺研院的情报室合并成立了上海纺织科技情报研究所，五室和机修车间的不少员工和原五室的副主任陈光达去了他自己开设的公司，后来做成了集团公司。也有不少员工被分流安置或者下岗。与此同时，原上海市毛麻科技研究所、上海市服装研究所等机构也被并入纺研院，这些机构腾出的地块或房产则由集团公司收回统筹开发。

到了 Intertek 我才知道，原来之前裴璐斌、方俊离开合纤所后也到了 Intertek，裴璐斌负责社会责任审核，方俊在验货部。后来，合纤所科研科的谢雪琴和陈骞也先后来到了 Intertek，都在化学实验室任职。两年后，陈骞有了新的发展机遇，去刚刚开始拓展的华测公司和他的老板一起创业，后来成了华测公司的高管，谢雪琴现在是 Intertek 上海实验室的高级经理。我当年在合纤所的司机虞建华也于 2002 年从合纤所辞职来到 Intertek，现在成了从老板到普通员工都很尊重的金牌司机。2001 年 7 月，在离开合纤所四个月后，我原来在合纤所时申报的正高级技术职务任职资格获得了市高评委的通过和人事局的批准，正式晋升为教授级高级工程师。8 月，我被通知回所里一次，向我通报对我的离任审计结果。

如今十八年过去了，我还是会经常回上海纺研院开会。合纤所的牌子还在，但早已物是人非。合纤所前任领导或老同事都早已"告老还乡"。汪晓峰也在任所长后不久被集团公司指定牵头负责芳砜纶的产业化开发项目，取得了一定的进展，也获得了不少荣誉，后来被派到项目公司任职，最近又被集团任命为新建立的中央研究院副院长。这些年，汪晓峰一直来看我，只是他居然也是接近知天命的年龄了。

Intertek，让我攀上事业的高峰

与 Intertek 结缘

我与 Intertek 的结缘颇具戏剧性。

1995 年夏天，我和同在一个研究课题组工作的同事丁玉梅先后离开了上海市纺织科学研究院。我调去上海市合成纤维研究所任职，而丁玉梅则应聘去了 Intertek 的前身 Inchcape Testing Services（简称 ITS），一家著名的国际第三方检验检测认证服务机构。那时，ITS 刚在上海建立纺织品实验室，丁玉梅做客服，起了个英文名字叫 Lilian。从那时起，我才知道有 ITS 这个检测机构，但具体做什么并不清楚，也没有想了解更多。

1998 年，我和著名染化料专家陈荣圻教授合著的《禁用染料及其代用（第二版）》一书出版，在业界引起很大反响，当时也已在上海建立实验室的另一家知名第三方质量服务机构 SGS 的上海纺织品实验室总经理 Susan Sun 通过中国纺织出版社找到陈教授和我，对我们的这本书大加赞誉，并邀请我们去她的实验室参观、座谈，还希望与我们经常联系，以便有需要时可以向我们请教问题，我们自然应允了。

1999 年，随着《禁用染料及其代用（第二版）》的影响持续扩大，不断有人邀请我和陈教授去各种场合做报告，Lilian 也来电话说她的领导希望能邀请到我去给 ITS 上海纺织品实验室的管理和技术人员进行一次科普性质的技术讲座，讲绿色贸易壁垒的最新进展及有关纺织品生态安全检测技术方面的问题，我爽快地答应了。说实在，受邀为一家著名的跨国公司做技术讲座对我来说还是第一次，心里有种受宠若惊的感觉。

记得那次去做讲座时是下班后。我没顾得上吃饭，就让驾驶员小虞送我到 ITS 上海纺织品实验室的所在地——漕河泾开发区的齐来工业城。会议室不大，坐着 20 多名管理和技术人员，那时候还没有幻灯机，也没有 PPT，只有一个光学投影仪，我准备了几十张薄膜片，上面打印了要讲的内容提纲。Lilian 的领导 Linda Shi 很客气，她们叫了肯德基外卖，也帮我准备了一份，但我看着满屋子的女同胞，有点害羞，没敢吃，就推说自己吃过了，讲到后来，肚子饿得咕咕叫，怕大家听见不好意思，只好拼命喝水，没想到咕咕声更重了，只得提高嗓门竭力掩盖过去。

后来 Susan 邀请我和陈教授一起吃过几次饭，也讨论一些技术问题，甚至还在酝酿是否要把这本书翻译成英文，但终因工作量大而放弃。其间，我知道 Susan 离开了 SGS，去了香港的 ITS。2000 年 10 月的一天晚上，Susan 给我打电话，说她一个香港 ITS 的同事要来上海，想顺便向我请教一些技术问题，问我是否愿意与他见面。这当然不是问题，我马上答应了。

那天我们约在浦东陆家嘴的新亚汤臣大酒店，晚上七点，二楼的一家中餐厅。想到是香港专业机构的人特意来请教技术问题，我自然不敢怠慢，特意穿了西装，系了领带，还带了不少资料，生怕被问的问题回答不上来，可以查阅。平时我都是六点多才离开办公室回家，这天我五点就起身，从天山路往浦东的陆家嘴赶，晚上六点半，我就到了汤臣大酒店的大堂，看时间还早，我就在大堂的沙发上坐下，旁边只有一个人在看报纸，我就取出包里的资料翻看起来。大约六点五十分，旁边上的人起身离开，我看时间还没到就没动，一直到差两分钟七点，我才起身上了直达二楼的自动扶梯。到餐厅门口报了姓名就被领到一个两人桌前，一看坐在那儿的人，竟然是刚才在大堂沙发上坐在旁边的那位！双方交换了名片，他似乎对我很熟，说："王所长，您好！"我看他的名片，上面写着：香港天祥公证行有限公司杂货部姚建雄。我有点纳闷，杂货部让我联想到小时候住在宁海东路时，福建南路转角上大方饭店楼下的那家竹木杂货店，木桶、扫帚、簸箕、铁器、磨刀砖、竹榻、麻绳、桐油、油灰什么的，和实验室的概念完全沾不上边。而且，他的名片上居然没有头衔，我只能称他姚先生。

餐厅里人不多，我们简单寒暄几句，服务员就上菜了。刚拿起筷子，姚先生就切入正题，说："今天约您来，不为别的，就想问一句，您愿意加盟我们公司吗？"这完全出乎我的意料，一点思想准备都没有。Susan 也没和我提起过，我定了定神问他："你知道我是干什么的吗？我是上海市合成纤维研究所的所长，怎么可能说离开就离开。"他说："我们对你当然很了解，不然也不会贸然来找你。"接着，他把 ITS 准备在上海金桥建一个杂货实验室以及杂货实验室具体做哪些检测的情况做了介绍。一半是香港普通话，一半是英语，我不仅很多语言听不懂，而且内容也不熟悉，只是大概听明白了这个实验室主要从事玩具、家具、运动器材、手工工具、户外用品、蜡烛等轻工产品的检测和认证，同时还有一个大型化学实验室。那天的饭吃的什么我已经完全没有任何印象了，谈话时间也不长。因为我对他的加盟邀请没有任何思想准备，所以也没办法谈下去。临走时我说自己之前学的是俄语，不擅长英语，可能去他们公司并不合适，而且我也不熟悉这个行业。姚先生马上回答说这些都没问题，都可以解决，再次恳请我认真考虑 ITS 的邀请，希望尽快给他回复。我答应考虑一下。回到家，我从西装口袋里拿出姚先生的名片仔细一看，才发现他的名片一面是中文，另一面是英文，英文那面写得清清楚楚：Paul Yao, General Manager, Hardline, Intertek Testing Services, Hong Kong。原来他是香港 ITS 杂货部的总经理。

　　大约一个星期后，一天中午，我在科研科边吃午饭边和几位同事聊天，突然接到总机转来的电话，一位自称叫 Eric 的先生说是姚建雄先生后天将到上海，想约我一起吃饭。原本我没当回事，虽说考虑一下，但其实内心深处并未有过进一步考量。现在看来，是得认真考虑了，如果不想去，也应尽早答复，免得耽误对方的事。Eric 约我周五晚上在衡山路的一家西餐馆，说是 Paul Yao 会从机场直接去餐馆和我见面，我答应了，同时想着该找一个什么借口体面地拒绝他。

　　其实，那段时间我正烦着。根据市里的规划，天山路沿线的企业都要搬迁，这里将成为长宁区的一条景观大道，直通虹桥机场。合纤所隔壁的天原化工厂早就开始往闵行搬了，有不少老员工自愿与厂里解除劳动关系而不去闵行，人均可获 8 万多元的补偿，这在当时可是一笔不小的数目。合纤所班子讨论后，决定自找出路。70 多亩地，按当时的行情，大约可以置换 1 亿多元。我们盘算着，所里有那么多下岗职工，科研和中试设备也已老旧，如果能趁此次搬迁解决一部分下岗职工的安置问题，同时把科研和中试设备更新一下，也不失为一个绝佳的机会。我们找到一家房地产开发公司，估算土地置换的钱大约有 1.2 亿元，同时看中了地处北新泾西侧闵行华漕的一处厂房，非常适合搬迁过去，而且此处离合纤所原址不远，大部分职工的住所都在北新泾附近，迁去后不会给员工的上下班带来麻烦。总体算下来，搬迁之后，不仅可以完成我们的预定目标，而且还可以略有盈余，为合纤所今后的发展注入一些活力。正当大家踌躇满志，准备将方案报请上级主管单位审批时，上级主管单位给我们泼了一盆冷水：这事集团会统筹考虑的，不用你们瞎折腾。集团正考虑将原下属的几家科研机构合并到上海市纺织科学研究院，成立集团研发中心，上海合纤所也在名单之列。合纤所现有的土地由集团下属的房地产公司负责开发，收益归集团。合纤所要想办法将大部分员工分流安置，只保留少部分人员和设备迁入上海市纺织科学研究院，且安置费用从严掌握。我和党委书记陈发明反复商量，都觉得这个事情没法推进，所领导班子的其他成员也没有更好的办法。

　　周五晚上，我打的到衡山路的那家西餐馆，Paul Yao 早就到了。因为已是第二次见面，所以我也不像第一次那么拘谨了。Paul Yao 还是像上次一样滔滔不绝地讲了很多，可我还是像第一次一样只听明白了一多半。那天他胃口很好，点了一块很大的牛排，再加了几样东西。而我难得去西餐馆，也不知点什么好，结果只是点了一份炒饭，很快就吃完了，也不知是什么味道。

　　那天，Paul Yao 讲了一些 ITS 的历史、架构、业务范围和在全球的经营情况。我之前自学过国际贸易的相关知识，所以能听懂一点。他又问了我一些关于中国纺织、轻工行业的总体发展情况和有关技术性贸易壁垒以及纺织品生态安全方面的发展态势和质量管控的技术问题，正是我熟悉的业务，所以我也讲了很多，我们聊得还挺投机的。最后，Paul Yao 再次问："你大概什么时候可以离开合纤所到 ITS？"我没有像之前已经准备好的那样回绝他，而是觉得自己应该考虑一下他的建议，如果合纤所目前所遇到的问题我真的解决不了的话。这次，我给 Paul Yao 的回答是："容我考虑一下，很快回复。"
他说："如果你不反对的话，可否给我发一份简历？"我答应了。那天晚上我给 Lilian 打
电话很认真地询问 ITS 的情况。Lilian 给我的回答是："你来吧，这儿有你喜欢干的事。"

　　简历发出去不久，Paul 又让 Eric 约我，这次我没答应，因为我还没确定好下一步
怎么走。合纤所的搬迁和上级的商谈还处于胶着状态，领导发话说："建平，我理解，
你是合纤所的法人代表，要为合纤所和员工利益考虑。但你只是代表，国有资产不是你
的，这事必须由上级来统筹考虑。"这句话让我忽然清醒了，是的，我只是代表，国有
资产并不是我的，我只有管好用好它的义务，但我没有处理它的权力。那天晚上回家，
我独自一个人坐在沙发上发呆。想想大学毕业到纺织行业做了二十年的科研工作，虽然
谈不上历尽千辛万苦，但也是贡献了青春年华。而且承蒙领导厚爱，成为这样一家大型
研究所的所长，理应再接再厉，再创辉煌的时候，但面临上海纺织行业日渐萎缩的态
势，我热爱的纺织科研自然也是可预期的。看来，是该走的时候了。想到这儿，眼泪不
由自主地流了下来。这时，太太从厨房进来，看到我流泪吓了一跳，忙问发生了什么
事。我大概将情况说了，她只说了一句："不管你是走是留，今后是好是坏，你会一直
陪着你，只要你自己做得开心就好。"

　　2001 年 1 月中旬，离 Paul Yao 第一次找我已经过去了 3 个月，他已经不能再等了，
我们再一次在上海见面。他告诉我，浦东金桥的实验室计划 3 月 15 日正式投入运转，
我必须马上确认是否加入 ITS，而且 3 月 15 日前要到位。如果还不能确定，他只好另找
他人了。我这次问他："我过去具体干什么工作？"Paul Yao 对我提出的问题非常惊讶，
说已经谈了多次，居然会不知道你去干什么。他说："总经理！"我说："可否先不做总
经理？"他更惊讶，问："为什么？"我说，虽然自己做过多年领导，管过的人和事也不
少，而且职位也不算低，但我从未有过外资企业的管理经验，这是其一。第二，我对这
个专业领域不熟悉，虽然材料和化学分析测试是我的专长，但对第三方机构的运作我是
门外汉。第三，我的英语口语不行，作为一家跨国公司，如果沟通不畅，会严重影响日
常的管理和运作效率。Paul 告诉我，对第一和第二点他毫不担心，相信很快我就会熟悉
的。至于第三点，他也早有考虑，打算派 Susan Sun 作我的助手，负责对公司内部和外
国客户的沟通，而我的老板就是 Paul Yao，所以今后的日常运作不会有太大的障碍。当
然，Paul Yao 还是希望我到 ITS 后要多花点时间提高英语水平。但我还是坚持给我个过
渡期，而且希望签一个长期的合同，以获得一个稳定的保障。Paul Yao 笑着跟我说：
"这样吧，如果你实在不愿意，那就先做高级经理，但实际上金桥实验室还是由你管。
至于签长期合同，公司没这个先例，其实也没有任何意义。因为对外资企业来说，不管
签多么长的合同，如果公司想单方面解除合同，都是可以的，只要按规定给予补偿就行
了！"想想也是，我自己就是做管理的，这个道理其实我是懂的，只是面临人生中的第
一次辞职，亲手敲碎自己的"铁饭碗"，去一家前途未知的外资企业任职，心中自然会

有一丝挥不去的恐惧，想抓一根"救命稻草"而已。Paul Yao 最后问我对薪水有什么期待。说实在的，我还真的没有考虑过。自从到合纤所，面对这样一个亏损单位，加上流动资金异常紧缺，所领导班子自降工资，我的工资每月只有 1300 元，所以，我不担心到一家外资企业工资还会低于这个数字，而且，我离开也并非为了收入。所以，我跟 Paul Yao 说，我不知道应该要多少薪水，ITS 按聘我的岗位应该给多少就给多少。Paul Yao 没多说，只是说明白了。但又叮嘱我要抓紧向我的老板报告，赶紧办理辞职。

2001 年春节刚过，上班第一天，一早集团来电话，让我下午和上海化纤公司的董事长郑伟康一起去集团，再次讨论合纤所的搬迁事宜。我先是去合纤所的国家重点攻关项目 100 吨 Lyocell 纤维中试项目生产线设备安装现场找总工程师邹荣华交代了一些事，然后回到所长办公室，和领导一起去各部门拜年。午饭前，我去党委书记陈发明的办公室和他打了招呼，告诉他我下午要去集团和领导讨论合纤所搬迁的事，看看他有什么想法。陈发明也没说什么，只是提醒我不要太固执。我顺便告诉他，说我下午和领导谈话后会提出辞职，他听了大惊失色，但很快就回过神来，问我去哪里，我大致说了一下，他随即右手伸出五个指头，问我："有这个数吗？"我知道他的意思，是问我工资有 5000 元吗，我笑笑，心里有一种说不出的滋味。他以为我承认了，马上说："走吧走吧！"意思是说，比合纤所好多了，赶紧走吧。其实，他哪里知道，他讲的这个数只是个零头，而我离开的原因也并不是他想得这么简单。

下午一点，我和郑伟康准时到了集团。集团总裁助理朱勇告诉我们，集团的方案已经确定，要求合纤所执行，且要求化纤公司配合合纤所做好相关工作。我没作声，郑伟康表态说会积极配合合纤所做好工作。随后，我就在领导办公桌上拿了一张纸，写了两行字："因个人原因，请求辞去上海市合成纤维研究所所长职务。"两位领导都颇感意外，忙问为什么。随即，朱勇让郑伟康先回去，然后和我在小会议室里开始聊起来。其实我和朱勇早就认识，20 世纪 80 年代中期，上海纺织系统成立了几千人参加的上海纺织青年知识分子协会，我当时在上海市纺织科学研究院兼任主持工作的团委副书记，也被推举为上海纺织青年知识分子协会的副理事长兼秘书长。那时朱勇在上海纺织工业局，也参与了青年知识分子协会的工作，由此彼此熟悉。后来朱勇因为工作踏实，先是负责投资部，后来又担任纺织控股集团总裁助理，继杜双新副局长后分管科研条线，对我非常关照和信任。但这次，我却给他出了个难题。记得那天我们从下午两点一直聊到晚上七点，朱勇一直在诚恳挽留，并希望能帮我解决更多的实际困难，给我更多的支持，我从心底里感激。外面天都黑了，我们也没想起开灯。最后我和朱勇说："我在上海纺织做了二十年的科研工作，自然舍不得离开，但现在上海传统的纺织工业已经开始萎缩，正在转型向时尚和贸易发展，之前为产品开发和生产服务的传统科研模式面临无用武之地的窘境，我现在虽然在管理岗位工作，但本质上我还是一名科研人员。在未来的二十年，我更希望自己是一名技术人员，而不是管理人员。况且，这些年我还花了大量的精力对国际贸易中技术性贸易壁垒的发展态势进行了深入研究，特别是在与纺织品服装国际贸易相关的绿色贸易壁垒的研究方面走在了全国前列。我迫切希望能在一个新的、更加有效的平台上为中国加入世界贸易组织后，跨越绿色贸易壁垒做出自己应有的贡献。"朱勇终于点头表示理解。但他说，这事他不能做主，必须征得李克让总裁的同意。那几天李克让总裁在市里参加会议，需要等几天。

两天后，集团通知，李克让总裁要陪同北京和上海市的相关领导来合纤所视察 100 吨 Lyocell 纤维中试生产线项目，要我陪同。视察结束，送走领导后，李克让总裁坐在我的办公室说："作为领导，我非常舍不得让你离开，在上海纺织系统，要找个总经理，可以有一大堆人选，但要找个年轻点的管科研的，却是凤毛麟角。但作为朋友，实话实说，你现在这个年龄要走还可以，还可以有时间去适应新的环境。不过，你没到外资企业干过，先去试试吧，不行再回来，我这儿的门一直向你敞开着。"听了他的话，我强忍着才没有让眼泪掉下来。

就这样，在大学毕业二十年后，我离开了自己耕耘了二十年的非常熟悉和热爱的土地，去追求更大的舞台和新的事业。2001 年 3 月 15 日，ITS 上海玩具轻工实验室开张当天我到 ITS 报到，成为天祥集团大家庭的正式一员。那年，我 43 周岁，很多领导、同事和朋友都为我感到惋惜，所里的同事都恋恋不舍，包括我的驾驶员小虞，大家都很伤感。

初识 Intertek

报到那天，Paul Yao 约我到位于上海浦东新区陆家嘴金融开发区栖霞路、南泉北路口的房地大厦 ITS 上海总部见面，见了人力资源（HR）经理李晓东和总经理 Jason Qin。不过，当我拿过李晓东给我的劳动合同文本准备签字时，看着公司的名称是"依梯埃·塞密柯技术服务（上海）有限公司"，心里多少有点困惑，这和 Paul Yao 名片上的公司名称 Intertek Testing Services（ITS）完全不沾边儿。从房地大厦出来，我和 Paul Yao 驱车前往浦东金桥开发区的玩具轻工实验室。在车上，我才从 Paul 的口中知道：ITS 早在 1989 年就进入中国了。先是在深圳建立合资公司，主要从事玩具轻工类产品的检验检测业务，是进入中国市场的第一家国际第三方检验、检测、认证机构。1994 年，ITS 在上海与上海市质量技术监督局下属的上海质检所组建合资公司，主要从事纺织品的检验检测业务。几年后，ITS 的电子电气业务线也在上海落地，经国家有关部门特批，另外单独设立了一家独资公司，命名为依梯埃·塞密柯技术服务（上海）有限公司，是 ETL –SEMKO 的谐音，总经理是 Jason Qin。其中的 ETL 是北美地区最具影响力和权威性的电气产品安全认证标志，最早可追溯到 1896 年由美国著名发明家爱迪生创立的电气测试实验室（Electrical Testing Laboratory，简称 ETL）。而 SEMKO 则是 1925 年由瑞典政府批准设立的安全测试和认证机构，在欧洲乃至全球具有举足轻重的地位。1994 年，SEMKO 被 ITS 收购，与 ETL 合并，成为 ITS 名下专属的全球安全认证标志。考虑到当时中国的法律法规对国际第三方质量服务机构进入中国市场有着严格的市场准入门槛和审批程序，为减少麻烦，遂将新开的金桥玩具轻工实验室直接挂在依梯埃·塞密柯的名下，注册为依梯埃·塞密柯技术服务（上海）有限公司金桥分公司，Jason 就成了我名义上的老板，但实验室的运作和管理直接归香港管，Paul 自己兼任总经理，我负责具体的日常运作，而 HR、财务和 IT 等事务则由依梯埃·塞密柯技术服务（上海）有限公司提供帮助。Paul 告诉我，事实上那时 ITS 已经在中国大陆多地设立了多家公司或分公司，虽法人主体不同，但在 ITS 内部，都是按业务线进行运作和统一管理的，而 ITS 在中国的分支机构都被纳入以香港为总部的亚太区管理。

虽然正式确定来 ITS 之前在网上查过 ITS 的相关资料，但都是英文版的，看得不是特别明白。到了 ITS 才知道，其实 ITS 在全球第三方检验、检测和认证行业是属于第一梯队的少数几家行业巨头之一，总部在英国伦敦，但公司并非起源于英国，而是一家通过以并购方式为主发展起来的大型跨国集团。ITS 早期由 Inchcape 财团掌控，名为 Inchcape Inspection and Testing Services，简称 IITS。后来这块业务从 Inchcape 剥离，由 Intertek 财团掌控，遂改名为 Intertek Testing Services，简称 ITS。而公司的中文名称则沿用 ITS 香港公司的中文名称——香港天祥公证行有限公司中的"天祥"两字。

天祥集团作为全球第三方质量技术服务行业的"龙头老大"之一，服务几乎涉及所有行业，包括纺织和鞋类、玩具、电子电气、建筑、加热设备、医疗设备和制药、化学品和石油、食品和农产品、化妆品、轻工产品以及大宗货物等。可以为产品、货物和体系提供包括测试、检验、认证、审核、风险评估和管理，以及咨询、培训在内的一系列服务。但当时 ITS 的全球架构是按照消费品、电子电气、石油化工等大专业门类划分的，纺织和鞋类（Softline）、玩具轻工（Hardline）、验货（Inspection）、食品（Food）等都归在消费品业务板块，英文为 Consumer Goods，简称 CG。

初创的 ITS 金桥玩具轻工实验室大约 2000 多平方米，虽然在 ITS 内部，同类实验室被简称为 TFH Lab，即玩具（Toys）、食品（Food）和杂货（Hardgoods）实验室，但金桥分公司仅设有杂货实验室和化学实验室，另加一个客房服务部。杂货实验室主要从事各类玩具和轻工产品的质量检测和认证，包括塑料玩具、木制玩具、电动玩具、毛绒玩具、各种家具、户外用品、运动器材、工具、蜡烛等众多产品的安全性能检测和认证。化学实验室主要针对各种消费类产品根据国内外相关法规与标准对某些有害物质的含量进行检测，服务的对象主要是国际买家和进出口厂商。实验室的设备配备和运作模式完全按商业性实验室的要求进行。虽然我之前曾在体制内类似的实验室呆过十四年，对纺织产品、高分子材料和染化料助剂的检测，包括物理和化学检测也都相当熟悉，但大多是为科研服务的，对商业性实验室的性质和服务模式完全是门外汉，特别是在理念上存在很大的差异。

从上海合纤所的所长到 ITS 上海金桥分公司的高级经理，对我来说这不仅仅是职业和职务上的变化，更是一种从观念到处事方式、从做好工作到追求事业、从管理理念到服务理念、从只会看局部到学会看大局的由里及外、脱胎换骨的转变。同时，也让我能够在新的平台上把自己所钟爱的事业推向新的高度。虽然当时并未意识到这些，但现在我真为当年这个勇敢和正确的抉择感到骄傲。我的老领导、老同事、老朋友和我的家人如今也都这样说。

不过，转变说起来容易，做起来却很难。别的不说，以前在合纤所当所长，虽然所里的效益不好，收入也很低，但管理上千人，又是法人代表，在业内具有一定的影响力和知名度，到处受人尊重，工作再晚，总有司机等着送回家。现在则完全不同，不但只是一个小小实验室的头儿，也没有职级，还脱离了原来熟悉的人脉和圈子，面对新的工作环境和客户，没人知道我是谁，而且，新的工作地点远在浦东金桥，每天上班必须至少提前两小时出门，挤两辆公交车才能到公司。晚上下班常常没有固定的时间。经常天上已是满天星斗，我还在公交车站苦苦等候，脑子里却是妻子和儿子还在焦急地等我回家吃饭的场景。心理上的冲击，估计不是谁都能感受的，但我挺住了。

记得 Paul 曾经跟我说过，ITS 是一家商业性的第三方质量服务机构，关注的主要是三点，一是市场和客户，二是服务和质量，三是效率和效益。除此之外，都不是公司关注的重点，包括我的这种心理上的"感受"。

创业团队的小伙伴们

虽说金桥实验室的建立由 ITS 全额投资，但对金桥实验室的早期员工来讲，运行这样一个中型实验室，无异于一场艰苦的创业。

金桥实验室开张时，首批员工才 12 人。其中有 4 人在我加盟之前就已是这儿的员工了，并参与了实验室的筹建和开张前的各项准备工作。这 4 人中，Eric Chang 原是 ITS 广州公司玩具轻工部的销售主管，加入 ITS 已有 3 年，由 ITS 香港总部派来上海负责筹建金桥实验室。Peter Yu 和 Roger Zhang 则是由当时的 MTL 上海公司"投奔"来 ITS 的，他们在 MTL 上海公司分别是 Hardgoods 实验室的经理和主管。还有一位叫 Arther，是从外面直接招聘来的，是一位化学工程师。而除了我们 5 人之外，首批员工还包括 Hardgoods 实验室的 Max Tian、Billy He 和宋师傅，以及客户服务部（CS）的两个小姑娘，一个叫 Connie，还有一个忘了名字。此外，还有一名前台和一名化学实验室的辅助工。

金桥实验室为我准备了一间办公室，里面放着两套办公桌椅和数个柜子，其中一套是为 Paul 来上海时用的。但事实上，直到我们离开金桥搬到宜山路，Paul 除了几次到办公室和我商谈事情，他从未真正用过这个办公室。按照 Paul 预先的安排，金桥分公司由我负责日常运营，Peter Yu 任 Hardgoods 实验室经理，Eric Chang 任 CS 主管，并兼管行政工作，另外还要招募一名化学实验室经理。Paul 告诉我，他已经面试过一位应聘者，叫 Derryl Yun，感觉不错，让我约他再见一次，看看是否要最终录用，因为今后他将是我的下属。就这样，我自己刚入职 ITS 不到一周，就成了别人申请进入 ITS 的面试官，让我多少感觉有点不可思议。

当 Derryl 坐在我面前侃侃而谈的时候，脸上充满自信，或者说是自我感觉良好。的确，作为上海大学的硕士研究生，毕业后到上海市质量技术监督局下属的上海市产品质量监督所，很快就被列为后备干部人选，并且在很短的时间内到不同的岗位进行锻炼和培养，年纪轻轻已经成为所里的中层干部，在专业和管理上打下了一定的基础，应聘这个化学实验室经理的岗位似乎绰绰有余。不过，在我这个已经从事二十年化学测试分析及相关科研开发和管理工作的人眼里，我更欣赏的是他的那种直率和活力。那天他穿了一件质监系统的制服，头发也留得很长，而且很乱，有点不修边幅。但所有这些都无法掩盖他的踌躇满志，虽然和我对视时他不时流露出试探的眼神。Derryl 善于表达，随机应变的能力也很强。以前我在体制内做领导，考核和使用干部主要从"德、能、勤、绩"四个方面考虑。但面对这样一个"新人"，信息资源有限，资历和能力就成了仅有的判断依据，Derryl 被录用了。

实验室刚开张，ITS 香港公司先后派了好几位经理和高级经理来我们这儿进行"传帮带"，包括 CS 的和实验室的，以确保我们一开始就能严格按照规范运作。那段时间，ITS 香港公司的 Lydia Lao、Cherry Feng 等每周都要往返香港和上海，来给我们培训和把关，很是辛苦。Paul 每周三会来一天，他每次来，早上乘飞机到浦东机场，打的到我们位于金桥的实验室也就 30 分钟。一般他都不会进办公室，而是直接去实验室，跟 Derryl、Peter 聊上半天。大约中午接近 1 点，才出来和我们一起去吃饭。那时，金桥开发区还是在开发初期，实验室周边只有一家很普通的餐馆。每次 Eric 点菜，总有点缩手缩脚，大家吃得总觉得还缺"一口气"，最后 Paul 总会要一盆葱油拌面，大家才觉得吃饱了。吃完中午饭，Paul 会到办公室签一些应该由他签字的文件或单据，然后会问我是否还有别的事，通常情况下，大多数需要向他请示汇报的事情都在每天的 E-mail 中解决了，所以也没有什么特殊的事情。一问没事，Paul 就马上背起双肩包，出门打的去机场飞回香港，对我们的日常运作基本不会过问。

刚开始那段时间，除了关心公司的日常运作和抓紧制度建设和培训之外，我大部分精力主要花在两方面。一是每天审核和签署越来越多的测试报告。由于我对报告的内容、格式和要求还在学习和熟悉的过程中，而且除了化学方面的，我对 Hardgoods 部分的测试根本不熟悉，面对厚厚十几页的一份英文报告，我要花很长时间才能完成审核和修改，还常常有不清楚的地方，需要和实验室沟通、确认，实在是苦不堪言。但比这更烦的是，我每天还要花很多的时间去处理 CS 和实验室之间在流程上的问题，而在这些问题的背后，实质上是不同人员，特别是管理人员之间磨合的问题。

Peter Yu，内蒙古包头人，本科毕业于西安交通大学，研究生毕业于上海交通大学，材料学硕士，在技术问题的处理上，常常给人一种"舍我其谁"的感觉，可能是已经有在第三方实验室工作的经历，做事严谨，但看问题也比较固执，处理矛盾时往往是"针插不进、水泼不进"。不过，Peter 对工作的认真和对测试结果的严格把控，却是第三方实验室从业人员应有的基本素养。Eric Chang，上海人，幼时随父母迁至芜湖，毕业于镇江农机学院（现江苏大学），毕业后去广东工作过，上海话、普通话、广东话和英语俱佳，思维敏捷，对法规、标准的敏感和熟悉程度较高，偏技术型，但做事小心谨慎，不敢冒险，也不太善于沟通，不能准确把握别人想要什么。他的性格和他之前从事的销售工作和现在的客户服务工作多少有点相悖。一边是面对市场和客户各种各样的要求，一边又要落实后面的跟进，同时还要考虑尽可能降低风险，处理事情就会显得矛盾重重。但和 Peter 一样，Eric 做事非常认真、细致，任劳任怨，待人也非常和气。但是，当 Eric 遇到 Peter，事情就麻烦了。虽然大家都是明白人，但因为都有点保守和固执，缺少换位思考的意识，CS 和实验室上下游之间的一些常见矛盾就变得不可调和。甚至有时候双方各自从香港公司拿到的一些技术文件也不愿分享。香港公司也觉得奇怪，怎么双方都来要同一份技术文件？这种由性格引起的矛盾没有绝对的对错，也不可能通过简单的批评或行政命令来解决。我只好打温情牌。那段时间，我经常下班后邀请 Peter、Eric 和 Derryl 一起去我家喝酒、吃饭、聊天。我和 Derryl 趁机做他们双方的思想工作，促使他们转变思维方式，学会换位思考，同时对工作中存在的问题和矛盾，通过"场外撮合"的办法予以解决。Peter 和 Eric 当然明白我们的苦心，主观上也想改变当时的现状，所以经过一段时间的磨合后，问题基本解决了。只是这种经常性的"下班后活动"，把 Derryl 害惨了，往往是我们谈兴正浓，但九点一到，Derryl 的太太就会打电话催促他回家，如果十点还没回家，来电的频率就会增加到十五分钟一次。最厉害的一次，我们聊到十一点半，Derryl 的手机每过五分钟就响一次。所以后来我们基本上一到九点，就会让 Derryl 先回去，然后我们再接着聊，当然也不会忘记调侃 Derryl 一番。

到 ITS 工作不久，我原来在纺研院的徒弟洪晨跃、合纤所的同事谢雪琴也先后辞职来到 ITS 金桥分公司，成为化学实验室的得力干将。那天我因事去纺研院，我原来在南方测试中心的同事吴岚找到我，问我是否有机会也能去 ITS，让我感到有些意外。吴岚是中国纺织大学纺织材料专业的高才生，毕业后分配到纺研院工作。瘦瘦高高、白白净净的，说话细声细气，非常本分安静的一个女孩子。刚开始几年，一直跟着黄其善老师从事纺织标准化研究，从普通的纺织品一直扩展到军用纺织品领域，几乎每年都有新标准面世。中间有一段时间，吴岚停薪留职到一家外贸公司工作过，后来又回来继续从事纺织产品的标准化和检测技术研究工作。我离开纺研院去合纤所任职后，南方测试中心人员结构也发生了很大变化，吴岚成为测试中心的技术负责人和授权签字人。所以此时她提出离开南方测试中心到 ITS 去，我确实有点意外。同时，还担心测试中心现任领导会埋怨我挖墙脚。但我从心底里认可吴岚做人和做事的风格，对她的能力更是毫不怀疑，虽然以前和她直接接触并不多。如果她能加盟金桥实验室，会让我们如虎添翼。不久，吴岚便成为金桥分公司客服部的高级主管，英文名 Jane，并很快带出了一支能干、高效的客户服务队伍，为金桥分公司的快速发展做出了很大贡献。如今，吴岚是一位少有的既得到集团管理层高度赞扬，又受到员工们普遍敬重，在客户中也有很高威望的高管，实属不易。

说到当年一起"创业"的小伙伴，肯定要说说 Annie 小姑娘。当 Eric 把她招来专门做 CS 助理时，我横看竖看她就是个"童工"。个子不高，扎着两根小辫，挎着一个普通的包包，长相很甜，说话时有点腼腆。实际上，她是一个非常活泼、机灵、聪慧的小丫头，做事效率很高，待人接物非常到位，执行力强，受了委屈也不生气，整天乐呵呵的，跟谁都能打成一片，特别乐于助人，很快，她就成为金桥分公司的"开心果"。不久，Annie 就由助理晋升为客服专员，英语也非常流利。

Max 和 Billy 作为 Hardgoods 实验室的工程师，干活非常得力，Peter 非常喜欢，但他们对 Peter 的管理风格却不太认同。不过他们从来都是对事不对人，工作中的矛盾从来不会影响他们之间的感情。Max 平时话不多，工作非常认真。对标准和测试结果评判的把握，既不失灵活，又保持严谨，是可以充分被授权的人。Billy 大事不糊涂，小节却有点把握不准。记得一次 Billy 出差回来报销，让我签字，我一看除了差旅费、住宿费和餐费之外，还有一项宾馆收的杂费居然高达四位数。我问是怎么回事，他说这是每天让宾馆洗烫他换洗衣服的费用，这真让我有点哭笑不得。我对 Billy 说，你一个大男人，出差自己洗几件衣服也不行？你大学生活是怎么过的？不过批评归批评，我心里想，Billy 可能也是第一次遇到这种情况，以为出差就可以享受宾馆提供的所有服务，但不知道洗衣费是不可以报销的。考虑到这笔费用不低，我跟 Billy 讲，公司承担一半，另一半他自己负担，对他也算是个教训，但下不为例。不过我心里还是为 Billy 有些心疼，毕竟那时几百块钱对他来说也不是个小数目。事实上，Max 和 Billy 都是有志向的人。无论是在工作中还是在工作之余，他们都在不断努力学习，为自己今后的职业生涯寻找更为广阔的舞台。几年后，Billy 去了一家薪资更高的公司，做了主管。Max 去了 Wal-Mart 的中国总部，担任采购质量经理。后来 Max 在职攻读浙江大学的 MBA 课程并获得工商管理硕士学位，我应聘成为他的校外导师。

几个月后，金桥化学实验室的 Eco-Textiles 检测业务量开始迅速上升，每天有大量样品需要从宜山路的纺织品实验室运送到金桥化学实验室。Paul 提出我们可以租一辆车来解决每天的送样问题，这样可以提高工作效率。同时，还可以每天接送部分管理人员上下班，一举两得。我原来在合纤所的驾驶员小虞知道这个消息后提出想来做这份工作。但我有点犹豫，因为这次是租车，不是招聘驾驶员。但小虞说，他只是还想跟着我干。于是，小虞狠心辞了在合纤所为所长开车的"铁饭碗"，自己筹钱买了一辆当时比较流行的金杯面包车，以租赁的方式成了 ITS 金桥分公司的编外一员。而我也擅自改变了 Paul 的建议，将每天接送上下班的范围从少数几个管理人员扩大到所有员工。好在当时金桥实验室的人不多，除去住在浦东无须接送的员工，可以满足大家的需求。从那时开始，小虞总是一早先在几个点接上其他员工，然后到我家，再直奔浦东金桥，晚上则相反。到后来，为了让我过过开车的瘾，每次车到我家后，小虞会自动换到副驾驶的位置，由我来执掌方向盘。因为车上除了我多是年轻人，很快车厢内就成了欢乐的"海洋"，员工间的气氛甚是融洽。但小虞的工作量却陡然上升，除了每天上下班的接送，上午和下午他还要在地处浦东的金桥和地处徐汇的漕河泾之间来回两次，十分辛苦。

不到半年，整个金桥分公司就提前实现了当月盈利，而且每个月的营业收入都会创历史新高。我向大家承诺，只要每月创新高，我就会请全体员工吃饭，绝不食言。那几个月，我们每个月总会有一天，大家早早处理完手头的活，然后出去聚会，每次都玩得很尽兴。公司的氛围不但越来越和谐，士气也是愈来愈高涨。不久，在 ITS 集团内部，我也成了一种"传说"，公司对我们金桥实验室开始关注起来。

当年金桥分公司的小伙伴们

在体制外实现第一次飞跃

我刚到天祥集团，就好事连连。先是 5 月份正式拿到东华大学颁发的工学硕士学位证书。7 月初，我到天祥不到四个月，和 Eric 一起去烟台出差，突然接到上海市人事局打来的电话，说我年前申报的正高级技术职务任职资格评审通过了，让我去人事局再补一个计算机水平考试。这个消息不仅让我感到意外，更是让我兴奋不已。原本以为自己辞职离开了合纤所，这事也就不了了之了，没想到最终成功了。当时离开合纤所时，我把已经定好的上海市劳模和享受国务院特殊津贴专家的荣誉都舍弃了，没想到正高级职称的评审却没受到影响。按上海市人事局后来下发的文件，我具有教授、研究员或教授级高级工程师的任职资格，用人单位可以根据需要进行聘任。但这个文件还是发给我原来的任职单位上海市合成纤维研究所，估计人事局还不知道我已经辞职去了外资企业。

　　随着金桥实验室的业绩快速上升，金桥分公司的 Prof. Wang 很快在 ITS 内部传开。先是 ITS 上海几个分支机构的老总纷至沓来，让我有幸结识他们，如纺织部的总经理 Frank Huang 和前任经理 Alfred Su，我名义上的顶头上司 Jason Qin，石油化工部的麦卫球。不久，Paul 给我来电话，说是 ITS 的大老板，香港天祥的创始人，ITS 全球执行副总裁，也是 ITS CG 业务板块的老大邝志刚（Raymond Kuang，公司上下都叫他邝先生）要来金桥看我，让我留出时间。我问 Paul 要准备什么，Paul 告诉我不用特意准备。我问要讲什么，Paul 说想讲什么就讲什么。我再问他是否陪邝先生一起来，未料他说："他来我不来。"这着实让我有点摸不着头脑。尽管 Paul 说不需要特别准备，但上海的几位老总都提醒我千万小心，邝老板很厉害的。

　　邝先生是由 Jason Qin 陪着一起来的。之前，我召集 Peter、Derryl 和 Eric 一起商议应该准备什么，就是我们应该给大老板展示什么。我说："我们实验室很小，老板见得多了，不需要花太多的时间给他看实验室。我们大家多花点精力做做功课，到时给大老板讲讲我们对国际国内的贸易和产业发展形势的认识，并对金桥实验室今后几年的发展态势做出有依据的判断。"大家都说好。那天邝先生来，我们几个轮番上场，老板也不时插话，提出各种问题，但大家都回答得非常圆满。那天主角自然是我，我使出浑身解数，从中国的宏观经济环境和中国纺织品服装的国际贸易发展现状，对 ITS 在中国的纺织产品生态安全性能测试业务方面今后十年的发展态势和我们的对策做了有数据、有分析、有判断、有结论的报告。邝先生基本没有插话，还不时地做笔记。等我讲完，邝先生显得有点激动，他说："ITS 在中国已经有了很多实验室和分支机构，我基本都去过，但每次都只有 Outputs，没有 Inputs，但这次我有太多的 Inputs，谢谢你们！"邝先生没有久留，又说了几句鼓励的话就走了。后面几天，我一直等 Paul 的电话，想知道邝先生回香港后有什么反馈，但 Paul 一直没有来电，我也不好意思问。

　　一天下班，我正开车带着一车人在回家的路上，车到陆家嘴，手机突然响了，一看，是 Paul 的，我没敢怠慢，立即接听。Paul 开口就说："祝贺你！Raymond 对你和你的团队非常满意。"他还说，Raymond 说他总算做了一件好事，为公司找到了 Prof. Wang 这样的人才。我说，那就好，我没给你丢脸。Paul 接着话锋一转，说："Raymond 让我告诉你，想给你换个位子。"我一听有点紧张，忙问："换到哪里去？"Paul 说："Raymond 想让你担任 ITS 中国的市场部总经理。"我一听连忙回绝，说："我是搞技术的，根本不懂市场部的运作。既没学过这方面的知识，又无这方面的实践。你邀我来 ITS，是让我来运作实验室的，这个是我想做的。让我负责市场，我没那个能耐。"听我这样一说，Paul 愣了一下，然后有点无可奈何地说："Raymond 想做的事，如果你硬顶着，可能会有麻烦。"我是明白人，一听就知道，这话的意思就是说："大老板想用你，你不要不识抬举哦！"但我还是斩钉截铁地说："我不去！"只是我当时没有意识到，我身处的环境已经变了，我这率性的做法，无形之中多少有点挑战老板的权威。

我不知道 Paul 是怎么去跟邝先生回话的，后来也没有进一步的信息。邝先生自然也不会直接给我打电话。大概过了一个月，邝先生发了邮件，说是要在中国建立一个 ITS 核心管理团队，一共点了十一个人，其中有我。那天邝先生召集在上海房地大厦开核心组成员会议，商量两件事情。一是我们这十一人的分工，分别负责对口国内相关的行业，希望能与之建立紧密的关系，我被分配负责纺织和轻工行业；二是 ITS 的全球首席执行官（CEO）Richard Nelson 将访问上海，要求我们届时分头介绍相关情况。邝先生特意点到我，要我讲讲宏观形势和化学安全检测业务今后在中国的发展态势，在此次会议上，我第一次见到了曾在 Paul 口中被多次提起过、后来又成为我老板的时任 ITS 消费品华南区总经理柏学礼先生。

为准备迎接 Richard 的到来，核心组的召集人 Jason Qin 组织了一次会议，Jason 特意告诉我不会英文不要紧，可以直接用中文讲，他会帮我翻译。一旁的 Frank 也说他会帮我翻译。他们两人的英语都非常厉害。Jason 曾在新西兰待了好多年，而 Frank 是解放军洛阳外国语学院毕业的。回去准备时，我想，如果直接用中文讲，当然好，对我来说太简单了，不用花什么功夫。但邝先生这次好像是有意让 Richard 听我这边讲宏观经济形势，不用英文似乎有点说不过去。我一狠心，决定直接用英文讲，不过，这十来张 PPT 还是让我花了不少时间。那天的演讲我是这样开头的："Though the second language I learnt is Russia but English, I'd like still to use English for my presentation." 我这一开口，无论是 Jason 和 Frank，还是邝先生都有点意外，但很快他们就很和善地向我点头示意，鼓励我继续讲下去，并且随时准备给我"解围"。因为准备得比较充分，所以我用英文讲得比较顺利，大家给了我不少掌声。休息时，Richard 特意走到我面前跟我说了很多话，我明白其主要意思是："你讲得很好，对宏观趋势的分析非常到位，英文也不错，谢谢你！"休息时我们几个在走廊里抽烟，邝先生跟我说："你今天讲得很好！你英文基础差确实会给工作带来一些不便，但别担心，有空的话再抓紧学习就可以了。"柏总也在一边说："是的，我和他一样，以前也是学俄语的，现在要用英语就有些困难，特别是口语。"

2001 年 12 月 11 日，中国正式加入世界贸易组织（WTO），中国的对外贸易随之出现井喷式增长。其中，中国的纺织品服装出口更是一马当先。这为 ITS 这类国际第三方质量保障服务机构更好地为中国的出口保驾护航提供了很好的契机。那时，以关注产品的生态安全性能为特征的绿色贸易壁垒正在迅速成为国际纺织品服装贸易领域关注的热点。金桥化学实验室正好适应了这个发展趋势，可以根据世界上纺织品服装主要进口国的法规和买家的要求，为中国的出口企业提供近距离和全方位的质量保障服务，纺织产品生态安全性能检测成了金桥分公司业绩迅速上升的主动力。我花了很多精力学习和了解技术性贸易壁垒（TBT）的相关知识和具体内容，结合自己在纺织科研领域 20 年所积累的知识和经验，对如何应对纺织品服装国际贸易领域中各种绿色贸易壁垒的对策和措施进行了深入研究，发表了十多篇论文，接受了数十次各类媒体的采访。不仅应邀到全国各地做报告、开讲座、办研讨会，一年多的时间里累计做了60多场报告，并且在出版《禁用染料及其代用》之后，和陈荣圻教授再次联手，合作编著出版了《生态纺织品与环保染化料》一书，再度成为中国纺织服装行业应对技术性贸易壁垒研究领域的领跑者。原本我还担心这些公开对外的知识和信息传播会涉及公司的知识产权和商业利益，但Paul却对我表示了极大的支持。ITS香港公司的Lydia Lao还帮助我们对书稿的技术内容进行了审核。2002年初，刚成立不到一年的国家质量监督检验检疫总局在青岛组织全国出入境检验检疫系统内的管理和技术人员共200多人，举办了两天的专题培训，由我主讲绿色贸易壁垒的发展态势及对策，受到高度赞扬。从此，我与中国的出入境检验检疫系统结缘，并一直是他们的特聘专家，几乎全国各地的出入境检验检疫局都有我认识的朋友，当然更多的是他们认识我，我不认识他们。现在我退休了，但仍是中国出入境检验检疫协会的专家委员会成员之一，并担任中国出入境检验检疫协会检验鉴定标准化技术委员会主席。

感受与体制内不一样的企业文化

到了ITS，发现外资机构都习惯使用英文名字，但我没用。不明白为什么要用"洋名"，后来时间长了才知道，外资机构没有那么强烈的官位意识，在公司内部，不管职位高低，通常都是直呼其名，不会带职务称呼，如果用英文名，不仅简单，而且不管是中国人还是外国人，于人于己都非常方便。鉴于我姓王，名建平，所以就想到取的英文名要以J开头，没有多考虑，立马就想到了我心目中的英雄人物詹姆斯·邦德，因此，就取英文名为James Wang。

名声在外，再加上不断有新的研究成果面世和新的服务推出，对正在全力拓展国际市场的中国纺织行业来说，ITS的知名度和影响力与日俱增，我们的业务像加了催化剂一般，快速上蹿。2001年8月，我加入ITS五个月后，Paul没有预先和我打招呼，就直接在ITS的全球局域网内发了一个通告，给我戴上了"中国纺织品技术性贸易壁垒研究领域的先驱和领导者"这样一顶听上去有些吓人的"桂冠"，宣布我从即日起担任ITS金桥分公司的常务副总经理，全权负责公司的所有事务。不久，在香港的一次会议上，Paul让我给来自ITS各个不同实验室的主管讲应该如何通过对宏观经济环境的分析来判断市场的走向。Paul给我的评价是："James已经从教授变成了商人。"但我自己心里很清楚，对于我们这个行业来说，成功的秘诀在于对宏观的准确把握和以客户为中心的技术营销策略。

2001年年底，除了年底双薪，金桥分公司的年终奖金额度是全公司月平均工资总额的3倍。Paul让我制订分配方案他审批，我还从来没有直接操作过对员工的年终奖金分配。按习惯思维，我先定了一个平均数，然后再考虑加分或减分的因素。鉴于管理人员本身的薪酬较高，我觉得奖金的分配应该向基层员工倾斜。花了很大的工夫，总算定出一个初步方案，邮件发给 Paul，没想到，十分钟后，就给"弹"了回来，Paul 的评价是"乱弹琴"。我有点不得要领，又不好问，根据自己的理解又修改了一遍。再发过去，又给"弹"了回来。直到第四次，我才弄明白，原来我按平均主义的思维方式进行分配在外资企业是完全行不通的。在外资企业，薪酬和奖金是完全与职位、职责和实际贡献挂钩的。弄明白后，制定起来反倒好办了，但差距之大却远远超出了我的想象。那年，Paul 给我的年终奖是我月工资的 4.8 倍，是我在合纤所任所长时全年收入的好几倍，这是我万万没有想到的。

因为业务的全面"开花"和快速增长，金桥实验室的场地很快就不够用了，2002年底，公司决定搬家扩容。邝先生提出，实验室搬到漕河泾，与 ITS 上海纺织实验室做"邻居"，而且他非常看好纺织实验室所在的齐来工业城周边的环境。很快，在宜山路889 号 4 号楼的底层，ITS 上海玩具轻工部新址的装修开始动工，玩具、杂货和化学三个实验室的实验条件都将明显改善。增加的场地和设备为下一阶段的持续高速增长奠定了坚实的基础。也是在这一年，ITS 在伦敦正式上市，企业名称正式用 Intertek 代替了原来 Intertek Testing Services 的简称 ITS。

2003 年初，我们刚从浦东金桥搬到漕河泾开发区，得到通知说又有一位大老板要来看我。Frank 告诉我是邝先生的一员大将 Henry Yang。据说，邝先生早年创办香港天祥的时候，Henry 就是和他一起创业的，后来 Henry 被委派创建了台湾天祥公司，再后来一直担任公司北美地区的老总。现在回香港再次协助邝先生，担任 Intertek 亚太区排名第一的副总裁。Frank 说，Henry 来找我的目的，是因为听说我在中国纺织行业有很广的人脉，并在相关的专业领域有一定的影响力，所以就想通过我与中国大陆的纺织界建立紧密关系。同时还想听听我对 Intertek 在中国发展纺织品检验和检测业务前景的看法。那天 Frank 陪同 Henry 来。Henry 待人非常和蔼，我也没有了像邝先生第一次来时的那种紧张，我们三人谈得很是投机，有种相见恨晚的感觉。Henry 希望我能带他认识当时中国纺织工业协会的领导。

虽然我和时任中国纺织工业协会会长的杜钰洲之前认识，但并不熟悉。我通过老朋友、现任中国纺织工业联合会会长的孙瑞哲与杜钰洲会长约定了会面时间。为了让Henry 的北京之行能够更加丰富，同时也让 Henry 对正在快速发展的中国服装业和家纺行业有更深的了解，我还约了时任中国纺织工业协会副会长兼中国家用纺织品行业协会会长的杨东辉和中国服装协会总工程师闻力生，准备到时带 Henry 分别去拜访他们。

和杜会长的会见很顺利，Henry 感觉收获良多。我原来从事科研工作时的老领导和老朋友、原纺织工业部科技司司长、中国纺织工业协会科技发展部的李金宝主任也参加了这次会见。和杨东辉会长的会见更加轻松，我们还一起吃了便饭。只是和闻力生等几位中国服装协会的领导座谈时发生了一个小插曲：座谈时我的手机突然响了，是 Frank 打来的，我起身到一边接电话，Frank 问我们北京之行是否顺利。我接完电话回到座位上，看见 Henry 正用非常不悦的眼光看着我。我有点摸不着头脑，不知发生了什么情况。座谈结束后，刚出大门，Henry 就很严厉地对我说："你怎么连基本的规矩都不懂？拜访客人时为什么不把手机调成静音？怎么可以随便就去接电话？以后绝不可以再发生这种情况！"说实在的，我原本没有特别在意，可能觉得和闻力生总工程师及其他几位领导都是老朋友，但 Henry 这样一说，倒是给我提了个醒，细微之处，也体现出对人的尊重。回到我们住的北京昆仑大酒店，进电梯正好遇到 Paul 也来北京。Henry 劈口就说："Paul，你们的 James 好厉害！不仅能见到行业协会的领导，而且对中国纺织行业的情况也是非常熟悉！"

一来二去跟 Henry 熟了，说话也变得随便起来。那天 Henry 来上海，Frank 约了一起吃饭。谈兴正浓时，Henry 问我："你到天祥也有一段时间了，有什么感受？"我已经忘记那天是否喝酒了，但记得当时正好谈到几位 ITS 老员工先后离开的事情。我随口说了一句："到天祥时间不长，但学了不少东西。不过原本以为外资企业处理人际关系会比较简单，没想到其实阶级斗争也挺复杂的！"Henry 忙问我什么叫"阶级斗争"，我说："这是一种习惯说法，没有什么特别的意思，就是说人际关系比较复杂的意思。"Frank 也跟着说，就是一种形容，大家开玩笑时都会这么说。但那时我并没意识到自己已经无意中冒犯了大老板。两天后，我突然接到香港来的电话，是邝先生打来的，开口就问"你说公司搞'阶级斗争'是什么意思？"我一下子懵了，不知该如何回答。脑子立马想到"祸从口出"四个字。邝先生看我没回答，又跟了一句："回头我来上海，你再跟我解释！"说着就把电话挂了。一天后，邝先生真的飞来上海，一下飞机就直奔我的办公室。面对他的责问，我没有解释，觉得很难解释清楚。我已经做好了被炒"鱿鱼"的准备，但这事并没有发生。邝先生临走时还是很生气的样子，我心里也觉得有些愧疚，但还是什么都没说就送邝先生出门了。我还准备被 Paul 训一顿的，但奇怪的是，Paul 像什么事都没发生过一样，并没为此事发出一点声音。令人意外的是，Henry 不久也告别了他为之奋斗了几十年的 Intertek，回加拿大研究神学去了，我们都为之惋惜。天祥香港公司特意为 Henry 举办了盛大的欢送晚会，我们都去参加了。晚会上大家对 Henry 的赞美之词溢于言表，场面很是感人。

与"死神"擦肩而过

2002 年 3 月，ITS 香港公司的 Lydia Lao 和台湾公司的 Deborah Yang 邀请我为天祥集团的一个全球客户 Skechers 的代工（OEM）工厂做一次巡回培训，主要是介绍鞋类产品中有害物质的来源、管控要求和检测方法。那时 Skechers 的亚太区总部在中国台湾，其 OEM 工厂大多在广东和福建，也有一些在越南和中国台湾。Skechers 亚太区总部负责质量管控的是一个头发花白，看上去不苟言笑的美国人，他负责全程跟踪和考核此次巡回培训的成效。这是我第一次以国际第三方检验机构专家的身份直接为天祥的国际客户提供技术服务，心里有点紧张。好在有专为 Skechers 服务的大客户经理 Deborah 的全程陪同和 Lydia 在广东的铺垫，这次巡回培训非常成功。

这次巡回培训，时间安排得比较紧张，六天跑了七个地方，讲了七堂课，再加上路途奔波，很累。那天完成任务后我一个人从泉州飞回上海，飞机起飞刚半个小时，我突然感觉心口一阵阵痛，脸色煞白，身上大汗淋漓，虽然有意识，但已经无法说话，头耷拉在一边，完全是一种濒死的感觉。好在空姐及时察觉，帮我服下 2 粒速效救心丸。很快，我的症状缓解了，除了湿透的内衣黏在身上有点不舒服外，其他一切恢复如常。我也不知道发生了什么，因为我之前除了高血压，从来没有过明显的心脏不适或其他的疾病。

回到上海第二天，我发起了高烧，两天没退。已经预约了去同济医院做平板运动试验，但因高烧不退，心率一直降不下来，不能做。第三天，我急着想知道病因，还是撑着去医院，挂了特需门诊，医生才勉强答应为我做平板运动试验。但在跑步机上跑了没多久，我的血压和心率直往上蹿，腿上也没劲儿，试验只能终止。几天后，诊断结果出来：冠状动脉粥样硬化，即大家熟知的冠心病。血液的肌钙指标也显示，最近曾经有过因血管痉挛或堵塞而导致的较为严重的心肌缺血。只是因为采取措施及时，服药后血管舒展，缺血情况得到了部分缓解，我才逃过了一劫。

后来，Paul 给我打电话，说是 Skechers 公司的那位美国老先生对我的讲课非常满意，大加赞赏。我有点纳闷，这位老先生是美国人，不懂中文，我用中文讲课，他怎么会觉得好呢？Paul 说，他也问了同样的问题，可这位美国老先生说："这很容易，只要看听课人的表情就知道了。况且，每次课后总有那么多人围着王教授提问，场面这么热闹，效果还能不好？"只是 Paul 和这位美国老先生都不知道，为了这次巡回的培训，我差点把命都搭上了。

一周后，我当年在纺织系统的好朋友、上海纺二医院的心内科主任周明成邀请他的搭档，从德国回来的上海中山医院心内科葛俊波医生一起在纺二医院为我做了冠状动脉介入造影检查，以确定我冠状动脉堵塞的部位和程度。结果发现我的冠状动脉前左降支中段堵塞严重，需要立即植入支架。

事后想想，我这个手术做得也有点太"草率"了。上手术台前我被告知，介入造影是冠心病诊断的"金标准"，但对手术如何进行、有什么风险或不良后果，我并不清楚，也没想过去关注。一则周明成是我的老朋友，再加上请来中山医院的专家主刀，我非常放心；二则觉得这是一个非常简单的手术，无须担心。直到上了手术台才想到，这毕竟是心脏手术，怎么就忘了进来之前跟家人关照点什么，万一在手术台上下不来怎么办？局部麻醉之后，葛医生拿起手术刀在我的右大腿根部的股动脉处切开一个小口子，插入鞘管，再插入导丝，沿主动脉一路逆行，到达升主动脉根部，探寻到我心脏的冠状动脉入口时，在我头部上方的那个显示屏里可以清晰地看到那根导丝在微微颤抖，我心里不由地产生一丝恐慌，但很快就镇静下来了。一是此时我没有任何不适感，因为血管内没有神经；二是两位医生神情自若，还在很轻松地和我说着话。

随着造影剂的注入，显示屏上清晰地显示出我的冠状动脉的充盈情况。葛医生和周医生简单地交换了一下眼神，就确诊了我的病灶部位，并直接把结果告诉了我："冠状动脉前左降支中段堵塞了90%，长度约有3厘米，需要立即采取相应的措施，否则预后很差，有危险。"周医生告诉我，目前可采用的措施包括球囊扩张术和支架植入术。所谓球囊扩张是指用一个可充气的球囊在堵塞处充气扩张，将沉积在此处的斑块挤压后打通血管。但被挤压的斑块不出3个月又会回弹，重新堵塞血管。而支架植入则是在堵塞处植入一个金属支架，用球囊充气使之撑开后，打通血管，并可长期保持稳定，远期疗效明显。我当即毫不犹豫地选择了支架植入。接下来的问题是：支架用国产的还是进口的。我问周医生哪个好，周医生说当然是进口的好，但价格会贵一点，而且是自费的。我便选了进口的。心脏部位当然要用最好的。从上手术台，消毒、局麻、穿刺到插入导管检查确诊用了20分钟，植入支架用了5分钟，全程仅用了25分钟，两位医生就干净利落地圆满完成了对我来说至关重要的一台手术。我从心里感谢周明成和葛俊波医生。更令我没有想到的是，十几年后，葛俊波医生已是中国科学院院士、中国心内科领域的泰斗级人物、世界著名的心脏内科专家。现在每当有人问起我当年的支架植入手术是谁做的手术，我都会自豪地说是上海中山医院的葛俊波。

"重回"纺织界

2004年，邝先生酝酿退居二线，拟由Paul接替他的位子，担任Intertek全球执行副总裁兼亚太区总裁。原在深圳任Intertek消费品业务线华南区总经理的柏学礼先生被派回上海担任消费品业务线的华东北区总经理。我的老板由Paul变成了柏总，而柏总的老板则变成了Paul。10月，公司在上海为邝先生举办了一个隆重的晚宴。在致辞环节，邝先生说，大家都知道，在现有的几位VP中，我最不喜欢的就是Paul。但在我交班的时候，从公司利益出发，我还是最终决定把Paul选为我的接班人。希望Paul不辜负公司的期望，把事情做好。就这么短短几句话，一种对邝先生的敬重在我的心底油然而生。

上海玩具轻工部的业务越做越大，新人也迅速增加，业务培训，特别是CS员工的培训有点跟不上了，应对国外客户的能力也是捉襟见肘。Paul直接从香港派了一位叫

Karbon Wu 的资深销售来上海 TFH 担任 CS 的高级经理。Karbon 虽然已三十多岁，但仍是单身，穿着打扮精致时尚，不仅英语好，能力也很强。仅用了不长的时间，就让公司的员工，特别是新的 CS 人员深刻领教了什么才是跨国公司的服务理念和应有的沟通技巧，也与越来越多的国际客户建立了良好的合作关系。后来柏总也想用她，给了她 CG 华东北区副总经理的头衔，让她负责消费品业务线整个华东北区的市场和销售工作，她也热情高涨地投入了工作。

2004 年下半年，Paul 提出要给我配一辆车，让柏总落实，但我自己并不知道，是 Frank 悄悄告诉我的，说是他们有一次在一起开会时 Paul 说的。三个月后，Paul 来上海，到我办公室正式和我说了这件事。我道了谢但并未放在心上。因为那时公司除了上海天祥成立时买过一辆别克车，配了一个驾驶员，主要为往来的客人服务，Frank 接任后由他实际使用之外，柏总也是到了上海后才买了一辆帕萨特由他使用，天祥并无为高级管理人员配备用车的惯例。没想到，当天下午柏总就来找我，说是准备为我配车，问我想买什么牌子的。我说无所谓，就上海产的合资品牌吧，别克和帕萨特均可。这事很快就落实了。那天邝先生见到我，还特意关照："以后周末可以带家人多出去转转哦！"对老板们的好意，我心怀感恩。

那段时间，我正在为江苏出入境检验检疫系统（简称 CIQ）和 Intertek 之间穿针引线，探讨合作的可能性。那次我应邀去北京做一个有关新版国家强制性标准 GB 18401 解读的报告。休息间隙，一位自我介绍是无锡出入境检验检疫局的陶源华工程师来找我，说这次局长特意派他来听我的报告，并说他们局长有意请我去无锡局专门做个报告，我就答应了。等我按约定时间到了无锡 CIQ 时才发现，事情好像并不是之前约定的那样。

那天我没穿正装，开着那辆没来得及洗的帕萨特到了无锡 CIQ，杨副局长和陶源华工程师很热情地在门口迎候。我问讲课的会场在哪里，我需要把电脑和投影仪先搞定。不料他们面面相觑，好像根本没有准备的样子，只是说他们周局长要和我见面，但我还是坚持先去会场。这时杨副局长提出我们先去丝纺中心看看，也就是他们的纺织品检测实验室，不在局本部，在无锡的市中心。随后我们驱车去了丝纺中心，杨副局长先是带我去实验室看了一下，然后带我到一个简陋的会议室，投影仪什么的都没有，临时叫了一些人来听课，实在让我有点丈二和尚摸不着头脑。没办法，我只能打开自己的电脑，满心狐疑地开始讲课。不久，就不断有人进来催促杨副局长，说是周局长已经在局里等候，让我们赶紧回去。我的所谓讲课只草草进行了 20 分钟就结束了。这是我这辈子的讲课中最诡异的一次。

到了无锡局，在大楼正厅上方，挂着一幅很大的横幅，上面写着"热烈欢迎英国天祥集团王建平总经理莅临我局参观指导"。在二楼的大会议室，无锡 CIQ 的周传铭局长和所有中层干部身穿制服在门口迎候。我虽然有点不知所措，但还是镇定地和他们一起步入会议室。长长的会议桌，我一个人坐一边，他们十几个人坐另一边，很像双边会谈的样子。他们像是已经准备了正式程序，先是周局长致欢迎词，然后是双方介绍各自的情况。由于我对国内检测相关行业和 CIQ 系统的情况都比较熟悉，再加上已经在 Intertek 积累了一定经验，两边的情况结合起来介绍，自然引起了他们极大的兴趣。既定的程序完成后，周局带我去品茶。

稍作休息后，周局长、杨副局长和办公室主任又与我进行了一个小范围的会谈。寒暄几句，周局很快切入正题，原来无锡 CIQ 想与天祥公司深度合作，组建一个以纺织品检测为主的合资公司，想听听我的意见，看是否有可能。周局这一问，让我觉得有点骑虎难下。本来只是来讲课的，却不知对方搞成了这样一个正式的"双边会谈"，而我不仅没有被授权，而且在 Intertek 也不是我负责纺织品检测业务，根本不知道该怎么谈啊。面对周局长的热情，我自然不能直接拒绝。我先是顺着周局长的思路，从历史沿革、产业背景、进出口现状和地理位置等方面，把双方在无锡合作组建纺织品检测实验室的好处进行了仔细分析，也算是一种礼节性的回应。未料周局长说我分析得非常准确、到位，不愧是业内的专家。然后接着问接下来该如何进行。我只得如实相告，说我在 Intertek 并不负责纺织品检测业务，也不知道公司近期是否有关于纺织品检测实验室的扩张计划，而且最终决定权在亚太区总部和伦敦总部，上海公司决定不了。听我这么一说，周局长仍未放弃，而是问我，他们下一步如何进行比较合适。我想了想就建议他们写封信，将他们的想法、要求及相关的背景信息都写清楚，并热情邀请 Intertek 的全球执行副总裁、亚太区总裁邝先生来无锡局考察和洽谈，我会想办法帮他们把信转交给邝先生。其实，我在提出这个建议时并不知道是否真的可行，这样做会有什么后果，只是身处那样的场景，实在是盛情难却。

我没敢把周局长的信直接发给邝先生，而是先把情况向 Paul 汇报，让他将信转给邝先生。不料不到两天，邝先生就要求我反馈无锡局，请他们安排时间，邝先生会亲自去无锡与周局长会面。这个反馈对无锡 CIQ 来说自然是个好消息，我也如释重负。周局长来电告诉我，他们将在太湖边的无锡太湖饭店盛情款待邝先生，无锡市市长也将出面接待，并且希望我能陪同邝先生一起去无锡，我谢绝了，因为谁陪邝先生去并不是我可以决定的。我已经不记得是谁陪邝先生一起去无锡的，只听说面对无锡 CIQ 的热情，邝先生答应和无锡 CIQ 建立合资纺织品检测实验室。不久，柏总把这项任务布置给了我，由我负责和无锡 CIQ 商谈建立合资公司的具体协议。而我这时还是玩具轻工部的总经理，不是纺织部的总经理。合资谈判没有花费太多时间，只是在一件事情上我坚持不让步，即按 Intertek 的惯例，合资对方的占股不得超过 15%。最终，由邝先生授权，放宽到 30%。协议签署后，后续的事情我没有再参与，由柏总自己跟进。

和无锡 CIQ 的合作谈成，Paul 让我与江苏 CIQ 联系，看看有没有其他方面进一步合作的可能性，包括江苏 CIQ 在南京的纺织品、扬州的玩具和昆山的自行车实验室。江苏 CIQ 的车文仪局长安排工业品中心的蔡建和主任负责与我联络。在蔡主任的安排和陪同下，Paul、时任 Intertek 台湾公司 TFH 的总经理 Jacob Lin 和我分别拜访和参观了这三个地方。除了江苏 CIQ 扬州玩具检验所看上去合作意向不太强之外，其他两个实验室都表示出和 Intertek 强烈的合作意向。Paul 让我负责与在南京的工业品中心纺织实验室进一步沟通，昆山的自行车实验室则由 Jacob 直接跟进。

和江苏 CIQ 的合作，昆山那边先谈好了，即 Intertek 上海 TFH 的实验室建立分包关系。而南京则是建一个 Intertek 的窗口，由 Intertek 派出 CS 和销售人员，负责联络客户和接单。同时和江苏 CIQ 工业品中心的纺织实验室建立合作关系，由 CIQ 负责实验室检测。那天 Paul 和我一起去南京和车局长及蔡主任谈合作的细节并签署协议，晚上回到宾馆，Paul 谈到自己开始准备接邝先生的班了，他流露出对上海纺织品实验室的担心。一是 Paul 本身对纺织品业务线不熟，二是纺织品业务线在 CG 中占的比重太大，不能有任何闪失，三是面对愈演愈烈的市场竞争，我们的纺织品检测业务已经明显感受到了来自各方面的压力。我对 Paul 说，和无锡的合资及与南京的合作，都是纺织品业务线的事，现在我陷得那么深好像不太合适，公司是不是应该让纺织部的同事把这事接过去，我还是应该专心关注 TFH 的事。Paul 只说让我回去抓紧把设立南京办事处的事情落实下来，并由我全权负责，如果需要，可以找纺织部的同事帮忙。

那段时间，除了无锡的合资项目、南京的合作项目，公司还决定在杭州设立分公司，同时建一个纺织品实验室、一个玩具轻工实验室及化学实验室，指定由我来牵头。我马上带人去杭州确定了实验室的地点，接下来进入了实质性的建设阶段。令人称奇的是，我们的同行 SGS 居然已经捷足先登，也在同一个园区里租了房，建了和我们一样的实验室，不仅如此，我们两家在上海和宁波的公司也都不约而同地设在了同一个院子里，真是"英雄所见略同"啊！

Paul 对在南京与江苏 CIQ 的合作项目非常关注，一直催我加快进度。那天我一早坐动车去南京，和蔡主任落实一些具体合作细节，并将结果报告了 Paul，他非常满意。但晚上在赶回上海的火车上却收到了柏总的邮件，要求我马上调整工作重心，主要关注杭州分公司的建设，我没有多想，毕竟柏总是我的老板，我只要把老板布置的任务做好即可。不久，杭州分公司开张，柏总让我挂了个名义上的总经理，用于工商注册登记，但实际上我并不具体参与管理。与江苏 CIQ 的合作后来进行了一阵子，但最终却是无疾而终，但我与江苏 CIQ 的蔡主任、徐主任、小曹和小丁他们却成了好朋友，直到现在还在保持着联系。

2006 年 4 月上旬，接到 Paul 的邮件，约我 4 月 16 日在上海见面，说要请我吃饭。自五年前 Paul"四顾茅庐"邀请我加盟 Intertek 之后，虽然已经在一起吃过无数次饭，但像这样正儿八经预先约我单独吃饭还是第一次。我知道这次 Paul 是"醉翁之意不在酒"。那天 Paul 没有来公司，而是让我直接去他下榻的位于番禺路的皇冠假日酒店。照例，Paul 点菜，我随意。Paul 是东拉西扯，这顿饭吃了两个小时，都是天南海北乱侃一通，毫无主题。正当我"放松警惕"以为没什么正事准备告辞时，Paul 似乎很不经意地说了一句："James，其实你应该是纺织的人。"我知道，那只悬着的"靴子"终于落地了。随后，Paul 以不容置疑的口吻告诉我，公司已经决定，将我调任公司纺织部总经理，5 月 1 日到位。对于这个安排，我心里很清楚，与我现在担任的玩具轻工部总经理相比，责任和压力都要大得多，但对 Paul 下的这步棋，我早有思想准备。只是一想到那些五年里和我一起"创业"、并且已把业绩做到 1 个亿的玩具轻工部的伙伴们，心里总有万般的不舍。

带领纺织部的"女汉子"们稳中求变

Intertek 的上海纺织实验室如果从单个实验室的规模来说，不仅是 Intertek 内部最大的，而且也是全球最大的纺织品实验室之一。2006 年，Intertek 上海纺织实验室人数已近 500 人，年产值超过 2 个亿，盈利能力超过一个大型企业。Intertek 上海纺织实验室还有一个特点就是女员工多，比重超过 75%。第一次开纺织部的内部管理会议，目光所及，除了管设备的经理 Tom 是男的，全是女的。

虽说之前与纺织部并无太多的交集，但我们玩具轻工部化学实验室的化学品安全检测业务的主要来源是纺织产品，因此还是会经常和纺织部打交道。特别是那些上下游扯皮的事，每周总会遇到几回，少不了花心思去协调。好在那时纺织部日常管事的是我在纺研院的老同事 Lilian，基本都能解决，大家不会伤了和气。不过现在好了，根据公司的统一部署，所有的纺织品生态安全检测业务都从玩具轻工部的化学实验室划归纺织部，Jane 也和我一起到了纺织部，担任纺织部的高级客服经理。今后在纺织产品的生态安全检测业务方面上下游的配合自然会更加顺畅。

到纺织部上班第一天，我就让秘书安排与所有主管以上的管理人员分别约时间谈话，以便对纺织部的人员、业务和日常管理情况有个大概了解。出乎我的意料，几乎所有的人都非常重视这次谈话，大家都是有备而来。谈话持续了好几天，不仅是脑力活，实际上还是体力活。和所有管理人员谈完话，我又花了 2 天时间把大家谈的问题重新进行梳理。结果发现，其中大概 80% 以上都不是问题，是因平时看问题的高度和角度不同而导致的。再加上平时沟通不够，矛盾越积越多，但如果换个角度考虑，问题马上就能解决。大家事后反馈，说这次谈话不仅给了大家一个"泄洪"的通道，更给了大家一次学会换位思考的机会。这次大规模的谈话最让我感到欣慰的是，几乎所有的人，不管是委屈还是抱怨，无论是意见还是建议，都是围绕着如何把工作做好展开的。虽然每天面临各种压力，但纺织部的"女汉子"们凭着自己的苦干和韧劲硬是用 12 年的时间把原本一个小小的纺织实验室打造成了全球最大的纺织实验室之一。这不由让我对纺织部这支高效、敬业的管理团队肃然起敬。

我与纺织部的"女汉子"们

当然，问题还是有的。主要是几个方面：一是大部分管理人员看问题的高度和广度不够，不能从宏观上准确把握业务的发展走向，对我们服务对象的行业发展和需求缺乏主动研判和未雨绸缪的意识；二是对新技术、新产品、新工艺和新设备的发展现状知之甚少，知识储备不足，所有的工作一切遵循 SOP，缺乏自主创新的意识和能力；三是上下游之间缺乏换位思考的意识和协作精神。这些问题严重阻碍了纺织部在新的高度上继续保持可持续发展的态势，必须尽快有所改变。

五月份正好是纺织部一年中业务最忙的，每天要出的测试报告多达 2000 多份。早上九点上班，但晚上却没有准确的下班时间。不少客服人员到凌晨两点还在电脑前敲击键盘。实验室里经常是通宵灯火通明，咖啡成了提神的标配。那段时间，齐来工业城门口的宜山路上，每到下半夜总有大量的出租车在那里驻守。但忙归忙，改革却是刻不容缓的事，我开始谋划并实施一系列的改变。

第一个改变是每月进行一次经济活动分析，对上月的经营业绩和原先设定的计划目标以及各项成本支出逐项进行比较分析，不管是成绩还是问题，都要找出原因。对存在的问题，要落实责任人和确定整改时限。这样做的目的是要让每个管理人员都成为整个纺织部经营目标的责任人，知道做得好是好在哪里，做得不好问题又出在哪里，该由谁来承担责任。虽然这样做的结果是大家肩上的责任更重了，但由于从"局外人"变成了"操盘手"，知情权得到了保障，责权利更加清晰，大家的工作积极性反而更高了。最显著的结果是关键绩效指标（KPI，Key Performance Indicator）得到了明显的提升，经营业绩继续保持持续增长的势头。

第二个改变是强化教育和培训。我设计了总共包含 28 个专题的培训计划，每周 1~2 次，分别面向管理人员、技术人员和普通员工，内容涉及宏观产业经济、国际贸易、技术性贸易壁垒、纺织品生态安全、纺织检测技术及其最新发展、新材料新纤维的开发和应用、纺织新产品开发、染化料助剂、纺织染整工艺、管理科学、人文和艺术等。这些讲座的开设，让整个纺织部的员工有了耳目一新的感觉，大家踊跃报名，大大超出了我的预期。讲课师资有不少是我专门请来的业内"大咖"，我自己也亲自操刀，包揽了不少课程。原本一些有针对性的讲座安排也被员工参与的积极性打破了，最后变成了只要愿意听，都可以来参加。这些讲座给纺织部各层级的员工所带来的冲击是巨大的，绝大部分员工都觉得公司就应该这样，不断为他们学习新知识、接受新事物创造更多的条件。我深深地为大家的求知欲望和好学的精神所感动，从此一发而不可收，继续教育和培训成了纺织部的"新常态"。

第三个改变是建立专门的研发团队。到了纺织部我才知道，除了有两位专职的技术支持人员负责回答客户的技术问题之外，规模这么大的一个纺织实验室居然没有专门的研发团队，这显然不合情理，也不符合可持续发展的基本要求。我根据自愿和能力相结合的原则，从客服、实验室等部门抽调了几名技术骨干，再加上原有的技术支持，组成一个新的研发团队，赋予其标准化研究、信息采集和服务、测试技术研发、对内对外的技术支持和为开拓国内市场业务提供技术支持等职能。我找了曾经在企业从事过染整专业技术工作的客服部经理 Clara，希望由她来带领这个团队，她欣然应允。Clara 由此成了我的左臂右膀，两年后又随我一起组建了中国市场事业部，并一直辅助我的工作，直到我退休，接我的班担任了中国市场事业部的总经理，成了我职业生涯中与我合作时间最长的搭档。

第四个改变是实行高级管理人员的轮岗交流机制。纺织部的高级管理人员大多数是一些入职时间较长的老员工，但分工过细，知识和能力单一，平时偏重日常的事务性管理，缺乏求变和创新意识，没有轮岗交流的机制，看问题的高度和广度都存在一定的局限，部门之间缺乏有效的沟通和理解。事实上，她们都知道这些问题的存在，但又不知道该如何去改变。我和在英国挂职交流的 Lilian 达成共识，准备在纺织部实行管理人员轮岗交流的机制。我先是把 Clara 从客户服务部调出来担任研发部经理，把 Daisy 从客服经理调任为实验室高级经理，主管整个实验室的运行。然后，再在实验室的几个部门之间实行经理轮岗。这样做的结果是高级管理人员的资源得到了有效利用，强化了部门间的理解和沟通。与此同时，通过不同岗位的历练，也可以使高级管理人员在知识、能力和经验积累等方面得到有效提升，因此这一举措受到了大家的欢迎。

第五个改变是实行扁平化管理模式。纺织部原来实行的是金字塔式的多层级管理模式，不仅工作效率受到影响，而且不利于提高一线管理人员的工作积极性。我采用扁平式的组织架构管理模式后，虽然自己的压力和工作量明显上升，但成效也非常明显：上下沟通更加顺畅，工作效率提高，一线管理人员的积极性得到了充分释放。而我作为总经理，对每一个管理人员乃至一些基层骨干的工作成效也能一目了然。

第六个改变是实现常态化的质量管理机制和强化绩效管理。作为质量服务行业，我们的立命之本仍然是质量。从每个月的质量分析报告中发现，在每个月实际发生的质量事件中绝大部分是非技术性的人为因素造成的，根本原因是责任心不强，工作不仔细，质量意识淡薄，有时为了单纯追求数量而忽视了质量，与硬件条件和技术能力并无必然联系。很显然，这些问题可以通过提升管理水平和强化教育来加以改善。我采取了两个办法双管齐下：一是建立每月的质量标兵评选奖励制度，通过正面引导强化员工的质量意识；二是通过严格的 KPI 考核，将差错率、延误率作为 KPI 的重要考核指标落实到人，并且将人均报告数作为人力资源调配的重要依据实行动态管理。这一举措收到了一定的成效。

在我的内心深处，采取这一系列变革措施的最终目的就是要凸显和强化纺织部的核心竞争力。我经常对员工说，我们的核心竞争力可以从三个问号来概括：当有客户拿到不合格的报告时，他的心里可能会有两个疑问，第一个疑问是：你们实验室是不是做错了？这个我们可以通过让客户观看测试过程、查验原始记录，甚至再对留样进行复测等方法让客户确信测试结论是准确的。接下来，有些客户可能会有第二个疑问：那我的问题出在哪里？按我之前在体制内检测机构的思维，这个问题显然与第三方检测机构没有

我成了杂志的封面人物

关系，我们没有义务回答。但在 Intertek，我的要求是必须回答。因为作为全球质量保障服务行业的领导者，我们的出发点和立足点都是为客户的质量提升保驾护航，这对我们的员工来说，确实是提出了更高的要求。但如果仅仅是圆满地回答了这两个问题，我觉得事情还没有结束，因为客户很可能会有第三个问题：我们该怎么办？在 Intertek 十多年，我一直在想，我们一直在强调我们以实验室技术和服务见长，那我们的服务优势究竟体现在哪里？是一味地满足客户的任何要求？还是竭尽全力帮助客户通过各种有效的手段全面提升产品质量？后来想明白了，如果能把以上三个问题回答好，这就是服务，就是我们的核心竞争力。后来，《进出口经理人》杂志将我作为封面人物报道时，对我的这个观点非常赞同。到纺织部后，为了充分利用各种资源，我还成立了一个外部专家顾问委员会，邀请各相关领域的 15 位国内顶尖专家教授担任我们的高级顾问，而我自己则担任这个委员会的主席，请这些业内专家经常来进行专题培训和提供技术咨询服务。

从到纺织部任总经理开始，到这六个方面的改变逐步落实到位，花了一年多时间，工作开始得心应手，每天疲于奔命的感觉开始缓解。其时，Lilian 也已结束在英国两年的挂职回到上海，担任纺织部的副总经理，帮我分担了大部分的日常管理工作。虽然自己已经在体制内和体制外做了多年的领导和管理者，但由于并非是学管理的，工作中更多的是凭感觉在进行管理。有心得，但没有上升到理论。2005 年，按照集团的高级管理人员培训计划，公司安排我去新加坡国立大学商学院进修全方位管理课程，让我获益匪浅。原来的一些做法不仅找到了理论依据，而且还可以在总结经验的基础上举一反三，形成一些具有特色的管理模式。学习中给我留下深刻印象的有三点：一是建立在心理学基础上的领导和管理的艺术；二是管理没有固定的模式，有针对性的管理才是最好的模式；三是抓管理必须持之以恒。在进修班结业的综合评比中，我设计的一个质量管理综合解决方案获得了班里唯一的一个优胜奖。我到纺织部后，在管理上做出的一些改变和创新，或多或少地借鉴和运用了在新加坡国立大学所学到的知识和自己多年来从事管理工作所积累的经验。理论与实践的结合，可以使管理水平实现一个新的飞跃。

新加坡国立大学商学院结业证书

继续潜心钻研测试技术及标准化研究

到 Intertek 以后，除了承担繁重的经营和管理工作之外，我还抽时间潜心钻研我倾注了多年心血的纺织产品生态安全性能检测技术和标准化研究。这不仅与我们实验室所从事的业务及其发展有着紧密的联系，而且可以依托实验室的信息优势和技术条件为我国的消费类产品跨越绿色贸易壁垒、赢得更大的国际市场份额做出积极的贡献。2002年，由天祥集团申报的 3 项国家标准《纺织品 致癌染料的测定》《纺织品 致敏性分散染料的测定》和《纺织品 氯化苯和氯化甲苯残留量的测定》获国家标准化管理委员会批准立项，开始研究起草。这是继 1995 年由我首次提议并领衔起草中国第一个纺织产品生态安全性能检测方法标准《纺织品 禁用偶氮染料的检测》之后，我再次参与该系列标准的研究起草工作。这 3 项标准起草的专题组成员除了我之外，还有上海化学实验室的苏红伟、谢雪琴和香港公司的 Marco Chen 及 Cherry Feng。

纺织品致癌染料的检测方法研究一开始就遇到了很大的困难。原因是被列入禁用范围的 9 种致癌染料分属碱性、酸性、直接和分散 4 个不同的染料类别。不仅在化学结构类别、组成和性能上存在很大差异，而且其用于产品染色时的上染机理也各不相同。因而在检测时采用何种方式对样品进行预处理，即是否采用同一方法对纺织样品上的染料进行萃取剥离，世界各国的专家存在不同看法。这给制订一个统一、简便、快速、准确、有效的检测方法标准带来了很大困难。与此同时，难以获得全部符合分析技术要求的染料标样，也是研究中的一大障碍。为此，我在 Intertek 集团内部进行了大规模的技术协作，在中国香港和台湾地区的实验室以及土耳其和印度的实验室也给予了积极的支持和帮助。最终成功运用高效液相色谱——二极管阵列检测器法（HPLC—DAD）建立了符合规定技术要求的纺织品致癌染料的测定方法标准。

而致敏性分散染料的测定方法标准研究遇到的难题更多。虽然被列入限制范围的致敏性分散染料都为水不溶性染料，它们的化学结构比较简单，相对分子质量较小，而且不含离子化基团，理论上讲用 HPLC—DAD 分析应该是比较方便的。但分散染料不仅上染和剥色困难，而且产品的组成复杂。商品化的分散染料中既有合成反应的目标产物，又含有目标产物的异构体，还有未反应的中间体原料及加入的大量分散剂及其他助剂，包括部分标准样品也是如此。因此，要在色谱柱上获得令人满意的分离效果有相当大的技术难度。同时，在对色谱分析所得的色谱图进行定性分析时，往往会因疏忽而做出错误的判断。以分散蓝 35 和分散蓝 56 为例，前者属限用染料而后者不属限用范围，但两者取代合成反应的起始中间体是相同的，且为两种异构体的混合物。反应时，前者加成 CH_3，而后者加成 Br。但在反应终了时，产物中不仅含有目标产物的异构体结构，而且仍含有大量的未反应中间体。仅合成产物和未反应的中间体就有六种不同结构，加上加入的分散剂和助剂，所得色谱图比较复杂，如何找准目标产物的出峰位置就显得十分重要。如果样品萃取物中含有多种染料和助剂，则分析难度就更高。因此，在分散染料的检测中，当对 HPLC—DAD 的分析结果有疑问时，往往会再用薄层层析（TLC）方法与标准样品进行比对确认。此外，20 种分散染料的同时分析，将使 HPLC—DAD 技术的应用复杂化，标准溶液的分组变得不可避免，除了含杂量多造成干扰之外，不同染料在相同浓度下，吸光度之间存在较大差异，也使分析的难度大大增加。虽然在研究中发现，HPLC—DAD 方法的两组标样中各分散染料的相对保留时间几乎没有重叠，似乎分组并无必要，但杂质干扰和吸光度差异的问题仍无法很好解决，标样分组仍是必要的。

当然，如果有条件采用高效液相色谱—质谱（HPLC—MSD）联用技术，则将使问题的解决简单化。但由于当时此类仪器价格昂贵，普及率不高，很难作为标准方法进行推广。

在致敏性分散染料测定方法标准研究中，最奇葩的是部分染料标样的结构与权威资料介绍的存在差异，如 C. I. 分散黄 39，几乎所有的资料，包括从 CA 相关资料库查到的有关 C. I. 分散黄 39 的信息都表明其分子式为 $C_{17}H_{16}N_2O$，相对分子质量为 264。但从美国和土耳其采购到的标样的质谱分析都给出质荷比为 291 的分子离子峰。经与欧美几大著名实验室沟通，发现所有实验室所拥有的 C. I. 分散黄 39 标样或者说大家实际在检测的 C. I. 分散黄 39 的相对分子质量均为 291，与现有的资料不符。经长达两年多的艰苦追踪，最终经 Dystar 公司的专家 Aloys Westerkamp 博士证实，目前有关资料公布的 C. I. 分散黄 39 的化学结构与最初对该染料进行登记的 ICI 公司所实际生产的 C. I. 分散黄 39 的化学结构并不一致，市场上的 C. I. 分散黄 39 的相对分子质量确为 291。

针对纺织品上氯化苯和氯化甲苯残留量的监控，其指向是采用氯化苯或氯化甲苯等有机氯进行聚酯纤维纺织产品的载体染色工艺。研究表明，纯聚酯或聚酯/棉混纺产品上残留的含氯有机载体可以很容易被二氯甲烷所萃取，而萃取液中可能存在的含氯有机载体又能方便地通过气相色谱—电子捕获检测器（GC—ECD）或气相色谱—质谱（GC—MS）联用技术进行定性和定量分析，不需任何诸如衍生化等化学预处理过程。只是由于需要实现所有 23 种含氯有机载体总量的一次性同步分离、定性和定量分析，在分析仪器设备的技术条件、分析时间的长短、分析的精密度和准确度等诸多因素中必须求得一个最佳的平衡，事实上，在这 23 种含氯有机载体中，有相当一部分是化学结构十分相近的同分异构体。其中有部分异构体之间要获得完全的分离效果必须使用一些特殊的仪器或技术条件，而且分析时间也会大大延长。考虑到方法本身的目的是按法规的要求确定含氯有机载体的总量，同时考虑到方法的可行性和准确性，我们最后确定采用色谱分离、质谱定性检测和按离子流图定量的 GC—MS 分析技术。这样可以在保证分析准确性的前提下，不必苛求个别异构体的完全分离而得到所需要的结果，避免使问题复杂化。这在测试方法标准化中是经常会用到的一种思路和方法。

2005 年底，由我领衔起草的 3 项标准通过了审定。2006 年，国家标准化管理委员会和国家质检总局发布了 GB/T 20382—2006《纺织品 致癌染料的测定》、GB/T 20383—2006《纺织品 致敏性分散染料的测定》和 GB/T 20384—2006《纺织品 氯化苯和氯化甲苯残留量的测定》3 项国家标准并开始实施。2007 年 11 月，由我执笔的《纺织品上致敏性分散染料检测方法研究》一文获得了中国纺织工程学会第十届陈维稷优秀论文二等奖。这是以原中国纺织工业部副部长命名的中国纺织界学术论文的最高奖项。

从 2004 年开始，我先后被聘任为全国纺织品标准化技术委员会基础分技术委员会

陈维稷优秀论文奖证书

副主任、全国体育用品标准化技术委员会委员、全国染料标准化技术委员会印染助剂分技术委员会副主任委员和全国皮革工业标准化技术委员会委员，在消费品的标准化工作领域，我的视野更宽了，责任也更重了，我开始考虑要在标准化技术领域培养更多的年轻人。

2009 年，我推荐和协助化学实验室经理吕铁梅参与的国家标准 GB/T 23972—2009《纺织染整助剂中烷基苯酚及烷基苯酚聚氧乙烯醚的测定 高效液相色谱/质谱法》颁布实施，并获得中国石油和化学工业联合会科技进步三等奖。2012 年，我和化学实验室的同事谢雪琴共同参与的纺织行业标准 FZ/T 01057.8—2012《纺织纤维鉴别试验方法第 8 部分：红外光谱法》修订完成并发布实施。2013 年，经过几年的努力，由 Intertek 上海和天津公司分别领衔起草的 4 项新的国家标准 GB/T 29493.1—2013《纺织染整助剂 有害物质的测定 第 1 部分：多溴联苯和多溴二苯醚的测定 气相色谱—质谱法》、GB/T 29493.2—2013《纺织染整助剂 有害物质的测定 第 2 部分：全氟辛烷磺酰基化合物（PFOS）和全氟辛酸（PFOA）的测定 高效液相色谱—质谱法》、GB/T 29493.3—2013《纺织染整助剂 有害物质的测定 第 3 部分：有机锡化合物的测定 气相色谱—质谱法》和 GB/T 29493.4—2013《纺织染整助剂 有害物质的测定 第 4 部分：稠环芳烃化合物（PAHS）的测定 气相色谱—质谱法》通过了全国染料标准化技术委员会印染助剂分技术委员会的审定，并由国家标准化管理委员会和国家质检总局发布。在这 4 项标准的研究起草中，公司的一批年轻技术骨干被我推到了第一线。2018 年，由上海天祥质量技术服务有限公司负责起草、全国表面活性剂标准化技术委员会归口的国家标准 GB/T 35862—2018《表面活性剂 挥发性有机化合物残留量的测定 顶空气相色谱质谱（GC—MS）联用法》正式发布，化学实验室的三位年轻人均参与了制订，我则退居幕后。

2011 年冬，为推动中国再生塑料行业的转型升级和实施"循环经济"的可持续发展战略，中国塑料制品行业再生专业委员会有意联合 Intertek 推出再生塑料制品生态安全认证计划，这与我的可持续发展和生态安全理念不谋而合。制订相关认证标准和认证程序的任务自然落到我们头上。我带着刚从东华大学毕业不久的吕潇博士全身心投入标准的制订工作，但一开始就遇到了巨大的阻力，而阻力的主要来源还是再生塑料制品行业本身。长期以来，再生塑料制品行业在原料来源、产品安全技术要求以及对最终用途的限制和管控方面一直处于无标准、无监管的状态，有害物质被误用或滥用的风险居高不下，企业关注的只是成本和销售，有害物质管控就意味着管理的加强和成本的上升，他们自然不愿接受。经过近4年的磨合和反复沟通，2015年，轻工行业标准QB/T 4881—2015《再生和回收塑料制品安全技术条件》终于问世，但让人颇感意外的是似乎行业主管部门对此也兴趣不大，最初的认证计划终究还是没能实施。

2016年，中国纺织工业联合会（简称中纺联）标准化技术委员会尚在筹备阶段就下达了第一批团体标准制订计划，由Intertek申报的《纺织产品限用物质清单》位列第一。自2005年中国强制性国家标准GB 18401《纺织产品基本安全技术规范》实施以后，中国纺织服装业的产品生态安全性能管控取得了突飞猛进的进展，国际贸易中不断高筑的绿色贸易壁垒不但没能把中国的纺织服装产品挡在门外，反而是有力地推动了中国纺织服装业在有毒有害物质管控方面向更高的目标迈进。但时代的快速发展已经容不得我们躺在"功劳簿"上沾沾自喜了。面对新的形势和环境，GB18401已经难以继续担当引领中国企业突破纺织品服装国际贸易中的绿色贸易壁垒的重任。但基于其具有强制执行的法规属性，将其大幅扩容来约束企业的生产和市场行为显然不符合市场经济的客观规律，也无法顾及不同企业的差异化发展需求。因此，我国的纺织服装业迫切需要有这样一个团体标准来发挥市场导向和行业自律的作用，在国际市场争取更多和更大的与我国的国际地位相适应的话语权，而事实上按照我国纺织服装业目前的发展水平也已经有能力来顺势而为。

基于以上分析，我对确定中纺联《纺织品服装限用物质清单》团体标准的技术内容和要求有了比较清晰的思路，即在全面和深入分析比较的基础上，将那些已经有明确的法规要求，对人体健康和环境安全构成威胁，国际关注度比较高，结合我国纺织品服装生产技术和工艺实际，存在使用、误用或滥用风险，且难以通过适当的技术手段来消除或减轻这些风险的有害物质纳入限用范围，并按相关法规和风险管控要求给出一个限量值，同时提供科学有效的检测手段。当然，基于社会技术经济水平的发展，人们对有害物质的管控也会有一个渐进的过程，切不可因操之过急而阻碍行业的整体发展，削弱行业的竞争能力。因此，在此次团体标准的制定中，面对繁杂纷扰的法规、标准和各种信息，要以科学理性的态度把握主动，根据我国纺织服装业的技术经济发展现状合理确定管控目标，并充分兼顾国际和我国的环境发展目标和要求，既不拖后腿，也不盲目冒进，注重标准的可操作性和可实施性，在现有的基础上努力实现较大的跨越。2018年1月2日，中纺联团体标准T/CNTAC 8—2018《纺织产品限用物质清单》发布并实施。

为了让大家对标准制订的思路、依据和实施过程中可能遇到的问题有个清晰的了解，我为这个标准的研究起草撰写的编制说明就多达 3 万字。

学习无止境，勇攀新高峰

虽然作为一家外资商业性第三方质量服务机构的高管，创造良好的业绩是我的第一要务，但我清楚地认识到，作为一名行业专家，更应承担不断推动行业技术进步的职责，为社会做出更多的贡献。进入 Intertek 后，我一直在思考，作为一家技术性服务机构，要长久保持竞争优势，其核心还是要回归到持续的研发和积累，并将其转化为服务能力，满足市场和客户的需求。但这样的研发和我之前在体制内的研发相比，无论是原动力还是形式都存在根本的差异，企业的研发更多的是来自于市场和企业发展的需求。随着中国加入世界贸易组织（WTO）融入全球经济一体化的进程中，行业的技术进步必须依赖在多个领域进行持续研究，包括与我们的服务领域相关的产业经济研究、国际技术性贸易壁垒研究、检测技术研究、标准化研究、新的服务模式研究和创新等，而且其中大部分是交叉渗透的，多学科、跨领域、软硬结合是研究的突出特点。面对这样的变化，我结合自己的专业基础和专长，着重在宏观经济分析和技术性贸易壁垒两个领域加强学习，努力弥补知识结构的短板，不断拓展研究领域，特别是在多学科的交叉领域进行一些创新性研究。这对我的科研生涯来说是一次重大的转型和挑战，但我乐此不疲，努力实现在多个专业领域有所突破。我对自己的要求是：对技术要钻研、对工作要热忱、对传播知识要热情、对专业的发展要有贡献。

2002 年，在公司的支持下，我将多年来的研究成果结合在 Intertek 学到的新知识，与陈荣圻教授再度联手，合作出版了专著《生态纺织品与环保染化料》，深受业界欢迎。2004 年，由 Intertek 研发的 Intertek Eco-Certification（天祥生态认证）服务正式推向市场，我被任命为 Intertek Eco-Certification 认证委员会副主席，主席由时任全国纺织品标准化技术委员会秘书长、纺织工业标准化研究所副所长郑宇英担任。2005 年我参与了姜怀教授主编、东华大学出版社出版的《生态纺织的构建与评价》一书的编著，2007 年，我参与了由中国工程院院士孙晋良主编、上海大学出版社出版的《纤维新材料》的编写。从 2001 年进入 Intertek 以来，我累计发表论文 70 多篇，出版专著 4 本，领衔或参与制修订国家和行业标准十多项，涉及技术性贸易壁垒、消费品生态安全、标准化、产业经济、化学纤维、有机合成、化学品安全、材料分析、消费品检测技术、功能性纺织产品开发与性能评价、产品质量管理等专业领域。

记得是 2002 年秋天，时任中国纺织出版社的总编辑郑群女士突然来访，我在金桥实验室接待了她。她首先对我和陈荣圻教授合著的《生态纺织品与环保染化料》一书受到读者的欢迎表示祝贺，随后她又问我，是否有可能在此基础上再编写一部规模大的著作，向读者详细介绍国际上与纺织产品的技术性贸易壁垒相关的法律法规以及对我国纺织工业的影响、采取的对策与措施以及与之配套的检测技术和标准化情况，我拒绝了。因为那时国际上有关纺织产品技术性贸易壁垒，特别是绿色贸易壁垒正在快速的发展中，新的法律法规不断出现，我们尚未形成有效的对策和措施，相应的配套检测技术大多还未进行研究，标准化的步伐更是滞后。郑总编辑和我约定，等什么时候条件成熟了，我们再继续。

随着 2006 年欧盟的 REACH 法规在欧洲议会获得通过，国际上有关有害物质管控的技术性贸易壁垒的框架基本形成，相应的对策和措施的研究也已取得积极进展，配套的检测技术及其标准化研究也在紧锣密鼓地进行，我在这个领域的研究也已达到相当的深度和广度，并积累了诸多成果。别的不说，光是 800 多页的 REACH 法规原文我就仔细翻译了两遍，以加深对其条文和含义的理解，这在当时，国内还没有人这样完整细致地做过这项工作。到 2008 年初，我家里累积的资料已经有好几堆，叠起来有 2 米多高，我觉得条件成熟了。中国纺织出版社轻化图书策划部的主任李东宁闻讯后立刻找我商谈出版事宜，并很快签署图书出版合同，书名为《REACH 法规与生态纺织品》。我和陈荣圻教授继续合作，同时也邀请公司的两位同事一起参与编著，一位是吴岚，另一位是化学实验室颇具潜质、文笔了得的陈如。

写书的过程真有点儿"痛不欲生"。作为主编，我既要负责内容的策划，又要负责全书的统筹，还要自己承担大部分的写作任务，最终还要负责全书的统稿和修改。而身为总经理，日常的经营和管理工作几乎占据了我全部的工作时间，而且还要经常加班、出差，写作就只能占据我已经少得可怜的业余时间。那段时间，只要不出差，每个周六、周日我都是一早到办公室，埋头写作，直到天黑才回家。出差过程中，事情办完后谢绝一切应酬，回酒店继续写作，直到凌晨一两点。平时回家，吃完晚饭就把自己关进书房继续写作。有时半夜突然想到什么，马上起床把一闪而过的灵感记录下来；有时天还未亮，我就已经坐在电脑前敲起了键盘。好在之前的几年已经有了不少研究成果的积累，且不少已经变成文字，我手头的素材已有好几百万字。写得顺的时候，我就单纯做个"裁缝"，一天下来也可以有 2 万多字的"进账"。从春节后开始动笔，到 10 月底统稿、修改，完成了 173 万字的书稿，前后仅 8 个月时间。陈如的效率更高，不仅提早完成了她负责的那部分编著任务，而且还帮陈荣圻教授将全部的手稿打印录入，连那么多最难"伺候"的化学结构式也毫无差错地录入电脑，让我节省了不少的时间。那天交稿，我按要求将全部书稿打印出来，分别装订成四大册，整整齐齐地装在一个大纸箱里，然后附上一个 U 盘，寄去北京。几天后出版社李东宁来电，说是收到了，最令她感叹的是，我们的书稿是如此整齐，版面安排得如此清晰，据说在他们出版社历史上也是第一次遇到。我和她说，凡事要么不做，要做就做到最好，这是我做事的一贯风格。

我邀请孙晋良院士为这本书作序，孙院士的评价是："本书的主要作者自 20 世纪

90 年代初开始追踪国际生态纺织品的法律法规、标准和符合性评定程序的发展进程，并结合自己的工作，对相关法规的形成和依据、相关化学品的生态毒性问题、国际贸易中的'绿色'贸易壁垒、中国纺织业可能面临的问题和应采取的对策、纺织品上生态毒性物质的检测技术与标准等多个领域展开了广泛、深入和持久的研究，先后出版了《禁用染料及其代用》《生态纺织品与环保染化料》等多部专著，发表了数十篇专题论述，并引起国际同行的广泛关注。除了多次参与国际同行的技术交流之外，还应邀在《国际生态纺织品》杂志的创刊号头版上发表《生态纺织品在中国》的论文，并被国外多家专业媒体转载……面对新的形势，本书作者在中国纺织出版社的热情鼓励下，集多年的研究心血和实践经验，从法律与法规、问题与对策、检测与标准等三个方面就与生态纺织品的法律法规、中国纺织业面临的问题与对策及生态纺织品的检测技术与标准等有关的内容展开了全面而深入的阐述，力求向读者提供一个全景式的画面，内容全面、翔实、准确、实用。多年的研究心得、半年的著书艰辛、百万字的巨作，相信会使读者获益匪浅……有鉴于此，我谨慎重地向各位推荐这本书，相信各位读完这本书后会与我有同样的感受。"

中国纺织出版社的评价是，这本专著为相关决策层、生产和流通企业、新产品、新工艺、新技术和新材料研发、企业质量管理、标准化和质量监督、检验认证、国际贸易、科研和教学等相关机构的领导、管理、技术和业务及研究人员提供了一个权威的参考资料，内容全面、翔实、准确、实用，不仅包含扎实的基础理论，而且提出了许多新的理念和切实可行的解决方案，使研究结果严谨而实用，国内外均未见先例，对推动行业的转型升级和全面提升管理水平，规范化学品的使用，维护环境的生态安全和保护消费者的健康都具有重大的意义。

中国科学院上海科技查新咨询中心对这本专著的创新点给出的评价是：（1）结合我国纺织等消费品生产和国际贸易的现状，首次有针对性地对篇幅巨大的 REACH 法规进行全面的解读，理出清晰的脉络。（2）首次将至今为止各国与生态纺织品有关的法律法规和符合性评定程序进行了一次全面的梳理，并进行了详尽的分析比较，未见国内外有与项目方完全相同或相似的同类文献报道。（3）根据相关法规的要求，对部分现仍在采用的不合理生产加工工艺，通过染化料助剂的禁用、代用和配套工艺的研究思路，提出了许多切实可行的解决方案，国内外有与项目方相似的同类文献报道，但未见完全相同的同类文献报道。（4）对相关的检测

专著《REACH 法规与生态纺织品》

技术提出了一整套技术思路，特别是针对众多检测方法标准的实施中可能遇到的实际问题，给出了原因和解决办法。最后的结论是：该项目综合性方面具有较强的新颖性。该项目综合技术处于国内领先，并达到国际先进水平。

该书一经面世，就迅速成为全国各地出入境检验检疫、质检、纤检和行业检测机构相关实验室必备的工具书，受到全国同行的高度赞誉（多位业内著名专家给出的评语）。全国检验检疫纺织标准化技术委员会还以此专著为重要基础制订了中国检验检疫行业标准 SN/T 1649《进出口纺织品安全项目检验规范》。说实话，我心里非常清楚，这本书是凝聚了我几十年的心血和积累的巅峰之作。虽然我现在还在不断地写，但我知道，在我的余生里大概不会再有第二本著作能够达到如此水准了。写完这本书，我有一种被掏空的感觉，不仅是心理上的，也是身体上的。拿到这本书的样书之后，我大病一场，三个多月没能回过神来，但心里满是喜悦和泪水。

在体制外从事科研工作是寂寞的。一是没有国家在立项、计划和经费上的支持，二是研究成果也不会被纳入国家验收、鉴定和评奖的范畴。我曾经有两次被邀请参与科技进步奖的申报，但最终因公司属于外资控股的企业而被取消参评资格。但这种既无名又无利的研究工作对于我这个从体制内出来的老科研人而言，好处也是显而易见的：既不用再像在体制内那样为了争取项目和经费而花费大量精力和时间，也不用为了评奖而做很多无用功，更不用将项目和评奖作为升迁的敲门砖。没有名和利，我们反而可以心无旁骛地回归科研的本质，市场和企业的需求真正成为科研开发的原动力。事实上，Intertek 对我的研究工作给予大力和持续的支持。不仅在工作和信息资源上提供了良好的条件，而且对科研成果的推广和应用也给予积极的支持。《REACH 法规与生态纺织品》一书出版后，Paul 和柏总非常重视，由公司出资 10 万元从出版社一次性优惠购买了 500 本书分发给集团各相关实验室和公司客户。这不仅是一次展示公司形象的好机会，同时也给公司同事和客户提供了便利和学习的机会，当然也是对我艰苦付出和执着的一种肯定和支持，我深受感动。

2013 年，经过竞标，由公司独立承担的上海市技术性贸易措施应对专项研究项目——REACH 法规的最新进展及其对中国纺织品服装出口的影响（13TBT019）开始启动，2005 年 4 月，由我执笔的研究报告顺利通过了上海市质量技术监督局组织的专家验收，专家们对该项研究所获得的成果给予了高度评价。

开拓新市场，接受新挑战

2008 年 4 月，我再次面临职业生涯中的新挑战，公司要求我牵头组建新的中国市场事业部，负责开拓以中国的法规和标准为依据的第三方质量技术服务，即业内通常所说的国标业务。记得 2006 年刚到纺织部任总经理时，我曾对时任 Intertek 全球执行副总裁的 Paul 提出建议集团考虑开拓国标业务。因为那时我刚组建了纺织部的研究与开发（Research and Development，R&D）团队，其一个重要的职能就是为开拓国内市场业务提供技术支持，我希望能提升到公司的发展战略高度去开展这项工作。但 Paul 问我，如果开展这项业务，可以占整个纺织部业务总量的百分之几，我回答开始时大约是5%。Paul 对我挥挥手说，集团目前所提供的服务主要是根据进口国或买家的要求对出口产品进行检验、检测和认证服务，而且绝大部分是买家指定的。如果现在花精力去开拓国标业务，不仅短期内不会见效，而且会分散精力，占用资源，影响现有的业务。我不同意 Paul 的判断，坚持认为随着中国经济的持续增长和全球经济一体化的快速发展，中国迟早会成为全球最大的市场，到时候按照中国的法规和标准对大量进入中国市场的产品进行质量监管将会成为非常大的业务来源，我们必须从现在起就有所准备。Paul 对我的观点不置可否，我也没法继续坚持下去。2007 下半年，国际和国内对中国市场走向的判断越来越趋于正面，集团内部对开拓国内市场业务的呼声也越来越高。Paul 的想法迅速发生改变，几次专门找我催促我多考虑这个方面的情况，希望我能提出自己的想法和具体建议，好像我们俩之前的谈话从没发生过一样，但这次我反而犹豫了。

我是从体制内出来的，而且已经参与过二十多年的标准化工作，对中国的标准化体系、质量管理体制和机制非常熟悉，深知作为一家国际第三方的外资机构要参与中国市场业务的竞争绝非易事。这不仅与中国的改革开放程度有关，更涉及各级各地职能部门和人员的思想观念、工作作风的改变。想想自己身为上海天祥集团纺织部总经理，不仅负责的这条业务线在公司具有举足轻重的地位，而且自己在专业、人脉和管理经验等诸多方面具有相当的优势，放着熟门熟路的活不干，去涉及自己并不熟悉且短期难以见效的领域值得吗？

2008 年元旦刚过，Paul 约我和柏总以及 Intertek 纺织鞋部业务全球总裁 Calvin Yam 在香港讨论如何启动中国市场业务。关于必要性、重要性和紧迫性我们没花太多的时间就达成了共识，但讨论到由谁来担当这一重任时，会议"卡壳"了。我知道老板希望我"毛遂自荐"、自告奋勇，但我却表现出一种事不关己的态度。老板不好意思开口，我也不说话，会议进入僵持状态。最后还是 Paul 先来了个迂回，问我："James，你觉得承担这样重任的人选应该具备哪些条件？"对于这个问题，其实我心里早就有谱。我给出的回答有四条：一是必须要有专业技术背景，在技术及标准化领域要有相当的积累和经验，对中国的质量管理体制和机制非常了解；二是必须已经在管理岗位上达到一定层次，对中国的国情要有相当的了解，在圈内要有广泛的人脉；三是要有宏观的思维和发展的战略眼光，对中国的改革开放进程要有准确的研判；四是年龄最好在40 岁左右，既有经验积累，又不会墨守成规，在事业上还有足够的发展空间。老板自然知道，第四个条件对我来说就是一种自我排除法，但却也不无道理。柏总问我：

"那你有什么合适的人选可以推荐吗？"我说有，这位人选在我的脑海里已经有一段时间了，我特别看好他，而且我所提的这四个条件在某种程度上也是为他"量身定制"的。但他目前在单位里是一颗正在冉冉升起的"新星"，未必愿意舍弃一切到Intertek来发展。老板决定让我去试试。回到上海，我打了几次电话，对方说可以考虑，但不久，传来消息说他已被纳入厅局级后备干部的考察范围，并很快会到位。我知道不应该再去打扰他了。

几个月过去了，柏总找了我好几次，希望我牵头组建Intertek的中国市场事业部，我都没答应。到4月中旬，柏总下了最后通牒："你不干，我来干！"老板这样说，我还能怎么办？2008年5月2日，在做了短短两年的纺织部总经理之后，我的头衔变成了中国市场事业部（China Domestic Market Services，简称CDMS）总经理，老板对这个新成立部门的职能定义为：凡是按中国的法规和标准为客户提供的质量技术服务都是部门的职责范围。Clara选择继续跟我干，虽然我这个总经理从管理一个700余人的纺织部又回到了像当年初创玩具轻工部时只是带领一个十余人的团队重新开始创业。离开时，纺织部的一帮"女汉子"们有点恋恋不舍，我的喉咙也有点哽咽，想想大家跟着我拼搏了两年，业绩有了明显提升，真不容易，心里不免有些感慨。我离开后，Lilian顺理成章接了我的班，成为纺织部总经理。

精准发力，掘得第一桶金

虽然不愿意，但对不得不出来领头开拓中国市场业务的结果却早就在我的意料之中。不为别的，就从公司当时的情况来看，我确实也是不二人选。所以，接下来怎么干，我其实也是早有设想。

CDMS成立之初，如何掘得第一桶金对CDMS的生存和发展既是个战略问题，也是个战术问题。在当时的大环境下，作为一家国际第三方机构，要在政府主导的质量监管体系内分得一杯羹几乎是不可能的，我们把眼光瞄准了"海外品牌进中国"这个市场热点。当时，中国经济已经连续多年保持高速增长态势，国内市场对海外中高端消费类商品的需求也在快速增加，再加上中国的国际贸易顺差一直维持在高位，扩大进口成了释放压力的重要选项。但由于长期以来中国在消费品领域的进口数量很少，与出口完全不成比例，海外品牌对中国市场的了解远远不如中国对海外市场的了解，特别是在法律法规、标准、技术性贸易措施、文化乃至语言等诸多方面，可以说国外经销商基本上是"两眼一抹黑"。在这种情况下，海外品牌要想进入中国市场，迫切需要有专业机构为他们提供专业服务，这给我们创造了极好的市场机会。这是因为，作为一家国际领先的第三方质量服务机构，Intertek与众多的国际知名品牌长期保持着密切的合作，Intertek的服务理念和服务模式早就为他们所熟悉和接受。同时，从技术层面看，Intertek是最早进入中国市场的国际第三方机构，不仅对国际市场的要求非常了解，而且因为拥有一批在国内相关领域的资深专家而对中国市场的要求，包括法规和标准等也非常熟悉和了解。再加上作为一家跨国公司，在语言和文化上可以确保与这些海外品牌的沟通更加便捷、有效。而所有这些优势，是当时国内官方或民营机构所不具备的，甚至是我们的一些国际同行也不具备的。

当然，我们的"短板"也是显而易见的。由于之前的业务几乎都集中在为中国产品进入国际市场保驾护航，在国内市场的业务少之又少，虽然在检测技术上有很多相通之处，设备和能力也不是问题，但针对中国标准的 CNAS/CMA 认可和认证范围却非常有限。为此，我们花大力气在很短的时间里大幅增加了扩项申请项目，国家认监委给予了大力支持，情况很快有了改变。与此同时，我们在服务模式上也努力创新。由于目标市场发生了变化，那些海外品牌针对中国市场的产品已经不能简单套用其原来的质量手册所规定的技术要求，而是要根据中国的法规和标准重新确定。再加上产品种类、进入中国市场的计划和预算安排都存在很大差异，我要求 CDMS 团队摒弃传统的销售模式，改以量身定制为特色的商务拓展（Business Development，简称 BD）服务模式，即根据客户的实际情况和需求提供有针对性的个性化完整解决方案（Total Solution）。为此，我将 CDMS 的人员按功能分成两个部分，一个是上门去与客户沟通交流的 BD 团队，一个是在后面提供技术支撑的（Technical Support，简称 TS）团队。我对 TS 团队的要求是，将我们的服务能力做成一个个小的标准化单元，称为"积木式"的技术储备，以便于 BD 团队可以在前方根据客户的需求随时将这些小的单元拼装成个性化的服务"套装"，这需要 TS 团队做大量的基础性工作，而且也是一项长期的任务。

将"海外品牌进中国"作为 CDMS 成立后第一个"精准打击"的目标在短期内就取得了明显的成效。由 Hazel 领衔的 BD 团队在近一年的时间里就签下了十几个国际著名品牌，其中不少本身是我们做出口市场的客户，我们的服务模式受到普遍的欢迎和推崇，新增的营业收入接近 2000 万元。到 2010 年，我们针对"海外品牌进中国"的服务模式成了圈内一道靓丽的风景线，海外品牌纷至沓来，我们基于技术和对中国法规及标准化体系的了解所提供的量身定制服务也日渐成熟，我们已经不满足于只是围着已经进入中国市场的海外品牌转，而是把目光投向了更多的那些还在海外而又急切地想进入中国市场的海外品牌。2010 年 5 月和 10 月，在欧美 BD 团队的大力支持和配合下，我们的 BD 团队先后去欧洲和美国做了两次大型的路演（Road-show），前后累计一个月时间，吸引了一大批欧美知名品牌来听我们有关中国市场的发展现状、中国的质量监管和标准化体系、海外品牌如何顺利进入中国市场等方面的介绍，特别是问答环节，更是让这些海外品牌的代表直呼过瘾。Road-show 大获成功，不仅让欧美 BD 团队和公司在客户面前挣足了面子，也让 CDMS 团队赢得了不少新的客户，Intertek 做中国市场业务的声誉很快在海外的品牌圈内扩散开来。但我们并未停下主动出击的脚步，而是继续乘胜追击。后来我又一个人去了日本，分别在大阪、名古屋和东京办了三场有关中国市场和标准的研讨会，Intertek 日本公司的总经理 Christine 全程陪同，受到众多日本品牌的欢迎。后来我们又应 Intertek 韩国公司的邀请去首尔做了两场演讲，场面同样火爆。

2011 年 2 月 22 日，通过 Intertek 天津公司总经理王述功的努力，我们获得了商务部的支持，由中国外商投资协会出面，在北京金融街的威斯汀酒店举办了一场名为"2011中国消费品市场的发展前景与挑战高峰论坛"的大型活动，论坛的主题包括：扩大内需、鼓励进口是中国政府的既定方针，中国消费品市场的发展现状与前景，中国加强对进口消费品质量监管的机制与措施，中国消费品市场质量监管体制与机制，国际知名品牌进入中国市场所面临的机遇与挑战和海外品牌如何顺利进入中国市场等。论坛邀请中国外商投资协会、商务部、国家质检总局、国家工商总局和 Intertek 中国区总裁等高层领导围绕这些主题进行主旨发言，150 余位海外知名品牌的高管和代表也应 Intertek 的邀请参加了会议。记得当时商务部的王受文司长与会做了主旨发言，并对 Intertek 在支持国家扩大进口的政策方面所做的努力大加赞赏。在这个论坛上，我们还分别安排了四个分论坛，主题分别为：中国市场对轻纺类消费品质量安全的基本要求，中国的 3C 认证及其适用范围，食品、保健品和化妆品如何进入中国市场以及中国电子商务的发展现状与质量保证解决方案，受到与会者的欢迎。这次论坛非常成功，并产生了巨大的连锁效应，Intertek 做中国市场业务的声誉在海外品牌商中进一步扩大，Paul、柏总等集团高层也很兴奋。

2012 年，"海外品牌进中国"策略和服务模式成为圈内同行竞相模仿的对象。有的国际同行不仅成立了专门的团队，甚至连团队的名称都和我们一模一样。那时，很多官方的检测机构都握有一把"尚方宝剑"，那就是 CAL 认证。所谓 CAL 认证，是指各地质监部门给部分官方检测机构颁发的质量监督检验机构认证标志（China Accredited Laboratory），获得 CAL 认证的检验机构可以承担国家授权的法定产品质量监督抽查检验任务，但外资和民营机构不能申请 CAL 认证，这种依附于法规和权力的不公平竞争多少使市场的天平发生了一些倾斜。从 2012 年初开始，在不断有海外品牌成为我们新的客户的同时，我们原有的一些海外品牌客户的委托测试量增长趋缓，甚至出现下降。对此，我们早有预判。原因有三：一是一些较早进入中国市场的品牌经过几年的运作已经对中国的法规和标准相当熟悉，甚至建立了自己的合规团队专门处理相关事务，对我们的依赖程度自然有所下降；二是一些海外品牌也会转移一小部分测试业务给官方机构，但整体上还是依赖我们；三是参与竞争的机构多了，市场份额自然也会下降。对此，我们采取了多项措施，来继续保持自己的领先和优势地位。一是继续加大在海外品牌中的推广力度，二是进一步提升我们的服务能级，三是大力开发 Intertek 海外实验室的国标测试能力，使更多海外品牌能在 Intertek 的海外实验室就近获得按中国法规和标准提供的测试及技术服务，这一举措受到了很多海外品牌的欢迎。到 2014 年，Intertek 能够提供国标测试服务的海外实验室总数已达 20 个，年营业收入超过 2000 万元人民币。为了适应新的变化，我们花了很多精力强化技术支持团队的建设，重新请回之前曾在纺织部担任技术支持的 Oscar Gu，由他来打造一个全新的技术支持团队，全面提升技术服务能级，成效显著。

十年磨一剑

长期以来，中国的质量管理体制一直强调一个"管"字，但主要采用事后监管方式，监管的有效性存在很大问题。此外，在质量监管的运作机制上，政府兼具"裁判员"和"运动员"的双重角色，而企业则成了单纯被监管的对象。事实上，质量不是靠管出来的，质量提升的责任主体是企业。但重管理、轻服务，重事后监管、轻从源头上强化供应链管理的思维和模式，使企业的积极性没能得到充分和有效的发挥。虽然"三聚氰胺事件"让人们看到了质量监管体系存在的诸多问题，但当时采取的措施仍未能从体制和机制上进行改变。

2012 年，党的十八大明确提出，要让市场在资源配置中发挥决定性的作用。这为中国的质量监管体制与机制的改革带来了巨大动力。当初我提出要开拓中国市场业务，其初衷虽然是为公司的发展开拓新的增长点，为未来面对全球经济和市场格局的变化做好充分准备，但我更期待的是通过我们的积极努力和参与，为中国的质量监管体制和机制的改革注入新的活力，让中国改革开放的步伐能够跟上世界形势的发展和变化。但这并非一朝一夕就能解决的，也绝非 Intertek 一家就能改变的，大环境和时机是能否实现这一理想的关键。CDMS 成立之初之所以将目标对准"海外品牌进中国"实在也是无奈之举，因为当时的环境不允许国际第三方机构平等地参与国内市场的竞争，因而不得不采用迂回战术扬长避短，在发展中寻求和等待机会。十八大的召开为中国的质量监管体制和机制的改革营造了一种新的环境，让我们看到了希望。

最初的开放出现在全国工商行政管理系统的市场监督抽查中，以招投标的方式获得政府委托来承担市场监督抽查工作很快成为标准模式。

2014 年 2 月，国务院办公厅转发《关于整合检验检测认证机构实施意见的通知》，标志着酝酿已久的改革正式起步。根据新一届政府确定的改革思路，我国现有的质量监管体制和机制将进行重大的改革，以推进政府职能转变、简政放权、充分利用有效的社会资源强化质量管理，提高贸易便利化水平，规范市场。改革内容包括：按照"管检分离"原则，以专业化、集团化、市场化、国际化的发展路径实现检验检测认证机构整合，通过两类机构（公益性政府机构和经营性社会机构）、三种途径（政府自建基础性、公益性、基准性和事关国计民生的检验机构、政府购买服务和政府认可社会检验检测机构的市场行为）为社会提供检验检测服务。同时，进一步缩小法检范围，试行以风险管理替代批次管理，充分发挥第三方检验机构在进出口商品法定检验工作检测资源配置中的作用，坚持引入第三方服务和完善政府监管相结合，坚持资质认定和过程监管相结合，建立第三方检验机构检测结果采信机制，完善第三方检验机构监管机制。

2014年11月，上海市质监局率先打破现有的框框，将休闲服的市场监督抽查任务下达给上海天祥，并以临时授权的方式，给了我们CAL认证资质，这对政府、市场和国际第三方而言都是一次重大突破。2015年，各地开始推动风险监测工作的落地。根据国家的要求，各地质监系统要以消费品为重点，以产品质量中影响人体健康和人身财产安全等因素为内容，广泛动员组织社会资源，建立以风险信息采集为基础、风险监测为手段、风险评估为支撑、风险控制为目标的工作体系，形成以预防为主、风险管理为核心的产品质量安全监管新机制，实现产品质量安全风险的早发现、早预警、早处置，切实保障产品质量安全。这次，上海质监局又走在了前列。而国际第三方质量服务机构由于在信息、技术、经验和同时面对国际和国内两个市场的优势成了风险监测工作的主要参与者，我也成为上海市质监局风险监测工作专家库的主要成员，频繁参与各种风险监测项目的评审工作，在贡献自己的知识和经验的同时，也积累了不少的新的知识和经验。

2015年9月，我应四川省质监局的邀请，为四川全省质监系统的相关负责人举办有关风险监测工作培训，并由此启动了四川省的风险监测工作。此后，我多次应邀为全国质监系统的相关人员举办有关风险监测工作的要求和实践培训，成了这个领域的知名专家，并先后被国家质检总局和上海市质监局聘任为国家和上海市缺陷消费品召回技术专家。

为质监系统的相关负责人进行培训

多年的努力和积累，已经使我们有了足够的底气去尝试参与政府项目市场的竞争。2015年初，在Intertek天津公司召开Intertek中国市场业发展战略研讨会，会议确定将工作的重心从"海外品牌进中国"转移到"政府购买服务"的政府项目市场，并且向质监、工商、食药监和其他相关政府部门全面推进。这是 CDMS 做了近七年的铺垫工作之后开始走入期待已久的正常发展轨道。那段时间，全国 CDMS 业务的同事不是在出差，就是在出差的路上。为了做好承上启下的工作，Clara 被提任为 CDMS 的常务副总经理，全身心地投身政府项目，同时也为我三年后退休做好准备。

对于如何做好政府项目，我们的思维并不仅仅停留在拿项目，增加收入的层面。我们想的更多的是政府需要什么，政府的职责是什么，如何通过承担政府项目帮助政府推动行业的技术进步和产品质量的升级，如何让企业真正成为质量管理的主体。在和各地政府质量管理部门沟通时，更多的是以创新的思维共同寻求更有效的质量管理和质量提升的方法和途径，比如强化风险监测、组织产品质量比对、进行行业发展现状分析、帮助进行企业诊断、提供质量管理培训、帮助和推动制订企业或团体标准、推出产品和管理体系相结合的认证服务等，引起各地政府质监部门的广泛共鸣，纷纷选择 Intertek 作为他们的合作伙伴。

如今，又是几年过去了，Intertek 不仅在政府项目市场获得了零突破，而且参与的项目竞标平均中标率达到 50% 以上，所承担的政府项目已经遍布包括西藏在内的全国 20 多个省市。在"浙江制造""上海品质""深圳标准""齐鲁品质""丽水山耕""广东品质"等众多地方政府质量提升和品牌再造行动计划中，Intertek 已经成为国际品质保障的代名词，深受各地政府和质量监管部门的信赖和欢迎。2018 年 8 月，Intertek 再次被新组建的国家市场监督管理总局选定为国家质量监督抽查承检机构，并且是唯一的国际第三方机构。从 2008 年 CDMS 成立到 2018 年 Intertek 被授权承担国家级的市场监督抽查任务，十年磨一剑，CDMS 团队的不懈坚持和创新意识让我们尝到了收获的喜悦。最初从纺织品鞋类产品起步，然后扩展到玩具轻工，进一步推动电子电气的国标业务实现零突破，再加上原本就以国内市场为主攻方向的食品和汽车零部件业务线，整个 Intertek 中国区的中国市场业务在这十年中也取得了长足的发展，2018 年 Intertek 中国区的中国市场业务总值达 8 亿元人民币，接近 Intertek 中国区业务总量的 20%，其中直接由 CDMS 操盘的业务也早就超过了亿元大关。十年来，CDMS 团队薪火传承，Clara、Oscar 和 Michelle 等也成了圈内的知名专家，不少年轻人经过摸爬滚打，成为独当一面的技术和业务骨干，其中也有不少人去了一些国际著名的品牌商那里，成为我们的合作伙伴。用人生中宝贵的十年做成一件事情、带出一个团队，于我、于公司乃至整个 CDMS 团队，都是一件值得欣慰的事。

公司的需要总是第一位的

在 Intertek 的十几年，我像是个"百搭"，除了先后担任玩具轻工部总经理、纺织部总经理和中国市场事业部总经理之外，我还兼管过很多其他的事情。有的是正式的，有的是非正式的，有的是临时的，有的甚至是虚拟的。但只要是公司需要，我都会努力做好。因为在我的心里，作为一个职业经理人，公司的需要总是第一位的，能分担就分担一点。相信我们这个年龄的人，持这种想法的应该占大多数。但我粗略算过，在公司像我这样曾经"扮演"过如此多角色的人，大概只有我一个。

2007 年，公司先后成立了党总支和工会，经柏总推荐，我被选举兼任公司党总支书记和工会主席。2011 年 7 月，公司党总支升格为党委，我被选举为上海天祥质量技术服务有限公司的党委书记兼工会主席。后来又成了徐汇区第九次党代会代表、徐汇区政协委员。2012 年 5 月，我当选为上海市第十次党代会代表。2013 年 6 月，上海市第十三次工会代表大会召开，我再次当选为代表。2015 年，在上海市委和上海市政府的创新社会治理加强基层建设 1+6 改革中，我作为"两新"组织的代表兼任徐汇区虹梅街道社区综合党委的副书记。还有一个兼职可能大家更想不到，我居然还是公司的武装部部长。这十年来，兼职从事党群工作成了我职业生涯中又一个新的亮点。

CDMS 成立之初，柏总将食品部也划归 CDMS 管理，这对我来说是个挑战。因为当时食品部的业绩并不理想，而且管理上也存在一定问题。我从日常的管理入手，对原来以分包为主的经营模式果断说"不"，并严格控制不合理的成本支出，特别是在耗品采购方面存在的问题，从严把控销售人员的绩效管理，坚决刹住那些不合理的考核机制，短期内就取得了一定成效。

2009 年，柏总突然发了一个通知，任命我兼任华东北区副总经理，协助他抓公司的绩效管理。虽然这个任命对我来说可有可无，但还是让我有机会把对公司内部管理的一些想法付诸实施。我花了很多精力做调查研究，并在调查研究的基础上确定了各业务线的绩效管理考核要求和目标。每个月我都会在统计的基础上形成分析报告，发给公司的管理层和各业务线领导，并提出调整或改进意见。但两年后，公司的组织架构发生重大变化，不仅是 Paul 不再担任 Intertek 的全球执行副总裁和亚太区总裁，Intertek 中国区也开始直接归伦敦总部管理，原来按业务线管理的模式被打破，柏总成了统管 Intertek 中国区的 CEO，我这抓绩效管理的事也就不了了之。一天，公司的所有高管在杭州西溪湿地开会，王述功和我作为 Paul 的老部下请 Paul 喝咖啡，问他为什么不干了，Paul 没有多说，只是说"不玩了"。一年多以后，Paul 离开了 Intertek，而我也"摇身一变"，兼了上海天祥质量技术服务有限公司的董事头衔。

2014 年 9 月，柏总找到我，说集团下属的上海天祥医学检验所有限公司（Intertek Medical Diagnostic Testing Centre，简称 MDTC）的陆总突然提出辞职，想让我临时兼任那里的总经理。理由很简单，那块业务包括人员都比较"高大上"，因为我有多年的管理经验和正高级技术职称，所以派我去应该能撑得住门面。这个理由对我来说多少有点勉强，虽然这个医学检验所成立时我就被指定为它的董事会成员，但我从来没有参与过MDTC 的任何经营活动，对他们的业务内容和能力也知之甚少，毕竟专业相差太远了。

但陆总和我关系不错，平时经常会一起讨论一些管理和市场开拓方面的事，所以我对MDTC的现状还是略知一二。陆总出生于医学世家，自己也是医学专业出身，做了好多年的医生，对医院管理感兴趣，去比利时进修了医院管理的课程，回来后应聘担任了MDTC的总经理。但也许是作为一个学者过于追求完美，加上集团对这块业务缺乏长远的发展战略，也无追加投资，MDTC磕磕碰碰前后做了近五年，不仅没有盈利，而且亏损还在持续扩大。因此，陆总的辞职也在意料之中。柏总给我的任务有两条：一是看MDTC是否还能做下去，二是如果还能做下去，看有谁可以担起经营的重任。虽然是在肩挑几副担子的同时又增加了一副担子，但身上"虱子"多了也无所谓，我就此又多了一个头衔——上海天祥医学检验所有限公司总经理。

MDTC的情况比较复杂。陆总下面设有两位副总，但并无实际授权。一位新招来的卢博士主要负责分子诊断业务的开发，但由于软硬件条件都不具备，只能整天在办公室里看资料，空挂副总的头衔。另一位是退休返聘的资深专家万老师，主要负责实验室的日常管理，但并不实际享受副总待遇。倒是原本陆总的助理，实际承担了MDTC的日常管理和协调工作，而且做得还不错。但在旁人看来，这样的架构多少有点不合常理。

MDTC的员工，特别是几位主要的骨干对我的到来并不感冒，而且似乎还颇有期待。做了20多年的管理工作，我明显感觉MDTC的人际关系比较复杂，但我选择了冷处理，把一切乱七八糟的事情全部"清零"，所有的事情都按规矩办。这样一来，很多人都释然了，每个人在我的脑子里都是一张白纸，大家都可以和我一起来画最美的图画。

MDTC的当务之急是资金紧张，连续的亏损已经使现金流发生很大的困难。大量的应付账款无法及时处理使耗品的供应经常断档，影响了实验室的正常运作。我向集团借200万，柏总和财务都问我是不是要多申请一点，可以多支撑一点时间，免得以后再借麻烦，我拒绝了。一是向集团借钱是要还本付息的，二是我有信心以这200万元去撬动整个资金链让它重新活起来。流动资金的问题解决了，但深层次的问题并不是一朝一夕可以解决的。MDTC成立之初就走过一段弯路。那时MDTC还不是Intertek独资，请了一位不懂经营的原来在职业病防治所做检验科长的老先生担任总经理，完全没有成本概念，算人员成本时居然不知道还有社保费用。但装修时却把自己的办公室搞得很有气派，远超集团总经理级高管的办公室面积应控制在12平方米左右的规定。不久，Intertek取得了MDTC的全部股权，陆总到任，但MDTC的"先天不足"已经存在：一是实验室的能力过于单一和传统，且不完整，只有免疫和生化这两块，微生物没有，病理主要依赖外聘退休专家撑大梁；二是上下游不联动，上游要看体检公司和医院的脸色行事，下游又无法直接为社会公众提供后续服务；三是单一实验室无法形成连锁的规模效应，加上生物样本对物流的特殊要求，单位成本居高不下。陆总曾多次呼吁集团追加投资，调整MDTC的能力结构，但由于整个Intertek在这个领域没有成熟的经验，伦敦总部似乎也没太多的兴趣，情况一直没有得到改观。

在弄清问题症结的基础上，我推出了五个举措：一是充分利用与原闸北区卫计委达成的协议，放大作为闸北区卫计委指定的临床检验中心的效应，尽快把闸北区的几家二级医院和 18 家社区卫生中心的常规检验业务收入囊中；二是尽快启动分子诊断能力建设，采用与业内"大咖"合作的办法，尽快培育市场，争取集团对分子诊断项目的支持；三是启动 ISO/IEC 15189 医学实验室认可计划，全面提升 MDTC 的管理和业务能力；四是全面实施销售人员的激励机制，奖励与销售额和应收账款回笼额直接挂钩，力争短期内显著提升经营业绩；五是授权采购主管在限定的现金流范围内合理调配应付账款的使用，确保实验室的正常运行。这些举措的出台，大大提升了员工的积极性，MDTC 的精神面貌发生了很大变化。2015 年底，MDTC 的年亏损额已从 600 万元下降到 100 多万元，我对 MDTC 的发展前景充满信心。

2015 年下半年，经过 MDTC 内部的广泛讨论和深入研究，我们制定了一个五年发展规划，内容涉及技术能力、发展规模、经营模式等诸多方面，但伦敦总部对这个规划似乎并不看好，想甩包袱的心态日益浓郁。2016 年初，MDTC 的年度工作会议确定当年要实现扭亏为盈的目标，柏总和我商量请卢博士担任常务副总经理，目的是能够让他在实战中得到锻炼，看看今后是否有更上一层楼的潜质。2016 年上半年，MDTC 按着既定的目标稳步前行，但伦敦总部给柏总的压力也越来越明显，希望尽快把 MDTC 处理掉，不管是卖掉还是关掉都可以。柏总和我据理力争，我甚至提出，如果集团想把 MDTC 关掉，其实还是要有成本的，还不如允许 MDTC 的员工以低成本甚至零成本集体持股，但伦敦总部还是执意要退出 MDTC 的经营。2016 年 9 月，由中检集团（CCIC）收购 MDTC 的交易完成签约，我兼了两年的 MDTC 总经理终究还是没能把 MDTC "救下"。事实上，那段时间第三方医学检验，特别是分子诊断正在呈现快速发展的态势，但 Intertek 却是"逆潮流而动"，注重短期利益而忽视了在"大健康"领域的长期发展趋势，着实令人费解。

除了 MDTC，在 Intertek 最让我窝火的兼职是负责公司的高新技术企业资质认定和维护。根据国家的相关政策，但凡被认定为高新技术企业的，企业的所得税可以从 25% 降为 15%。Intertek 在中国是盈利大户，上海天祥注册在浦东，甚至可以排上纳税 100 强。2007 年我向公司提出，根据公司的实际情况，可以申请高新技术企业认定，老板就让我牵头做。几经努力，我们终于在 2009 年首次获得了高新技术企业的认定，可以享受税收的优惠政策。结果，我从此被套住了。由于公司的营收盘子大，每年的科研项目立项和验收、经费预算和决算、研发人员的绩效管理等一大堆规定动作都要在申报材料中得到完美的体现，每年的基础工作和每三年一次的申报工作量巨大，但伦敦总部却没有给我们足够的资源，我真担心这事哪一天我会无以为继。

开始新的生活

2018 年 1 月 6 日，我 60 周岁生日。Clara 和 CDMS 的小伙伴们为我举办了一场隆重而热烈的生日晚会。Clara 事先没敢声张，压了又压，最后还是有近 50 位老同事前来捧场，其中还有不少是已经离开 Intertek 当年一起拼搏过的老朋友。如很早就离开，在业内几乎已经"兜"了一圈的 Derryl Yun，前些年去了谱尼的 Peter Yu，当年执意离开 Intertek 去华测创业的 Leslie Chen，曾和我一起写书的 Lulu Chen，还有 Roger Zhang、Max Tian、Billy He、Annie Ni、Eva Zhu 等，他们都在各自的事业上干出了一番新天地。看到这些老朋友，我百感交集，欣喜万分。晚会上，大家准备了很多节目，特别是由 Oscar、Alex、Davis 和李宾这四个大男生扮演的四小天鹅，一开始就把晚会的气氛推向了高潮，而天津的同事特意为这次晚会录制的视频更让我的心里充满爱意。CDMS 的小伙伴们为这次晚会忙活了好一阵子，Clara 甚至喉咙都肿得发不出声音了。当听到在 Clara 的带领下几个小女生朗诵着专门为我写的诗时，我真的被感动了，我觉得大家给我的太多了，我无以回报。

原玩具轻工部创业团队的伙伴们

一直给予我无微不至照顾的行政部的同事们

参加我生日晚会的老同事

CDMS 的女生们在表演诗朗诵

我非常感激 Intertek 给我提供了这样一个广阔的舞台和宽松的环境，让我能够在努力完成公司交给的任务的同时，做自己喜欢的事，追逐自己的梦想，努力攀登专业和事业的高峰。我更要感谢多年来我身边的同事，包括纺织部、玩具轻工部、CDMS、行政部以及其他一些部门的同事，给了我那么多的支持、帮助和照顾，感谢天津、青岛、深圳、广州的同事，多年来把我当成自己团队的一员，一起为了共同的目标去努力奋斗。在我职业生涯最长的一段经历中，有他们的陪伴和同行，是我最大的幸福！

早在 2017 年我就向柏总表达了按时退休的意愿。我的想法很简单，到什么年龄就应该干什么事，特别是要为年轻人留出更多的空间。最初柏总予以挽留，但最终还是满足了我的愿望，但希望我能够以顾问的方式再为公司服务几年，我答应了。不为别的，只是想以一种别样的方式回报 Intertek 和 Intertek 的同事们这么多年来给予我的关爱。如果需要，我也非常愿意为做好对年轻人的传帮带做出自己微薄的贡献，我更愿意为我们这个社会的进步做出自己应有的贡献。

知道我可以退休了，中国纺织出版社又和我商量，是否可以花点时间出一套有关纺织检测知识丛书，我欣然应允。在这个领域学习和钻研了近 40 年，积累的经验和知识自然不能因为退休而浪费，我出面召集 Intertek 的几位资深专家，决定一起来编写这套丛书，想通过我们的努力，为全国纺织测试行业提供一套权威、完整、新颖和实用的技术专著和工具书，帮助同行全面提升机构的技术能级和从业人员的技术素养。同时，作为中国出入境检验检疫协会检验鉴定标准化技术委员会的主席，还和 Intertek Business Assurance 的同事 Eric Liu、天津公司的同事 Paul 一起承担了《检验鉴定机构行业自律规范》和《检验鉴定机构从业人员行为规范》两项协会团体标准的起草工作，同时还牵头起草制订中国纺织工业联合会团体标准《纺织用染化料助剂限用物质清单》。

我虽然退休了，但还是很忙，我乐在其中。不过，我现在最开心的事，就是每天可以睡到自然醒。多年的愿望终于实现，这个要求可能太低，但对我来说，这已足矣！

我的父亲母亲

我父亲名叫王顺华，我母亲姓冯名阿妹。我的父母如果还健在，应该都已年过九旬了。可当我提起笔想写写我的父亲母亲时才发现，其实，我对他们知之甚少，甚至连他们的生日我以前都不知道。因为只有他们给我过生日，而我从来没有给他们过过生日。他们在世的时候我从来没有想到过要记住他们的生日，后来想弄明白，可他们都已不在了。直到去年想起来当年他们的结婚证尚遗留在二哥那里，我特意去二哥那里找出来一看，才第一次确切地知道我的父亲生于 1928 年 2 月 15 日，我母亲生于 1927 年 3 月 8 日。不过，记得小时候我父母曾经讲过他们在户口本上登记的生日其实都是阴历（那个年代不少人都习惯使用阴历），所以他们结婚证上记载的日期究竟是阳历还是阴历已无从考证。

据小姑讲，我父亲出生在上海虹口提篮桥附近的汇山路（今霍山路）桃源里，是我曾祖父早年置下的房产。那时的提篮桥地区是上海市区东部商贸、文化、交通等比较繁华和集中的地区。关于提篮桥的来历，据传大约在清朝嘉庆年间，在当时的下海浦上架有一座木桥，桥宽约 2 米，长约 10 米（桥址在今东长治路东面，海门路西面，即当年的美租界，后称公共租界的东区东熙华德路东，茂海路西）。早期该桥周围是农田和水道，附近还有古刹下海庙，人来人往非常热闹。有赶集的、进香的，有远道乡民往返上海市中心的，都要通过此桥。据传当年在该木桥附近（即原来东长治路电车二场地块）有片竹器店，专卖提篮、淘箩而闻名，久而久之，该木桥就被称为提篮桥了。1848年此处被辟为美租界后，填浜筑路、圈地造屋，逐步形成闹市区，提篮桥也于民国初年被拆除。1937 年 "八一三" 事变之前，在汇山路西和今日的大名饭店一带，也是店铺毗连，人来人往，市面兴盛。后因战火蔓延，当时在这一带有名的宝康当铺与汇山路的老桃源里和后来的电车二场一并被战火吞没。

因整个小区被战火所毁，我曾祖父率全家人逃难，并最终在静安寺附近的常德路恒德里用黄金 "顶" 下一个门牌号的楼上楼下居住。那时候，我祖父王虹明在延安中路茂名路（那时叫福煦路和迈尔西爱路，分别是以法国陆军上将和比利时主教命名的）一带经营着数家车行，主营汽车和汽配件的销售及维修，在同行圈内颇有知名度。但生意时好时坏，养活一大家子也颇为不易。

　　我祖父母前后一共生了 15 个孩子。那个年代不仅兵荒马乱，而且医疗条件也极差。15 个孩子中夭折了八个，最终仅存活七个。在存活的孩子中，父亲排行老三，上面有一个哥哥和一个姐姐，下面有两个弟弟和两个妹妹。大伯王顺元，早年毕业于震旦大学法学院，新中国成立后去山东临沂做法官，并在当地娶妻生子，一直干到退休，但念念不忘故乡上海，在为几个子女取名时都嵌入了上海和山东的元素，如小儿子的名字就叫王海东。大姑叫王顺秀，16 岁时因病导致耳聋。后来经过自己和家人的努力，可以看着嘴型和人对话。虽然发音听上去有点儿奇怪，似乎每句话后面都是问号，不太确定是否真的听明白了对方在说什么，但交流没有任何障碍。后来被招进街道工厂工作，直至退休，终身未嫁。大叔王顺宝，年轻时在汽修厂工作，后来全家随汽修厂整体内迁至西安，再也没有回上海。二姑王顺娥，大学毕业后在原上海铁道学院当老师，一直到退休。小叔王顺德，复旦大学教授，1960 年在复旦大学毕业后留校，是遗传学泰斗谈家桢的弟子。小姑王顺凤，性格外向，说话办事爽快，手工活了得，一个女孩子，居然可以做得一手漂亮的木工活，1968 年中学毕业，改名王晓峰，去了崇明农场务农，后被送到上海师范学院（现上海师范大学）读书，毕业后在延平中学当老师，几年后中学改职校，小姑居然成了服装制作的名师。实在令人惊叹不已。

　　旧时的生意人，身处十里洋场，灯红酒绿，很容易沾染一些恶习。但我祖父家教甚严，谨守做人的基本规矩，家里不容任何人越雷池半步。听父亲说有一次他和我大叔一起想让我祖父为他俩每人做一件呢子大衣，我祖父没同意，结果兄弟俩顶了嘴，被我祖父狠狠抽了几个嘴巴，只得乖乖地一边儿去了。但没几天，我祖父就叫了裁缝上门，在家为兄弟俩每人量身定制了一件他们想要的大衣，着实让兄弟俩有点儿摸不着头脑。我父亲上小学那段时期，祖父的生意不好，以至父亲的书读得也艰难。虽然他成绩很好，但也经常是饿着肚子去上学的。我父亲说，那时候他的老师经常会早上特意准备一团粢饭，等他进校门时塞给他，为的是让他能坚持把书读下去。但我父亲高级小学毕业后（以前小学分初级小学和高级小学），终究还是没有把书念下去，为了分担祖父的压力，16 岁时就进了英商美灵顿印刷厂当学徒，18 岁就成了师傅，月薪按发薪当日的米价以 16 担米计算，即发薪当日可以买 1600 斤米的钱就是他当月的工资，据说这在当时绝对算是"高薪"了。

　　母亲的祖籍不是上海，1927 年出生在江苏省金坛县（现金坛市）五叶乡叙一村的一户冯姓中农家庭，排行老五，家里有几亩薄地。外公读过私塾，但在母亲很小的时候就去世了。母亲有一个哥哥和三个姐姐，特别疼爱她的唯一的哥哥在 22 岁时就因病早逝了，剩下三个姐姐，后来都高寿。

　　18 岁那年，我妈独自一人来到了上海。那时我小姨，即我妈的小姐姐已经在上海的日资纱厂做了好几年的挡车工，但我妈没有去纱厂，而是经人介绍去了西康路（那时叫小沙渡路）一家姓杜的人家做帮佣，后来又经人介绍到了我祖父母家做工。由于母亲手脚勤快，又爱干净，缝补浆洗样样拿手，且做的一手好菜，不仅做事极为仔细，做人也是十分乖巧，很快就赢得了全家人的信任和喜爱，被当作家人看待。那时候小叔和小姑尚年幼，母亲就和大姑搭手一起带他们，还经常陪大姑去逛大世界、听戏、看电影，两人形同姐妹。母亲告诉我，那个时候为教会大姑说"灯芯绒"和"三轮车"，她是煞费苦心，"灯"还可以，用手指着家里的灯就可以明白，"心"也容易，用手指指自己的心也可以，就是这个"绒"字，实在是花了很大的工夫才让大姑发出准确的读音。不过这三轮车，从大姑的嘴里说出来，怎么听都像"赛腊错"。有时她在马路上要坐三轮车，就会拼命朝三轮车夫招手，嘴里喊着"赛腊错！赛腊错！"人家却搞不明白她是在喊什么，马路上回头率极高。

妈妈抱着我小姑

说不清父母亲是怎么走到一起的，同在一个屋檐下，年龄相差一岁，可能是日久生情吧。小姑告诉我，有段时间祖母发现母亲经常晚上做完事后说是去以前的东家杜师母家玩，后来才发现是和父亲在谈恋爱。母亲年轻时很漂亮，父亲也是英俊潇洒。他们的恋爱史我小时候也没敢问，长辈也没说过，但曾听我父母说过，那时已时兴自由恋爱。外公过世早，外婆生活在金坛，母亲一个人在外当然是自己做主了。但父亲当时是否要父母做主我就不知道了，估计那时也是顺其自然、水到渠成吧。上海人比较开明，而且那时也已经解放了。只是他们结婚时父亲与祖父不知为了什么事弄得很僵，父亲选择离家在徐汇大木桥那边租房成家。1952年10月18日，我父母正式获得了由上海市人民法院公证处公证员李绳武签发的结婚公证书，编号是1952年市结字第09866号。那年父亲25岁，母亲26岁，按上海人的说法，母亲是大娘子，而且是"女大一，黄金堆屋脊"，讨个好口彩。

1953年7月30日，大哥建强出生，家里添丁，小两口甚是喜欢。不久，一家三口又搬去了虹口霍山路居住，并在那儿生下二哥建国，而后，又在日晖新村短暂居住过。1957年，大叔一家随单位内迁去西安，腾出了一间亭子间，经二姑和小姑的撮合，祖父同意父亲携妻儿回到常德路恒德里，与祖父母一家同住。那时太公（曾祖父）尚健在，而我也已在母亲的肚子里孕育。不过，到了1962年，我们全家再次搬离了恒德里，到了黄浦区的宁海东路58号。虽然也是一个三楼的亭子间，面积也只有10.7平方米，但因为有个阁楼，我们三兄弟都可以睡在上面，家里就可以稍微宽松一点儿了。但祖父母对此事却很是生气，一是父亲搬家未预先征求祖父母的意见，而且恒德里的那幢楼原来是祖父和二叔公两大家子居住，都是自家人。现在我们家和别人换房，那幢楼里就有了外人，祖父母很是不高兴，从此断了往来。1964年，原来恒德里的隔壁邻居夏家姆

父母的结婚公证书

妈带口信告诉父亲，祖父病重，父亲带我去看祖父。我至今记得，那天祖父躺在一张帆布躺椅上，人已很消瘦，说话气若游丝，已是癌症晚期。祖父并没有责怪父亲，只是问了一些家里的情况，父亲也轻声地和他说着话，祖母则在边上用手绢抹着眼泪。不久，祖父去世，葬在联义山庄。20 世纪 60 年代后期，联义山庄被毁，建了上海鼓风机厂，现在又变成大片的住宅区。只是不知现在的住户是否知道这里曾经是当年上海滩非常著名的大型私人墓园，著名影星阮玲玉就曾安葬在此。

从 1957 年到 1966 年这九年中，父亲身上背了个政治"包袱"，但家里还和以前一样的平静。只是父亲的工资从原先科级干部的 100 多元降到了每月的 68.50 元，一家五口的日子开始过得捉襟见肘了。以至于在此后的二十几年中，全家的生活一直处于贫困之中。虽然母亲婚后也曾去过上海生化制药厂做工，但我们三兄弟的体质都很差，轮着生病，家里又没有人带，不得已，只得辞职回家，全力操持家务和照顾我们三兄弟，全家生活全靠父亲一个人的工资维持。面对生活的压力，母亲很是要强，没有任何怨言，还是一如既往地勤俭持家，把每一分钱掰成两半花。而父亲更是每月把全部的工资收入都交由母亲打理。烟瘾戒不掉，只得抽每包 1 毛 3 分钱的勇士牌，也绝对不会乱花一分钱。那时候我们三兄弟穿的衣服基本上都是打补丁的，而我穿的衣服则更多的是用母亲的旧衣服改的，甚至还有大襟的，但穿在身上都是洗得干干净净的。全家人穿的鞋子也都是母亲自己做的，从纳鞋底开始。家里经济虽然困难，也难得见荤腥，但母亲绝不会让我们饿着，还很要面子。每次小叔来，母亲总会咬牙去菜场切 5 毛钱的肉，回来加做个花生炒肉丁，让小叔吃得饱饱的，因为这是他的"最爱"，而我们则绝不会动一筷子，还直嚷着"不喜欢吃"。那时家里住房面积才十多平方米，被母亲收拾得一尘不染，但凡来我家的人都对此交口称赞。

小时候最让我开心的当然是过年了！过了腊月十五，每家每户都要开始忙了。磨水磨粉的、炒花生瓜子的、做酱油肉的、风干鳗鱼的、腌咸肉的、屯新鲜蔬菜的、剃头的、做新衣服的，家家户户，乐在其中。那时，哪怕手头再紧，母亲总会用积攒下来的布票和钱去绸布店买来十几尺布自己动手帮父亲和我及两个哥哥做一身新衣服，有时是新棉袄，有时是新的罩衫。我特讨厌穿新衣服，所以母亲会用旧衣服改一下再给我穿。到后来，新年去服装店买现成的衣服了，但我的新衣服一定要让二哥先帮我穿一下，等洗过以后我才穿，而二哥也很是享受这种"待遇"。那时候过年，政府会按"大户"和"小户"凭票供应一些平时买不到的土特产或副食品，如红枣、黑枣、花生仁、冰糖或绵白糖（用东北的甜菜做的）、黄花菜、黑木耳、鸡蛋、冻海产（大黄鱼、鲳鱼、带鱼等）、冻鸡鸭、猪油、炒货（花生、瓜子之类的），我们家也不会放弃，尽管去买之前，母亲要把抽屉里为数不多的钱数了又数。每年的大年三十，母亲总要催着我们下午早一点去把头剃了，然后去澡堂子把澡洗了。晚上的年夜饭开得很早，菜自然会比平时丰富得多，有鱼有肉，但我们从来都不敢放开肚子吃，因为不知道新年里是否会有亲戚来串门，这菜大部分要留着，以备"不速之客"的到来。吃完年夜饭，虽然我们很不情愿，但母亲还是会很早就把我们三兄弟赶到阁楼上去睡觉，因为她要赶在半夜前把家里收拾干净，把地板拖了，还要把一家子换下来的衣服全部洗掉。因为按她的说法，大年初一除了做饭是不能干活的，否则会劳累一整年。而且连地都不能扫，否则会把财扫出门的。虽然家里没几个钱，但还是要讨个口彩。大年初一，早上起来，全家会吃母亲自己包的黑洋酥汤团，有几年实在是没钱，就会简单弄一些甜的酒酿年糕汤当早饭。吃好早饭，母亲会很郑重其事地打开我们家那个唯一上锁的抽屉，拿出她早已准备好的给我们三兄弟的压岁钱，数给我们每人 10 张崭新的一角钱人民币。不过，等年过完了，母亲常会让我们把钱交由她"统一保管"，我们也很"拎得清"，会乖乖地把刚焐热的钱交到她手里。在此后的一年里，我们总会竭力地忘掉这些压岁钱的存在，以确保第二年仍能对这份压岁钱存有一份期待。

父亲年轻时是个"牛皮篓子"，不但喜欢看各种书籍，还喜欢说和写。每天晚上睡觉时，关了灯，母亲总要父亲讲故事，我们三兄弟则在阁楼上充满期待地听父亲"说书"。从《三国》到《水浒》，从上海外滩海关大楼的大自鸣钟到铜仁路上的哈同花园，从《恐怖的脚步声》到《第二次握手》，父亲肚子里的东西总是见不到底。只是每次讲到关键的地方，总要卖点关子，就此打住，留着第二天再讲。不过，更多的时候，是父亲讲着讲着，感觉我们都没了反应，甚至是鼾声此起彼伏，才知道全都被"催眠"了，赶紧打住。不过，第二天晚上往往还得从头讲，因为前一天大家什么时候睡着的都不知道，不想把关键的情节漏了。而父亲大多也会乐呵呵地从头再讲，不厌其烦。

记得那天父亲上夜班，早上回家后爬上阁楼睡觉，睡前拿了本书"催眠"。中午他醒了，母亲让他下来吃午饭。吃着吃着父亲突然来了兴致，问母亲："你知道外滩海关大楼的那个大自鸣钟的面上是由多少块玻璃拼起来的吗？"母亲说："死鬼！你吃饱啦？这个我怎么会知道！"父亲赶紧说了个数，我不记得了，大概是 200 多块玻璃。母亲不信，说："又在吹牛，谁知道你说得对不对啊！"父亲二话没说，站起来就往阁楼上爬，要去拿那本书来给母亲看，以证明自己没有乱讲。哪知道一激动，脚一打滑，整个人就从上面摔了下来，一屁股坐在地上起不来了。母亲和我好不容易把他扶起来，慢慢地下了三楼，去家附近的金陵东路地段医院挂急诊。还好，医生说骨头没问题，配了一盒中成药跌打损伤丸，让父亲回家用温黄酒送服。回到家，父亲大呼小叫地让我赶紧向母亲要钱，去槽坊买老酒。我向母亲要了 1 毛钱，一路小跑去宁海东路盛泽路口的那家槽坊，零拷了一玻璃杯黄酒，小心端回家。父亲赶紧取出一颗跌打丸，剥去蜡封，也等不得把酒温一下，顺手就把那颗比小核桃还大的药丸丢入口中，顺势把那杯黄酒灌了下去。却不料，那杯酒是下去了，可那颗药丸却被卡在喉咙口没下去，反而"噗"地一下完整地吐了出来。见此情形，母亲和我都忍俊不禁，笑得前仰后合。父亲想笑，但笑不出来，屁股上实在是疼得厉害。只是催着我赶紧再去买一杯酒，让他把药吃下去。母亲嘲笑父亲说："你贪酒也不能这样啊！这么大的药丸你不切成几块，再多的酒也难以下咽啊！莫不是为了多喝几口酒有意这样的?"父亲"嘿嘿"笑笑，也没有争辩。父亲在大部分情况下都是让着母亲的。

从母亲口里传出的还有很多有关父亲的"段子"，其中经常被母亲拿出来"晒"的有这么几段：一是说那个冬天，寒风刺骨，父亲在马路上一边走一边抽着烟。结果迎面的风实在太大，只得赶紧把烟掐了，剩下半支舍不得扔，顺手装进了上衣口袋的烟盒里。没走多远，突然感觉心口热乎得厉害，心想，坏了，这不会是心脏出了啥问题吧，下意识用手往胸口一拍，结果"呼"地一下从棉衣夹层里冒出一团火来，直把父亲吓得双脚直跳，三下两下地用手拍打，才把火扑灭了。什么原因，不说相信你也猜得到。第二个段子，也是说一个冬天的晚上，母亲心血来潮突然想吃生煎。父亲二话没说，拿了个带盖的搪瓷杯夹在腋下，缩着脖子顶风出门了。到了那家通宵营业的点心店，煎生煎的炉火正旺。在等生煎出锅的当口，父亲照常掏出一支烟吸了起来，人也不由自主地往炉子边上靠，那儿暖和呀！结果，生煎还没出锅，父亲那件新做的棉衣的前门襟已经被烧了个大洞，实在想不出回去如何和母亲交代。第三个段子是说父亲那年带我大哥去金坛乡下看丈母娘，即我的外婆。那时交通不方便，去金坛先是要坐火车到常州，然后再坐那种内河运输的由小火轮拖着的客船，再转汽车。结果下船时，父亲只顾一个人径直过了那块窄窄的跳板上了岸，全然忘了他还带着一个步履蹒跚的小孩。结果等他想起来时，大哥不见了。那时天已漆黑，大家提着马灯拼命找，结果才在船体和岸边的夹缝里找到了已经泡在水里的大哥。大冬天的，把大哥冻得浑身发抖。还好，人没被夹着，也没溺水。记得好像是岸边的一个三轮车工人帮忙把他们拉回家里，父亲给大哥擦干身体，烘干衣服，然后带着大哥继续赶路。最后一个段子更为奇特：那时父亲的工厂在香港路靠近四川路边上。那天上中班，晚上十点半下班后三个同事一起出来，其中有一位是骑自行车的，他自告奋勇，说是可以带父亲和另一位同事一段路。结果父亲坐在了前面的三角架上，另一位坐在了后面的书包架上。沿香港路出来到四川路往北，就是四川路桥。骑车的同事使出吃奶的劲好不容易把车骑上了桥的顶端，向前面望去，四川北路是一马平川，几乎没有人影。心里想着这下坡道，不带刹车，至少可以往前溜出四五百米不成问题。结果三个人在这夜深人静的时候一起开心地吼着就开始往下溜。没料想，刚向下 20 多米，车速也非常快，在桥北坡的北苏州河路口，车前轮撞上了一个突出的井盖，那辆车的横梁瞬间就断了。原来这辆车的三角架之前断过，是重新焊接起来的。结果，骑车的那位，原地趴下就起不来了。父亲抱着前轮据说一直滑到 200 米开外的天潼路口才停下。而坐在后面书包架上的那位居然拐了一个弯，到北苏州河路去了。现在想想这个段子也未免有点太夸张了，只是不知当时的现场他们是怎么收拾的。按母亲的说法，那晚父亲跌跌撞撞回到了霍山路的家，开门进去喊母亲看看他的脸。平时父亲上中班回家一般都不会去惊醒母亲的，因为她一旦醒了就再也睡不着了，可这天父亲非得把母亲弄醒不可。母亲拼命闭着眼睛问啥事，父亲却不告诉她，非得让她睁开眼睛看看。结果，母亲睁开眼睛一看立马吓得半死，父亲满脸是血，手上、脚上都是挫伤，母亲心疼得立马起床，陪父亲去医院看急诊，可父亲还不当回事。等处理完伤口回到家，天差不多快要亮了。现在，这些"经典段子"我儿子也都会讲了，不知以后讲给我的孙辈听，会是一种怎样的效果。

小时候，只要父亲是常日班，我们兄弟几个总会在傍晚的时候抢着在门口等父亲回来，不为别的，就是因为他每天都会从厂里的图书馆借两本装订在一起的小人书回来，不能多借，兄弟三人，总有一个第一时间要轮空，谁都不愿意。不过，在我们兄弟三人争抢的时候，父亲总会装模作样地有意拿一本往我的手里塞，给我开个"后门"。有时，父亲还会带回些厂里食堂做的点心，白馒头、蜂糕、白糖或枣泥三角包、黑洋酥馒头、菜包子什么的，那是我们最幸福的时刻！后来我们大了，父亲就经常会把他们正在印刷的书籍，挑一些印刷的废品纸自己折起来，装订好，简单裁一下就成为一本没有封面的毛坯书，带回来给我们看。不仅有小说，还有一些专业类的科普书籍及画册。那时候他们厂里最大的福利是可以以三折的价格买厂里自己印制的《毛泽东选集》和《辞海》。

有一次我突发奇想，和父亲说想去他们厂里看看这书是怎么印刷出来的。那时候我大概还只是小学五年级的样子，父亲一口答应。那天我到了厂里，每道工序的叔叔阿姨都很认真地给我讲解。我先是去了排字车间，看到满满一房间的排字工人，他们每人都拿着一个木制托盘，手上夹着一张稿件，在放满铅字模的架子上选取所要的字模，放入手上的托盘中。每个字模大概有 2 厘米长，中间有个半圆的缺口。等一盘的字模放满了就是一个页面，然后沿缺口插入钢条固定，就可以去打样了。在制版车间，打样出来经校对无误，接下来就是做纸型了。到这时我才知道，其实印刷时并不是像古时候那样直接用活字印刷的，而是将活字固定好以后，将一种很薄的半透明纸一层一层地压上去，压的时候还要一层一层刷上糨糊，最后再烘干，形成一个很厚很硬的纸模，他们业内的术语叫纸型。然后做成一个模具，将熔化的铅铸入，冷却后形成一整块铅板，再把铸好的一块块铅板装到印刷机上就可以印刷了。只是我忘了，这块铅板是否还要进行镀层处理，以防铅板表面印的张数多了会磨损而影响印刷质量。印刷完成后，铅板可以重新熔化使用，但那个纸型会被保留，以后需要加印时还可以再用来做铅板。当然，现在这种印刷工艺早已被淘汰啦，数字化的印刷技术彻底告别了"铅与火"的时代。30多年前我们在印刷上海纺织青年知识分子协会的会刊时，就已经尝试采用PS薄膜版印刷了，但即使是现代化的装备，仍然是需要工匠精神的。

在印刷车间，把铅板装到印刷机上是个技术活。假设是印全张的64开书，那就要拼装很多块铅板。不仅要确保每块铅板之间的高低一致，以免印出来有深有浅（或者说是有的重有的轻）。最关键的是不能把铅板的位置拼错，确保印好的纸张折叠起来以后，前后每一页的页码都是准确的。车间里的工友都说，父亲在这方面有一手绝活，装板速度奇快，别人还在仔细比画着的时候，他早就可以开印了，而且从来不会出错。现场观看，我也是佩服得五体投地。至于最后道的装订，那时还是人工加机器的，现在都已经完全自动化了，从折页、装订、上浆、包封面到最后切齐，一气呵成，令人叹为观止。

在那时的大环境下，面对政治和经济上的双重压力，母亲从来没有怪过父亲，也没有在别人面前抬不起头的自卑。事实上，面对命运的不公，她不仅从来没有抱怨过，也从来没有屈服过。自强不息、勤俭持家、让家人吃饱穿暖，体面地生活是她追求的不二选择。在里弄里，待人接物、做人做事，母亲都是有口皆碑的。虽然不识字，没读过书，但和现在很多高学历的知识分子相比，母亲绝对是属于有见识、有"文化"的，在"朋友圈"里受到普遍的尊重。那时候，母亲经常跟我说的一句话就是：男小囡，书画琴棋都要会一点的。以至于现在当很多人对我会沪剧、会猜灯谜、会夏威夷吉他、会篆刻，而且在多个专业领域都能成为专家而惊叹。当被人赞叹我"多才多艺"的时候，我立马想到的就是母亲那时经常跟我说的这句话。小时候虽然家里经济条件非常困难，但母亲还是给我订了一份报纸。有时她会拿起刚到的报纸端详老半天，我就会问她："你不是不识字吗？"母亲会很得意地跟我说："你可别小看我，那年扫盲，我可是几个星期就通过啦！"虽然扫盲班给我妈评定的等级是"初识"，但她的自尊和自信却成为我日后做人、做事的巨大精神财富。

但作为一个女人，在自尊自强的外表下，母亲的内心其实也是很脆弱的。内心的焦虑一旦积聚到难以承受的时候，精神就会"崩溃"。但这不是因为父亲的事情而被别人背后议论的时候，也不是家里实在没有钱而无法开开心心过新年的时候。给我印象最深的一次，是大哥被分配去江西农村的那一刻。大哥从小体质不好，长得非常瘦弱，加上作为长子，母亲自然会给予更多关爱。好在大哥读书一直成绩很好，母亲也从来不用操心。母亲总是很得意地说，建强有一年要大考，发了整整一周的烧，不得已背他去学校考试，结果成绩还是名列前茅。大哥小学毕业被分配至延安东路四川中路口的民办跃进中学读书，三年后初中毕业响应国家号召到农村去。那段日子我明显感到母亲是茶不思、饭不想，整天失神落魄似的。那段时间父亲正在被"隔离审查"，母亲常常是看着我们三兄弟发呆。那时大哥他们的去向主要有黑龙江和云南的军垦农场，还有安徽和江西农村。母亲心里盘算再三，黑龙江太冷，怕大哥吃不消，云南太远，要回来探个亲实在不便，安徽又太穷，怕吃不饱，只有江西有米吃，而且相对来说近一点。结果，大哥就报名去江西农村。学校发来的粉红色通知中他要去的地方是江西省宜春专区分宜县洋江公社礼台大队官庄生产队。那年，他才17岁。

整理行装的那几天里，母亲倾其所有也拿不出几件像样的东西，只是一边抹着泪一边清点装箱，一边千叮咛、万叮嘱，拳拳慈母心溢于言表。出发那天，父亲未被允许请假，上班去了，二哥也上学去了，我请假去送大哥。原本以为母亲会和我一起去送大哥的，但临走时母亲决绝地说她不去，就让我一个人去上海老北站送大哥。

那天好像还是初春时节，天还很冷。天目路上的老北站却是锣鼓喧天，红旗招展，欢送的标语随处可见。出发的、送行的，扶老携幼，人山人海。我和大哥被人群裹挟着往站台涌去，一转眼，他就上了车。我们隔着车窗互相望着，但没有说话。我的眼眶有点湿润，喉咙也像有一团东西堵着，说不出话来。周围一片喧闹，有哭的、笑的、大声叫喊的、低声咬耳朵的。我不知道大哥当时是怎么想的，期待？兴奋？憧憬？茫然？无助？反正直到火车鸣着汽笛渐渐远去，我们都没有再说一句话，只是那样相互对视着。

回到家母亲还是像我们出门时那样半躺在床上不停地抹眼泪，连午饭都没吃。我知道她不去送大哥是因为无法承受那种离别的煎熬。自那以后的好几年里，我们家的欢笑声少了许多，生活中平添了不少昏暗的颜色，母亲动不动就容易发火，有时会和父亲为一件小事而大动肝火，我和二哥常常是胆战心惊，不敢出声。大约是大哥离家去江西后的半个月，那天中午我放学回家吃午饭，母亲一扫脸上多日的阴霾，欢天喜地地从抽屉里拿出一封信，让我赶紧念给他听。原来，是大哥来信了！我顾不上吃饭，赶紧给母亲读大哥的来信。一遍不过瘾，再来第二遍，第二遍好像还没记住，再来第三遍。等我念完三遍抬起头来，母亲已是泪流满面，泣不成声。晚上父亲回家，母亲又拿出信来让父亲念了好几遍，并且催促着大家赶紧吃饭，好让父亲赶紧给大哥写回信。晚上，一家人围坐在已被母亲收拾得干干净净的饭桌上，在那盏八瓦小日光灯下，父亲第一次给自己的儿子写信。父亲是写一段，念一段，母亲则不停说这个别忘了、那个别漏了，我和二哥也时不时插上几句。等信写完差不多已是晚上八点多了，父亲又完整地念了几遍母亲才放心地将信纸折好，放入下午一起买来的信封中，让我第二天一早就去邮局寄出。从此，每天上午和下午两次邮递员来过之后，母亲总是要到楼下去看看信箱里有没有大哥的来信。一旦有，就会开心得不得了，而我则是一遍、两遍、三遍不厌其烦地念给母亲听。而每次我将父亲写的信寄出后，母亲就立刻回到那种焦虑和等待的状态。如果预计回信该到的时候而没有收到，母亲就会一直问为什么信还不来，不会是邮递员漏了吧？有的时候忍不住对大哥的思念，母亲没等到大哥的回信就会让我给大哥写信，问这问那，满满的爱，一封薄薄的信根本承载不了它的分量。

离第二年的春节还有一个多月，母亲就急着让我去邮局给大哥寄钱，让他早点把回家的火车票买好。大哥回来的那天，我去老北站接他，近一年不见，不知他变成什么样了。结果，等出来的人走得差不多了，大哥才从里面出来。还是那样瘦弱，挑着一副担子，驼着背、弯着腰，头发留得很长，最显眼的居然是穿着一条绿色的紧臀喇叭裤，我差一点都不敢认他！我真担心他的这副打扮会被母亲打出门去。回到家，母亲看着他的这副模样也是愣了半天，嘴里嘀咕着怎么会弄成这个样子，赶紧催他去把头发理了，到后弄堂对面的小花园浴室洗澡，免得被人看见"丢人现眼"。我陪大哥去理了发、洗了澡，结果又发现了一个更大秘密：大哥居然会抽烟了！

晚上回家，母亲已经做好满满一桌菜，平时过年也没这么丰盛过。父亲回来后，一家人再次围在一起开开心心吃团圆饭。母亲一边吃一边问，还不时用筷子往大哥碗里夹肉，眼光里满是怜爱和满足。饭吃到一半，大哥烟瘾犯了，不得不向母亲"坦白"想抽烟了。出乎我们所有人的意料，母亲居然没有大惊失色，而是默许了。要知道，父亲平时抽烟母亲也会一直唠叨，还不允许在房间里抽，只能出去或是到阳台上去抽。后来我问过母亲，这事她为啥没发火，母亲说，其实大哥带着满身的烟味一进门那会儿她就知道大哥抽烟了，但她选择了容忍，我也没有追问缘由。大哥回来的那一个多月里，母亲变着法儿给他增加营养。我印象最深的是母亲特意买了蹄髈，用黑枣、冰糖给他炖着吃，我们只能咽着口水在边上看着。很快，大哥的脸变得红润起来，人也长胖了。转眼，分别的日子又到了。这次还是我一个人去送大哥，母亲虽然还是不断地抹眼泪，但情绪显然要比一年前好多了。在此后的十年里，我成了邮局的常客。不仅是寄信，还经常会去寄一些包裹，内容包括南京路三阳南货店的小方糕（价格我还记得当时是6毛4分钱一斤）、母亲自己晒的菜干和烤麸干、母亲用一些不用凭票买来的小带鱼做的鱼松、腌的咸肉或做的酱油肉等。当然，中秋还会寄些月饼。所有这一切一直到1981年随着大哥最后一个离开江西洋江公社回到上海顶替母亲进了街道工厂后才宣告结束。那一年，我大哥已28岁，而我也刚刚大学毕业，到上海市纺织科学研究院工作。1977年恢复高考，我大哥也在江西报名参加了高考，但他没有我幸运，没能上大学，但那时他是个"文学青年"，在江西的最后几年，也干不了什么农活，他就一门心思在农舍里"爬格子"。有时一个人懒得做饭，到吃饭时就拿着碗去村民家里蹭饭，甚至晚上把运动裤的裤腿一扎，偷偷到地里扒一些瓜果蔬菜，可以"混"上好几天，村里的人也很善待他。他先后也写过的一些小说和电影剧本，水平还挺高，可惜大多是虎头蛇尾，缺乏坚持的毅力。不过他写得一手好字，一直让我自叹弗如。只是好运没有降临到他的头上，甚是可惜。

　　我们家兄弟三个，最不受父母待见的是二哥建国，这在当时多子女的家庭里好像也挺普遍。大哥建强天生瘦弱，又是长子，父母给予更多的怜爱也是自然。我是老幺，有两个哥哥"罩着"，而且母亲说我小时候特别会"轧苗头"，所以也很少吃"眼前亏"。但二哥不是，从小有点"犟头倔脑"，也不会"见风使舵"，母亲打他几下，他不仅会把嘴撅得老高，眼泪忍在眼眶里，还要把头昂起来，一副"宁死不屈"的样子，"苦头"自然吃得多一点。母亲说，大哥和二哥好像天生就是对头，一言不合就会吵架。在二哥还很小的时候，一次大哥爬楼梯上了二楼亭子间，刚要进家门，二哥突然像人来疯似的，跌跌撞撞地奔向门口，一边嘴里嚷嚷着"阿哥来了！阿哥来了！"一边却顺手把房门一把推了过去。一个正要进门，一个却要把门关上，只听"砰"的一声，大哥直挺挺地倒下去，然后沿着陡直的楼梯直接滚到了一楼的水门汀地上，当时就休克了。幸亏送医院及时才捡回了一条命。小时候二哥做功课特别慢，不知是要求完美呢，还是心里拿不准，反正是经常用橡皮擦了写、写了擦，母亲坐在边上干着急。实在忍不住，会拧一下他的耳朵，但二哥除了抬一下头露出一脸的无辜和委屈，往往还是该干什么干什么，母亲只得干自己的事去了。不过，二哥的读书成绩并不差，而且对美术还有一点儿天赋。1969 年，二哥从黄浦区金陵东路第一民办小学毕业，被分配到九江中学读书，开始对美术表现出浓厚的兴趣，他的画画和美术字绝对是拿得出手的。只是因为当时的情况，再加上家里条件有限，也没有机会让他在这方面进一步深造和发展。但在他的脑子里，喜欢画画的念想却从来没有断过。以至到了三十多岁，他又再次拿起画笔，无师自通地画起油画来。虽然大多是临摹，但挂在墙上绝对可以"蓬荜生辉"。我家和办公室都挂有他的画作，不知道的人还以为是出自哪位名家之手呢！1973 年夏天，二哥中学毕业被分配至上海肉类食品厂工作，厂址就是现在上海很有名的地标建筑——1933 老场坊，在职工食堂里跟一名厨师"学生意"，深得师傅、师母的喜欢，但他却很不情愿做厨师。师傅退休不久，他也离开了厨师的岗位，到厂工会帮忙做文字和宣传工作，出黑板报是他的拿手好戏。后来，厂子改成上海长城生化制药厂，他又去了包装车间。再后来，企业改制合并，他被转去在西藏南路南洋桥的肉类食品厂工作，做了几年销售科长。最终，企业关停，他和大部分员工一起成了"协保"员工，失业回家，一直到正式办理退休手续。不过，这也给了他更多的时间去从事喜欢的绘画。

　　20 世纪 70 年代后期，大部分企事业单位开始回归正常的工作和生产，对父亲的"审查"也无疾而终，但当年的政治"包袱"仍未卸下。除了每天正常的上下班，人应该算是自由了。经过那些年的政治运动，不少人开始把业余时间花在寻求一些可自我消遣的乐趣上。比如在家养花草、打太极拳、跟着电台学英语、有条件的人家孩子开始学习乐器，而大部分的普通百姓则自己动手制作各式各样的鱼缸养一些观赏的热带鱼或金鱼，像红箭、黑玛丽、神仙鱼、红高头、水泡眼、珍珠鱼等，并自称"逍遥派"。父亲很快就加入"逍遥派"的行列，家里请人帮忙手工做了个像老式的收音机大小的鱼缸。母亲负责每天的喂食和清洁，父亲则利用休息日，兜里揣着那张乘车的"月票"，拿着自己做的网兜，拎着一个铁罐，一大早就赶去郊区的河浜捞鱼虫。通常要到下午才回家，乐此不疲。每次他捞鱼虫回来，周边邻居都会拿着各种家什，上门来讨一点鱼虫回去喂自家的鱼。这是父亲最得意的时候，在边上点着一支烟，看母亲给大家分鱼虫，很是享受。但常在河边走，就会有"失足"的时候。记得那段时期是梅雨季，父亲还是一早出门，先坐车到北新泾，再转74路公交车去了青浦纪王。一夜的雨，河边一片泥泞，捞着捞着，一不小心，父亲就滑到河里去了。情急之下，他一个转身，顺手抓住了河边的一块石头，然后慢慢地爬了上来。惊恐之余一看自己的右手，已是血肉模糊，且血流不止。赶紧在河里漂洗，才发现右手的掌心被划开一个很大的口子，而且很深。看着不断涌出的鲜血，父亲也顾不得脏，一把扯下网兜上的纱布，把手掌紧紧地裹了起来，并高高举起。这时，雨已经停了，太阳也露出了笑脸。父亲看着浑身湿透的自己，不想带着一身狼狈回家，而是继续在河边小心地洗洗涮涮，然后坐在太阳底下，要把一身的湿衣服焐干。好不容易熬到下午，才倒了几辆车回家。那天回家，打开手上包裹着脏兮兮的纱布，着实把母亲吓坏了！我二话没说，带着父亲就去了四川中路广东路口的黄浦区中心医院，挂了外科急诊，医生也惊呆了。问明情况，医生马上开始消毒和缝合。手术时，不知是没打麻药还是麻药还未起效，父亲疼得浑身发抖，而我则用尽全力把他的手按在手术台上，医生的双手也在微微颤抖，一共缝了五针。

打这以后，我们家就不再养鱼，而改为养鸡了。当宠物养，而且每天还可以收获一枚鸡蛋。母亲还会让我用铅笔在蛋壳上写上其出生日期。但父亲每周日去郊区已经习惯了，心"野"了，有点儿收不住，等手上缝合伤口的线一拆，就又带着我出去了。这次是带我去凯旋路原华东纺织工学院旁边的一片树林里抓知了（蝉）。那时，周边还是一片农田，还是城乡接合部。从我们家去那里大概有二十多里路，没舍得坐公交车，父亲就和我一路走过去，到了那里浑身都已湿透，但我却很开心，兴奋得不得了。仍然是用那个网兜，当时急救时撕掉的纱布又重新用新的纱布缝上，只是表面那层塑料网格纱窗料不用了，后面套着一根长长的竹竿。看准了树上正在鸣叫的知了，轻轻地用网兜往蝉的身上一靠，这家伙就会松开手脚，一头掉进网兜里，不一会儿工夫，我们的小布袋里就已经有几十只知了了，还有好几只金虫（一种金黄色的甲壳虫），都是夏天小孩子喜欢玩的。然后，父亲带我找一块干燥的地方，坐下来拿出自己带的馒头，就着自己带的白开水，吃起了午饭。此时，林子外正是烈日高照，树上蝉声一片，特别是那些小的青绿色的知了一起在树上声嘶力竭地喊着"热死他！热死他！"周边甚是安宁。父亲说，现在不能走，否则在马路上会被晒死的，不如先在林子里的树荫下休息一会儿，避开日头，晚点再走。就这样，我把头搁在父亲的腿上，迷迷糊糊就睡着了。不知过了多长时间，我被身上爬上来的几十只蚂蚁给弄醒了。一看父亲，也是坐着在打瞌睡。我一动，他也醒了。看看日头已经有些偏西，父亲拉我起来准备回家。出了林子，侧头一看，边上有一个用铁丝网围起来的果园，里面一大片梨树，品种一看就知道是上海蜜梨，一个个浑圆的果实挂满枝头。父亲"诡异"地一笑，伸出那根竹竿，穿过铁丝网，用网兜从梨子下方往上一套，顺手一拉，成熟的梨子就到了网兜里。如法炮制，转眼已经有五六个梨子被我们收入囊中。找了路边的水龙头洗了几个，父子俩嘴里嚼着蜜甜蜜甜的梨子，高高兴兴地回家去了。

大哥去了江西农村后，我和二哥也先后进了中学读书，家里的开销陡然上升，只靠父亲一个人每月 68.50 元的工资根本无法满足家里的日常支出，母亲在当了两年挖防空洞的临时工后，寻思着要找机会再次出去工作。于是经常往居委会跑，希望能有机会再找一份工作，哪怕是临时的。不久，居委会来通知，说是有一份临时的工作，是去靠近老上海铁路南站（近日晖港）的一个仓库扎筷子。工作内容很简单，就是将工厂生产出来的散装竹筷子按一定的包装要求扎成捆。虽然每天的报酬仅有 0.90 元，但母亲还是很开心，因为这是她辞职离开上海生化制药厂回家做了十几年的家庭主妇之后第二次获得了工作机会，虽然是临时的，但在那时候也是非常不容易的，所以很是珍惜。但这样一来，母亲就更辛苦了！因为在我们家，一家子的日常生活，里里外外都是母亲一手操持的。早上一早去菜场买菜、回来打扫房间洗菜做饭。有时晚上煤炉没有封好，一早还得生炉子。午后缝补浆洗、自己纳鞋底什么的，一年四季忙到头，从来没有空闲的时候，甚至饭后的刷锅洗碗，也都是母亲一个人包办的。别说我们三个小孩只管读书，从来不会主动帮母亲做家务，连父亲也是一副老式的做派，饭后连碗都不会洗一个。而按母亲的说法，是看不惯我们做家务时那个笨拙的样子，还不如她自己做了，免得看了不顺眼。以前挖防空洞时问题还不大，因为工作地点就在我们的弄堂里，现在她要出去工作了，家里的事还是她一手包办。早上很早起来，风风火火地买菜做饭、收拾房间、帮我们把午饭准备好，然后自己也带着午饭匆匆出门，步行十多里路去上班。之所以步行，一则是她会晕车，不能坐公交车，二则也是为了省下几毛钱的车钱。下班回家，又是急急忙忙地为我们准备晚饭，一家子吃完了又是洗洗涮涮，一直忙到腰直不起来才能睡觉。我们看在眼里，心里很是内疚。但因为啥都不会做，也插不上手，只得作罢。记得那时正逢暑假，那天我一个人在家，想妈妈了，就一个人去找她。走了一个多小时，已是中午，终于找到了她上班的地方。母亲看到我满脸的汗，一把把我拉到她身边坐下，赶紧拿起身边的毛巾帮我擦汗，然后把她带来的午饭，在饭盒里划出大部分，在边上满脸慈祥地看着我吃，而她自己只吃了剩下的一点点。从那开始，我慢慢地开始跟母亲学着做家务。每天下午在父母下班之前，我会把母亲一早买来的菜洗好，然后淘米煮饭，再加上拖地、擦席子，用抹布将桌椅擦干净，就等母亲回家烧菜。因为烧菜这个活难度太高，我一时半会还学不会，而母亲也担心我弄不好会弄出什么事来，不让我做。

扎筷子的活是临时的，很快就结束了，居委会又来问母亲，有一个稍微时间长一点的临时工愿不愿意去试试。原来，那时从十六铺外滩到卢家湾的 2 路有轨电车停运了，沿线的中山东二路、金陵东路、淮海路、重庆南路、鲁班路的道路要把钢轨拆除，改成柏油马路，这是一个大工程，需要招一批临时工去帮忙。但这个活又苦又累，先是要把原来的水泥路面凿开、弄碎、搬掉，然后再做路基、铺上沥青石子。头上顶着烈日，脚下踩着冒着热气的熔化的柏油石子，一辆小推车得有几百斤重。那时的机械化程度很低，完全是强体力的活，很多男人都望而生畏，但母亲却义无反顾地去了！前后近两年时间，不管是数九寒天，还是酷暑难熬的日子，母亲都和其他男筑路工一样奋战在工地上，不管是发烧还是身体不适，都没有请过一天假。随着工程的进展，我也是一路跟随，每天放学或是寒暑假，我都会去工地躲在一边看母亲那张被晒得黝黑的脸庞和挥汗如雨的劳动场景，心里感慨母亲的伟大！有时母亲看到我去了，会走到边上给我塞个中午多买的馒头或是端一杯冰镇的饮料让我喝，然后叮嘱我早点回家，赶紧把功课做好。如今，四十多年过去了，母亲也早已作古，但当年的场景我仍是历历在目，无法忘怀，且每每想到此，总会止不住泪流满面。

从筑路工地回来，母亲被正式吸收进了里弄生产组成为一名固定工。虽然工资仍不高，但总算是可以安定下来了，家里的经济条件也可以有所改善了。由于是在室内做一些纸品加工，劳动强度自然也比在外做临时工大大降低了，而且上班就在家附近，也不用每天起早摸黑地匆匆忙忙了，加上我们也已经可以帮着做点家务了，母亲整个人都变得精神起来了，笑容又重新开始出现在她的脸上。1981 年，我大学毕业到上海市纺织科学研究院工作，可以自食其力了，父亲的政治"包袱"也卸掉了，大哥也从待了 11 年的江西农村回到了上海，而母亲则正式退休了。正式退休那天，母亲特别高兴，压在身上几十年的重负终于可以卸下了。一大早，母亲就起来把家里打扫得干干净净，买来咖啡粉煮了一大壶咖啡，整幢楼里漂浮着久违的香味。蛋糕、点心、糖果准备齐全，就等着生产组里同事和居委会领导敲锣打鼓地上门祝贺呢。那天我看她那种扬眉吐气的神态，大概只有她和我们自己心里才能明白这是一种怎样的心境。

二十多年艰苦难熬的日子里，父亲把每个月的工资都交给母亲打理，自己只留上班在厂里食堂吃饭的钱。虽然烟瘾无法戒掉，但也维持在很低的支出水平，只抽 0.13 元一包的勇士牌香烟，甚至有一段时间只能抽 8 分钱一包的生产牌香烟。有时实在不得已，会向厂里的"互助金"临时借款，一个"小额"是 6 元，一个"大额"是 20 元，"小额"每个月都可以借，但下月发工资时必须扣除。"大额"则每季才能借一次，可以分期还款。这是当时他们厂里的福利，很多一线的工人基本上每个月都会去使用这个借款"额度"，虽然是"寅吃卯粮"，但也实在是不得已。而母亲则面对每个月仅有的几十元"进账"，勤俭持家，一分钱一分钱地算着用，至少能确保我们全家吃饱穿暖，出门绝对是干干净净的，家里也是一尘不染。但唯有一件事，母亲却是没钱也非常"任性"。不知是什么时候"染"上的"瘾"，母亲对上海新雅饭店（现在叫新雅粤菜馆）

母亲在生产组的切纸机前

的广式百果月饼情有独钟。每到中秋前夕，父亲总会趁个换班的间隙，天没亮就去南京东路的新雅饭店门口排队，"大肆抢购" 2 毛 9 分一只的新雅百果月饼，通常一买就是几十只，因为这是母亲的"最爱"。买来那么多的月饼，并非中秋都会吃掉，而是储存起来慢慢享用。母亲会找个很大的饼干听（上海人叫"火油箱"），里面会先在底下铺一些干石灰，然后衬上好几层干净的纸，再将月饼层层叠叠地放进去，这样一直可以保存到来年的春节都不会坏。吃的时候也不是放开吃，而是一个月饼切成四小块，每人只能享用一小块。直到如今，我们家里还是对新雅的百果月饼情有独钟，但他们家早已不生产这个品种了，取而代之的是"五仁"，我们感觉和之前的"百果"是完全不能比的。此外，南京东路上京帮燕云楼的银丝卷和福州路上广帮杏花楼的叉烧包和鸡仔饼也是母亲的最爱。记得那年我还在上海化专读书，9 月开学后连续几个星期没有回家，一是学业紧张，二是想省点来回的车钱，中秋节那天我也没回去。结果母亲还特地让父亲送来了八块新雅的百果月饼，让我和寝室里的同学分享。我给寝室里其他六个同学每人一块，结果大家还是硬把月饼的钱塞给我，弄得我很是过意不去。

在我们三兄弟中，母亲经常说我是"多头"，意思就是多余的。在生了我的两个哥哥之后，我父母原本已经不想再要孩子了。一是没人带，二是家里经济条件有限，但结果，还是把我怀上了。已经生了两个男孩，母亲很想要一个女孩，所以一直在心里默念着最好来个女儿。甚至他们都商量好了，如果真是生个女孩的话，就跟母亲姓，姓冯。因为我唯一的舅舅在年轻时就去世了，所以想借此续续冯家的"香火"。但当母亲躺在产房里听到护士小姐喜滋滋地告诉她生了个"弟弟"时，心里很是失望，但还是没舍得送人，毕竟是自己身上掉下来的"一团肉"。虽说我是"多头"，但我父母还是从小对我疼爱有加。小时候兄弟三个在一起难免会打打闹闹的，母亲常常先是轮着把大哥、二哥训斥了，甚至还要打上几下，但轮到我第三个时，往往就是"高高举起，轻轻放下"了，两个哥哥也不会吃我的"醋"，因为他们对我都很好。有时家里有好吃的，母亲也总会偷偷地给我"开后门"。碰到邻居来串门，父母有时会陪着一起玩"争上游"

或打"21点"，母亲都会抱着我，把我放在她腿上，一边打，一边轻声细语地和我说话。后来我大一点了，但凡母亲出去串门、在弄堂里和邻居聊天或去商店什么的，母亲也会一直带着我，所以我从小就和邻里之间混得很熟，特别是弄堂口摆皮匠摊的杨师傅，我一个人出去玩的时候，就是以这个皮匠摊为中心，不会跑得很远，而杨师傅则会一边干活一边用余光看着我，不会让我有什么闪失。有时母亲在楼下弄堂里会喊我拿个什么东西下去，就会喊我"小平、小平"，让我害羞得一塌糊涂，因为弄堂有很多是我的同学，这样一喊，把我弄得像一个妈妈的小宝贝似的，感觉很是丢人。记得还有一次，我小学五年级的时候，那天天好，母亲和几个邻居围着皮匠摊晒太阳、拉家常，我和几个同学在边上玩。不知谁说到，家里有个小孩晚上一直要尿床，很是麻烦。不料母亲接口就说，这有什么稀奇的，我家小平到现在晚上还尿床呢！这一说不打紧，边上我的几个同学立马一个个露出惊讶的表情，特别是和我一样也是班干部的2班的女同学余秋萍也在边上，看着我张大嘴巴说不出话来。想想真是不可思议，一个在他们眼中很是有模有样的大班长，居然晚上还会在被窝里"画地图"。他们心中的"男神"形象瞬间就崩塌了。那个时候我真想在地上挖个洞立马钻下去。我二话没说，红着脸就奔回家去了。结果那天母亲哄了我好几个小时，才算把我的眼泪和鼻涕给止住。好在后来当时在场的几个同学都没有到学校里把这个"新闻"传出去，过了一段时间，连我自己都忘了。其实，小时候母亲为了我尿床的事也是煞费苦心。每天半夜看看时间差不多了，就会把我从梦中喊醒，让我尿完再睡，这样一般就不会"出事"。如果哪天她自己半夜没醒，或过了时间，这"地图"往往都已经"画"好了，而且，我还会往和我一个被窝睡的二哥头上赖，说是他"搞砸"的，因为他的裤子也湿了。每到这时我二哥也不会和我争辩，而母亲当然很清楚，只是跟我说："别争了！明天你自己把被子顶在头上上学去吧！"好在随着年龄的增长，我慢慢长大，不会再"跑冒滴漏"了，当然这事也成了家里茶余饭后的一段"佳话"。

记得小时候，但凡我因扁桃体发炎发烧或感冒，母亲总是会让父亲专门去买小馄饨给我换换口味。哪天胃不舒服了，又会让父亲去买3分钱一块的速溶咖啡用热水冲了缓解我的胃疼。有一年暑假，家里买来的一锅西瓜瓤，有一块熟透了，只有我和母亲吃了几口，结果我们俩都得了菌痢，发了高烧。结果她三天就好了，而我却整整一个月不得安宁。现在早已禁用的氯霉素、土霉素吃了一大堆仍未见好转，结果是靠两针卡那霉素才把痢疾止住了，但人已经瘦得不成样子。母亲很是心疼，天天帮我熬粥，为我忙这忙那的。痢疾好了以后，为了让我尽快恢复，母亲每天一早去金陵东路上的为民食品店排队买牛奶，记得那时的牛奶是1毛6分钱一瓶，买回来煮开后才给我喝，怕我喝了冷的不舒服。后来随着我慢慢长大，懂事了，而且读书成绩一直很好，又一直担任学生干部，父母渐渐地不再把我当小孩看了，而是经常和我平等地交谈、沟通，甚至是让我一起拿主意，我也逐渐成了他们心理上的依靠。我读小学、中学那会儿，我父母最开心的事是去参加我们学校的家长会，因为几乎每次家长会上老师都会表扬我，让我的父母感觉脸上很有光彩，我的潜意识里也早已把自己当成一个大人。以致后来中学毕业读技校、上大学，再后来进了科研单位，都有不少老师和领导说我少年老成，比同龄人要成熟得多。

1977年底，我们全家都在期望父亲的"政治问题"可以得到解决，却不料，随着工作组进驻市印三厂，父亲又一次被宣布要进行"隔离审查"。那天下午，父亲很早就回家了，我刚参加完高考，在家休息，家里就我和父亲两个人。父亲几次欲言又止后对我说："建平，我们厂里来的工作组又要对我进行隔离审查了，这次审查我不知道会有怎样的结论，也不知道什么时候会结束。我们家里，你们三兄弟，虽然你是老三，但你见的世面比较多，看问题做事情也比较稳重，万一我有什么事，这个家就交给你了，你要想尽办法照顾好你的妈妈和两个哥哥。"听了这话，我心里立即涌上来一种无比的悲壮之情，强忍住眼眶里的泪水。我对父亲说："您放心，我会的！"一个月后，我的高考成绩通过了录取线，体检也合格，但因父亲正在被审查，我的政审没能过关，档案被退了回来，我终究和我喜爱的学校失之交臂，留下深深的遗憾。最终是因为当时厂里高招办老陶的再三努力，我才得以在最后时刻被上海市化工局教卫办直接管辖的上海化专录取，成为一名77级的大学生。而上海化专当时也是经国务院批准刚刚开始恢复招生的。拿到入学通知书那天，父亲刚被解除审查不久，但还无结论。我对父母说："非常对不起，原本我今年技校毕业可以工作了，可以自食其力为家里减轻一点负担，但实在还想继续读书，所以参加高考也没预先和你们打招呼，想反正被录取的机会大不，只是去试试看。未想现在真的被录取了，还要继续给父母增加负担。如果爸妈觉得有困难，那我就放弃不去了。"母亲一边抹着眼泪一边说："读书是好事，为什么不去读？"父亲则慷慨激昂地表示，哪怕是砸锅卖铁也要让我去读大学。那天的场景，我至今记忆犹新。

记得那是1981年秋天的一个下午，我正在实验室做实验，院组织科的老陈突然给我来电，让我立即去他那儿。我有点丈二和尚摸不着头脑，但还是放下手中的活立即赶到院部的那栋小楼的二楼。他的办公室里除了他还有两位我不认识的干部模样的人。老陈介绍说，他们是我父亲所在的上海市印刷三厂的上级单位上海市印刷公司的，今天特意来这里向我及纺研院通报对我父亲进行"平反"的决定。刹那间，我的喉咙像突然被一团东西堵住了，那么多年来父亲乃至我们全家所受的委屈和磨难一下子全都涌上了心头。老陈看我情绪有点失控，急忙拉过一把椅子让我坐下，然后给我端了一杯水。在印刷公司的代表向我宣读对父亲的"平反"决定时，老陈已经去找出了我的档案袋，当着我的面，把我的档案袋里涉及父亲的那些材料——清理出来，经对方确认，当着我的面销毁，压在我身上的那块"石头"终于搬开了。

大哥回沪顶替母亲成为一名街道集体事业单位的员工，我大学毕业成为一名科研人员，二哥早已进了肉类食品厂当了一名工人，三兄弟都能自食其力了，家里开始重新焕发出生机。母亲虽不是土生土长的上海人，但对沪剧却十分痴迷，到上海不久就迷上了沪剧，经常会和大姑结伴去看戏。我三岁那年，母亲就抱着我去大世界隔壁的共舞台看沪剧《芦荡火种》。1966 年后，母亲没法去戏院看沪剧，只能借助收音机，听电台里偶然播放的一些应时的沪剧表演类的节目。1977 年后，大量的沪剧传统剧目重新上演，我这个被母亲培养出来的沪剧迷隔三岔五地就会陪着母亲到剧场、文化宫过"戏瘾"，母亲自然是开心，出门时总会和弄堂里的邻居打招呼"小儿子陪我看沪剧去啦"！父亲虽然是地道的上海人，但却是对评弹情有独钟，杨振雄、张鉴庭、严雪亭、蒋月泉、朱雪琴等评弹界前辈的各种流派，父亲可以信手拈来。难怪他有满肚子的故事，而且说起来还不时要摆点"噱头"，让我们听得欲罢不能。

到了 20 世纪 80 年代中期，家里的经济条件好多了，但生活的压力并未因此而明显减轻。那时已经开始改革开放，虽然我们家已经从原来单靠父亲一个人养家变为现在全家有四个人工作，但因历史"欠账"太多，家里的生活得以明显改善的同时，作为当家人，母亲还是感觉手头十分紧张。一家人除了身上穿的，也没能力添置更多东西，只是饭桌上可以经常看见荤腥了，全家的恩格尔系数居高不下。那时面临的最大问题是我们三兄弟都已二十多岁了，但一家五口仍然蜗居在一间 10.7 平方米的亭子间。没钱、没房，两个哥哥都不敢有女朋友，因为实在看不到短期内会有什么改善的希望。母亲为此心急如焚，但也无可奈何，催也不是，不催也不是，只得暗自着急。虽然后来父亲单位给他增配了一间地处杨浦区长阳路靠近燎原路的房子，也是只有十来平方米的亭子间，给了大哥。但由于家里没有什么积蓄，单有房子也不管用，大哥曾短暂地交过一个女朋友，后来不知怎的吹了。那时我在上海市纺织科学研究院工作，由于是大学毕业生，加上人也长得比较高大，自然会有不少女孩子甚至是她们的父母在后面"追着"。但我一直没敢"轻举妄动"，同样也是因为家里一没房、二没钱。后来渐渐地和同在一个研究室的李云兰"对上了眼"，但却没敢想啥时候能结婚，只是先"耗着"。后来大学同班好友王意徕坚持要把家里空着的房子借给我，让我先把婚结了，我才小心翼翼地和父母提起结婚的打算。一开始，父母都有点意外，倒不是因为我的两个哥哥还没结婚我就不能结，只是他们不清楚我这房子和"票子"该如何解决。我把王意徕要借给我房子的事跟他们说了，而且表示，我和云兰都想好了，我们结婚都不会向各自父母要一分钱。我跟母亲说，我自己有 3000 多元的存款，云兰也有 2000 多元，加起来 5000 多元，简单一点就可以把事情办妥。父母没有表示反对，只是觉得过意不去，儿子结婚，家里却帮不上忙。但我对父母说："你们把我抚养成人已经不易，我的心里只有感恩。能够不再给父母添麻烦，是我最大的心愿！"后来，母亲硬是要给云兰买一个 18K 的嵌宝石戒指，也算是她的一片心意。云兰一直珍藏着舍不得戴，说是要送给她的媳妇一直传下去。就这样，1987 年 5 月 15 日星期五，农历四月十八，我和云兰结婚了！我们在北京东路的南国酒家简单摆了六桌酒席，就算把婚结了。非常凑巧的是，那天这个酒家有两对新人办酒席，到现场一看，另一对的新郎居然是我金陵中学的同班同学沈松林，中学时我是（7）班的班长，他是（7）班的副班长。世界之"小"，可见一斑。

写到这里突然想起一件趣事。小时候家里的纺织品都是棉制品，那时很少有化纤。每次洗床单或罩衫，我妈总会在把床单或罩衫洗干净后再浆一下，然后拉直晾干，这样浆洗过的床单或衣服会非常挺括，而且耐脏，很多"老上海"的家里都是这样的。经常看着母亲这样做，我也学会了，而且发现其实是有不少窍门的。通常，母亲会拿个大的铝锅，先烧开半锅水，另取一个小碗，用冷水取适量的面粉调成很稀的乳白色悬浮液，然后倒入大锅开水里，边搅边煮沸一段时间，冷却后看上去基本仍是透明的清水，但手感稍微有点黏。将这个浆水倒入洗衣盆，把已经洗净、绞干的床单或衣物放入，用手用力揉搓，使浆水全部浸渍到衣物上去。但这还没完，还要用力继续揉，一直到揉出的水变成没有任何黏性的清水，再把衣物绞干。晾晒时勿忘把衣物拉齐拉直，这事就成了。我们家的几个邻居都是跟母亲学会的这一手，都说好。那天，我家对面4号里的一个山东主妇看母亲在洗床单时也想学这一手，我和母亲一起给她示范，她很快就说明白了，回家如法炮制。结果那天他们家浆洗的好几竹竿的床单和衣物，晒干后织物上都是一块块的面疙瘩，直让人看得忍俊不禁。一问才知道，一是这山东人家平时以面食为主，加面粉时一抓就是顺手几大把，这浆水直接就煮成了面糊！二是上浆后没有继续揉出清水就直接晾在了竹竿上，淀粉没有均匀地渗透到纱线内部，而是像直接在织物表面刮了一层糨糊，才会变成这个样子。没办法，那天他们一家只能在这刮了糨糊的床单上睡了一宿，第二天洗掉那些糨糊也花了不少工夫。那时不像现在，家里通常是不会有多余的床单作为"备份"的，更没有洗衣机。

1989年初，儿子辰敏出生，我父母为第三代的到来欣喜不已。那时，正逢我们宁海东路的老房子因建设延安东路越江隧道南线的需要被拆迁，我父母和二哥一起搬去了尚未开发开放的浦东，但分配的房子只是潍坊新村的一套一室一厅的公房，远不如现在动迁补偿安置的条件优越。而我们一家三口则借住在泰安路120弄我大学同学王意徕家的别墅里。父亲那时虽已退休，但还应聘作为技术师傅在江苏昆山的一家乡镇印刷厂"发挥余热"，几个星期甚至一个月才回一次家，而大哥则住在父亲单位增配的在杨浦区长阳路的房子里。原来挤在宁海东路58号三楼亭子间的一家子变成了在四个不同的地方各自生活，相距都很远，要全家人碰在一起开始变得不太容易了。每天的常态基本是父亲和大哥都是独自一人生活，二哥陪着母亲一起过，而我则整天忙于自己的小家庭，但各自都多了一份牵挂。每每想到再也回不到以前一家人在一起的那种难以忘怀的岁月了，心里不免有些失落和惆怅！

辰敏五个多月的时候，我们就每天带着他一起去上班了。纺研院有托儿所，条件不错，保育员们工作都很尽责，对辰敏也关爱有加。每逢周六下班，我和云兰总会抱着辰敏直接从地处杨浦区的纺研院坐车到公平路摆渡过黄浦江，再坐公交车去浦东潍坊新村母亲那里（那时还是每周六天工作制）。母亲这天总是从早开始忙这忙那地等着我们的到来。大部分时候，等我们吃完饭要回泰安路时，母亲总是会让我们把她的宝贝孙子留下，一是让我们可以在周日难得休息一下，也可以腾出手来忙点家里的事。但最重要的是她要享受和孙子在一起的天伦之乐，周一我们再去把儿子抱回。记得那天我正好外出开会，很早就结束了，一个人直接去了母亲那里，到浦东时还只是家家户户开始做晚饭的时间。由于配套没有跟上，新房子里的煤气管道一直未铺设好，每家的炉子还都临时放在走廊里。我抢着帮母亲煎鱼，而母亲则站在我身边，一边看着我一边满心欢喜地和我说着话。映衬着西下的金色阳光，从她眼睛里流露出来的那种欣喜和慈祥的神情，至今还都清晰地印刻在我的脑海里。楼上下班回家的邻居路过我们身边时都会说一声"阿妹阿姨，今朝儿子回来啦？""阿妹阿姨，侬福气真好！儿子帮弄烧菜啊！""阿妹阿姨，儿子回来开心伐？"我妈总会笑着不住地点头，"是呃，是呃，儿子回来了！""儿子抢了帮我烧菜呀！"那种满满的幸福和自豪感谁见了都会嫉妒的！其实，这时我的心里也是充满了感恩和幸福。1981年大学毕业成为一名科研人员，1986年入了党，兼任院团委书记，1988年晋升为工程师，1991年又被任命为研究室副主任，我以自己的成绩和进步来回报父母的养育之恩，给父母几十年来饱经风雨的心灵带去些许安慰。虽谈不上光宗耀祖，却也给他们增添了不少光彩。我从心底里觉得，我所有的努力和付出，只要能让我的父母感到宽慰和满足，再苦再累我都愿意。

　　1991年夏天，纺研院终于给我和云兰分配了一套地处闸北共和新路的公房，虽然居住面积只有区区14.1平方米，且在六楼，但这却是属于我们自己的第一套住房。包括我父母在内，全家人都感到欣喜不已。院里档案室的沈姐刚装修过房子，说帮她装修的那个云南小伙不错，就介绍给了我。结果，那个小伙来看了看，独自一人就把这个活给扛下来了，包工不包料，说好工钱2500元。大热天的，只花了两个月的时间，就把事情搞定了。当然，那个时候的装修远不能和现在的相比，基本上就是打几个吊橱之类的，然后搞定煤气管、水管和电线，再加上用黏合剂铺设一下小块杂木地板，最后做一下墙面和顶，再简单地粉刷一下。所有的油漆活，包括地板和门窗，还是我自己做的，全部加起来也就花了几千块钱。不过，那个小伙干活确实认真，所有的活绝不马虎。装修期间，云兰看他自己做饭吃得很简单，经常会在周日烧一小锅红烧肉或煎几条鱼给他送去，最后结算工钱时，我也多给了500元，但他死活不要，最后还是我硬塞在他的口袋里，他才默默收了。相信这类装修工现在应该是很难找的了。

　　房子装修好了，我们打算国庆节前搬进去，还很高兴地请我父母先去看看我们的房子，一起分享快乐。记得那个周六，我和云兰下班后直接去浦东，之前辰敏感冒发烧，已经在母亲那儿待了一个礼拜。那天吃饭时，我发现母亲也感冒了。看看辰敏的感冒已基本恢复，回家时我执意要把辰敏带回去，以便让母亲也可以松口气休息休息。母亲有点不乐意，担心我们工作一周下来太累，还是想继续帮我们带辰敏，我们没有应允。母亲没办法，只是再三关照，让我们下个礼拜再把辰敏送过去，由她帮忙继续照看。我们口头答应着，心里想的却是到时候再说吧。1991年9月9日，一早，我们像往常一样抱着辰敏，坐48路去美丽园搭乘院里的班车，到院里后把辰敏送入托儿所，还未坐定，门房间的师傅就急匆匆地赶来跟我说，你家里来电话，让你赶紧回去。我一想，"我家里"是啥意思，我和云兰都在啊，再一想不对，莫不是母亲那儿？我赶紧问出了什么事情，门卫师傅吞吞吐吐地对我说："你母亲过世了！"就这一瞬间，我感觉天塌下来了！我整个人瞬间像被"石化"了，脑子里拼命在对我自己说"不！不！这不是真的！"周边的同事看到我这个状况怕我出事，赶紧把我扶着坐下。几秒钟后我清醒了，拉起云兰就走。我们到托儿所抱起辰敏，就往浦东赶，那时根本叫不到出租车，只得坐公交车再摆渡，再坐公交车。到家里一看，母亲静静地躺在床上，我跪在母亲面前叫天天不应，叫地地不灵，巨大的悲伤让我欲哭无泪，浑身上下一直控制不住地颤抖。二哥告诉我，头天晚上，母亲还好好的和他一起聊到很晚，但早上起来才发现母亲已经在睡梦中安详地离去了。母亲之前患有高血压和冠心病，但那时也没什么有效的医疗手段，更没有现在常见的支架和搭桥技术。血压高了吃点降压片，心口闷了，去吊一些黄芪、丹参之类的，舒缓一下，别无他法。但我们完全没有预料到这病会来得如此凶猛，以至于我们兄弟三个还没来得及报答母亲的养育之恩，老天就将我们阴阳两隔，留下无尽的思念。那年，母亲只有64周岁！生养了我们大半辈子，最后都没让我们在她的病榻前哪怕只是伺候她半天！母亲大殓那天，来给她送行的亲戚、朋友、邻居、同事、领导居然有三百多人，大大出乎我们的意料，足见母亲这辈子的为人和人们对她的尊重。礼堂两侧挂着的是我自己亲手用隶书写的挽联：捧着一颗心来，不带半根草去。那段时间，我常常整夜不眠，有时刚睡着就会在梦里见到母亲。但她只是和我对视，从来不和我说话，我竭力和她说话，她也不回答，只是从她的眼睛里流露出一种淡淡的哀怨和不舍，让我心里痛苦不已。如今，近三十年过去了，我还是经常在梦里和母亲会面，还是老样子，她不会和我说话，但我知道她的心里充满了对我的期盼和深深的爱！我曾经是她最喜欢的儿子，过去是，现在是，将来还会是！我不止一次地在心里跟母亲说："妈妈，来世我还做您的儿子！"

母亲的离去，最受伤的自然是父亲。被照顾了大半辈子，从来都是"饭来张口、衣来伸手"，母亲不在了，父亲的日常生活顷刻就乱了。母亲过世那天，我给父亲盛饭，看着碗里的饭和桌上的菜，那还是母亲头天晚上烧的，父亲是老泪纵横，无法下咽。几十年来的相互依靠戛然而止，再加上之前的"政治问题"给他的心灵和身体带来的影像，父亲的健康也是每况愈下。1996年8月20日，父亲因肺心病导致心力衰竭去世，享年68岁。他也是辛苦了一辈子，没有享过儿孙的福，就这么去了，我为自己在母亲去世后没有照顾好父亲而深深地自责。事实上，就在我父亲过世前几天，云兰还在和我商量，说实在不行，就想办法在我们的那个只有 14.1 平方米的小房间里加一张床，把父亲接过来住，也能把他照顾得好一点。但还未等我们实施这个计划，父亲就走了，让我们留下了无尽的遗憾。

父母亲的过早离世，在我的心里留下了巨大的阴影和遗憾。想想几十年来他们任劳任怨、无私付出，辛劳了一辈子，终把我们抚养成人。但正当我们家开始走出困境、真正可以开始享受生活的时候，他们却没有来得及享受儿孙应该给他们带来的回报和幸福就早早地离我们而去。我不但是报恩无门，报喜也是无门啊！1995 年，我先后晋升了高级工程师、当了研究所的所长。2001 年，我又成了外企高管，晋升了教授级高级工程师，自己的事业也达到了新的高峰。2011 年，我兼任公司第一任党委书记，2012 年，我又先后成为徐汇区的党代表和政协委员，同年 5 月又当选为上海市第十次党代会的代表。与此同时，家里的经济条件也是发生了翻天覆地的变化，还住上了宽敞的别墅。这些都是以前想都不敢想的！此外，辰敏也很有出息，不仅读了他心仪的大学，还在工作的同时拿到了法律硕士学位，最近又被选拔担任了上海医药集团团委主持工作的副书记，获得了上海市"五四"青年奖章，今年还把婚事办了。但所有这一切，我都无法和父母一起分享了，这是我今生最大的遗憾！在我的心里，这种遗憾和痛楚只有我自己知道。年轻时，面对困境，我心里想得最多的就是要回报父母，但等我有能力回报了，父母却不在了。我憎恨自己的无能，我也感慨人生的无奈。我抱怨老天的不公，但我却根本无法改变世事的无常。在我心里，父母在，人生尚有出处，父母去，人生只剩归途。呜呼！

有惊无险——儿子出生记

1989 年 1 月 16 日，晚上吃饭，云兰问我，"明天又是我产前检查的日子，你能陪我一起去吗？"听上去像是不经意的一问，但我却突然感觉是心头被重重一击，为什么？还有一个多月预产期就要到了，可是产前检查我居然一次都没有陪她去过。原因只有一个：工作太忙。我决定明天无论如何得陪她去一次，不然以后说出去我这个做丈夫的脸真的没地方搁了。

"行！"我说。"那你明天事情会耽误吗？"她每次都是这样，生怕误了我的"大事"。"没事！我会安排好的，不就一个上午吗？检查完我们一起回院里就是了。"那时，我们在一个研究室工作，每天朝九晚五，同进同出。其实，现在回头想想，我那算是什么大事啊，不就是在研究院当个工程师、研究课题组组长，兼个院团委书记。跟老婆怀孕生孩子相比，这能算事么！可是，那个时候的人好像都是这样，公家的事总是天大的事，个人的事都是小事。甚至羞于为了个人的私事请假，常常连公休假都休不完，那时候的风气就是这样的！

也许是云兰已经有了预感。当天半夜，她突然就感觉好像羊水破了。我们两人立马起身，寻思着是否要打电话叫救护车。那时候还不太时兴打的，晚上也没有电话叫车服务，而叫救护车更是一件天大的事，深更半夜的也不知道能否叫到。时值严冬，天很冷，那时家里也没空调，两人正犹豫着该怎么办，情况似乎又变得不那么紧急了。云兰既感觉不到肚子疼，也没感觉肚子里的宝宝有什么动静，而且羊水也似乎只是流出一点点。就这样，在犹豫和惊恐之中，我们俩就这样依偎着在床上一直坐到天亮，一切似乎又回复到了正常状态。

第二天一早，我们起来随便弄了点吃的，就出门了。那时我们住在泰安路华山路，而按规定我们户口所在地宁海东路的定点对口的医院是在山东中路福州路口的仁济医院。出门坐 48 路，到延安西路铜仁路换 49 路，到福州路山东中路下，一路顺利。因为出门早，虽然有点挤，但还算可以。

进医院挂了号，不到半小时就轮到了。由于是产科预检，候诊的人很多，我还是老观念，觉得不便一起陪着进去，就坐在门口等。一转眼的工夫，云兰就出来了，告诉我"医生说一切正常"。我听了也没多想，两人就一起出门准备回院里上班了。到了门口我突然想起来，问："那昨晚的情况你跟医生说了没？"云兰回答说"没"。我一下子就急了，这么重要的事情咋就不说呢？得！还得回去再去问一下医生。一会儿，云兰又出来了，手里拿着几张条形试纸，跟我们实验室的 pH 试纸很像，只是不是黄色的。她说："医生让我去试一下。"转身去了洗手间。出来后直接去了医生的诊室。不到一分钟，云兰急急忙忙地出来，告诉我说："医生让我直接去产房！""啊？"这下子我感觉有点懵了，"医生怎么说的？""医生说羊水已经破了，很危险，必须立即进产房观察，以免造成胎儿窒息。"别看我平时还挺能扛得住的，这回我是彻底乱了。

拿着医生开的住院单子，转身去找产房，那是在隔壁那幢楼的医院住院部。按门口值班师傅的指点，找到位于住院部二楼的产科。走廊里非常昏暗，顺着前面走廊拐角处的一点亮光，终于找到了产科医生的办公室。门开着，可是里面空无一人。不敢乱窜，站在门口等吧。但半小时过去了，居然一个人也没见到。心里有点着急，转身搀着云兰去找产房，才发现产房其实就在刚才我们路过的走廊拐角上，只是因为走廊里太暗了，我们没注意。

那是一扇铁皮包着的单开大门，很宽，估计是为了方便可移动病床的推进推出。门楣上有一块小小的牌子，写着"产房"二字，既没有门把手，也没有门铃，好像是锁着，推不开（其实也不太敢推）。用手轻轻拍了几下，没有应答，再重一点拍几下，还是没人应答。这下，我真不知道该咋办了。再等，又是半个多小时，终于看到一个中年女医生从外面过来拿着钥匙准备开门进产房。我们迎上去，递过单子，说了大致情况。她就说了三个字："跟我来"。转身把云兰让进去后，头也没回，大门就在她背后砰的一声关上了。我都没来得及多问半个字。

我这下有点火了。这不明不白地人就进去了，啥情况也不说，我这傻待着该干什么呀？不行，我得问个明白！我这次拍门的声音有点重了。门开了。一个护士把一包衣服和住院单往我手里一塞，说："去办住院手续、买饭菜票，回头再过来！"话音未落，门又砰的一声关上了。现在有方向了，也知道接下来该干啥了。这时才看清，手上的衣服是云兰换下来的，估计是给换上了医院的病号服。可转身一摸口袋才突然意识到，今天是来预检的，没打算住院啊！这口袋里的钱哪够付住院费的，好在老家就在附近，爸妈应该在，走，回家去给爸妈报个信，顺便借点钱。

于是，我三步并做两步，不到十分钟，我已经气喘吁吁地站在了爸妈面前。只见家里东西散得满地都是，爸妈正在紧张地整理打包。因为延安东路隧道南线建设的需要，老家的房子就要拆迁，搬到浦东潍坊新村去。我的突然出现把爸妈着实吓了一跳。"什么事？那么慌张？"妈妈问。"小李要生了，已经进了产房！""啊？怎么可能，不是还有一个多月吗？"看着我一副慌乱的样子，妈妈又说："看你这紧张的样子！马上就要做爸爸的人了，还那么不镇定！"我也顾不上跟妈妈争辩，三言两语把情况大致跟爸妈说了，借了点钱，立马返身又奔回了医院。

等我办妥所有手续，一看手表已是中午 12 点半了。一想不对，我买的饭菜票还未送去产房，云兰在里面还没吃饭呢。其实我也没吃，但早就忘了！于是赶紧直奔产房敲门。门打开了，跟护士一讲，并把饭菜票送上，人家说了一句："早就吃啦，哪还会等你的饭菜票！"但随后又说，"正好，你来了，在外等一会，别走开，医生要找你。"我心想，就是，医生是该跟我说点啥了。这一上午的忙活，基本上是啥都不知道，总得让我安安心吧。

这一等，又是一个多小时。期间产房里进出的医生护士开始多起来了。突然，门开了，走出一个戴眼镜的男大夫，也就三十多岁的样子，大声问："谁是李云兰的家属？"其实门口就我一个人，已经等了一上午了，哪里还用得着大声咋呼。"是我。"我答。"来，跟我进来！"我还没弄清楚咋回事，转身我也进了这个在我心目中像个老虎口似的产房。

进去定睛一看，这里好像是一个准备间，边上是医生办公室，真正的产房其实还在里面。到医生办公室坐定，年轻的医生边拿出一张东西开始说话："你太太出现早产症状，羊水已经破了，但还没有完全破，很危险，可能会造成胎儿窒息。通常情况下，最后几个月是胎儿肺部逐渐成熟的关键时期。如果现在就让宝宝生下来，不仅孩子可能因为肺部尚未成熟而极易感染夭折，而且大人也有很大的风险。"接下来的这句话一下子让我脸色发白，浑身就像掉进了冰窟窿"你是要保大人呢？还是小孩？"医生看我一下子没了反应，也不紧张，反而将手中的那张东西往我面前推了推。"这是一份病情告知书（还是病危通知书，我不记得了），请你签字。"我想哭，但哭不出来，神经紧张到了极点，大约两分钟，我将那张纸推了回去，也没看（其实看了也没意义），问医生："那你们现在准备采取什么措施呢？""现在人在产房里随时准备待产，但同时我们还在用药，希望拖延她生产的时间，另外还在通过药物加快胎儿肺部的成熟。"医生说。"那这样的话会有效吗？大概可以拖多长时间？"我再问。"我们也没法估计，能拖一天是一天。""好吧！"我不再多说，拿过那张纸，取了医生桌上的笔就签了字。因为我知道，如果我不签的话，医生后续的治疗就无法进行，而事情的结果与我签与不签其实并无太大的关联。这个时候我不信医生还能信谁呢？

哭丧着脸回到父母那里，他们嘴上安慰我，其实心里比我还急。按医生嘱咐，因为人已经在产房里，所以家属也不能陪，只可以在每天下午三点以后自己去产房问问情况，同时留下电话号码，万一有事，医院会直接打电话通知。讪讪地离开父母那儿，给单位打了个电话为我们两个人请假，坐车回泰安路的家。心里忐忑不安、胡思乱想，一路上窗外冬日的阳光柔和而迷人，但我啥都看不到，连怎么进的家门都不知道。

那天晚上彻夜难眠。我们的房间在楼下，而电话则在楼上。那时还没手机或无线传输的子母机，只能把上下的房门都开着，竖着耳朵，生怕电话铃响了没听见，但心里却在反复念叨"电话千万别来啊！"第二天一早，没有心思再躺着了，匆匆洗漱后乘车去了父母那儿。说是去帮他们整理打包，实际上还是想着万一医院那边有事我可以立马赶到。

好不容易熬到下午两点多，我迫不及待地去了医院。在门口排队，三点一到，大量的病人家属涌入住院部探望，而我是直奔二楼的产房，这时我才发现产房门边上其实是有门铃的，只是我之前没有发现而已。怀着忐忑不安的心情按响了门铃。门开了，一个护士出来问干啥。我把情况一说，她极不情愿地回了我几个字："还在输液保胎，回去吧！"几乎一个昼夜的焦急等待就换来这几个字，但心想只要没事就好，反正能拖着就行，可以让云兰肚子里的胎儿长得更成熟一点。

晚上和父母一起吃饭，也没什么心思。吃完后出门回家。在等 48 路公交车的时候我突然改变了主意，转身又去了医院，好像心里有什么预感似的。到了医院，产房门口走廊上的灯都开着，反而比白天亮堂多了。走廊里除了我之外还有三个男人在来回焦急地踱步。一个是老婆肚子痛了一天一夜还未生的，一个是正在想办法找医生给老婆做剖腹产的，还有一个说是老婆进了产房后就天天在这里等着的。哎！这些可怜的男人！当然也包括我。就这样，四个男人在走廊里各自想着各自的心事，有一句没一句地搭讪着。眼看着时钟就要接近晚上 11 点，末班车时间就要到了。我再一次按了产房的门铃，被告知一切照旧，还加了一句"看上去还可能在产房待一段时间呢！"听到这句话，心中的一块大石头至少放下了一大半，警报至少暂时解除了。

一路小跑赶到 48 路车站，末班车正在靠站，上车找个空位一坐下，眼皮就开始打架了。幸好外面很冷，车内也没空调，总算是没有坐过站。到家简单洗一洗，就躺下了，虽然楼上楼下的门还是开着，但估计这一夜有电话来的话，要把我吵醒也是挺难的。

第四天，1989 年 1 月 19 日，我早上起来直接去单位上班，三天没去，手头有不少活得抓紧处理。下午一点多，就又匆匆离开，骑车去了仁济医院。和住院部的门卫打了招呼，三点还没到，就进去了，到产房按门铃，心中已经没有之前的忐忑，护士告诉我，情况稳定，一切安好！我神情轻松地出了医院大门，推着车，脚步也没那么匆忙了，慢慢地往宁海东路老家走去，想在这片房子拆去之前再把周边好好看一看。大约过了个把小时，到了父母那儿，一看父亲不在。妈妈说，你爸去医院看了。心想，也许是时间差，我出来，他才去，所以没碰着。未想，仅仅过了十多分钟，父亲就匆匆进门，说是小李生了。什么？真的？我刚在那边，护士还说没事，老样子，怎么我一离开就生了？不会弄错吧？我赶忙问父亲："情况如何，大人小孩都好吧？"结果是一问三不知。原来父亲去时正好碰到有医生出来，说了李云兰的名字，医生就说生了。父亲啥都没顾上问，就匆匆赶回来报信了。我二话没说，一溜烟地从三楼下来直接就一路小跑赶到医院。到了产房，按门铃，出来一个医生，告诉我，是生了，男孩，母子平安，而且婴儿的两个评分都是 10 分，只是体重略轻，才 2600 克，不过也算正常范围。由于是早产儿，体重偏轻，所以已经送入暖箱，我现在暂时不能探望。而云兰还未出产房，正在进行后续处理。这突然来的惊喜至少让我有 10 秒钟失去了意识，我呆在那儿连谢谢的话都没向医生说。少顷，云兰被推出产房，三天不见，就像过去了一个世纪似的，进去时是孕妇，出来已经是妈妈了。而我那宝贝儿子也急不可耐地赶在龙年的尾巴出生，要做个"小龙人"，当然，也让我提前享受了当爸爸的荣耀。

等把云兰在产科病房安排妥当，我急忙给老丈人打了个电话，告知云兰已经生了。未料，他都已知道结果。我正纳闷，结果岳父跟我说他也刚从医院回来，他不但知道云兰已经生了，而且还亲眼看着小毛头被从产房抱出来送去暖房去的。所以，他们啥都知道了。挂了电话，我又急着往回赶，得马上去弄点吃的给云兰啊。等我回到父母那儿，母亲已经从菜场买回了活鲫鱼，正在准备做鲫鱼汤。很快，我和母亲一起再次到了医院，看着云兰把汤和鱼都吃了。母亲先回，我在病房陪云兰一直到晚上十点，被护士赶出门。

那晚，我没回泰安路自己的家，而是在父母那儿陪他们说说话。第二天一早，有传呼电话，说是医院的医生让我赶紧去一下医院，这可把我吓得半死。十分钟不到就赶到了医院，一进病房才知道是同病房的其他产妇打的电话，并说我"哪有像你这么老实的！护士赶你走就走的？人家都是晚上陪着的！"被一顿数落，有点不好意思。那天一整天在医院陪着云兰，但晚上我还是回家，我这辈子不习惯违反人家预先告知的规定。

由于云兰是乙肝病毒携带者，医生关照说不能哺乳。虽然奶水很足，但只能打了止奶针，再加上用芒硝外敷，很难受，且有点低热，结果云兰产后

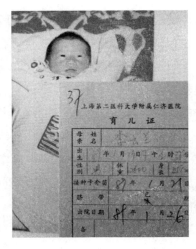

儿子出生时的照片和出生证

在医院足足住了七天才被允许出院。当然，还有个原因，就是儿子还在暖箱，多待几天当然也有好处。只是出生那么多天了，也没能和我们打个面照，让我们牵挂不已。

出院那天，正好碰上大众出租车公司可以专门为产妇出院提供电话预订服务，这也是我们第一次使用这个服务。当我们去产科出院部"领取"自己的儿子时，透过那个小窗口，我们一眼就认出了放在小搁板上的我家那小子，长相和我大哥小时候的照片几乎完全一样，就是我们王家门的小子。出租车司机的服务很到位，我们一家三口高高兴兴地回到了泰安路自己的家。

原本以为在暖箱里待几天应该万事大吉，可这小子却像注定是要和我作对似的。出院刚四天就腹泻不止。我急得像热锅上的蚂蚁，六神无主。那么娇嫩的一团肉，抱在手上都有点无从下手，这可咋办？好在有母亲在，两个人抱着他直奔医院。我们住的泰安

路离徐家汇很近，接直就往地处徐家汇的上海国际妇幼保健院赶，到了那边正是午饭时间。急诊不让挂号，门诊又是午休时间。正想着怎么办的时候，有一个年长一点的护士告诉我们，这里只管产科和妇科的事，这是新生儿，他们不管，应该去找儿科医院。儿科医院在枫林路，离徐家汇有好几站路，但那时车不多，手里抱着这么个新生儿我也不敢挤。没办法，我和母亲一路小跑，奔向上海儿科医院。那时不知是哪来的劲，双手托着儿子（还不会抱，也不敢抱），赶到儿科医院时人几乎快虚脱了，母亲也已经走不动了。还好，儿科医院的护士、医生都很热情，挂了急诊，医生立马告知，是严重腹泻，必须住院。我懵了，腹泻就要住院？母亲说："相信医生，但你自己做主！"想了想，对！不信医生信谁呢？未料，在办住院手续的时候，医生拿出一张纸让我签字，居然是病危通知单！我差点就晕过去了，好在医生没有卖关子，立马跟我解释："新生儿的病情发展通常都很快，所以，凡是新生儿住院，都要开具病危通知书的。但你这个情况应该不严重，在新生儿中是常见的，不用过于担心。"医生问我，儿子是吃母乳呢还是人工喂养，我说仁济医院的医生说不能吃母乳，结果儿科医院的医生大呼可惜，说是完全不用顾忌的，只要给新生儿打一针免疫针就可以了，乙肝病毒携带者照样可以哺乳！但事到如今也已无法挽回了，但给儿子幼时的体质却带来的很大的负面影响，也给我这个奶爸平添了诸多麻烦。每天的调奶粉、煮奶瓶消毒之类的活大部分都由我承包了。这当然是后话了。就这样，我儿子刚出生就又住进了新生儿监护病房。老规矩，不能陪伴、不能探望，每天下午三点可以打个电话过去问情况。

那天回家，在路上就和母亲商量怎么跟云兰解释，为什么儿子又要住院。回到家把情况跟云兰一说，果然她的眼泪就下来了。没办法，忙不迭地安慰她，说："没事的，住医院治疗总比在家好。你刚生产，可不能哭！万一把眼睛哭坏了，那可是一辈子的是哦！"就这样，提心吊胆地过了四天，医院那边传来消息，说我儿子可以出院了。我和母亲欢天喜地地把我那"讨债"儿子再次迎回了家。

儿子出生前，虽然早已知道是个男孩（产前体检做 B 超时医生就告知了），但一直没有想好要起个什么名字。那天在仁济医院陪云兰时两个人一琢磨，姓王自然没有问题。而 1989 年 1 月 19 日是农历戊辰年 12 月 12 日，龙年，用一个辰字恰到好处，之前心里一直在想如果是生儿子，就希望他是"天子"的命。但直接用一个命也太过直白，就换了一个敏字，虽缺了一个后鼻音，但上海话讲起来读

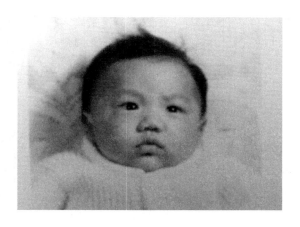

David 的百日照

音是一样的，同时也希望他聪慧、灵敏。由此，王辰敏三个字就呼之欲出了。征求了父母的意见，都赞同。故我儿子的大名就叫王辰敏，家里还给他起了一个英文名作小名，叫 David。

八个月大的 David 和我们在桂林公园　　　　　　　　David 1 周岁生日

我的第一次旅游

我人生的第一次旅游还是 1980 年在上海化专读书时的那年暑假。

记忆中，在此之前我还从未有过真正意义上的旅游。除了年幼时我们一家 5 口从大世界边上宁海东路的家徒步来回 40 多里路，去地处上海市郊漕河泾的桂林公园赏桂花。记得那天就带了爸爸从单位食堂买回来的几个馒头作为午饭，也没水壶，来回足足一整天，可把我这个小不点给累坏了。那时候坐公交车的车票虽然只要几分到 1 毛几分钱，但 5 个人从家到桂林公园来回也得花上 2~3 块钱，那可是能在家请客的数字啦，咬咬牙走，权当是观赏沿途的街景。

1980 年我读大三，暑假前，几个大学同学萌生结伴出游的念头。那时没有旅行社，也没有网络，自助游是肯定的，但对出游目的地的了解基本上都是空白，而且那时火车票、住宿等都很紧张，也没法预订，基本上就靠排队解决。至于到了目的地是否能找到住的地方以及能否买到下一程的车票，大家心里都没底，心想反正是结伴出游，不用怕，总归会有办法的！当然，最关键的问题是没钱，那时，大部分同学的家境都差不多，父母的工资也就几十块钱，能超过 100 元的实属凤毛麟角。遇到父母只有一个人有工作的，那家里的开支就会捉襟见肘了，我家当时就是这个情况。要花几十甚至上百块钱出去旅游，对我们这些还依靠父母的穷学生来讲，实在难以向父母启齿。好在我读大学之前已经在上海轮胎二厂技校有过两年半工半读的经历，每个月有 19 元津贴，自己也攒了几十块私房钱，基本可以满足出游的需要，当然，标准自然是很低的。

几个趣味相投的同学经过反复合计，最后将出游的行程定为：上海—杭州—黄山—南京—上海，时间 10 天左右。同行的同学共 7 人：吴佳蔚、郑伟民、李天艺、王泽人、张耀、叶晓坚和我。

已经忘了是哪天出发，只记得那天清早从上海老北站坐由蒸汽机车拖带的绿皮车"哐当哐当"了 3 个小时 20 分钟才到了杭州。下车后在武林门附近找了家招待所，放下行李就去了西湖。

那天天气很好，我们先是沿着西湖的西半边游了白堤、断桥、苏堤、杨公堤、花港观鱼，欣赏了湖中盛开的荷花；后又游了孤山、西泠印社；尔后坐船上了小瀛洲，观三潭印月，远眺夕照山，但不见了已经倒塌的雷峰塔，好在宝石山的保俶塔还在。坐船回到岸边，又去了岳庙，并登山探寻黄龙洞。黄龙洞位于杭州栖霞岭后的山麓上，从岳庙旁边一条山径上去，左右二山夹峙，路旁有翠竹摇曳，景色极为清幽。过剑门关、紫来洞、白沙泉，行程约1公里即到黄龙洞。黄龙洞又名无门洞、飞龙洞。据传有和尚名慧开在此建寺修行，一天，一声惊雷山裂，有清泉自石中出，传说黄龙随慧开而来，因名黄龙洞。第二天一早，我们又出发去了灵隐寺、六和塔、柳浪闻莺、虎跑泉、九溪十八洞。因为年轻，所以那么紧的节奏我们也不觉得累，唯一感觉不爽的是，那时的杭州人对上海人不怎么友好，坐公交车、买东西、找饭馆吃饭，听到我们几个说上海话，边上的杭州人总会显出一种很不屑的样子。

当年的上海老北站

我在杭州西湖边

张耀、王泽人、郑伟民、吴佳蔚、
叶晓坚和我在杭州灵隐寺

张耀、吴佳蔚、李天艺、王泽人、
叶晓坚和我在杭州西湖小瀛洲

　　第三天一早，天还没亮，我们就赶到杭州汽车站，排队买票去黄山。黄山原名黟山，因峰岩青黑，遥望苍黛而名，后因传说轩辕黄帝曾在此炼丹，故改名黄山。明朝旅行家徐霞客登临黄山时，曾对黄山的秀丽这样赞叹："薄海内外之名山，无如徽之黄山。"后被当地人引申为"五岳归来不看山，黄山归来不看岳"。黄山号称有"四绝"：奇松、怪石、云海、温泉。另外还有三处著名的瀑布：人字瀑、百丈瀑和九龙瀑。黄山有七十二峰，素有"三十六大峰，三十六小峰"之称，主峰莲花峰海拔 1864.8 米，与光明顶、天都峰并称三大主峰，为三十六大峰之一。去黄山前早有吃苦的思想准备，整整 10 个小时在黄土飞扬的盘山公路上颠簸，不仅让我们个个灰头土脸，而且还双手紧攥着前排座椅的护手，生怕被颠出窗外。那时的长途汽车很破旧，不仅椅子很硬，还没空调，时值盛夏，不得不开着窗户，汗水、尘土把我们的衬衣都染成了土黄色。特别惊险的是，进了黄山的山门后，在汤口镇去温泉的路上，有一段山路是坡度很陡的 V 字形，两边山坡头上的车要轮着对开。对面先不动，然后这边先向下俯冲，虽然司机使尽吃奶的力气踩住刹车，但车子还是像脱缰的野马直向下蹿，人人似乎都进入了失重状态，心都提到了嗓子眼。车还没到谷底，司机又开始猛踩油门，冲向对面开始爬坡。车后的排气管喷出浓浓的黑烟，发动机的轰鸣声简直可以惊醒沉睡在山里千百年的老妖。中间甚至有一段时间好像被凝固了，车子像是在上坡道上重新起步，差一点就要向后溜车。车里的惊叫声此起彼伏，好像世界末日就要到了。当车最终爬上坡后，车里乘客吓得衣服都湿透了。

到了黄山脚下的汤口温泉，已是傍晚，找了好几家旅馆和招待所，都已客满，最终好不容易找到一家隐藏在离温泉约三里地的半山腰里的小旅馆，外面看上去有点像庙，里面的住宿条件非常简陋。放下行李，我们就急着想去看看中外闻名的黄山温泉（那时敢称温泉的地方远不如现在那么多），特别是之前听说还有个温泉游泳池。等到了温泉游泳池一看，之前的憧憬瞬间烟消云散！传说中著名的游泳池不仅外面看上去有点破败，进去一看根本没人看管，更衣室里的更衣箱破的破、坏的坏，再走进泳池一看，一池的水还在，但已经有点发绿了。想想好不容易来一趟这著名的黄山温泉泳池，不下去还真的有点遗憾。几个人下去一扑腾，一股腥臭味瞬时泛起，直钻鼻孔，赶紧爬出了游泳池，还好，淋浴室里的水龙头还能放出水来，草草洗洗，我们就灰溜溜地离开了。

那天晚上吃了什么早已忘了，反正是很简单的。未料半夜时分，开始拉肚子，不知是吃坏了，还是累了，或是不小心喝了泳池里发绿的脏水。于是赶紧吃药，幸好自己带了氯霉素，那时，氯霉素是治疗腹泻的常用药，现在已经禁止使用了。一夜无眠，拉了多次，天亮时已是浑身虚脱，还伴有发热。但按计划，这天应该上山了，大家有点束手无策，磨蹭到八点多，为了不耽搁大家的行程，喝了一碗粥，硬着头皮和大家上山了。

我们每人花 5 毛钱买了一根小竹竿当登山杖，背起行囊开始登山。几个同学轮流照顾我，慢慢往上爬。10 点左右，太阳已经升得老高，气温也开始迅速上升，大家都已经浑身湿透，但精神很好。过了那棵闻名中外的迎客松，找了个地方歇一下，掏出在杭州买的一个芝麻饼就着水壶里的水开始补充能量。少顷，继续登山。按原定计划，我们将在半山腰的玉屏楼住宿过夜，但未料，上午 11 点就已经爬到了玉屏楼。去登记住宿时被告知，玉屏楼已客满，让我们继续往北海去。从山下的温泉到山顶的北海，整整80里上山路，应该是两天的路程！仔细一打听，原来是因为山上住宿紧张，玉屏楼的铺位要留给下午3点以后才到达、且无法在天黑前赶到北海的游客，以免发生意外，而中午已经到达玉屏楼的游客则一律被劝直接上北海，因为北海的接纳能力要大一些。

没办法，我们只能转而先去登黄山最险峻的天都峰。天都峰位于黄山东南，西对莲花峰，东连钵盂峰，为黄山36大峰之一，海拔1810米，古称"群仙所都"，意为天上都会，故取名"天都峰"。此峰特色是健骨竦桀、卓立地表、险峭雄奇、气势博大，在黄山群峰中，最为雄伟壮丽。与莲花峰、光明顶并称为黄山三大主峰，天都古时无路，难登峰顶。据山志载，唐代岛云和尚曾历经千险，从东侧攀崖，始至峰顶。而我们面前的天都峰，开凿在崖壁上的台阶几乎是直上直下，必须俯身贴着崖壁才能上下。山里的天气说变就变，当我们开始准备登天都峰时，下起了小雨，其他人都有雨衣，而我没有，只带雨伞，那时没有可以折叠的伞。显然，要爬上那么陡峭的山峰，打着伞肯定不行。没办法，我只能淋雨上天都峰。天都峰的险在接近峰顶的那段鲫鱼背，宽不过半米，长约20米，两边都是不见底的深渊，虽然边上有软的铁链保护，但那是软的，而且很低，上面挂满了连心锁，弯腰去扶这根软铁链，可能比不扶更危险。上天都峰前就听人说，每年在鲫鱼背上总会有人掉下去，而且要找人下去捞人的话还要花很大一笔钱，还不一定捞得到。眼看着前面有人趴着爬过去，我们几个定定神，屏住一口气，张开双臂作平衡，一鼓作气一个接一个地跨过了这道湿漉漉的"鬼门关"，并直达峰顶。很遗憾，因为下着蒙蒙细雨，从天都峰顶往下看，什么都看不清，就像在云里雾里，连拍出来的照片都是模糊的，但气势还是不错的。

从天都峰下来再到玉屏楼的时候已经是下午2点。我们尝试着再去登记住宿，还是被回绝。于是只好上北海。就这样，凭着年轻人的一股子蛮劲，经黄山最高峰莲花峰、登百步云梯、穿鳌鱼洞、过光明顶气象站、看排云亭、飞来石，到达北海时已近晚上7点。由于是在山上，天还很亮。忙去找住宿，北海饭店是住不起的，我们被带到一个大礼堂，进门一看，里面是无数个挤在一起的双层木床，而且，每个铺位必须挤2个人，这样一来，一个床上下铺就得挤4个人。不过，价钱倒不贵，每人每晚5毛。要订餐的话也可以，每顿每人1元，三餐的品种和标准都一样：

吴佳蔚、李天艺和我在黄山天都峰顶

一碗白米饭加白烧冬瓜汤浇头。虽然觉得这顿饭的性价比有点低，但那时没有索道，看看一路上不断有挑夫将各种物资挑上山，心里也不觉得这米饭和冬瓜汤贵了。早餐也是这样一大碗饭，要比一碗泡饭耐饥多了。

李天艺和我在黄山最高峰莲花峰"指点江山"

我在黄山北海，背后是梦笔生花

我在黄山西海

爬了一整天的山，再加上头一天晚上拉肚子，一碗米饭加冬瓜汤下肚，我说什么也不想动了。晚上8点多，天全黑了，室外的气温迅速下降，那时也没什么其他的娱乐活动，我和李天艺挤在一个上铺裹着棉被就睡了，整个大礼堂至少挤了几百号人，说话的嗡嗡声几乎一晚上没有停过，当然也包括我震天响的呼噜声。

第二天一早，天还没亮，整个大礼堂里至少有一半人涌出去准备看日出。有的花5毛钱租了军大衣，有的则直接裹着棉被就出门了。未料那天多云，一直到上午8点多才看到太阳从半空的云层中钻出来。扫兴而归的人们纷纷打点东西准备下山，而我们准备在山上再待一天，去看云海、仙人踩高跷、猴子观海、梦笔生花、仙人指路等。可惜那天空气湿度不大，太阳出来后云海景观并未真正形成，猴子观海只是在一瞬间隐约出现，但仙人指路则是全天候的，令人叹为观止。

第六天天刚亮大家就起床了，打算抓紧时间下山，并直接赶往南京。下山的路很好走，上午11点已经到了九龙瀑边的公路上，然后沿着公路往温泉走。中午12点，我们已经坐上了开往南京的班车，离开了黄山。

从黄山去南京的路比较好走，下午路过马鞍山的时候，司机还特意停车让大家下车走走，这也是我到目前为止唯一一次踏上马鞍山的土地，也算是到过马鞍山了。

到南京天已经全黑了，我们在新街口附近找了一家招待所住下，随后到外面吃了点东西就回去休息了。

第一次到南京，我们安排了 2 天的游览计划，中山陵一定是要去的！中山陵是中国近代伟大的民主革命先行者孙中山先生的陵墓，位于南京市东郊钟山南麓钟山风景区内。至于市里面，那时民国时期的总统府还被江苏省委省政府占着，不对外开放。我们只将新街口、鼓楼、明孝陵、中华门、玄武湖等景点纳入了游览计划。

那已经是我们出游的第七天了。一早我们就向中山陵进发，先是坐公交车上山，但中山陵还没到就不再往前了，必须走一段上山路，到中山陵门前一看，顿觉气势雄伟。陵墓入口处有高大的花岗石牌坊，上有孙中山手书的"博爱"两个金字。从牌坊开始上达祭堂，共有石阶 392 级，据说代表着当时中国的三亿九千两百万同胞；8 个平台，象征着三民主义五权宪法。台阶用苏州花岗石砌成。拾级而上，登顶，环顾四周，一览无余。整个中山陵前临平川，背拥青嶂，东毗灵谷寺，西邻明孝陵，整个建筑群依山势而建，由南往北沿中轴线逐渐升高，主要建筑有博爱坊、墓道、陵门、石阶、碑亭、祭堂和墓室等，排列在一条中轴线上，体现了中国传统建筑的风格。如果从空中往下看，整个中山陵就像一座平卧在绿绒毯上的"自由钟"。融汇中国古代与西方建筑之精华，庄严简朴，别具一格。中山陵自 1926 年春动工，至 1929 年夏建成。同年 6 月 1 日，孙中山先生的奉安大典在中山陵隆重举行。

游完中山陵，我们直接翻山去看明孝陵。那时明孝陵还未修缮，不收门票，也没人看管，整个陵区一片破败的景象。神道两边的石人、石马倒的倒坏的坏，枯枝败叶几乎将所有道路都淹没了。那天虽然是星期天，但陵区里几乎空无一人，高大的柏树林遮住了大部分阳光，整个林子里阴气很重，空气中弥漫着一股潮湿和枝叶腐朽的味道。不敢久留，我们很快回到了人声嘈杂，满是阳光的南京城区。

我在黄山后山下山途中

我在黄山西半寺边的下山路上

李天艺和我在南京中山陵

在路边小店吃了一碗面后，我们坐车去看著名的南京长江大桥。幸好在桥上有站点，我们可以直接坐车上桥，否则如果我们要从引桥走上去的话，没有 1 个多小时肯定是搞不定的，而且会很累！

南京长江大桥，位于南京市鼓楼区下关和浦口区之间，1960 年 1 月 18 日正式动工，1968 年 9 月铁路通车，12 月公路通车，历时近 9 年时间，是长江上第一座由中国自行设计和建造的双层式铁路、公路两用桥梁。在中国桥梁史乃至世界桥梁史上具有重要意义，具有极大的经济意义、政治意义和战略意义，是 20 世纪 60 年代中国经济建设的重要成就之一，中国桥梁建设的重要里程碑。

我在南京长江大桥

站在南京长江大桥上，远看江面上来来往往的船只犹如星星点点，水面也是平静如镜。但不能看近的，特别是直接垂直往下看，恐高的感觉瞬间会让人双腿打战，心里一阵阵发毛，浑身直起鸡皮疙瘩。桥上的风很大，我们来回走了半个多小时，特别是在桥头堡的位置逗留了较长的时间，然后沿着引桥往下走。

第八天，早上起来到街边的点心店吃了早餐，然后我们直奔玄武湖。虽然玄武湖的名声在外，但到了那边一看还是有点失望。整个景区不仅设施陈旧，也没什么吸引游客的意识和措施。除了有些游船可供租用，基本上是冷冷清清的，很少看到几个人一起成行的游客。我们租了两条船在湖上荡漾，很快就觉得有些乏味。时间还没到，我们就上岸了。从玄武湖公园靠火车站那头的大门出来，我们就开始逛街，中华门、鼓楼、新街口，反正公交和徒步交替，也算是把大半个南京城给丈量了一遍。不过，近 40 年过去了，整个南京城也没给我们留下什么特别深刻的印象，除了中山陵、南京长江大桥和明孝陵。而现在南京一些游客爆棚的景点，如总统府、夫子庙等，那个时候还没有整修或对外开放，我们自然是不得而知了。

按原定计划，游完了南京，我们也该回家了。但大家又觉得意犹未尽，还想在回家之前多去一个地方，但去哪里却无法达成共识。好在原来想好的地方都去过了，剩下的就各奔东西吧。第九天，我和天艺等从南京坐火车去无锡，而另外几个则坐长途车去了镇江和扬州。

无锡，简称"锡"，古称梁溪、金匮，被誉为"太湖明珠"，一直是我向往的江南水乡。无锡市位于长江三角洲平原腹地，江苏南部，太湖流域的交通中枢，北倚长江，南濒太湖，东接苏州，西连常州，京杭大运河从中穿过。无锡是江南文明发源地之一，有文字记载的历史可追溯到 3000 多年前的商朝末年。无锡自古就是鱼米之乡，素有布码头、钱码头、窑码头、丝都、米市之称，是中国国家历史文化名城。无锡也是中国民族工业和乡镇工业的摇篮，是苏南模式的发祥地。虽然那时无锡还没有现今闻名的灵山大佛、梵宫、影视城等景点，但鼋头渚、梅园、蠡园、惠山、东林书院、南禅寺等景点却早就如雷贯耳，吸引八方来客。其中太湖边的鼋头渚景区为最佳。"太湖佳绝处，毕竟在鼋头"就是诗人郭沫若用来形容无锡太湖风景的。

到了无锡，我们先去了位于锡惠公园的惠山。惠山，以其名泉佳水著称于天下。最负盛名的是"天下第二泉"。此泉共有三处泉池，入门处是泉的下池，开凿于宋代，池壁有明代弘治十四年（1501年）杨理雕刻的龙头。泉水从上面暗穴流下，由龙口吐入地下。上面是漪澜堂，建于宋代。堂前有南海观音石，是清乾隆年间，从明朝礼部尚书顾可学别墅中移来的，堂后就是闻名遐迩的"二泉亭"。亭内和亭前有两个泉池，相传为唐大历末年（779年），由无锡县令敬澄派人开凿的，分上池与中池。上池八角形水质最佳，中池呈不规则方形，是从若冰洞浸出。据传，此洞隙与石泉是唐代僧人若冰寻水时发现的，故又称其为"冰泉"。在二泉亭和漪澜堂的影壁上，分嵌着元代书法家赵孟頫和清代书法家王澍题写的"天下第二泉"各五个大字石刻。看到"天下第二泉"这五个字，在我的脑海中立马就会联想到《二泉映月》这首如泣如诉的二胡名曲。事实上，我对无锡的偏好在某种程度上也是因为对这首名曲的热爱。关于《二泉映月》这首曲目的来历，祝世匡曾在《无锡报》发表过《乐曲定名经过》一文，他在文中写道："录音后，杨先生问阿炳这支曲子的曲名时，阿炳说：'这支曲子是没有名字的，信手拉来，久而久之，就成了现在这个样子。'杨先生又问：'你常在什么地方拉？'阿炳回答：'我经常在街头拉，也在惠山泉庭上拉。'杨先生脱口而出。'那就叫《二泉》吧！'我说：'光《二泉》不像个完整的曲名，粤曲里有首《三潭印月》，是不是可以称它为《二泉印月》呢？'杨先生说：'印字是抄袭而来，不够好，我们无锡有个映山河，就叫它《二泉映月》吧。'阿炳当即点头同意。《二泉映月》的曲名就这样定了下来。"

我在无锡惠山的"天下第二泉"

锡山在无锡市西郊，是惠山东峰脉断处凸起的小峰，高74.8米，周长1.5千米。相传周秦时代盛产锡矿，所以叫锡山。汉朝初年锡竭，因此此地称作无锡。有古谚说"无锡锡山山无锡"。锡山山顶建有龙光塔和龙光寺；山腰有晴云亭、观涧亭、石浪庵、百花坞等；山底建有龙光洞。山不大也不高，但景点云集，令人赏心悦目。1958年开凿了映山湖之后，锡山就与惠山连成一片，辟为锡惠公园。

出锡惠公园已近黄昏。我们要去尝尝无锡的特产。现在一到无锡人们更多地想到的是"太湖三白"，即白水鱼、白米虾和银鱼。但那个时候这"太湖三白"似乎并不出名，满大街都是无锡小笼和肉排骨，很甜的那种。

出游的第十天，我们兴致勃勃地去游太湖鼋头渚。已经不记得当时的门票要多少钱了，只是记得那时公交车是可以直接开到大门口的，不像现在一过大桥就不让进的，必须先买票，然后坐景区的车进去。

李天艺和我在无锡鼋头渚

鼋头渚是横卧太湖西北岸的一个半岛，因巨石突入湖中形状酷似神龟昂首而得名。鼋头渚风景区始建于1916年，面积达539公顷。有充山隐秀、鹿顶迎晖、鼋渚春涛、横云山庄、广福寺、太湖仙岛等众多景观，各具风貌。明代以前，鼋头渚已为人们所向往。茂林修竹、悬崖峭壁、摩崖石刻、同太湖水辉映成趣，被认为是无锡境内的"桃花源"。鼋头渚公园是一个以天然山水为主，人工修饰为辅的园林。六朝时期，广福庵在此兴建。明代，已经有不少文人雅士来此游赏，东林党首领高攀龙在此留下了"鼋头渚边濯足"的遗迹。清末，无锡知县廖伦在临湖峭壁上题书"包孕吴越"和"横云"两处摩崖石刻。

鼋头渚公园里有去湖中三山岛的游船码头，一看价格还挺贵，觉得没啥意思，我们就去了蠡园。无锡蠡园位于无锡市西南蠡湖西岸的青祈村，因蠡湖而得名。相传两千多年前的春秋时期，越国大夫范蠡帮助越王灭吴之后，携佳人西施于此泛舟，后人为了纪念范蠡，便以其命名此湖。蠡湖的湖面相当于杭州西湖的1.7倍。300多米长的宝界桥将蠡湖一分为二，其湖景以逸、以苍凉、以浩荡为胜，雪月烟雨各有佳景。早在民国初年，就建有简朴的"梅埠香雪""柳浪闻莺""南堤春晓""曲渊观鱼""东瀛佳色""桂林天香""枫台顾曲""月波平眺"等景点，号称"青祈八景"。公元1927年，无锡的王禹卿在青祈八景的基础之上，兴建了蠡园。蠡园面积5.2公顷，其中水面2.2公顷。蠡园可分三个部分，即中部的假山区，西部的湖滨长堤及四季亭，东部的长廊、湖心亭及层波叠影区。四季亭区是蠡园的主体景区。游完蠡园，我们没有去著名的梅园。因为时值盛夏，无梅花可赏。

第十一天，是该回家的时候了。我们一行磨磨蹭蹭地去了火车站，坐上绿皮车，脑子里已经满是妈妈的饭菜香了。

回来一结算，我们出行11天，足迹遍布上海、浙江、安徽、江苏，行程近千公里，而全部费用加起来只有人均62.5元，主要用于交通、住宿和饮食，那时的门票费都很低。如果是现在，我们这帮穷学生还游得起吗？

我的沪剧情结

我与沪剧结缘时还不满 3 周岁。

1960 年，由上海市人民沪剧团首排的沪剧《芦荡火种》在著名的大世界隔壁的共舞台首演，妈妈作为沪剧迷（现在应该叫铁杆粉丝）抱着我就去看了。这出戏由文牧先生执笔，根据崔左夫的《血染着的姓名——三十六个伤病员的斗争纪实》改编，上海市人民沪剧团于 1959 年初排的。初排时剧名为《碧水红旗》，由杨文龙导演，著名沪剧演员丁是娥、解洪元、邵滨荪等主演。但是由于年龄太小，这场戏在我头脑中没有留下任何印记。1963 年，《芦荡火种》复排并在共舞台再次上演，妈妈带着我又一次去看戏，这回，我有点记忆了，特别是邵滨荪饰演的刁德一我至今记忆犹新，因为那时我已经虚龄七岁了。

小时候，家里没有收音机，但凡听到前楼宁波阿婆家里的收音机（那时叫无线电）或外面的广播传出沪剧的唱段，妈妈总会兴奋地竖起耳朵，轻轻跟唱，虽然没有放下手中的活，但仍可以看出她整个身心都被吸引过去了。潜移默化之中，沪剧也开始逐渐在我心中扎下根来。但令人遗憾的是，1966 年，传统戏剧开始遭殃，剧场、电影院和电台，只允许演播八个样板戏，大量传统的剧目和唱段则被停演，不少剧团解散，演职人员也被送去接受"再教育"。

说起沪剧，其成为一种戏剧样式的时间并不长，早年被称为滩簧、申曲等。沪剧初名花鼓戏，是上海及江浙一带农村的田头山歌。早在清乾隆年间（1736～1795 年）花鼓戏已有流行。清道光年间（1821～1850 年），形成上海滩簧（当地称本滩）。本滩的形式是两个男演员分扮一男一女两个角色，称为对子戏。全班只有四五个人，伴奏乐器只有一把二胡、一副鼓板、一面小锣，可随地演唱。后来，又发展成同场戏，角色通常有三个以上，有专门的伴奏人员，整个班社有八九个人，可以演出情节较复杂的剧目，并且已经有了女演员，戏班被称为支锥班。班中的男角称上手，女角称下手，以一生一旦居多，也有一丑一旦，乃至两个旦角的。那时，戏班主要在乡间流动演出，后来又在上海的茶楼、街头演出。剧目大都以农村生活为题材，演员的装束都是清代的农村服饰，这些剧目后来也被称为清装戏。

辛亥革命前后，本滩进入上海各游艺场演出，初期仍以坐唱为主，没有化妆。随着班社的增多，规模也扩大到十人左右。20世纪20年代，本滩受到文明戏的影响，采用幕表制，并发展为小型舞台剧——申曲。30年代初，出现了大量取材于时事新闻和电影故事、表现城市生活的剧目，因剧中人物大多着西装、旗袍登场，故又称为"西装旗袍戏"。这类戏的上演，使申曲逐渐采用了接近文明戏和话剧的表演形式，包括采用新颖的布景，加强灯光、效果、音乐等，还吸收了一些文明戏工作者担任编导。30年代初，上海申曲歌剧公会成立，1934年改组为上海申曲歌剧研究会。1938年，申曲团体猛增到三十个左右，如由筱文滨和筱月珍领衔的文月社、由王筱新和王雅琴组建的新雅社以及施竹亭和施春轩父子的施家班等。

1941年，上海沪剧社成立，王雅琴任社长，开始把申曲改称沪剧。这一时期的申曲受话剧和电影的影响很大，上海沪剧社上演的第一个剧目就是改编自好莱坞电影的《魂断蓝桥》。此后，沪剧上演了许多根据名著、话剧或电影等改编的剧目，如《秋海棠》《骆驼祥子》《家》《上海屋檐下》《雷雨》《乱世佳人》《铁汉娇娃》《罗密欧与朱丽叶》等。40年代以后，沪剧在话剧和电影的影响下，建立了编导制度，表演上注意刻画人物性格，探寻唱、做、白的有机结合。演唱艺术方面，以最能表现个人演唱特点的长腔长板为主，出现各种流派。并将电影《桃李劫》改编成《恨海难填》，演出获得成功，同年被拍摄成戏曲电影。1949年后，沪剧进入改革发展的新时期。1953年上海成立了第一个国营沪剧演出团体——上海人民沪剧团（上海沪剧院前身）。广大沪剧演员、编导、乐师、舞美人员积极编演现代戏，出现了大批反映革命历史和现实题材的剧目，如《罗汉钱》《白毛女》《星星之火》《鸡毛飞上天》《黄浦怒潮》《芦荡火种》《红灯记》《被唾弃的人》等，对提高沪剧的音乐唱腔、表导演水平和舞美推陈出新起到了重要作用。其中《罗汉钱》《星星之火》被拍摄成电影，影响较大。1966年前，上海的沪剧相当兴旺，除了国营的上海沪剧团，民营的沪剧团也先后出现过多个。

1976年，我中学毕业，被分配到上海轮胎二厂技工学校橡胶机械专业学习，遇到了一位同样喜欢沪剧的老师——我的班主任赵力群先生。他偶尔会拿来一些沪剧的曲谱教班里的学生一起学唱沪剧。结果，他发现，我不但沪剧演唱学得快，而且还对沪剧的常用曲调相当熟悉，遂问起相关情况，才知道其实我也是个沪剧迷。他告诉我，厂里有一位从上海市人民沪剧团学馆来的沪剧老师，据说之前是沪剧名家石筱英的关门弟子，只因为倒了嗓子，才去学馆当了老师，我们可以请她教我们沪剧。就这样，在厂工会、团委的支持下，厂里的几个沪剧爱好者组建了一个沪剧兴趣小组，请这位老师系统性地教我们沪剧（可惜我已经忘了这位老师的名字）。由此，除了《芦荡火种》《鸡毛飞上天》《罗汉钱》《星星之火》等已经熟悉的剧目之外，我还知道了《碧落黄泉》《借黄糠》《阿必大回娘家》《雷雨》《陆雅臣》《为奴隶的母亲》《大雷雨》《庵堂相会》《卖红菱》《少奶奶的扇子》《白兔记》《黄浦怒潮》和《巧遇记》等沪剧经典名剧，并开始逐渐熟悉了王盘声的王派、邵滨荪的邵派、解洪元的解派、袁滨忠的袁派、丁是娥的丁派、杨飞飞的杨派以及王雅琴、石筱英、筱爱琴、赵春芳、筱月珍、小筱月珍等老一辈沪剧名家的唱段和唱腔。同时，对一些沪剧的传统曲调也从原来只是听来耳熟逐渐达到可以信手拈来的程度，如长腔长板、长腔中板、赋子板、三角板、反阴阳、阳血、夜夜游等。

1977年后，一些传统的戏曲又开始在电台播放，我们家有一个小小的晶体管收音机，妈妈很快就把什么时候什么频道有沪剧节目搞得一清二楚，到时一定会调到对应的频道，沉浸在沪剧中，而评弹节目则成了爸爸的专享空间。可以看出，他们对沪剧和评弹的喜爱已经到了如痴如醉的程度。

那时，各种自发的文艺节目如雨后春笋般涌现。我们这位沪剧老师在很短的时间里编写了几段沪剧，我们很认真地排演，并在厂里举办的文艺汇演中正式上台表演，反响出奇地好。

当年排演的沪剧表演唱

那段时间，我们经常下班后聚集在一起，从沪剧的一些基本唱腔和流派学起，甚至还每人搞了一套化妆的东西，很认真地学习戏剧人物的化妆，每次演出，都是自己给自己化妆，忙得不亦乐乎。特别令我感到新鲜的是，这戏剧舞台上的彩妆与平时看到化妆完全是两码事。先是要把脸部洗净，然后先打底，再上腮红，而且得根据脸型的胖瘦和角色需要进行调节。眼线、眉毛画好，眼睑上色完成之后，还得根据角色需要，在眼角部位用白色或棕色、红色点一下，整个眼神立马就显得精神起来。而在鼻梁两侧上一点棕色，则会使整个鼻梁显得非常挺拔。一切完成之后，还要刷上一层定妆粉才算大功告成。记得我第一次自己给自己化妆，正画得起劲，手突然被老师打了一下，一问才知道，规范的戏曲演员化妆应该是左右手分开的。左边用左手，右边用右手，而不是我们日常生活中习惯的什么都用右手（当然左撇子正好相反）。不过，每次演出结束后最痛苦的是卸妆，先是从一个大口玻璃瓶里抠出一大块卸妆膏涂抹在脸上，整个脸被弄得像大花脸似的。然后用很粗糙的卫生纸把卸妆膏擦去（那时候没有现在普遍使用的纸巾），最后再用清水冲洗。难怪演员脸上的皮肤都不能细看，长期的化妆、卸妆，皮肤再怎么好都经不起长期的反复折腾。看看大家的积极性如此之高，老师也很兴奋，大家一合计，居然决定要排一出大戏，最后选定了难度不是太高、但当时正红的一个短剧《园丁之歌》。这个戏就三个角色：男老师——男一号，由我们的班主任赵力群老师扮演，女老师——女一号，由我们上一届的技校学生扮演，而剧中的淘气男生则由我班的女同学沈惠英反串，还排了 A、B 角，导演当然是我们的沪剧老师了。这出戏正式开演的那天，全厂轰动，大礼堂一千多个座位座无虚席，乐队也是由厂里的文艺爱好者担当的，主胡更是一把好手，我们几个不上场的则在台前幕后负责服装、道具、舞台监督、灯光什么的，有的甚至在门口帮忙收门票。由于厂里的员工有三千多人，且分成早、中、晚三班，这出戏先后演了好多场，以满足所有人的需要，包括向职工家属、兄弟单位和周边居民开放，好不热闹。

那段时间，沪剧开始复苏，不少著名沪剧艺术家重返舞台，再次焕发艺术青春。大量的优秀传统剧目开始复排、复演，上海的沪剧一片繁荣。延安东路的共舞台（那时叫延安剧场）、福州路的天蟾舞台（那时叫劳动剧场）、北海路的北海剧场（上海市工人文化宫剧场）、牛庄路的中国剧场、延安西路的瑞金剧场、西藏路的红星剧场乃至大世界里面的多个剧场（那时叫上海市青年宫），往往是同时上演多个剧目，并陆续推出了一批新人、新剧目，如《金绣娘》《张志新之死》《日出》等。一时间，老演员、老剧目和新演员、新剧目交相辉映，令人目不暇接。沪剧迷们心中好不喜欢！

1977 年冬，在天蟾舞台看被称为推动沪剧唱腔发展的"文派"唱腔创始人、沪剧泰斗筱文滨先生再次复演《陆雅臣买娘子》。陆雅臣出身富家，懒散成性。父母双亡后，整天混迹赌场，终将家产全部输尽，甚至在人贩子唆使下逼卖妻子再赌。正巧其岳母前来探望女儿，苦心劝导，陆竟执意卖妻。岳母无奈，拿出一百银圆将女儿"买"回娘家，结果陆又将银圆全部输光。深夜回家，人去财空，悔恨交加，便欲悬梁自尽，邻居蔡伯伯发觉后，将其救活，劝其重新做人，并领其去见岳母。经陆恳切求情，岳母及妻子方予原谅，重营生路。在该剧中，已是 73 岁高龄的筱老先生扮演落魄的富家子陆雅臣，与已年逾六旬的当年上海沪剧社社长、艺华沪剧团团长王雅琴扮演的陆妻和小筱月珍扮演的岳母同台献艺，再次轰动沪上。其委婉柔和的"文派"唱腔和出神入化的表演，着实让沪剧迷们不能自已。只是那时剧场里没有暖气，筱老先生可能是有点感冒了，整个演出过程中一直在不停地擦鼻涕，人也冻得有些瑟瑟发抖，倒也使他扮演的那个落魄的富家子的形象变得更为鲜活了。

大概前后有两年时间，我陪着妈妈把上海各剧院上演的几乎所有的沪剧，不管是老戏还是新戏都看了一遍，有的甚至还看了几遍。好在那时的戏票不贵，我用在技校读书的津贴买戏票还能承受。时间一长，许多戏里的经典名段我都能有板有眼、有模有样地哼出来，甚至可以非常清晰地将各种不同流派的特征表现出来，直把妈妈哄得开心不已。每次去看戏，弄堂里的邻居们都会问你们娘儿俩又去看戏啦？妈妈会很得意地高声回答，是呀，儿子带我去看沪剧！

在老演员重登舞台的同时，一批中青年沪剧演员也开始在舞台上崭露头角，如许帼华、诸惠琴、马莉莉、陈瑜、汪华忠、沈仁伟，张杏声，陆敬业、徐伯涛、王明道、茅善玉、孙徐春、吕贤丽、倪辛佳等，他们后来也都成为在观众中享有盛誉的著名演员。其中许帼华在《阿必大回娘家》中扮演的阿必大、马莉莉在《日出》中扮演的交际花陈白露、汪华忠在《芦荡火种》中扮演的郎中先生、诸惠琴在《大雷雨》中扮演的表姐和沈仁伟扮演的表弟、徐伯涛在《金绣娘》中扮演的伤员等都给我留下了深刻的印象！说来也巧，那天我正在对口实习的动力车间机修保养组上班，我师傅给了我一包喜糖，说是我们动力车间的压缩空气工段的一位女工的儿子娶媳妇了。等我回头去当面致谢时，她居然告诉我，她的那位媳妇就是大名鼎鼎的沪剧演员马莉莉！还说，以后如果想看沪剧票子买不到可以找她。我突然莫名地觉得我离沪剧界居然是那么近！

喜欢沪剧，光看当然不能过瘾，还得自己唱。那段时间南京东路时装公司楼上黄浦区文化馆的大剧场，每周二和周日晚上都安排有固定的"沪剧大家唱"节目。台上有一个乐队，下面的观众可以自己报名轮番上台演唱。每次活动，报名上台演唱的人数通常都有20多个，而且大多都是老面孔，每个人演绎的流派和曲目大多也是固定的。而在下面欣赏的人也不少，往往要占据大半个剧场。每次活动几乎都是欲罢不能，到点结束时往往还有不少人还没轮上。每到周二，我都会想法早点回家，吃了晚饭就搀着妈妈去听这个"沪剧大家唱"，兴致好的时候，我也会上去露一手。我最喜欢解洪元的解派和王盘声的王派的唱段，有时也会哼哼邵滨荪的邵派。而妈妈的最爱则是解派。

记得那年想学解洪元在《芦荡火种》里的著名唱段《开方》，但苦于没有谱子，脑子一热就直接写信给上海沪剧团的解派传人汪华忠先生，也没打算真的能收到回复。未料想不过三天，就收到了汪华忠先生的亲笔回信，他不仅给予了我很大的鼓励，还给我寄来了好多解派唱段的谱子，让我深受感动。遗憾的是，这封信和那些谱子现在都已散失了，但解派的这段著名的《开方》却成了我的保留节目。而王盘声在《新李三娘》中的《刘志远敲更》、邵滨荪在《巧遇记》中的《寻找小扣子》、徐伯涛在《金绣娘》中的《热腾腾的鸡蛋》、沈仁伟在《大雷雨》中的《花园会》、孙徐春在《逃犯》中的《昨夜情》也成为我"演绎"各种流派的代表作。平时主要在家里的浴室里自我欣赏，偶尔在一些公众场合，也会一时兴起，随意唱一段出来过过瘾。只是大部分是没有伴奏的清唱，效果并不理想，所以也难得出手，免得被人耻笑，坏了作为一个沪剧爱好者的"名声"。

2016 年我在公司年会上演唱解派名段《开方》

可是好景不长，传统戏曲的复苏犹如昙花一现。随着改革开放所带来的文化市场的迅速繁荣，流行音乐、电影、电视、话剧、舞蹈、杂技等普通民众特别是青年人喜闻乐见的文艺形式和载体迅速成为文化市场的主流。和其他传统戏剧一样，沪剧界老的剧目和传统的表演形式随着老一辈艺术家和老一代观众逐渐退出历史舞台，对青年人的吸引力也在迅速下降。文化市场的多元化发展对原来相对单一的、缺乏竞争的传统戏剧的演出市场形成了巨大的冲击。而原本就已习惯在计划经济体制下生存的传统戏剧团体难以一下子适应这样的变化，不仅在传统戏剧的推陈出新方面鲜有建树，最关键的是在培养中青年观众方面几乎束手无策，毫无招架之功，沪剧市场开始急剧萎缩。

1977 年冬，恢复高考，我有幸过关，并于 1978 年春开始了我的大学生活。我曾经短暂的"追剧（沪剧）"生涯就此结束。一则大学的学习生活非常紧张，根本无暇再去花时间看戏。而且学校在郊区，晚上学校关门，也不允许晚归，戏票的钱和来回的车马费对一个没有收入的学生来说也是一笔不小的开支。二则在学校里，也没有热衷于传统戏剧的氛围，周边也无沪剧同好，原来的那种热情自然也就逐渐冷了下来。周日回家，往往有很多功课，大多泡在图书馆，时间不够，且那时周末只有一天休息，自然也不可能把仅有的一晚与家人相聚的时间花在看戏上。妈妈也绝不和我提看戏的事，免得我分心。

几年后我大学毕业，分配进了上海市纺织科学研究院从事科研工作。虽然可以有时间重新去追我的沪剧，事实上在头几年也还断断续续地陪妈妈去看过几出戏，但由于很快就在科研工作中进入状态。每天很晚才回家，周日泡在图书馆也成为我的常态，加上老的戏都已看得很熟了，新的戏又很少，我喜欢的老演员基本都退休了，而崭露头角的新秀中也有一些耐不住寂寞"下海"了，我和沪剧也开始渐行渐远了。后来结了婚，太太不喜欢沪剧，妈妈也在 1991 年突然过世，也就再也没有人和我一起饶有兴致地去看沪剧了。事实上，原来的上海沪剧团虽然升格为上海沪剧院，但每年的演出也是屈指可数。沪剧在上海居然也成了濒危的需要抢救的剧种。

　　沪剧是上海地域文化的典型代表，它从不同侧面反映了近现代中国大都市的风貌，在成长过程中显示出很强的生机和活力。近年来随着现代化进程的加速，沪剧艺术面临越来越严重的生存危机，演出市场日益萎缩，观众减少，沪剧从业人员收入偏低，出现人才流失和断层现象，江南地区原有的数十个沪剧演出团体现在仅剩数个，以有力措施抢救和保护沪剧艺术已刻不容缓，势在必行。当然，这样的呼吁对我作为一个普通的沪剧迷来讲，也许根本就微不足道。

**2009 年我在上海市委党校
表演沪剧清唱《昨夜情》**

我与灯谜

要说我与灯谜的结缘，还是在小时候。

大人们忙，顾不上我们，我们几个小孩子凑在一起就对猜谜产生了兴趣，反正不管是听来的、看来的，还是自作聪明自己胡诌出来的，小伙伴之间一抖落，煞有介事地就胡乱瞎猜起来，偶然猜中几条也会乐上好半天。后来我才知道，那时候猜的不过是一些妇孺皆知的"谜谜子"而已，与真正的灯谜相去甚远，却也添了不少童趣。

真正将我引入"谜宫"大门的，还是在 1978 年我考入大学后的第一个"五四"青年节。那天我与大哥一起去游玩大世界（当时叫上海青年宫）。活动内容虽不多，却也是人山人海，非常热闹。最后，我们不约而同地"瞄准"了一个叫"灯谜大家猜"的活动现场，不知天高地厚地开始打起"虎"来（灯谜又叫"灯虎""文虎"）。虽说对灯谜一知半解，但在台上两位主持人的循循善诱下，到活动结束，我俩居然在众目睽睽之下，包揽了全场 70% 以上的奖品，心中好不得意！当时，我真的开始有点相信，人大概是有点儿天赋的。

我们这两个不知从哪儿冒出来的"无名杀手"，引起了两位活动主持人的注意。就这样，我们结识了人称苏氏昆仲的国内谜坛名家、后来成为我俩步入"谜宫"的启蒙老师的苏才果、苏纳戈先生，并有幸结为师徒，跟他们学艺。不多久，在"两苏"的力荐之下，我有幸被破例吸收进由上海市工人文化宫举办的国内首个灯谜创作学习班（当时我还是大一的学生）。由此，我第一次知道了什么叫灯谜、灯谜与谜语（俗称'谜谜子'）的区别、什么是谜体、谜格等等。推开"谜宫"的大门，展现在我面前的人称"雕虫小技"的灯谜世界竟然是一个如此深邃和渊博的大千世界！我被深深地吸引住了，从此一发而不可收。

说起苏才果和苏纳戈，那可是中国谜坛的风云人物。虽然那时他们还只是 40 岁上下的年纪，但却是已在谜坛"混迹多年"，正如日中天，名声在外。苏才果，生于 1937 年，笔名苗文、谈风等，镇江人，主编有《神州谜苑》。苏纳戈，生于 1942 年，谜号乐隐，主编有《灯谜入门》等专著。"两苏"系同胞兄弟，却风格迥异。哥哥苏才果不善言辞，却颇为儒雅。弟弟苏纳戈说话中气十足，但性子比较急，常常会得罪人。不过圈内朋友却从不计较，慕其才，容其性。其时苏才果在上海内河航运公司任工会干部，而苏纳戈则在上海无线电八厂工作。兄弟俩几乎 100% 的业余时间都花在了灯谜上，其痴迷程度令人惊叹。

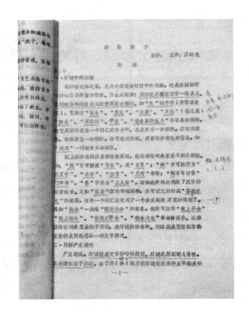

当年"两苏"的授课教材

初入谜坛，我见什么都学，博览群书，努力拓展自己的发散性思维。加上得到我国谜坛老前辈陈以鸿、周浊两位老先生和苏才果、苏纳戈、江更生、朱育珉、金寅等谜坛名家的指点，居然在短时间内也有佳作频频面世。并在随后几年的"灯谜热"中，足迹遍布上海各文化宫（馆）乃至复旦、交大、同济等著名高校和众多的基层企事业单位举办的各种灯谜学习班、专题讲座，如法炮制、"现炒现卖"地当起老师来，不遗余力地传播灯谜这一我国历史悠长的传统民俗文化。这期间，大哥也已离开江西农村返回上海，竟也无师自通地在沪上谜坛小有名气。那时，常常是我们兄弟俩一搭一挡、一唱一和，被戏称为"沪上谜坛王氏昆仲黄金拍档"。不过，我俩在灯谜界是各有千秋。他是"野路子"，看的书比我多，思路自然开阔，猜谜的命中率极高。那时很时髦但家里又买不起的收录机、电热型热水瓶等经常会被他作为奖品背回家。而我则"自诩"为"学院派"，属"正宗路子"，在灯谜创作上独领风骚，常有佳作得奖和文章发表。且能结合其他知识搞一些灯谜的创新，并在三家媒体兼任灯谜专栏的编辑多年，在单位里也成了众所周知的灯谜"专家"，这些自然是大哥望尘莫及的。

1983 年，当时我所在的上海市纺织科学研究院的团委书记张萍调任上海纺织工业局团委副书记。在她的力主和支持下，局团委出面组织举办了一个为期三个月的上海纺织系统灯谜创作学习班，招收了三十多个学员，正式邀请我担任授课讲师。我也为此专门编写了一本教材，至今还保留着。在这个学习班招收的学员中，大部分是纺织系统的行业公司和基层单位的团干部，也有一些是猜谜爱好者。其中有一个来自上海纺织助剂厂财务科的学员，叫管继平，他不仅好学，而且悟性极强。几堂课下来，已能快速解出一些颇有难度的谜，且也开始尝试去创作一些灯谜，拿出一些像样的作品。接触多了才知道，其实管继平的国学功底颇为深厚，且在书法篆刻艺术领域深耕多年。当时管继平虽然还刚二十出头，但其文字老到，文笔流畅，着实令人刮目相看！那时我也在学篆刻，和他一交流，立马感觉自己和他完全不是一个重量级的，按现在的说法我还只是"菜鸟"。由此，我俩结为好友，并延续至今。只是因各自忙自己的事业，接触的机会就越来越少了。虽至今他仍称呼我为"王老师"，但他已是海上著名的文人。不仅著作颇丰，而且其中有多本有关老上海风情、民国大师及书法鉴赏的书还是在排行榜上名列前茅的畅销书。公开的资料是这样介绍他的：管继平，1962年生于上海，笔名推仔、易安阁等，海派作家、书法篆刻家。现为中国书法家协会会员，上海书法家协会理事，上海书法家协会学术专业委员会副主任，中国作家协会会员，上海作家协会理事，上海楹联学会常务理事，上海九三书画院秘书长，黄浦区书法家协会副主席。而管继平对自己的戏称是：作家中的书法家，书法家中的作家。传授灯谜技艺，曾有过这样的学生，也算是我三生有幸、前世造化了。

当年我编写灯谜教材的手稿

玩灯谜，除了中规中矩的会意体之外，我最喜欢的就是称为谜中之王的骊珠格。骊珠格又名探骊格，取名于"探骊取珠"的典故。传说黑龙颔下的宝珠叫骊，必须亲自探海，才能获取，即所谓的"探骊得珠"。骊珠格的灯谜要求谜面上不标谜目（即不告知要猜什么），只标明谜格，让猜者按谜面文字意义联想推测，射出谜底的同时带出谜目。如吾（骊珠格），猜"成语：有言在先"。其中谜目是"成语"，谜底是"有言在先"，连在一起，扣合谜面，一气呵成。关于骊珠格出自何时，其创始人又是谁，目前在谜坛上的说法不一。有说是上海的金寅，也有说 20 世纪 60 年代在广东潮汕地区就已经有了骊珠格的谜作面世。但不管怎么说，让我感觉颇为自豪的是教我骊珠格的就是金寅先生本人。那时他还是复旦大学中文系的老师和在职研究生，是当时我国谜坛的著名人物。得金寅先生真谛，我在骊珠格灯谜的创作中也是快速切入，渐入佳境。如"隐居（骊珠格）作家　杜宣"；"氡（骊珠格）节气　冬至"；"自给自足（骊珠格）用物　不求人"等作品。颇得老师赞赏。

初入谜坛的那几年，最令我感叹的是陈以鸿、周浊两位老前辈对我们后生的提携。陈以鸿，字景龙，1923 年生人，1945 年毕业于无锡国学专修学校沪校，1948 年上海交通大学电机系毕业后留校，长期从事科技翻译，通英、法、德、日、俄五国语言，出版英、俄文著作中译本三十余种，退休前系上海交通大学编审、翻译家。与此同时，作为诗人、楹联专家和吟诵家，陈以鸿先生于古文、旧诗词、对联等均有很高的造诣，名扬海内外。陈以鸿先生出身名门，其父系著名文人陈文无。陈文无，名珂，字季鸣，号文无，亦号当归子，江苏江阴人，光绪十二年殿试第三十七名（第二甲第三十四名）陈燨唐之子。同时也是近代著名书法家，诗人，广陵派琴人。陈以鸿先生专业从事科技翻译工作的同时，凭借其深厚的国学功底，致力于中国传统文学的研究和创作，为《绝妙好联赏析辞典》的副主编。曾任上海楹联学会副会长、上海职工灯谜协会顾问、上海静安老年书画社常务理事。后又担任上海中华文化研究所研究员、上海交通大学东方艺术交流中心顾问。作为为数不多的吴语地区吟诵代表人物、"唐调"传人，陈老还是中华吟诵学会专家委员会的委员，著有《雕虫十二年》等。当得知我是从事应用科学研究的专业技术人员时，陈先生立马表现出了一种特别的关爱。陈先生常常跟我说，研究灯谜，不仅要博古通今，而且要有广博的知识和强烈的创新意识。现在搞灯谜的圈子里，文理不通的现象普遍存在。搞理工科的人特别少，这不利于灯谜艺术的传承、创新、推广和与时俱进。后来他知道我正在研习篆刻技艺，就多次鼓励我将我所喜欢的篆刻艺术与灯谜艺术结合起来，将印入谜，独辟蹊径。由此，我开始尝试综合运用灯谜和篆刻的专业知识和意境，创作了多条以印入谜，蕴含篆刻艺术内涵的灯谜作品。如，谜面为一方我自己篆刻的朱文"寅"字印章拓印，打一著名京剧演员，谜底为"朱文虎"。其中"寅"对"虎"，而"朱文"则别解为谜面的篆刻样式为"朱文"。这种灯谜样式一经出现，立马赢得了谜坛的广泛关注和赞扬。陈老先生还曾专门为我们兄弟俩作诗，隐我们俩的姓名于诗中，编于谜刊《虎会》。可惜由于年代已久，当时收藏的小册子几经搬家，已找不到了，甚是遗憾。

周浊老先生的风格与陈以鸿先生完全不同，经常是一副恨铁不成钢的表情。每次活动，怨言颇多。但他对后生们的教诲却是细心而周到的，着实是一个刀子嘴、豆腐心的善良老头。事实上，若说起 20 世纪上海滩的灯谜沿革史，周浊先生就是一个风云人物。抗战胜利以后，由屠心观、周浊等人首倡的灯谜社团"虎会"曾在沪上谜坛独领风骚。

那时有家报纸的副刊叫《海天》，主编易君左爱谜成癖，常在报上辟有灯谜征射专栏，并举办谜会，吸引了不少嗜谜的读者。这些爱好灯谜者通过报社猜谜活动彼此相识，于是定期商灯探隐，切磋谜艺。每次雅集将各人所作谜条刻写油印，于下次聚首时分发，并将油印活页谜选取名为《虎会》，这种谜友雅会一直持续到中华人民共和国成立以后。因为周浊写得一手好字，加上寓所宽敞，他家便成了海上谜家的雅集地点。他把自己的寓所取名为"独清楼"（对应他的名字周浊），而《虎会》的编印也由他一人代劳了。那时候我们跟周浊先生学灯谜，除了常在上海市工人文化宫的灯谜协会聚首，更多的是在黄浦区文化馆，因为他家就住在浙江中路天津路附近，离黄浦区文化馆近。而且他在那里组织了一个灯谜之友社，我大概一周有两次要去参加那里的谜友活动。周老先生对我们兄弟俩的谜作经常给予正面的鼓励。听闻我喜欢篆刻，周先生还非常认真地为他编印的《虎会》谜刊向我求印，弄得我真有点儿"折煞奴家"的感觉。恭敬不如从命，我使出浑身解数，很认真地治了两方印章送给周先生，另外还为他的谜笺专门刻了一方印。他看到后欣喜不已，再三道谢，并在谜友圈里到处说我的好，真让我有点受宠若惊。

我为《虎会》谜刊
刻的"虎会长寿"

我为黄浦区文化馆灯谜
之友社刻的谜刊赠阅章

我为周浊先生专用谜笺
篆刻的"独清楼春灯笺"

1983 年扬州"竹西谜会"上海代表队成员合影
左起第三、第四、第八位分别是我的灯谜老师苏才果、周浊和苏纳戈

1984 年国内谜坛名家在合肥庐州谜会上的合影
左起：柯国臻、周浊、马啸天、陆滋源、吴仁泰

"玩"灯谜"玩"了几十年，反而觉得灯谜这个世界是越来越大了，难怪几千年来能在文人墨客中源远流长。特别是进入现代社会以来，随着人们生活水平的提高，灯谜已经进入寻常百姓家，成了人们喜闻乐见的文化活动之一。特别是近年来，人们对民俗文化的推崇又重新高涨起来，灯谜又迎来了新一轮的普及高潮。人们对灯谜的热爱并不是偶然的，也不是仅仅为了追风附雅。"玩"灯谜，一是要有广博的知识，二是要有良好的思维能力。因此，"玩"灯谜不仅能得到精神上的极大愉悦，而且有益于陶冶情操，拓展知识面，丰富业余文化生活。这几十年来，尽管工作繁忙，责任渐重，事业上也常有建树，想想在很大程度上得益于长期从事灯谜活动。为创作出好的谜作，射下更多的灯虎，我抽时间去读唐诗宋词，学古典文学，读中外名著，了解最新科技发展，从民间民俗中采风，乃至学篆刻、学戏曲、学吉他、学剪纸、学打太极拳等等。如此日积月累，大大充实了我的知识信息库，使自己的思维能够在各种知识的不断运用中始终处于良好的"润滑"状态。同时，在紧张的工作、学习之余，通过"玩"灯谜使紧张的神经得以松弛，身心得以休息，达到事半功倍的效果。

转眼已是花甲之年，过去几十年工作和生活的压力迫使我渐渐隐出谜坛，但灯谜在我的成长过程中所发挥的作用却是令我终生难忘的！现在我开始感觉到，人固然是会有点天赋的，但这其实并不是主要的，重要的在于后天的努力！

朋友，你有兴趣抽空和我一起"玩"灯谜吗？

我的得奖灯谜佳作欣赏：

Do you love me？（打越剧名一）　　情探

指腹为婚（卷帘格　五言唐诗一句）　　对此结中肠

空山不见人，但闻人语响（五言俗语一句）　　白露身勿露

我与篆刻

篆刻作为一门艺术，对大多数人而言，可能还比较陌生，对我来说，同样也是如此。虽然曾经玩过一阵子，但至今我仍处于初级阶段，充其量只能算是个爱好者而已。在不懂的人面前还可以吹嘘两句，但在业内人士面前，则绝对不敢出声，免得被人一竿子看到底，脸面全无。近日偶然得闲，翻看昔日印存，一时兴起，乃引出如下一段文字。

我小时候喜欢书法，对着一本大哥买回来的《纪念白求恩》隶书帖子，曾经比画过那么一阵子，心里憧憬着哪天也可以成为一个人人羡慕的书法家。那时候家里经济条件差，不可能去买上好的毛笔和宣纸，连毛边纸都不可能。就是一支几分钱的羊毫，加上父亲从厂里带回来的单面空白的印书废品纸，砚台和墨也是一般文具店的学生用品，加起来也才1毛5分钱。但没多久有人告诉我，练书法不能一开始就学隶书，必须先从楷书学起，并且告诉我，学楷书，就必须学柳公权的。

懵懵懂懂，去文具店买了一本柳体的字帖，开始练起正楷来。但没多久，练字的兴趣就开始直线下降，主要是几个月下来，没有老师，也没有人指点，一个人瞎练，几乎没有任何进步，时间长了自然就泄气了。

进了中学，突然发现，周围同学中花大把力气练字的不在少数。大多数是在练硬笔书法（主要是钢笔字），而练毛笔的也大有人在，特别是还有两位著名书法家任政先生的高足在我们金陵中学。一位是任政先生的亲外甥徐亮，比我们低一个年级，另一位是我们同届五班的沈恩时，据说他的妈妈和任政先生是上海邮电局的同事。他们的书法水平已经到了炉火纯青的地步，一时令我羡慕不已！回头看看自己的字，实在是汗颜！不得已，重新研墨润笔，帖子自然是回到了我喜欢的隶书。也许是怕丢脸，知耻而后勇，居然短时间有了不小的进步。

1973年的初夏，金陵中学组织了首次全校的书法竞赛，我斗胆报名参加。那时候没有现在经常听到的"重在参与"的思想境界，纯粹就是不知天高地厚，盼望能出现什么奇迹。发榜那天，一大堆人挤在那边，我不敢去看。等放学了，人都走得差不多了，才装得若无其事地"顺便"走过东楼底层的公示栏，往橱窗里面扫了一眼。令我大感意外的是，我居然得了个并列第四名。不过，等我看完所有的获奖作品，我的心彻底冷了，和前面那些获奖作品一对比，我的这个作品算什么呀，简直就是献丑！从此，我再也没有勇气正儿八经地拿起过毛笔去做我那书法家的梦。

书法竞赛的奖状

梦不做了，但内心的喜欢仍无法抑制。1966~1976年，很少看到有书法作品发表，也无处去看书法名家的作品，但凡看到报纸上有自己喜欢的书法作品，总会想办法搞来，剪下并收藏起来。1977年后，文化艺术的春天又来了，音乐舞蹈、文学诗歌、书画篆刻、戏剧电影、曲艺杂技在很短的时间内又再次繁荣起来，而书画艺术的同门技艺——篆刻也逐渐开始引起我的关注，并渐渐喜欢起来。

1979年，我已是大二的学生，趁周末回家去大世界（那时叫上海市青年宫）猜灯谜，偶然看到一张招生海报，说是青年宫将举办上海首届青年书法篆刻学习班。每周日晚上上课，为期半年，且不收取任何费用，我毫不犹豫地报了名。那天开学，发现这次招生一共招了三个班级，其中两个是书法班，学员主要是上海一些大的船厂的工人，他们的兴奋点是有朝一日能够为自己建造的大船写船号。还有一个就是篆刻班，说出来有点吓人！篆刻班的总教头居然是著名书法家韩天衡，其他的三位老师包括工艺美术大师、著名书画家汤兆基，著名书法篆刻家徐云叔和陈茗屋。这四位如今都已是中国书画界如雷贯耳的大师级人物，而我居然能在近40年前曾经是他们的学生，真是我三生有幸了！如果我现在对人宣称我是这四位大师的学生，相信立马会有不少懂行的人对我刮目相看！当然，我是断然不敢说的，因为实在是没有底气！更不敢给老师的脸上抹黑。

开班第一天，汤兆基先生给我们介绍了篆刻艺术的发展史、不同时代的篆刻艺术特征和流派、篆刻艺术鉴赏、篆刻的一些基本知识、材料、工具、技法等。由此，我第一次知道了秦汉印、寿山石、青田石、冻石、朱文、白文、封泥、双钩法、吴昌硕刻刀、蜡纸坯纸、单刀、冲刀、切刀等与篆刻艺术和技法相关联的名词和术语。并抽空到南京路上的朵云轩配齐了全套的吴昌硕刻刀并买了大大小小数十块青田石（那时候才几分钱到几毛钱一块）。再到福州路上的上海古籍书店买了由方去疾先生编订、上海书画出版社出版的《明清篆刻流派印谱》、上海书画出版社的《上海博物馆藏印选》、上海书店的《汉印分韵合编》和中华书局的《说文解字》等作为教科书。而用于拓印的蜡纸坯纸则是费了很大的周折才在福州路山东中路口的老字号——汇丰纸行觅到。店里的一位上了年纪的老师傅得意地对我说："你买这个纸我就知道你是在学篆刻，整个上海也就我们一家店有。"至于笔墨、砚台、印泥、砂纸什么的，家里都有，自然不在话下。

万事俱备，也不等东风了。拿出老师给的一张卡片，上面是一方书画篆刻名家（我忘了是方去疾还是钱君陶先生）的印，录有"只要肯登攀"五个字，满白文，印面工整大气，典型的秦汉印风格。按老师的要求，我们必须在一周内完成一方临摹作品，老师会对大家的作业进行点评。按老师课堂上的指点，先是选择合适的印材，磨妥印面，然后研墨，用蜡纸坯纸复在要临摹的作品上，用双钩法进行临摹，待墨迹干透，按老师教的技法，拓印至磨好的印面上，就开始操刀下手了。说来奇怪，我第一次在石头上动刀，并未显得十分生疏，虽然之前从来没有尝试过，可能因为是学钳工的，手上对运刀的软硬劲把握起来并不感到十分困难。另外，可能是选的石材也比较适合，反正我的第一次临摹非常顺利，蘸上印泥压出来一看，自己都感觉十分满意。

名家作品原件　　　　　　　　我的临摹作品

怀着忐忑的心情，在第二次上课时将我的第一个临摹作品带去课堂。仍然是汤先生上课，不知怎的，每个学员都像丑媳妇似的，羞羞答答地不敢把自己的作品拿出来给老师看。有的说没来得及完成，有的说忘了带了，甚至还有人说连基本的工具都还没买好。原本信心满满的我，也突然间变得更加不安起来。汤先生走到我面前时笑眯眯地问"这位同学作业完成了吗？"我看上去有点迟疑，但还是迫不及待地将自己的第一个篆刻作品用双手递了过去，而眼睛却是直勾勾地盯着汤先生，想看他的反应。很快。从他惊讶的眼神中我捕捉到了想要的东西。先生问我："你之前学过篆刻？""没有""那你这方印章是刻了多少次才成功的？""就一次！""是吗？""是的！"我肯定地回答。汤先生旋即转身回到讲坛，举着我的作品兴奋地说，"大家看，我想要的神韵，这位同学都体现出来了。"那个时候我心里的感觉，我不说相信大家都能想象得出来的。从此，对篆刻的痴迷变得一发而不可收。

短短的半年时间，我在完成繁忙的大二学业的同时，利用一切空余时间，大量临摹历代名印和名家作品。韩天衡、汤兆基、陈茗屋和徐云叔四位名家也给了我耐心的指点，嘱咐我从秦汉印入手，临遍各大名家的作品，仔细体会个中的精、气、神。特别是要在章法上能体会到什么叫"疏可走马、密不容针"。另外，书、画、印是一门三位一体的艺术，在学习篆刻的同时，还应该花点功夫学习书画艺术。看到我学习篆刻进步很快，汤兆基先生多次提醒我，千万不要急躁，学习篆刻是一种身心修炼的过程。陈茗屋先生则反复告诫：遇到困难要坚韧不拔，面对进步要虚怀若谷。临结业时，陈茗屋先生还送了我八个字：性刚、骨傲、肠热、心慈。从此，这八个字成了我做人做事的座右铭，对我此后的人生影响巨大，受益匪浅。后来，我的好友管继平先生请沪上著名书法家钱沛云先生把这八个字写成了条幅送给我。这幅作品现在挂在我的卧室，每天都能看到。

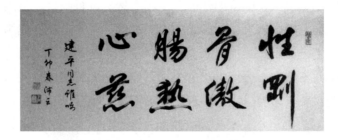

著名书法家钱沛云先生为我题写的"性刚、骨傲、肠热、心慈"

这半年时间里，我把主要的精力都放在了临摹古代名印上，并开始有了一些心得。

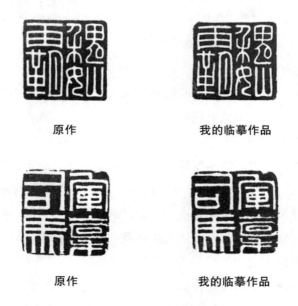

原作　　　　　　　　　　我的临摹作品

原作　　　　　　　　　　我的临摹作品

原作 　　　　　　　　我的临摹作品

原作 　　　　　　　　我的临摹作品

原作 　　　　　　　　我的临摹作品

　　此外，我对明清一些流派的代表性人物的作品也是情有独钟，例如：孔千秋，原名广居，号瑶山，或作瑶珊、尧山，江苏江阴人。

孔千秋原作 　　　　　　　我的临摹作品

　　张梓，字干庭，号瞻园，上海人。

张梓原作 　　　　　　　我的临摹作品

张梓原作　　　　　　　　　　我的临摹作品

汪泓，字宏度，汪关之子。

汪泓原作　　　　　　　　　　我的临摹作品

赵之谦，字伪未，号悲盦，又有铁三、益甫、憨寮、冷君、无闷等字号，浙江绍兴人。

赵之谦原作　　　　　　　　　　我的临摹作品

半年的时间很快就过去了。学习班结业那天，主办方特意将课桌椅统统撤了，在教室的四个角上摆了四张大桌子，铺上毛毡，四位老师自带笔墨，学员自带宣纸，学员可以自由地向老师求字，那时候大家还没那个意识，都傻傻地只带了一两张普通的宣纸，很不好意思地排队向老师求字，要知道，现在这些大师的字可是一字万金啊。但那时，我们请老师写了几个字就乐得不行了。那天，汤兆基先生送了我两个字"鹤舞"。陈茗屋先生为我写了条幅"师竹"，告诫我要像竹子一样虚心，有韧劲（此后，"师竹"就成了我的笔名）。徐云叔先生则为我录了唐代诗人杜甫的组诗《绝句》中的第三首：两个黄鹂鸣翠柳，一行白鹭上青天。窗含西岭千秋雪，门泊东吴万里船。遗憾的是，那天等我终于排上韩天衡老师的队时，整个活动结束了，最终我未能求到韩大师的墨宝。

汤兆基先生为我写的"鹤舞"

陈茗屋先生为我写的条幅"师竹"

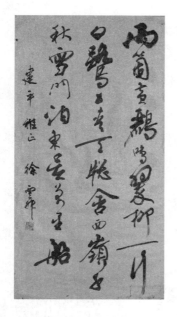

徐云叔先生送我的墨宝

著名书法家吴颐人先生为我写的条幅"师竹"

学习班结束了，但刀自然是不能放下的。在此后的一段时间，临摹仍然是我主要功课，但临摹的范围却是大大地扩大了。只要看到喜欢的，我都会去临，不管是古代的还是现代的作品。下面这些是我颇感得意的临摹作品。

泰山残石楼

斗酒散金颜

莫等闲白了少年头

八砚楼

阳刚

渐入佳境

我欲乘风归去　又恐琼楼玉宇　高处不胜寒

极目青郊外

白石翁

画癖

畅所欲言

临摹之余，我也开始应约试着搞一些创作，包括为同学或朋友刻一些姓名章、藏书章什么的，偶有一得意之作，但整体技艺仍处于"初级阶段"。

遗憾的是，大学毕业参加工作后，工作中要学的东西实在太多，时间不够用，篆刻这门高雅的爱好对我来说变成了一种"负担"，篆刻开始逐渐淡出我的日常生活，我的书画篆刻梦再一次就此打住。如今，我几乎已经 30 多年没有动过刀了，期间只是偶然有几次有朋友结婚，送一对自己刻的印章助助兴而已。手上的技法也日渐生疏，颇感惭愧和遗憾。但梦还在，只能等退休以后再续了！

这么多年过去了，当初的四位老师都已是大师级的人物。除了刚开始还和汤兆基先生有联系之外，其他的老师再也没有联系过。加上徐云叔和陈茗屋先生先后出国，韩天衡先生又是如日中天，我们这些匆匆而过的学生自然是不会在老师的头脑中留下任何印象。不过，虽然不想也不敢傍名人，可我还是想把曾经是我的篆刻老师的四位大师级人物在我的这个小文中有所记载。

韩天衡，1940 年 5 月出生，江苏苏州人，号豆庐、近墨者、味闲。工篆刻、工印章，自幼酷爱金石书画，从方介堪、方去疾先生习治金石及印学；从马公愚、陆维钊先生习书法；从谢稚柳先生攻国画及美术理论，以花鸟见长。曾任上海市书法家协会副主席、上海中国画院副院长，一级美术师。现为西泠印社副社长、中国书法家协会理事、篆刻艺术委员会副主任，鉴定、收藏委员会副主任、中国美术家协会会员、上海吴昌硕艺术研究协会会长、上海美术家协会理事、上海交通大学兼职教授、上海市文联委员等。

汤兆基，1942 年生，浙江湖州人。中国工艺美术大师。擅长书画、篆刻，素有"三绝"之誉。篆刻古朴遒劲，游刃有余，左手操刀，又以"铁笔左篆"著称。出版有《篆刻自学指导》《篆刻问答 100 题》《书法问答 100 题》《绘画问答 100 题》《篆刻欣赏常识》《汤兆基书画篆刻集》《汤兆基印存》《中国画牡丹技法》《竹木收藏》《中国木雕》等十余种专著。作品多次在全国比赛中获奖，曾在日本、新加坡、美国及中国香港地区多次举办个展和艺术交流。现为中国书法家协会会员、中国工艺美术学会理事、上海工艺美术学会秘书长、上海书法家协会理事、上海美术家协会会员、杭州西泠印社社员、《上海工艺美术》杂志主编，曾任政协上海市委会常委、市政协教科文卫体委员会副主任。

陈茗屋，浙江镇海人，1944 年生于上海，现居日本。书法以汉简体见长，劲健古雅，风神洒脱。篆刻初受方去疾先生发蒙，继获钱君匋先生指导，宗法秦汉，旁及各家，用刀秀丽中见纯朴，清奇中有变化，神完气足，自具风貌。1983 年获"全国篆刻比赛"一等奖。在日本举办十多次个展。著有《茗屋朱迹》《陈茗屋印存》《陈茗屋印痕》《茗屋的字》等书。对黄牧甫之研究成绩显著，曾四访黄氏故乡，考出黄氏逝世之确切日期并将黄氏事迹介绍于世。撰有《黄牧甫事迹初探》《黄牧甫家乡所见》等文。

曾任上海青年文学艺术联谊会理事兼书法社副社长。现为中国书法家协会会员、西泠印社社员、全日本古典篆刻研究会会长。

徐云叔，江苏吴县（现苏州市吴中区、相城区）人，1947 年生于上海。西泠印社社员、中国书法家协会会员、美国纽约中国书画会会员、香港中国书法家协会会员、苏富比拍卖有限公司亚洲地区中国书画部顾问。师事白蕉先生、陈巨来先生。1982 年负笈美国留学。1983 年被美国 PBS 电视台采访并摄制电视在全美国播映。1992 年移居香港，曾任教于香港中文大学新亚书院艺术系。2005 年香港亚洲电视台"文化风情"栏目采访拍摄个人专辑在香港及北美地区播映。

结束此文时，偶然发现当年临徐悲鸿私印时的拓印和墨迹仍在，乃附上，自我感觉几可乱真。

我的夏威夷吉他

我有四把夏威夷吉他。其中两把是普通的木吉他，两把是夏威夷电吉他。

小时候就知道有吉他这种乐器。但那个年代，吉他被贴上了小资的标签而不受"待见"，不仅没见过，更没听到过有谁弹奏吉他，包括在电台的广播节目里。

1979 年，改革开放的春风开始吹拂神州大地，吉他也开始在青年人中流行。那时候最时髦的是捧着一把吉他，坐在校园的草坪上，边弹边唱着从港台传来的校园民谣或流行歌曲，偶尔也有一些自己创作的，女同学的回头率几乎是 100%。与此同时，各类吉他培训班也如雨后春笋般冒了出来，马路上随处可见各种吉他培训班的广告，乐器店里吉他的销路让人一时又有了洛阳纸贵的感觉。那时，最受人追捧的是广州乐器厂生产的红棉牌吉他。一把普通的红棉牌吉他可以卖到 50 多元，相当于当时一个普通学徒工两个多月的工资，但仍成了玩吉他的年轻人的标配。

那时候，大多数人只知道吉他的玩法有两种，一种是绝大部分青年人趋之若鹜的吉他弹唱（后来我才知道正式的名称应该叫民谣），另一类则是很正规的古典吉他。由于吉他弹唱容易上手，且很时髦，自然成了学吉他的主流，而学古典吉他的则是凤毛麟角。那时候，一到傍晚，你总可以在马路上看到不少小青年背着一把吉他，匆匆地赶往各类夜校去上吉他培训班的课，晚上八九点钟和人数更多的各类高考复读班和高中学历补习班的学生又重新涌上马路，形成又一波很是奇特的交通"晚高峰"，成了当时一道亮丽的风景线，至今在我的脑海里记忆犹新。

原本以为吉他大概也就是所谓的弹唱（民谣）和古典这两种艺术类型，却不知吉他按其弹奏方法应该分为西班牙吉他和夏威夷吉他。其中西班牙吉他的弹法还可分为民谣和古典，而夏威夷吉他则主要表现旋律色彩，音色柔美悠扬且有一种飘逸的感觉。人们通常将夏威夷吉他所表现的音乐称为海边的音乐，抒情浪漫。当然后来我还知道了居然还有一种小小的只有四根弦的吉他——尤格利利（Ukulele，也称尤克里里、乌克丽丽）。尤格利利是一种夏威夷特有的四弦弹拨乐器，发明于葡萄牙，盛行于夏威夷，也属于吉他的一类，也有人专门称为夏威夷吉他，但这是指其流行于夏威夷而不是其弹奏法。

1982 年秋天，我大学毕业已经一年多了，在上海市纺织科学研究院工作。工作之余，本来就对音乐充满好奇和向往的我，也想学点什么乐器，一则可以在知识分子成堆的地方"装装门面"，显得更有修养；二则也可以满足一下自己对音乐的爱好。听说大学同学吴新忠在拜师学吉他，就想看看他学得咋样了，是不是自己也可以去学？结果他告诉我说是在学夏威夷吉他，我一下子就找不着北了，因为那时我根本不知道啥叫夏威夷吉他，也没见过夏威夷吉他长得啥样子。

记得那天是星期天，约了吴佳蔚、高毅力、郑伟民三位大学同窗好友一起去吴新忠家欣赏他的夏威夷吉他演奏。一看他的那把吉他和我们平时看到的没啥两样呀？但见他拿一把折椅往上一座，两腿略微分开，大腿面上呈水平状态，顺手把那把吉他横着往腿上一搁，右手的大拇指、食指和中指分别套上三个指套，左手夹起一根约8厘米见长的镀铬金属棒，在右手拨弦的同时，左手的那根音棒在吉他的弦上优雅地滑动，如流水般自然流淌出来的美妙旋律瞬间就把我们陶醉了。张大嘴巴听他弹完几曲，我们才从如痴如醉中醒过来，这就是夏威夷吉他啊！想学夏威夷吉他的冲动瞬时占据了我的大脑。一拍即合，大家约定，从下周起，我们就开始跟吴新忠学夏威夷吉他。

不过，想学吉他，可除了佳蔚我们都没有吉他。脑子里想着如果有一把红棉牌吉他就好了，可那时我们不仅囊中羞涩，而且店里还没现货，经新忠提醒，我们把目标不约而同地都锁定在了淮海路上的"淮国旧"。那时的"淮国旧"在上海滩可是大名鼎鼎的地方。当年的"淮国旧"在淮海中路424号，与重庆南路相交的丁字路口，门面朝南，今天南北高架穿越淮海路的交会处，斜对面是著名的妇女用品商店，门口有个交通岗亭。它的全名是"国营淮海贸易信托商场"，老上海人习惯称它为"淮国旧"。"淮国旧"的店堂很深，前门在淮海中路，中华人民共和国成立前这里是旧称林森中路424号的"法大汽车行"，后门在长乐路17号，听说是1954年的9月29日开业的。"淮国旧"里面的东西可以说是应有尽有，家具、钟表、服装、鞋帽、皮件、箱包、搪瓷、五金、玩具、乐器、餐具、厨具、香水、肥皂、灯具、电器等，反正除了化学品、工业品、大型机械设备、军火、食品，老百姓的日常用品基本上都有。其货物的来源包括：收来的尚有使用价值的旧货、寄售物品（主要是钟表）、企业的积压商品或处理商品（等外品，主要是仍具有使用价值但外观什么的可能存在缺陷的不合格品）等。上海家家户户几乎都会到"淮国旧"去淘一些自己需要的日用品，不仅因为价格便宜，更是因为在这儿可以买到一些在外需要凭票计划供应的东西。当然，这里几乎没有新的正品的东西（积压商品除外），自己用用自然是没有问题的。到20世纪90年代，原卢湾区开始大规模城市改造。1992年为高架让路，"淮国旧"搬到了鲁班路，三年后又迁往打浦路靠瞿溪路处，后来又搬到了顺昌路，还是叫"淮国旧"，但和当年在淮海路上的"淮国旧"已不能同日而语了。

那天，我和高毅力、郑伟民去了"淮国旧"，直奔靠近长乐路后门口的乐器柜台。那天在售的吉他品种不多，就只有等外品的红棉牌吉他和上海产的百灵牌（LARK）吉他。等外品的红棉吉他也要卖到 49 元，我们觉得不值，转而选了那个百灵牌吉他，只要 20 元一把，虽然看看音箱的尺寸似乎薄了一点，音质和共鸣感觉也都比较差，但觉得性价比还可以，况且我们还都是初学者，能否坚持下去还不知道，暂且用个差一点的也无妨。结果，我们每人都背了一把喜滋滋地回去了。至于夏威夷吉他的配件，包括在颈部的琴弦架子、音棒和指套就由新忠为我们代购了。

第一次去新忠家学琴的那天，手臂夹着那把吉他出门去坐 25 路电车，整个弄堂里的目光都随着我的背影移动，我装着啥也没看见，心里却是一阵阵地乱跳。既有点害羞，又觉得十分得意，脑子里涌现出的满是校园里大家都在注视着那个潇洒的吉他手的景象，而我似乎就是那个吉他手。坐上车，因为是礼拜天，又是傍晚，没多少人，我手里拿着一把吉他，都不知如何是好，生怕碰了，只好傻傻地把吉他抱在怀里，眼睛看着窗外，但在余光中享受着车上别人的注目礼。

从调弦、校音到学会看五线谱，从夹不住那根沉重的音棒到运用自如，从控不住节奏到可以弹出自己想要的感觉，从练习曲到多重和弦的应用，短短半年时间，我们"小学"毕业啦。原本这个班还想继续下去，但各人的工作似乎都已开始渐入佳境，各自回家也很少有时间进行练习，再学下去似乎遇到了瓶颈。而吴新忠正在跟老师上中级班，也需要大量的时间进行练习。不得已，只得暂时散伙。未曾料，这一散伙，就再也没有重新合起来，虽然我们这几个老友还经常聚会，但那把吉他却再也没有和我们一起出现过，连我们的老师吴新忠，自高级班结束后，也已有多年没有再去碰他的吉他了，夏威夷吉他似乎只是成为大家的一个记忆。

转眼到了 1988 年，我也从研究院里的一个新人，晋升为工程师，还兼任院团委主持工作的副书记，工作也开始得心应手起来。工作之余，那把吉他上的六根弦又开始在我的脑海中震荡起来，美妙而华丽的夏威夷吉他曲又成了我家那台收录机的常客，每每看到音乐书店里有夏威夷吉他曲的磁带，我是必买的。特别是多次在电视里看到中央音乐学院陈志老师的夏威夷电吉他演奏，总是控制不住自己的情绪，激动不已。

记得那天是工作日，我去上海新联纺公司联系工作，路过愚园路上的上海市市西中学，看到大门口有一幅大大的广告，是举办夏威夷吉他演奏初级培训班的，而培训班的老师正是我老师的老师，即吴新忠的老师，大名鼎鼎的夏威夷吉他演奏家徐炎先生！我毫不犹豫地报了名。一则那么多年下来已经荒废了，想重新拾起来。二则也想请徐先生给我校校路子，看看是否有什么地方走偏了。回家重新取出那把已经积满灰尘的吉他，音箱的底板已经有些开裂了，拿了几颗鞋钉把裂开的地方钉好，看上去还行。又专门去金陵东路乐器一条街买了全套的弦，指甲套和音棒是现成的，每个礼拜天的晚上，我又重新开始学习夏威夷吉他。

在我们班上，我毕竟是有基础的，又加上吴新忠出自徐炎先生门下，我很快就独领风骚了。徐先生问我以前是否学过，我如实相告，他回应说，"怪不得！"未过多久，徐炎先生单独留我谈话，说是你现在跟这个初级班已经意义不大，如果真的还想提升的话，建议我跟他一对一地学，这样才有意义。我有些犹豫，主要是担心学费太贵负担不起，但想想我是真的喜欢才又来学的，咬咬牙，先试试吧。就这样，我成了徐炎先生一对一面授的学生。

徐炎，1935 年 9 月生于上海，中国著名夏威夷吉他演奏家、作曲家和教育家。他早年师从于在中国的英国人汤姆逊学习夏威夷吉他，后又拜师陈恩溢。1972 年起，徐炎开始研究吉他艺术的创新和改革，先后改编了《杜鹃圆舞曲》《舒伯特小夜曲》等。1979 年，徐炎先生在上海广播电视艺术团工作，同年在上海沪西工人文化宫组织了上海市第一个吉他乐队，举办了专场音乐会，并开始专门从事教授吉他。1983 年，徐炎先生全力投入上海市静安区政协的"创新业余音乐学校"的吉他教学工作，1984 年先后在上海复旦大学、上海工业大学和上海医科大学举办吉他音乐讲座，并在 1984 年和 1987 年的两次上海市"美声杯"吉他大赛中担任评委。1984 年，他作为主要组织者和发起者，在上海成立了全国第一个吉他协会。

徐炎先生非常重视吉他教学的研究工作，1988 年与姚忠、闵元禔等发起组织了"华东地区吉他教学研讨会"。作为吉他教育家，徐炎先生的不少学生都在历次大赛中获奖，如郭文斌、马有伦、张尽才等。他的著作《六弦琴弹奏法》及多篇有关夏威夷吉他史的文章也是广受关注。徐炎先生是上海音乐家协会的会员和上海吉他艺术协会常务理事、吉他艺术研究委员会主任。

徐炎先生的家在新闸路靠近乌镇路桥那边，旧式里弄沿街面的二楼，从弄堂里后门进去，楼梯很窄，暗暗的。房间里分隔成前后两间，后间的上方还搭了一个阁楼。徐先生夫妇、徐先生的老母亲和女儿三代同堂，与大多数老上海一样。每周一个半天，我成了这里的常客，不用我自己带吉他，徐老师家里供教学用的吉他音质好得让我每次来都陶醉在美妙的夏威夷吉他曲里。

虽然学费不菲，每小时要 10 元，每周 2 小时共 20 元，每月近百元，占据了我工资的大部分，但徐炎先生教学经验丰富，使我的演奏水平在较短的时间内就有了很大的提高。前后近一年的时间，我先后完成了中级班、高级班的课程。徐先生很认真地鼓励我去参加上海吉他协会的会员资格考试。已经忘了是在哪里，好像是在静安区文化馆，那天我带了一把为了考试而特意买的夏威夷电吉他去参加考试。这是我的第一把夏威夷电吉他，因为生疏和紧张，我把音量调得太高，一出手就把所有在场的考官和伴奏乐队的乐手们吓了一跳。作为考官之一，徐先生轻声安慰我，叫我别紧张。我重新调了音量旋钮，并开始重新演奏。也不知最终是怎么过来的，反正那天我是很紧张。我参加考试的曲目是《潜海姑娘》，我觉得我根本没把那种意境弹奏出来，就匆匆结束了。一头大汗走出考场，外面的人居然还说听上去不错。忐忑不安地等了两个星期，最终结果出来了，我居然真的成了上海吉他协会的会员。我高兴极了，想送一件礼物谢谢徐先生，因他得知我有些朋友圈子，就问我是否有书法界的朋友，我说有。他提议我请有名的书法家为他写一幅"桃李满天下"的立轴，我答应了。回头，我找了我的好朋友，当时已在上海书坛崭露头角的年轻书法家管继平，向他求字，他却转而帮我向当时沪上著名的书法家，后被上海市政府授予上海唯一的书法名师称号，著名书法家任政先生的学生钱沛云求字，并帮我裱好。当我将这幅珍贵的立轴送给徐炎先生时，他非常高兴。

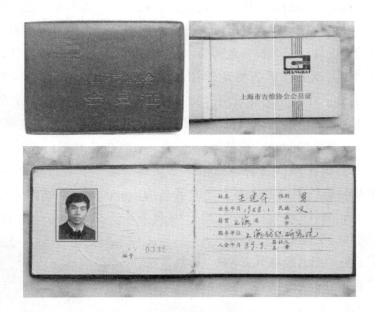

我的上海吉他协会会员证

我在上海市纺织科学研究院组建的小乐队

高级班结束后，我选择了跟徐先生继续学下去。学费涨到每小时 20 元，相对于我的工资而言，我的决定简直有点儿疯狂，但我不想停下来。但事与愿违，晋升工程师以后，我的工作压力明显上升，加上兼任院团委的工作，时间对我来说开始变得捉襟见肘。过了不久，我又被提任为研究室的副主任，加班和出差成了家常便饭。那时儿子还小，我同时承担多个重大科研项目，已经没有空余的时间去练习难度越来越高的夏威夷吉他曲目和技巧了。就这样，我学学停停又坚持了近一年，但显然不在状态，老师的批评也越来越频繁了，有好几次几乎没有经过任何复习或预习就去上课了，效果可想而知。没办法，我萌生了退意。

1991年9月，我母亲突然去世，我悲痛欲绝，跟徐炎先生那边的课就此搁置，再也没有恢复，徐先生感到颇为可惜。而此时，我在专业和事业上的发展也开始转入高速发展态势，并一发而不可收。其间，几次想重新拿起吉他，但都未能如愿，原来学的东西几近荒废。参加了上海吉他协会，但此后却从未正式参加过什么活动，除了开始的时候参加过几次专场的吉他音乐会，那份会员证也成了我曾经的纪念。2005年，我参与公司Annual Dinner的组织筹备工作，一时兴起，报了一个夏威夷吉他独奏的节目。当我重新从已经积满灰尘的盒子里取出那把弦已生锈的夏威夷电吉他时，心中突然涌出一种莫名的激动。我重新配了弦，把搁在旮旯里的那个电吉他专用音箱也重新找出来擦拭干净，狠狠地练了一个星期。终于，在外请的小乐队的伴奏下，我成功地在公司的年会上演奏了一曲著名的 *Love is blue*，受到全场的欢迎，非常开心。

看我喜欢吉他，公司轻工实验室的同事特意送了我一把已经被局部刮掉油漆做测试后留样期已过的吉他。我试了一下，感觉共鸣效果不错，遂将油漆被刮掉的地方重新修饰了一下，配了一套新的弦，试着弹奏一下，心中立马喜欢上了这把新的琴，这也是我的第三把吉他。此后，逢周末，只要有空，兴致一来，我就会取出这把吉他，弹上几曲，太太则经常在边上一边欣赏，一边挑毛病，这儿

2005年我在公司年会上表演夏威夷吉他独奏

弹错，那儿不流畅，她都会给我指出来。没办法，自己手生，被人挑毛病也是可以接受的，况且是自己的太太，反正是自得其乐，调节一下心情而已。当然，要重新回到跟徐炎先生学习那阵子的水平，已是不可能了。

2013年底，又逢公司年会，同事们又吵着让我表演夏威夷吉他，没办法，只得重新披挂上阵。看看我的那把夏威夷电吉他已经太老了，儿子特意在网上的专业乐器店挑选了一把新的夏威夷电吉他，并配好了专用的音箱送给我，想给老爸争脸，我心里很感动。在家练了两个周末就匆匆上阵了。那天在年会上，我不仅演唱了周杰伦的《满城尽

我的第三把吉他

周末在家玩琴

带黄金甲》主题曲《菊花台》，而且还用夏威夷吉他演奏了这首名曲。台下的同事一边欢呼起哄，一边上台给我送花，非常热闹，欢乐的心情一直持续到晚会结束还迟迟不能平静。

从跟吴新忠学弹夏威夷吉他至今已有近40年了，虽然后来又跟名家徐炎先生学了几年，但终未能学成，很是遗憾，但从中给我带来的快乐却是我永生难忘的。前年，大学同学聚会，当年我们的"吴新忠夏威夷吉他学习小组"的成员都到场了，又说起当年学习夏威夷吉他的情形，感慨万千。只是现在大家都已不再继续当年的爱好了。吴佳蔚在学钢琴、吴新忠准备学古典吉他、郑伟民已是黑管的好手，高毅力因为孩子小而无暇继续学音乐了，我却在盘算着退休后去哪学萨克斯。事实上，对我们这些非专业的音乐爱好者而言，学音乐和乐器，最大的乐趣在于学会了欣赏音乐和能通过音乐陶冶情操、自得其乐，这不也很好的吗？

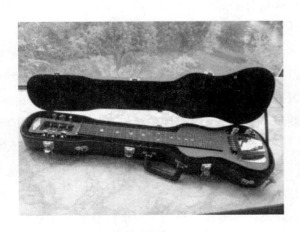

儿子送我的新夏威夷电吉他

在公司年会上演奏《菊花台》

我与太极

    我曾经打过四年的太极拳，杨式，非常喜欢。其实，小时候看到大人们打太极拳，慢吞吞的样子，很是不屑。

    大概是小学五年级的时候，我的眼睛视力突然下降。去那时很有名的专治近视眼的虹口区乍浦路地段医院一看，说可能是短时间内用眼过度疲劳造成的假性近视，通过一段时间的理疗应该会好的。想想也是，那段时间好不容易连续搞到几本喜欢的小说，如《红岩》《野火春风斗古城》《青春之歌》《牛虻》等，放了学，就爱不释手地连着看。晚上了，家里仅有的那支八瓦的日光灯只能发出幽暗的灯光，还是不忍心放下，甚至到了被窝里，还要借着手电偷看。就这样，短短半年时间，我的双眼视力就都从1.5急剧下降到0.5。医生关照，每天下午放学后去医院做相关穴位的电脉冲治疗。同时建议我每天早上找个地方去远望，会对恢复视力有帮助的。

    我们家附近视野比较开阔，可以看远的地方只有两处。一处是人民广场，比较大，显得很空旷。但早上人来人往的，空气有点污浊，灰突突的一片，没啥好看的。另一处就是外滩，离家也就走十来分钟就可以到了。这外滩可是有看头的地方，黄浦江上的轮船、延安东路外滩对岸的陆家嘴轮渡码头、边上的立新造船厂和另一侧背后的浦东公园。当然也有外滩这一侧一早熙熙攘攘进行早锻炼的人们，其中最主要的活动就是那时很流行的练功十八法和打太极拳。

    因为怕眼睛真的坏了，所以除非天下雨，我每天清晨天还没亮就起床，简单漱洗一下就出门了。走到外滩，站在延安东路摆渡口边上的防汛墙边，双眼凝视着五百米开外的浦东陆家嘴轮渡码头，舒展着双眼的视神经，等着其背后东方慢慢升起的太阳。一旦太阳完全升起，就不能再看了，太刺眼。然后就沿着外滩的防汛墙从延安东路一直往北走到苏州河口的外滩公园，再回头。沿途都是进行早锻炼的人们，以老人居多，太极拳是主要的"品种"之一，但看他们慢吞吞的一招一式，心里急得肚肠根也会觉得痒痒的。

    大学毕业第二年，工作开始渐入佳境，节奏也变得快了起来，心里想着是否也应该增加一些锻炼了。毕竟在学校里读书时，每天早上在田径场上几千米的运动量，现在突然一下没了，感觉身体开始变得僵硬和迟钝起来了。好在已经养成每天早起的习惯，这次不是为了恢复视力（反正已经是真的近视了），而是为了每天能在上班前活动活动身体。

外滩早锻炼的人都是一伙一伙自发组成的，练的内容也是五花八门，各不相同。而且每个团伙都有自己固定的地盘，别人不得越雷池半步，经常还会为了你侵占了我的地方或我的音乐开得比你大了而发生吵架，不过大部分时间大家都是相安无事。

我转悠了几天，发现在南京东路外滩这块地盘上的那拨早锻炼的人看上去比较规范，他们通常的作息安排是：早上六点到七点，分成一个个小班，有老师带领，分别学习或切磋不同套路的太极拳。然后七点一到，所有的人都在广场上排列整齐，跟着喇叭里的音乐一起将24式太极拳、88式太极拳和48式太极拳完整打一遍。几百号人在那，动作整齐划一，围观的人也有数百之众。特别是一些来华旅游的老外，忙着拍照、摄像，场面甚是壮观。几天观察下来，我知道了这个团队的头是谁，老师有几个，日常的骨干又有哪些。

那天是星期天，一清早六点不到我就到了那里，找到他们的头，大家叫他吴师傅，个子不高，五十多岁，我说我想学太极拳。他看了看我，有点意外，说："我们这里基本上都是中老年人，你不介意？"我说我不介意，他说行！然后就领着我去找那个我已经很眼熟的白发老先生，白衬衫的左袖上套着个红袖章，叫杨师傅，人很瘦，看上去大概七十岁不到的样子。这个杨师傅正好要开办一个新的班，从头教起。虽然已经开了一周了，但我还不算迟。刚跟杨师傅寒暄了几句，不知从哪就窜出来一个胖胖的老太太，说是要收学费。我问多少，她说每个月一元。我摸出一块钱给她，她很正规地撕了张收据给我。就这样，我成了这个"团体"中的一个正式学员，并正式开始跟杨师傅学太极拳。

那天回家，我让我妈去金陵东路的协大祥花三块钱扯了一米多的藏青色涤棉布，回来我妈自己帮我做了一条学武术的人都穿的那种灯笼裤。我原本就有一双田径鞋，再加上一件旧的长袖白衬衫，我这打太极拳的"行头"就算是基本配齐了。第二天我穿着这套"行头"去了外滩，杨师傅很是满意。说打太极拳，就必须穿这种宽松的灯笼裤，否则连下蹲都会很困难。而田径鞋则是练太极时的最佳拍档，其他的篮球鞋、布鞋、解放鞋和皮鞋什么的都不行。

我们的学习从24式太极拳开始。24式太极拳也叫简化太极拳，是当年的国家体委于1956年组织太极拳专家汲取杨氏太极拳之精华编串而成的。尽管它只有24个动作，但相比传统的太极拳套路来讲，其内容更显精练，动作更显规范，并且也能充分体现太极拳的运动特点，且易学、易记。24式太极拳的基本动作包括：起势、野马分鬃、白鹤亮翅、搂膝拗步、手挥琵琶、倒卷肱、左揽雀尾、右揽雀尾、单鞭、云手、单鞭、高探马、右蹬脚、双峰贯耳、转身左蹬脚、左下势独立、右下势独立、左右穿梭、海底针、闪通臂、转身搬拦捶、如封似闭、十字手和收势。

未料想，光是起势、野马分鬃和白鹤亮翅这三套动作，就让我们这些没有一丁点基础的学员整整学了一个礼拜。起势这个动作不复杂，但野马分鬃这个动作，大部分人侧身时老是将两条腿放在一条直线上，造成左右对换时后脚上行受阻，且重心不稳，一推就倒。还有就是从起势到野马分鬃的过渡时，从抱球到分鬃的动作生硬别扭，看上去不连贯。另外在做白鹤亮翅时，很多人对直腰屈膝下沉的动作因腿部力量不够而左摇右晃，动作自然做得很不到位。我们这个班只有我一个年轻人，学得比较快，动作也很到位。杨师傅看我有点急，就跟我说，我们是一个班的，必须保持同样的进度，只有等大家都达到要求了，才能继续往下学。况且，现在是在打基础，没弄好，后面也难上去。这样一来，我也只能乖乖地重复练习那三个动作，练得实在厌烦了，就去帮别人纠正，反而让自己变得更有心得了。现在想想当年学习太极拳对现在自己沉稳、耐心和精益求精的性格养成应该是有很大帮助的。

在我的印象中，云手这个动作最能体现杨式太极拳的两大基本功：一是各种姿势的蹲功，如马步，不仅要能把腰沉下去，还必须腰板挺直，不能为了偷懒而只是把腰弯一下，或时不时站起来。练马步时，全身的力量都集中在腰上和腿上，几天下来，这腿都酸痛得抬不起来。二是要能用手划出行云流水般的圆弧，中间不能有停顿、有搁楞，而且眼睛还要跟着掌心走，腰轴也要随之自然地左右转动。杨师傅再三告诫，杨式太极的特征就是所有的动作轨迹都是圆弧形的。有几天时间，杨师傅就让我们蹲着马步，两只手臂在不停地云手，腰疼、腿疼、手臂疼，头上的汗珠不停地沿着脸颊流入眼睛和嘴里，根本顾不上擦。连续几天重复这个简单的动作，又累又枯燥，但慢慢地都开始悟出一点东西来了，整个身体的协调也变得越来越自如了。

24式太极拳虽然是简化的，但开始的阶段我们学得很慢，后来就越学越快了。大约四十多天，我们这个班的二十多个学员，跟着音乐打24式都已经有点像模像样了。我问杨师傅，是不是还可以继续学下去，比如88式。杨师傅说你愿意学的话当然可以，但可能要等重新组班，因为我们这批学简化的大部分人就到此为止了，觉得再学下去太难了，有一套24式平时锻炼锻炼就够了。大概过了一个礼拜，杨师傅告诉我，之前曾开过几个88式的班，不少人学完后根本无法把整套的拳连贯地打下来，他们很想再"回一下炉"。就这样，我们几个刚学完24式和三十几个已经学过一遍88式的又重新组了一个班，开始学88式太极拳。

88式太极拳是国家体委武术处于1957年组织专家对传统杨式太极拳的套路进行整理后编写而成的。这套拳较好地保留了传统杨式太极拳的原始风貌，又有所创新，并以此作为推广传统杨式太极拳的代表性套路。因此，88式太极拳实际上就是已经标准化的杨式太极拳的完整套路。

有专家介绍，88式太极拳技法全面，重点突出。全套88套动作，不重复的有36式，包括了传统杨式太极拳的全部动作。从动作含量上除了太极拳主要动作方法掤、将、挤、按、采、挒、肘、靠八法外，手法上还有抱、推、挑、托、穿、挂、拦、架、插、砍、撩、摆、拍等；拳法有冲、撇、栽、贯、击、撞等；腿法有分、蹬、摆、顶膝以及套插暗腿；可谓技法全面而又重点突出。整个套路以"十字手"为界分为三个大的自然段落，以来去方向分可分为八个单趟。第一段从"预备势"至第13势"十字手"，突出练习基本功架。由"揽雀尾"而下则体现由难渐易，但从完成动作所消耗的体能上看，都是由易渐难。第二段突出腿法，完成动作所耗的体能加大，形成套路的第一个高潮。第三段突出方向变化、独立平衡、仆步下势的难度，将套路推向更高潮。88式太极拳较好地保留了传统杨式大架太极拳套路的风格特点。动作气势恢宏、舒展大度、中正圆满、浑厚凝重、刚柔相济、柔缓连贯，非常好看。

因为大部分人之前已经学过，所以我们这个88式"回炉"班的学习进度很快，我们几个新的学员也没感到有什么压力，进步也相当神速。前后大约两个月的时间，我们已经可以跟着音乐把整套88式非常连贯地打下来了。接下来，就是天天按部就班地跟着练习了。

三个多月的习拳，自然也交了不少朋友，其中有三个和我成了好朋友。一个是老陈，年龄比我们大一点，三十五六岁的样子。个子很高，清瘦，自然卷发，看上去很帅。听说之前是上海市工人文化宫业余舞蹈队的，在上海新华书店闸北店工作，专门负责为企事业单位配送新的图书，住在浙江路桥那边。老陈每天骑着一辆单位里的自行车来外滩学拳、打拳，动作很是到位，但柔性太足、刚性不够。有时大家结束散去时，他还会在大庭广众之下，踮起脚尖舒展双臂转上几圈，旁人一看就知道是跳舞出身的。老陈待人很是热情，也善谈，每次打完拳总是不急于去上班，而是要拖着我们说上好一阵子。有时我不得不打断他，急着赶去上班。还有一个是比我小几岁的带一副黑框眼镜的女生，也姓陈，说是南市区业余大学的学生，在南市区的一家街道工厂工作，时不时会拿一本书来向我请教高等数学或普通物理的题目。不知是有意还是无意，我们四个人在一起的时候，她老是喜欢说一些大学里的课程的事，我觉得非常别扭。心里想，虽然那个时候大学生少，能上业余大学也算是个"学霸"，但也不至于要如此显摆，时间长了别人也有感觉，总是有意回避，后来，她看我对她也没有表现出比对别人更多的热情，就渐渐来得越来越少了。除了老陈和小陈，另外一个是小董，大概也比我小几岁，短发，纤瘦，一套粉色的"行头"，穿在身上甚是飘逸。她脸上有一颗痣，具体长在哪里已经记不得了。她在长阳路上的上海第十六织布厂工作，好像是在办公室，和我算是一个行业的（我当时在上海市纺织科学研究院工作）。家里就她和妹妹两个人一起住在仁济医院边上的昭通路上，妹妹在当时很上档次的上海宾馆当服务员，在家里小董是既当爹又当妈。我不好意思问她家里的具体情况，只是感觉她这个人很细心、很敏感，而且独立性和责任感都很强。

我们四个人拳打得都不错。每次集体跟着音乐打24式和88式，我们总是在前排，

我打太极拳的照片（摄于虹口公园）

周边围观的人总拿着相机或录像机拍，在那么多双眼睛的注视下，伴着悠扬的旋律，我们的举手投足舒展优美，让人感觉是那么祥和和潇洒。不过没多久，我们就对自己只会打24和88式感到不满足了，而且似乎48式打起来更好看，但套路和动作明显要复杂得多，很多其他流派的太极拳套路也被糅合在了一起。如果要比较形象地去比较的话，我感觉88式是楷书，而48式则是行书。我们提出想学，总教头吴师傅一口答应，亲自带教，据说他也很喜欢我们这几个"高足"。

吴师傅告诉我们，48式太极拳与24式和88式不一样，它是国家体委在汲取了陈式、杨式、吴式和武式太极拳的精华之后，于1979年最新编成的一套简化太极拳。48式太极拳是在继承与发展传统太极拳特点的同时，本着提高与普及的理念，取其精华，更加体现了动作柔和、圆活饱满、虚实分明、连绵不断的运动特点及心静体松、柔中寓刚的基本要求。展现了它的优美和舒展，带给人们健身强体的无穷享受。

48式我们学得有点累，因为很多动作的难度高了，特别是一些陈式太极的动作，有明显的搏击特征，力量更大，但却要确保与柔缓连贯的杨式太极的无缝连接，再加上吴式的小架子拳，变化多端。不同流派糅合在一起，更显功底。但我们学得很是带劲，往往大家散了，我们还在切磋和向老师请教，乐此不疲。不久，我们成功地实现了24式、88式和48式的"大满贯"，成了南京东路外滩这伙早锻炼人群中的一道"亮丽的风景线"。

此后几年，我们在吴教头的指点下，练拳逐渐由"形"向"神"转变。练拳时从单纯追求动作准确、形象好看、流畅连贯向排除一切杂念、气沉丹田、心中无我也无他的境界去修炼，并渐得要领，慢慢可以感受到身体里的微循环在不断改善，特别明显的是练拳时双手的指尖在微微颤抖、发热、血流加快。每天三套拳下来，虽大汗淋漓，但呼吸通畅、身轻如燕、神清气爽，身体的协调性也明显上升。后来，不知小董又跟谁去学了一套剑术，我和老陈也各自叫人做了一把木头剑，跟着小董学起了青龙剑，但实在是时间不够，每天打完三套太极，就要急着赶去上班，仅靠周末多留点时间学剑练剑也没什么明显的长进，学了几个月就放弃了。

那天是周日，看老陈不在身边，小董悄悄塞给我一张上海音乐厅的音乐会门票，说是知道我喜欢音乐，她正好有一张票多余，是当天下午的一场室内音乐会，问我想不想去。那段时间，我和我中学的铁杆兄弟陈建是上海人民广播电台主办的"星期广播音乐会"的忠实"粉丝"，每两个星期都会去上海音乐厅听一场"星期广播音乐会"。而听这样一场正宗的音乐会，票价只要五毛钱，我们一起听了几十期，从未落下，也因此认识和知道了很多当时或后来的名人，如主持人张培、成笛，指挥家黄晓同、陈燮阳、郑小瑛、曹鹏，歌唱家施鸿鄂、朱逢博、才旦卓玛、李光曦、王作欣等，还有开始时还只是上海师范学院艺术系的学生，后来成了上海民族乐团歌唱演员的宋怀强。因为票紧张，每次去买票，我们总是天没亮就去排队了。两年多听下来，甚至连座位都没换过。因为每次票子开售，我们排队不是排在第一就是排在第二，选座位的余地极大。现在小董弄来一张室内音乐会的票，我当然是喜欢得不得了，并且立马按票上印着的票价，掏出两元钱，要给小董。结果她不要，逃也似的离开。那天下午，我到上海音乐厅时，小董已经在那坐着了。听完音乐会出来时，我还是要把票钱给她，她还是不要，脸色也不太好看。我看看这架势也不好太勉强，加上我也不习惯拉拉扯扯，就只好尴尬地笑着谢谢她了。我当时傻乎乎地想，把这么紧俏的票子给了我，让我有机会去看了一场我喜欢的音乐会，我付钱是天经地义的，她这硬不要钱，不是把我停在了"杠头"上了吗？后来为这事，小董还不高兴了好几天，我也不知说啥好。再后来，就过去了，我们几个还是照常每天在外滩打太极拳。

遗憾的是，一场突如其来的意外让我与太极拳的"情缘"戛然而止。那天我们研究院工会组织全院的拔河比赛，因为有些事情急着要办，我一早就去了纺研院，早上没有去外滩练太极拳。等我把事匆匆办完，拔河比赛已经开始了。我没有热身，就代表我们部门上场了。因为我个大，力气也大，被分配在拔河绳的末端，负责把稳方向，做一个"秤砣"。结果，拔着拔着，我的腰背部明显感觉到"咯噔"一下，立马就没了知觉，一屁股坐在了地上。等大家发现有问题后围过来，我已起不来了。不能动，一动就钻心地痛。大家七手八脚地把我抬到我们理化大楼底楼的那间大办公室，放在拼在一起的几张大办公桌上，一边帮我按摩，一边打电话叫纺纱研究室的老吴过来帮忙。因为听说老吴是专门练气功的，对跌打损伤有一套手到病除的功夫。老吴过来，把我弄到侧身的位置，先运一番气，然后一只手搭在我的胯部，另一只手搭在我的肋部，开始使劲地来回扭动。无奈我个子实在太大，除了感觉腰部越来越疼，毫无缓解的迹象。

那天下班，几个同事把我搀扶着送上了 25 路电车。上车后有位老阿姨看我拉着扶手直不起腰，忙给我让座，我坐下后仍是钻心的痛，特别是车子一有振动，就痛得无法忍受，一双手使劲地抓住前面位子上的扶手，尽量让腰部不着力。车到东新桥终点站，几位乘客把我扶下车。谢过大家，我一个人咬紧牙关，双手托着自己的后腰，凸着肚子，慢慢地往家挪去。进弄堂，到了家后门，邻居们看我的样子如此"怪异"，想帮我一起上楼。可我家那楼梯又黑又窄，根本容不下两个人并行上去。我谢绝了邻居的好意，也没张口喊家人，拉着楼梯扶手自己悄无声息地慢慢摸上了三楼。等到了家门口，我已经完全无法自己蹲下换鞋。母亲看到我这副模样，一脸诧异。一问才知道我把腰给扭了，赶紧拿来个小凳子，扶我坐下，先脱了鞋子，然后和二哥一起把我扶到床上。这一躺下去，整整十五天，我就没能起来过。

开始的几天，躺在床上连翻身都不行。一是自己无法翻，二是家人帮着翻又疼痛难忍。大约一周后，慢慢可以自己托着腰部翻身了，但翻一个身也得耗费很长的时间。就这样，两周的时间过去了，我的腰伤未见明显好转，原本想休几天就会好的，但现在看来不得不去医院了。那时候我们看病除了急诊之外都必须去单位对口的定点医院。我们纺研院的对口医院是上海纺织工业局第二医院和杨浦区中心医院，都在杨浦区。那天二哥特意请假，陪我去杨浦区中心医院，挂了中医伤骨科的号，结果医生一看，用手一摸，把情况问了一遍，再拍了一个片子，给我的结论是：腰背部韧带撕裂了，可能还有部分断裂。但因为拖得那么久才来就医，已经无法通过手术医治了，只能回家休养，采取一些保守疗法。敷点膏药什么的，慢慢养。到这个时候我才知道事情居然有那么严重，真为自己轻视，没有及时就医而后悔。没办法，事已至此，只能遵医嘱，配了点膏药回家去了。

回家又休息了大概一周，因为单位工作多，我又硬挺着去上班了。走起路来一直驼着腰，直不起来，像个七八十的老头。那时我家四楼的陈阿姨说是有个远房亲戚有一手治疗这类伤痛的绝活。那天这个亲戚来了，一看，原来是个很瘦小的老太太。她一问我这个情况，说是没问题，正是她的拿手活。她告诉母亲，她的疗法是放血疗法。即是用一把手术刀在患处戳出数百个伤口，然后通过拔火罐的办法，将里面的瘀血抽出来，再在伤口上敷她自己配制的特效药，一周后等伤口长好了，褪了一层皮，再来第二次。如此反复，每周一次，大约三个月到半年，这伤就能治好。母亲一听吓坏了，连说这个不行，太吓人了！可我想试试，如果能治好的话，我情愿吃这个苦头。母亲看我态度坚决，不得不说那就试试吧。结果这个"手术"当场就做了。这个老太太先是在我腰部脊椎的两侧用酒精消毒，然后取出一把柳叶刀片捏在拇指和食指的指尖，露出大约2毫米的刀尖，随后快速在我腰上的一侧反复戳下提起，大概戳了两三百刀又换到另一侧继续，又是两三百刀，那个疼啊，至今我仍无法忘怀。然后她取出两个玻璃火罐，在戳了两三百刀的伤口上拔火罐。我自己当然没法看到背后，母亲告诉我，每个伤口都有稠稠的血丝沿着扁平的伤口被抽出来，黑黑的，就像数百根黑红色的扁扁的丝带喷涌而出，甚是吓人。老太太说，这就是腰部肌肉损伤后的瘀血，必须抽干净，否则今后一直会腰疼的。大概抽了十几分钟，老太太将火罐去除，用棉花擦净血迹，掏出一个玻璃药瓶，里面是棕黄色的药粉。一打开，满屋子立即被一股麝香味充满。她把药粉分别洒在我两侧的伤口上，用一种专用的纸覆盖，再用橡皮胶封好，手术就算完成了。母亲问做一次要多少钱，并准备付钱。结果老太太说，我帮人家做这个已经几十年了，从来不收人家的钱，这让我们大感意外，再三感谢。

就这样，每个礼拜老太太都会来一次，母亲总会事先拿一些红枣、白木耳、桂圆、莲心、冰糖什么的熬汤来招待她，略表谢意。有的时候就直接搞三个水潽蛋，再放点酒酿、桂花什么的，而老太太还是坚持分文不收。每个礼拜的这样一个疗程，最难熬的有两个阶段。那刀戳下去自然非常难熬，但更难熬的是大约三四天以后，伤口开始愈合了，整个部位的皮肤表面奇痒难忍。但又不能用手去挠，一则伤口部位有东西覆着，没法抓，二则伤口还没长好，怕感染。就这样，我坚持了三个月，最后实在坚持不下去了。不为别的，就是因为天气开始热了，这个疗法的伤口处是不能着水的。出了汗不能洗澡，我实在难以忍受。所以，这个治疗不得不停止了。事实上，这三个月下来，这伤情虽然有所改善，但这种疗法的确切疗效我还是觉得非常有限，放弃了也罢。

母亲特意去买了一些礼品，再三谢过老太太和四楼陈阿姨，我在这刀下的"锤炼"也就正式结束了。但从此以后，我这腰的老伤也就算是落下了。刚开始几年，但凡刮风下雨，腰背必有反应。有时只是不经意地轻轻转个身，腰就不能动了，得有好几天，才能慢慢恢复。最惨的一次，我请假在家带儿子，拿着个小凳坐下，用奶瓶给儿子喂奶，结果，坐下后就起不来了。从下午两点一直抱着儿子坐在那，一直等到晚上七点云兰下班回家。有一段时间，儿子在我们院的托儿所，我们一家三口每天一起挤公交车上班。云兰总是抱着儿子优先上车，然后把座位让给我，我来抱着儿子，让我可以不用忍着腰痛一路挤过去。后来，儿子上了全托的幼儿园，云兰也总是想方设法跟别的男人争先恐后地挤，为的是帮我"抢"到个座位。一个男人"混"到这份儿上，也实在是让我感到无地自容。

前前后后大约二十年，我这老腰病才开始慢慢好转，复发的次数越来越少。平时一旦感觉有点不适，立马采用热敷的办法，很是奏效。当然，负重肯定是不行了，有时偶然要使点劲，一定会下意识地先摆好架势，绝不轻易蛮干。还有就是走路可以挺直了，一下子走十公里也不在话下，但不能站着不动，否则大概十分钟也坚持不了。

自受伤后，去外滩打太极拳自然是不得不停了下来，几个老朋友也就此"失联"。几年后，我曾多次想"复出"，甚至还去人民公园报过一个陈式太极拳的班，结果没能学完就坚持不下去了，感觉腰部已经无法承受太极拳的基本体能负荷要求。如今几十年过去了，我仍对因腰部的意外受伤而与太极拳就此"拜拜"而一直心有不甘，难以释怀。不知退休后是否还能续上我的"太极梦"。

我的慈善之路

我小时候不懂啥叫慈善，经常听父母说要与人为善。后来上学了，学校里的老师经常教导我们要做好人好事，要互帮互学。

1968 年，住在我家楼上的"四楼伯伯"突然接到通知，说是单位要内迁，两周之内全家要随单位搬迁到四川成都。"四楼伯伯"姓姜，叫姜先应，湖北人，"四楼姆妈"姓侯，叫侯桂林，都在上海华东电焊机研究所工作。夫妻俩有三个孩子，大女儿戴一副眼镜，是浦东浦江中学的高中生，每天上学要在陆家嘴摆渡，还要自带午饭。二儿子叫姜伟星，在金东民办中学读初三。小儿子叫姜伟君，是市六中学初一的学生。"四楼伯伯"还有个父亲，叫姜钰庭，据说与"四楼伯伯"没有血缘关系，他待人很有礼貌，讲的一口湖北话，已年近八旬。那时候"四楼伯伯"所在的上海华东电焊机研究所好像是一家保密单位，上级安排要迁往西部后方四川成都，更名成都电焊机研究所。那时候的人组织纪律性特强，上面一声令下，大家都无条件服从，根本不会考虑也不敢考虑个人得失，打起背包就走。从接到通知的那天起，"四楼伯伯"家里就陷入混乱，整理东西、打包、单位派车来装运等等，忙得不亦乐乎。但他父亲却岿然不动，死活不愿意跟着去成都。两周后全家挥挥手坐上绿皮车一路西行，去了成都，原本热闹的家只剩下姜老伯独自一人，从此与儿孙天各一方，再也没有相见。

"四楼伯伯"临走前，将老父亲托付给我父母，让帮忙照应。从那时开始，每天放学后，我总要跑上四楼去，看看姜老伯好不好，有啥要帮忙的。其实，那时我还小，也做不了啥，大部分时间还是陪他说说话。那时，姜老伯的身体还算硬朗，白天会下楼去各处转转，并习惯捡点废纸、破布、旧瓶、废电线之类，整理后集中在一起去延安东路靠近湖北路的那个邮局边上的废品回收站卖了，换点小钱花。姜老伯不识字，每次去银行存钱或取钱总不太方便，自从和我交上"朋友"后，就把这差使交由我去办了。自此以后，每周我总要帮他去福建路延安东路口小花园边上的人民银行存一次钱，也就几毛几块的。那时候去银行的都是大人，我一个"红领巾"很是引人注目。久而久之，银行的工作人员都认识我了，也知道我是在帮一位老伯伯存钱或取钱，对我很热情，而我也成了办理银行业务的熟手，什么业务该填什么单子都弄得一清二楚，还学会了写繁体的数字零到万。那时候很多大人都难得去银行，银行里的很多事情都还不见得比我熟，包括我父母。和姜老伯混熟了，我就成了他的小跑腿，他有什么事，只要喊我一声，我就会帮他去办，买东西、陪他说话、代他去接传呼电话、陪他去医院看病，甚至代他写信寄信等，到后来，他连家里的钥匙都放一把在我这里，外人看上去我们活脱就是"祖孙俩"。

后来，他的一个远房亲戚看上了他的房子，哄着他把房子换到了南市复兴中路的一个石库门底层厢房，不仅面积小了，而且还很潮湿，原来是烧煤气的，现在变成了要烧煤炉，生活变得不方便了。但人家是亲戚，我们也不好说，只是苦了我，每天要多花一个多小时跑大老远才能去看他。而他则每天下午会在家里早早地等着我，家里的那个玻璃糖果罐里总会放满了他和我都喜爱的杏元饼干，只要我一进门，他总要先拉着我坐下，然后抓一大把饼干放在我手心里，一边看着我吃，一边和我说话。而我则总是要先问清楚有啥急的事要办，办完了才肯坐下来。可是，搬到南市没过两年，姜老伯就突然过世了。他过世前的头天下午我还去看过他。那天他感冒了，有点低热，躺在床上，我给他吃了药，还熬了粥加点糖喂他吃下，看上去情况还可以，他也说没事，让我早点回家。第二天，父亲上中班，母亲不放心，一早就把父亲叫起来，让他过去看看有什么需要帮忙的。结果，父亲开门进去，就发现姜老伯已经过世了。那年，他 82 岁，在那个年代应该也算是高寿了。我中午放学回家听到这个消息很是伤心，"祖孙俩"的情缘从此戛然而止。送走姜老伯，我心里感觉空落落的，难过了好一阵子。我不知道那段经历是否也算是在做慈善，但我相信从那时起慈善的种子就已经开始在我的心底里萌发。

读大学前，从小学到中学再到技校，前后约十三年时间，我一直当班长，也是老师眼中的好学生。那时候学校流行好学生与所谓的"差生"结对，"一帮一、一对红"似乎成了我这十三年学习生活中"永恒的主题"，和我同桌的永远是需要被帮助或被"看着点"的"熊孩子"。从开始的被动、没什么感觉，到后来的习以为常，再到后来主动加压，感觉是一种责任，我的想法和情感也在不断地变化和升华。从开始多少有点"作秀"和"刻意"地帮助别人、做好人好事，到后来助人为乐性格的逐步养成，我自己都不知道究竟是一种先天的内在因素使然，还是经过后天的修炼所促成的。但这看上去似乎与慈善也没有多大关联。

我成为真正意义上的慈善活动志愿者是在 1987 年。那年春天，面对越来越难推动的义务献血和医疗用血血源严重不足的严峻形势，上海开始倡导无偿献血和试行家庭用血互助制度，我心里立马有了一种跃跃欲试的冲动。那年"五一"，上海红十字血液中心在南京路大光明电影院门口举行上海首次大型无偿献血招募宣传活动，不少市民特意前往捋袖献血，而更多的则是偶然路过的市民踊跃献血，这在整个上海引起轰动。无奈我因婚期临近，没能去成。后来我们几个大学同学聚会时说起此事，大家都表现出很强烈的意愿想去无偿献血。

记得是 9 月初，我们好像一共是四个同学，相约去了坐落在南京路近成都路口那条弄堂里的上海血液中心，打听如何进行无偿献血的事。市血液中心无偿献血办公室的负责同志很热情地接待了我们，对我们主动参与无偿献血的义举表示由衷的敬意和感谢。在确认我们的意愿后，血液中心单独为我们安排了抽血（无须空腹），然后让我们回家等待化验结果。大约是一周后，血液中心来电话，我们的血样化验都合格了，并预约了9月19日，星期六，一周中最后一个工作日（那时还没双休日），主要是考虑第二天可以在家休息。

周六一早，我们都空腹去了血液中心。那天由各单位组织前去义务献血的人特别多，队排得很长，楼内挤得满满当当的。血液中心无偿献血办公室的领导亲自带着我们走绿色通道，无须排队，直接进去献血。从排队的人群前走过，我的心里满是亢奋，血都涌到了脸上，红彤彤的。这是我第一次献血，虽然之前心里并不担心献血会影响健康，但第一次面对，心里还是有点小紧张的。血液中心的医生得知我是第一次献血，而且是主动找上门来要求无偿献血的，就很客气地和我说着话，有意舒缓我的紧张情绪。奇怪的是，当那根很粗的针刺入我的手臂后，我的紧张情绪反而突然消失了。按着医生的指令，我反复握拳放松，再握拳再放松，200毫升的血很快就把那个血袋撑满了。等我下了那个采血用的躺椅时，浑身是一种非常轻松的感觉。早上出门时的那种紧张早就烟消云散了。

献血完毕，我们被带去吃营养早餐，两块蛋糕、一个白水煮鸡蛋、一杯热牛奶。然后，又被带回到无偿献血办公室。未曾想，市血液中心的主任张钦辉亲自出面，郑重其事地向我们每人颁发了一本非常精致的无偿献血荣誉证，外加一本照相簿作为礼物。按荣誉证的编号，我成为上海市第2724位无偿献血志愿者。虽然2000多号已经算不上是拔得头筹，但对现在已经完全实施无偿献血的上海来说，也绝对可以算得上是开得先河的那一批的，心里很是高兴。张主任让我们把单位名称和地址都留下，说是要将表扬信寄到我们各自的单位去，我们都拒绝了。因为这次参加无偿献血完全是我们自己的意愿，无须让单位知道。张主任表示尊重我们的意愿，并再次对我们表示感谢。出了血液中心，我直接坐27路电车去院里上班，结果，那天工作还特多，不得不在实验室加了一个通宵的班，总算把急着要做的实验都做完了。还好，第二天一早坐车回家，也没感觉有什么不适。那天是周日，云兰还特意买了一只老母鸡煮汤，让我补补身子。

让我没想到的是，过了两周，"麻烦"来了。我们院接到了杨浦区卫生局献血办下达的当年必须参加义务献血的名额指标，院党委开始动员大家主动报名，且要求党员带头。那时我刚入党一年多，还兼任院团委书记，并且刚刚被推选为当年的上海市新长征突击手，算是青年中的先进人物，很多人都在看着我，指望我带个头，等我主动报名。可我却迟迟没有动静，因为只有我自己知道，刚刚献了血，没法再去报名，但我又不想告诉院里，就只能这样僵持着。我们南测中心的支部书记刘虎泰和院党委书记赵希立都憋不住了，分别找我谈话，我还是吞吞吐吐，没吐露半点实情，把两个书记弄得都有点

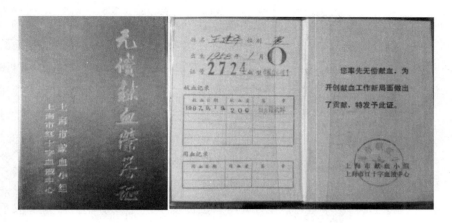

我的无偿献血荣誉证书

发火了。几天过后，我感觉压力越来越大了，想想豁出去了，就再报个名吧，在去找支部书记报名之前，为了慎重起见，我还是打了一个电话去市血液中心，询问间隔一个月左右是否可以再次献血。未想到电话那头给我的回答是坚决不行，然后他们问我怎么回事，我大致把情况说了，他们还是说不行。

大约两天后，院党委书记赵希立突然来找我，手里拿着一个信封，抽出里面的信纸，是一张粉红色的感谢信，原来是市血液中心来帮我"解围"了。那个时候，大家都不太愿意参加义务献血，主要是担心会影响健康。不得已，每个单位接到硬性下派的任务后，大多要靠抽签来解决问题，而且所在单位还得以现金和带薪休假、免费疗养等作为补偿。在这样的背景下，主动参加无偿献血实在是一件非常了不得的事情。现在我们院出了第一位无偿献血志愿者，让赵书记有些意外，也让他有点儿兴奋。赵书记连声责怪我为什么不早说，还再三向我表示歉意，说是之前错怪了我。我尴尬地对赵书记说，其实这事我实在是不想跟院里说，只能怪我自己。未曾想，为了这事，院里作为典型大大宣扬了一番，我年终又被评为了纺研院的"十佳"之一，还获得了当年先进工作者的称号，我不知道这是否也与我参加无偿献血有关，但这些在我当初打算参加无偿献血时都是未曾想到的。偶然的一次参与慈善献爱心志愿活动却引出这样的结果，着实让我有点不知所措。后来，我又参加过一次无偿献血，那是到了上海合纤所当所长之后。也是一早去已搬至虹桥路的市血液中心，完事后就回办公室上班，就像早上只是去医院抽了点血做化验一样。再后来，又想登记成为捐献造血干细胞的志愿者，无奈年龄超了，未能如愿。

1994年夏天，一次和云兰一起逛马路，那张后来变得非常著名的希望工程的海报吸引了我。那个来自安徽金寨贫困山区的小女孩，拿着一支铅笔，趴在破旧的课桌上，张着那双满是渴望的大眼睛，看着每一位从她面前走过的路人。我被这双眼睛所透露出来的眼神深深地刺痛了，回想自己小时候家境贫寒，同时还有父亲所谓的"政治问题"

"希望工程"宣传明信片

但我还是有机会进入大学，并顺利完成学业，成为一个对社会有用的人。我的心里充满了感恩，感恩父母、感恩师长、感恩社会，我特别能感受穷人家的孩子要成才有多么艰难，也特别能感受知识改变命运这样一个浅显的道理，也总想着有机会可以回报社会。从那时起，我的慈善之路开始与助学紧密连接在了一起。

回到家，我和云兰商量，我们是否要出资结对资助一位贫困学生完成学业，云兰举双手赞成。于是，我立马提笔写信给共青团中央的希望工程办公室，表达了希望资助一名贫困学生的意愿。很快，团中央希望工程办公室的回信就来了。首先对我们的慈善义举表示感谢，然后征询我们具体的资助意愿。我们商量后回复，希望资助安徽金寨贫困山区的小学生，最好是女孩子，因为我们知道在农村贫困地区，女孩子要上学更为困难。大约十来天后，希望工程办公室再次来函，列了几位待资助的候选学生让我

们挑选。我们选了一位名叫汪兰的一年级小朋友。没有别的原因，只是因为她姓汪，和我的姓谐音，而后面一个兰字，也正好也与我太太李云兰名字的最后一个字相同，听上去有一种亲近感。按那时的资助标准，每人300元，就可解决小学五年的学杂费，当然，那个时候的月工资也只有千把元左右。我们资助款寄出后没多久，就收到了安徽金寨的来信，那是汪兰爸爸的来信。汪兰父亲告诉我们，他们家住在山上，没有耕地，主要靠种植一些核桃、木耳、茶叶之类的山货去换口粮和零用钱生活，日子过得比较艰难，孩子的读书自然是排不上号了。现在有了我们的结对资助，他女儿汪兰可以上学了，非常感谢我们的善举。

团中央希望工程办公室给我的回信

汪兰父亲还告诉我们，他自己也不识字，这封信是他特意下山，托镇上的读书人写的，希望我们不要介意。

就这样，我们与汪兰父亲一直保持着联系。到了汪兰读三年级时，她已经可以简单地给我们写信了，虽然还不能表达复杂的意境，但字里行间无不显示出贫困山区的孩子对知识的渴望和对好心人的感激。那几年，我们经常会寄一些衣服、面料、文具、书籍

给他们，逢年过节，还会寄一些钱和食品过去。有一年，汪兰父亲来信说要寄些自己种的山货过来，我立马回信说不要，他们应该想尽办法把它们变成粮食或钱。结果他还是寄来了一大包木耳，我马上将钱寄了过去，并感谢他的好意。

汪兰小朋友三年级时写来的信和寄来的照片

1996 年 12 月，我收到一封来自汪兰就读的金寨县长岭乡新桥小学校长的来信，这位校长叫刘恩畴。刘校长除了代表学校和汪兰及其家长对我们资助汪兰小朋友上学表示感谢之外，还介绍了他们学校的情况。并告诉我，根据上级的要求，学校要搞规范化的配套建设，比如学校要建围墙、铁门，要有体育设施和图书馆等。但他们学校目前只有是十几间破旧的教室，一百多个学生，八个教师，县里和乡里的财政都是赤字，连教师的工资都发不出，这个规范化建设显然是无法完成的，希望寻求外界帮助。经询问，修个围墙、建个大门，大约需要一万多元钱，以我当时个人的力量显然是无法承担的。但建一个图书馆，我还是可以动点脑筋。因我之前做过纺研院的工会主席，知道院里的工会图书馆有不少仍然具有阅读价值的旧书正在闲置。我还与我熟识的纺织工业局下属的一些直属机构的工会主席联系，募集他们工会图书馆的旧书，加上我当时所在的上海合纤所工会图书馆的旧书。结果，前后不到一个月的时间，募集到的旧书已经超过一千册了，建一个小学的图书馆已经绰绰有余，最终，在各单位工会的帮助下，这一千多册图书被打包成数十个纸箱被寄往安徽金寨。收到这些图书，刘校长非常高兴，寄来了感谢信，再三表示感谢。

大约 1998 年春，我又收到了一封寄自金寨县长岭乡新桥中心小学的来信，展开信纸一看，立刻把我镇住了，这一手好字，简直可以与字帖媲美。看了信的内容才知道写信者是新桥中心小学的新任校长何云堂。据何校长自我介绍，他是当地师范学校毕业，已从教多年，这些年来一直在帮希望工程助学活动做穿针引线的工作。他说他们那里都知道我们夫妻俩坚持多年资助汪兰小朋友上学的事，也知道我为他们学校图书馆的建立立下了汗马功劳。他问我，在资助了汪兰小朋友后是否愿意继续资助金寨的贫困学生？这一问正合我意。之前我和云兰已经商定，我们将把慈善助学的事长期一直做下去。看到我确认后，何校长很快就推荐了正在安徽师范大学数学和计算科学学院就学的一位叫徐林的贫困学生。据何校长介绍，徐林同学是一位品学兼优的金寨贫困学生，之前以优异成绩考入安徽师范大学，学习很是刻苦。但因家境贫寒，现在在校期间连正常的一日三餐都不能保证。虽然学校、老师和同学都给予了不少的帮助，但仍不能维持正常的生活，亟须社会的帮助。为慎重起见，我直接拨通了安徽师大数学学院的电话。接电话的是他们学院的党总支副书记，很巧，也是上海人，当年去安徽农村落户，后来上了大学，现在留校做老师。我把想要资助徐林同学的想法告诉了他，并询问徐林的情况。他告诉我，何校长所反映的情况都是真实的。现在学校按规定每月给徐林少量的补助，但仍不能解决他所有的问题。我当即在电话中拍板，从当月起，我每月资助徐林同学200元钱，至少可以让他每顿饭能够吃饱。而我每个月的资助款都将寄到他们学院，然后由老师再转给徐林。

从那时起，我们一家就与徐林建立了通信联系，几乎每个月，我们都会有一次书信往来，互相交流各自的思想、学习、生活和工作情况。有段时间，徐林对社会上和同学中的一些负面现象有些迷茫，情绪有些低落。我连着写了几封信与他进行沟通，强化正面引导，并以我自己的亲身经历，鼓励他既要正视社会现实，要站在更高的高度以更宽的视野来观察、分析社会，学会抓住问题的本质，不忘初心，保持一种积极的心态，学好知识，回报社会和家人，做一个对社会有用的人。大四时，徐林对是继续读研还是马上就业有些拿不定主意，我们全家都鼓励他继续读研，夯实自己的基础，有困难我们会继续资助。功夫不负有心人，在家人、老师、同学和大家的鼓励下，徐林通过自己的努力，顺利被录取为安徽师范大学的硕士研究生。

徐林读书很用功，也很低调。他不仅读了硕士，入了党，还继续攻读了博士，成为华东师范大学和安徽师范大学联合培养的博士生，我们全家都为他高兴不已。2006年，他来上海华东师范大学攻读博士课程，我请他来我家做客，这是我们全家在与他通信联系了多年之后第一次见面，相谈甚欢，我儿子David也和他成了好朋友。2007年，David高考，他数学成绩一直不太稳定，让我们有点着急。徐林说，如果David愿意的话，他可以帮忙辅导一下。就这样，从来没有请过家教的David成了徐林的学生。每个周末，David会自己去徐林所在的华东师大宿舍，徐林会给他讲解一些基本概念和习题，辅导之余，他们俩还会海阔天空地神聊一番。到底是数学博士，就那么两个月的时间，David的数学成绩迅速趋于稳定，那年高考，数学成绩还相当不错，远远超出原来的预期，顺利考上了他心仪已久的华东政法大学，高考的总成绩还高出了华东政法大学的录取分数线30多分。我们甚是高兴，向徐林表示感谢，他只是轻轻地说了一句："应该的。"

现在，徐林不仅早已成家，而且也已立业，成了安徽师大数学和计算科学学院的教学骨干，并已晋升为教授，我们的心里感觉无比高兴和自豪，满满的成就感经常让我陶醉。现在回首当年资助徐林同学时，我们家里的经济压力其实还是很大的。那时，我被上级从上海市纺织科学研究院调到上海市合成纤维研究所当所长，这是一家亏损严重的科研单位。为了与全所员工一起共渡难关，所有领导班子决定将所级班子成员的工资削减50%，我的月工资从原来的2500多元变成了1300元，而且由于流动资金匮乏，每月的1300元还得分成两次发，一次600元，一次700元。那段时间，我们同时资助徐林和汪兰两名学生，而云兰则因心脏病一年内多次住院，医药费还得自己垫付，儿子David也在读书，家里的日常开销常常是捉襟见肘，狼狈不堪。节衣缩食成了我们这个三口之家心照不宣的秘密。作为一家大型科研院所的所长，我的这种尴尬境地在旁人看来，实在是有点难以想象。但我们从来没有想过打退堂鼓。这条慈善助学路一旦认定了，我们就要坚持走下去。不后悔、不回头。后来汪兰小学毕业，不准备继续上学了，我们就剩下只资助徐林一个学生了。外人肯定不会想到过，那时我家里的那套公有住房可以转为自有住房，只要补足4万多元的差额就可办理，我居然一时无法凑齐。那天云兰还在住院，我一个人在家悄悄抹眼泪，想想真是愧对老婆和孩子。

2003年，当时徐林已经读研，再三要求我们不要再资助他，我遂与何校长联系，希望他继续帮忙物色需要资助的贫困学生，我们要把慈善助学接力做下去。何校长很快回复我们，给我们推荐了三位金寨山区的贫困初中学生让我们选择。其中一位是个男孩，叫李政，在金寨县长岭乡中学上学。另两位是一对双胞胎女孩，一个叫黄苗，一个叫黄凤娇，都在金寨县第一中学上学。何校长告诉我，李政家境贫困，但学习成绩优秀。而黄家的双胞胎姐妹家里还有个妹妹，是超生户，父亲在外打工养家糊口，母亲在家种田，操持家务。理论上讲，他似乎不该向我推荐超生户子女，但姐妹俩读书成绩优秀，实在不忍心看着她们因为家里贫困而面临失学危险。我和云兰、David商量了一下，决定同时和这三位贫困学生结对。我回信给何校长说，是否是超生，那是政策的事，与我们的助学初衷无关，你推荐的学生我们都认了！就这样，从2003年的6月起，我们全家又踏上了第三轮的慈善结对助学之路，而且结对的学生一下子变成了三个。

同时资助三位学生，每个月的助学款支出自然是上去了，但此时我已经辞职离开了上海合纤所，到天祥集团任职。作为外资企业的高级管理人员，收入自然也上去了，同时结对资助三位贫困学生在经济上对我来说已经不再是很大的负担，但保持和他们的沟通交流、关心他们的成长却成了我在繁忙的工作之余的一项重大任务。

黄苗很是乖巧，作为双胞胎姐妹中的姐姐，一直代表着她的妹妹和家人与我保持联系，大约一个月一封信告诉我他们姐妹俩在学校的学习和生活情况、他父母和家里的情况。当然，也会谈一些思想和情绪上的一些事情。每次来信我都会回信，除了询问她们的情况，更多的是告诉她们应该如何面对生活中的困难、如何克服学习中的瓶颈、如何树立正确的人生观、如何感恩父母、感恩师长、感恩社会。2006年，苗苗和凤娇姐妹俩高中毕业参加高考，苗苗考入了皖南医学院，而凤娇则考入了安徽理工大学。那年夏天，高考过后，我们全家邀请姐妹俩来上海看看，这是我们结对和书面通信几年后的第一次见面，大家都很开心。那天她们坐长途车从安徽金寨到上海，我和David去恒丰路长途汽车站接她们。开始时有点拘束，但很快David就和她们混得很熟了，并陪着她们在上海的大街小巷游览了整整一个礼拜。回去时，我特意为她们买了两张到六安的卧铺票，云兰准备了很大一袋的礼物，包括吃的和用的。我们告诉她们，安心去大学读书，我们还会继续资助她们完成大学学业的。后来，在我们公司IT的帮助下，我还将两台公司淘汰下来的又重新整理好的电脑寄给了姐妹俩，以方便她们大学的学习和生活。

金寨受助学生的来信

李政的学习成绩很好。中考时，作为重点中学的金寨一中的校长亲自上门邀请他去金寨一中，并允诺给予全额奖学金，但他最终通过省里组织的选拔考试，被远在几百里外的马鞍山中加双语高级中学专门针对省内成绩优异而家境贫困的学生所开办的第二届"希望之星"班录取，全部学费由安徽省青少年发展基金会承担。我为他感到高兴，并继续每月按时将助学款寄去，直到他高中毕业，但他和我们的联系却很少。2007年，李政和我家David同一年高考，但因为成绩没有达到他心仪的学校的录取分数线，准备放弃其他的录取机会，复读一年后再考。我去信建议他不要放弃录取机会，对他们家的具体情况而言，在一家私立学校复读一年会带来很大的经济压力和负担，但他似乎没有采纳我的建议，也不再给我回复。据说，一年后他考取了中国科技大学，但却再也没有与我联系。鉴于这种情况，我的资助自然难以为继，相信他有自己的打算，并走好今后的每一步路。我们只能给予默默地祝福。

苗苗大学毕业后回到了金寨，先是在金寨县人民医院做管理工作，后来考取了公务员，成了金寨县卫计委的一名工作人员。临毕业前，苗苗来信说至今还欠着学校9600元学费无法结清，四处借了一些，但仍有5000元的缺口。我二话没说，立马寄了5000元过去。苗苗工作后几次提出要将这5000元还给我，都被我拒绝了。凤娇毕业后留在了省城合肥，具体做什么工作我不太清楚。因为不想让受资助对象背负太多的心理负担，自她们大学毕业后我就选择了退出，不再主动与她们联系。苗苗几次来信索要我家现在的地址，说是要寄些家乡的土特产来并找机会来登门感谢，也都被我婉言谢绝了。除了维持不太频繁的短信或微信联系，我们和姐妹俩没有再见面。现在姐妹俩都已结婚生子，享受的工作和家庭生活的快乐，她们的父母和家里的经济状况也已彻底改变，祖孙三代享受着天伦之乐。而我们全家则"躲"得远远的为他们全家默默地祝福，分享着他们的喜悦和快乐。当年穿针引线的何云堂校长也有多年未联系了。记得有一年何校长生病，家里的日常"运转"也遇到了一些困难。我没有吱声，只是让云兰去邮局汇了1500元给何校长，给他救救急。何校长不知是谁寄的钱，来信问我，我没有明确告诉他，不想让他有太多的心理负担。说实在的，在贫困山区的基层学校，有这样一位默默无闻、努力奉献的校长，我们全家从心底里感到由衷的钦佩。后来我在网上查了，得知何校长现在还在教育系统勤奋地耕耘着，并多次撰文把我坚持多年助学的所谓"先进事迹"在当地广为宣传。我相信，何老师的目的不仅是为了宣传我个人，更多地是想弘扬一种精神，以推动慈善助学的持续发展，为贫困山区的孩子通过读书来改变命运而奔走、呼吁。

我的助学汇款收据

坚持了多年的慈善助学，我的心里很是感慨。读书不仅可以改变一个学生乃至一个家庭的命运，更是在改变国家的命运、改变一个民族的命运。但是面对中国目前区域经济发展不平衡、教育发展不平衡的现状以及贫困地区还有那么多的孩子因为没钱而上不了学的窘境，心里甚是不安，也感叹个人的力量实在是太渺小了，实在是有心无力，无法以个人之力改变整个世界。由此，我逐渐萌生了想引导更多的人来加入慈善助学队伍的想法，希望把个人的意愿和力量转化成集体的意志和力量。我大学的同学、已在美国定居的黄秀莲听了我的介绍，寄来美元支票嘱咐我通过团中央的希望工程办公室结对资助一名贫困学生，后来又有几个朋友加入了进来，但为了避免给人带去任何压力，我从来不过问他们后续的助学具体情况。

2007年10月，我所在的外资企业上海天祥质量技术服务有限公司成立了工会，我被选为公司的党总支书记、工会主席。临近2008年的农历新年，有员工提出，希望能够组织一些慈善帮困活动，比如像助学活动之类的。听到这个建议我心里甚是高兴，立马召集公司工会委员、部门工会主席和部分职工代表一起来商议一下这个建议。大家议论的结果是，我们可以通过员工捐款的方式定向资助一些贫困学生上学，并且建议立马就办，但我制止了。我提了几个问题：我们做慈善究竟是出于什么原因？是同情？还是怜悯？或是其他？根据公司的实际情况，我们究竟是做助学还是做帮困更合适？如果做助学，我们是长期打算还是短期行为？做助学，捐点儿钱就行了吗？我们有没有配套的措施和有效的手段来确保这项活动的长期和有效进行下去？我们能否建立稳定的参与助学的团队？我们能否确保稳定的助学资金来源？我们是否有长期投身慈善助学的热情和恒心？这一连串的问题在我心里其实早有答案。但对很多人来说却未必。我的问题让大家陷入了沉思，同时也使慈善的火种在大家的心中开始"裂变"，聚积的能量在快速增加。我告诫大家，做慈善最初的动因可能是出于同情和怜悯，但这不会长久，也经不起考验。做慈善不应该是单纯的"一时兴起"，或是为了求得一种自我的心理安慰，而应该是一种情怀、一种感恩和一种发自内心的责任感。对青年人来说，做慈善更是一种国情、社情和民情教育的极好载体，使大家能够以一种更广阔的胸怀，脚踏实地，准确把握人生的方向，为改变落后的现状而共同奋斗。但同时，做慈善也得讲求方式方法，不能让受助者感觉是在被施舍、被怜悯，而是要让受助者从心底里感到你是想帮助、陪伴他们一起克服暂时的困难、一起成长。做慈善更不能是心血来潮式的一窝蜂，热热闹闹地走过场，组织方和捐助者成了表演者，而受助者却成了道具，由此而对受助者造成的心理伤害可能比未捐助更甚。在我的心目中，做慈善助更应该是一种细水长流式的陪伴和激励，而且是不应该求回报的。

大家很快达成共识，"天祥爱心天使团"闪亮登场了。大家决定，通过上海市慈善基金会与崇明贫困学生实现结对助学，先期助学名额为八人，实行动态管理，助学款全部来自公司内部员工的个人慈善捐款。为做好结对助学工作，我们确定以部门党支部和工会为单位，分头与受助学生建立紧密的结对助学关系。除了公司"天祥爱心天使团"按年度统一发给助学金之外，由各部门分头负责针对结对学生的日常沟通联络和关心教育，方式包括通信、电话、短信、登门看望。除了学习之外，还要关心他们的思想，并竭尽所能地帮助解决受助学生及家庭的其他困难。

如今，天祥的慈善助学活动已经走过了 12 年的历程，受助的学生已经扩展到 20 位（固定名额，动态管理），从小学生到大学生都有，我们也与崇明区团委建立了长期的助学活动合作关系期间。这些年来，累计受助的学生已达 28 名，其中已有 10 多位受助学生考上了大学，也有的已经踏上了工作岗位，开始续写新的人生篇章。而我们的"天祥爱心天使团"也在日益壮大，从最初的几十人发展到目前每年自觉参与捐款的员工已达六七百人之多，累计参与捐款的员工也已超过 2000 人。而我们天祥集团中国区的 CEO 柏学礼先生更是每年都是捐款总数的领跑者，我当然也不甘落后，捐款总数和柏总"并驾齐驱"，其他的高级管理人员也很踊跃，普通员工不管是 10 元还是 20 元，都积极地奉献一份爱心，甚至许多临时工也是积极参与。

天祥公司的慈善助学活动做到这个份上，是我原来没有料想到的，但却是我所期待的。为了充分保护员工参与慈善活动的积极性，小心呵护员工参与慈善活动的热情。2010 年，在大家的积极支持下，我们公司党委和工会提出倡议，并经公司职代会讨论通过，"天祥慈善帮困助学基金"正式设立，并组成了由基层员工推举的基金管理委员会。这个基金由公司工会先期注入 20 万元，同时接纳员工的捐款，主要用于公司内部的员工帮困、对外特别捐助和与崇明贫困学生的专项结对助学。当由员工捐助的资金不足以支付各项资助款时，就由这个基金进行支付，年底再由公司工会补足到 20 万元，从而确保了天祥公司的慈善帮困助学活动得以经常化和制度化地长期进行下去。我深感欣慰。真可谓"星星之火，可以燎原""众人拾柴火焰高"啊！

崇明受助学生给我送的 60 周岁生日贺卡

人们经常会讨论所谓人生的价值，答案也是五花八门。有的听上去是如此的高大上，让人感觉既伟大又高尚。但对我来说，答案却很简单，就三个字：被需要！回首我的人生之路，我的心里充满了感恩。感恩父母、感恩师长、感恩家人、感恩社会、感恩学校、感恩单位、感恩领导、感恩朋友。既然感恩，那就得有回报。如何回报？那就要让自己变得有价值。因为有了价值，才会被需要。而只有被需要，你的人生价值才有可能实现。在我的心目中，这种被需要应该是单向的，无条件的，不求回报的。想来这也应该是我做慈善的思想基础。

我的慈善之路已经走了几十年，说不上有什么惊心动魄，也没有做出什么大的成绩，但也曾经是如此艰难，不过都挺过来了。事实上，做慈善只是一种心态，一种宽容、大度、无私、向善和以天下为己任的心态。不需要雄心壮志，也不需要腰缠万贯。只要有一颗善心、一颗恒心，不求自我安慰，也无须外界回报。现在年龄大了，突然感悟到做慈善其实也是一种绝好的养生之道。因为做慈善的人，心里一直是快乐的，而快乐不就是人生追求的最高境界吗？我一直有个愿望，就是想在贫困地区捐建一座学校或者设立一个基金长期资助贫困学生以及为贫困地区的老师到大城市进修提供资助。只是不知我的愿望是否能够实现。

我与党群工作的"缘"

经常有人调侃我是一个"老干部",虽然不是组织部门认定的那种。但从 1965 年入小学担任班干部开始,我就一直担任各式各样的干部,不管是专职的还是兼职的,党政工团都有涉及,一直到现在,从未间断。所以,说我是"老干部",还是实事求是的,毫不夸张。在我的"老干部"生涯中,多年兼职从事党群工作的经历尤其让我获益良多,记忆深刻。做党群工作其实就是做人的工作,绝非易事。做过党群工作的人都知道,做党群工作对一个人的成长来说绝对是一种可遇不可求的机遇和历练。同时也是践行自己的理想,为社会进步做出贡献的绝佳平台,更可以为自己适应各种复杂多变的环境带来有益的帮助。

1965 年 9 月 1 日,我到上海市黄浦区报童小学读书,编入一年级(1)班。入学三天,我就被班主任指定为班长。不为别的,就因为我坐姿端正,守纪律,老师看着顺眼。半年后,我们在南京路的仙乐书场戴上红领巾,成为一名少先队员,又多了一个头衔——中队主席。由于表现不错,成绩一直保持优秀,在整个小学的六年半时间里,我这个班长的位子一直"稳坐"到毕业,从来没有被"撼动"过。

1972 年 2 月,我们这一届学生延后半年终于小学毕业了,我被分配到上海市金陵中学,编入初中一年级(4)班,班主任是一位颇有上海"老克勒"派头的男老师,叫孙以毅,我仍然被孙老师指定为班长。进了中学,整个年级按成绩分班,我被分到了 7班,结果还是被任命为班长,一直到中学毕业。在中学当班干部不像小学,仅仅管好自己是远远不够的,那时候已经有换届选举的说法了。所以,除了要保持好的学习成绩,还要有所作为,否则同学们怎会把票投给我呢?特别是在那青春躁动的年代,要把一群逆反心理"爆棚"的大孩子团结或者说"笼络"到自己周围,还要有点儿真本事才行。

1976 年 4 月,中学毕业,我按政策被分配到上海市化工局下属的上海轮胎二厂技工学校设备维修班继续读书。我继续被任命为班长,不过这个班长当得有点儿难。我们这个班的大部分同学都来自杨浦区东边白洋淀的爱国二村、民主二村和虹口区虹镇老街一带上海人称为"下只角"的棚户区,生活习性和行为举止与我们几个从黄浦区等号称"上只角"的相去甚远,"捣蛋鬼"和"熊孩子"不少。有的外表看上去蛮斯文的,但暗地里却是一肚子"坏水"。一到夏天,男孩子剃光头成风,不认识的人看上去真的有点儿难看。但时间久了，才发现其实这些同学都是很善良的，交朋友也绝对是可以"两肋插刀"的那种。而且男女生之间也没什么"清规戒律"，相处非常融洽。

在技校的两年里，受班主任赵力群先生的影响，我热衷于政治理论的学习，关心时事政治。还在班级里组织了理论学习小组，尝试攻读马列著作，组织编写了一本厚厚的马列著作语录摘编，总字数达 30 多万字，作为化工局系统的学习材料。不过现在再看，这份摘编材料中有不少只是我们当时一知半解、以点概面、断章取义的"成果"，实在是搬不上台面。不过那两年当班干部已经和在中学及小学完全不同了，无论是主观意识还是工作内容，无论是责任感还是组织协调方面，都已经有了踏上社会后独当一面的感觉。学习和工作能力都有了很大的提升，特别是在做人的思想工作方面。而价值观的形成也被赋予了更多正能量和更深的内涵，为自己走好今后的人生路奠定了很好的基础。这两年当班干部确实获益匪浅。我也一直把赵力群先生看作是我的恩师，更是人生导师。

1977 年，我有幸被录取到上海化工专科学校化工系化工分析专业学习。阴差阳错，我居然被辅导员指定为班里的体育委员，而我们的班长是年过三旬的共产党员郑谷音。做体育委员比较简单，相当于体育课代表。每次体育课，帮体育老师喊集合之类的口令，这事我擅长。还有就是早上不能赖床，要带头起来早锻炼。对我来说最大的难点在于，除了中学里我热衷的无线电收发报、航模和射击等军事体育项目，我对常规的体育项目基本都没有兴趣，也没有一样是可以拿得出手的。现在莫名其妙成了体育委员，也只能硬着头皮上了。那时候，我们体育课成绩如果要拿"优"，就必须通过国家体育锻炼标准。对于田径类的项目，基本靠蛮力，我可以努力。但对三步上篮、大力发球之类的篮球、排球项目和游泳等类别的竞技活动我是一窍不通。好在我这个人就是有点儿倔，越是不行我越来劲儿。结果我用了一年的时间，全面通过了国家体育锻炼标准，包括难度最大的 100 米游泳（不计时、不论姿势）、15 秒内的 100 米短跑和 5 分 45 秒内的 1500 米标准我都通过了，几个学期的体育成绩一直是"优"。当然，有些项目还是有"水分"的，比如游泳，这 100 米中有不少在浅水区我是踮着脚尖踩着游泳池底走过去的。其实这种伎俩坐在泳池边的救生台上绝对是可以看得一清二楚的，可能是杨老师念我是体育委员，也就睁一只眼闭一只眼让我通过了。好在现在我的游泳早已过关，保命应该是没有问题的。

大学毕业被分配到上海市纺织科学研究院从事科研工作。先是兼联合团支部的支部委员，大约一年半后被任命为研究室里一个业务组的大组长，几年后被选为部门的工会主席，兼职为大家办点儿事，五六年后又被院党委任命为主持工作的院团委副书记。这可是我第一次正儿八经地担任一家单位的团组织负责人，开启了独当一面地兼职从事党群工作的生涯，肩上的责任也发生了质的变化，深感责任重大。不过说起当这个团委书记，其实早就与我有缘。我进纺研院时的团委书记小稽卸任后，接任的是一位刚从上海科技大学毕业没几年的年轻党员，叫张萍，她当院团委书记时，让我兼团委宣传部长。后来她被纺织工业局列为"第三梯队"的后备干部，去纺织工业局当团委副书记，想让我接任，可惜我那时还不是党员，不能做团委书记，接任的是染整研究室的青年党员唐学军，但他似乎对专职做政工工作没有太大兴趣，也有点儿力不从心，主要是我和兼任团委组织部长的谭豪清辅助他的工作。不久，他就辞职去美国继续深造了。此时，我已经在纺研院党委书记邵昱栋的强力推动下成为了一名预备党员。

说是"强力推动"，还真的不假。之前我在轮胎二厂技校读书时就因为表现出色，曾想过入党。但那时父亲因所谓的"政治问题"还在被审查，我的政审自然无法通过，甚至连当时的上海民兵都不能参加，只得作罢。后来上大学读书，就再也不去想这事了。1981 年我大学毕业到纺研院工作，我们研究室的支部书记张御俊对我很是关爱，几次上门做我工作，让我向组织靠拢，但我没有信心，也未有任何动作。几年后张书记退休了，而父亲也早已被"平反"。党委邵昱栋书记要求我们部门的党支部尽快解决我的组织问题，但新接任的书记似乎并不赞同。她对我最不满意的是说我过于老成，整天待在实验室，行为举止与年龄不符。平时室里的年轻人经常聚在一起吃吃喝喝、蹦蹦跳跳的，总见不到我的身影，没有在引导和组织青年人方面发挥应有的作用。说实在的，对她的这种说法我有点儿不得要领，自然也没当回事。依然我行我素，该干什么干什么。1985 年底，这位书记被免职，我们理化分析研究室也和纤维材料研究室合并组建了纺织工业南方科技测试中心，新任书记来了以后做的第一件事就是解决我的组织问题。就这样，1986 年 1 月 24 日，我成为一名中国共产党预备党员，转眼现在已是有三十多年党龄的老党员了。

唐学军离职，邵昱栋也去了浦东新区任职，纺研院情报室的支部书记赵希立接任了纺研院党委书记。赵书记来找我，要我接任院团委书记，但他没想到我不同意。我从小的志向是靠技术吃饭，现在有机会真的成为了一名科研人员，就更不愿意放弃了，赵书记多次反复做我的工作，我把我的想法如实相告，他表示理解。我告诉他，其实这么多年来，我一直是学生干部，现在还兼着部门的工会主席，我是非常乐意做一些群团工作的。但如果要把这些工作当成职业，我还没做好思想准备。最后，我们达成共识，我同意全面挑起院团委工作的担子，但只是兼职，不脱产，不离开科研工作第一线。而院党委则按规定只能任命我担任院团委副书记（主持工作），不享受相应的职级待遇。从那开始，我开始了一肩挑两头甚至多头的工作状态，党群工作成为我职业生涯中的一个重要组成部分，一直延续至今，从未停息。

那几年，我们纺研院是年年招收新人，成批的大学毕业生成了我院的新生力量，最高峰时在册的团员达到 293 人，如果再加上 35 岁以下的非团员青年，团委的工作对象有近 400 人之多。要做好这么大一摊子的青年工作，靠我一个人显然是不行的，况且我

上海纺研院的团委委员和各团支部书记

还是兼职。我在团委一班人的支持下，对各团支部进行了重整，大量补充新人，增强基层团支部的活力。重新整合后，不少团支部书记都是近几年新进的大学生，有想法、有活力、有能力，如王以志、范瑛、丁玉梅、徐德祥、曹静、黄鸣皋、秦世光等，使得基层团组织对青年人的亲和力和凝聚力得到了大幅度提升，纺研院团的工作也开始呈现出热火朝天的景象。那段时间，我是身兼数职，既要承担好研究室专业大组长的职责，又要完成好我自己手上的科研工作；既要做好纺研院团的工作，又要确保我不辜负大家的期望当好部门的工会主席。

为了更好地围绕纺研院的中心工作，成为青年人与院领导的上通下达的桥梁，我还创办了团刊《纺研团讯》，每月一期，我自己一人兼了采、写、编的工作，很受院各级领导和广大团员青年的喜爱。另外，我还不定期地组织召集一些座谈会，把院领导和青年团员请到一起进行面对面的沟通和交流。为推进人才培养工作，我还积极进言，建议实行导师制，得到了纺研院领导的赞扬和采纳。同时，我还通过支部层面大力推进团员青年在基层一线岗位成才的行动计划，效果显著，涌现出了一批青年科研新星。每年的3月5日，我还组织团员青年举办大型的"为您服务"活动，并形成惯例。1987年5月，我"双喜临门"：一是我的新婚大喜，二是在团建工作中成绩显著被授予上海市新长征突击手称号。

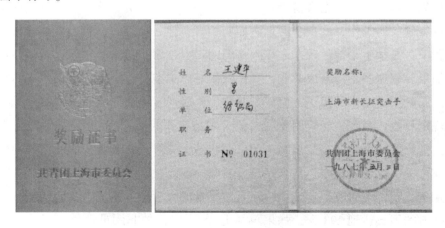

上海市新长征突击手证书

纺研院团建工作蒸蒸日上的势头没能一直延续下去。随着当时社会上快速掀起的出国潮，从1988年开始，纺研院的年轻人数量呈现急剧下降态势。与此同时，面对形势和市场环境的变化，上海纺织的战略转型和科研院所体制改革的压力也越来越大，纺研院的各项工作开始陷入了低谷，纺研院团的工作和社会上整体团的工作一样，也进入了"低谷期"。那段时期，我被邀请成为杨浦区青年联合会的委员，我开始有大量的机会与外面各界的青年精英进行交流，不仅开阔了视野，学到了不少东西，还结识了不少朋友，其中不乏企事业单位的领导和青年企业家。

1991年春，纺研院任命我担任纺织工业南方科技测试中心的副主任，这是我第一次真正意义上成为一个独立机构的中层行政领导。但考虑到团的工作的重要性和连续性，纺研院党委让我继续兼任主持工作的团委副书记，但另外选拔了一位副书记，叫忻雅华，脱产协助我的工作，同时挂职宣传处。大概过了一年多，我正式交班，小忻成为主持工作的团委副书记，我从此正式离开了团的工作岗位。

记得是1994年的3月，纺研院召开工会代表大会，依法进行纺研院工会的换届选举。结果出乎意料，原纺研院工会主席未能按计划连任，作为当选的纺研院工会委员，纺研院党委推举我担任纺研院工会主席。这下事情麻烦了，因为根据相关规定，纺研院属于副局级单位，工会主席必须是专职的，这与我作为一个科研人员的定位又发生了冲突。赵书记找我谈了几次话，也没有谈出个结果。事实上前几年因为要我任团委书记的时候他就很清楚我的想法，现在工会选举出现这样的结果，他也是不得已再来做我的思想工作。看一直没有结果，纺研院工会的上级——上海市纺织工会出场了。上海市纺织工会副主席陆凤妹找我谈话，希望我能重新认识工会工作的重要性，脱离科研工作第一线，做个专职的工会主席，我仍是没答应。最后的结果与当初我答应做团委书记时如出一辙：我答应在担任测试中心副主任的同时，以兼职方式全面负责纺研院工会的工作，而纺研院党委和上级工会则按规定批复同意我担任纺研院工会副主席，并主持工作，不享受专职工会主席的正处级待遇。领导告诉我，这在上海纺织系统，甚至是上海市的工会干部中都没有先例，一个副局级单位的工会主席居然不是专职的。而我则保证，我会竭尽全力把工会工作做好，一是不辜负全院职工对我的期望，二是不辜负领导对我的厚爱。好在工会与团委不同，根据《工会法》的规定，一级独立的工会组织可以按职工人数配备一定数量的专职工作人员。纺研院工会除了应该配备一名专职主席外，另外已经有两位专职的干事，一位是负责员工福利和退管会工作的张秀芬，之前是纺研院托儿所的所长；一位是负责宣传工作的王传奇，与我同龄，擅长书法。他们都是老工会干部了，对工会日常工作的经验相当丰富。

做了工会副主席，自然要为职工办事。我多次召开院工会委员、职工代表和青年职工等不同层面的座谈会，倾听基层的呼声，了解大家意愿。汇总起来，当时群众呼声最高的是要尽快修复和开放纺研院那个已经废弃八年的游泳池，为员工提供一个健身和休闲的场所，这是一件难度非常高的事情。我刚到纺研院时，那个游泳池还是正常开放的。对员工免费，家属半价，外来游客全价。每到夏天，中午休息时段，我通常是先去食堂买一份绿豆粥和一个包子，放在办公室里。然后去游半个多小时，再回来吃饭。下班后也不急于回家，还会再去游半个多小时，回到办公室吃点儿东西，继续看书看资料，通常要到晚上九点才回家。后来院里要在游泳池边上造特品大楼，把游泳池关了，大楼造好后也没有再开。到后来甚至连围墙、更衣室都拆了，只剩下一个池子。为防止底部起拱，还蓄了一池水，放了鱼苗，但从不喂食，鱼也未见长大。再到后来，时间长了，就变成了一池臭水。

游泳池是要再开还是不开，工会的人意见并不一致。来自基层的代表大多希望开，而来自管理和职能部门的人则有些犹豫，因为工作量和工程量实在太大，而且当时已是五月，离盛夏已经不到两个月的时间，看上去这是一项几乎不可能完成的任务。但最终我还是决定干。我从工程设计、预算、资金来源、土建施工、设备安装、体育和卫生检疫等管理部门的审批、运行时的日常管理、体检、救生员队伍、安全保卫、票务安排、训练班开办等多个环节进行了周密的考虑和安排。那时社会上对外开放的游泳池严重不足，杨浦区体委对我们恢复开放游泳池给予了积极的支持，还允诺帮我们组织好救生员队伍。区卫生防疫站对我们的申报也开辟了快速通道，一旦条件具备，即可上门验收审批。在纺研院党委和院长室的大力支持下，工程很快启动。从那时起，我每天一有空就泡在工地，没日没夜的，随时协调解决各种问题，加快推进工程的进展。在纺研院基建科的大力支持和帮助下，游泳池的修复工程终于赶在六月下旬竣工了，比计划提前了两周。同时，王传奇在组织辖区附近的中小学团体包场方面也取得了骄人的成绩。记得好像是那年的 6 月 28 日，纺研院的游泳池重新开放了，仅几天工夫，晚上的热门场次就达到爆满程度。而白天大多数员工享受的场次人数总会被控制在合理的范围内，得到了员工的交口称赞。

那个夏天，我大部分时间都在院里。白天忙完实验室的工作，吃过晚饭就去游泳池，最担心的是出安全事故。不过，区体委安排来的那批业余救生员责任心很强，工作都做得很到位，每天都能保证足够的人在岗，而且还把每天池水的消毒、净化工作都承包了。那时候没有自动净化设备，池水的净化都是靠人工，很辛苦，有时我起得早，也会帮他们一起做。除了每天从早上九点到晚上十点正常开放之外，他们还主动提出每天一早增开儿童游泳训练班，也很受大受欢迎。但游泳池向社会开放，每天的麻烦事也不少。记得有一天晚上，大门口告急，说是有一些人没有体检卡，非要买票入池，被院医务室的值班医生拦住了，吵得很厉害。我过去一看，大概有十来个人，光着膀子。我正想是否要报警，不料那个领头的居然喊了一声"王建平！你不认得我啦？我老早是搭侬一道嘞嘞轮胎二厂呃！"说着就要带人进来。我根本记不起来之前认识这个人，但既然他叫得出我的名字，而且知道我以前的单位，那一定是认识我。但进游泳池要凭体检卡是规矩，我不能因为私人关系而破坏规矩。我说："你们要进来是可以的，但必须要有体检卡，如果没有，我们医生就在现场，可以给你们进行体检。"结果他看我这样，嘴里嚷嚷着转身就走了，回头还说了一句："你等着!"颇有点儿威胁的味道。还有一次，有几个女孩子从更衣室出来，清一色都是比基尼，被救生员拦住了。那时候还不像现在这样开放，公共游泳池里是不允许穿着三点式泳衣的。正当他们争执不下的时候我赶到了，但是一看那几个姑娘火辣的身材，我都不敢靠近，更不敢和她们拉扯，医务室的沈医生及时赶来救急，把那几个姑娘劝回去了，还好没酿成什么大事。

高度紧张的神经一直绷到9月1日学校开学，游泳池也正式关闭了。整整两个多月，我们不但没有出任何安全事故，而且还实现了较大的盈余。在员工享受免费待遇的同时，去掉外聘人员费用和各种包括水电在内的成本，我们居然还赚了12万元，真可谓是"精神文明和物质文明双丰收"啊!纺研院的领导和所有员工都伸出了大拇指，认为新一届工会为大家办了一件大好事。为了答谢全体员工的支持，我们还首次以工会的名义为每位员工送上中秋月饼礼盒，大家都很高兴。那天为了感谢业余救生员的辛勤付出，我以纺研院工会的名义请大家吃饭，纺研院领导也到场祝贺。不料那天一高兴，我喝高了。这些救生员平时都喜欢喝酒，而且喝的都是上海七宝产的熊猫大曲。那天他们跟我说："今天王主席请我们吃饭，酒你别管，我们自己来。"结果，那天我忙着敬酒，也没吃什么菜，等结束时一看，我已经是两瓶一斤装的高度熊猫大曲下了肚，感觉浑身热得受不了，于是又灌下两瓶冰啤酒。等送完客人，我还是热得受不了，把头往水龙头下一冲，结果立马就倒下了。那天幸好有出租车司机帮忙，我在车上吐得一塌糊涂，一个劲地向司机赔罪，但司机很是大度，连说没事。到家了，六楼上不去，司机把我往肩上一背，工会的张秀芬和我徒弟小洪帮忙扶着就上去了。云兰开门一看，忙在地上铺了一张草席，让司机把我放在那儿。谢过司机和我同事，也没再搭理我。直到第二天上午十点左右我才醒来，此后大约有三四天时间，脑子一直是混混沌沌的。

除了要协调好纺研院党政领导与基层员工的关系，发挥桥梁和纽带作用，引导和组织基层员工围绕纺研院的中心工作在本职岗位上努力工作之外，工会的日常工作其实是非常琐碎的，但却和员工的切身利益有关。好在纺研院还是在体制内，为职工维权的压力并不大，主要是围绕职工福利和为员工服务方面，有大量的事需要工会出面来组织和协调，再加上承担退管会的职责，要做好几百名退休职工的服务工作，担子也不轻。甚至有一年的大年初一，我还去川沙殡仪馆为一位突然去世的在职员工主持追悼会。至于探望病休员工、申请医药费报销审核、为职工子女办暑期托管班、举办职工的文体活动、组织义务献血、评比先进、开未婚证明、计划生育、调解家庭矛盾、办好工会图书馆等更是工会日常工作的"重头戏"，虽是"一地鸡毛"，但什么都马虎不得。兼职做工会主席对我来说就好比同时打了两份工，比兼职做团委书记要忙得多。不仅压力大、责任也重，付出很多，很累，但收获更多。无论是看问题的视野，还是与人打交道，或是处理问题的能力都比之前有了大幅的提升，这只有在经历过之后才能体会到。

1995 年夏天，我的纺研院工会主席的任期尚未结束，上级就将我调去上海市合成纤维研究所任第一副所长兼党委委员，并分管团的工作，主要的工作职责还是领导和管理合纤所的科研开发以及安全工作，行政领导的任务要远大于党群工作。1998 年，我被任命为上海市合成纤维研究所的所长、法人代表，全面负责合纤所的各项工作，党建工作则由新来的党委书记陈发明负责。

2001 年 3 月，我辞去上海市合成纤维研究所所长职务，加盟全球领先的第三方检验检测认证机构——天祥集团（Intertek），负责刚开张的上海玩具轻工实验室的日常运行和管理工作，而我的党组织关系则转到了浦东新区人才交流中心的综合党委，并被编入第 333 支部。我们这个支部是个联合支部，二十多个成员来自十多个单位，要开展一次组织生活非常困难。不久，支部原书记离职，我被任命为第 333 支部书记。这是我从体制内转到体制外之后，第一次兼职担任"两新"组织（新经济组织、新社会组织）的党支部书记，与在体制内是一种完全不同的感受。别的不说，就说要召集一次会议或组织一次活动，就绝对不是一个通知就可以搞定的。必须反复联系、反复落实才能把支部成员组织到一起，而且还必须是下班后的业余时间，出席率还不高，有时连党费都很难收齐。此外，由于支部成员大多不是一家单位的，所以聚在一起也很难找到共同话题，支部工作很难与各位成员的本职工作紧密结合起来。而单纯的学习教育，成效也非常有限，难以评估。

2003 年，因为业务量迅速扩大，玩具轻工实验室从浦东金桥搬到了地处漕河泾开发区的宜山路 889 号齐来工业城，与 1994 年就在这里"安家"的纺织实验室汇合，组织关系也转了过来。但遗憾的是，从 2003 年到 2007 年，我所在的党支部的支部书记前后换了三任，我也只认识其中的一位，几乎没有开展过组织生活，此时我已从原来的玩具轻工部总经理转任纺织部总经理。那段时间，"两新"组织党群关系属地化的工作已经推了几年，但进展不快。得知我之前曾担任过体制内县团级单位的领导，我们的上级党委——徐汇区虹梅街道综合党委的副书记应志松，希望我能把天祥公司的党建工作引上正常化的轨道。当时，作为已有 21 年党龄的我，毫不犹豫地答应了。为了慎重起见，我把应书记引见给了当时天祥集团华东北区的总经理柏学礼先生，他也是一名老党员，之前也是一位体制内单位的处级领导。结果，我们三人一拍即合，根据当时上海天祥公司的党员人数，决定在报请上级党委同意后，在天祥公司原有的两个独立支部的基础上组建天祥公司党总支。2007 年 7 月，中共上海天祥质量技术服务有限公司总支部委员会正式成立，下辖四个党支部，我被推举为党总支书记，原来也曾在浦东人才交流中心综合党委任第 338 支部书记的李雷惊任党总支副书记。当然，在外资企业，我们这些书记和委员都是兼职的。

公司党总支的建立标志着天祥公司的党建工作开始进入正常化的轨道。公司党总支成立伊始，我就把党员的身份清理和归队作为首要的工作来抓。那时公司党总支名下的党员有 64 名，但实际上公司的党员人数应该不止这些。有不少党员思想上存在误区，不愿在外资企业暴露党员身份，怕给自己带来麻烦；也有一些党员不愿正常履行党员义务，把组织关系挂在居住地（社区）所在的党组织；还有的党员几经跳槽，未转过组织关系，甚至把转组织关系的介绍信都丢了；当然，也有部分是没时间，怕麻烦而未及时转的。我觉得，在我国党员是先进分子的代表，因此，无论是在体制内还是体制外，是党员的就应该公开自己的党员身份，而且应该以党员的标准来严格要求自己，在自己的本职岗位上发挥一个党员的先锋模范作用。如果连自己的党员身份都不愿公开的话，那就意味着你不愿别人知道你的党员身份，不愿在你的日常工作、学习和生活中以一个合格党员的标准来要求自己，也不想接受别人对你的监督，这是不允许的。我们提出的要求是，凡是在公司全职工作的党员，都必须将组织关系转到公司党总支来，而且要亮明身份，以便接受组织的管理和群众的监督。经过近三个月耐心细致的工作，这项工作取得了积极的进展，公司党总支的在册党员人数上升到了近 90 名，"地下"党员基本消失。

"两新"组织中，非公有制企业的党建，特别是外资企业的党建工作如何做好是一个新的课题，在发挥党员的先锋模范作用方面还有许多旧的观念必须改变。在与一些一线党员的交谈中，有些党员提出，外资企业都是为老板打工，产生的效益也是被国外的投资方拿去了，自己做得再好，也是在为外国人做贡献，对我们国家没什么贡献，所以，在外资企业讲共产党员要多做奉献似乎没什么意义。对这种模糊观念，我通过党课、座谈会、个别谈话、写文章等方式进行澄清。我告诉大家，改革开放是我们国家发展战略中一项非常重要的举措，外资企业和国有企业投资主体不同，外资企业注册在中国，享受"国民待遇"，为中国社会和经济的发展同样也做出了贡献。当然，与体制内的企业不同，外资企业的党组织在如何体现党的领导方面还有许多值得探讨的地方。但对于我们每个身在外企的党员来说，在各自的岗位上充分发挥一个党员的先锋模范作用是最基本的要求。在此基础上，我们还应围绕企业的中心工作，以组织的力量来引领员工一起助推企业的发展，这其中，我们党组织的先进性可以得到充分的发挥和展示。经过这样多次反复的教育，公司大部分党员的思想认识有了大幅度提升，党员身份的认同感、归属感和责任感明显增强。

当然，非公有制企业特别是外资企业党建工作存在很多需要解决的理论和实践问题，这些问题的解决必须依靠理念的创新、形式的创新和管理的创新。天祥的党建工作该如何开展，我考虑了很多，但创新、求实，讲求实效的理念是我最基本的出发点，关键是要找到突破口。2007 年 10 月，在虹梅街道综合党委、虹梅街道总工会及公司管理层的大力支持下，上海天祥质量技术服务有限公司工会也正式成立了，我被大家推举为工会主席，行政部经理王泽民任常务副主席。与部门的党支部对应，我们也设立了四个业务线的基层部门工会。就这样，我是党总支书记和工会主席一肩挑，工作的平台更加广阔了。

上海天祥公司第一届工会委员会成立

　　天祥公司工会的成立一方面可以在更大范围内将员工组织起来，在维护职工合法权益的同时，凝聚大家的聪明才智，创造一种和谐的企业文化，引导和组织员工为助推企业发展贡献力量。但同时，在我的潜意识里，根据外资企业党建工作所面临的实际情况，我们可以依据《中华人民共和国工会法》（以下简称《工会法》）建立的公司工会的平台，将党建和工建联动，有效提升党建工作的有效性，贯彻落实我们对天祥公司党建工作创新、求实的定位和理念。我多次召集天祥公司党委、工会两委的班子成员开会讨论，统一思想，最后达成共识，并建立了公司党工联席会议制度。但凡不涉及党内重大事务和秘密的，我们都以党工联席会议的方式研究、讨论、协调、布置公司的党群工作，让党组织的意志和要求通过工会这个每个员工都参与的平台布置和落实下去，各部门的党支部和工会在平时的日常工作中也是紧密联系，并肩战斗，党组织的作用得到了有效的发挥和体现，在员工中的威信和号召力与日俱增，而公司管理层对此也持积极支持和赞赏的态度。在工作方式上，考虑到外资企业的党组织和工会都没有专职干部的特殊情况，我提出"公转"加"自转"的方式，即各支部、各部门工会要紧密围绕公司党总支和工会的工作要求进行"公转"，同时也要根据各自的实际情况有的放矢地增强自身的活力，积极地进行"自转"。这样的工作方式进一步体现了我们讲求实效的理念，强化了实际效果，基层党员、普通员工和公司管理层都很满意。

天祥公司党委、工会委员年度培训

在虹梅街道综合党委的积极引导、帮助和支持下，天祥公司的党建工作发生了积极的变化，引起了各方的高度关注。中共上海市委组织部、中共上海市社会工作委员会、徐汇区委、区委组织部、区社工委等上级部门的领导多次来天祥公司实地调研，并对我们的创新意识和实践给予了积极的评价，公司的党建工建联动模式被作为成功的范例进行宣传和推广。2011年，根据天祥公司党建工作的发展情况，虹梅街道综合党委提请徐汇区委考虑将天祥公司党总支升格为党委，得到了时任徐汇区区委书记茅明贵的积极支持。茅书记亲自到公司调研，并要求相关部门配合做好相关工作。2011年7月，天祥公司党员代表大会召开，选举产生了天祥公司第一届党委和纪委委员，由我任公司党委书记，李雷惊和徐红任党委副书记，徐红兼任纪委书记。茅明贵书记及其他几位区委主要领导与会，对天祥公司党总支所做的工作给予了充分的肯定，对天祥公司党委的成立表示热烈的祝贺。

市委组织部副部长陆凤妹、徐汇区委书记茅明贵陪同重庆市委
组织部长来天祥公司学习考察"两新"党建工作成果

中国共产党上海天祥质量技术服务有限公司委员会成立

  2011 年底，作为非公有制企业党组织的兼职书记，我有幸当选为上海市徐汇区第九次党代会代表。2012 年 1 月，我作为工会界的代表正式成为上海市徐汇区第十三届政协委员。2012 年 4 月，经徐汇区党代会差额选举，我正式当选为上海市第十次党代会代表，这不仅是我政治生涯的一件大事，也是我自 1986 年 1 月入党以来在党内获得的最高荣誉和担任的最重要职务。那段时间，为了迎接市第十次党代会的召开，各大媒体都做了大量的报道，其中有好几家市级媒体也将我作为基层党建，特别是"两新"组织党建工作的先进人物代表进行了采访和报道，其中《新民晚报》在 2012 年 5 月 5 日的头版头条刊登了记者邵宁撰写的题为《纺织材料专家、外企副总经理王建平，亲眼见证了 5 年来上海基层党建的飞速发展。他以党委书记的亲身经历回答记者——这么多外企白领为啥入党》的报道。那天是星期六，我还不知道有这个报道见报，王泽民先打来电话，表示祝贺。后来我一个大学同学告诉我，他居然是在上海飞悉尼的国际航班上看到这个报道的。与此同时，当期的《支部生活》也发了特约记者姜鹏飞撰写的题为《共产党员，永远都应该是先锋队中的一员》的报道，详细介绍我和天祥公司党建的事迹，反响热烈。

《新民晚报》的头版头条报道

我和徐汇区区长过剑飞在上海市第十次党代会上

中国共产党上海市第十次代表大会代表证

　　开完党代会回来，街道特意组织了各科室、各相关部门和直属单位的党员及居民区和"两新"组织的党支部书记一百多人来听我的传达。我就创新驱动、转型发展，加快推进上海"四个中心"建设等相关问题做了详细的解释和说明，并结合街道党建工作的实际提出了一些建议。接下来，我多次召开公司党委会，除了传达市第十次党代会的精神之外，重点就天祥公司党委如何在新的高度上加强组织建设，凝聚党员力量，坚持思想引领，注重务实创新，构建和谐文化和助推企业发展等方面继续积极的探索进行了深入的讨论并达成共识。大家觉得，"两新"组织党建的创新探索是一项长期性的工作，提升党员的思想教育和综合素养是基础，也是关键。只有把这个基础抓好，实现上述目标才有可能。因此，建设学习型党组织成了我们的一个口号和重要的抓手。我们为每位党员订阅了《党员经典导读》，并借助公司党委网站重新构建的党员沟通交流平台以及每年两次的大党课，向党员推荐一些好的报告、文章、讲座等，内容涉及政治、历史、文化、地理、哲学、医学、经济、科技、艺术等多个方面，我还会经常写一些导读向全体党员推荐，受到大家的普遍欢迎。经常会有一些党员主动撰写一些学习心得来进行交流互动，效果良好。

　　由于实行了党代表的常任制，我把做好基层"两新"组织党建的探索创新作为五年任期履职工作的重点方向。同时，将联系基层党员群众，及时做好上通下达工作作为自己的经常性工作。2012 年 7 月，中共上海十届市委二次全会召开，我应邀列席。这次全会的主要任务是，深入学习贯彻上海市第十次党大会的精神，认真总结上半年本市经济社会发展情况并部署下半年工作，动员全市各级党组织和广大党员干部群众统一思想、振奋精神、努力创新、扎实工作，以优异成绩迎接党的十八大胜利召开。在小组讨论会上，结合我们第三方检验检测认证行业的实际，我就"四个中心"建设和发展现代服务业要有创新思维和国际化的视野的话题做了发言，引起了在场的市委办公厅和市委组织部领导的关注。第二天，市委组织部下属的《组织人事报》编辑部就给我来电话，就我的发言向我约稿。我欣然应允，不久，我的发言稿就见报了。

2012 年 9 月初的一天，我接到徐汇区委办公室的通知，说是下周有领导要来漕河泾开发区视察，问我们是否方便接待，我当然说可以。我把情况向天祥集团中国区总裁做了汇报，领导很重视，叮嘱我要跟进，有什么情况及时报告。后面几天的电话是市委办公厅直接打来的，我们确定了参观路线、内容等，并汇报了参观地点及周边的详细情况。最后几天，打来的电话的变成了市委警卫局的，他们的人来了两次，把参观路线反复查看了好几遍，并提了很多要求，我们都一一落实了。

那天晚上八点多，我接到市委办公厅的电话，说是第二天领导大约上午十点到我们公司，我马上通知集团中国区总裁柏学礼。

上午十点，公司玩具轻工部所在的宜山路 801 号门外传来了两声短促的警车鸣笛声，随即一辆丰田面包车和几辆小车鱼贯而入，柏学礼总裁和我在公司楼下迎接。车上依次走下来市委和区委领导。几位领导在柏总和我的陪同下，饶有兴致地参观了公司的玩具轻工和化学实验室，并不时询问一些技术和运行方面的问题。末了，还称赞天祥公司为中国产品进入国际市场保驾护航做出了巨大的贡献。领导的到访，让天祥集团在圈内名声大振，公司管理层乃至伦敦总部都很兴奋，我自己也亢奋了好一阵子，同时也让公司党组织在公司的作用更加明显。

"两新"组织的党建工作确实难做，根本无法套用体制内的一些传统做法。但难做归难做，还是要去做，这对我们这些"两新"组织基层党组织的书记、委员来说是一种责任。比如我们提出，要让党员成为骨干，要让骨干成为党员。虽然刚开始时效果不明显，但坚持数年后，情况发生了可喜的变化。现在在天祥公司，高管中党员的比例远超党员在员工中的比重，基层骨干包括工会干部中，党员的人数也在逐年增加，员工中要求入党的风气成了一种公开的正能量。参加无偿献血、捐资助学、帮困和社区公益活动也已经可以达到一呼百应的效果，党员的先锋模范作用得到了实实在在的体现。在我的观念中，党员应该是一面旗帜，是一个楷模，是一个强者，是一个忠实履行自己承诺的实践者。因而，我对一些"两新"基层党组织过分强调对党员的服务功能有些不以为然，因为党员不应该是弱势群体，要管理和服务并存，对一些无组织、无纪律的行为坚决不能容忍。记得前些年我们公司玩具轻工部党支部有一位党员不愿自觉履行缴纳党费的义务，甚至还出现讨价还价的错误言行。支部对她进行了帮教，但效果不明显。纪委出面后，也无积极的反应。最后我出面找她谈话，指出问题的严重性，并进行了严肃的批评教育，情况才发生变化。最后，她在支部大会上做了深刻检查，得到了大家的谅解，后来表现不错。同样，我们对高管中个别党员经常无故不参加组织活动的情况也盯住不放，不允许搞特殊化。我觉得，从严治党不能仅停留在口头上，而是必须从每一件小事抓起，绝不含糊。

相对于党建，天祥公司的工会工作可以放得更开。一是有《工会法》的保护，二是有公司管理层的支持，三是员工有热切的期望。有些不了解情况的人会认为外资企业工会工作的重点就是站在企业的对立面为职工维权，但我不这样认为。一是不管是体制内还是体制外的企业，员工和企业都是一种相互依存的关系，两者之间不应该是对立的；二是工会及其所属员工应该是助推企业发展的重要的力量；三是只有企业发展了，员工的诉求才有可能得到满足。因此，作为外资企业的工会，维护职工的合法权益固然是自己的重要职责，但在针对具体的事情上，更要引导职工合理维权、合法维权。为此，我们专门成立了职工维权工作委员会，并和公司人事部门建立了良好的沟通协调机制，但凡涉及员工切身利益或要对某个员工进行处理时，都要得到工会的认可。我们还建立了职代会制度，要求公司管理层每年报告公司的经营状况和人事工作情况，并讨论决定一些重大事项。有事情找工会也已经成为大家的共识。

我出席上海市工会第十三次代表大会

　　天祥公司工会成立伊始就有员工提出，希望组织一些慈善帮困助学活动。我及时抓住这一可喜的苗子，周密部署，决心把这件事做成精品工程。事实上，我自己从1994年就开始了慈善助学活动，到天祥公司工会成立已坚持了十三年。先后受到我个人资助的贫困学生有五名，其中有四名先后大学毕业，有的成为大学教授，有的成为公务员。但我常常感叹个人力量的渺小，经常感觉力不从心，无法把慈善助学活动做得更好，去惠及和感染更多的人。现在天祥公司员工中有这样的想法，我觉得是个极好的机会，可以通过周密的组织，引导大家积极参加慈善活动，感恩社会，奉献爱心，把个人的力量转变成集体的力量，主动承担更多的社会责任。但我又担心由于我们的组织引导不当，员工的慈善义举会变成一种冲动和作秀、一种怜悯和施舍行为，最后使受助对象受到伤害，这与无私的奉献是背道而驰的。我几次组织公司党工联席会议，讨论此事。我的要求是，要么不做，要做就要一直坚持做下去，绝不半途而废。我告诉大家，做慈善助学并非简单地帮助别人。其实，作为青年人，在帮助别人的同时，也是一次接受国情、社情和民情教育的绝好机会，助与受助其实是双向的。在大家达成共识的基础上，我们成立了"天祥爱心天使团",决定首期定向资助崇明八名贫困学生上学,所有款项均来自于公司员工的个人捐款。为了确保做好这项工作,我们还建立了每个支部和部门工会联合与受助学生结对帮扶的制度,成效明显。

崇明受助学生及其家长受邀来公司参观

除了与崇明贫困学生的结对助学活动,天祥公司也经常会有一些因为个别员工本人或家人的突发事件而组织的募捐活动,有时的募捐总额会超过 10 万元。我考虑再三,为了保护员工做慈善、献爱心的积极性能够长久地持续下去,应该建立一个长效的机制,遂建议公司工会设立专项慈善帮困助学基金,由公司工会托底 20 万元,再加上每年一次的员工个人募捐,形成一个资金池,专门用于公司内部的员工帮困救济、外部的社会捐款和崇明贫困学生的定向助学活动,不再经常随机性地组织员工的个人募捐活动。这个建议很快通过了公司职代会的审议而成为一项制度。现在,我们每年从员工那儿募集到的款项大概在 10 万元,主要用于助学活动,每年年终核算后基金总额低于 20 万元时,由工会补足。转眼 12 年过去了,天祥公司的助学活动一直坚持至今,受助的学生也从最初的 8 名扩展到了 20 名,并将一直维持这个数,保持动态平衡。当年受助的学生已有不少大学毕业走上了工作岗位,天祥公司的员工、受助学生及家庭、我们的合作伙伴——崇明区团委对此都是感慨万分。我们的上级党组织和工会也都对我们把这件事坚持一做 12 年,并做成一个精品工程表示由衷的钦佩。很多员工都说,我们不全是付出,我们的收获可能更多。同样,我们也通过公司职代会建立了无偿献血制度,每年主动报名并成功实施献血的员工都在 100 名左右。

这些年来,我们还通过制度的安排,大力鼓励基层的部门工会在组织员工参加丰富多彩的文体活动,引导员工岗位奉献、岗位成才等方面做了大量的工作,成效显著。不仅员工满意,公司的管理层也给予了高度的评价和积极的支持。回想这些年我花费了那么大的力气在繁忙的业务和技术工作之外,不遗余力地努力做好公司的党群工作,我内心所追求的就是创造一种和谐的企业文化,以一个 30 多年党龄的老党员的责任感和使命感带领和组织广大党员和员工为公司的发展做出积极和应有的贡献,现在看来,这个

天祥公司助学活动十年庆

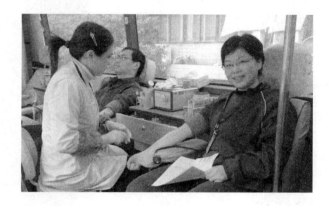

天祥公司党员干部带头无偿献血

目标是部分实现了。这些年来,天祥公司党组织和工会以及我个人得到了很多的荣誉和称赞,包括市及区党代表、政协委员、市优秀党务工作者、区优秀共产党员、市"两新"党组织示范点、市模范职工之家、市区劳动关系和谐企业等,公司党群工作的成效和党员群众对党群工作的满意程度也在不断提高,基层党支部和部门工会也从最初的四个扩展到了目前的八个,但离我的理想状态还有很大的距离。在前两年举行的公司党委和工会换届选举中,我们首次采用了"公推直选"的办法,结果我再次以全票当选公司新一届的党委书记和工会主席,这是大家对我和天祥公司党委和工会工作的信任和鼓励。

这十多年来,我还先后兼任虹梅街道综合党委委员和纪委委员。前些年,上海市委开始在社区工作中实施"1+6+3"的工作模式,推动从社会管理向社会治理模式的转变,我兼任徐汇区虹梅社区综合党委副书记,积极投身区域化大党建的工作。从2012~2017年,作为市、区两级党代表,在履职期间,我积极参每年对市级机关的测评,作为专家受邀参加一次上海市优秀公务员的评选,同时积极参与徐汇区"服务在基层、满意在徐汇"的定期走访对口居民区的活动,积极想办法、动脑筋为基层解决一些老大难问题。与此同时,自己也受到了很多教育。如今,我作为市党代表的任期已经届满,但作为新一届的区党代表,这样的履职活动还会继续下去。

天祥公司党建工作中我获得的各种荣誉

天祥公司工会工作中我获得的各种荣誉

我在社区治理圆桌会议上演讲

回头想想，从 1981 年我在上海市纺织科学研究院的理化分析研究室担任联合团支部委员开始，我兼职从事党群工作已有 37 年时间，虽然都是兼职，但从没间断过。这

37年的岁月，有付出、也有抱怨，但更多的是增长了知识和才干。从最初把它当作是一种荣誉，到后来变成是任务，再后来感觉是一种责任，到现在是一种从心底油然而生的使命感，我的精神世界也在不断升华。显然，这已经不仅是一种缘分了。做人的工作其实是世界上最难的工作，几十年的实践和千锤百炼，这样的机会相信不是每个人都会有的，而我，不仅遇到了，而且没有中途放弃，一直坚持到了最后，我为此感到特别自豪和高兴。在我心中，不管做什么事情，要么不做，要做就力争做到最好！

我抽屉里的那些证书

退休后，我答应中国纺织出版社牵头编纂一套有关纺织检测技术的专业丛书。十年前为了写《REACH 法规与生态纺织品》而被各种资料塞得满满的书房，终于可以清理一下了。但打开写字台的那几个抽屉，满满几抽屉的奖状和证书，却又将我的思绪重新拉回到几十年前的"激情岁月"，手上的工作不知不觉就停了下来。

在这些奖状和证书中，不仅留下了浓浓的时代印记，更是我大半辈子的人生写照。转念一想，倒不如把这些证书分门别类沿时间的轨迹串联起来，并说说背后的故事。以后闲暇时可以时不时拿出来回味，心情好的时候说不定还可以在孙辈面前"显摆显摆"。更重要的是，在被人们逐渐遗忘的过程中，至少还有东西可以拿出来自我陶醉，满足一下自己的虚荣心。虽然到目前为止，我还算不上是一个有虚荣心的人，但难保以后不会。很多人老了，却还总是放不下，总还会有一些"为了忘却的纪念"，不是吗？

学历、学位、培训结业证书

1978 年 4 月，上海轮胎二厂技工学校颁发的毕业证书。1976 年 4 月我从上海市金陵中学毕业，按条件和政策，被分配到上海轮胎二厂技工学校橡胶机械维修专业学习，两年后毕业。

1981 年 4 月 28 日，上海化学工业专科学校颁发的毕业文凭。1978 年 4 月，我有幸成为 1977 年恢复高考后被录取的新生进入上海化学工业专科学校化工系化工分析专业学习，三年后毕业，被分配到上海市纺织科学研究院理化分析研究室从事科研工作。

1985 年 11 月，上海市徐汇区业余大学英语口语班结业证书。因我以前学的是俄语，英语基础相当薄弱，参加了由单位委托举办的英语口语短训班，但实际效果一般。

1992 年 3 月 20 日，上海市杨浦区劳动局颁发的劳动保护培训班结业证书。我因担任上海市纺织科学研究院纺织部南方科技测试中心副主任，被要求参加劳动保护的基础培训。

1992 年 10 月 26 日，上海震旦进修学校颁发的电脑应用培训班结业证书。当时计算机应用刚刚开始兴起，心血来潮地想赶时髦，记得当时学的是 d-Base II。

1993 年 6 月，上海市干部培训中心颁发的对外贸易专业大专课程结业证书。当时中国的对外贸易开始走上了快车道，很多同学、同事和朋友都纷纷转行进入这个令人羡慕的行当。我也抑制不住内心的冲动，报名参加了由上海市干部培训中心举办的为期一年的外贸专业大专课程培训班，一周五个晚上的课，很是辛苦，但所学的六门课考试成绩全优。虽然后来并未转行从事外贸工作，但却为后来从事国际第三方质量保障服务打下了很好的基础。

1996 年 10 月 14 日，上海市劳动局颁发的上海市厂长经理劳动保护管理合格证书。因为我 1995 年 8 月被任命为上海市合成纤维研究所第一副所长，分管所里的安全工作，必须接受这个培训。

1998 年 10 月，上海市消防局颁发的上海市消防专业知识培训证书。我作为分管安全工作的合纤所领导，这个培训也是必需的。

1998 年 10 月 28 日，国家科学技术委员会科技信息司、中华人民共和国新闻出版署人事教育司联合颁发的主编岗位培训合格证书。由于我兼任《合成纤维》和《化纤文摘》的主编，必须获得主编岗位资格证书。

2000 年 7 月，上海市工商行政管理法律法规培训中心颁发的工商行政管理法律知识培训合格证。1998 年底，我被任命为上海市合成纤维研究所所长，作为法人代表，这个培训是必修课。

2001 年 5 月 24 日，东华大学颁发的工学硕士学位证书。从 1997 年秋季开始，经国务院学位办批准备案，我以同等学力申请硕士学位的方式在东华大学材料科学与工程学院在职进修硕士课程，修满规定学分，通过外语全国统考和论文答辩，顺利获得工学硕士学位。

资格证书

1975 年 2 月 15 日，上海市金陵中学党支部颁发的上海市金陵中学第四届学生代表大会代表证书。这是我第一次当学生代表。

1988 年 11 月，上海市纺织科学研究院技术职务任职资格评审委员会颁发的中级专业技术职务（工程师）资格证书。这是我大专毕业后的第七年，三十周岁，终于成了一名工程师，很是兴奋，而且比我原来想象的提前了整整十年。

1989 年 9 月，上海市吉他协会颁发的上海市吉他协会会员证。我向著名夏威夷吉他演奏家徐炎先生学了近两年，终于通过考试成为上海市吉他协会的会员。

1995 年 5 月 26 日，上海市人事局颁发的高级工程师资格证书。我因工作业绩优秀，且获得多项科技成果奖，被破格晋升为高级工程师。

2000 年 12 月 31 日，国务院学位委员会办公室颁发的同等学力人员申请硕士学位外国语水平全国统一考试合格证书。

2001 年 4 月 15 日，上海市职称改革领导小组办公室颁发的职称外语等级考试 A 级合格证书。

2001 年 6 月 28 日，上海市人事局颁发的高级工程师（教授级）资格证书。我因在高新技术成果开发和转化方面取得突出成绩，且连续两次获得上海市科技进步二等奖，被上海市高新技术成果转化高级技术职务任职资格评审委员会认定具有教授级高级工程师任职资格，并据此被任职单位上海天祥质量技术服务有限公司聘任为教授级高级工程师至今。

2004 年 2 月 20 日，国家标准化管理委员会颁发的聘书。我被聘请为全国纺织品标准化技术委员会基础分技术委员会（SAC/TC209/SC1）副主任。这是在我涉足标准化研究工作 21 年之后首次进入全国性的标准化技术委员会，并担任副主任委员。

2004 年 3 月 1 日，天祥集团亚太区总裁 Paul Yao 颁给的 Intertek Eco-Certification 认证委员会副主席任命匾牌。这是 Intertek 首次建立消费类产品的生态安全认证体系，我被任命为这个第三方自愿认证的认证委员会副主席。

2005 年 10 月，新加坡国立大学商学院颁发的全方位管理课程结业匾牌。作为公司高管，被公司选送去新加坡国立大学商学院短期进修并顺利结业。

2007 年 5 月 10 日，国家标准化管理委员会再次颁发的聘书，聘请我担任全国体育用品标准化技术委员会（SAC/TC291）委员。

2008 年 10 月 15 日，国家标准化管理委员会颁发的聘书，聘请我担任全国染料标准化技术委员会印染助剂分技术委员会（SAC/TC134/SC1）副主任委员。

2012 年 1 月 3 日，中国人民政治协商会议上海市徐汇区委员会颁发的中国人民政治协商会议上海市徐汇区第十三届委员会委员证。我作为工会界的代表被推举为徐汇区政协委员，正式开启我参政议政的体验。

2012 年 5 月，中国共产党上海市第十次代表大会代表证。因在"两新"组织党建工作中做出突出成绩，继在 2011 年底当选中共上海市徐汇区第九次代表大会代表之后，我又被选为中共上海市第十次代表大会代表。

2013 年 8 月 28 日，国家标准化管理委员会颁发的聘书，聘任我为全国皮革工业标准化技术委员会（SAC/TC252）委员。这是我参加的第四个全国标准化技术委员会。

2013 年 10 月 8 日，国家标准化管理委员会颁发的聘书，继续聘请我担任新一届全国染料标准化技术委员会印染助剂分技术委员会（SAC/TC134/SC1）的副主任委员。

2016 年 11 月，在第一届中国汽车维修行业协会技术和标准化委员会会议上当选为副主任委员。

奖状、荣誉证书、奖励证书

1973 年 1 月，上海市金陵中学颁发的一年级数学竞赛第五名奖状。

1973 年 2 月，上海市金陵中学颁发的"三好学生"奖状。

1973 年 6 月，上海市金陵中学颁发的金陵中学书法竞赛第四名奖状。

1973 年 8 月，上海市金陵中学颁发的"三好学生"奖状。

1973 年 11 月 18 日，青浦县（现青浦区）白鹤公社叶泾大队和上海市金陵中学联合颁发的"学农积极分子"奖状。

1974 年 7 月，上海市金陵中学颁发的"学工积极分子"奖状。

1975 年 3 月，上海市金陵中学颁发的"学习潘冬子积极分子"奖状。

1975 年 7 月，上海市金陵中学颁发的"争做革命接班人活动"积极分子奖状。

1975 年 11 月 23 日，上海市金陵中学七五届学农营颁发的"学农劳动积极分子"奖状。

上面这几张奖状已有 40 多年的历史了，我一直很好地保存至今。虽然时代的印记是如此鲜明，但这仍是我人生中最美好的一段青葱岁月的记忆。那时候德、智、体全面发展也是我们每个学生努力的方向。这段记忆我将终生难忘。

1976 年 5 月 20 日，上海轮胎二厂技工学校学农队颁发的"学农劳动积极分子"奖状。

1977 年 4 月，上海轮胎二厂技校颁发的"三好学生"奖状。

在上海轮胎二厂技校的两年间，我仍是一个师傅、老师和同学眼中的好学生，甚至在临近毕业时，还被评为上海市"三好学生"，参加了在上海万人体育馆举办的表彰大会。只可惜，那张上海市"三好学生"奖状如今已不知所踪。

1979 年 9 月 18 日，上海化学工业专科学校颁发的"三好积极分子"奖状。在化专三年，77 级的大学生，学霸成群，我虽用尽"洪荒之力"，还是没能拿到一个"三好学生"的称号，结果只得到一个"三好积极分子"聊表安慰。

1983 年 12 月，上海市纺织科学研究院团委颁发的"优秀团干部"奖状。

1984 年 5 月，上海市纺织工业局团委颁发的上海市纺织工业局"优秀团干部暨新长征突击手"证书。

1985 年 2 月，上海市纺织科学研究院颁发的 1984 年度"先进工作者"奖状。拿到这个奖状实属不易。当时我到纺研院才三年多时间，作为一个业内顶尖的大型研究院，1000 多人的规模，人才济济，专家成群，将我们研究室唯一的名额给了我，实在让我有点受宠若惊，深感不安。但研究室的领导和同事给我的评价却颇高，认为是"物有所值，当仁不让"，让我诚恐诚惶了好一阵子。唯有认真工作，才能心安。

1986 年 1 月，上海市纺织科学研究院团委颁发的"先进团员"奖状。

1987 年 1 月，上海市纺织科学研究院工会颁发的"职工之友"奖状。

1987 年 4 月，上海市纺织工业局团委颁发的上海市纺织工业局"新长征突击手"证书。

1987年5月3日，共青团上海市委颁发的上海市"新长征突击手"奖励证书。

刚到纺研院工作的头几年，在跟着老科研工作者学做科研的同时，我对群团工作也非常热心。团组织和工会也给了我不少荣誉，其中1987年5月获得的上海市新长征突击手称号已是省市级青年先进的最高荣誉。同年，我也开始兼任纺研院的团委副书记。

1987年5月，中国纺织工程学会染整专业委员会颁发的1986年度全国染整学术论文证书（两篇）。这是我第一次在全国染整专业的学术会议上发表论文，而且一发就是2篇。

1987年6月，上海市纺织工程学会颁发的1986年度"学会积极分子"荣誉证书。从1985年开始，我们在上海市纺织工业局团委的牵头下，成立了上海纺织青年知识分子协会。上海市纺织工程学会还专门成立了青年工作委员会与我们这个协会对接，我被聘为青年工作委员会的副主任，并在换届时成为上海市纺织工程学会历史上最年轻的理事。如今三十年过去了，我仍是纺织学会的理事，虽然中间曾经有两届离开过。

1987年9月19日，上海市献血小组、上海市红十字血液中心颁发的无偿献血荣誉证。这一年上海市刚开始宣传鼓励无偿献血，在我心里引起共鸣。一天约了几个同学自己找到上海市血液中心，检验合格后，每人无偿献出了200cc血，然后就回纺研院上班去了。我成了上海第一批无偿献血的志愿者，荣誉证书的编号为2724号。

1988年1月，上海市纺织科学研究院颁发的1987年度纺研院"职工精神文明十佳之一"奖状。这个奖状是因为参加无偿献血而得的。

1988年9月，上海市纺织科学研究院工会颁发的"工会积极分子"奖状。

1990年8月，共青团中央青工部、中国青年科技发展中心联合颁发的"五小"成果入选《中国青年科技成果》荣誉证书。

1990年1月，上海市纺织科学研究院颁发的1989年度"先进工作者"荣誉证书。时隔五年，我再次被评为院级先进。由于纺研院是副局级单位，所以院级先进也可以享受局级先进的待遇。其中最实惠的奖励是以1500元的价格获得一个液化石油气的用户资格。那时母亲刚迁到浦东，还没有管道煤气，我用这个液化气用户资格给她解决了大困难，因为原来我们家在黄浦区宁海东路时是有管道煤气的。一下子没有了，母亲还真不习惯。

1990年11月，苏州市科学技术协会颁发的"优秀学术论文一等奖"证书。

1990年12月1日，上海市杨浦区青年联合会颁发的"奉献才华、振兴杨浦"献计献策优胜奖荣誉证书。这一年，我成为新成立的杨浦区青年联合会科教文卫界的委员，并连任了两届。

1991年5月10日，上海市纺织工程学会颁发的1990年度"优秀论文一等奖"荣誉证书。

1991年10月，上海市科学技术协会颁发的"上海市科协第四届青年优秀科技论文三等奖"证书。

1991 年 12 月 3 日，上海市杨浦区青年联合会颁发的"明星委员荣誉"证书。

1993 年 8 月 1 日，上海市纺织工业局颁发的"上海市纺织工业科技进步一等奖"获奖证书（共 3 项）。

1993 年 9 月，上海市科技结合生产重点工业项目会战领导小组颁发的 1993 年度"上海市科技结合生产重点工业项目科技攻关先进个人"荣誉证书。

1994 年 5 月，上海市纺织工业局颁发的"上海市纺织工业科技进步一等奖"获奖证书。

1994 年 9 月，上海市纺织工程学会颁发的"学会活动积极分子"荣誉证书。

1994 年 12 月，上海市人民政府科学技术进步奖评审委员会颁发的"上海市科学技术进步三等奖"证书。

1997 年 10 月 31 日，上海市纺织工程学会颁发的优秀论文二等奖证书。

1997 年 10 月 31 日，上海市纺织工程学会颁发的优秀论文三等奖证书。

1997 年 11 月 4 日，上海市纺织工程学会颁发的优秀科普著作一等奖荣誉证书。这个奖项是因为我和陈荣圻教授合作出版了学术专著《禁用染料及其代用》

1998 年 5 月，上海市纺织工程学会颁发的 1997 年度优秀论文二等奖证书。

1998 年 5 月，上海市纺织工程学会颁发的 1997 年度优秀论文三等奖证书（2 篇）。

1998 年 8 月 13 日，中国纺织工程学会化纤专业委员会颁发的优秀论文证书。

1999 年 5 月，上海纺织控股（集团）公司颁发的"上海纺织系统科技进步一等奖"证书。

1999 年 5 月，上海纺织控股（集团）公司颁发的"上海纺织系统科技进步二等奖"证书。

1999 年 10 月 20 日，上海市纺织工程学会颁发的"学会活动积极分子"荣誉证书。

1999 年 11 月 2 日，上海市人民政府科学技术进步奖评审委员会颁发的"上海市科学技术进步二等奖"证书。

2000 年 6 月，上海市纺织工程学会颁发的优秀论文三等奖证书。

2000 年 8 月 1 日，上海纺织控股（集团）公司颁发的"上海纺织系统科技进步一等奖"证书。

2000 年 11 月 18 日，中国"九五"科学技术成果评审委员会颁发的中国"九五"科学技术成果证书。

2000 年 12 月 15 日，上海市科学技术奖励委员会颁发的"上海市科学技术进步二等奖"奖励证书。

2001 年 6 月，上海市人民政府经济委员会颁发的"上海市优秀新产品三等奖"证书。

1986~2001年，是我在科技和学术研究成果方面呈现爆发性增长的时期，15年间累计完成各级各类科研项目20多项，发表论文40多篇，出版专著2种，获得局级科技进步一等奖6项、二等奖1项，获得上海市科技进步二等奖2项、三等奖3项，获得上海市新产品三等奖1项，获得各级各类学会优秀论文一等、二等、三等奖多项，获得上海市纺织工程学会优秀科普著作一等奖1项，获得中国纺织优秀图书二等奖1项。

2007年11月，中国纺织工程学会颁发的第十届陈维稷优秀论文二等奖证书。这是以原中国纺织工业部副部长命名的中国纺织界学术论文的最高奖项。之前，我曾有一篇论文被定为一等奖，但因已经获得过上海市科协的优秀青年论文奖而被取消获奖资格，非常可惜。这也是我离开体制内单位后获得的第一个学术方面的荣誉。

2008年1月，虹梅社区总工会颁发的2007年度虹梅社区"优秀工会工作者"荣誉证书。

2008年6月26日，中共虹梅社区（街道）工作委员会颁发的2007~2008年度"优秀党建工作者"荣誉证书。

2010年8月，虹梅社区（街道）党工委、办事处颁发的"世博先锋"先进党员荣誉证书。

2010年10月，中共上海市徐汇区委员会组织部颁发的徐汇区"建功世博会、奉献在徐汇""优秀共产党员"荣誉证书。

2011年4月，虹梅社区总工会颁发的2009~2010年度虹梅社区"工会工作先进个人"荣誉证书。

2012年6月，中共上海市徐汇区委员会颁发的"满意在徐汇"创先争优"优秀共产党员"荣誉证书。

2015年3月18日，中共上海市徐汇区虹梅社区（街道）综合委员会颁发的2014年虹梅社区（街道）综合党委"两新"组织"优秀共产党员"荣誉证书。

2016年6月，中共上海市委组织部、中共上海市社会工作委员会和上海市人力资源和社会保障局联合颁发的上海市"两新"组织"优秀党务工作者"荣誉证书。

2001年，我离开体制内的科研机构去外资企业工作，不再有机会直接承担国家的科研项目。外资公司自主开发的各种研究成果和我自己相关的学术研究成果也无正常途径参与官方或半官方的各种奖项的评比。虽然我的科研还在继续，甚至在学术研究方面达到了之前没有达到过的巅峰，但对我科学研究成果的认定却基本上没有什么渠道可走，甚是遗憾。而令我没有想到的是，在我职业生涯的最后一段，我却在兼职从事党群工作方面"崭露头角"。2007年，我所在的外资公司先后建立了党组织和工会组织，我兼任公司党委书记和工会主席，在"两新"组织党建和工建工作创新方面做了积极的探索，取得了不少成绩，受到了属地归口上级党组织和工会组织及区、市层面的多次褒奖，先后两次当选上海市工会代表大会代表和上海市第十次党代会代表，获得的最高荣誉是上海市"两新"组织优秀党务工作者。

2018年10月31日，中国纺织工业联合会标准化技术委员会颁发的2018年度标准化工作"先进个人"荣誉证书，表彰我在主持起草协会团体标准《纺织产品限用物质清单》中作出的贡献。这是我退休后获得的第一个科研方面的荣誉。

聘书

1993年6月15日，上海市科学技术进步奖评审委员会颁发的1993年度市科学技术进步奖化工专业评审组成员聘书。这是我第一次以专家的身份接受聘请，但这时我技术职称还只是工程师。第一次作为专家，我主审的项目是我上大学前所在的上海轮胎二厂（那时已改回旧称上海正泰橡胶厂）申报的回力子午线轮胎，该成果获得当年度的上海市科技进步一等奖。此后，我连续八年担任上海市科技进步奖化工组、纺织组和国防军工组的评审专家。

1993年2月8日，张家港市苏南纺织原料公司颁发的高级顾问聘书。

1996年8月，上海投资咨询公司颁发的上海投资咨询公司专家人才库专家聘书。该公司是上海市政府的一个智库，专门从事投资决策方面的可行性研究和咨询工作。

1999年11月9日，全国合成纤维科技信息中心颁发的《合成纤维》编辑委员会委员聘书。

2000年1月，湖南中太高新材料股份有限公司颁发的高级顾问聘书。该公司当时正准备申请上市，得知我曾参加过国家证监委组织的IPO发审会，通过东华大学的老师给我发了一份聘书，希望我给予指点。

2000年6月16日，上海市宜川中学颁发的上海市宜川中学科技顾问聘书。那时我正代表上海市纺织工程学会与宜川中学接洽"一会一校"对接活动，宜川中学希望我能应聘担任学校的科技顾问。学校希望我再帮忙找几位顾问。我便把当时上海的三位中国工程院院士郁铭芳、孙晋良和周翔请去给学校当顾问，还有两位大学教授。

2001年1月，上海市纺织工程学会学术部颁发的上海市纺织工程学会第八届学术部委员聘书。

2003年6月18日，《纺织标准与质量》杂志社颁发的《纺织标准与质量》期刊第五届编委会委员聘书。

2004年4月，《印染》编辑部颁发的《印染》杂志特约作者聘书。

2005年1月，《纺织导报》编辑部颁发的《纺织导报》第一届专家委员会委员聘书。

2005年2月，上海市纺织工程学会颁发的纺织科技科普著作《生态发展的构建与评价》编委会编委聘书。

2007 年 1 月 26 日，《印染》编辑部颁发的《印染》杂志专家委员会委员聘书。

2007 年 1 月 28 日，上海纺织工程师研修基地、上海市纺织工程学会颁发的上海市纺织工程师研修基地授课教师聘书。

2007 年 10 月，中国纺织工程学会颁发的中国纺织工程学会第 23 届标准测试专业委员会副主任委员聘书。

2007 年 11 月，中国纺织出版社颁发的第七届编审委员会委员聘书。

2008 年 7 月，《纺织导报》编辑部颁发的《纺织导报》第二届专家委员会委员聘书。

2009 年 10 月 20 日，上海市科学技术协会、上海市纺织工程学会、上海纺织控股（集团）公司、东华大学、上海工程技术大学和上海市纺织科学研究院联合颁发的《功能纺织品开发与应用》编委聘书。

2010 年 1 月，《印染》编辑部颁发的《印染》杂志专家指导委员会委员聘书。

2011 年 5 月，《纺织导报》编辑部颁发的《纺织导报》第三届专家委员会委员聘书。

2010 年 4 月 13 日，中国印染行业协会颁发的中国印染行业协会专家技术委员会专家聘书。

2011 年 11 月，中国纺织出版社颁发的第八届编审委员会委员聘书。

2012 年 2 月 28 日，国家质量监督检验检疫总局科技司颁发的国家质量监督检验检疫总局质检系统检验检测技术师资专家聘书。

2012 年 4 月，上海市徐汇区人民法院颁发的特邀监督员聘书。这是作为徐汇区政协委员应聘担任徐汇法院的特邀监督员。

2012 年 4 月 27 日，东华大学化学化工与生物工程学院颁发的硕士研究生校外指导导师聘书。这不是我第一次担任硕士研究生的校外导师，之前我曾应聘担任浙江大学管理学院的 MBA 校外导师，并带在职研究生 1 名。后来我又带过 1 名东华大学的在职研究生，是天祥公司纺织品实验室的高级经理。

2013 年 6 月，上海市公务员局颁发的"人民满意的公务员"评审组专家聘书。这是作为上海市党代表参与上海市"人民满意的公务员"评审。

2013 年 6 月 14 日，中国纺织工业联合会颁发的中国纺织工业联合会纺织品安全顾问聘书。

2013 年 10 月，中国印染行业协会颁发的中国印染行业协会第五届理事会理事聘书。

2014 年 5 月，《纺织导报》编辑部颁发的《纺织导报》第四届专家委员会委员聘书。

2014 年 12 月，中国印染行业协会颁发的《染整技术》杂志编辑委员会委员聘书。

2014 年 12 月 9 日，成都纺织高等专科学校材料与环保学院颁发的客座教授聘书。

2016 年 5 月 9 日，国家质检总局缺陷产品管理中心上海分中心颁发的上海市缺陷消费品召回技术专家聘书。

2016 年 8 月，中国出入境检验检疫协会颁发的中国出入境检验检疫协会进出口商品检验鉴定机构分会专家委员会委员聘书。

2017 年 4 月 13 日，中国纺织工业联合会标准化技术委员会颁发的中国纺织工业联合会标准化技术委员会专家聘书。

2017 年 9 月 1 日，国家质检总局缺陷产品管理中心上海分中心颁发的缺陷产品召回技术专家聘书。

2017 年 10 月，江苏省纺织工程学会颁发的江苏省纺织服装标准化技术委员会专家证书。

2017 年 11 月，《纺织导报》编辑部颁发的《纺织导报》第五届专家委员会委员聘书。

2001 年，我加盟天祥集团（Intertek）后，跨国公司的背景为我的科技和学术研究提供了更为广阔的视野和舞台。不仅使我的研究领域更加多样化，研究成果也层出不穷，尤其是跨领域研究和交叉科学的灵活应用研究。17 年间累计发表各类论文 70 多篇，出版专著 4 种，制修订国家和行业标准近 10 项，专业领域涉及标准化、消费品生态安全、产业经济、技术性贸易壁垒、化学纤维、有机合成、化学品安全、材料分析、消费品检测技术等，其中 150 万字的专著《REACH 法规与生态纺织品》是全国检验检测行业工作人员必备的工具书。作为专家，我也是走出上海，被称为多个专业领域的著名专家，这是我大学毕业时从来没有想过，也不敢想的事情。

我的"迁徙史"

　　说到迁徙，脑海中浮现出来的可能是长途跋涉、天南地北、风餐露宿、世间沧桑。其实，自打我出生以来，还从未在上海之外的任何地方长期居住过。所谓的"迁徙"，无非就是因为搬了多次家，自恋的无病呻吟罢了。我一共搬了六次家，估计今后不会再搬了。所以就想定下心来，写写每一次搬家在我的生命中留下的点滴记忆和感慨。随着岁月的流逝和时代的变迁，时间和空间的交叉和穿越，使我忘了现在身在何处。往事历历在目，仿佛就在昨天，浮想联翩，不能自已。

恒德里的记忆

　　从我记事起，我从来没想过把自己的出生地弄清楚。除了小时候从母亲锁在抽屉里的户口本上看到过，并从此记得我的祖籍是上海宝山闸北太保堂之外，从没有想过问父母我出生在哪里。记忆中，我们家的第一次搬家是从静安区的常德路搬到了黄浦区的宁海东路。这样的话，我自然应该是生在静安区常德路，而且我家弄堂里跨两个门牌的隔壁有一个大院，里面就是康定路地段医院（现在为江宁路街道社区卫生服务中心），我想当然就地认定这就是我的出生地。

　　2016 年和两个哥哥一起吃年夜饭时无意说起此事，我却惊出一身冷汗。他们都说我生在日晖新村，而且我们家在迁至静安区的常德路之前，也曾经在虹口区的霍山路和原卢湾区的日晖新村住过，二哥就出生在霍山路，而我则是在日晖新村出生的，但当时具体的住址和细节都不记得了。而今父母都已离世多年，有关我的出生地自然就无从考证了。

　　其实，我们家后来搬到静安区的常德路，在我的记忆中印象也不深刻，因为当我们再次从常德路搬离时，我只有四岁。所以我自以为出生在常德路也就不足为奇了。

　　常德路是一条南北走向的马路，南起市中心的延安中路，与南京西路、愚园路、北京西路、新闸路、武定路、康定路、昌平路、余姚路、安远路、新会路、长寿路、澳门路相交，北抵苏州河边的宜昌路，横贯静安和普陀两区，全长 2800 米，始筑于 19 世纪 60 年代，初名克罗司路（Cross Road，现常译为十字路）。1906 年，上海租界将该路定名为赫德路。1943年，改称常德路。1949年后，沿途仍主要为住宅区，但常德路宽窄不一、线型曲折。2009年，政府对静安区内约两千米路段的常德路进行了拓宽，路面采用环保、降噪型沥青，人行道则铺设花岗岩大理石，既增强了通行能力，也提升了环境品位。这条马路在上海虽然不算"通衢大道"，但却资格很老，而且至今依然保存着不少值得人们关注的古迹，从一条条老弄堂和一幢幢老房子中仍可捕捉到不少有价值的历史信息。

2017年春节，去看望住在浙江余姚的小姑，问起当年我们王家的轶事，小姑告诉我：其实，常德路的房子是我太公（曾祖父）为躲避战火于1937年买下的。类似石库门的建筑，楼上住着二叔公一家，楼下住的是祖父一家，太公和祖父同住。父母结婚时离开了常德路，在大木桥那边租房子住。1957年，住在二楼亭子间的大爷叔一家随所在的汽车修理厂内迁去了西安，父亲才携妻儿搬了回来。如果是这样的话，那我就应该是出生在常德路，因为我出生于1958年，显然是两个哥哥记错了。当年我们一家四口搬回来时住在二楼亭子间，面积仅有10平方米，朝北，除了夏天，难得享受阳光。1958年我出生，成了一家五口。常德路的房子早有煤气，厨房就在下面，大家共用，还算宽敞，洗涮、做饭都很方便。

那时，我们住的那个弄堂（现在应该叫小区）很大，由恒德里（常德路633弄）和绿杨村（康定路733弄）合在一起，现在也算是高档小区，曾经住过不少名人。

1932年，"一·二八"事变之后，原联华歌舞班解散，重新组成明月歌舞剧社，由黎锦晖、黎景光、张簧、张弦、王人美、王人艺、黎莉莉、聂耳等九人组成社务委员会。为节约开支，剧社从联华宿舍迁出，搬入恒德里65号，前后约有半年。这是一幢新式里弄建筑，砖木结构假三层，屋前有大天井。房屋内部开间较大，朝南的两个大间并列而立，既宽敞又明亮，西侧还有一个小间。楼梯位于室内中部，带木质的直棂式栏杆。北侧为厨房、小天井及卫生设备等。剧社搬入后，将底楼辟为排练厅，二楼是男演员宿舍，聂耳的居所位于二层朝北的一个亭子间，三层的阁楼是女演员宿舍，总共住在里面的演职人员有近40人。据说，这幢房子之前因"闹鬼"空了两年多，但明月歌舞剧社搬进去后，房子焕然一新。据弄堂里的老者回忆，当年聂耳常在底楼练小提琴。也就在这段时间，聂耳与田汉结识，并于1933年经田汉介绍加入中国共产党。

现在被称为"聂耳故居"的建筑位于恒德里弄堂的最内侧，单从外观上看不出有什么特别之处，和弄堂里的其他建筑一样，外墙墙面被分成两层，一层为红砖墙面，二层为灰泥墙面，是整个弄堂内少见的"大宅"。

在聂耳他们离开后，此处一直是普通居民住宅。根据上海市第三次全国文物普查不可移动文物名录，该处已被定名为常德路/聂耳旧居/民国/编号310106805190000023，但仍是普通民居，目前最新的房主是我的二姑妈。

当年，我们家是在恒德里144号，底楼住着太公、祖父母和尚未结婚的大姑、小

黎莉莉、黎锦光、聂耳、王人美、黎明健、于知乐、白虹（从左到右）
在恒德里 65 号门前的合影（1932 年夏）

叔、小姑，我们一家五口则住在二楼亭子间，二楼前楼和三楼住着二叔公一家。整个恒德里（绿杨村）这个小区，房子分成两大区域，靠东南边的是恒德里，为新式里弄建筑，建于 1923 年，共计 80 幢，砖木结构假三层，但建筑样式有多种，包括新式里弄的、石库门和仿石库门式的。我们家是仿石库门式的假三层建筑，正面红砖外墙，雕花花岗岩门框和门楣，双开黑色大木门，平时都不常开这个大门，一般都从后门进出。底楼的天井不大，没有厢房。而小区的北边和西边则是建于 1912 年的新式里弄住宅，包括绿杨村（28 幢）、承余坊 18 幢、永宁坊 6 幢，基本都是两层砖木结构，蜡地钢窗，正门都有一个小院子，黑色蒙皮铁门，经常有钢琴声从里面传出。

事实上，当年的绿杨村也是名流云集的地方，其中最著名的当属著名文人陈文无了。陈文无，名珂，字季鸣，号文无，亦号当归子。江苏江阴人。光绪十二年殿试第三十七名（第二甲第三十四名）陈燨唐之子。近代著名书法家，诗人，广陵派琴人。书法擅作大小篆，沈尹默、朱复戡对其小篆推崇备至。

20 世纪 50 年代上海书法篆刻研究会成立，陈文无是成员之一，参加现代中国书法展，获得极高评价，报刊纷纷转载其作品，声誉远播海内外。亦擅画，曾以金粉在瓷青纸和黑纸扇上画梅，赠予郑逸梅等人，郑逸梅有《铁线篆圣手陈季鸣》一文传世。陈文无精通诗词。1944 年，重振诗词社团陶社于上海。王福庵、高吹万、孙儆、邓春澍、沈剑知、潘伯鹰等是社员。著有《文无馆诗词钞》《文无馆诗词续钞》行世。字帖出版有《说文解字部首》《篆书千字文》《正反同形篆文汇录》等。陈文无本不蓄须。一日与陈病树同游海虞，舟中一老人见季鸣无须，病树则须髯戟张，误认为是父子两人，实则两人同岁，于是季鸣也蓄须。

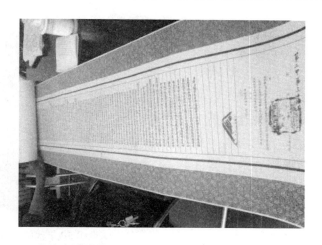

江阴市档案馆收藏的光绪十二年殿试陈懴唐的答卷影印件

陈文无在绿杨村

我的灯谜老师陈以鸿先生

陈文无过世后，其子陈以鸿仍然住在绿杨村的老宅里。陈以鸿，字景龙，1923 年生。上海交通大学教授、翻译家、诗人、吟诵家。1948 年上海交通大学电机工程系毕业，留校工作，1988 年退休。长期从事科技翻译，精通英、法、德、日、俄五国语言。出版英、俄文著作中译本三十余种。同时致力于中国传统文学研究和创作，为《绝妙好联赏析辞典》副主编。曾任上海楹联学会副会长、上海职工灯谜协会顾问、上海静安老年书画社常务理事，后任上海中华文化研究所研究员、上海交通大学东方艺术交流中心顾问、中华吟诵学会专家。著有《雕虫十二年》等。吴语地区吟诵代表人物，"唐调"传人，亦可使用普通话吟诵，中华吟诵学会专家委员会委员。令我颇感荣幸的是，20 世纪 80 年代，我和大哥有幸成为陈以鸿先生的学生，专攻中国的传统民俗文化——灯谜艺术，遂结为忘年交。陈以鸿先生对我们后辈关爱备至，对传统的艺术也充满创新的意识，曾多次鼓励我将篆刻艺术与灯谜艺术结合起来，将印入谜，独辟蹊径，赢得了谜坛的广泛关注和赞扬。陈老先生还曾专门为我们兄弟俩作诗，隐我们俩的姓名于诗中，编于谜刊《虎会》。可惜由于年代已久，当时收藏的小册子因几经搬家，已找不到了。不过，我们兄弟俩在与陈老结识时，并不知道他也住在绿杨村，我们小时候居然曾经与他为邻。

整个恒德里（绿杨村）小区东面沿常德路有两个弄口（常德路 633 弄和 617 弄），从照片中可以清晰地看到，随着时代的变迁，恒德里弄口的"恒德里"三个字也发生了变化。小区北边沿康定路有一个弄口（康定路 733 弄），而沿南边的武定路则有两个弄口（武定路 890 弄和 930 弄），西边没有出口。

20 世纪 50 年代的恒德里弄口

"菜市街"的兴衰

1962 年夏天，大哥已经 9 岁，就读于常德路武定路转角的常德路小学，二哥 6 岁，我 4 岁，都还未入学（那时要满 7 周岁才能在当年的秋季读小学一年级）。房子实在太小了，父母开始动脑筋再次搬家。那时候没有房产中介，只能是请朋友介绍，或自己到期望的区域找当地的街道房管所问是否有人想调房子。当然，那时的房子都是公家的，所谓的调房子只是交换房屋的租赁使用权而已。那时，父亲在地处黄浦区香港路 58 号的上海市印刷三厂工作。为了省钱，每天上下班都是步行，不坐公交车。妈妈也早已辞了在胶州路的上海生化制药厂的工作，全职在家带我们三兄弟。因此，父亲就竭力想在黄浦区找房子，希望上班的路可以近一点。终于，在宁海东路找到了一户人家想调房子。同样是亭子间，朝北，房票簿上记载的面积也只有 10.7 平方米。但由于自己

现在的恒德里弄口

康定路 733 号绿杨村弄口

在房内搭了一个半身高的阁楼，可以供我们三兄弟睡觉，实用面积自然要比我们原来的只有 10 平方米大了好多。而对方因为与同住在前楼的养母关系不睦而想换个环境。双

方一拍即合，赶在开学前，我们从静安区的常德路 633 弄 144 号二楼亭子间搬到了黄浦区的宁海东路 58 号三楼亭子间。大哥转学到延安东路近四川中路的延安东路第一小学，二哥一年后按对口就近入学原则被安排到了民办金陵东路第一小学，而我则继续在家享受妈妈的照顾。

宁海东路是上海市中心的一条历史悠久的马路，早年在上海以"菜市街"著称。19 世纪中叶，上海城乡居民日常所需的蔬菜和肉禽蛋等副食品，都由近郊农民和摊贩每日清晨在集市上设摊出售，或走街串巷叫卖。老城乡内外沿黄浦江城隍庙周围的闹市区、小东门、九亩地（今大境路）、小桥头（今凝和路）等一带，集市贸易比较兴盛。清咸丰三至五年（1853~1855 年）期间，因小刀会起义，城乡人口大量涌入租界，促使法租界的公馆马路（今金陵东路）、孔子路（原洋泾浜南岸，今延安东路南侧）等马路周围店肆林立，日趋繁荣，并在洋泾浜南岸的宁兴街（今宁海东路）一带逐渐形成菜市。

1843 年 11 月，上海开埠。1864 年（清同治三年），在宁兴街上拥有一些地产的法国海军随军神父拉拉·博尔德里和英国地产大亨托马斯·汉碧礼向法租界公董局提出申请，要求由他们出资在宁兴街自己的地产上建造一个菜市场，但前提是公董局要将原来分散的集市和摊贩都集中到那儿去经营。几经周折，公董局终于同意并签署了协议，给予他们特许经营权 10 年。同时规定从 1865 年 1 月 1 日起，所有

在"中央菜市场"里买菜的人们

的蔬菜、水果、水产、野味等摊贩都必须集中到"中央菜市场"出售自己的货物，不得流动设摊。这就是上海最早形成的菜市场——法租界菜市街（现宁海东路）的"中央菜市场"。虽然只是在空地上搭了一个大棚，却是按照西方近代城市管理模式而辟建的上海首个初具现代意义的菜市场。根据规定，菜贩们可以在纳捐后获得一个固定摊位，同时，根据规定的收费标准支付租用摊位的费用。但事与愿违，由于商贩的反对，加上侨民抱怨集市的取消给他们带来了不便，这个"中央菜市场"开张不到一年即关门，但是它却使这里的人们第一次接触到了西式的社区生活方式。而始于 1863 年的宁兴街也由此一直以"菜市街"著称，到 20 世纪 20 年代正式成为当局允许设摊的大型露天菜场之一。

20 世纪 50 年代以前，道路两侧开设肉庄、蛋行、鸡鸭行、蒲包店、酱园、熟食店、煤炭行、豆腐公司、酒号等三百余家，西段的大世界后门还有大京剧场，市面繁荣。1949 年后，宁海东路菜市街被整合成一个集体所有制的大型副食品商贸企业，到

1990 年，宁海东路菜场作为具有 125 年历史的大型露天菜场，分设 8 个行业经营部，拥有职工 416 名，主要担负着 18000 户居民，140 个伙食团共约 10 万人的副食品供应任务。菜场主营肉、鱼、禽、蛋、菜、豆制品、海味、熟食、野味；兼营南北货、土特产、瓶酒、罐头等约 300 多个品种。遗憾的是，20 世纪 90 年代，随着延安东路越江隧道南线开工建设的需要和宁海东路上大

1944 年的宁海东路菜场

片老旧住房的拆迁改造或绿化，宁海东路菜场开始走向衰落，并很快消失。

今天的宁海东路东起延安东路近河南中路，西至西藏南路，由东向西，先后与松厦路、山东南路、盛泽路、福建南路、浙江南路、永寿路、广西南路、云南南路相接或相交，全长 740 米，步行仅需 10 分钟。而当年的宁海东路菜场，则是从山东南路到云南南路，横跨 570 米，理论上步行 8 分钟即可。但在菜场早上的营业高峰时间，天天是人声鼎沸，摩肩接踵，哪怕只想过一个街口，没有 10 来分钟几乎是不可能的。宁海东路到了西藏路口的大世界剧场就算是结束了。之前，如果是继续往西，过西藏南路则是宁海西路，并一直通到连云路上。但随着延中绿地的建成和上海音乐厅的南移，宁海西路现在已经缩成一条不过 60 米左右的小马路，几乎消失在大片的绿地之中。

至于宁海东路名称的演变，据上海地方志记载，今天的宁海东路最早叫宁兴街（1863~1943 年），但后来以"菜市街"著称（1865~1943 年），1943 年曾改名东宁海路（1943~1946 年），以当时与之东西相连的宁海路（1943~1946 年，即后来的宁海西路）相对应，1946 年正式改名宁海东路，而原来的宁海路则改成宁海西路。到现在为止，在宁海东路的山东南路至盛泽路之间还可以找到其最初的痕迹——两条相邻的以

如今仍在宁海东路上的两条同名弄堂——宁兴里

宁兴里命名的弄堂（当年宁兴里弄口是宁海东路菜场的水产冷库和水产摊，周边不少居民都以代人刮鱼鳞为生）。

不过，历史上的宁海西路也非等闲之地。原来的宁海西路东起西藏南路，西至连云路，将近有 700 米长。该路是分段辟筑的，西藏南路至龙门路一段辟筑于 1892 年，当

时与后来的宁海东路同属宁兴街。普安路至连云路一段辟筑于1914年，为法租界越界筑路时所筑，以法国驻沪领事名命名为华格臬路，1921年全路筑通。1943年10月以浙江省地名作路名改称宁海路，1945年12月更名为宁海西路。1949年前，该路的普安路以东路段商号较多，仅参行、药行就达15家，私人诊所6家，此外还有汽车行、菜馆、酒店、面粉号、茶庄等，普安路以西主要为居住区。

刚搬到宁海东路时，对我来说一切都是新鲜的。原来在常德路时，一切都是安静的，连周边马路上的车都很少见，弄堂里也很少看见人走动，除了经常听到别人家传出的钢琴或小提琴声之外，似乎人们都躲在家里不出门，经常看到在弄堂里打招呼的大多是一些全职太太或大户人家的帮佣。可是到了宁海东路，一出弄堂就是菜市街，除了盛夏季节火辣辣的太阳下蝉儿在拼命呼唤"药死他"，而老人则坐在路边的躺椅上一边流着口水一边打着瞌睡，几乎一年四季都是人来人往，非常热闹，这当然是小孩子们最喜欢的。

我们搬的新家虽然门牌号就在宁海东路，但楼上的住户还得从弄堂的后门进出。我们这条弄堂叫宏余坊（南出口是宁海东路70弄，北出口是延安东路223弄）。从宁海东路56号开始沿街面往西，到福建南路口再往北，到延安东路口，是一幢建于20世纪20年代的连体的L型五层钢筋水泥建筑，类似公寓房。沿宁海东路一侧，大多的门牌是一开间门面，南北各一间，朝南的房间有20多平方米，而

外立面已完全改变的大方饭店

朝北的则很小，只有10多平方米。沿福建南路一侧大部分是一家旅馆——大方饭店，只有在靠延安东路口那端大约有四个门面，被单独隔为公寓，屋顶上还有一个城堡样的建筑，很是抢眼。这幢建筑的前后房间都有阳台，铸铁的栏杆，特别是沿马路的，栏杆都被设计成"米"字形，所以我们都想当然地认为这幢建筑应该是英国人造的。据最近看到的一份资料介绍，大方饭店始建于1933年，1936年开业，是20世纪30年代由中国人经营的著名饭店之一，也是旧上海大世界娱乐圈各种人的主要落脚点。大方饭店所在地曾诞生了上海第一盏煤油路灯，故被称为上海文明的起源地。2015年，上海锦江集团收购了法国卢浮酒店集团，引入康铂品牌，现在康铂外滩酒店的大堂里，有一根罩在玻璃罩子里面的立柱格外引人注目，这就是酒店的前身——大方饭店保留至今的梁柱。

我们这条弄堂宏余坊，除了南边是宁海东路，北面是延安东路，东面和西面则分别是盛泽路和福建南路。盛泽路原是一条河，清同治二年（1863年）填浜筑路，因旁有火轮磨坊，故名火烧磨坊街（Rue de Moulin），又名磨坊街，1943年改名盛泽路。福建

南路从人民路到延安东路，全长仅 370 米，与盛泽路同年修筑，定名杜浪璐（Rue Tourane），同治十一年改称图雷纳路，光绪二年（1876 年）又改名郑家木桥路，1943 年再改名永泰路，1946 年又因位于福建路南侧而改名福建南路，并一直沿用至今。说到郑家木桥，就是当年洋泾浜上连接如今的福建路的那座木桥，其西侧是架在浙江路上的大名鼎鼎的东新桥。1941 年，因洋泾浜填浜筑爱多亚路（今延安东路），这两座桥被拆除，但其桥名却历经百年犹存，尤其是郑家木桥，因当年是上海滩"小瘪三"云集之地而闻名。

宏余坊里面，有两排建筑，也是 20 世纪 20 年代造的，砖木结构，不是很标准的石库门式样，从 1 号到 5 号。再后面还有一排石库门建筑，但已经不算是宏余坊了，而是与延安东路沿街面的一排二层建筑合在一起，算是德和里（延安东路 213 弄）了，但相互之间都是通的。我们把宏余坊称为前弄堂，把德和里称为后弄堂。当然，德和里的人则反之。

我们住的宁海东路 58 号底楼是宁海东路菜场的财务科，60 号是一家竹器行，64 号是盛泽居委会，68 号则是宁海东路菜场的肉类冷库。宏余坊弄堂口（70 弄）过街楼下原来有一半被人搭了一间房住人，还有一个皮匠摊常驻。每天从弄堂进出，总可以看到几个师傅轮番在 68 号门口的两个大木樽墩上将一头头冻猪大卸八块，分割成前蹄、后蹄、肋条、后腿、夹心、排骨、槽头、猪头等分送到菜市街的各个肉摊上按不同的价格出售。

住在宁海东路最大的好处是方便。周边与日常生活有关的店铺或服务设施应有尽有。除了菜场之外，出门不用五分钟，粮店、油酱店、南货店、烟纸店、百货店、饮食店、点心摊、饭店、食品店、水果店、剃头店、浴室、老虎灶、皮匠摊、裁缝摊、白铁匠铺、煤球店、竹木杂货店、建材店、呢绒绸布店、药店、宾馆、居委会、阅报栏、派出所、银行、邮局、地段医院、小学、公交车站、公共厕所、小便池、废品回收站都一应俱全。甚至在永寿路的淮海东路口，还有一家寿材店。

我们家那个门牌，从二楼到五楼一共住了六家人，除了我们家是上海人，四楼前楼是湖北人，其他都是宁波人。后来四楼前楼全家随主人单位内迁成都，独自留下的老父亲后来也搬家了，新进来的也是宁波人。所以，我从小的成长环境中，宁波人给我留下了深刻的印象。我可以说一口地道的宁波话，就是那么多年潜移默化的影响。

1965 年我们兄弟三人在宁海东路时的照片

那时候市中心的老房子一般都没有卫生设备，马桶又用不惯，只要感觉肚子不舒服，立马一溜烟跑向宁海东路头一个很大的公共厕所，一般都不会误事。盛泽路的老正和染厂、浙江南路的道德油厂、延安东路宝裕里弄口的小广东芝麻糊、云南路的小绍兴白斩鸡和鲜得来排骨年糕、共舞台的沪剧、金陵东路的鹤鸣鞋帽、大世界门口沁园春的单档和双档、共舞台隔壁的稻香村鸭肫干、广东路的群力草药、河南路的上海博物馆和自然博物馆、福州路的上海旧书店、西藏路的川湘调味品、大世界的哈哈镜以及大世界斜对过苏州采芝斋的粽子糖等，至今仍历历在目，难以忘怀。

住在宁海东路，至今让我津津乐道的是我们家周边戏院、影院、书场林立。小时候我特别喜欢看电影，虽然看来看去只有那么几部片子，但仍乐此不疲，身上只要有 5 分（学生场）或 1 毛（成人场）钱，立马就会找一家影院看电影。那时候，在离家 20 分钟的徒步路程内可以找到的影剧院就有：浙江路的浙江电影院，西藏路的红旗电影院、西藏书场、大上海电影院、和平电影院、新风影剧院（即大世界剧场）和大众剧场，老城隍庙的文化电影院，黄河路的长江剧场，南京路的大光明电影院，延安路的沪光电影院、上海音乐厅和共舞台，北京路的黄浦剧场，贵州路的贵州剧场及淮海路的淮海电影院。

影剧院多，粮店同样也多。那时候买米要凭购粮证和粮票定量供应。成人每月每人籼米 18 斤、粳米 6 斤，但米的品种和质量相差很多，特别是有些米"涨性"不够，同样 1 斤米，煮出来的饭就会较少，不够吃。所以，每次家里要买米了，母亲总是关照我先去周边的粮店"踩踩点"，把每家粮店当时卖的米的品种、价格和成色、质量比较一下，然后回来报告，再根据我的汇报，确定去哪家买米，或直接由我去买。刚开始的时候，我也拿不准什么米好什么米不好，所以总会在每家粮店抓一点米放在不同的兜里，回家一一展示给母亲看，还不能记错。时间长了，我自己也成了行家，一看一个准。所以后来我们家买米就是我的活了。不用预先"踩点"，准能把好米买回来，也算是帮母亲分担了点儿家务活，心里挺自豪的。

住在宁海东路，就不得不说说大世界了。因为曾经在相当长的一段历史时期，大世界作为上海的一个地标而闻名于世。以前人家问我："你家住在哪儿？"我会毫不犹豫且略带得意地说："大世界！"一是大世界在上海太有名了，谁都知道。二是大世界地处上海市中心的繁华地段，我为自家住在大世界旁边而感到自豪。大世界位于延安东路西藏南路路口，与我家直线距离不过 600 余米，始建于 1917 年，由沪上大商人黄楚九创办和经营，占地面积 6000 平方米，建筑面积 14700 平方米，内设剧场、

上海大世界

电影场、书场、杂耍台、商场、中西餐馆等。1930 年，大世界转由上海滩青帮头领黄金荣经营，以上演全国各地戏曲为主，很受大家欢迎，因而名声大噪，游客不断。大世界每天除演出十多种戏曲外，最具特色的就是"哈哈镜"了。十二面大镜子能使人变长、变矮、变胖、变瘦等，千姿百态，引人捧腹大笑，故谓之"哈哈镜"。大世界的建筑风格比较混杂，主要是仿西方古典式，但仅限于大门、圆柱大厅及剧场等，而内部颇多中国传统形式，是近代娱乐建筑中有代表性的一处。大世界建筑外貌特征鲜明，十二根圆柱支撑的多层六角形奶黄色尖塔分外醒目，主楼由三幢四层高的建筑群体组成，其中两幢坐东朝西，一幢坐南朝北，另外有两幢附属建筑，即坐南朝北的影剧场和坐西朝东的舞蹈房。大世界建筑布局独特：五幢建筑的中央是按同心弧排列，以表演杂技、魔术为主的中央露天剧场，主楼与主楼间通过百米天桥南北相贯，上下拾级相通。北部是假山花坛，建有喷池、水榭、人工瀑布。

大世界建成开放以后，这一带的市面日趋繁荣。流氓大亨及其手下扩展地盘，这里迅速成为大烟、赌博、娼妓、帮会流氓、地痞、盗贼的集散地，宁海东路上我们宏余坊周边的宝兴里、宝裕里、宝安坊和中华里这"三宝一中"及周围地区成了当时上海滩有名的藏垢纳污之地。

我们家的房子朝北，加上还是木质落地窗，年代久了，到处透风。夏天热，冬天冷。冬天在房间里穿着母亲自己做的棉鞋，照样冻得满脚冻疮。但夏天一到，整个下午太阳可以把家里每个角落都晒得发烫。所以，每到夏天，家里总会在傍晚时把家里的地拖得很湿，阳台上也是，以带走一点热量。最有趣的是，一到晚饭时间，弄堂里住在楼下的家家户户几乎都是搬两条长凳，搁上一块大的洗衣裳板，端出各自的饭

宁海东路福建南路口当年的烟纸店
左侧大楼玻璃幕墙的位置就是我家原来的位置

菜，各家人就在弄堂里热热闹闹地各自吃晚饭。丝瓜毛豆、开洋冬瓜、青椒肉片、蒜泥豇豆、红烧落苏、夜开花炒蛋、干煎咸带鱼、鸡毛菜番茄蛋花汤，各式各样，我们在三楼，居高临下，尽收眼底。另外，由于房子的间距很近，对面两个门牌号的石库门房子楼上楼下十二户人家每天都在干些什么，从我们家的阳台上看过去，一览无余。要想私藏点秘密还真的不容易。

眨眼到了 1988 年底，有消息说我们住的房子要拆了，因为延安东路隧道要扩建南

线，我们这里的房子正好处在设计的隧道口，大家都很开心。眼看着儿时的玩伴都大了，几乎每家每户都挤得无法转身，等单位或房管所分房子几乎是无法期待的事情。我们一家户口本里的五个常住人口，按当时的政策只能分得一套总建筑面积在60平方米左右的两室一厅住宅。但问题是如果接受了这个方案，我今后在单位就不能再申请分房了。虽然当时我已结婚并在外暂借老同学家的房子住，但那是暂时的。哪天我们搬回来住，哥哥住哪里去？想来想去，我们放弃两室一厅，而只拿了一室一厅，把所有的希望都放在了我单位的分房上。

几年后，延安东路隧道南线建成，回去一看，其实隧道口与我们原来的小区并无关联。这条弄堂里面原来的石库门房子全都拆了，而沿街面这幢与大方饭店相连的L型建筑只拆了沿宁海东路的一侧，大方饭店那侧则仍然在那里。老房子被拆除的地方已被一幢新的大楼取而代之，与延安东路隧道的扩建毫无关系。2015年8月17日，上海市人民政府发文，正式发布426幢建筑为上海市第五批优秀历史建筑，大方饭店名列其中。如果那年我们宁海东路一侧的房子不拆的话，现在应该也会与大方饭店一起整体受到保护了吧。

从1963年搬入，到1989年拆迁离开搬去浦东潍坊新村，我们家在宁海东路58号足足住了26年。期间父母相继退休、我们三兄弟长大成人。大哥建强1971年去江西农村后又返城，二哥建国1973年中学毕业分配到上海肉类食品厂。我大学毕业，1981年分配到上海市纺织科学研究院，直到1987年5月因结婚而离开，在宁海东路58号足足住了24年之久，度过了我人生中最值得怀念的那段时光。

泰安路的恬静

1987年5月15日，我结婚了。其实原来什么时候能够结婚，心里并没有底。为什么？没有房子！我和云兰自我1981年5月大学毕业分配至上海市纺织科学研究院后就认识了，我们是一个联合团支部的。后来她所在的纤维材料研究室和我们理化分析研究室合二为一，成了纺织工业南方科技测试中心，彼此就更加熟悉了。此后，1985年，各单位都在搞政治轮训，我是兼职教员，她是学员，不知不觉就慢慢走得近了。到1987年，我们的关系在单位、老同学和好朋友中都已传开，很多人都在

1985年在纺研院
从左至右：李云兰、俞敦基、我、张嘉宝

关注什么时候可以吃我们的喜糖。可实际上我们还真的没想过什么时候可以结婚，除了没钱，更关键的是没房！那个时候上海的住房紧张程度是世人皆知的，套句现在的流行语是"地球人都知道"。

1985年秋云兰在上海复兴公园

1985年秋我和云兰在上海复兴公园

　　年初，接到大学时的好朋友王意徕从美国的来信，除了春节拜年，还特意问我大概啥时候结婚，需要什么。我回信说："早呢，啥时候有房还不知道，现在根本还没考虑！"不料，他不久就回信，说如果我们愿意，可以暂住他家在上海泰安路的房子，先把婚结了再说。这下可把我难住了。说起泰安路的房子，其实我是非常熟悉的。大学三年，我和王意徕虽然做了三年的实验搭档，但平时的交往其实并不多，也不是一个寝室的。他大我五岁，和我大哥同龄。他虽出身显赫世家、书香门第，但为人稳重厚道，成绩出众，是我心中的偶像。临近毕业，他邀我和蔡华民组成三人攻关小组，把研制一台自动库伦滴定仪作为我们的毕业课题和论文的内容。三个月的时间，大功告成，三人的论文答辩成绩都是优秀，而我们也就此结下了深厚的情谊。毕业后，我被分配去了上海市纺织科学研究院搞科研，他们都留校当了老师，不久，他们又都考上了研究生，一个去了华东师范大学，一个去了华东化工学院（现华东理工大学），再后来，他们又分别去美国攻读博士，并留在美国工作和生活。不知是否是有意安排，王意徕读博的学校正是他父母的母校——美国普渡大学。

　　王意徕去美国后，我经常去他家看望他父母。王意徕的父母是20世纪50年代初毅然回国的那批优秀知识分子中的一员。新中国成立后，1950年秋，一大批在美国、加拿大留学的中国留学生和学者，怀着对祖国的赤子之心，纷纷放弃良好的科研环境、舒适的生活、丰厚的待遇，婉拒导师的挽留，突破重重阻碍，义无反顾地踏上归国之路。他们分批搭乘几艘客轮，其中有近百人登上了美国轮船公司的"克利夫兰总统号"客轮，经过近一个月的航程，途经旧金山、洛杉矶、夏威夷、横滨、马尼拉，于1950年

10 月 14 日抵达香港。当他们最终回到祖国境内，看到鲜艳的五星红旗时，都抑制不住内心的激动和喜悦，大声呼喊："祖国，我们回来了!"在回国的航程中，为了纪念这不平凡的归国之旅，大家在船上拍了一张集体合影。照片上有人手持标有"克利夫兰总统·旧金山"字样的救生圈，下面还写着"SOUVENIR PHOTO SS President Cleveland"。1980 年，《人民画报》第十期刊登了这张照片。而这张珍贵的照片就是王意徕父母提供的。2011 年，在修缮一新重新开馆的中国国家博物馆里，这张照片被隆重展出。2011 年 12 月，中国中央电视台记录频道播出的大型文献资料纪录片《国之大器》中再次出现了这张照片，并讲述了照片中几个人物的故事。原来，在这张照片当中有几位从事核物理的研究人员。

1950 年归国人员在"克利夫兰总统号"客轮上的合影

回国后，王意徕的父母都被委以重任。据资料记载，王意徕的父亲王有辉，广东东莞人，生于 1919 年，1941 年毕业于上海交通大学化学系。1948 年美国印第安纳州普渡大学研究生毕业，获化工硕士学位。1950 年回国后，历任重工业部化工局华东设计室工程师，轻工业部设计公司上海分公司工程师，上海医药设计院总工程师、高级工程师、副院长。曾主持完成东北制药总厂氯磺酸车间、太原制药厂、上海第二制药厂及我国第一套石油化工气体分离装置的设计任务。王意徕的母亲张惠珠，生于 1919 年，1941 年与王意徕父亲一同毕业于上海交通大学化学系，1946 年 9 月赴美，与王意徕父亲同在普渡大学留学，1948 年获生物化学硕士学位。此后，曾在美国纽约大学医学院贝尔夫医院研究室任研究员。1950 年回国后，先后在上海交通大学、震旦大学女子文理学院、圣约翰大学上海第二医学院任化学、生物化学副教授、教授、教研室主任，上海免疫研究所副所长，上海市生化学会理事，中国生化学会理事。张惠珠教授1956 年加入中国民主同盟，曾当选民盟上海市委委员，1979 年荣获"全国三八红旗手"称号。

王意徕的母亲出身名门，父亲张耀曾（即王意徕的外公），云南大理喜洲人，白族，1903 年考入京师大学堂，学习法律。他爱国进步，是第一批公费留日学生，老同盟会会员，1912 年"中华民国临时约法"和1913 年"中华民国宪法草案（天坛宪法草案）"的主要起草人。曾两任司法总长，法权讨论会会长和国际海牙会议的中国代表。离开政界后到上海，成为著名大律师，是"七君子事件"的辩护人。母亲赵汶（王意徕的外婆），毕业于日本东京女子师范大学。

王意徕有一个哥哥，1977 年恢复高考后考进吉林师范大学，毕业后没多久就去了美国。所以，王意徕去了美国后，上海的家中就只留下了他父母和一个跟随他们家多年的老保姆。遗憾的是，王意徕去美国大约半年时间后，他父亲因肝硬化去世。他母亲悲痛欲绝，精神受到很大的打击，我去看她也就更频繁了。那时候没有双休日，基本上每个星期天，我妈妈都会做一个精致的菜，不管是荤素，用饭盒装好，嘱咐我给王意徕母亲送去。出门在延安东路坐 48 路车，半小时就可到华山路泰安路，有时到那里菜还是热的。那时，王意徕母亲还带着几个研究生，研究的课题是关于青蒿素的。因为我在纺研院的理化分析研究室工作，各种现代测试分析仪器配备齐全，王意徕母亲就请我帮忙给她的学生讲解仪器分析方面的知识，同时也协助做一点儿分析工作，从中我也学到不少知识。后来，王意徕母亲一个人在上海感觉孤单，在美国的两个儿子又反复动员她去美国和他们团聚。在那几个研究生完成学业后，王意徕母亲最后决定去美国和儿子团聚，并细致周到地为老保姆做了妥善安排。临走前我去看她，她很慎重地对我说："我这去了美国，不知啥时候会再回来。家里的房子空着，而且所有的东西都在。如果你愿

王意徕母亲张惠珠教授

意，可以住到我家来。一来可以宽敞一点儿，二来也可以顺便帮我照看房子。"但我考虑再三，没敢答应。这是什么房子啊！一栋独栋两层别墅，200 多平方米，楼上两间大的朝南卧室，两套独立的卫生间和一间保姆房，楼下一个大客厅，有一个大壁炉，另外还有一个大房间和一个车库，车库上面还有一个同样面积的房间。外面围墙围起来的一个大花园，绿树成荫，足有 100 多平方米。那时候普通家庭很少见的冰箱、电话一应俱全。我怎么敢住啊！万一有个什么闪失，我是无论如何担当不起的。王意徕母亲看出我为难，也没有勉强。现在王意徕再次提出可以把房子暂借给我成婚，为我解决困难，可我又一次犹豫了，也没马上给王意徕回信。

过了一个月，王意徕看我没有回信，又给我来了一封信，问我是否想借他们家的房子结婚，如果想借的话，那就请我单位出一份证明，承诺万一他们今后要收回房子的

话，我们必须确保搬走。这样写让我有点儿意外，不像好朋友之间的处事方式，但王意徕告诉我说，这房子是他外公在20世纪30年代买下的，虽然后来一直由他们家居住，但现在的所有权并非他家独有。他大姨现在美国，小姨在北京，现在他母亲还暂时有使用权，但万一姐妹们今后想处置房产的时候，就不是他母亲一个人可以说了算的。他还告诉我，为了把房子借给我，他母亲已经和她的姐妹商量好了，为了给她们一个交代，所以希望我能给个证明，以解除她们的担忧。我除了感激什么也说不出来。王意徕和他母亲帮我想得那么周全，我都不好意思拒绝了。我回信说："恭敬不如从命，房子我借了，但房租要付。"王意徕回信说："别麻烦了，我们不要房租，如果真要付，估计你也付不起。如果你一定要承担费用的话，就帮我们把每年的地界税（他们这是私房，要付地产税）付了，大约每年170元。"但最终我在那儿住了四年多，也从来没有收到过要付税费的通知，连电话费的单子也从来没有见到过。后来才知道，这些单子都被直接寄给了他母亲的单位，从工资中支付了。朋友到了这个份上，还有啥好说的呢！

为了让我们顺利入住，王意徕夫妇还特意委托王意徕太太唐思源在上海的父母先陪我们去看房子。王意徕的岳父叫唐孝均，是上海第一人民医院的老院长，著名神经内科专家，教授。王意徕的岳母是上海第二医学院的寄生虫病学教授，想必之前和王意徕的母亲认识，因为同在第二医学院。

就这样，从不知啥时候可以结婚，到最终决定结婚，前后不过几个月的时间。1987年5月15日下午5点，我们在北京东路的南国酒家摆了六桌酒席。记得那时每桌酒席大概也就200~300元，邀请了我的老领导和老师、大学同学、云兰的家人和我的家人、朋友，简单举办了仪式，这婚就算结了。

王意徕的岳父母与我们在泰安路的家里

住进去前，我们把房子简单粉刷了一下，地板也打了蜡，水电煤都是现成的，少量地方刷了点清漆，装了几幅窗帘。我们只用了楼下有壁炉的那间大间，隔壁的那间之前已经借给了王意徕母亲一个学生的父母和弟弟居住。楼上的房间都锁着，我们不时会去看看，打扫一下。

我们暂住的新家（王意徕家）的门牌号是泰安路120弄7号，因为那时泰安路已经被辟为一个马路菜场，所以弄内的人大多从华山路1501弄进出。这片小区还有个名字叫卫乐园。早年为后李家宅荒地，四周沿泰安路、华山路、兴国路被洛云浜所围。河上架有五座小桥，因一些街头艺人常在此搭棚卖艺，故而得名"卫乐园"。1924年，大陆银行投资在此建造砖木混合结构三层花园洋房31幢，仿英国、法国、西班牙等国的式样，整齐美观、设施齐全，底层还有汽车间。卫乐园占地1.2万平方米，建筑面积7800平方米。卫乐园是上海西区的高档住宅区之一，整个居住小区内环境幽静，每户都有近百平方米的小花园，在泰安路一线的住宅，每幢主入口的装饰形式都各不相同，便于住户或客人记认。门口这些不同的装饰，多见于上海的西班牙建筑，有的门头带有棚屋，盖有西班牙式圆筒瓦。有的是巴洛克风格，有流畅弯曲的弧形线条。而与泰安路一线相对的弄堂北侧的住宅建筑，有英国维多利亚、西班牙巴洛克等不同风格。特别是弄堂口的西式大门，半圆拱券，墙顶铺红色半圆筒瓦，非常醒目，和弄堂内建筑风格协调。泰安路卫乐园后被市政府定为上海市优秀历史建筑，上海市文物保护单位。

卫乐园建成后，大多分幢租给了金融界的上层人士或高级职员。其中15号陈善庆住宅建于1939年，由庄俊设计，悦昌营造厂施工。22号建筑面积228平方米，是银行经理王逸之的住宅。23号为金融世家席颉樵居住。多年后几经变迁，卫乐园的住户基本都是高级知识分子和文艺、教育、工商界的知名人士。如著名导演、剧作家黄佐临就住在我家斜对门卫乐园1号。隔壁8号的邻居是时任上海市人民检察院的检察长石竹三。我家的正对门是当时的上海医学检验所。我上网查了卫乐园现在的房价，200多平方米的住宅，价格都在4000万元上下。据说，这是上海最高档的花园洋房之一。

从环境嘈杂的黄浦区宁海东路菜市街搬到幽静的地处长宁区靠近徐汇区的泰安路卫乐园，环境发生了巨大的变化。周边的兴国路、湖南路、武康路、天平路、淮海西路、复兴西路、华山路都是绿树成荫，景色优美，是上海著名的林荫道。加上路边的住宅也大多是各式各样的别墅和新式洋房，时不时会看到一些名人故居的铭牌，走在路上都会令人感觉不敢呼吸，生怕打破了周围的宁静。

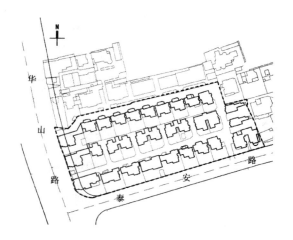

卫乐园的地理位置及平面示意图

泰安路 120 弄大门（卫乐园）

现在的弄内情形

住到泰安路后，最大的困难是上班的路途远了很多，每天几乎要从上海的西南角斜穿到东北角的杨浦区兰州路 545 号的上海市纺织科学研究院。先坐 48 路公交车到静安公园，走一段后再换 37 路，单程至少一个半小时。后来纺研院早上开了班车线，是从南京西路延安西路交界处的美丽园到纺研院的，我们搭了一阵子。那时 David 刚刚出生，才 5 个月零 10 天就被抱着一起上下班了，白天寄放在院里的托儿所，这班车倒也帮了不少忙。但后来班车取消了，我们夫妻俩只能每天抱着儿子挤公交车上下班，一个抱儿子，另一个背一个大包，奶瓶、尿布、备份衣服一大堆，非常辛苦。后来儿子大一点儿了，我就改骑自行车，每天驮着儿子上下班，云兰则继续挤公交车。虽然很累，但很快乐。

一晃，我们在泰安路住了四年多。记得那时弄堂里基本不见人影，也没见有谁家的小孩子在弄堂里玩，跟我们小时候在宁海东路完全是两个世界。休息时在家也感到太过清静了。我家对门的医学检验所的值班门卫是一位慈祥可爱的白发老人，姓姜，特别喜欢 David，每逢周末或节假日，姜师傅总会来我家敲门，把 David 抱过去一起玩耍，到弄堂里遛遛弯，甚至还带他到所里的实验室看实验用的小动物，小白鼠、小白兔，旁人看了活脱是祖孙俩。

在泰安路时，有一件事我至今记忆犹新。那天，云兰和 David 在家，我上班，下午研究室的同事唐祖清突然来找我，说是接到电话，云兰在马路上发生车祸，现在已经被送到华山路的解放军八五医院，让我赶紧回家。我当时就懵了，连忙问是什么车撞的，伤势怎么样，我儿子是不是在一起，还是她一个人出去的，我儿子在哪儿，如果是一个人在家，才几个月大，会怎么样。这一连串的问题没人能回答，连是谁打的电话都不清楚。这下完了！我想。立马下楼，推着自行车就冲出了纺研院，一路狂骑，到了乍浦路，脑子清醒了，停车在路边找了个公用电话，打给在纺织学会工作的朋友江海虹，纺织学会在静安寺的乌鲁木齐北路，那儿离八五医院很近，再说他有一个同学在八五医院做军医。我让他帮忙立马赶去八五医院看看情况怎么样，我则直接先回家，看看儿子是否安好。急忙赶到家，家里已是一大堆人，云兰手上缠着厚厚的绷带，儿子在一个不熟悉的女士手臂里安睡，海虹则在边上说笑。心头一块石头落地！但一连串的问号随之而出，特别是云兰的手怎么了。原来事情的原委是这样的：下午云兰抱着David去菜场买菜，有一辆满载办公桌椅的黄鱼车不慎撞到了她。千钧一发之际，为了保护David，云兰下意识地把手撑向边上的水果摊，未想，水果摊上用来罩西瓜的玻璃碎了，将云兰的手掌割了一个很大的口子。肇事方立即将云兰送去附近的八五医院，缝了针，现在事情刚刚处理好。正说着，肇事单位的领导也来了。原来对方是当时的上海高教局研究室，他们的办公室就在泰安路上，那天他们正好自己搬家，因为踏黄鱼车都不熟练，再加上泰安路菜场下午人也很多，一不小心就闯祸了。当时来的领导是他们研究室的主任杨德广，就是后来鼎鼎有名的上海师范大学的校长，一位受人尊敬的学者。他再三向我们表示道歉，请求原谅。同时还关照他的同事立马找一个保姆到我家帮忙一段时间，等云兰手上的伤好了再说。说心里话，在紧张过后，我们被感动了。虽然对方闯了祸，但他们确实非常诚恳，所以我们当时就一口回绝了要找保姆的事，同时也不要求任何赔偿。至于医药费，我们有公费医疗，这事就算了！他们再三谢过后走了，可第二天一早，还是带了一个保姆来我家，说是在同一条弄堂里做事，可以每天来我家帮几个小时的忙，我们还是婉拒了，至于送来的一些营养品，我们就收下了，也算领了人家的一翻好意。直到后来我知道杨德广先后当了上海高等教育局的局长和上海师范大学的校长，并在媒体上多次看到他的一些事迹，我才真正领教了他的为人，让我肃然起敬。

我和David在泰安路王意徕家花园里的照片

王意徕和我在泰安路120弄7号曾经的家门口

转眼到了1991年的春天，王意徕家的房子要卖了。不过，那个时候买卖房产可不是像现在这样委托中介进行操作，而是得靠自己去办，审批手续非常繁杂。原先他们的房子想卖给海外归侨，付款直接在海外进行，估价20万美元（那时美元对人民币的汇率大约是三点多）。但后来发现根本行不通，这里的房管部门规定必须先卖给房管部门，然后再由房管部门处理。虽然通过市侨

王意徕家及花园前面的围墙

张丽珠教授和她的"试管"婴儿

联和区侨联多次通融，但还是不行，最终被长宁区房管部门以 60 万元人民币的价格收去。这房子如果当初不卖的话，现在的市价已近 4000 万元。

房子准备卖了，王意徕的小姨夫妇特意从北京飞来上海，与有关方面进行最后的确认，并看看家里的东西怎么处理。由此，我们有幸结识了中国两位泰斗级的人物：王意徕的小姨张丽珠教授和姨夫唐有祺教授。

张丽珠教授，妇产科学家，从事医学研究、教学和临床工作长达 70 年，早年获医学博士学位之后，先赴美国作博士后研究，主攻妇科内分泌学、病理学、局部解剖学和肿瘤早期诊断；后受聘去英国做妇产科临床工作并考取英国皇家妇产科学院资格。回国后，长期致力于妇产医学的研究和临床工作，并不遗余力地培养人才和进行学科建设。是新中国妇产科学的重要开拓者和现代生殖医学的先驱和主要奠基人之一。中国大陆首例试管婴儿（1988 年）培育者，北京大学第三医院生殖医学中心名誉主任，人称"中国大陆试管婴儿之母"。

张丽珠的小学和中学是在上海度过的。她聪颖活泼，志趣广泛，善演讲，爱体育，曾作为上海市代表队的主力队员，夺得 1935 年全运会女子排球冠军。1937 年毕业于上海工部局女子中学（现上海市第一中学），并被授予"全面发展的优秀学生"称号（All Round Girl of 1937）。

1944 年毕业于上海圣约翰大学医学院，获医学博士（M. D.）学位，并获当年最优秀毕业生奖（The Best Graduate of 1944）。1946 年 9 月赴美留学，先后在哥伦比亚大学医学院、纽约大学医学院作博士后研究和进修妇产科内分泌学和局部解剖学，后又去霍布金斯大学医学院学习妇科病理和妇科手术，后又在纽约医院及纽约肿瘤纪念医院的 Sloan Kettering 肿瘤研究所做住院医师及肿瘤早期诊断研究，发表论文《体液细胞学和早期癌瘤的诊断》，这在当时属世界先进水平。

由于张丽珠在肿瘤研究方面的成就，1949 年 4 月受到英国伦敦玛丽·居里医院的邀请到了英国，此后在海克内医院做妇产科总住院医师。1950 年 10 月获得英国皇家妇产科学院资格（DRCOG）。1951 年回国，在上海圣约翰医学院妇产科任副教授，并在同仁医院任主任医师。1952 年张丽珠结婚，后调到北京医学院（现北京大学医学部）第一附属医院。1958 年参与第三附属医院创建，历任该院妇产科主任，副教授、教授、博士生导师、国家重点学科学术带头人。

唐有祺教授，1920 年 7 月生于原江苏省南汇县（现划归上海市浦东新区），1942 年毕业于同济大学理学院化学系，获理学学士学位；1950 年毕业于美国加州理工学院，获博士学位。1950 年 5 月至 1951 年 5 月在美国加州理工学院为博士后研究员，1951 年 8 月在清华大学化学系任教，在院系调整中转入北京大学化学系。1980 年当选为中国科学院院士。

唐有祺教授长期从事物理化学和结构化学研究，为我国晶体化学和结构化学研究做了重要奠基和发展工作。早在 50 年代就撰文关注生物大分子结构研究，后相继提出和指导胰岛素晶体结构测定工作，领导开展了蛋白质

唐有祺院士

结构和分子设计研究以及多肽合成和表征，并历任"生命过程中重要化学问题研究"攀登项目首席科学家。在载体自发单层分散等研究基础上，又提出建设分子工程学倡议，再攀登项目"功能体系的分子工程学研究"项目，以及在入选的 973 基础科研项目中任顾问，在此强调了功能意识和组装设计思想，对新形势下的科研工作起指导和推动作用。著有《结晶学》（1957），《统计力学及其在物理化学中的应用》（1964），《化学动力学和反应器原理》（1974），《对称图像的群论原理》（1977），《有限对称群的表象及其群论原理》（1979）和《相平衡，化学平衡和热力学》（1984），发表论文 400 余篇。

1982 年，"胰岛素晶体结构测定"获国家自然科学奖二等奖；1987 年"晶体体相结构与晶体化学的基础研究"获国家自然科学奖二等奖；1991 年"胰蛋白酶和 Bowman-Birk 型抑制剂复合物系列立体结构研究"获国家自然科学奖三等奖；2006 年"使用单层分散型 CuCl/分子筛吸附剂分离一氧化碳技术"获国家科技发明奖二等奖以及国家教委等省部级奖九项。

1978 年以后，唐有祺教授先后担任北京大学物理化学研究所所长、分子动态与稳态结构国家重点实验室主任和学术委员会主任、国家教育委员会科技委员会主任、第三届国家自然科学奖励委员会副主任以及第一届国家科技奖励委员会成员、国际晶体学联合会第十四届执委会副主席、中国化学会第二十二届理事会理事长、中国晶体学会理事长、全国政治协商会议第八届和第九届常委及第九届科技委副主任等职。

重回祖籍地

1991 年夏天，泰安路的房子正式卖掉了。交房之前，王意徕的哥哥特意回了一趟

上海，就住在泰安路楼上他父母的房间，大概花了一周的时间，整理家里的东西，主要是书籍和家具。书大部分都卖了，我从中挑了几本留作纪念，而家具则委托一家托运公司打包托运去了北京他小姨家。也是在那个时候，我被提任为纺织工业南方科技测试中心副主任，纺研院也给我们分了一套房子，是位于共和新路延长路附近的老公房，顶楼（六楼），一室，建筑面积仅 14.1 平方米，但不管怎么

王意徕哥哥当年回上海时在泰安路

样，这是第一套属于我和云兰自己的住房，心中的喜悦无以言表。令人感到意外的是，王意徕的岳父母由于担心我们一时分不到房子，在未预先告知我们的情况下，已经为我们准备好了一套两室一厅的住房，打算给我们过渡。得知此事，我和云兰心中充满了感激，王意徕全家对我们的情谊永生难忘。

共和新路的公房已经很旧了，我们打算简单装修一下再住进去。没有花多少工夫，由同事介绍请了一位云南籍的木工把房子简单装修了一下。由于墙面是钢筋水泥的，装修时打孔什么的都非常不便，但那位装修工一丝不苟，令我至今难忘，而且活干得几乎无可挑剔，木工活不仅结实，而且非常精致。那段时间，云兰经常做一大碗红烧肉给他送去，最后结算时我也多给了一些钱，以表达我们对他的尊重和谢意。9 月初，大功告成，我急着请父母去看新房子，并且准备在国庆节前搬到新房去。但老天跟我开了个天大的"玩笑"，9 月 9 日晚，劳累了一辈子的母亲因心脏病突发离开了我们，她没来得及去看一眼我的新房子，分享我的喜悦，享享我这个做儿子的福，我们心中充满悲伤，搬家那天，没有鞭炮，静静地，怕惊动了母亲的在天之灵。我们就这样离开了泰安路，来到了共和新路 1869 弄 3 号 604 室自己的新家。那段时间，我整日以泪洗面，整整半年时间缓不过来，正在跟吉他名家徐炎先生学夏威夷吉他的课也就此中断，再也没有恢复。

到了共和新路，周边的环境又发生了巨大的变化。由于房子就在作为上海南北交通的主干道共和新路边上，每天马路上车来车往，隆隆声不绝于耳，特别是晚上夜深人静的时候，土方车、卡车、水泥搅拌车的震动都能把人震醒。失去母亲的悲痛、搬新家的兴奋加上充斥着整个空间的噪声，让我们几乎整整一个月无法入睡，人也瘦了好多。再加上工作繁忙、孩子尚年幼，那段时间我和云兰都显得很憔悴，身心俱疲。

一段时间以后，我们对新的居住环境开始逐渐有了一些了解。我们这个小区叫杨家宅小区，占地约 5 公顷，原为农田及杨家宅自然村。1975 年 5 月开始分别由不同的单位，

分 6 期建设不同类型的普通住房和公建配套设施。至 1993 年，小区有 5 层住宅 6 幢，6 层住宅 31 幢，总建筑面积 8.38 万平方米。由于整个小区靠大宁路的北边和靠广延路的东边主要的住户都是上海工业大学的教职员工，故那部分又被命名为上工新村。原本给我们分配共和新路的房子只是一个过渡，因为纺研院建的新房子还没落实。但未曾想，我们在共和新路一住就是五年半。

共和新路 1869 弄，最里面就是 3 号

我家东面过了广延路就是当时的上海工业大学（现上海大学延长校区），我们经常会散步走过工大的校门，但却从来没有进去过。上海工业大学的前身是成立于 1960 年的上海工学院，1979 年经国家教委批准更名为上海工业大学，是一所以工为主，工、理、经、管、文协调发展的多科性重点大学，也是当时三所上海市市属重点大学之一（另两所是上海科技大学和上海第二医科大学）。

当年的上海工业大学（现上海大学延长校区）

说起上海工业大学，其实和我们家还是颇有历史渊源的。据记载，我们家的祖籍是原上海市宝山县宝兴乡太保堂村，原址就在今大宁路广延路交会处东南角，即当时上海工业大学（现在的上海大学延长校区）的篮球场位置。清末，原杨家宅、象仪港等八个自然村农民集资在此建一村庙，名太保堂。庙旁农民定居，渐成村落。显然，在经过百年的时代变迁后，作为当年太保堂村子孙的我又回到了自己的祖籍地。这真不知是历史的巧合还是命中注定。

上海大学篮球场是我祖籍地闸北太保堂村的原址

站在我们家六楼的阳台上，向右侧隔着共和新路看过去就是上海铁路中心医院。上海铁路中心医院创建于 1910 年，1959 年成为上海铁道医学院附属医院（后改为上海铁

具有 100 多年历史的原上海铁路中心医院

道大学医学院附属医院和同济大学附属医院）。2003 年 12 月 31 日，随着铁路企业改革，医院建制整体移交上海市人民政府属地化管理，更名为上海市第十人民医院、同济大学附属第十人民医院，是上海颇有知名度的三甲医院。1997 年夏天，云兰的心脏预激综合征第一次发病，就是因为住得离对面的大医院近，才得以及时抢救而缓过来。之后，离大医院近成了我选房的第一大要素。

当然，我们共和新路新家附近最负盛名的还要数颇有历史积淀的上海著名公园——闸北公园了。在共和新路住了五年半，闸北公园是我们一家三口常去的休闲之地，据说

闸北公园内景

我们家祖上就有人曾经住在闸北公园的这块地皮上。那时，这里叫象仪港。闸北公园西临共和新路，南沿洛川东路，东至平型关路，北近延长路。1913 年 3 月 20 日，宋教仁在上海遇刺，22 日不治身亡，葬于闸北象仪港。1914 年建墓。1924年 6 月，辟地 100 余亩建造陵园，称宋公园。1946 年初，上海市修葺整理宋公园，定名教仁公园，1950年 5 月更名为闸北公园。

不过，与闸北公园相比，我印象深刻的却是我们家北侧那个属于我和儿子的"私人领地"、虽小却颇有灵气的广中公园。广中公园位于共和新路 2440 号，东临共和新路，西沿彭江河（俗称蚂蚁浜），南连闸北体育场和彭浦乡的陆家宅，北与广中西路与华通开关厂（现为新梅共和城）相邻。广中公园的建设纯属偶然。那是 1982 年，上海市粮食局征用共青苗圃（今共青森林公园）沿黄浦江的部分土地用于建设粮食专用码头，1984 年 12 月以原宝山县彭浦公社彭浦大队和宝兴大队的土地作为补偿，1985 年经上海市基建委批准在此建公园。广中公园之所以给我留下了深刻的印象，是因为园中设置了13 座寓言雕塑，故有"寓言雕塑公园"之称。我儿子的启蒙教育大概就是从游广中公园时看雕塑、学成语开始的。那时，但凡周末休息，整个上午云兰总是忙着买菜、洗菜、里里外外打扫卫生，而我则负责带着年幼的儿子外出，离家不远的广中公园遂成了我俩的最爱。广中公园的寓言雕塑大部分在公园东南部的园路两侧，其余散见于东北部

及西南部，主题以中国古代寓言为主，包括：闻鸡起舞、孔融让梨、滥竽充数、守株待兔、曹冲称象、铁杵磨针、自相矛盾、鹬蚌相争、开天辟地、女娲补天、乌鸦与狐狸、狐狸与葡萄。此外，广中公园东北部的廊柱花架也颇有特色，是古罗马式建筑。

我们这个小区，属于大宁路街道管辖。我们搬去时，大宁路的共和新路东侧还是个大型露天菜场，路边还有个中型超市，买菜买东西非常方便。只是刚搬过去时，家里没电话（在泰安路时王意徕家有电话），要用的话必须跑到大宁路的上工新村弄口用公用电话，如果有来电，也必须由这个公用电话进行传呼，感觉非常不便。大约过了三年，见小区有电话线拉进来，而且已经进了楼，但仍不进户，等了几个月，装电话开始要收初装费了，于是花了3000元装上了私人电话。只是未曾想到的是，现在的大宁路共和新路西侧的大片区域已经变成了上海的知名地标，集酒店、商务、购物、文化、娱乐于一体的建筑群——大宁国际商业广场。而大宁及周边地区也成了闸北区新的颇具发展潜力的商业、文化和娱乐中心，周边新的高端住宅和商务楼林立，新建的大宁剧院也成了上海颇具影响力的文化场所，每年的演出都排得很满，档次也不低。不过，这些都是我们从共和新路搬离后才逐渐形成的，我们未曾有机会去感受过，除了去大

David 与雕塑（广中公园）

David 和我在广中公园，背后池中是雕塑"鹬蚌相争"

上海大宁国际商业广场

宁剧院看过几次演出之外。如今，闸北区也已和静安区合并成了新静安区，在上海的城市发展史上具有重要地位的闸北区已经不复存在。

1995年夏天，纺研院自建的许昌路基地的住宅竣工了，按条件，我们属于首批可以再次解困的对象，甚至我的打分结果可以排在第一位。但情况又突然发生了变化。那

年，纺研院要换领导班子，上级主管上海纺织控股集团（原上海市纺织工业局）有意将我提拔为副院长，但由于院长和书记的人选迟迟未定，故一直拖着。到了 7 月初，集团公司突然决定调我去上海市合成纤维研究所任职。很快，一纸调令，我于 1995 年 7 月 15 日正式离开了我为之奋斗了 14 年零 3 个月的上海市纺织科学研究院，分房子的事自然也就暂时搁一边儿了。不过，集团的领导告诉我，这件事情以后集团会考虑安排的，我的再一次分房就此又耽搁了两年。不过，那时的想法很简单，服从组织安排是我必须遵守的第一要务，房子的事能坚持就坚持，况且看比我条件差的仍不在少数，至少我目前还算是有自己的房子，小一点总比没有房子好。

志丹路的历史积淀

那时的上海市合成纤维研究所是一个亏损多年的大型科研机构，有 1000 多人，不仅亏损多年，而且人心不稳，士气不振，科研项目出不了成果，几个中试规模的生产车间开开停停，出不了效益。我到任不久，新的领导班子做出决定，为了与员工同甘共苦，所有班子成员自降工资 50%，结果，我的工资直降至每月 1300 元，加上那时还在资助一名安徽金寨的贫困学生，一家三口的吃饭都成了问题，但我没有吱声，挺着。可是屋漏偏遭连阴雨，云兰因心脏问题一年内连续三次住院，纺研院也因经济效益差无法及时支付医药费，我还是没有出声，分房子的事自然早就搁到脑后去了。到了 1996 年底，化纤公司来了新的董事长郑伟康，他来看我时问起了我家里的情况，当得知我的实际情况时颇感意外，他不能想象我一个处级的领导居然现在的生活处境如此艰难，原来早应该解决的住房问题居然拖了这么久没人过问。回去后，他立马要求相关部门将我的住房问题列入议事日程。不久，纺织工业局住宅办通知我，让我在南丹路和志丹路两个基地已竣工的住宅中选房，我选择了志丹路的多层而不是南丹路的高层。虽然南丹路的地段要比志丹路好，但我一直不喜欢高层。况且志丹路的房子前面是一家三甲医院。按照局里的批复，我可以分到 99 平方米的三室一厅的住房，但考虑到合纤所的效益差，为了减少所里的支出，我最终选了 75 平方米的两室一厅住房，而且请我原来的工作单位纺研院也资助了一点儿，同时将我在共和新路的房子置换出来分给了合纤所的工会主席朱桂兰。就这样，1997 年，我再次乔迁新居，从闸北区的共和新路搬到了普陀区的志丹路 400 弄 25 号 401 室。赶上了最后一拨福利分房。

志丹路 400 弄属普陀区甘泉街道东泉苑居委会。西沿志丹路，南临新村路，北接沪上南北大动脉沪太路，西边则是沪太苗圃，这里在 20 世纪 80 年代还是大片农田。1991 年，原上海铁道医学院附属甘泉医院在此建成，坐落在志丹路新村路口，隶属原铁道部。1995 年，与上海铁道学院同时更名为上海铁道大学附属甘泉医院。2000 年，随着上海铁道大学并入同济大学，更名为同济大学附属同济医院。2010 年划归上海市地方政府，冠名上海市同济医院和同济大学附属同济医院。同济医院当时是普陀区内唯一一所集医疗、教学、科研及预防功能为一体的大型三级甲等综合性医院。其实，当时选择志丹路的房子，家附近有一个大型三甲医院是我考虑的重要原因之一。不过，如果现在再让我选择的话，情况可能就不一样了。事实上，南丹路地处徐汇区，不仅属于上海的高档社区，而且拥有上海优质的教育资源，南丹路的房子绝对属于上海优质的"学区房"。再加上徐汇区还是上海三甲医院集中的地方，特别是一些非常著名的专科医院，南丹路的房子潜在价值要远高于志丹路的房子。但那个时候还没有"学区房"的概念，也不会想到我后来居然会在徐汇区工作了整整 17 年，当然更不会想到现在南丹路的房价和志丹路的房价会相差那么远。

1991 年建成的同济医院大楼

事实上，20 世纪 80 年代末，志丹路刚通车时我就知道了这条马路。当时有几位市政养护工人在对志丹路的窨井进行清污时不慎中毒窒息身亡，一时让志丹路广为人知。那时，附近有个学校也是广为人知的，那就是新村路西乡路口的原华东纺织工学院分院。1978 年 10 月，恢复高考才一年，大量的莘莘学子渴望能进入高校深造，但由于当时的高校数量和招生名额有限，经国务院批准，各地依托一些高校纷纷建立了分

原华东纺织工学院分院新村路志丹路口实验楼

校，以扩大招生名额。由华东纺织工学院、上海市纺织工业局、上海市普陀区人民政府共同组建的华东纺织工学院分院由此诞生，并于 1979 年春季招收了第一批学生，其中不乏后来成为各行各业的佼佼者，如我多年的好友、业内著名专家、上海市纺织科学研究院原副院长、《印染》杂志主编沈安京先生。1985 年，考虑到办学规模、教育质量管理等多方面因素，各类高校分校进行整合。经教育部批准在原上海交通大学机电分校和原华东纺织工学院分院的基础上组建了上海工程技术大学。校部也先后迁到遵义路和松江大学城，新村路则成了上海工程技术大学新村路校区。而纺织服装专业也继续成为上海工程技术大学的重点专业，一直保留至今。

志丹路真正出名是在 2001 年 5 月，在志丹路和延长西路交汇处的"志丹苑"小区

的建设施工过程中，发现地下古代遗迹，并最终确认为上海元代水闸遗址。该遗址的分布面积、建筑规模、建设方式、工艺技术等均超越了国内现有发掘展示的同类遗址，对研究上海城市发展和历史演变、展示上海城市文化底蕴具有重要价值。专家根据水闸遗址现场发掘出来的石板、木头、元代文字——八思巴文等遗物及文献记载，证实水闸为元代古遗址，距今700多年。水闸是在宋代水闸营造的基础上，在长江三角洲这一特殊地貌情况下建造的，因此在中国水利工程发展史上有着极其重要的地位。同时，它又是长江口海岸水利工程的重要标志，从闸门到驳岸、闸墙、固水的石面构造、用材，都堪称是此类水利工程的先驱。

专家认为，志丹苑元代水闸遗址与已发掘的北京金中都水关遗址和广州西汉水闸遗址相比，年代早于北京晚于广州，但规模之大、保存之完好，均是这两个水闸不能相比的。他们提议志丹苑元代水闸遗址申报"全国文物重点保护单位"，并在原址上进行保护，建立遗址博物馆。

有专家考证，志丹苑水闸很可能是元朝任仁发在原吴淞江支流赵浦建造的水闸。吴淞江（现苏州河）是上海真正的母亲河。吴淞江，古称松江，是太湖流域最重要的古河道之一。明代以前，黄浦江还只是一条断断续续的小河。吴淞江的源头出自太湖的瓜泾口，流经江苏的吴江、吴县、昆山后进入上海，然后直接东注入海。唐代吴淞江的出海口就在今天杨浦区复兴岛附近，河口处宽达20里。唐代吴淞江流域极为繁荣，沿江有许多重要的港口，上海青浦的青龙港就是其中之一。港兴镇，青龙镇由此成为当时江南地区最繁盛的城镇之一，也是当时国内贸易和对外海上贸易的集散地、重要的航运中心之一。当地出土过湖南长沙生产的贴花执壶，以实物证明了青龙镇作为贸易重镇的地位。北宋《青龙赋》为之赞曰："粤有巨镇，控江而浙淮辐辏，连海而闽楚交通。"然而，吴淞江航运面临的最大问题是河道的淤塞。唐宋之际到元代，吴淞江下游的淤浅越来越严重，逐渐淤塞萎缩，宋代吴淞江的河口宽度已缩至9里。以后江面继续变浅变窄，至元代时宽仅1里。另外由于吴淞江下游一段风大浪高，经常发生航运事故，舟楫沉没，损失惨重，严重影响了长江三角洲地区的经济发展。为此，朝廷和当地政府不得不动用大量人力、物力和财力，兴建水利工程，疏浚河道。宋元时期，许多著名的水利专家和朝廷官员都参与到吴淞江的水利建设之中，先后主持疏浚工程的，宋朝有范仲淹、郏直，元朝有任仁发，明朝有夏元吉、海瑞等。他们采用的疏浚方法有原道疏浚，有新开河道，还有置建水闸。粗略作一统计，宋代在吴淞江流域建造了13座水闸，元代建造9座。任仁发是上海人，建元大都有功，为兴家乡水利，立都水监，负责治理吴淞江。据文献记载，任仁发在吴淞江的支流、嘉定的赵浦建造了2座水闸。志丹苑位置就在赵浦流经之处，很可能就是其中的一座。这座水闸的功用是挡住赵浦的流沙，以助吴淞江的防淤和疏浚。但是，由于河道淤积严重，水闸功能无法达到原有目的，逐渐被废弃。

　　2001 年底，上海元代水闸遗址博物馆建设被建议立项，但进展并不顺利，博物馆的正式开工一直到 2009 年底。2012 年 12 月 31 日，上海元代水闸遗址博物馆正式开馆。有专家称，"这是沪上第一个'名副其实'的遗址博物馆"。虽然 2004 年底竣工的上海青浦区崧泽遗址博物馆曾被认为是上海第一个遗址博物馆。但据专家介绍，真正的遗址博物馆一是应该建在原址，二是发掘出来的古代文化遗产不拿出来，就保留在原址。2006 年志丹苑元代水闸遗址被评为中国十大考古发现，当年入选的还有云南富源大河旧石器洞遗址、广东深圳咸头岭新石器时代遗址、河南灵宝西坡新石器时代大型墓地、广东高明古椰贝丘遗址、山西柳林高红遗址的商代夯土基址、福建浦城管九村土墩墓、甘肃张家川马家塬战国墓地、甘肃礼县大堡子山遗址、安徽六安双墩墓地。2013 年 5 月，上海志丹苑元代水闸遗址被国务院核定公布为第七批全国重点文物保护单位。

上海元代水闸遗址博物馆

上海元代水闸遗址

别墅梦圆

2000年底，我到合纤所任职已有五年半时间。虽然在扭亏脱困、科研开发等方面取得了一些进展，但面对这个年龄比我还大的老研究所的发展困境和现有的体制机制的限制，我还是深感身心俱疲，逐渐萌生去意。恰逢当时的香港天祥公证行有限公司（ITS香港公司）玩具轻工部总经理，后来的Intertek集团全球执行副总裁Paul Yao（姚建雄）先生四顾茅庐来沪邀约，在家人的支持下，我终于2001年春节后正式辞去上海市合成纤维研究所所长职务，离开了我为之奋斗了二十年的纺织行业，正式加盟国际第三方检验、检测、认证和质量服务的领导者——天祥集团（Intertek），继续从事我喜爱的分析测试、技术研发和管理工作。到了ITS，从国有科研机构到外资企业，从单位领导到业务线的领导，我的工作环境和所处的体制机制都发生了翻天覆地的变化。

那几年，随着福利分房政策的终止，购买商品房成了普通老百姓改善住房条件的唯一途径，中国的房地产热开始掀起。政府为了促进房地产业的快速发展，鼓励老百姓购买自有住房，还推出了可以退还个人收入调节税用于银行房贷还贷的政策，一时间，买房的队伍迅速扩大。周边有不少同事、朋友都怂恿我也去买房。但他们都不知道，在合纤所近六年时间，把自己的工资减半以后，每月1300元的收入，后几年还要资助三位贫困学生，我自己家里已经是入不敷出，再加上云兰心脏问题，多次住院，手上还有一大把医疗费的单子没有报销。志丹路的房子在办理购买公有住房手续时，虽然只要我自己再支付4万多元，我也是两手空空啊。就这样，看着别人整天津津乐道地在谈论房子、装修，我只能在一旁羡慕，好在当时自己有房子住，还不算太挤，心态也很好，相信自己以后也会有机会买房的。

2004年，家里的收支状况开始明显好转，云兰和David也开始有意无意地在我面前谈论起房子的事情来。我知道，看着别人家"与时俱进"，他们也有自己心中的梦想。其实，我又何尝不是。只是作为当家人，我不得不反复盘算，况且我们这一代人很保守，贷款买房以前从来没敢想过。那天在纺织部原总经理Frank办公室闲聊，他问起我房子的事，当得知我还没打算改善住房条件时，他很认真地建议我应该赶紧买房。"一步到位，就买别墅！"虽然他的建议并未在我心里马上产生反应，但却让我开始有了住别墅的梦想。

2004年12月的一个周末。头天晚上看《新民晚报》，在一个广告版上偶然看到了一个别墅的广告，楼盘在闵行北桥的北松公路上，感觉不错。第二天吃过早饭，和云兰一起去现场看看。开车沿着老沪闵路一路向南，到北桥轻轨站右拐，又是四五公里的路，路的两边一看就是郊区，除了工厂、农田、杂乱的围墙或村落，基本上什么都没有。到了楼盘现场一看，整个小区已经竣工，里面的环境不错，都是独栋别墅，里面的结构也很大气，大厅里一条很宽的楼梯盘旋而上（当然，面积的浪费也不少）。但在整个小区走一走，总感觉和我脑子里的别墅有点差异。结果一想，恍然大悟。这个别墅区的房子排布有点儿像兵营，一排排很整齐。门前和门后都是沥青路面，和左右邻舍之间间距不过三四米，用铁栏栅隔开，也没有什么绿化，更谈不上树影婆娑、鸟语花香、小桥流水、碧波荡漾。失望之余，打开随身携带的晚报，突然发现在旁边还有个在青浦的楼盘。只是在心目中青浦太过遥远，所以前一天没关注。一看时间还早，我们开着车就直奔青浦而去。

到了广告上写的青浦新城青湖路售楼处，销售人员很热情地带我们去了现场。整个现场还是一片建设工地，围墙和脚手架让我们感到一片繁忙。只是在小区的中央有些房子已经处在绿荫之中。进入工地大门，避开悬在头上的吊车和轰鸣的水泥搅拌机，眼前出现了一片竹林。竹林中一条用防腐木铺就的小道引导我们穿过一条小河，河对面连排别墅的亲水平台立马给我们带来了梦幻般的联想。再往前，拐个弯儿，眼前出现的是鲜花环绕的样板房。套上鞋套，从底楼一直上到三楼，头脑里的梦和现实几乎一一对应，心里的那团火被迅速点燃了，这就是我们想要的。

回到售楼处，又听销售人员把整个楼盘的情况详细介绍了一遍，才弄清楚这其实是连排别墅和多层公寓混合的小区。别墅区位于小区中央的一个人工岛上，而多层公寓则围绕小区四周。南面的第一排别墅面朝一条自然河道，很宽，门前到河边至少有 10 多米的距离，地面有三层，半地下有一层，主要是车库和储藏室。房屋总面积超过 250 平方米，但价格在 200 万元以上。一听，我们就不敢想了。中间那排，前后都不临水，只有地面三层，没有地下车库，但北边门前有车位，南面有花园。总面积约在 200 平方米，总价 150 万左右。最后面一排，虽然朝北的临水，但那是人工开掘的一条小河，宽不过五六米，每户都有一个亲水平台，但由于朝北，冬冷夏热，基本上不管用。地面也有三层，外加一个半地下的车库，但外观显然不如南边大河边的第一排好看。没有多

顺驰蓝湾的天然河道与河边的连排别墅

顺驰蓝湾的天然河道与河边的公寓房

想，就凭着一时的冲动，我和云兰就拍板订了中间那排的连排别墅，并当场交了5万元的定金。直到这时，我们才知道小区的名字叫顺驰蓝湾，开发商是当时天津的第一大房地产开发商，他们的下一个楼盘是在上海宝山的美兰湖。

在离开青浦回家的路上，突然感觉有点儿不对劲儿，想想买个别墅居然就这么冲动地做了决定，不会有什么问题吧？心里忐忑了整整一周，到下一个周日，又带着儿子一起去看房，结果David的选择和我们完全一致。至此，心中的那块石头才落地。记得是2005年1月，售楼处通知我们去现场选房（已经是现房），并正式签订购房合同，首付款为总房价的30%，另外贷款99万元。由于我们是较早的一批签约者，当时选房时给我的选择余地很大，兼顾了方位、光照时长、与前后排房子的间距、花园的实际大小等因素，我们做出了最佳的选择，至今让人羡慕。当年的5月底，开发商就交房了，但由于David还在市区上高中，我们没有立马开始装修房子，再说，口袋里也没有余钱了。到了2007年，David要高考了，我们寻思着可以去装修房子了。老友伟华让他的装修队为我们量身定制，前后花了近5个月时间，把房子装修了一下，不算豪华，但很实用，没有请专人设计，就是我和包工头老陈自己边施工边设计。虽然有不少遗憾，但总体上还是相当满意的。2007年9月27日是我们乔迁的大喜日子，David已经如愿考入华东政法大学，而我们的别墅梦也终于圆了。

我家的外景

我家大门

转眼十多年过去了，我们已经熟悉了青浦新居周围的环境，也越来越感觉当初买青浦这个别墅的决定是正确的。小区里不仅绿化面积大，空间也大，而且非常安静。周边的菜场、购物、交通、就医也很方便。唯一让人感觉有点儿不舒服的是本地一些居民的生活习惯不够文明，做事不够规范，小区里的违章搭建攀比成风，想占便宜的不在少数，而且大家也都习以为常，居委会、物业甚至政府管理部门都不觉得有什么不妥。看来社会文明程度的提高与经济条件的改善并无直接关联，而是会有一定的滞后。随着社会文明程度的提高，相信小区里的文明程度和环境也会变得越来越好。

顺驰蓝湾天然河道旁的亲水平台

当初搬到青浦时我并不知道现在居住的顺驰蓝湾小区离著名的崧泽遗址不远。上海崧泽遗址是上海远古文化的发源地，是上海先民最初的家园。崧泽文化距今5300~6000年，属新石器时期母系社会向父系社会的过渡阶段。崧泽遗址于1958年由农民挖塘时发现古物，然后于1961年和1974年两次有计划地发掘，挖出古墓100座，还有大量的石器、玉器、骨器、陶器和兽骨、稻种等遗物，证明崧泽在6000年前就有人类居住活动，崧泽人是上海最早的祖先。崧泽遗址的考古发掘改写了上海历史，大量珍稀文物将上海古代史前推至6000年前，再现了上海先民创造的灿烂文化，见证了上海这座城市悠久的文脉与传承，表明6000年前的上海与当下现代大都市的上海同样辉煌。上海崧泽遗址既埋藏着6000年前最早的上海，又堆积有5000年前中国文明起源的证据，被评为"20世纪全国百项重大考古发现"之一。崧泽文化也成为第一个以上海地名命名的考古学文化。

我家里的蔷薇

我家的紫藤架

考古证明，崧泽文化上承马家浜文化，下接良渚文化，是长江下游太湖流域重要的文化阶段。青浦区迄今发现崧泽文化遗址有4处（崧泽遗址、福泉山遗址、金山坟遗址、寺前村遗址），出土各类文物800余件。根据考证，青浦区境于7000年前已经成为陆地，现代的崧泽村当时濒临东海，是一片沼泽之地，海拔甚低，地下水位很高，西、南等处有山陵、土墩、林木，水草茂盛，是适于远古人类生息的地区之一。

如今我已经退休了，如果没有什么特殊的情况，我想这里应该就是我安享晚年的最佳选择了。想想一个甲子，我从静安的恒德里，到黄浦的"菜市街"，然后去长宁的泰安路，再搬到闸北的共和新路，再到普陀的志丹路，最后到了青浦的顺驰蓝湾，几经"迁徙"，也从某种程度上折射出了我人生发展的几个重要阶段。

从客厅看我家的花园

那天和 David 一起去参观刚开张的崧泽文化遗址博物馆，突然间脑子里有一个并不清晰的念头闪过。回眸我的"迁徙史"，不知是巧合还是冥冥之中的注定，似乎始终有一根无形的线在引导着我，让我从我的出生地沿着父辈、祖辈、曾祖辈迁徙和生命的足迹，一直在走着一条曲折而又漫长的寻根之路，乃至现在追寻到了上海远古文化的发源地、上海先民最初的家园。莫非这崧泽文化时代就有我的祖先

我家小区走道

生活在这片土地上？难道这也是一种生命的轮回或是蕴含着某种生命的真谛？

现在，一切都开始归于平静，不再有世间的纷争和嘈杂，生活也开始逐渐褪去人们强加在它头上的色彩而重新显现出真我的本色，而我和我的家人也开始享受生活本该有的宁静和快乐。走了那么大一圈，累了，也该歇歇了。

作者简介

王建平，1958年生，教授级高级工程师。曾先后任纺织工业南方科技测试中心副主任、上海市合成纤维研究所所长、天祥集团（Intertek）中国市场事业部总经理等职。先后兼任中国纺织工程学会理事、《合成纤维》杂志主编、全国纺织品标准化技术委员会基础分会副主任、全国染料标准化技术委员会印染助剂分会副主任、全国体育用品标准化技术委员会委员、全国皮革工业标准化技术委员会委员、中国纺织工业联合会纺织品安全顾问、中国印染行业协会理事、上海市质量检测行业协会副会长、全国缺陷消费品召回技术专家、中国出入境检验检疫协会检验鉴定标准化技术委员会主席等。发表论文120多篇，出版专著多部，主持编制过多项国家标准、国家军用标准和行业标准，多次荣获上海市科技进步二等奖、三等奖，是我国著名的检测技术及标准化、国际消费品安全法规、技术性贸易壁垒、生态纺织品和纺织材料专家。